U0933279

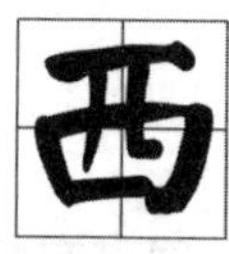

【明】周清原 著

中国出版集团公司
華文出版社

图书在版编目（CIP）数据

西湖二集 /（明）周清原著. -- 北京 : 华文出版社，2018.2

（中国古典小说丛书）

ISBN 978-7-5075-4865-5

Ⅰ. ①西… Ⅱ. ①周… Ⅲ. ①话本小说－小说集－中国－明代 Ⅳ. ①I242.3

中国版本图书馆CIP数据核字（2018）第021438号

西湖二集

著　　者：（明）周清原
责任编辑：刘超平　徐日莉
特约编辑：杨　帆
装帧设计：格林文化
出版发行：华文出版社
社　　址：北京市西城区广外大街305号8区2号楼
邮政编码：100055
网　　址：http：//www.hwcbs.com.cn
投稿信箱：hwcbs@126.com
电　　话：总编室 010-58336239　责任编辑 010-58336222
发行部 010-58336270　010-56249152
经　　销：新华书店
印　　刷：三河市三佳印刷装订有限公司
开　　本：710mm × 1000mm　1/16
印　　张：30.75
字　　数：399千
版　　次：2018年4月第1版
印　　次：2018年4月第1次印刷
标准书号：ISBN 978-7-5075-4865-5
定　　价：72.00 元

“中国古典小说丛书”出版说明

所谓“古典小说”云者，其义有二焉：一曰，但凡古代之小说，皆可谓之“古典小说”；一曰，但凡技法未受泰西影响之小说，亦可谓之“古典小说”。然此特就今人之观念言之耳。

揆诸坟典，“小说”一词，出自《庄子·外物篇》，其言曰：“饰小说以干县令，其于大达亦远矣。”由此观之，庄子所谓“小说”，不过琐屑之言，以其无关道术，故以小说名之耳。

炎汉成、哀之世，刘向、刘歆父子典校秘书，检讨百家学说，取桓谭《新论》“小说家合丛残小语，近取譬论，以作短书，治身治家，有可观之辞”之意，把《伊尹说》《鬻子说》诸书，归为“小说家”之书，而《汉书·艺文志》（以下简称《汉志》）继之。夷考其说，“小说家者流，盖出于稗官，街谈巷语，道听途说者之所造也”（语出《汉志》），此亦非后世之小说也。

唐修《隋书》，其《经籍志》立论本诸《汉志》，以小说为“街谈巷语之说”（《隋书·经籍志》语）。当此之时，小说之名虽同，而其类目稍广，举凡《燕丹子》《世说》《迩说》之属，皆可入诸小说名下。

后晋修《唐书》，其《经籍志》立论与《隋志》无异，以《博物志》隶小说，此为“神异志怪之书”入小说之始。

天水一朝，欧阳文忠公撰《新唐书·艺文志》（以下简称《新唐志》），以《列异传》《甄异传》《续齐谐记》《感应传》《旌异记》等“史部·杂传类”之书移于“小说类”。至是，小说之部类日棼。

及元脱脱修《宋史》，《艺文志·小说类》承《新唐志》之旧而增广之。

明胡应麟以小说繁夥，派别滋多，于是综核大凡，分小说为六类：一曰“志怪”，一曰“传奇”，一曰“杂录”，一曰“丛谈”，一曰“辩订”，一曰“箴规”。至此，小说一类已蔚为大观，脱《汉志》“街谈巷语”之成规。

清修“四库”，《总目提要》（以下简称《提要》）别小说为三派，“其一叙述杂事……其一记录异闻……其一缀辑琐语”，而又损益之。考诸《提要》，则损益可知：一曰，进“丛谈”“辩订”“箴规”为“杂家”；一曰，隶《山海经》《穆天子传》诸书于小说。小说范围，至是乃稍整洁矣。其分目虽殊，而论述则袭诸旧志。

曩者宋元明清之史志，难觅“平话”“演义”之书，此特士夫习气，鄙其为末流所使然也。史家成见，一至于斯。今人刻书，自当脱古人窠臼。

说部诸书，以文体分，有“白话”“文言”之别；以体裁分，有“话本”“传奇”“演义”之别；以内容分，有“佳话”“世情”“侠义”“家将”“神魔”之别。细玩其文，既有劝世之良言，亦有“诲淫诲盗”之糟粕，而抉择去取，转成读说部书之第一要务。以此之故，我社特于说部诸书择其精者，辑之而为“中国古典小说丛书”，凡百余种。

然说部之书浩如烟海，其精者又何限于区区百十之数？此次出版，难免遗珠之憾。然能俾读者因之而省择取之劳，进而得窥说部精要，示人以津梁，则尚不违出版“中国古典小说丛书”之初心。

说部之书，多出自书坊，脱误错乱，在所难免，故于“取其精华，去其糟粕”外，尚需广施校雠，始得成其为可读之书。以此之故，我社多方搜罗以定底本，精排其版以美其观，躬自校雠以正讹误，然后付诸枣梨，装订成书，以飨读者。

限于编者学力有限，书中疏漏之处，在所难免，尚祈广大方家、读者诸君不吝批评斧正。凡能指出书中一二谬误者，皆为吾师，吾人不胜感激之至。

华文出版社编辑部

2017年10月26日

目　录

序

天下山水之秀，宁复有胜于西湖者哉！自昔金牛献瑞以来，水有“明圣”之称，宋仁宗诗有“地有吴山美，东南第一州”之句，白乐天之“余杭形胜四方无”，范希文之“西湖胜鉴湖”，苏东坡之“西湖比西子”，柳耆卿之“桂子荷花”，真令人艳心三竺两峰间也。予揆其致，大约有八：犹夷澹宕，啸傲终日，直闺阁间物，室中单条耳，不闻其有风波之险也。可坐可卧，可舟可舆，水光盈眸，山色接牖，不闻其有车殆马烦之病也。亦有清音，亦有丝竹，绣辔香轮，朱帘画舫，曳冰执雾縠，而掩映于绿杨芳草之间，所谓“红蕖映隔水之妆，紫骝嘶落花之陌”者，触目媚人，不闻其有岑寂之虞也。水香蘋洁，菱歌渔唱，莺鸟交啼，野凫戏水，龙井之茶可烹，虎跑之泉可啜，环堤之酒垆可醉，嫩草作裀，轻舟容与，富者适志，贫者惬心，不闻其有荣枯之异也。春则桃李呈芳，夏则芙蕖设色，秋则桂子施香，冬则白雪幻景，其雨既奇，其晴亦好，白日固可游览，夜月尤属幽奇，不闻其有不备之美也。梵宇名蓝，龙宫古刹，金碧辉煌，钟磬相闻，可停游屐，可搜隐迹，寻幽或以竟日，耽胜乃以忘年，不闻其一览即尽、索尔无余也。幽人胜士之场，古佛垂教之地，孤山怀其高踪，法相参其遗蜕，永明寿乃弥陀化身，事事可师，天竺东溟之道德隆重，高皇帝称之为白眉法师。亦有宗泐，称为泐翁，迫以官而不受，高僧哉！高僧哉！是以入道场则利名欲拚，缅高风则火宅晨凉，法身长在，历劫不灰，触处可以醒我之昏迷也。入三潭而喁噞不惊，游断桥苏堤而两公之明德如在，以是知鱼鳖咸若存圣世之风，高贤长者留千秋之泽，彼豪暴之吏，亦复何存。盖前人者，后事之师矣，流芳遗秽，其尚鉴之哉！况重以吴越王之雄霸百年，宋朝之南渡百五十载，流风遗韵，古迹奇闻，史不胜书，而独未有译为俚语，以劝化世人者。苏长公云：“杭州之有西湖，如人之有眉目也。”而使眉目不修，张敞不画，亦如葑草之湮塞矣。西湖经长公开浚，而眉目始备；经周子清原之画，而眉目益妩。然则周清原其西湖之功臣也哉！即白、苏赖之矣。

予览胜西湖而得交周子。其人旷世逸才，胸怀慷慨，朗朗如百间屋；至抵掌而谈古今也，波涛汹涌，雷震霆发，大似项羽破章邯，又如曹植之谈，而我则自愧邯郸生也。快矣乎，余何幸而得此？咄咄清原，西湖之秀气将尽于公矣。乃谓余曰：“予贫不能供客，客至恐斫柱剉荐之不免，用是匿影寒庐，不敢与长者交游。败壁颓垣，星月穿漏，雪霰纷飞，几案为湿，盖原宪之桑枢、范丹之尘釜交集于一身，予亦甘之。而所最不甘者，则司命之厄我过甚，而狐鼠之侮我无端。”

予是以望苍天而兴叹，抚龙泉而狂叫者也。余曰：“子毋然。司命会有转局，狐鼠亦有败时；且天不可与问，道不可与谋，子听之而已矣。”清原唯唯而去，逾时而以《西湖说》见示，予读其序而悲之。士怀材不遇，蹭蹬厄穷，而至愿为优伶，手琵琶以求知于世，且愿生生世世为一目不识丁之人，真令人慷慨悲歌、泣数行下也。岂非郡有司之罪乎？夫良玉而题碔砆，则泣卞和之血；骏马而驾盐车，则垂伯乐之泪：此亦有心者之所共悲，而有目者之所共悼矣。昔阮嗣宗好游山，车迹所穷，辄恸哭而返。陈子昂诗文不为人知，时有卖胡琴者，索价百万，豪贵无售，子昂突出以千缗市。次日，集宣阳里第，具酒肴群饮，置胡琴抚语曰：“蜀人陈子昂，有文百轴，驰走京师，不为人知，此乐贱工之役，岂足留心？”举而碎之，以其文遍赠座上诸客，声溢都下。唐球好苦吟，拈稿为丸，纳之大瓢中，投于江，曰：“斯文苟不沉没，得者方知我苦心尔。”有识者接得之，曰：“此唐山人诗瓢也。”周子间气所钟，才情浩瀚，博物洽闻，举世无两，不得已而借他人之酒杯，浇自己之磊块，以小说见，其亦嗣宗之恸、子昂之琴、唐山人之诗瓢也哉！观者幸于牝牡骊黄之外索之。

湖海士题于玩世居

第一卷

吴越王再世索江山

萧条书剑困埃尘，十年多少悲辛！松生寒涧背阳春，勉强精神。　　且可逢场作戏，宁须对客言贫？后来知我岂无人，奠谩沾巾。

这首词儿，名《画堂春》，是杭州才子马浩澜之作。因国初钱塘一个有才的人，姓瞿名佑字宗吉，高才博学，风致俊朗，落笔千言，含珠吐玉，磊磊惊人。他十四岁的时节，父亲还不晓得他有才华，适值父亲一个相好的朋友张彦复，从福建做官回来望他父亲，因具鸡酒款待。瞿宗吉从书馆中而归，张彦复就指鸡为题，命赋诗一首。宗吉应声道：

宋宗窗下对谈高，五德声名五彩毛。
自是范张情义重，割烹何必用牛刀！

张彦复大加称赏，手写桂花一枝，并题诗一首为赠：

瞿君有子早能诗，风采英英兰玉姿。
天上麒麟元有种，定应高折广寒枝。

自此，声名传播一时，有名先达之人，都与他为忘年之交。那时第一个有才的是杨维祯，字廉夫，号铁崖先生，闻其才名，走来相访，因试其才学何如，将自己所赋《香奁八咏》要他相和。瞿宗吉提起笔来，一挥而就。

《花尘春迹》道：

燕尾点波微有晕，凤头踏月悄无声。

《黛眉颦色》道：

恨从张敞毫边起，春向梁鸿案上生。

《金钱卜欢》道：

织锦轩窗闻笑语，采蘋洲渚听愁吁。

《香颊啼痕》道：

斑斑湘竹非因雨，点点杨花不是春。

瞿宗吉一一和完，杨廉夫叹服道："此瞿家千里驹也。"从此声名大著于天下。然虽如此，有才无命，笔下写得千百篇诗赋，囊中寻不出一二文通宝。真是时也，运也，命也，所以感慨兴怀，赋首诗道：

自古文章厄命穷，聪明未必胜愚蒙。
笔端花与胸中锦，赚得相如四壁空。

遂做部书，名为《剪灯新话》，游戏翰墨，以劝百而讽一，借来发抒胸中意气。后来马浩澜读他这首诗，不觉咨嗟感叹起来，做前边这只《画堂春》词儿，凭吊瞿宗吉。

看官，你道一个文人才子，胸中有三千丈豪气，笔下有数百卷奇书，开口为今，阖口为古，提起这枝笔来，写得飕飕的响，真个烟云缭绕，五彩缤纷，有子建七步之才，王粲登楼之赋。这样的人，就该官居极品、位列三台，把他住在玉楼金屋之中，受用些百味珍羞，七宝床、青玉案、琉璃钟、琥珀浓，也不为过。叵耐造化小儿，苍天眼瞎，偏锻炼得他一贫如洗，衣不成衣，食不成食，有一顿，没一顿，终日拿了这几本破书，“诗云子曰”、“之乎者也”个不了，真个哭不得、笑不得、叫不得、跳不得，你道可怜也不可怜？所以只得逢场作戏，没紧没要做部小说，胡乱将来传流于世。

比如三国时节曹丞相无恶不作，弑伏皇后、董贵妃，汉天子在他荷包儿里，随他扯进扯出，吐气成云，喝气成雷，果然是在当时险夺了玉皇尊，到如今还使得阎罗怕，谁敢道他一个“不”字。却被我朝山阴一个文人才子徐文长先生做部《四声猿》，名为《狂瞽史渔阳三弄》，请出祢正平先生一边打鼓，一边骂座，指手画脚，数数落落，骂得那曹贼哑口无言，好不畅快。曹贼有知，岂不羞死？真是“踢弄乾坤捉傀儡”的一场奇观，做个千秋话柄，激劝传流。一则要诫劝世上都做好人，省得留与后人唾骂；一则发抒生平之气，把胸中欲歌欲笑欲叫欲跳之意，尽数写将出来，满腹不平之气，郁郁无聊，借以消遣。正是：

> 世事短如春梦，人情薄似秋云。
> 逢场不妨作戏，听我舌战纷纷。

看官，你道杭州人不拘贤人君子，贩夫小人，牧童竖子，没一个不称赞那吴越王。凡有稀奇古怪之事，都说道当先吴越王怎么样，可见这位英雄豪杰非同小可。还有一件好笑的事，那宝石山脚边石块之上，凿有斗大的痕迹，说是吴越王卵子痕迹。遭当日吴越王未遇之时，贩盐为生，挑了盐担，行走此山，忽然大雨地滑，跌了一交，石头之上印了两个卵痕。后来杭州作耍之人，故意凿成斗大，天雨之后，水积其中，又捉弄那乡下的愚民道："这卵池中水将来洗目，其目一年不昏。"乡下愚民听信其说，时将这卵水洗目。杭州人之好作耍如此。你道不是一件极好笑的事么！然在吴越王未遇之时，安身无处，这个卵袋不值一文钱。及至做了吴越王，保全了几千百万生灵，后世称他英雄，连这个卵袋都凿成模样，把与愚民徘徊瞻眺、玩弄抚摩起来。可见卵袋也有交运值钱的时节，何况其生平事业不啧啧称叹。然吴越王发迹的事体，前人已都说过，在下为何又说？但前人只说得他出身封王的事，在下这回小说又与他不同，将前缘后故、一世二世因果报应，彻底掀翻，方见有阴有阳、有花有果、有作有受，就如算子一般，一边除进，一边除退，毫忽不差。

看官，你道从来得天下正的无过我洪武爷，驱逐犬羊腥膻之气，扫除胡元浊乱之朝，乾坤重辟，日月再朗，这是三代以来第一朝皇帝了。其次则汉高祖，驱除暴秦，灭焚书坑儒之祸，这也是极畅快的事。所以洪武爷得天下之后，祭历代帝王之庙，各帝王神位前都只一爵，独于汉高祖前笑对道："刘君，今日庙中诸君，当时皆有凭借以有天下，唯我与尔不阶尺土，手提三尺以致大位，比诸君尤为难得，可共多饮一爵。"这是不易之论。然虽如此，汉高祖怎比得洪武爷。

若论唐太宗，把宫人侍父而劫父以起兵，这也难算天下之正了。若是宋太祖欺孤儿寡妇，因陈桥兵变，军中黄袍加身，就禅了周朝之位，这也一发难说得天下之正了。所以岳正做首诗道：

黄袍岂是寻常物，谁信军中偶得之？

又有诗道：

阿母素知儿有志，外人刚道帝无心。

这便是千古断案。谁知报应无差，得天下于小儿，亦失天下于小儿。那《报应录》“灭国之报”说得分明，道：

宋太祖以乙亥命曹翰取江州，后三百年乙亥，吕师夔以江州降元。以丙子受江南李煜降，后三百年丙子，帝㬎为元所虏。以己卯灭汉，混一天下，后三百年己卯，宋亡于厓山。宋兴于周显德七年，周恭帝方八岁，亡于德祐元年，少帝止六岁。至于讳，显、㬎二字又同，庙号亦曰恭帝。周以幼主亡，宋亦以幼主亡。周有太后在上，禅位于宋。宋亦有太后在上，归附于元。

这般看将起来，连年月都一毫不差，可见报应分明，天道不爽。只因宋太祖免生民于涂炭，宽弘大度，立心仁厚，家法肃清，所以垂统长久，有三百余年天下。这真如少债的一般，从来没有不还的债。但那《报应录》上只说得明白的报应，不曾说得阴暗的报应。看在下这回《吴越王再世索江山》，便见分晓。正是：

冤冤相报，劫劫相缠。
借他一两，还彼千钱。
何况阴谋，怎不回还？
试观吴越，报应昭然！

话说这吴越王姓钱，单讳一个镠字，字具美，本贯杭州临安县人，住在石鉴乡。临产之时，父亲走到灶下取斧劈柴烧汤，见一条丈余长的大蜥蜴，似龙非龙之状，抢入室中，父亲老大吃惊，随步赶进，忽然蜥蜴钻入床下，即时不见。

随产个小儿下来，满室火光，惊天动地。邻家都来救火，及至走进钱家，又不见一点火光，人都以为怪。父亲说生了一个妖怪，要投井中淹死，亏得隔壁一个婆婆勉强挽留得住，因此取名为钱婆留。四五岁之时，里中有一株大树，他因与群儿戏耍，便走到大树之下，坐于石上，就像帝王一般，指麾这些儿童征战杀伐，各有队伍，号令严明，儿童都惧怕他，不敢不遵其约束。临安东峰有块圆石，其光如镜，名为石镜山。钱镠自已照见头上冠冕，俨然王者之状，回家对父亲说了。父亲只道他说谎，同他走到石镜前一照，委是如此，恐惹出是非，就对石镜祷祝道："倘日后有如此之福，愿神灵不要照见，省得是非。"祝罢，便从此照不见。父亲暗暗欢喜。后来长大成人，相貌魁梧，膂力绝人，不肯本分营生，专好做那无赖之事。有《西江月》为证：

本分营生不做，花拳绣腿专工，棍枪呼喝骋英雄，说着些儿拈弄。鬻贩私盐活计，贝戎不耻微踪，骰盆六五叫声凶，破落行中真种。

话说钱公贫穷彻骨，鬻贩私盐，挑了数百斤盐在肩上，只当一根灯草一般，数百人近他不得，以此撒泼做那不公不法之事。但生性慷慨，真有一掷百万之意。在赌博场中，三红四开，一掷而尽，他也全不在心上，以此人又服他豪爽。

县中一个录事钟起，有两个儿子与钱婆留相好，也是六颗骰子上结识的好朋友，时常与钱公相耍。那钟起是个老成人，见儿子日逐与钱婆留饮博，便大怒道："贼没种，只怕哄。我两个儿子好端端的，被破落户钱镠引坏了他，好赌好盗，异日须要连累。"遂把两个儿子痛打了一顿，不容他两个来往。正是：

教子有义方，不容赌博场。
匪人若谢绝，定有好儿郎。

话说钟起禁绝儿子不容与钱公来往，钱公得知，好一程不敢上他的门。且说豫章有个术士，善辨风云气色，能知治乱穷通。因当初晋时郭璞先生有句谶语道：

天目山高两乳长，龙飞凤舞到钱塘。
海门一点巽峰起，五百年间出帝王。

那术士道，此时正是五百年之期，该出帝王之时。况斗牛间又有王气，斗牛正是钱塘分野，其中必有异人。遂取路到钱塘来，细细占验，那王气又在临安地面。遂走到临安，假作相士，隐于市中。相来相去，并不见有个异人的影儿。

那钟起与这术士相好，术士悄悄对钟起道："我占得贵县有个大异人，是未发迹的英雄。今相来相去，并无其人，不知隐于何处。你的相虽贵，却当不起'大异人'三字之称。"钟起心生一计，次日大置酒筵，广招县中有名之人都来家间饮酒，却教术士一一相过，又无其人。术士大以为怪，就宿于钟起之家。一日，占得王气正临钟氏之门，术士暗地留心。

且说那未发迹的英雄，一程不敢到钟家门首，一日赌输了钱，思量他两个弟兄手头活动，戴了顶破网巾，穿了件百衲的绽衣，赤着双脚，捏脚捏手走到门首，正要悄悄叫他弟兄两个出来，不期钟起与术士正在庭心里讲话，钱公见了钟起，恐怕他发话，趄转身便走。术士就里打一看时，有《西江月》为证：

两眼如星注射，天庭额角丰隆，一身魁伟气如虹，绕鼻尽成龙凤。虎体熊腰异相，帝王骨格奇容，时来发迹见英雄，不与常人同用。

话说那术士一见了钱公，即忙大叫道："贵人原来就是此人！"钟起道："先生莫要错了，这是我邻家钱婆留，无赖之人。"术士道："正是此人，速追来我再一看。"钟起即忙赶出门外，唤住钱公道：

“休得快走，我有话与你说。”

钱公方才住了脚。钟起邀他进门，见了术士。术士细细相了，对钟起道：“我道你怎么有贵相，你儿子亦有贵相，原来全在此人身上带乞。”对钱公道：“子骨法非常，贵不可言，异日半朝帝王之位，好自爱惜。应在三年之内，当渐渐发迹也。”钟起遂留钱公饮酒，并两个儿子都出来陪酒，宾主吃得个畅快。术士遂别钱公道：“我特来访求异人，不是日后贪图什么名利，不过要显吾之术法耳。珍重珍重！”次日遂别了钱公，仍到豫章而去。钟起自此之后，方才敬重钱公，任凭儿子与他来往，又时常贷其钱米。后来钱公犯了事，知县要拿他，钟起得知此事，急急报与钱公，教他逃脱了，救其性命。后来钱公封了吴越王，念钟起父子之恩，都拜为显官。此钱公以德报德处。后来差人访求那个术士，竟不能遇，真异人也！这是后话。

且说那时正是唐僖宗乾符六年，黄巢作乱，杀人八百万，血流三千里，反入长安，抢掳玉帛子女，百姓受其荼毒，苦不可言。黄巢遣贼将王仙芝领兵五千，冠掠浙东，势如风雨而来。那时石鉴镇将董昌也是临安人，先前将官王郢作乱，董昌召募乡兵讨贼，晓得钱镠骁勇有谋，遂表奏钱镠为偏将军。钱镠奋勇当先，只一合便把王郢擒下，杀退众贼，此是初出茅庐第一功也。后来王仙芝领大队人马杀来，逢州破州，逢县破县，浩浩荡荡，将到临安地方。董昌面色如土，众兵都面面厮觑，不敢则声。钱公道：“如今镇兵甚少，贼兵甚多，难以力敌，须出奇兵方可取胜。”众兵惧怕贼人，谁敢向前。钱公自领敢死之士二十人，预先埋伏在山谷之中。黄巢先锋行于山石险峻之处，只得单骑而行。钱公大喝一声，二十张弓一齐射去，先锋从马上倒坠下地。钱公突出，一勇当先，杀人如砍瓜切菜，共斩五六百首级。钱公对二十人道：“我们止得二十人，但可侥幸取胜一次，后面大队人马杀来，怎生抵敌？”急急引了这二十个，走到八百里地方。那“八百里”是地方的名色，对道傍一个老妇人道：“后边追兵若来问，你只对他道：‘临安兵屯八百里了。’”果然黄巢追兵问这老妇人，老妇人依其所说而对。贼兵大惊道：“适才二十人，我们尚且战他不过，被他杀了五六百人，如今屯了八百里，俺们便是死也。”遂拨回军马，急急吹风胡哨而去，钱公见追兵去远，引了这二十人得胜而还。果是：

鞭敲金镫响，人唱凯歌回。

话说钱镠得胜而回，保全了临安百姓，威名远近。董昌因此有功，升为杭州刺史。中和二年，兖州人刘汉宏始初因黄巢作乱，乘机为盗，后投降朝廷，做到浙东观察使。刘汉宏见董昌渐渐势大，遂起吞并之心。八月间，遣兄弟刘汉宥将兵二万，要杀董昌，并其浙西之地。董昌叫钱公出战，门旗开处，钱公匹马当先，战得数合，刘汉宥气力不加，拨转马头便走。钱镠随后奋杀，杀得刘汉宥大败亏输而逃。刘汉宏得知兄弟战败，自率精兵七万屯在西陵，要待次日渡钱塘江而来，自决胜负。钱镠得知，半夜悄悄渡江，拔开鹿角，并不则声，见人便斫。刘汉宏从梦中惊醒，混战到天明，七万人看看将尽，刘汉宏慌张，换了衣服，悄悄要走，被钱镠眼明手快，一把拿住，解送董昌营中斩首示众。钱镠克了越州，昭宗遂升董昌为越州观察使，升钱镠为杭州刺史。后来钱镠又擒了贼人薛明，破了徐福，进了苏、杭等处观察使，遂升杭州为镇海军，就进钱镠为镇海军节度使，封开国公。那董昌累拜简较太尉，同中书门下三品，地广志骄，阴怀不臣之心，好神好鬼，就有一班妖人应智、王温等劝他称帝。内中有个山阴老人，诡献谣辞道：“欲知天子名，日从日上生。”因此董昌建造自己生祠，制度都如禹庙，凡百姓祭赛者，不许到禹庙，都要到自己生祠中去祭赛。又山中一个异鸟，毛羽五色，身大，四目，三足，声声叫道“罗平”，因此人就称为“罗平鸟”，以为符瑞，献与董昌。董昌大喜道："此吾之鸑鷟也，吾必为帝王矣。遂择日称帝，国号大越，铸印文道"顺天治国之印"。两个忠臣黄碣、吴镣苦口劝他不要作反，董昌大怒，将黄、吴二人杀了，取他的头来，骂道："贼！负我。三公不肯做，却自寻死！"把二头投于坑厕之内，族灭了两家数百余人口，埋于镜湖之南。人人痛哭：

可怜忠臣骨肉，尽作镜湖冤鬼。

话说董昌杀戮忠臣，谋反作逆，探事人来报了钱公。钱公大惊，道："我当日在他部下，破灭黄巢，共扶社稷，不意作此族灭之事。"就恳恳切切写一封书，教他不要造反。董昌执意不回，钱镠遂表奏董昌谋叛之事。唐朝降下诏书，密教钱镠讨贼。即时整点兵士，渡江杀到越州。那越州百姓，日受董昌刑罚惨毒，听得钱镠领兵前来，人人欢喜。董昌心中惧怕钱镠骁勇，连败数阵，被先锋顾全武一刀斩于马下，传首京师，夷其家族。这是作反的结果。

先前董昌未败之时，有一狂人屡屡题诗四句于旗亭客舍道：

日日草重生，悠悠傍素城。
诸猴逐白兔，夏满镜湖平。

人不晓其词。董昌败后，方知草重是"董"字，日日是"昌"字；素城是越州城，隋越公杨素所筑也；诸猴者，猴乃钱镠生于申也；白兔者，董昌生于卯也；夏满者，六月也；镜湖平者，董昌六月败死于镜湖也。

话说钱镠斩了董昌，昭宗大喜，遂封彭城郡王，加中书令，图画形像于凌烟阁上，以表其忠，赐他铁券道：

维乾宁四年，岁次丁巳八月甲辰朔，四日丁未，皇帝诏曰：咨尔镇海、镇东等军节度，浙江东西等道观察，处置、营田、招讨等使，兼两浙盐铁、制置、发运等使，开府仪同三司，简较太尉兼中书令，使持节润、越等州诸军事兼润、越等州刺史，上柱国，彭城郡王，食邑五千户，食实封一百户钱镠。朕闻铭邓骘之勋，言垂汉典；载孔悝之德，事美鲁经，则知褒德策勋，古今一致。顷者董昌僭乱，为昏镜水，狂谋恶贯，流染齐人。而尔披攘凶渠，荡定江表，忠以卫社稷，惠以福生灵。其机也氛祲清，其化也疲羸泰。拯吴越于涂炭之上，师无私焉；保余杭于金汤之固，政有经矣。志奖王室，绩冠侯藩，著于旂常，流在丹素。虽钟繇刊五熟之釜，窦宪勒燕然之山，未足论功，抑有异数。是用锡其金版，申以誓词：长江有似带之期，泰华有如卷之日，惟我念功之旨，永将延祚子孙，使卿长袭宠荣，克保富贵。卿恕九死、子孙三死，或犯常刑，有司不得加责。承我信誓，往唯钦哉！宜付史馆，颁示天下。

钱镠遂命钱塘知县罗隐才子代作谢表道：

恩旨赐臣金书铁券一道，臣恕九死、子孙三死者，出于睿卷，形此纶言。录臣以丝发之劳，赐臣以山海之誓。镌金作誓，指日成文。震动神祇，飞扬肝胆。伏念臣爰从筮仕，逮及秉旄，每日揣量，是何叨忝！行如履薄，动若持盈。惟忧福过祸生，敢冀慎初护末。岂期此志上感宸聪，忧臣以处极多虞，虑臣以防闲不至。遂关圣虑，永保私门。勖臣以功名，申诸带砺，虽君亲嘱念，皆云必恕必容，而臣子为心，岂敢伤慈伤爱？谨当日谨一日，戒子戒孙，不敢因此而累恩，不敢承此而贾祸。圣主万岁，愚臣一心。谨诚惶诚恐，顿首顿首。

后遂封吴越王，并高、曾、祖、父都封了王号。钱王富贵已极，遂衣锦还乡，驾了车辇，省其坟墓。龙旗凤羽，鼓吹箫管，兵士、羽林军、文武百官，两旁排列，振动山谷。凡幼年嬉游钓弋之所，尽造华屋妆点，锦衣覆蔽，并挑的盐箩、扁挑、绳索，都把五彩盖覆，叹息道：“怎敢忘本？”封石鉴乡为广义乡，临水里为勋贵里，安众营为衣锦营，那照见冠冕的石镜山为衣锦山，大官山为功臣山，幼年坐在下的那株大树为衣锦将军，石为衣锦石，都将五彩锦绣披挂，奏乐荣耀。各各封拜已毕，乘着车辇而行。忽然道旁闪出一个白发老妇，手里拿一瓦瓶儿酒、几个角黍，迎着车辇大叫道："钱婆留，你好长进！"钱王认得是幼年救他性命的婆婆，登时下车，拜倒在地。老妇人那时九十余岁，用手搀起道："今日恁般长进，不枉了老身救你。"遂斟酒与钱王。钱王跪而饮之，笑道："怎敢忘了婆婆恩德？"遂以万金酬谢，一壁厢差官建造屋宇，造报恩坊，拔其二子都做显官，以报其救命之德。遂置酒筵，请当年一班熟识之人并高年父老，若男妇八十以上者饮金杯，百岁者饮玉杯，那时饮玉杯者共有十余人。钱王亲自执杯上寿，诸人欢畅，都吃得烂醉。

钱王乘一时酒兴歌道：

> 三节还乡挂锦衣，吴越一王驷马归。
> 天明明兮爱日辉，百岁荏苒兮会时稀。

钱王歌毕，这些父老都不解其意。原来这些父老不过是与钱王一伙同挑盐担的人，如何晓得"之乎者也"，今日钱王做了吴越王，便天聪天明起来，这些父老如何解说得出。钱王觉得欢意不洽，遂换了吴音唱个歌儿道：

> 你辈见侬底欢喜，别是一般滋味子，长在我侬心子里。

歌完，举座赓和，叫笑振席，满座都有金银珠宝酬谢。遂别了父老，归于杭州，改临安为衣锦军。

那时吴越王共有十四州江山，一时文武将帅之士，都是有名之人。先前有个贯休和尚做一首诗来献道：

贵逼身来不自由，几年辛苦踏山丘。
满堂花醉三千客，一剑霜寒十四州。
菜子衣裳官锦窄，谢公篇咏绮霞羞。
他年名上凌云阁，岂羡当时万户侯。

吴越王见了此诗甚喜，遣门下客对他道，教和尚改“十四州”为“四十州”，方许相见。贯休道：“州亦难添，诗亦难改。闲云孤鹤，何天不可飞耶？”遂不见而去。此以见贯休和尚之高也。

吴越王要造宫殿于江头凤凰山，有个会看风水的道：“如在凤凰山建造宫殿，王气有限，不过有国百年而已；如把西湖填平，留十三条水路以蓄泄湖水，建宫殿于上，便有千年王气。”钱王道：“岂有千年而天下无真主者乎？有国百年，吾所愿也。”遂定都凤凰山。城池高峻，宫阙壮丽，内为子城，南为通越门，北为双门，都金铺铁叶，极其巍峨。又造握发殿，盖取周公握发求贤之意。每一条柱，围一十二尺，其壮丽如此。筑城自秦望山由夹城东至江干，薄钱塘湖、霍山、范浦，共七十里，城门共十，城垣南北长而东西缩。后来杨行密将攻杭州，先遣一个识阴阳的来看视城垣，道：“此腰鼓城也，击之终不可得。”又闻鼓角声，道：“钱氏子孙当贵盛，未可图也。”遂不敢攻城而去，这是后话。有六个屯营之处：白璧营（城南上隅）、宝剑营（钟公桥北）、马家营（修文坊内）、青字营（盐桥东）、福州营（梅家桥东）、大路营（褚家堂）。

话说钱王年年修筑城池，工役甚多，百姓未免嗟怨。有人题诗句于钱王门上道：

没了期，没了期，修城才了又开池。

钱王出来见了，取笔也题数句于门上道：

没了期，没了期，春衣才罢又冬衣。

自此之后，百姓嗟怨顿息。

钱王尝在军中以钢铃为枕，名为“警枕”，未尝贴席而卧。床头置一粉盘，夜间思量得一事，就写于粉盘之中，次日依计而行。或夜半三更，拿起铜丸，抛出宫门之外，以警巡更守城之人，其警戒如此。钱王尝昼卧，一个童子煎汤，汤滚，其声甚响，童子恐惊醒钱王睡梦，羼冷水于汤中，汤便无声。钱王卧醒，见童子如此，暗暗道：“这童子能窥我心事，不可留之。”遂把这童子杀了。童子魂灵忽现形于前，钱王怜其枉冤，遂封为临安县土地之神，童子遂叩头而去。

钱王曾到余杭洞霄宫，抚掌而泉涌出，遂有抚掌泉。其妃嫔每岁归临安一次，看省坟墓。钱王以书遗妃嫔道：“陌上花开，可缓缓归矣。”又未尝不风流也。吴人因此便用其语为歌，含思宛转，听之凄然。杭人遂传为《陌上歌》。后来苏东坡易其词为《清平调》三首，道：

陌上花开蝴蝶飞，江山犹是昔人非。
遗民几度垂垂老，游女长歌缓缓归。

又一首道：

陌上山花无数开，路人争看翠軿来。
若为留得堂堂去，且更从教缓缓回。

又一首道：

生前富贵草头露，身后风流陌上花。
已作迟迟君去鲁，犹歌缓缓妾回家。

一日，钱王在宫中聚子侄宴燕，命弹琴一曲，便止住道："恐外人以我为长夜之饮也。"从此便止，其谨慎如此。

后开平元年朱温篡位，是为梁太祖，钱王遣使臣进贡，梁太祖问使臣道："尔王于国中所好何物？"使臣道："好玉带骏马。"太祖叹息道："真英雄也！"遂选玉带一条、名马四匹赐之，册封天下兵马都元帅。那时罗隐才子为钱塘知县，劝钱王举兵讨梁太祖。钱王笑道："吾不失为孙仲谋。"不肯举兵，遂受梁太祖之命。

他居宫中，轮差各院敏利老妪守更。忽一夜，有条极大蜥蜴沿在银缸上吸那麻油，吸完便忽然不见。老妪大以为异，不敢对人说。明日，钱王对宫人道："我昨夜梦饮麻油而饱。"老妪在傍听得说，便说昨夜蜥蜴之事，钱王微笑而已。方知是钱王元神。性喜佛法，建造佛刹，金碧辉煌，不计其数。那时江潮极是利害，潮头有数十丈之高，如山一般拥塞将来，海塘屡筑屡坏。钱王大怒，叫三千犀甲兵士，待潮头来时，施放强弩，摇旗擂鼓，呐喊放铳。又祷于胥山祠，为诗一章道：

为报龙王及水府，钱江借取筑钱城。

将诗投于江内。又建六和塔以镇风潮，亲自取铁箭以射潮头，果然潮水渐渐退缩，东击西陵。海塘一筑而就。凡今之平地，即昔时之江也，为杭州千古之利。至今有铁箭巷，为钱王射潮之所，仍有大铁箭出于土上，长四五尺，牢不可拔，其大如杵，真神物也。刘伯温先生有《钱王箭头歌》：

鸱夷遗魄拗余怒，欲取吴山入江去。
雷霆劈地水群飞，海门扶胥没氛雾。
英雄一怒天可回，肯使赤子随鲛鲐？
指挥五丁发神弩，鬼物辟易腥风开。

后唐同光初年，赐玉册金印，尊为尚父。后来也竟称帝，改了天宝、宝大、宝正几个年号，行郊天之礼。直待将薨之时，方教儿子撤去帝王仪从，臣事中国，整整活八十一岁而薨，谥武肃王。传子文穆王元瓘，忠献王弘佐，忠懿王弘俶。那忠懿王是忠献王之弟，名俶，字文德。

不说忠懿王嗣位，且说那时朝梁暮晋，四分五裂，百姓好不苦楚，感得上天降生一位真人下来，姓赵讳匡胤，涿州人氏，生于洛阳夹马营中，异香三月不散，人称为“香孩儿营”。生的方面大耳，自幼好使枪棒，一十八般武艺件件精通。逢场作戏，遇博争雄，每每纵酒，路见不平，便拔刀相助，颇好生事。宽弘大量，关之东西，河之南北，不知结识了多少未遇的英雄。累官周朝殿前都点检指挥使，有紫云黑龙之瑞。那时周世宗晏驾，太后临朝，陈桥兵变，因威望素著，人心推戴，便就军中黄袍加身，立他为帝，禅了周朝之位，国号大宋。那时华山有个陈抟仙人，骑驴下山，闻知赵太祖做了皇帝，大笑一声，从驴背上坠将下来，道：“天下自此定矣。”果然做了九朝八帝班头、四百年开基帝主。即位之后，封钱俶“开吴镇越荣文耀武功臣”。钱俶遣臣黄夷简入谢，宋太祖道：“尔归与元帅言，朕已于熏风门外建礼贤宅，以待李煜及元帅，先朝者居之。今煜倔强不朝，吾已遣兵往矣。元帅可暂来一见，慰我延想，即当遣还也。”黄夷简归来，对钱王说了备细。那时还有四国未曾归附，哪四国？

南唐李煜，西蜀孟昶。
北汉刘张，吴越钱俶。

后来宋太祖遣曹彬下了江南，钱俶恐惧，率领儿子入朝，进宝犀带于宋太祖。宋太祖对钱俶道：“朕有三条宝带，与此不同。”俶请宣示，太祖笑道：“汴河一条，淮河一条，扬子江一条。”钱俶愧服。太祖赐居礼贤宅，剑履上殿，诏书不名。召钱俶宴于后苑，那时只得太宗及秦王侍坐。酒酣，诏钱俶与太祖叙兄弟之礼，钱俶叩头辞让。酒至数巡，食供五套，太祖出内妓弹琵琶送酒，钱俶因献一词道：

金凤欲飞遭掣搦，情脉脉，看即玉楼云雨隔。

太祖见这首词儿，甚有哀怜之意，走将下来，拊其背道：“誓不杀钱王。”后钱王辞归，廷臣请留住钱王，不许返国，太祖不纳，竟遣之还，道：“善保汝国，尽我一世足矣。”乃赐一黄包袱，封裹御押，对钱王道：“待尔回家，然后开看。”钱王回到杭州，开来一看，都是众臣劝留钱王之疏，共五十三封。钱王遂泣下道：“太祖真仁德之君也，我何敢负官家？”后来太宗即位，钱王遂将吴越江山尽数纳土归朝。太宗大喜，改封淮海国王。俶弟仪、信，子惟浚等都拜节度使。次日，太宗召苑中饮宴，并儿子惟浚侍席，泛舟富池。太宗手举御杯赐钱王，钱王跪而饮之。明日，奉表称谢道：

御苑深沉，想人臣之不到。天颜咫尺，惟父子以同亲。

话说吴越王自开霸以来，共九十八年江山，只因知天命有归，不忍涂炭生民，今日把土宇尽数纳于宋朝，真所谓顺天者存也。始初晋天福年间，浙中儿童市井，都以“赵”字为语助词，如说“得”，便道“赵得”；如说“可”，便道“赵可”，通国如此，不解其意。谣言日盛一日，后宋朝受禅，钱氏纳土，浙中都属赵姓矣。钱俶纳土前一岁，有个疯狂和尚行歌于市上道：

还乡寂寂杳无踪，不挂征帆水陆通。
踏得故乡田地稳，更无南北与西东。

有人问这和尚道：“你这歌是甚么意思？”和尚但摇头道：“明年

大家都去。”果应其言。

但吴越王原是英雄，经百战而有十四州江山，今日子孙尽数归于宋朝，他英灵不泯，每每欲问宋朝索还江山，无奈太宗之后，历传真、仁数帝，都是有道之主，无间可乘。直等到第八朝天子，庙号徽宗，便是神霄玉府虚净宣和羽士道君皇帝，宠用一干佞臣：蔡京、王黼、高俅、童贯、杨戬、梁师成，这六人称为“宣和六贼”。又大兴工役，凿池筑囿，号“寿山艮岳”。又用一个朱勔，采取天下异花奇木以进，号曰“花石纲”。害得天下百姓十死九生，人民咨怨，个个思乱。

徽宗一日在于宫中，同郑娘娘游寿山艮岳而回，饮酒醉卧。忽然宫门“呀”地一声开处，闯进一人，但见：

> 头戴冲天冠，身着衮龙袍，腰系白玉带，足穿无忧履。堂堂一表，俨似天神之貌；凛凛一躯，巍然帝王之形。

徽宗大惊道：“汝是何代帝王？夤夜来此，有何话说？”那人开口道：“吾乃吴越王钱镠是也。生平苦挣十四州江山，汝祖不劳一枝折箭之功，以计取吾之地。以数论之，今日亦当还我。”徽宗道：“此是吾祖宗之事，汝何当日不言，今日反来问朕索取，是何道理？”吴越王道：“物各有主，吾俟候许久，今日定要还我江山，方始干休。”徽宗无言回答。吴越王大声喝道：“吾子孙好好来朝，怎便留我，夺我江山？今日定不相饶。”说罢，便抢入后宫。徽宗大喝一声，撒然惊觉，乃是南柯一梦，冷汗霑身，就与郑娘娘说知此事。郑娘娘道：“妾梦亦是如此，不知是何祥瑞。想吴越王英雄，自然有此。”说罢，忽宫人来报韦妃生子，就是异日的高宗。徽宗与郑娘娘大以为奇，暗暗晓得是吴越王转世。三日洗浴，徽宗亲临看视，抱在膝上，甚是喜欢，细细端详了一遍，对韦妃道：“怎生酷似浙人之脸？”韦妃大笑。原来韦妃虽是开封籍贯，祖籍原系浙江，所以面貌相同；况且又是吴越王转世，真生有所自也。

看官，你道那高宗却是徽宗第九个儿子，又做不得皇帝，怎生索得江山？不知天下之事，稀稀奇奇，古古怪怪，偏生巧于作合。正是：

> 不有废也，君何以兴？

后来徽宗渐渐无道，百姓离心，变怪百出，狐升御榻，京师大水，妇人生须，男人孕子，黑眚见于禁中，兵戈起于四方。徽宗全不修省，不听忠臣宗泽之言，以致金兵打破了汴京，徽宗被劫迁而去。那时高宗封为康王，在于磁州，因金兵之乱，走马巨鹿，不期马又死了，只得冒雨独行，走到三叉路口，不知那一条路去。忽有一匹白马前导，走到崔府君庙前，其马不见，心以为怪。走进庙里，见廊下有白泥马一匹，其汗如雨，方知是崔府君之灵。因假寐于廊下，梦崔府君以杖击地，催促他行。高宗急急抽身而走，又见白马前导，到斜桥谷，适值臣子耿南仲领一彪人马来迎，白马方才隐而不见。后来即帝位于南京，就是如今的归德府，又被金兵杀得东奔西走，直来到杭州地面。原先太祖陈桥驿之时，从仁和门而进，高宗今日从海道过杭，闻县名仁和，甚喜道："此京师门名也。"因改杭州为临安府，遂有定都之志，又因吴越王前此建都，也就于江头凤凰山建造宫殿，与汴都一样。他原是吴越王偏安一隅之主，所以并不思量去恢复中原，随你宗泽、岳飞、韩世宗、吴璘、吴玠这一班儿谋臣猛将苦口劝他恢复，他只是不肯，也不肯迎取徽、钦回来，立意听秦桧之言，专以和议为主，把一个湖山妆点得如花似锦一般，朝歌暮乐。所以当时林升并有首诗道：

> 山外青山楼外楼，西湖歌舞几时休？
> 暖风熏得游人醉，直把杭州作汴州！

当时湖南有条白塔桥，印卖朝京路程，士庶要到临安的，定要买来算计路程。有人题首诗道：

白塔桥边卖地经，长亭短驿甚分明。
如何只说临安路，不数中原有几程？

这般看将起来，南渡偏安之计，信不虚矣。且又当干戈扰攘之际，一味访求法书名画，不遗余力。清闲之时，展玩摹榻，不少厌倦。四方献奉，殆无虚日。其无经国远猷之略，又何言乎？但吴越王偏安，高宗也偏安；吴越王建都杭州，高宗也建都杭州；吴越王活至八十一岁，高宗也活至八十一岁：恁地合拍，真是奇事。后人有诗为证：

吴越偏安仅一隅，宋朝南渡又何殊？
一王一帝同年寿，始信投胎事不诬。

第二卷

宋高宗偏安耽逸豫

六龙转淮海，万骑临吴津。
王者本无外，驾言苏远明。
瞻彼草木秀，感此疮痍新！
登堂望稽山，怀哉夏禹勤。
神功既盛大，后世蒙其仁。
愿同越勾践，焦思先吾身。
艰难务遵养，圣贤有屈伸。
高风动君子，属意种蠡臣。

这一首诗是高宗在杭州题中和之作。话说宋朝当日泥马渡康王，来于杭，以府治为行宫，题这首诗于中和堂，思量恢复中原，要范蠡、文种之臣辅佐国家。说便是这般说，朝中有一岳飞而不能用，却思借材于异代，岂不可笑？高宗在宫，好养鹁鸽，躬自飞放，有一士人题首诗道：

鹁鸽飞腾绕帝都，朝收暮放费功夫。
何如养个南来雁，沙漠能传二帝书。

高宗闻得，即召见此人，赐与一官。将官杨存中在建康，旗上画双胜连环，叫做“二胜环”，盖取二圣北还之义；后得美玉，琢为帽环，献与高宗。有一优伶在傍，高宗指示道：“此乃杨太尉所进‘二胜环’。”优伶跪接细视，徐徐奏道：“可惜‘二胜环’放在脑后。”高宗为之改容。然虽如此，高宗能言而不能行。若是真要报仇雪耻，须像越王卧薪尝胆，日图恢复之志，身率岳飞一班儿战将，有进无退，直杀得金兀术大败亏输而走，夺还两宫，恢复土宇，仍都汴京，方是个有道的君王、报仇雪耻的臣子。高宗不知大义，听信贼臣秦桧和议，误了大事。可怜他父亲徽宗，陷身金鞑子之地，好生苦楚，见杏花开，作《燕山亭》一只词，后有句道：

天遥地远，万水千山，知他故宫何处。怎不思？梦里有时曾去，无据；和梦也有时不做。

又遇清明日，做首诗道：

茸母初生认禁烟（茸母，草也），无家对景倍凄然。
帝城春色谁为主，遥指乡关涕泪涟。

又做首词道：

孟婆孟婆（宋汴京勾栏中语，谓风也），你做些方便，吹个船儿倒转。

你看徽宗这般苦楚，思量回来。那高宗却全不在心上。

绍兴间，和议已成，高宗母亲韦后将还中国，徽宗挽住韦后车轮泣道：“但得与你同归中国，为太一宫主足矣，他无望于九哥也。”韦后不能却，只得发誓道：“我若回去，不差官来迎接，当瞽吾目。”说毕升车。回来见高宗并无迎接之意，韦后心中不乐，遂两目俱盲。有道士应募入疗，金针一拨，左目豁然。韦后大喜，要道士再医右目，自有重赏。

道士笑道："太后以一目视足矣，以一目存誓可也。"韦后说着心事，起拜道："吾师真圣人也，知吾之隐。"倏忽之间，道士不见。所以韦后只得一目能视，盖高宗之过也。不思迎接徽、钦回来，只是燕雀处堂，一味君臣纵逸，耽乐湖山，无复新亭之泪，所以忠臣洪皓从金而回，对秦桧道："钱唐暂都之地，而宫殿、太庙，土木皆极华侈，岂非示无中原之意乎？"秦贼嘿然不悦。这误国贼臣岂不可恨？

说话的，不知从来做天子的，都是一味忧勤，若是贪恋嬉游，定是亡国之兆。只看我洪武爷百战而有天下，定鼎金陵，不曾耽一刻之安闲。夜深在于宫中，直待外边人声寂静，方才就枕，四更时便起，冠服拜天后，即往拜奉先殿，然后临朝。敬天敬祖，无一日而不如此，所以御制一首诗道：

> 百僚未起朕先起，百僚已睡朕未睡。
> 不如江南富足翁，日高三丈犹披被。

若饮食之时，思量得一事，就以片纸书之，缀于衣裳之上；或得数件事，便累累悬于满身。临朝之时，一一施行。

把起兵时盔甲藏在太庙，自己御用之枪置在五凤楼中，以示子孙创业艰难之意。又因金陵是六朝建都风流之地，多有李后主、陈后主等辈贪爱嬉游，以致败国亡家、覆宗绝祀，所以喜诵唐人李山甫《金陵怀古诗》，吟哦不绝，又大书此诗，揭于门屏道：

> 南朝天子爱风流，尽守江山不到头。
> 总为战争收拾得，却因歌舞破除休。
> 尧将道德终无敌，秦把金汤不自由。
> 试问繁华何处在，雨花烟草石城秋。

圣心儆惕，安不忘危，其创业贻谋之善如此。后来又亏永乐爷这位圣人，是玄天圣帝下降，所以建都北京之时，有五色瑞光，庆云瑞霭，氤氲流动，烂彻云霄，弥满殿间，庆云内又出五色瑞光，团圆如日，正当御座，终日如此，官军人等万目共见。那时神威远震，九夷八蛮无不臣服，都率领妻子头目，打造金叶表文，虽数千万里之遥，不惮辛苦，梯山航海，尽来朝贡，真从古以来未之有也。共四十余国：

于阗国（在肃州西南六千三百里）、渤泥国（国王及妃来朝）、满剌加（国王妻子陪臣入朝）、吕宋国、西洋古里国、苏门答剌国、榜葛剌国、合猫里国、把力国、碟里国、打回国、日罗夏治国、麻林国、婆罗国、忽鲁母恩国、占里班卒国甘把里国、彭亨国、小葛兰国、邻鲁国、须文达那国、拂麻国、柯枝国、麻剌国、阿哇国、溜山国、忽鲁谟斯国、沿纳扑儿国、加异勒国、南巫里国、忽兰丹国、奇剌泥国、夏剌北国、窟察泥国、乌涉剌锡国、阿丹国鲁密国、彭加那国、舍剌国、左法儿国、齐八可意国、坎巴夷替国、墨葛达国、八答黑阳国、日落国、哈烈国（东至肃州一万一千里，即汉之大宛也）、火州国（东南至肃州一月程，即汉车师前后王地，唐之高昌也）、亦力国（在肃州西北三千七百里，即古龟兹国也）。

凡这四十余国，从古来未常曾通中国，今都来屈膝稽颡，岂不是从前所无之事？永乐爷虽然如此，却又体洪武爷安不忘危之意，率领将士亲征，五出漠北，三犁虏廷，捣其巢穴，杀得鞑靼东倒西歪，落荒而走，直至南望北斗，连那元太祖始兴之地斡难河边，都造一行宫于其地，以示神武。又于玄石坡、擒胡山、清流泉都刻铭于其上，以纪千秋万世不朽之功。《玄石坡铭》道：

维日月明，维天地寿。玄石勒铭，与之悠久。

《擒胡山铭》道：

瀚海为镡，天山为锷。一扫胡尘，永清沙漠。

《清流泉铭》道：

於铄王师，用歼丑虏。山高水清，永彰我武。

直杀得一望数千里沙漠之地，并不见一个鞑靼影儿。又感得神人托梦，再三道“上帝好生”，方才班师而回，岂不是万古一帝？所以后来并无虏患，真是圣主神谋，可见帝王是断贪不得安乐的。

那宋高宗耽乐湖山，便是偏安之本了。自南渡以来，建宫殿于凤凰山，左江右湖，曲尽湖山之美，延江数十里，风帆沙鸟，烟霭霏微，一览而尽。不则一日，造成宫殿，非常华丽，与汴京一样。又点缀名山，敕建庙宇。因当初封康王之时，常使于金，兀术每欲加害，夜中常见四个极大之神，身长数丈，手执器械护卫，金兀术遂下手不得。登位之后，访问方士，方士道：“紫微座傍有大将四名，曰天蓬、天猷、翊圣、真武，护陛下者即此四将也。”后来韦太后还自沙漠，高宗大喜，感四将护卫之德，遂敕封四圣延祥观，以沉香刻四圣像，并从者二十人，饰以大珠，备极工巧，为园曰“延祥”，亭馆窈窕，丽若画图，水洁花寒，气象幽雅，为湖上极盛之处。从此一意修饰佛刹，不计其数，多栽花柳，广种荷花。朝欢暮乐，箫管之声，四时不绝。又因原先柳耆卿“三秋桂子，十里荷花”这首词，传播于金，金主完颜亮便起南侵之思，假以通好为名，潜遣画工人临安，图画西湖山水，裱成屏风，并画自己形像，策马于吴山顶上，题诗屏上道：

万里车书合会同，江南岂有别疆封？
提兵百万西湖上，立马吴山第一峰。

从此又为战争之端，幸而完颜亮旋遭弑逆之祸，中原方得平靖，所以当时有首诗道：

谁把江南曲子讴？荷花十里桂三秋。
那知卉木无情物，牵动长江万里愁。

话说高宗即位三十六年，日受西湖之乐，后来禅位于孝宗，退居德寿宫，称为“光尧寿圣太上皇帝”。把个忧劳辛苦的担儿，交付与孝宗，一发得其所哉了。孝宗不是高宗之子，是太祖七世之孙、秀王之子。高宗无子，育以为子，初封普安郡王，后即帝位，能尽人子之道，极其孝敬。凡奉养高宗之事，无所不至。因高宗酷爱西湖之景，遂于湖上建造几处园亭，极其华丽精洁。那几处：聚景园（清波门外）、玉津园（嘉会门外）、富景园（新门外）、集芳园（葛岭）、屏山园（钱湖门外）、玉壶园（钱塘门外）。这几处园亭，草木繁蔚，胜景天成。孝宗每每起请太上皇两宫游幸湖山，御大龙舟，宰相诸官，各乘大船，无虑数百，那时承平日久，与民同乐，凡游观买卖之人，都不禁绝。画船小舫，其多如云。至于果蔬、羹酒、关扑、宜男、戏具、闹竿、花篮、画扇、彩旗、糖鱼、粉饵、时花、泥孩儿等样，名为湖上土宜；又有珠翠冠梳、销金彩缎、犀钿、漆窑、玩器等物，无不罗列，如先贤堂、三贤堂、四圣观等处最盛。或有以轻桡趁逐求售者，歌妓舞鬟，严妆炫卖，以待客人招呼，名为“水仙子”。至于吹弹舞拍、杂剧撮弄、鼓板投壶、花弹蹴踘、分茶弄水、踏滚木、走索、弄丸、弄盘、讴唱、教水族飞禽、水傀儡、鬻道术戏法、吞刀吐火、烟火、起轮、走线、流星火爆、风筝等样，都名为“赶趁人”。其人如蚁之多，不可细说。太上皇御舟，四垂珠围锦帘，悬挂七宝珠翠，宫姬女嫔，俨如神仙下降，天香浓郁，花柳避其妍媚。太上命内侍买湖中鱼鳖放生，又宣唤湖中买卖人等，内侍用小旗招引，各有赏赐。

那时有个宋五嫂，是汴京酒家妇人，善作鱼羹，随南渡来此，侨寓于苏堤之上，卖鱼羹为生。太上因是汴京故人，遂召到御舟上访问来历，念其年老，因而凄然有感旧之思，遂命宋五嫂进其鱼羹。太上食而美之，遂赐金钱十文、银钱百文，绢十匹。自此之后，每游湖上，必要宋五嫂烹的鱼羹。因此杭人都来买食，其门如市，遂成富媪。有诗为证：

柳下白头钓叟，不知生长何年。
前度君王游幸，卖鱼收得金钱。

太上每每好游聚景园，以此处景致更胜于他处也。一日，御舟经过断桥，太上见一酒肆甚是精雅，中有素屏风，上书词一首，调寄《风入松》道：

一春常费买花钱，日日醉湖边。玉骢惯识西湖路，骄嘶过、沽酒楼前。红杏香中歌舞，绿杨影里秋千。 暖风十里丽人天，花压鬓云偏。画船载得春归去，余情付湖水湖烟。明日重携残酒，来寻陌上花钿。

太上看了这词，喜动天颜道："这词甚好，但末句不免酸寒。"因提御笔改"残酒"为"残醉"二字，就问酒保道："这词是谁人所作？"酒保跪奏道："是个穷秀才于国宝醉后所作。"太上即时宣召于国宝前来，赐与金花乌幞角头，敕赐为翰林学士之职，即日荣归乡里，惊动了天下。自此之后，歌楼酒馆、庵院亭台粉壁之上，往往有文人才子之笔，也有文理欠通之人，假学东坡姓苏，希图君王龙目观看、重瞳鉴赏，胡诌乱诌，做几句歪诗句在上，臭秽不堪，只好送与君王一笑而已。

太上一日驾幸灵隐冷泉亭，观风玩景。寺中一个行者捧着茶盘，跪而献茶。太上龙目一看，就问这行者道："朕观汝意度，不像行者模样，本是何等样之人，可为细说。”那行者叩头泣奏道：“臣本岭南郡守，得罪于监司，因而诬奏臣有赃私，废为庶人，贫无以为糊口之计，只得在此从师舅觅碗粥饭，以苟延残喘耳。”太上甚是哀悯，道：“朕当与皇帝言之，复尔原官可也。”行者叩谢而退。太上过了十余日，又幸灵隐寺，那人仍旧出来献茶，还是本等服色。太上大惊道：“尔怎么还在此间？”那人答道：“并不曾有恩命。”太上嘿然不悦，随即起驾而去。次日，孝宗恭请太上、太后游聚景园，太上也不言语，也不饮食，大有嗔怪之意。孝宗再三劝进饮食，太上只是不理。太后道：“孩儿好意招老夫妇饮酒，却为何大有不悦之意？”太上大怒道：“朕今年老，人不听我说话。”孝宗惊惧，跪请其故。太上方才说道：“灵隐寺中行者，朕已言之而不效，使朕羞见其人。”孝宗答道：“昨承圣训，次日便谕宰相。宰相说彼赃污狼藉，免死已幸，难以复用。然此小事，明日一依圣谕便是，今日且开怀一醉可也。”太上方才言笑饮食。次日，孝宗临朝，面谕宰相，宰相还执前说，孝宗道：“昨日太上大怒，朕几无地缝可入，就是大逆谋反，也须放他。”遂尽复原官，仍改一大郡。后数日，太上再往，那人已具冠服叩谢道：“臣已得恩命，专候圣驾到此。”遂叩头谢恩而去。太上大喜，从此益隆于父子之情。

八月十八日，孝宗请太上、太后观潮，先期命修内司在浙江亭两傍抓缚席屋五十间，都用五彩绣幕缠挂。十八日清晨，早膳已完，御辇、担儿及内人车马并出候潮门，簇拥而来，驾到浙江亭，好生齐整。太上分付从驾百官各赐酒食，并免侍班，从便观看。百官各自分散，逐队嬉游。先前有澉浦、金山都统司五千人在下江，至是又命殿司新刺防江水军、临安水军并行操演。军船一带雁翅般摆开，在于江口西兴、龙山两岸，共千余只。各军都戎装披挂，戈甲旗帜，耀日鲜明。管军官在江面上分布五阵，摇旗呐喊，飞刀舞槊，各船进退，如履平地一般，点放五色烟炮，满于江面，及烟收炮息，诸船尽藏，不见一只。太上命管军官已下一概赏赐。

那时自龙山已下，贵邸豪民，彩幕绵亘三十余里，挨肩叠背，竟无行路。连隔江西兴一带，也都抓缚幕次，悬挂锦绣，江面之上，有如铺锦一般。须臾，海门潮头一点将动，那惯弄潮的，共有出色数人：哑八、画牛儿、僧儿、留住、谢棒，其余共有百余人。这几个当先率领余人，手持十幅彩旗，直到海门迎潮，踏浪争雄，出没于波涛之中，并无漂溺。

少顷潮来，欢声喧嚷。又有踏滚木、水傀儡、水百戏、水撮弄诸人，各呈伎艺。太上尽为赏赐。天颜大悦道："钱塘形胜，天下所无。"孝宗奏道："江潮亦天下所独。"遂宣谕侍宴各官，各赋《酹江月》词一曲，独有吴琚一首做得最妙：

> 玉虹遥挂，望青山隐隐如一抹。忽觉天风吹海立，好似春霆初发。白马凌空，琼鳌驾水，日夜朝天阙。飞龙舞凤，郁葱环拱吴越。　此景天下应无，东南形胜，伟观真奇绝。好是吴儿飞彩帜，蹴起一江秋雪。黄屋天临，水犀云拥，看击中流楫。晚来波静，海门飞上明月。

太上大喜，赏赐无限。月上，放一点红羊皮小水灯数十万盏，浮满水面，竟如千万点星光一般灿烂。说此水灯是江神所喜，非徒事观美也。直至一更，上始还宫内，孝宗亲扶太上登辇，都人倾城称赞圣孝。

自此之后，每每游幸湖山聚景园诸处，便游人簇拥如山如海之多。如有曾经君王宣唤赏赐过的，便锦衣花帽以自异于众人。每至日晚，圣驾进城，诸人捱挤，争前看视，竟至踏死数十人。太上次日闻知，甚是懊恨，自此便不欲出来游山玩水。孝宗便体太上皇之心，差内侍并各官就于德寿宫内造成景致，与西湖一样，凿为大池，引水注之，叠石为山，象飞来峰之景，建一亭，名为"冷泉"。造成，请孝宗看视。孝宗一看，俨然是灵隐飞来峰之景，一毫无二。孝宗大悦，赋首诗道：

> 山中秀色何佳哉，一峰独立名飞来。
> 参差翠麓俨如画，石骨苍润神所开。
> 忽闻仿像来宫囿，指顾已惊成列岫。
> 规模绝似灵隐前，面势恍疑天竺后。
> 孰云人力非自然，千岩万壑藏云烟。
> 上有峥嵘倚空之翠壁，下有潺湲漱玉之飞泉。
> 一堂虚敞临清沼，密荫交加森羽葆。
> 山头草木四时春，阅尽岁寒长不老。
> 圣心仁智情优闲，壶中天地非人间。
> 蓬莱方丈渺空阔，岂若坐对三神山。
> 日月雅趣超尘俗，散步逍遥快心目。
> 山光水色无尽时，长将挹向杯中渌。

孝宗赋完诗，献与太上。太上看完，龙颜大喜，提起笔来，就书于其后道：

> 吾儿自幼岐嶷，进德修业，如云升川增，一日千里。吾比就宽闲之地，叠石为山，引湖为泉，作小亭于其旁，用为娱老之具，且俾吾儿万几之暇，时来游豫。父子杯酒相属，挹山光而听泉流，濯喧埃而发清兴，恍若徜徉乎灵隐、天竺之间，其乐可胜道哉！吾儿乃肆笔成章，形容尽美，虽吟咏之作，帝王之余事，然造语用意，高出百世之上，非巨儒积力可窥其粗，亦有以见天纵之多能。览之欣然，老眼为之增明矣。

书罢，孝宗谢恩。

那园中又有新造一聚远楼，太上御笔亲书扁额，仍大书苏轼“赖有高楼能聚远，一时收拾付闲人”之句于屏风之上。

那聚远楼景致清凉，三伏之中绝无暑气，真蓬岛之胜境也。翰林院进首词道：

聚远楼前面面风，冷泉亭下水溶溶。
人间炎热何曾到，真是瑶台第一重。

乾道三年三月初十日，孝宗遣内侍到德寿宫，取出圣旨奏道：“连日天气甚好，欲一二日间，恭邀圣驾幸聚景园看花，取自圣意，选定一日。”太上道：“传语官家：备见圣孝，但频频出去，不唯费用，又且劳人，本官后园亦有几株好花，不若来日请官家过来闲看。”内侍领命而来，奏与孝宗。孝宗遵命，次日早膳后，车驾同皇后、太子过德寿宫，起居拜舞二殿已毕，先到灿锦亭进茶。茶毕，同至后苑看花。两廊都是小内侍照依西湖景致，摆列珠翠、花朵、玩具、匹帛、花篮、闹竿、市食等物，许小内侍关扑。次到球场，看小内侍抛彩球、打秋千。看了一会，又到射厅看百戏。孝宗都有赏赐。又到清妍堂看荼蘼花。宫中以水银为池，把金银打成凫雁鱼龙之形，放于水银池中，精光夺目。凫雁鱼龙都有飞动之势。又到牡丹堂看牡丹，牡丹花上都有牙牌金字；别彩好色千朵，安于花架之上，都是水晶玻璃，天青汝窑金瓶，独白玉碾花商尊，高三尺、大一尺三寸，中插“照殿红”十五枝。孝宗看完，就登御舟绕堤闲游。也有小舟数十只，供应杂艺、嘌唱鼓板、鬻卖蔬果，竟与西湖一样。太上倚阑闲看，忽然有双燕掠水飞过，太上便命知阁官进词。当下词臣曾觌奉旨赋《阮郎归》一曲道：

柳荫庭院占风光，呢喃春昼长。碧波新涨小池塘，双双蹴水忙。萍散漫，絮飞扬，轻盈体态狂。为怜流水落花香，衔将归画梁。

又有张抡进《柳梢青》一曲。太上龙颜大悦，都赐金杯二对、金束带一条。太后把宫中教习女童二人，一名琼华、一名绿华，都会得琴阮、下棋、写字、背诵古文，就赐与官家作要。那时太上、孝宗都已大醉，孝宗谢恩而出。太上吩咐内侍道：“官家已醉，可一路小心照管。”孝宗还宫。

后八月十五日，孝宗过德寿宫。太上钓鱼为乐，遂留孝宗赏月，宴于香远堂。堂东有万岁桥，长六丈余，以白玉石妆成，雕栏莹彻。桥上造四面亭，都是新罗白木，与桥一色，盖造极其雅洁。大池十余亩，植千叶白莲。御榻、屏几、酒器，都用水晶。南岸摆列着一班教坊工，近二百人，待月初上，箫韶齐举，八音并作，缥缈相应，如在霄汉。一通乐过，太上宣召小刘贵妃独吹白玉笙《霓裳中序》，孝宗自起执玉杯，奉两殿寿酒。侍宴官曾觌恭进《壶中天慢》词一曲道：

素飙飏碧，看天衢，稳送一轮明月。翠水瀛壶人不到，比似世间秋别。玉手瑶笙，一时同色，小按《霓裳》叠。天津桥上，有人偷记新阕。

当日谁幻银桥，阿瞒儿戏，一笑成痴绝。肯信群仙高宴处，移下水晶宫阙。云海尘清，山河影满，桂冷吹香雪。何劳玉斧，金瓯千古无缺。

太上看了这词，大喜道：“从来月词，不曾用金瓯事，用得甚是新奇。”赐金束带一条、紫番罗水晶碗。孝宗亦赐宝盏数枚。直至一更五点还内。那日连西兴亦闻天乐之声，可谓盛矣。父子欢娱，不可胜计。

高宗直活到八十一岁，受孝宗之养共是二十四年，始终如一日。高宗虽然游豫湖山，却都是与民同乐。那时临安百姓极其安适，诸务税息每多蠲免，如有贫穷之民，连年不纳钱赋者，朝廷自行抱认。还有各项恩赏，有黄榜钱，雪降之时便有雪寒钱，久雨久晴便有赈恤钱米，大官拜命便有抢节钱，病的便有施药局，童幼无人养育的便有慈幼局，贫而无倚的便有养济院，死而无殓的便有漏泽园。那时百姓欢悦，家家饶裕。唯与民同乐，所以还有一百五十年天下，不然与李后主、陈后主又何以异乎！后人诗云：

高宗南渡极盘桓，圣主恭承太上欢。

回首凤凰山下阙，至今犹自五云攒。

第三卷

巧书生金銮失对

纱笼自可为丞相，金紫难加薄命人。
风送滕王雷碎石，难将天意等闲陈。

话说人生富贵穷通，自有定数。诗中第一句是李藩的故事。李藩初在节度使张建封门下，张建封镇治徐州，奏李藩为判官。那时新罗国有个异僧，善能相人。张建封叫这异僧遍相幕下判官道："这若干判官之中，异日可有为宰相者否？"异僧相了一遍，道："其中并无一人可为宰相。"张建封道："我妙选宾僚，岂无一人可为宰相者乎？"急召李判官来。李判官一到，异僧便降阶而迎，对张建封道："这位判官是纱笼中人。"张建封道："怎生是纱笼中人？"异僧道："阴府中凡是做宰相之人，其名姓都用红色纱笼护住，恐世上人有所损伤。"张建封甚以为异。后来李藩果然做到宰相，这不是天生的贵人么！

第二句是王显的故事。那王显与唐太宗皇帝有严子陵之旧，极是相知，幼年曾掣裈为戏、夺帽为欢。王显年纪大如太宗数岁，一生蹭蹬，再不能做官。太宗未遇之时，尝取笑他道："王显老大，还不结个茧子。"后来太宗做了皇帝，王显谒见，奏道："臣今日可作茧否？"

太宗笑道："未可知也。"召其三子到于殿廷之上，授以五品官职，独不加王显爵位。王显不平道："怎不加臣官职，岂臣反不如三子乎？"太宗叹道："卿无贵相，朕非为卿惜一官也。"王显又道："朝贵而夕死可矣。"那时仆射房玄龄在侧，启奏道："陛下与王显既有龙潜之旧，何不试与之，又何必论其相之贵贱？"太宗只得封他三品官职，取紫袍金带赐之。王显谢恩而出，方才出朝，不觉头痛发热起来，到半夜便已呜呼哀哉了。太宗叹息道："我道他无福，今果然矣。"这不是天生的贱相么！

"风送滕王"是王勃的故事。王勃六岁能文，十三岁同父亲宦游江左，舟泊马当山。忽然见大门当道，榜曰"中元水府之殿"。王勃登殿瞻礼已毕，正要下船，忽遇一老叟坐于石矶之上，与王勃长揖道："子是王勃否？"王勃惊异。老叟道："来日重阳，南昌都督命作《滕王阁序》。子有清才，何不往赋，取彼重礼？"王勃道："此去南昌八百里，今日已是九月八，岂能飞渡？"老叟道："这事甚易，吾当助子清风一阵。"王勃道："叟为何神？"老叟道："吾中元水府君也。"说毕，便起清风一阵，八百里一夜送到南昌，赋了《滕王阁序》，取彼重礼而归。自此王勃才名布满天下，所谓"时来风送滕王阁"者，此也。

那"雷碎石"是张镐的故事。张镐与范文正公极其相好，家道贫穷，范文正公每每赠以缣帛金银之物。争奈赠者有限，贫者无穷，钱财到手，如汤浇雪一般消化。张镐要进京，缺少盘费，范文正公思量得一主无碍钱财，却是唐时颜鲁公写的《荐福碑》，每一纸价值数千贯钱。范文正公叫人备了纸墨，要摹拓数千张与张镐为进京之费，先一日打点得端正，不期夜间风雨大作，一个霹雳，将这《荐福碑》打为数段，所谓"运退雷轰荐福碑"者，此也。

据这四个故事看将起来，可见世上富贵贫穷之事，都是上天作主，一毫人力勉强不得。只看宋仁宗事，便知端的。

宋仁宗御于便殿，忽有二近侍在殿侧争辩，声闻御前。仁宗召到面前问道：“汝二人争辩恁的？”一个说“人生贵贱在命”，一个说“人生贵贱在至尊”，因此争辩。仁宗暗暗道：“朕为天下之主，贵贱贫富，都由朕付与。朕若要贵此人，便可位极人臣；朕若要贱此人，便立见原宪、范丹之穷。怎生说由上天作主？将朕这个座位儿，却说得不值钱了。”心中不得意这个说命的人，就把案上二小金盒子，各书数字，藏于中道：“先到者，保奏给事，有劳推恩。”封闭甚密，先叫这个说贵贱在至尊的，捧了一枚金盒到内东门司；待这人去了半日，料他已到东门司，方才又叫那个说贵贱在命的，捧了一枚金盒而去。过了半日，那内东门司保奏后来说命的这人推恩。仁宗大惊，问其缘故：原来先前去的这人，到半路上猛然跌了一交，行走不动，反是后来的先到，因此保奏推恩。仁宗皇帝大加叹异道：“果然由命不由人。朕为天子，尚且不能以富贵与人，何况其他！”这般看将来，真是：

世上万般都是命，果然半点不由人。

说话的，我且问你：“设使仁宗再叫此人去，难道不做了不成？”总之毕竟勉强，不是自然之事。在下这一回故事，说“巧书生金銮失对”。未入正回，先说一个意外之变的，做个引子。

话说天顺年间，江西崇仁县一人姓吴，名与弼，字子傅。其人有济世安邦之策，经天纬地之才，学贯古今，道传伊洛，隐于畎亩，躬耕自得。宰相李贤知其怀才抱异，奏闻天顺爷。天顺爷好贤礼士，即准其奏，遣行人一员，赍着束帛敕书，征聘吴与弼到京，加官进爵，将隆以伊、傅之礼。吴与弼同行人到于京师，天顺爷命次日御文华殿召对。吴与弼知圣意隆厚，要把生平怀抱尽数倾沥出来，一则见不负所学之意，一则报圣上知遇之恩。便预拟数事，指望面奏，胸中正打点得端端正正，夜宿朝房之中，将头巾挂在壁上。不期睡熟起迟，正是早朝时候，急急忙忙，壁上除下这顶头巾，也不暇细看，将来戴在头上。走到文华殿，那时文武班齐，专待吴与弼来敷陈王佐之略。吴与弼拜舞已毕，天顺爷玉音询问再三，吴与弼俯首不能占对，当下宰相李贤在傍催促，吴与弼勉强挣一句，答道："容臣出外草疏奏上。"其声又甚是低小。说完，不过再三叩头而已。天顺爷甚是不满其意，遂命内臣送至左顺门。诸朝士并李贤一齐走来，问吴与弼道："此时正是敷陈之时，如何竟无一言，岂是圣上召对之意？"但见吴与弼面红紫胀，双眉顿蹙，一句话也说不出，急急将头巾除将下来一看，原来头巾内有一个大蝎子，问对之时，正被此物一尾钩螫着，疼痛莫当，所以一句答应不出。

李贤同吴与弼一齐惊叹。你道此物真个作怪跷蹊，可可的钻在头巾之内，正当召对之时，螫上一尾，可不是鬼神莫测之事。况天恩隆重，千古罕见，若一一敷陈，必有可观，岂不为朝廷生色、处士增光？不知有多少济世安邦之策，匡王定国之猷。吴与弼遭此一螫，一言不能答对，自觉惭愧，有负圣主求贤之意、宰相荐贤之心，晓得命运不济，终是山林气骨，次日遂坚辞了左春坊、左论德之命。天顺爷又命李贤再三挽留，吴与弼具疏三辞。天顺爷知挽留不得，赐敕褒美，命有司月给米二石，遣行人送归乡里，一以见圣主之隆贤，一以见吴与弼之知命也。正是：

命运不该朱紫贵，终归林下作闲人。

不要说不该做官的，就是该做官的，早不早一日，迟不迟一日，也自有个定数。话说宋朝隆兴年间，永嘉府一人姓甄，双讳龙友，自小聪明绝人，成人长大之后，愈觉聪明无比，饱读儒书，九流三教无所不能，口若河悬，笔如泉涌，真个是问一答十、问十答百。就是孔门颜子见了，少不得也要与他作个揖，做个知己，若是子贡见了，还要让他个先手，称他声“阿哥”。果是：

包含天地谓之秀，走笔成章谓之才。

方才不愧“秀才”二字，更兼他诙谐绝世，齿牙伶俐，难他不倒，说他不过，果然有东方朔之才，具淳于髡之智。正是：

学成文武艺，货与帝王家。

话说那甄龙友如此聪明，如此才辨，那功名二字，便是他囊中之物，取之有余，用之不穷，早要早取，晚要晚取。

争奈那八个字上，甚是不利，家道贫穷，一亩田地也无。果然是：

浑身是艺难遮冷，满腹文章不疗饥。

少年有父母的时节，还是父母撑持，不意二十岁外，丧门、吊客星动，两月之间，连丧双亲。甄龙友守着这个空空的穷家恶业，好生难过。亏他捱过三年，丧服已满，幸得父母在日，娶得一个妻子葛氏，这葛氏甚是贤惠。大抵穷秀才，最要妻子贤惠，便可以无内顾之忧，可以纵意读书；若是妻子不贤惠，终日要料理家事，愁柴愁米，凡是米盐琐碎之事，一一都要经心，便费了一半读书工夫，这也便是苦事了。甄龙友妻子贤惠，不十分费读书工夫，也是便宜之处。但家道极穷，究竟支撑不来。你道一个极穷的人，本难过活，又连丧了双亲，岂不是苦中之苦、穷外之穷？始初便勉强撑持，靠着妻子绩麻度日，后来连绩麻也救不及了。从来道，人生世上，一读了这两句书，便有穷鬼跟着，再也遣他不去。龙友被这穷鬼跟得慌，夫妻二人计较道：“如此贫穷，实难存济，不如开起一个乡馆来，不拘多少，得些束脩，将来以为日用之费，强如一文俱无，靠绩麻过日，有一餐没一餐的。”甄龙友道：“吾妻言之甚是有理，但我这般后生年纪，靠做乡学先生过日，岂是男儿结果之场？”葛氏道：“目今贫穷，不过暂救一时之急，此是接济之事，岂是结果之场？况做乡学先生，虽不甚尊，还是斯文体面，不曾损了恁的。”甄龙友一生好为戏谑之语，便道：“昔老儒陈最良说得好，要‘腰缠十万，教学千年，方才贯满’。这斋村学钱不知趱了几年，方才得有受用哩。”遂依葛氏之言，写了一张红纸，贴于门首道：“某日开学，经、蒙俱授。”过了数日，果然招集得一群村学童，纷纷而来。但见：

一群村学生，长长短短，有如傀儡之形；数个顽皮子，吱吱哇哇，都似虾蟆之叫。打的打，跪的跪，哭啼啼，一殿阎王拷小鬼；走的走，来的来，乱嚷嚷，六个恶贼闹弥陀。吃饭迟延，假说爹娘叫我做事；出恭频数，都云肚腹近日有灾。若到重阳，彩两朵黄花供师母；如逢寒食，偷几个团子奉先生。

话说甄龙友教了数十个村孩童，不过是读“赵钱孙李”之辈。后来有几个长大些的，读《论语》，甄龙友教他读到“郁郁乎文哉”，那村孩童却读作“都都平丈我”。甄龙友几番要他读转“郁郁乎文哉”，村孩童再三不肯道：“原旧先生教我读作‘都都平丈我’。”甄龙友只得将他来打了几下。村孩童哭将回去，对父亲道：“先生差读了书，反来打我。”父亲大以为怪，说先生不会读书，不曾识字，怎生把“都都平丈我”差读作“郁郁乎文哉”，是一字不识的村牛，怎好做先生误人家儿子？因此叫众学生不要去从这个不识字的先生。这一群学生就像山中猴狲一般，都一哄儿散了。甄龙友大笑，提起笔来，做四句口号道：

“都都平丈我”，学生满堂坐。
“郁郁乎文哉”，学生都不来。

又做四句道：

世情宜假不宜真，若认真来便失人。
可见世间都是假，一升米麦九升尘。

话说甄龙友自失散村学童之后，没得猴狲弄，夫妻二人计较道："不如出外穿州傍府，干谒王侯，以图进取之计。或去谒见钦差识宝苗老大人，得他些分例钱赍助也好。"探听得兵部尚书宇文价是父亲故交，正在得时之际，尽可吹嘘进步。遂整顿行装，不免将破衫衿彻骨捶洗、挑洗起来，要望临安进发。正是：

欲尽出游那可得，秋风还不及春风。

话说甄龙友别了葛氏，取路到于临安地面，寻个店家，安顿了行李，把破衫衿整了一整，到兵部尚书门首，投递了名帖。宇文价见是故人之子，又闻他广有才名，心中甚喜，倒屣而迎，待以茶酒，遂谈论了半日。甄龙友搔着痒处，不觉倾心吐胆，出经入史，词源滚滚，直说得宇文价手之舞之，足之蹈之。甄龙友见宇文价得意，一发说得惊天动地。那宇文价是个重贤之人，见甄龙友大好才学，遂深相敬重，引为人幕之宾，就留他住于宅子之内读诵书史。正是：

酒逢知己频添少，话若投机不厌多。

话说甄龙友有了这个安身之地，便放心放胆，就写封家书回去，寄与妻子免得记念。那妻子拆开书来看了，知得丈夫有了安身之处，放落了这条肠子，自在家间绩麻过日不题。却说宇文价得了甄龙友，言无不合，结为相知契友。那甄龙友与宇文价谈论之暇，便日日游于南北两山之间，凡庵观院宇，无不游览，以畅其胸中之气。有兴的时节，便提起笔来，或诗词赞颂，题于壁子之上。一日，走到大石佛寺观看，那石佛寺像，原是秦始皇缆船之石。宋宣和年间，僧人思净未曾出家之时，见了此石祷祝道："异日出家，当凿此石为佛像。"后来出家妙行寺，遂凿此石为半身佛像，饰以黄金，构为殿宇，遂名为大石佛寺。甄龙友来到此寺，一进山门，看见四大金刚立于门首。提起笔来集《四书》数句，写于壁上道：

立不中门，行不履阈，俨然人望而畏之，斯亦不足畏也已。

走进殿上，参了石佛，又提起笔来做四句道：

菩萨低眉，所以慈悲六道；金刚努目，所以降伏四魔。

寺中和尚因见他写作俱高，就留他素斋延款，谈论些佛法大意。甄龙友又似搔着他的痒处一般，说了《金刚》，又说《楞严》；说了《圆觉》，又说《华严》，却似个积年登坛讲经的老和尚一般。寺僧甚是敬重。正在谈论之际，壁角边忽然走出一只雌鸡来。甄龙友见了，问这和尚道："怎生寺中畜养雌鸡？"和尚道："是老师父吃药，要鸡子蒸药吃。"

甄龙友道："我生平不喜吃斋把素，上人何不杀此鸡为馔？"和尚道："相公高才，若做一篇好颂，贫僧便杀鸡为馔。"甄龙友道："此亦何难。"因走笔而成一篇颂道：

头上无冠，不报四时之晓。脚跟欠距，难全五德之名。不解雄先，但张雌伏。汝生卵，卵复生子，种种无穷。人食畜，畜又食人，冤冤何已！若要解除业障，必须割去本根，大众煎取波罗香水，先与推去头面皮毛，次运菩萨慧刀，割去心肠肝胆。咄！香水源源化为雾，镬汤滚滚成甘露，饮此甘露乘此雾，直入佛牙深处去，化生彼国极乐土。

甄龙友做完这篇颂子，寺僧看了大乐道："鸡得此颂，死亦无憾矣。"遂杀鸡为供，宾主极欢而散。

那时西湖上有个诗僧，名唤惠崇，自负作诗，有"河分冈势断，春入烧痕青"之句。甄龙友道："这和尚好偷古人诗句，'河分冈势'是司空曙的诗，'春入烧痕'是刘长卿的诗，尽将古人诗句偷来，还自负作诗，岂不可笑！"遂作诗一首以嘲笑道：

河分冈势司空曙，春入烧痕刘长卿。
不是师偷古人句，古人诗句犯师兄。

又有一个闽人修轸，以太学生登第，榜下之日，取再婚之妇为妻。甄龙友在宇文价座上饮酒，众人一齐取笑此事。龙友就做只《柳梢青》词儿为戏道：

挂起招牌，一声喝采，旧店新开。熟事孩儿，家怀老子，毕竟招财。当初合下安排，又不是豪门买呆。自古人言，正身替代，现任添差。

又有一个孙四官娶妻韩氏，小名娇娘。这娇娘自小在家是个淫浪之人，与间壁一个人通奸。孙四官儿娶得来家，做亲之夕，孙四官儿上身，原红一点俱无，云雨之间，不费一毫气力。孙四官儿大怒，与娇娘大闹。街坊上人得知取笑。甄龙友做只词儿，调寄《如梦令》：

今夜盛排筵宴，准拟寻芳一遍。春去已多时，问甚红深红浅。不见，不见，还你一方白绢。

众人闻了此词，人人笑倒。那时圣驾飨景灵宫，太学、武学、宗学诸生都在礼部前迎接圣驾。甄龙友闻知圣驾到来，诸生迎接，特特走去一看风景。那太学中有的诸生，年久岁深，不得出身，终年迎接圣驾，岁縻朝廷廪禄。龙友又做了十七字诗以讥诮道：

驾幸景灵宫，诸生尽鞠躬。头乌衣上白，米虫。

此诗传闻开去，人人说甄龙友轻薄，都称他为永嘉狂生。

那时临安有个呆道僧，衣衫褴褛，似疯狂模样，却能未卜先知，始初说一两句话，竟不可解，后来都一一灵验，以此人人尊信他。一日在宇文价座上，宇文价指甄龙友与呆道僧道："你看此人日后如何？"呆道僧道："甚好才气，可惜蹭蹬。目下紫微帝星正照本身，当有非常之遇，究竟遇而不遇，直到十二年，那时两重紫微帝星照命，不遇而遇。仍藉相公之力，半生富贵到底。"甄龙友闻之，也不将来作准。一日出游西湖，到天竺寺，参拜观音菩萨，一时高兴，就集《诗》四句作赞于东壁上，道：

巧笑倩兮，美目盼兮。彼美人兮，西方之人兮。

赞罢，同二三个朋友，到于酒店之内，饮酒作乐，直至日暮而回。

不说甄龙友题赞于东壁之上，且说孝宗皇帝，好贤礼士，每到大比之年，下诏前一日，便捧诏焚香，祷告天地道："朝廷用人，别无他路，止有科举。愿天生几个好人，来辅国家！"及进殿试策题，临轩唱名，必三日前精祷于天，所以那时人才甚盛。还有科举之外，另行拔擢，或是德行孝廉，或是诗词歌赋，或是应对得好，或是荐举，或是一材一艺之长，不拘一格。加官进爵，功名之路宽广，因此人人指望。只有一着，那孝宗天纵聪明，万几之暇，广览诗书，有时召对，或问圣经贤传，或问古今学问事体，若对得来的，便就立刻官爵荣身。那时一个待问官姓木，名应之。孝宗一日问他道："木姓起于何时？"木应之一时答应不出。孝宗道："端木，本子贡之姓，后来有木元虚者，去了复字，便单称木，岂非其苗裔乎！"他日又问木应之的丈人待制洪迈道："木待问是卿婿否？"洪迈道："是臣之婿。"孝宗道："卿婿以明经擢高第，而不知祖姓所出，卿宜劝之读书。"洪迈再拜而出，叹道："圣主万岁，广览如此，士人岂可不研博古今耶？"那时又有一人姓王名过，是西蜀人，宰相荐他有才，上殿之时，孝宗忽然问道："李融字若川，此是何谓？"王过答道："天地之气，融而为川，结而为山。李融之字'若川'，如元结之字'次山'也。"天颜大喜，即除翰林院编修。所以对答之时，亦有难处。

一日，孝宗驾幸天竺进香，先到灵隐寺盘桓游览。那时灵隐寺有个和尚，法名净辉，是个得道之僧，随着孝宗皇帝行走。孝宗走到飞来峰，问道："既是飞来，如何不飞去？"净辉答道："一动不如一静。"又看观音手持数珠，问道："观音手持数珠何用？"净辉道："念观音菩萨。"问："自念则甚？"净辉道："求人不如求己。"孝宗大喜，敕赐衣紫以荣其身。净辉谢恩而退。遂到于天竺山，合寺僧众鸣钟擂鼓，排班迎接圣驾。孝宗登殿焚香，参礼观音圣像。

住持献茶已毕，孝宗就取御匣笔砚，作一首赞道：

猗与大士，本自圆通。示言有说，为世之宗。
明环无二，等观以熙。随感即应，妙不可思。

赞完，四下随喜，见壁上甄龙友那首赞，甚是称叹，笔墨还新。问住持道："这是谁人所作？"住持跪奏道："前日一士人来寺中参礼，题诗壁上而去，不知是甚姓名。"孝宗道："可细细访问此人来奏。"吩咐已毕，仍旧摆列法驾而去。当日住持四下访问明白，奏闻皇帝，皇帝便有用他之意。当下一个侍臣禀道："这甄龙友，外边人都称为'永嘉狂生'，用之恐以败俗。"孝宗道："朕自识拔，卿等勿阻也。"即刻命驾上官四处抓寻进见。这甄龙友骤闻圣旨召对，进得朝门，不觉心头突突地跳个不住，进到金銮宝殿，正是：

金殿当头紫阁重，仙人掌上玉芙蓉。
太平天子朝元日，五色云中驾六龙。

那甄龙友来到金銮宝殿，拜舞已毕，俯伏在地，心头只管跳个不住，但见香烟缭绕之处，九重天子开金口、吐玉音道："观音赞是卿作否？"甄龙友道："是臣一时所作，不意上蒙御览。"孝宗又道："卿名龙友，何义云然？"甄龙友日常里问一答十、问十答百之口，滚滚而来，不知此时怎么就像吴与弼被蝎钩螫着的一般，竟如箭穿雁嘴、钩搭鱼腮，头疼眼闷，紫胀了面皮，一句也答不出。孝宗见他不言不语，只得又说一句道："卿名龙友，定有取义，可为奏来。"

甄龙友一发像哑子一样，心中缭乱，七上八落，摸不出一句话头。孝宗连问二次，并不见答应。两旁近侍官一齐接应催促，甄龙友在地下愈觉慌张，满身战栗，汗出如雨。孝宗见一句答不出，龙颜不悦，就命近侍官扶出朝门。刚刚的扶出朝门，甄龙友头也不疼了，眼也不昏了，面也不胀了，心也不缭乱了，口也不哑了，身也不战了，汗也不出了，便懊恼道："陛下为尧、舜之君，故臣得与夔、龙为友。这一句有甚难答处？直恁地应不出。"把脚跌个不住道："遭逢圣主，一言莫展，吾其羞死矣。"看官，你道好笑也不好笑。甄龙友若是个泥塞笔管、一窍不通之人，这也无怪其然。异常聪明伶俐之人，到此顿成痴骙懵懂，岂不是鬼神所使、命分所招？有诗为证：

天上碧桃和露种，日边红杏倚云栽。
芙蓉生在秋江上，不向东风怨未开。

话说甄龙友出朝之后，好生不乐。宇文价方信呆道僧之言不谬，遂安慰道："再待十年后，定有遇合。"龙友道："功名亦自小事，但我自负才名，遭逢圣主，正是披肝沥胆之时，还要敷陈时事，对扬天子休命，上报九重知己，展我生平之志。今一言抵对不来，难道好像府县考童生再续一名不成？吾更有何面目见江东父老！”遂立誓不回，终日在于西湖之上，纵酒落魄。那些西湖上的朋友一味轻薄，见甄龙友是个召对见弃之人，一发不瞅不睬，连“永嘉狂生”四字也不敢奉承了。独宇文价待他始终如一，并无失礼。妻子闻知这个信息，好生凄惨，然亦付之无可奈何而已。

甄龙友每到大比之年，也不过做个应名故事。不觉光阴似箭，日月如梭，捻指之间，已是十二年光景。那时甄龙友年登四十余岁，却好是淳熙八年正月元旦。孝宗率领皇后、皇太子、太子妃到德寿宫，行朝贺之礼。这年是太上皇七十五岁，孝宗进黄金酒器二千两、银三万两、会子十万贯。太上皇道：“宫中无用钱处，不消得这若干。”再三奏请，止受三分之一。太上皇命至萼绿华堂看梅饮酒。忽然飘下一天大雪，正是腊前，太上皇大喜，对孝宗道：“今年正欠些雪，可谓及时，但恐长安有贫者。”孝宗急忙奏道：“已差有司官比去岁倍数支散。”太上皇亦叫提举官在本宫支犒官会，照朝廷之数。遂命近侍进酒酣歌，宫里上寿。那时宇文价亦随在宫内，太上命百官次日各进雪词。宇文价钦承圣谕，遂命甄龙友代赋一首词儿道：

> 紫皇高宴仙台，双成戏击琼苞碎。何人为把银河水剪，甲兵都洗。玉样乾坤，八荒同色，了无尘翳。喜冰消太液，暖融鳷鹊，端门晓班初退。圣主忧民深意，转鸿钧满天和气。　　太平有象，三宫二圣，万年千岁。双玉杯深，五云楼迥，不妨频醉。看来不是飞花，片片是丰年瑞。

次日，孝宗又到德寿宫谢酒，宇文价将着这首词献上。太上皇并孝宗看了，都大悦道：“卿这词甚做得好。”宇文价奏道：“此词非臣所作，是永嘉甄龙友所作。”孝宗记得十年前事，便道：“甄龙友甚是有才，朕前度因天竺观音赞做得好，面召彼来问他取名之义，他却再不能对。”宇文价奏道：“天威咫尺，甄龙友系草茅贱士，未睹天颜，所以一时难对。彼出朝门，便对道：‘陛下为尧、舜之君，故臣得与夔、龙为友。'"太上与孝宗都龙颜大悦道："毕竟是有才之人，可惜沦落许久。"即授翰林院编修之职。甄龙友从穷愁寂寞之中，忽然天上掉下一顶纱帽来，感恩不尽。因知呆道僧两重帝星之言，一一无差，始信富贵功名，就如春兰秋菊，各有时度，不可矫强，真"运退黄金失色，时来顽铁生光"也。甄龙友一床锦被遮盖，那时西湖上的人又一齐都称赞他是个才子了，都来呵脬捧屁，极其奉承。世上人以成败论英雄，往往如此。从此天恩隆重，年升月转，不上十年，直做到礼部尚书，夫荣妻贵而终。宇文价亦可谓知人能荐士矣。有诗为证：

命好方为贵，无才不是贫。
试看居官者，几个有才人。

第四卷

愚郡守玉殿生春

人家养子愿聪明，我被聪明误一生。
但愿生儿愚且蠢，无灾无难到公卿。

这一首诗，是宋学士苏东坡先生之作。那苏东坡是个绝世聪明之人，却怎么做这首诗？只因他一生倚着“聪明”二字，随胸中学问如倾江倒峡而来，一些忌惮遮拦没有，逢着便说，遇着便谏，或是诗赋，或是笑话，冲口而出，不是讥刺朝廷政治得失，便是取笑各官贪庸不职之事，那方头巾、腐道学，尤要讥诮。以此人人怨恨、个个切齿，把他诬陷下在狱中，几番要致之死地。幸遇圣主哀怜他是个有才之人、忠心之士，保全爱护，救了他性命：苏东坡晓得一生吃亏在“聪明”二字，所以有感作这首诗，然与其聪明反被聪明误，不如做个愚蠢之人，一生无灾无难，安安稳稳，做到九棘三槐，极品垂朝，何等快活，何等自在！愚蠢之人，反好过聪明万倍。从来道“聪明偏受聪明苦，痴呆越享痴呆福”，奉劝世上聪明人，切不可笑那愚蠢汉子，那愚蠢汉子尽有得便宜处。

话说我朝洪武爷一统天下之后，每好微行察其事体，凡有一诗一赋、一言一句之长，便赐以官爵，立刻显荣。那聪明有才学的，答应得来，这是本分内事，不足为奇。一日到国子监，一个厨子献茶，甚是小心称旨。洪武爷龙颜大喜，即刻赐以五品冠带。看官，你道一个厨子不过是供人饮食之人，拿刀切肉，终日在灶下烧火抹锅，擦洗碗盏，弄砧板，吹火筒，调盐酱，剁鱼脍，剥葱蒜，蒸馒头，做卷蒸，打扁食，下粉汤，岂不是个贱役？一朝遭际圣主，就做了个大大的五品官儿，可不是命里该贵，自然少他的不得！此事传满了京师。一日，洪武爷又出私行，星月之下，见个老书生闻知此事，不住在那里叹息道："俺一生读书，辛苦数十年，反不如这个厨子一盏茶发迹得快。早知如此，俺不免也去做个厨子，侥幸得个官儿，亦未可知。"因而吟两句诗道：

十载寒窗下，何如一盏茶。

洪武爷闻之，随即续吟二句道：

他才不如你，你命不如他。

那老书生闻之，遂叹息数声而去。

说话的，你道从古至今，有得几个厨子做官；若是厨子要做官，却不似黄鼠狼躲在阴沟洞里思量天鹅肉吃，不要说日里不稳，就是夜里做梦也还不稳哩。据老书生这般说将起来，人生在世，不要做别的事，但只是腰里插了两把厨刀，手里拿了蒸笼，终日立在人酒案子前，托盘弄盏，准准就有一顶纱帽戴哩。咦！也要有他的命运。正是：

命该发迹，厨子拜职。
命该贫穷，才子脱空。

总之，人生八个字，弄得你七颠八倒，把人测摸不定。那《巧书生金銮失对》内载那吴与弼正当召对之时，顶门上蝎子一尾钩螫着，这一钩名为“祸钩”。又有一个官被蜈蚣一口咬住，反咬出一个侍郎来。这一咬名为“福咬”。世上江北最多蝎子，江南最多蜈蚣，身长七八寸，头红，身子节节如黑漆有光，其脚甚多，俗名“百脚”，大者长尺余，若满一尺之外，首尾相屈，能乘空而行，专要飞到那龙头上，食龙之脑，以此天雷时常要击死；其两钳如铁之硬，甚是利害，一口咬住，满身红肿，疼痛难当。江南卑湿之地，所以此物甚多，若阴湿之时，或壁上、床上，都要抓来，以此甚为人害。宋淳熙年间，孝宗皇帝临朝，一个史寺丞适当轮对之时，不提防夜宿朝房，一条蜈蚣钻在史寺丞衣内，孝宗问他以高宗往日之事，恰好被蜈蚣在手臂上着实咬上一口，史寺丞一时疼痛难禁，不觉两泪交流。孝宗问道：“卿何故泪下？”史寺丞无可奈何，只得扯个谎道：“臣思先帝在日之恩德耳。”孝宗皇帝天性甚孝，见史寺丞之言，感动其心，不觉也流下泪来，即刻起驾进宫。明日，御批史寺丞为侍郎之职。看官，你道同一咬人之物，一个咬出好来，一个咬出祸来，只这一口一尾，贵贱贫穷，天悬地绝，可不是前生命运。有诗为证：

蝎子螫成贫士，蜈蚣咬出侍郎。
世事千奇百怪，何须计较商量！

在下先说这两个故事，引入正回。这个故事，也就出在宋孝宗朝代，改元淳熙。那时孝宗英明，有恢复中原之意，戒燕安之鸩毒，躬御鞍马，以习勤劳之事，尝用精铁打为柱杖，行住携持，宦官宫妾，莫敢睨视。一日游于后苑，偶然忘携，命两小黄门取来。小黄门拖之不动，只得用尽力气，两个抬之而来。时召诸将击鞠殿中，虽风雨亦张油幕，布沙除地。群臣以宗庙之重，不宜乘危，交章进谏，孝宗亦不听。一日亲按鞠，折旋稍久，马不胜劳，遂逸入廊庑之间，檐低触楣，侠陛惊呼失色，亟来奔控，马已驰过矣，上拥楣垂立，徐扶而下，神采不动，殿下都称“万岁”。又于宫中射箭，其志勤恢复如此。以此每每留意人才，凡岁贡士，亲试策问。一日朝见高宗，高宗道：“天下事不必乘快，要在坚忍，终于有成。”孝宗再拜回宫，大书此二句揭于选德殿。乙巳年集英殿传胪，宰相读到一卷，其首二句道：

天下未尝有难成之事，人主不可无坚忍之心。

孝宗见这二句，恰好合着高宗的圣意，心中大喜，遂赐状元及第。这不是极好的了。然就这一榜中，却有一个人，姓赵名雄字温叔，是资州人。这温叔生来不十分聪明，说话又不伶俐，及至长大，就如黄杨树变的，三年长一寸，雷响缩一尺，别人指望儿子成人长大，一日聪明一日，唯有赵雄反缩到泥里去了。父母以此大恨，每每道：“俺家前世怎生不积不幸，生出这个彻骨呆笨儿子。”从来道：“宁养顽子，莫养呆子。”那顽子翻天搅地，目下虽然㚖㚖，日后定有升腾的日子。呆子终日不言不语，一些人事不懂，到底是个无用之物，却不是悔他的臭气么？七八岁的时节，父母见他性呆，也不叫他到学堂里去读书识字，直到十岁之时，父母见他在家无事得做，两个商量道：“呆子在家无事得做，越发弄得呆头呆脑，真个呆出鸟来，再过几时好送他到古庙做尊泥菩萨，受用些香烟哩。还是送他到隔壁李先生那里去，学识两个字，明日也好书写账簿，终不然把他做废物看不成？”看官，你道一般的人，赵雄恁般呆笨，却是为何，宋时临安风俗，腊月除夜，那街上小孩童，三五成群，绕街叫唤，名为“卖呆歌”。那“卖呆歌”甚为有趣，道：卖痴呆，千贯卖汝痴，万贯卖汝呆，现卖尽多送，要赊随我来。

那赵雄想是腊月除夜在临安街上遇着这些小孩子，竟买了几百担，又赊了他几千担回去，所以做了墨屎的元帅、懵懂的祖师。

闲话休题，他父母拣个历日上开心的日子，备了一封贽仪，送到李先生处读书识字，果然是：

凿不开的混沌，刮不去的愚蒙。

读了几日书，只记得“天地玄黄”四字，到第二句“宇宙洪荒”便捱不去，奈何得先生终日口燥唇干，好生烦苦。

贴邻一个张老官说道：“这孩子恁般愚鲁，想是心窍中迷塞之故，须一日吃一丸状元丸方好。那状元丸中的茯神、远志、石菖蒲，都是开通心窍之药。”说话的有所不知，若是心窍闭塞，吃了这药，自然灵验，赵家孩童是个无窍之人，吃药去也没用处。就把远志、石菖蒲等样买了数百斤，煎成一大锅，就像《西游记》中五庄观混元大仙要用滚油煎孙行者的一般，把赵家孩童和头和脑浸在水内一二年，也不过浸得眼白口开肚胀而已，到底心窍只是不通。父母也只得任其自然，不去督责他的功课。看看到了十六七岁之时，人大志大，守着这个书本子，毕竟也读了些书下去。那时方会得对课，你道他对的课是怎么样妙的？李先生道：一双征雁向南飞，赵雄对道：两只烧鹅朝北走。李先生道：门前绿水流将去，赵雄对道：屋里青山跳出来。

凡是所对之课，都是如此。后来直到二十岁外，自知愚鲁，发愤攻书，也渐渐通其一窍，虽比不得别人聪明伶俐，学做文字，也晓得写两个“之乎者也”，不比当日“两只烧鹅朝北走”的对法了。

他虽资性愚鲁，却有一着最妙之事，是敬重字纸，因李先生教他看日记故事，说王曾的父亲一生敬重字纸，凡是污秽之处、垃圾场中，或有遗弃在地下的字纸，王曾父亲定然拾将起来，清水洗净，晒干焚化，投在长流水中，如此多年。一日梦见孔圣人对他说道：“汝一生敬重字纸，阴功浩大，当赐汝一贵子，大汝门户。”果然生出王曾，中了三元。赵雄见李先生讲这一段故事，便牢牢记在心上道："我一生愚蠢，为人厌憎，多是前生不惜字纸之故。今生若再不惜字纸，连人身也没得做了。"遂虔诚发心，敬重字纸，如同珍宝一般，再不轻弃。果然念头虔诚，自有报应。后来父母与他纳了个上舍，不过要他撑持门户而已；将近三十岁，那笔下"之乎者也"一发写得顺溜起来，与原先大是不同。赵雄也觉得有些意兴发动，负了技艺，便要赴临安来科举。你道一个极愚鲁之人，略略写得两个"之乎者也"，便要指望求取功名，场中赴选，十个人笑歪了九个的嘴。这明明是《琵琶记》上道："天地玄黄，记得三两行，才学无些子，只是赌命强。"这样的话，只好作笑话儿说，那有当真之事。就是场中一联要对，也是难做的。不知天下竟有意外之事。比如场中试官，都要中那好举子，谁肯将不好的中出？那有眼睛的，自不必说了，就是没眼睛的试官，免不得将那水晶眼磨擦一磨擦，吃上两圆明目地黄丸。不知暗中自有朱衣神作主，直弄得试官头昏眼闷，好的看做不好，不好的看做好，这都是举子命运所招。若是举子命运不好，就是孔夫子打个草稿，子游、子夏修饰词华，屈原把笔，司马相如磨墨，扬雄捧纸，李斯写字，做成一篇锦绣文字，献与试官，那试官把头连摇几摇，也不过与"上大人，孔乙己"字儿一样。若是举子命运好，且不要说《牡丹亭记》上道"国家之和贼，如里老之和事。天子之守国，如女子之守身。南朝之战北，如老阳之战阴"这样的文字要中状元，就是"之乎者也矣焉哉"七个字颠来倒去写在纸上，越觉得文字花碌碌的好看，越读越有滋味，言言锦绣，字字珠玑。就是那"两只烧鹅朝北走"、"屋里青山跳出来"那般对句，安知没有试官不说他新奇出格有趣？真是"不愿文章中天下，只愿文章中试官"。就是吃了圣水金丹，做了那五谷轮回文字，有那喜欢的收了他去，随你真正出经入史之文，反不如放屁文字发迹得快。世上有什么清头？有什么凭据？

话说那赵雄要来科举，岂不是一场笑话？况且临安帝都之地，人文凑集之乡，难道偏少你这个“天地玄黄”的秀才不成！临安人那一个不知道赵雄是资州有名的赵痴，今闻得来科举，临安人的口嘴好不轻薄，就做四句口号嘲笑他道：

可怜赵温叔，也要赴科场。文章不会做，专来吃粉汤。

那赵雄闻得街坊上人如此嘲笑他，胸中有自知之明，不敢与人争论，只做不知。一日载酒肴到于两山游玩，见树林之下，一具尸骸暴露在地，但见：

五脏都为鸦鸟啄残，四肢尽属猪狗咬坏。零星白骨，曾无黄土遮藏。碎烂尸骸，那有青苔掩覆？蝼蚁咂食，蝇蚋群攒。倘庄子见髑髅，当先问其来历。如文王遇枯骨，必然埋以土泥。

那赵雄见了这具尸骸，心下好生凄惨道：“不知谁家骨殖如此暴露！”便叫小厮借得锄头一柄，主仆二人将此骸骨埋于土泥之中。埋完，又滴酒浇奠而回。归于旅店，饮酒已毕，伏几而卧。只见一阵冷风逼人，风过处，闪出一个女子，到桌子前面，深深拜谢道：“妾即日间所埋之骸骨也。终朝暴露，日晒风吹，好生愁苦。感蒙相公埋葬之德，又蒙滴酒浇奠，恩同天地，无以为报，愿扶助相公名题金榜。相公进场之日，但于论冒中用三个‘古’字，决然高中。牢记牢记，切勿与人说知！”道罢而去。赵雄醒来，大以为怪，暗暗道：“宁可信其有，不可信其无。”进场之日，勉强用了三个“古”字，那文章也不过是叶韵而已。不意揭榜之日，果然高中。

看官，你道是怎么样原故？原来这个试官是汪玉山，与个同窗朋友相好，几番要扶持那个朋友做官。今幸其便，预先通一个关节与这个朋友，要论冒中三个“古”字，暗约端正。不意这个朋友忽然患起疟疾病来，进不得场。女鬼将这个关节送与赵雄，做了报德之资。汪玉山在场中见了这个关节，暗暗得意，不论文字好歹，便圈圈点点起来。怎知暗地里被鬼神换了绵包儿，及至拆开名来一看，乃是赵雄，资州人氏，老大惊疑，然也无可奈何。报人报到了寓处，连赵雄也自不信自起来，一连报了数次，方知是真。参了汪玉山之时，汪玉山将错就错，也只得胡乱认了门生。后来赵雄每见汪玉山之时，不能吐其一词，就像木偶人一般，汪玉山甚是懊悔。又访得是资州有名的赵痴，一发羞惭无地。临安府众多人等见中了赵痴，没一个不笑话，又传出数句口号道：

赵温叔，吃粉汤。盲试官，没眼眶。中出“天地玄”，笑倒满街坊。

汪玉山闻得这个口号，几乎羞死。后来细细问赵雄道：“贤友论冒中用三个‘古’字，却是谓何？”赵雄生性一味老实，遂把埋骸骨、女鬼感恩报德、托梦要用三个“古”字方得中举之事，细细说了一遍。汪玉山嘿然无言，方晓得场屋之中真有鬼神，不可侥幸，不可作弊。赵雄乃是阴德之报。后来又问那个朋友，始知进场之时发起疟疾病来，摇得床帐都动，进场不得。及至贡院门封锁方完，那疟疾病又就住了。汪玉山闻得，付之一声长叹而已。有诗为证：

三个“古”字关节，却被赵雄暗窃。
非关黠鬼揄揶，“阴德”二字真切。

话说赵雄从睡梦中得了一个举人，父母在家，报事人来报了实信，好生吃惊。夫妻二人都道：“怎生有此怪异之事，莫不是我儿子文章原好，我们这里人都不识得？今到了皇都地面，方才撞着识主，便卖了去。早知如此，怎生轻薄他，把他做痴呆汉子看成！”那隔壁李先生、张老官都一齐吃惊，就像哑了的一般，口里却不敢说出他不好来，只将他日常里对的课，并做的文字翻出来，细细一看，实难奉承说个“通”字。资州合城人民无不以为奇。自此之后，人人摩拳，个个擦掌，不要说那识字的抱了这本《百家姓》只当诗赋，袖了这本《千字文》只当万言策，就是那三家村里一字不识的小孩童、痴老狗、扒柴的、牧牛的、担粪的、锄田的，没一个不起个功名之念，都思量去考童生，做秀才，纳上舍，做举子，中进士，戴纱帽，穿朝靴，害得那资州人都像害了失心风的一般。

闲话休题，那赵雄在于临安，同榜之人因他文理不通，都指指搠搠，十分轻薄，不与他做相知，睬也不睬着他。赵雄晓得自己的毛病，也并不嗔怪人。看看到了会试之时，合天下举子都纷纷而来，赵雄暗暗的道：“俺侥幸中举，这也是非常之福了。怎生再敢胡思乱想，不如不进会试场中，到得安稳。”遂绝无进场之念。却亏得自幼身边伏侍的一个小厮叫做竭力，一心撺掇他进场，把笔砚衣服，都打点得端正，煮熟了嗄饭，催他进场。赵雄断然不肯道：“他人便不晓得，你却自小伏侍俺的人，怎生也不知道？俺生平才学平常，侥幸中举，已出望外，怎敢再生妄想，岂有两次侥幸之理？”

那竭力道：“相公既侥幸得一次，怎么见得便侥幸第二次不得？几曾见中进士的都是饱学秀才，只要命好，有甚定规？休的长他人志气，灭自己威风。”赵雄被竭力催逼不过，只得勉强进场，坐在席舍之中。那时尚未出题，胸中暗暗打算，其实腹中空疏之极，一字通无，难以支吾，反嗔怪那竭力起来，好生不乐。遂与隔壁号舍里那个朋友闲谈，指望出题之后，要那个朋友指教救急。那人姓王，名江，是个饱学秀才。赵雄问了他的名姓，王江也就请问赵雄名姓。赵雄说出名姓，王江知是文理不通之人，口中不说，心下十分轻薄，便不与他接谈。出题之后，赵雄摸头不是，摸脚不是，做不出文章，甚是着忙。直做到下午，不曾做得几行。你道天下有这般凑巧之事，那王江论策做完，甚是得意，正要誊清在卷子上，不期一阵急心痛起来，不住声唤。赵雄正在搜索枯肠之际，闻得王江声唤，一发搅得心中粉碎，连一字也做不出了，巴不得王江住了疼痛，还指望有几句文字写出来。遂不住去问王江道："王朋友，怎生如此疼痛？莫不是受了寒气，以致如此！"怎知那王江却也古怪，这一痛，便痛个不住，停了半晌，稍住片时，王江挣扎，提起笔来要写，心中又痛起来。这一痛，直痛得搅肠搅肚，几乎要死，急得那赵雄手足无措，暗暗道："俺直如此命蹇，侥幸中举，不欲进场，却被竭力催逼，勉强进来，不期撞着这个不凑趣的朋友，叫痛叫疼，一字也写不出，怎生是好？"又去温存那王江数次。

这也是事出于无奈，不是什么相厚之意。你道那王江真也好笑，若是心痛稍定，王江勉强要誊清之时，心痛转加，自料薄命，不该中其进士，只得叹口气道："罢了！"因见赵雄做人甚好，不唯不厌他叫疼叫痛，反几番去温存他，就把这卷子上草稿，付与赵雄道："小弟做这论策，甚是得意，正要誊清，不期心痛转加，料难终事。今转送与兄誊清卷上，倘得高捷，不忘小弟便是。"那赵雄喜之不胜，乐之有余，暗暗的道："难得这救命王菩萨，救了俺今日之急。"遂连声作谢道："小弟借仁兄之力，倘得侥幸，皆系仁兄之赐，异日自当效犬马之报。"说罢，那王江心中愈加痛疼，蹲坐不牢，只得扶病而出。王江去后，赵雄把他草稿一看，真言言锦绣、字字珠玑，遂做了个誊录生，一笔写完。果是戏文上道："三场尽是倩人做，一字全然匪我为。"出场之后，就去拜望王江。王江在旅店之中，方才病好。赵雄遂与王江八拜为交，结为兄弟，对王江道："此后小弟倘得侥幸，万望仁兄海涵，切勿向人前泄漏此事，自当图报。"王江再三应允。揭榜之日，赵雄果然高中，将论策刊布流传，人人道好，个个称奇，都说赵雄向日是文理不通之人，怎生一变至通如此！报到资州，父母、乡里一发说他是个真正有意思的人了。自此之后，竟洗脱了向日"赵痴"二字，廷试之日，又亏他记得几篇旧策，将那"之乎者也"零零星星凑写将来，中第五甲。那宋时进士唱名规矩：第一名承事郎，第

二、第三名并文林郎；第一甲赐进士及第，第二甲同进士及第，第三、第四甲赐进士出身，第五甲同进士出身。孝宗皇帝亲御集英殿拆号，唱进士名，都赐绿襕袍、白简、黄衬衫。那日赵雄穿了圣人赐的绿襕袍、黄衬衫，执了白简，扬扬得意，出了东华门，于灵芝寺饮宴；题名，参拜汪玉山。那时汪玉山正做大宗伯，素知他文理不通，忽见他会试卷子，好生吃惊，就问他道："贤友前日文字恁般平常，今会场文字甚是高奇，真'士别三日，刮目相待'也。"赵雄悄悄的对道："门生只好瞒着他人，怎敢瞒得老师大人，这会场中文字，实非门生所作。"汪玉山道："是谁人所作？"赵雄又细细述了一遍。

汪玉山暗暗点头道："人生真自有命。"因赵雄老实至诚，并无一毫遮瞒之意，反觉喜欢。

赵雄先任县尉，次后渐渐升转做到西蜀太守。赵雄因自己从阴德上积来的官位，并不敢做一毫伤天理、害人命之事，做人谦和，不贪赃私，在蜀郡五年，不知做了多少方便的事。那时孝宗皇帝辞朝之法甚严，就在西蜀不远万里，定要来见。赵雄任满来京，将次辞朝，又适有甄龙友对答不来这一件事，好生放心不下，暗暗的道："甄龙友是当今第一个才子，问一答十、问十答百之人，走到圣主面前，一字也说不出，况俺生平学疏才浅，不及甄龙友万倍，口嘴又不伶俐，倘然圣人问些什么，教俺怎生答应？"肚里担上一把干系。次日入朝，心中愈觉忙乱，如小鹿儿撞的一般。上床去睡，连眼也不曾合得一合。将次三鼓，便一骨碌爬将起来，整顿朝衣幞头，穿戴端正。只因太早，遂假寐于桌上，恍惚之间，见一尊天神下降。这神道怎生模样、怎生打扮？

龙眉凤目，秀色长髯，面如傅粉，唇若涂朱。上戴软翅唐巾，身上穿五彩嵌金衮龙袍，腰系八宝白玉带，脚踹五云飞凤履。左有天聋，右有地哑，骑白骡子。

那尊神道是九天开化文昌梓童司禄帝君下降。赵雄急忙走起，拜跪迎接。那梓童帝君道："上帝以汝敬重字纸，阴功浩大，做官爱民恤物，今特佑汝。汝入朝之时，皇帝问道：'卿从峡中来乎？风景如何？'汝但对道：'两边山木合，终日子规啼。'不得违吾法旨。"道罢，仍旧骑了白骡，天聋、地哑二童子簇拥了登云而去。赵雄惊醒，望空礼拜，隐隐如见。延至五鼓入朝，正是早朝时分。圣天子御殿，静鞭三下响，文武两班齐。当下赵雄出班辞朝，山呼舞蹈已毕，孝宗皇帝果然开金口、启玉音道："卿从峡中来乎？风景如何？"赵雄急忙奏道："两边山木合，终日子规啼。"对罢，龙颜大悦，首肯再三。赵雄退朝，暗暗想道："这两句也不知是甚么说话，圣上这般得意。"那时汪玉山已做到宰相了。次日汪玉山入朝，孝宗道："昨日蜀中郡守赵雄入对，朕问以峡中风景如何，雄诵两句杜诗以对，三峡之景，宛然如在目前，可谓善言诗也。可与寺丞、寺簿之官做。"汪玉山出朝来问赵雄道："汝怎生把这两句杜诗对答，中了天子之意。"赵雄道："门生并不知道什么叫做杜诗，想是随肚腹中做出便叫肚诗也。"汪玉山道："这'杜'字，不是肚腹的'肚'字，乃是姓杜的'杜'字。'两边山木合，终日子规啼'即杜诗也。"赵雄道："门生一世并不曾读什么杜诗，请问杜诗是何人所作？"汪玉山道："是唐朝杜甫所作，字子美，官为工部之职，是一代诗人之首，从来称为李、杜之诗，李即是李太白，杜即此人也。"赵雄道："门生实未曾见。"汪玉山道："既不曾见，却怎生便对得来？"

赵雄又把平生敬重字纸感得文昌帝君之事说了一遍。汪玉山道："我道你怎生对得出，原来如此！今圣上要与你寺丞、寺簿之官做，如做了此官，不时召见，你学疏才浅，倘再问对，定然败露，反为不美，不如仍归蜀郡安隐。"赵雄道："门生是无德无能之人，但凭老师指教。"次日，汪玉山入朝，孝宗又问道："可与赵雄寺丞、寺簿未？"汪玉山奏道："臣昨以圣意传语，彼不愿留此。"孝宗叹息道："此人恬退如此，真可嘉也。可与他一个节宪使做。”遂御批为节宪使。圣恩隆重，一连做了数年显宦，渐渐做到宰相。虽然做到宰相，心中常是怀着一肚鬼胎，道：“俺生平都是侥幸之事，难道侥幸到底不成！当初做外官，还可躲闪，如今做了宰相，日近天颜，倘然一差二误，天威谴责，取罪非轻，道不得个‘欺君’二字么？”遂屡辞宰相之位。怎当得孝宗见他恬退，不容辞职，天恩日厚。赵雄无可奈何，只得道：“俺左右是靠皇天二字过活一生，眼见得行了一派官运，只得听天由命，索性大胆做去便罢。命中就有跌磕蹭蹬之事，俺前半世受用已够，随皇天吩咐罢了。比那些高才博学之士屈屈陷在泥涂，不得出头，枉埋没了他一生学问，雪案萤窗，不知受了多少苦楚，叹了多少苦气，俺今日强似他万倍，还虑些什么来？”遂放宽了这条肠子，正是：

顺理行将去，随天吩咐来。

一日，赵雄将次入朝，只见一个息太守辞朝。阁门吏见这个太守的姓，甚是怪异，便问这太守道：“你怎生姓这般一个怪姓？”息太守答道：“春秋时有个息妫，汉时有个息夫躬，从来有这息姓，怎生说是怪异？”赵雄打从朝房走过，偶然听得了这句话，记在心下。适值息太守辞朝之后，恰好赵雄奏事。孝宗问道：“适才有一个姓息的太守辞朝，世上怎生有这个怪异之姓？”赵雄即奏道：“春秋时有息妫，汉朝有息夫躬，此是从来所有之姓，非怪异也。”孝宗大喜道：“卿学问该博如此，真‘宰相须用读书人’也。”遂赐蟒衣玉带。

自此之后，凡有问对，或是梦寐之间影响之际，定有些先兆预报，一一无差，真福至心灵也。尚方珍奇之物，月月赏赐，安安稳稳直做了十二年太平宰相。连那王江，保奏他学问渊博、才识超群，做到三品官职。赵雄因见自己学问不济，极肯荐举人才，十二年之内，荐拔士类，不计其数，都为显宦。妒忌之人，因见他门生故旧布满朝班，说他恃宠专权，人人有不足之意。后来大旱七月，一个妒忌他的官儿，做篇赋讥诮他道：

商霖未作，相傅说于高宗；汉旱欲苏，烹弘羊于孝武。

话说临安天竺观音，如有亢旱之事，每每祈祷，便得雨泽。孝宗因大旱，诏迎天竺观音就明庆寺请祷。又一个官儿，做首诗讥诮他道：

走杀东头供奉班，传宣圣旨列人间。
太平宰相堂中坐，天竺观音却下山。

赵雄因见满朝之人都生妒忌，遂上表辞朝而回，归老林泉，整整又活了二十年而死，真人间全福也。有诗为证：

聪明每被聪明误，愚蠢翻为宰相身。
世事从来多似此，未须轻薄蠢愚人。

第五卷

李凤娘酷妒遭天谴

谗言切莫听，听之祸殃结。
君听臣当诛，父听子当决。
夫妇听之离，兄弟听之别。
朋友听之疏，骨肉听之绝。
堂堂七尺躯，莫听三寸舌。
舌上有龙泉，杀人不见血。

这首诗是劝人莫听谗言之作。然谗言之中唯有妇人为甚：枕边之言，絮絮叨叨，如石投水，不知不觉，日长岁久，渐渐染成以是为非、以曲为直。若是那刚肠烈性的汉子，只当耳边之风，任他多道散说，只是不听。若是昏迷男子，两只耳朵就像鼻涕一般，或是贪着妻子的颜色，或是贪着妻子的钱财，或是贪着妻子的能事，一味“妇言是听”。那妻子若是个老实头便好，若是个长舌妇人，翻嘴弄舌，平地上簸起风波，直弄得一家骨肉分离，五伦都绝灭了，岂不可恨！

所以道“妇人之言，切不可听”。又有的道：“昔纣听妇人之言而亡天下，秦苻坚又因不听妇人之言而亡国。难道妇人尽是不好之人？不可一概而论。”虽然如此，世上不好妇人多，好妇人少，奉劝世人不可就将妻子的说话便当道圣旨，顶在头上，尊而行之。还有一种妒忌妇人，其毒不可胜言。在下这一回说李凤娘酷妒的报应，且说一件故事，做个入话，以见报应难逃，自有定理。

话说宋孝宗宫中有两位刘娘子：一位刘娘子生性极其和平，中年以后便就断了荤血，终日只是吃素、焚香、念佛，礼诵《观音》《金刚》二经，日日限定功课，宫中都称他为看经刘娘子。一位刘娘子是孝宗藩邸旧人，聪明敏捷，烹调得好肴馔，物物精洁，一应饮食之类，若经他手调和，便就芳香可口，甚中孝宗之意，宫中都称他为尚食刘娘子。但心性一味阴险奸诈，一片嘴、两片舌，搬弄是非，腹中有剑，笑里藏刀，真叫做长舌妇人、笑面夜叉。有一个小宫人得罪了孝宗，那小宫人只得求救于尚食刘娘子。刘娘子口中不说，心中思量道：“都是你这小贱人，日常里逗引官家夺了我被窝中恩爱。今日犯出来，却要我答救，正是我报仇之时，教你‘无梁不成，反输一贴’。”便随口答应道：“我救你则个，我救你则个。”怎知夜叉心肠，害人甚毒，乘着孝宗枕席之间，冷言热语，百般簸弄，反说这小宫人许多可恶之处，火上浇油，惹得那孝宗暴躁如雷，次日反加其罪。小宫人明知是他暗害，无可伸冤，只得多取纸笔焚化道：“我被刘娘子暗害，有冤难伸，只得上告玉帝去也。”说罢，便取出宫带一条，自缢而死。宫中无不叹其冤枉。刚刚过得一月，两位刘娘子同日而死，舆尸出阁门棺殓之时，方才把尚食刘娘子的被揭起来，只见尚食刘娘子的头已断，扑的一声，其头坠于地下，在地下打滚不住。众宫人都吃惊起来，仔细看视，原来满项脖已被万千蛆虫攒食，其臭秽非常，不可近。

众宫人都怕受那臭气，登时将尸投于棺木之内，手足异处，脓血淋漓。后揭起那位看经刘娘子的被来，但见颜色如生，一毫不变，香气阵阵袭人。众宫人都合掌念佛道：“怎生报应如此分明！”因此宫中人都学做好人。

如今说入正回，看官稳坐，待在下说来：

金凤花开色更鲜，佳人染得指头丹。
弹筝乱落桃花瓣，把酒轻浮玳瑁斑。
拂镜火星流夜月，画眉红雨过春山。
有时漫托香腮想，疑是胭脂点玉颜！

这是《美人红指甲》诗。杭州风俗，每到七月乞巧之夕，将凤仙花捣汁，染成红指甲，就如红玉一般，以此为妙。

那凤仙花，共有五色，还有一花之上共成数色，还有一种花上洒金星银星之异，极是种类变幻，宋时谓之“金凤花”，又名“凤儿花”。因李皇后小名凤娘，因此六宫避讳，不敢称个“凤”字，都改口称为“好女儿花”。

你道那李凤娘是那一朝皇后？宋朝自高宗南渡以来，传位于孝宗，孝宗传位于光宗，改元绍熙，李凤娘是绍熙皇帝的正宫，是安阳人庆远军节度使赠太尉李道的第二个女儿。凤娘初生的时节，忽有一只黑凤飞来，集于李道的营前石上，李道心中大以为奇，黑凤飞去之后，李凤娘实时产下，因此就取名为“凤娘”。李道出帅湖北。那时湖北有个道士皇甫坦，极善于风鉴之术。李道延接皇甫坦来于帅府，就叫这几个女儿出来都拜皇甫坦。皇甫坦一见了凤娘，便惊惶无措，不敢受拜，道：“此女之相极贵，当为天下之母。”李道遂把黑凤飞来之事说了一遍。皇甫坦道：“异日断然为皇后无疑也。”后来高宗召皇甫坦到宫中打醮，皇甫坦因而言及李道女儿之相贵不可言。高宗听信其言，遂聘为恭王，就是绍熙皇帝之妃。后来李凤娘生下一子，是为嘉王。但凤娘生性异常妒悍，每每争风厮打，大闹大哄，直闹到高、孝二宫，高喉咙，大嗓子，泼泼撒撒，在高、孝二官面前，一缘二故，将左右官人骂个不了，无非是吃醋拈酸之意。高宗心中大是不悦，对吴后道：“这妇人终是将种，吾为皇甫坦所误。”孝宗也屡屡说道：“汝宜以皇太后为法。若再如此撒泼，行当废汝矣。”李凤娘心中甚是怀恨之极。后来绍熙皇帝登基，册立李凤娘做了皇后。那权柄在手，一发放出手段来。真是：

一朝权在手，便把令来行。

话说李凤娘自做了皇后之后，威权非常，妒悍更凶，谁人阻挡得他住？绍熙帝畏之如虎，凡事不敢与之争竞。李凤娘见皇帝惧怕他，一发自以为得计，把那个凶泼生性十分做得满足。那时绍熙帝恼着几个黄门官，要将来置之死地。几个黄门官惧死，遂谋离间三宫，搬弄是非。那时高宗居于德寿宫，称为“光尧寿圣皇帝”，孝宗居于重华宫，称为“至尊寿皇圣帝”，共是祖、父、孙三代。孝宗敬事高宗有如一日，凡事先意而迎，曲尽人子之情，所以谥为“孝宗”，到绍熙帝便万万不如矣。

一日，绍熙帝独幸西湖聚景园闲游，正要在荼蘼花下饮酒，那时两制各官都扈从，见绍熙帝独自游幸，不请太上皇来饮酒，两制官都议论道：“当日太上皇每出幸外苑，必恭请光尧寿圣皇帝同来饮酒。今日皇帝独自游幸，不请太上皇，缺于父子之情，成何道理？我们若是不言，是‘长君之恶’也。”遂飞章交进，说当日太上皇每幸外苑，必恭请光尧寿圣皇帝，今陛下游幸，何缺此理？绍熙帝阅此表章，正在勃然大怒之际，适值太上皇叫一个黄门官拿一个玉杯宣敕以赐绍熙帝，绍熙帝大怒未解，拿起玉杯，不觉手簌簌的颤动个不住，手拿不稳，扑的一声，误坠于地，打得粉碎。那黄门官正是要离间之际，见绍熙帝打碎了这个玉杯，走回重华宫，便把皇帝怒那表章之事瞒过了不说，只说道：“官家才见太上传宣，便面皮紫胀，怒气冲冲，就将玉杯扑碎于地，不知是何缘故。”太上皇大怒。一日，太上皇奉着母亲宪圣吴太后幸于东园阅市。往常旧规，若是太上出游，官家定有一番进劝之礼，以奉太上皇饮酒肴馔，并左右扈从人等。这日东园阅市之时，绍熙帝偶然忘记，失了进劝之礼。那太上皇倒也全不在心上，只因左右要离间二宫，因这一件事，故意将数十只鸡丢将开去，四围乱扑，捉个不住，却又大声叫道："今日捉鸡不着。"原来临安风俗，以俟人饮食名为"捉鸡"，故意将这恶话说来激怒太上皇之意。太上皇只做不知，然虽如此，颜色甚是不乐。

后来绍熙帝患了心疾，精神恍惚，语言无度，就像失心风的一般。太上皇甚是愁烦，但人子虽有忤逆父母之心，父母决无弃绝儿子之理。太上皇特特为着儿子购得良药一丸，要待儿子来宫，凋与他吃。左右得知此事，又瞒过了这一片好心，向李皇后处搬嘴道："太上皇大怒官家，特特合了一丸毒药，要药死官家。只等官车一进，便投毒药，万一有变，怎生是好？千万不可过宫。"那李凤娘本是一片忤逆不孝之心，已是要鸡蛋里寻出骨头之人，听了此话，一发怒从心上起，恶向胆边生，一壁厢叫人探听，果有药一丸，专等驾到即便赐与调服。李凤娘勃然大怒，将银牙咬碎，柳眉倒竖，把御几都敲得一片价响道："这老不贤直如此无礼。虎毒不食儿，他既无慈良之念，我岂有孝顺之情？"遂立止皇帝不要到重华宫去。正是：

莫听妻菲言，骨肉分胡越。

李凤娘儿子嘉王长成，要立为太子，自到重华宫启请太上皇，要立嘉王为皇太子。太上皇见李凤娘悍泼，忤逆不孝，不欲立嘉王为太子。李凤娘便出言不逊道："妾六礼所聘，嘉王是妾亲生之子，怎么不该立为太子？"说罢，面色通红，遂怒目而视太上皇。太上皇大怒，李凤娘也便勃然抽身出宫，一手携了嘉王，一手扯着皇帝，大哭大叫道："嘉王是我亲生之子，太上皇不立我儿为太子，还立兀谁做太子？老不贤直如此无礼，你认他做太上皇，我却不认他做太上皇。"

絮絮叨叨，且哭且骂个不住。绍熙帝本是个怕内之人，听了这一片说话，一发信以为真，竟忘了父子之情，从此再不去重华宫朝见，就像没了父亲的一般。有诗为证：

> 李后一言如毒弩，绍熙听之仇如虎。
> 可怜父子最恩深，不及枕边一声怒。

话说绍熙帝一日洗手，一个小宫人捧着那个八宝金盆过来与皇帝洗手。小宫人两只手却雪也似白，又光又嫩。皇帝看了那两只白手，不觉淫心动荡起来，竟忘记了李后的妒忌，伸手去把小宫人手上摸了一摸。小宫人知道不好了，急忙捧了金盆走开，早已被旁边宫人瞧见，报与李后知道，李后却也不说出。过了数日，绍熙帝在于至乐宫中观书，李后遣两个宫人送一个食盒儿来，食盒上著有李后花押。绍熙帝只道是什么珍奇点心食物之类，亲自揭起盒盖来一看，但见大叫一声，蓦然倒地：

> 未知性命如何，先见四肢不动。

你道为何便惊倒在地？原来那食盒儿里不是盛的什么珍奇点心食物之类，原来就是那小宫人两只雪花白的手。李凤娘知得他心爱这两只白手，便将刀子割将下来，盛在食盒儿里。绍熙帝见了，怎生得不惊倒！当下两个宫人搀起，半日始醒，口中却不敢怨怅，只把脚来跌个不住，暗暗道："怎生如此恶毒？是我害了这侍儿性命也。"从此懊悔无及，饮食减少，心病又发。

> 恶，恶，堪惊，可愕！笑中刀，人中鹗。眉目戈矛，心肠锋锷。杀戮同羊豕，砍剁做肉臛。粉面藏着夜叉，娇容变成鲛鳄。只因这一点妒忌，便砍去两只臂膊。

话说李后自杀死小宫人之后，没一个后生标致小宫人敢到面前伏侍，是老宫人方敢近前；就是老宫人，也还要看自己面貌丑陋的方来伏侍，若略有一分颜色的，还恐怕官家摸手摸脚，断送了性命。

那时还有一个黄贵妃，是绍熙帝宠爱之人，李后几番要害他性命。因皇帝郊天之时，宿于斋官，李后便叫几个心腹勇健宫人，将黄贵妃绑缚将来，大骂道："你这贼贱婢！大胆引汉的贱婢！你倚谁的势作娇，夺我恩爱？今日叫你知我手段，不怕你到玉帝殿前告了御状来讨命。"一头骂，一头叫宫人将刀把黄贵妃两眼睛剔出，道："这双骚眼，水一般样，最会得引汉。如今你还引得汉成么？"又叫宫人将舌头割出，道："你这贼嘴舌头，甜言美语，无般不说，勾引得官家一心在你身上，就在我身边，也是半三不四，我恨你切骨，你如今还会得说话么？"又叫宫人将两乳割下，道："你夜睡之时，将两乳奉承官家。你这般软嫩的小乳，我怎如得你，且叫你忍些疼痛则个。"又叫宫人将木槌一个从阴门中敲将进去，道："你生性好淫，官家的却小，你且把这个大木槌快活受用一受用。"遂碎裂其阴门而死，血肉狼藉，苦不可言。

毒，毒，最深，极酷！千般骂，百样辱。断手剜心，碎剐零剧。人间活夜叉，世上狠地狱。枉冤自有天知，鬼神暗中写录。杀人少不得偿命，何苦争这些淫欲！

话说李凤娘碎剐了这黄贵妃，一道冤魂不散，绍熙帝正在郊天之时，忽然飞沙走石，风雨大作，显出一场怪异。但见：

怨气冲天，变成狂风怪雨。冤魂叫屈，化作拔木扬沙。昏惨惨阴云，似有悲哭之意。烈轰轰震电，如闻号恸之声。玉帝亦怜其无辜，诸神尽恨其作恶！

话说李凤娘屈杀了这黄贵妃，登时雷风霹雳，水深数尺，黄坛上灯烛尽灭，昏天黑地，伸手不见掌面，大风拔地，百官尽皆颠仆于地。绍熙帝惊仆，竟不能成礼而回。李凤娘瞒过了皇帝，只说黄贵妃感冒了寒疾，一时昏晕而死。绍熙帝郊天之时，吃了那一惊不小，回来又闻此变，明知贵妃受冤而死，连叫数声，心疾顿发。太上皇得知李后谋死贵妃之事，以致天变非常，大骂泼妇，勃然进宫，将李后大骂了一场而去。李后不敢回言，衔恨在心。绍熙帝心疾日甚一日，竟不能视朝，政事多决于李后。后来心疾渐好，良心复萌，几次要到重华宫去朝见太上皇，李后断然不肯。隆兴四年九月，是太上皇寿日，名为“重明节”，宰相、侍从、台谏、文武百官上本，要皇帝到重华宫去朝见太上皇上寿。李后立意阻住了，断然不容皇帝过宫朝见。给事中谢深甫再三奏道：“父子至亲，太上皇四十年抚养陛下，并无闲言，只因郊坛一节，过宫怒詈，正是父子恩深之处。太上之爱陛下，亦犹陛下之爱嘉王也。今太上春秋高，千秋万岁之后，陛下何以见天下乎？”各官又再三恳请，心中方才明白，即时命排驾朝重华宫。这日，百官文武班齐，专候圣驾出临。绍熙帝已出到御屏之前，那李后走出，一把拖住了袍袖道：“今日天寒，官家不要到重华宫去，且在这里饮酒。”文武百官侍御都大惊，面面厮觑，不敢开口。班部中闪出一个忠臣、中书舍人陈传良，走上前扯住衣裾道：“圣驾已备，请勿进宫，即便启行。”就随至御屏之后。李后大喝道：“此是何地，尔敢擅入？秀才大胆，要斫头了。”陈传良下殿放声恸哭。

李后大喝道：“殿陛之间，放声大哭，是何道理？”陈传良道：“子谏父不听，则号泣而随之，此是大礼。”李后又大喝道：“腐儒，汝读了这两句臭烂旧话，当得甚么事？大胆却在这里胡缠。”遂大声呵叱而下，即传旨还宫。各官无可奈何，不胜伤感而散。

只因泼妇一张嘴，做了忤逆不孝人。

从此，一年不朝重华宫。太上皇心中甚是郁郁不乐，一日登于望潮露台之上，听得民间争闹，一人气忿不过，大声叫道："赵官家！赵官家！"太上皇对左右道："朕父子之情，尚且呼之不来，尔百姓叫赵官家何用，枉费口舌叫也！"

自此凄然不乐，奄奄成病。百官见太上皇患病，都上本要皇帝过重华宫问病。李后任百官上本，只是不许皇帝过宫。不意太上皇崩了，皇帝又称疾不能亲自执丧，都是李后悍泼主意。及临朝之时，忽然又一交颠仆在地，昏聩之极。举朝人心汹汹。丞相留正见皇帝不肯执丧，竟自称疾而逃。百官逃散者纷纷。幸得丞相宗室赵汝愚要谋立嘉王为帝，那时只得宪圣吴太后作主，遂同韩侂胄关通了吴太后内侍，密启吴太后立嘉王为帝，是为宁宗。遂尊帝为太上皇帝、李后为太上皇后。那绍熙帝在昏聩之中，一毫也不知其事，心疾发作，或歌或哭，或笑或骂，宫中暗暗称之为"疯皇"。李后见帝如此，把外事尽数都瞒过了。虽然如此，心疾忽醒，又有时知觉一二。宁宗登基之后，郊天礼成，恭谢回銮，御乐之声，丁丁冬冬，达于内廷。绍熙帝偶然闻得，问道："那里有作乐之声？"李后捉弄道："这是外边百姓作乐之声。"绍熙帝大怒道："怎么尚敢瞒我至此？"骤然走起身来，把李后劈头一拳。李后踉踉跄跄，跌倒在地。左右宫人急急搀起。

李后恍惚之间见黄贵妃站在面前，大怒道："原来是你这贱人，逗引官家，大胆如此无礼！"便怒从心上起，恶向胆边生，赶上前揸开五指，把黄贵妃一个巴掌，这一掌打去，只见黄贵妃一闪，早不见了黄贵妃，反把一个老宫人脸上打了一掌。仔细一想，方知黄贵妃已死，晓得是死鬼出现，心下慌张，遂从此得病，时时见黄贵妃并那割手的小宫人，及日常里乱杀死的宫婢，血淋淋的都立在面前讨命，好生心慌。只得另造一个佛堂居住，塑了许多佛像。又恐诸鬼缠扰，塑四金刚像在于门首，要他降伏魔鬼之意。自己道衣素服，持斋念佛，焚香礼拜佛像，以求福庇。

看官，你道李凤娘忤逆不孝，杀害多命，心肠比虎狼的还狠，今日吃素念佛，烧香礼拜，便要消除前账，世上可有这样没分晓的佛菩萨么？金刚虽然降伏魔鬼，却是降伏天魔外道、败坏佛法之鬼，难道冤鬼讨命也降伏他不成？世上又没有这样没道理的金刚。若是受了你满堂香烛、一坛素菜，便要来护短，与你出色，叫冤鬼不要与你讨命，世上又没这样不平心的佛菩萨、贪小便宜的金刚。这是：

恶有恶报，善有善报。
若还不报，时辰未到。

那李凤娘随你怎么酬神许愿、烧香礼拜，毕竟无益，开眼合眼，都见黄贵妃立在面前讨命。因此病势日重一日，渐渐危笃，遂于东岳观命道士打醮借寿。那高功是有道之士，极其虔诚。黄贵妃遂托梦于高功道："我黄贵妃也，生前为李后谋死，恨之切骨。今已于玉帝殿前告了御状，玉帝已准我索命矣。尔虽虔诚祈祷，无益也。"后来黄贵妃冤魂竟附在李后身上大叫大骂道："你这恶妇！害得我好苦。我今已在玉帝殿前告了御状，玉帝准我讨命。你今日好好还我性命。你前日道'不怕你在玉帝殿前告了御状来讨命'，今日教你得知御状。"说罢，便将自己指爪满身抓碎，鲜血淋漓。又把乳头和阴门都自己把指头抓出，鲜血满身。又把口来咬那手指，手指都咬断。左右宫人都扯不住。又作自己声音叫疼叫痛，讨饶道："饶命，饶命。"又自己说道："怕人，怕人。一阵牛头马面夜叉手拿钢叉铁索来了。这番要死也！"

遂把舌头嚼碎，一一吐出，两眼珠都爆出而死。有诗为证：

恶毒从来不可当，杀人截手报难偿。
今朝自己遭磨螫，马面牛头扯去忙。

话说李凤娘被黄贵妃活捉而死，长御宫人要将尸首仍旧迁到椒殿。掌椒殿的宫人没一个不怨恨切骨，见他这般报应而死，没一个不畅快，念声："阿弥陀佛！善哉！善哉！天理昭昭。"都把锁匙来藏过了，不肯开门道："奉兀谁的命，要将这血唬零喇的尸首抬到这里来？"长御宫人无可奈何，只得又把这个血唬零喇的尸首抬到凰仪殿。正抬得到半路，忽然有人讹传道："疯皇来了！"众宫人都一齐把这个尸首抛于地下而走。停了半日，不见"疯皇"走来，方知是讹传，才有人走拢来。那时正是六月，已被火一般的烈日晒了半晌，尸首都变了颜色。及至抬到凰仪殿，放在大寝，尸首已都臭烂不堪。宫人无计，只得放许多臭鱼臭肉之类，以乱其臭，又置莲香数百饼，毕竟遮掩那臭气不过。将入殓之时，蛆虫万万千千已勃勃动，满身攒个不住。人人厌秽，个个掩鼻而不敢近，胡乱将来抛在棺内，竟不成礼。后葬于西湖之赤山，陵墓才盖造得完，大风雷雨，霹雳交加，把那棺木都震得粉一般碎。临安百姓并宫中之人，无有一个不说天有眼睛，后来修好了，又一连震了二次，并骷髅都烧得乌黑，以见天道报应之一毫无差也。果是：

黑蟒口中舌，黄蜂尾上针，两般犹未毒，最毒妇人心。

第六卷

姚伯子至孝受显荣

终日寻经论史，夜深吸月迎风。一杯清酒贮心胸，长啸数声星动。
举笔烟云绕惹，研朱风雨纵横。说来忠孝兴偏浓，不与寻常打哄。

这首词儿，名《西江月》，总见世人唯有“忠孝”二字最大，其余还是小事，若在这两字上用得些功，方才算得一个人。如今这回说行孝的报应，但行孝是人的本等，怎生说到报应上去？只为世上那一种愚下之民，说行孝未必有益，忤逆未必有罪，所以他敢于放肆。不知那个“孝”字惊天动地，从来大圣大贤、大佛菩萨、玉皇大帝、太上老君、阎罗天子，那一个敢不敬重着这一个字？在下先说几个忤逆的报应，与列位看官一听。

话说杭州汤镇一个忤逆之子叫做曹保儿，凶恶无比，凌虐其母，不可胜言。母亲被儿子凌虐惯了，只当小鬼一般畏惧。这曹保儿生下一子，方才三岁，极其爱惜。一日，妻子偶然把儿子跌了一交，磕损其头，妻子恐怕，对婆婆大哭道：“你儿子回家，必然要把我打死了，不如投水而死，省得死在他手里。”婆婆道：“不要投水，只说是我将来跌坏了，做我老性命不着。我且权躲在小姑娘家里，等他怒过了头，回来便是。”到晚间，曹保儿来家，见儿子跌得头破，大怒之极，把妻子一把揪将过来，只待要杀。妻子说："不干我事，都是婆婆之故。"次日，曹保儿身边悄悄带了一把刀子，走到中途，将来藏在石下，竟走到小妹妹家，假以温言骗母。母亲不知其意，与保儿同行，行到藏刀之处，保儿取刀要杀母亲，在石下寻摸，早不见那把刀子。但见一条大蛇当道，怒气勃勃，曹保儿心下慌张之极，不觉双足陷入地中，霎时间直陷至膝，七窍流血。自己求告道："是我不是了，怎生这般忤逆，要杀害母亲！"其母急往前救抱，无计可施，遂急急走回家来，叫媳妇带了锄头同往救掘，随掘随陷，掘得一尺，倒陷下二尺。无可奈何，只得啖以饭食，号泣彻天，三日而死。观者日数千万人，莫不称快。这是元至正甲辰六月之事。

还有一个忤逆子报应之事，是山西平阳府军生周震，始初做得一个秀才，便欺虐闾里，看得自己如天之大，别人如蚂蚁之小、犬马之贱。不要说是平常人，就是孔子、孟子，他也全不看在眼里。侥幸秋试，便腆起肚子，扬扬得意，对父亲道："我是贵子，恐非尔父所能生也。"父亲见家丑不可外扬，只得忍气吞声。后周震患了一场病，久卧床褥，双目俱盲，忽作驴鸣数声而死。始死之时，邻人有与同死者还魂转来，说周震见阎罗天子，命判官查其罪恶，叫周震变驴。周震大声喧辩道："我有何罪，要我变驴？"阎罗天子道："尔悖逆父母，怎生不该变畜生？"周震慌张，方才哀告道："既变畜生，愿王哀怜，把我托生安逸之处。"阎罗天子道："你眼界最大，把你覆了双目，终日推磨。"周震方才语塞，只觉牛头夜叉将驴皮一张披在周震身上，将铁鞭鞭了数十下，周震变驴跳跃而去。这两个是忤逆子的报应了。

还有忤逆媳妇的报应。唐朝贾耽丞相为滑州节度使之时，滑州百姓一个媳妇极其忤逆，婆婆目盲，媳妇以蛴螬虫作羹与婆婆吃。婆婆觉得其味甚异，留与儿子回家看视。儿子看了，仰天号泣，恍惚之间见空中一个金甲神将把这忤逆媳妇的头截去，换上一个狗头，声音犹是人声，时人谓之"狗头新妇"。贾丞相叫人将绳索牵了这个狗头新妇满城游行，以为不孝之报。

又有福建延平府杜氏兄弟三人，轮供一母。兄弟各出外锄田，叫这三个媳妇供给。三人出外，这三个媳妇便大骂婆婆，终日没得粥饭与婆婆吃。婆婆痛苦，要自缢而死。嘉靖辛卯七月中，青天白日，划剌剌一个大霹雳响，只见电火通红之中，三个妇人一个变牛、一个变狗、一个变猪，只头还是人头。观看之人，日逐千千万万，众人都画了图样，刊布于世，以警戒人。看官，你道忤逆之报，昭昭如此，怎么人不要学做孝顺之人，以致天谴！有诗为证：

公姑父母即天神，触忤天神殒自身。
莫怪小人饶口舌，恐君驴马变成真。

列位看官，你看忤逆之报一毫不差，那行凶作恶之人只道鬼神不灵，不知举心动念，天地皆知。况罪莫大于不孝，若天地饶过了你的罪犯，便不成一个天地了。忤逆的既是这般灵应，行孝的自然灵佑、鬼神感动。从来道“孝通神明”，并无虚谬之理。看官牢坐，待在下慢慢说来。话说这位孝子姚伯华，生在浙江严州府桐庐县，二十未娶，事父母极孝，昏定晨省，再不肯离父母左右。父母年俱六十余岁，要与伯华娶媳妇，道：“吾父母俱老，早娶媳妇，生下孙儿，以接姚门香火，此吾父母之愿。”伯华禀道：“儿常见人家娶了媳妇，思量他孝顺服事；或是娶着一个不贤惠的，三言四语，添嘴送舌，儿子不察，听了枕边之言，反把父母恩情都疏冷了。世上孝顺的有得几个？不如不娶，父子方得一家。若是娶了，父子便分为两家。以此儿心不愿，且待日后细细访得一个贤惠孝顺的行聘未迟。”伯华说了，父母亦不强他。伯华在家，终日孝顺力田，家道颇是温厚，奉养无缺。果是：

万两黄金未为贵，一家安乐值钱多。

话说姚伯华一味行孝，父母年老，膝下承颜顺志，好不快乐。怎知乐极悲生，降下一天横祸。那时正是元顺帝末年，荒淫酒色。哈麻丞相进西番僧以运气术媚帝，帝习为之，号“演揲儿法”。哈麻妹婿集贤学士秃鲁贴木儿又进西番僧伽嶙真于帝，行十六天魔舞，男女裸处，君臣宣淫，群僧出入宫中，丑声闻于外，市井之人，莫不闻而恶之。行省大臣日以纳贿赂为事，多者高官厚爵，少者贬降谪罚，顺帝一毫不知。皇子爱犹识理达腊专好佛书，坐清宁殿，分布长席，列坐高丽、西番僧，道："谕德李好文先生教我读儒书，多年尚不晓其义，今听佛法，一夜即晓。”因此愈崇尚佛教。凡百官要求超迁的，都以习佛法为由，求西番僧称赞，即转高官，所以当时有口号道：若要高官，须求西番。其昏浊如此。

那时天下也不是元朝的天下，是衙门人的天下，财主人的天下。你道怎么？只因元朝法度废弛，尽委之于衙门人役。

衙门人都以得财为事，子子孙孙蟠踞于其中。所以从来道："清官出不得吏人手。”何况元朝昏乱之官，晓得衙门恁的来，前后左右尽为蒙蔽，不过只要瞒得堂上一人而已。凡做一件事，无非为衙门得财之计，果然是官也分、吏也分，大家均分，有钱者生，无钱者死。因此百事朦胧，天下都成瞎账之事。以此“红巾贼”纷纷而起，都以白莲教烧香聚众，割据地方，四散抢掳劫掠，杀人如麻，尸横遍野。徐寿辉部下先锋项普略领数千兵蜂拥而来，所过之地，杀人如砍瓜切菜，百姓哭声震天，四散奔走，但见：

> 乱纷纷烟焰蔽天，哭淘淘悲声动地。刀枪凝一片白雪，旗帜晃十里红云。滚滚烟尘，可怜无数头颅抛满路。凄凄杀气，惜哉几万血肉踏成泥。枪尖上挪着人心，马领下悬挂甲首。干戈队里无复生还，铁马场中只有死去。魂飞天半，男女同作一坑尘。血染山前，老稚并为万壑鬼。

话说这桐庐县在浙江上游，与杭州甚近，那贼兵四散而来，弥山布野，好生利害。各处人民都纷纷逃窜于深山穷谷之中，若是走不快的，尽为刀下之鬼。姚伯华见百姓纷纷逃窜，父母都六十余岁，家事又颇过得，算得“红巾贼”要来抢掳，性命难存，只得急急携了父母，走到阆原山中避红巾之乱。那“红巾贼”到已吃他避过了，怎知又生出一种假红巾贼来。

那时浙江右丞阿儿温沙差三千兵去杀项普略。那项普略是能征惯战之将，兼之阿儿温沙是个极贪之官，专要的是孔方兄，因此赏罚不明，兵心不服。军士并无纪律，才离了杭州，便四散抢掠。那些百姓吃了“红巾贼”的苦，又吃官兵的苦，真是乱上加乱，苦中生苦。两军相交，战得不上数合，官兵身边各怀重资，并无战心，又被项普略肋罗里撞出一彪贼兵来，杀得个罄尽。项普略得胜而回。这些败残军兵，剩得不上百余人，没了主将，回来不得，索性假装“红巾贼”，拿了“红巾贼”失落的旗帜，头上也包了顶红巾，就如《水浒传》中李鬼假做李逵相似，脸上搽些黑墨，手里拿了两把板斧，躲在树林里耀武扬威的剪径，不撞着真正李逵，谁辨他真假。呐喊摇旗，逢人便杀，遇物便抢，把老妇人杀死，少年妇人抢来做压寨夫人，轮流奸淫。人只道是“红巾贼”，谁敢正眼儿觑他？有诗叹道：

中原不可生强盗，强盗才生不可除。
一盗既生群盗起，功臣皆是盗根株！

又有诗叹道：

红巾原是杀人贼，假说杀贼即红巾。
剪径李逵成李鬼，搽些黑墨便为真。

话说那些假红巾贼到处抢掳杀人，姚伯华父亲只道“红巾贼”去远，方才走出招呼儿子。怎知假红巾贼正到，被他一把拿住。他母亲在树林中见丈夫被贼人拿住，登时走出，取出袖中金银首饰，送与贼人，以为买命钱。那贼人收了金银道："钱财也要，性命也要。"说罢，便把这老两口儿，从山崖上直撷将下来。

山下新添枉死鬼，孝子何处觅双亲。

话说姚伯华父母双双被贼人撷死，那时姚伯华从乱军中失散了父母，各人捱挤，纷纷乱窜。伯华四处寻觅喊叫，并不见影，心下慌张，不顾性命抓寻。当夜在星月之下遍处徘徊顾望，竟无踪迹。次日贼人稍退，伯华心焦，走投没路，大声痛哭，竟至血泪流出。果然孝感天地，那时贼锋未已，谁敢行走？四野茫茫，并无一人可以问得消息。伯华只得望空祷告天地道："我父母何在，万乞天地神明指示。"祷告已毕，忽然背后有人则声道："尔父母在前面山崖之下，速往寻觅。"伯华回头看视，并无一人。有诗为证：

旷野茫茫属恁人，有谁指示尔双亲？
是知孝德通天地，幻出神明感至人！

话说伯华回头看视，并无一人，急急忙忙走到前面山崖之下，呼叫不见声应。细细寻觅，但见父母尸骸做一堆儿撷死在地，伯华痛哭。那时盗贼纵横，一阵未了，又是一阵。伯华料贼人必然又来，若还遇见，自己性命亦不能保，急将身上衣服脱将下来，扯为两处，裹了父母尸首，每边一个，背在肩上，不敢从大路而行，乘夜从小路而走，用尽平生之力，穿林渡岭。走得数里，却早天色昏暗上来，星月之下，脚高步低，磕磕撞撞好生难走。一步步挨到江口，那时已是二更天气，万籁无声，江边静悄悄的，并无一舟可渡。伯华对天叹息道："这时怎得个船儿渡过南岸去便好，若迟到明日，恐贼兵又来，性命难免矣。"叹息方毕，两泪交流，只听得上流头咿咿呀呀，一个渔父掉一只船儿下来。伯华暗暗叫声“谢天地”，叫那渔父渡一渡到南岸去。渔父依言，将船儿撑到岸边，伯华背了两个尸首跳上了船。渔父一篙子撑开了船，问这姚伯华道：“这是谁人尸首？”伯华哭诉道：“是双亲尸首，被贼人推落崖下而死。无可奈何，恐贼人明早又来，性命难保，只得连夜背了载到祖坟上埋葬。”说罢，号啕痛哭不止。霎时间到了南岸，伯华袖中取出银镯子一只，付与渔父。渔父大笑道：“我见你是大孝之人，所以特撑船来渡你，难道是要银镯之人！你只看这兵火之际，二更天气，连鬼也没一个，这船儿从何而来？”说罢，不受其镯，把篙子点开来船，口里唱个歌儿。伯华一一听得明白道：

吾本桐江土地神，感君行孝哭江滨。
城隍命我非闲事，说与君家辨假真。

那渔父歌毕，霎时间便不见了这只船儿。伯华大惊，拜谢天地。背了双亲，那时力气已竭，腿脚酸软，慢慢的一步挣一步，渐渐挣到祖坟左首，解开了衣服，把尸首放在地下端正，采些树叶掩覆，思量要掘地坎将来埋葬，争奈无一件器械可以挖掘，只得寻了一个木锥将来挖土。那时一连三日水米不曾沾牙，饥饿之极，精神困倦，一边挖土，身子已撷仆于土坑之内矣。感得山神化作一个老人扶他起来，与他一碗浆饭吃了，方才挣得起。及至挣起之时，那老人又不见矣，真神灵保佑也。伯华又恐盗贼走来，只得日里躲过，夜里暗中掘土，又有大虫前后咆哮，伯华那时已是听天由命，并无畏惧之心。如此两昼夜，十指血流，点点的滴在地上，伯华也不顾疼痛。

方才掘得成穴，深一丈余，将二骸藏于穴内，又负土成坟，筑高三尺，痛哭之极，至于吐血。有诗为证：

掘土成坟恨有余，山神送饭助饥虚。

姚家坟墓非容易，孝子当年手拮据。

话说姚孝子掘土成坟，埋葬了双亲。那时身体羸瘦，已是鬼一般的模样，盗贼正在纵横之际，只得东奔西窜，没影的逃躲性命，日不成日，夜不成夜。直待我洪武爷成了一统之业，天下方得安宁。姚伯华才走到故基一看，已成了一片荒地，但见苔草青青、狐兔纵横而已。遂砍伐些树木，搭起一间蓬厂居住，渐渐经营起来，方成就得一间房子。那时孑然一身，形影相吊，亲眷之中，已十亡其七八。后来渐复了故业，想起双亲死于非命，今幸得天下太平，人民复业，父母死去已经多年，好生痛苦。只记得遇难之时是二月，也不知父母是何日死亡。所以后来每到二月间，便断绝酒食，不吃荤血，不见宾客，拥炉自泣，手持杖画灰。眼泪滴于灰中，其灰尽湿。又走到父母攧死之处，伏地痛哭，声彻黄泉，山中鸟兽尽助其悲哀，为之徘徊踯躅。泪滴土下，所滴之处，草木不生，人人称其孝感，因名之为“哭亲崖”。凡是三次神灵显圣之地，俱至诚礼拜，叩头感谢，年年如此。又记得逃难之时没有草履，步行不便，几乎性命不保，幸以银钗一只，换得草履一双，方才得救性命，遂终身手织草履以施贫穷之人，不取其钱。后聘钱塘杨氏为妻，那杨氏也是个极孝之人，见丈夫如此痛哭，亦助其悲哀，一月不茹荤血。后生三子，三子也极其孝顺。伯华患病，三子至诚祷告北斗，愿减己寿以益父亲。果是：

孝顺定生孝顺子，忤逆还生忤逆儿。

三子共生八孙。姚夔字大章，正统七年中进士，做到吏部尚书，赠少保，谥“文敏”，人品事业，种种都妙。姚龙做到河南左参政。曾孙姚壁，甲申年中进士，做兵部郎中。子孙男女共有七百多人。伯华活至七十余岁而卒，赠通议大夫、礼部右侍郎。今称孝子者，莫不称姚伯华焉。称孝子有显报者，亦莫不称姚伯华焉。有古风一首单道姚伯华好处：

元朝末年耽燕逸，哈麻媚献西番术。
天魔十六舞腰身，君臣宣淫在密室。
密室宣淫丑不堪，法度废弛官贪婪。
蠹种在官苦在民，“红巾贼”起视耽耽。
“红巾贼”去又红巾，干戈簇簇杀万民。
可怜伯华两父母，推堕山崖跌作尘。
伯华夜抱双骸骨，夜渡桐江鬼神惚。
载尸渡向南岸去，不取金银见超忽。
三日无餐仆不起，自分已作一鬼矣。
山神有知馈浆饭，致令孝子终不死。
血泪成坟坟土高，随他虎豹乱咆嗥。
孝德通天非谬语，子孙世代盛宫袍。

第七卷

觉阇黎一念错投胎

从来三教本同原，日月五星无异言。
堪笑世间庸妄子，只知顶礼敬胡髡。

话说儒、释、道三教一毫无二，从来道："释为日，儒为月，道为星，并明于天地之间，不可分彼此轻重。就有不同，不过是门庭设法，虽然行径不同，道理却无两样。"所以王阳明先生道得好，譬如三间房子，中一间坐了如来，左一间坐了孔子，右一间坐了老子，房子虽有三间，坐位各一，总之三教圣人：戴了儒衣儒冠，便是孔子；削发披缁，便是释迦牟尼佛；顶个道冠儿，便是太上老君。世上一种颠倒之人，只信佛门因果报应，不知我儒门因果报应一毫不差，那书上道："作善降之百祥，作不善降之百殃。积善之家，必有余庆；积不善之家，必有余殃。"难道不是因果报应么？你只看我孔夫子作《春秋》，那称赞的自然流芳千载，那责罚的自然遗臭万年。就把佛门的因果报应来论，我孔子代天从事，那一枝笔就是玉帝的铁案一般，一称赞决然升于天堂，一责罚决然入于地狱，何消得阎罗天子殿前的判官小鬼、牛头夜叉。可恨世上不忠不孝、无礼无义之贼，造了逆天罪案，却都去躲在佛门，思量做个遮箭牌。这样说将起来，那佛菩萨便是个乱臣贼子的都头、奸盗诈伪的元帅了。既做了孔夫子的罪人，难道佛菩萨偏饶过了你不成？世上没有这样胡涂的佛菩萨。况且从古来决无不忠不孝、无礼无义之贼可以成佛作祖之理。有一等昏迷之人，不论好歹，专好去护那佛门弟子。若是好的，自然该尊礼敬重他，就如我儒门的圣贤一般；若是犯了三皈五戒，扰乱清规，酗酒奸淫，无恶不作，这是佛门的魔头，败坏佛法，最为可恨，他还要去盖护他，这个叫做护魔，不是护法。还要说"僧来看佛面"，不知儒门弟子做了不忠不孝、无礼无义之事，难免笞、杖、徒、流、绞、斩之刑，难道还说他是儒门弟子，看孔夫子面上么？比如那黄巢原是个秀才，及至造了反，难道还是儒门弟子？后来事败，削发做了和尚，难道便是佛门弟子？败坏儒门，孔子之所深恶；败坏佛门，如来之所深恶，总是一样。还有没廉耻之人，假以护法为名，与和尚通同作弊，坐地分赃，诓骗十方钱粮，对半烹分，遂将个能言舌辩之僧以为奇货可居，拱在高座，登坛说法，招集妇女，夜聚晓散。就是杨琏真伽那样恶秃驴，他却口口声声称为大菩萨、大罗汉、大祖师，假装贼形，鞠躬礼拜，做成圈套，诓骗愚民。那愚民那识真假！只道是如来出世、弥勒下生，翕然听信，至于出妻献子有所不顾，破坏风俗，深可痛恨。只图佛面上刮金，果然是佛头上浇粪。你只看如来弃了王位出家，还要将身喂虎，割肉啖鹰，雪山修行十二载，野鹊巢于顶上，为法亡躯，难道他是为利不成？初祖达磨为佛法来于东土，思量度世救人，因与梁武帝论说佛法不合，遂折芦渡江，到于少林寺，面壁九载。中国妒忌之人，药死他六次，他都以神通救解，后以传道得人，不复救解，所以他的脸通变做黑漆漆的，遂手持只履西归而去。为法亡躯，难道他是为利不成？二祖神光求佛法于初祖，初祖不肯轻传，二祖恳求，直至洪雪齐腰，初祖也还不传；二祖发极，将左臂割下供于佛前。初祖知是道器，方才传法。为法亡躯，难道他是为利不成？还有长庆祖师坐破七个蒲团，赵州祖师四十年行脚。为法亡躯，难道他是为利不成？在下略说这数位便知端的，那里有贪财利的佛菩萨祖师？何况其余种种恶事！

如今佛口蛇心之人，假以信佛为名，无恶不作，坏那佛门多少名头、多少事体，深可痛恨。为臣当忠，那坐在九重金銮殿上、戴冕旒的皇帝，便是丈六金身，紫金佛面，三十二相，八十种好，真正我佛如来世尊。他却不肯尽心尽力，赤胆忠心，一味瞒心昧己，做那误国害民的事。为子当孝，那住在三间草茅屋内、挂竹杖的老人，便是丈六金身，紫金佛面，三十二相，八十种好，真正我佛如来世尊。他又不肯尽心尽力，承颜顺志，一味瞒心昧己，做那贪妻昵妾的事，不知他信些什么佛法来。所以宋朝司马温公《禅门六偈》最做得妙，道：

忿怒如烈火，利欲如铦锋。终朝长戚戚，是名"阿鼻狱"。
颜回甘陋巷，孟轲安自然。富贵如浮云，是名"极乐国"。
孝弟通神明，忠恕行蛮貊。积善来百祥，是名"作因果"。
仁人之安宅，义人之正路。行之诚且久，是名"不坏身"。
道德修一身，功名被万物。为贤为大圣，是名"菩萨佛"。
言为百世师，行为天下法。久久不可掩，是名"光明藏"。

在下这一回说《觉阇黎一念错投胎》，先说一个大意，意在劝世，所以不觉说得多了些。如今引证一个故事。

话说唐朝一个华严和尚，是个生身的罗汉，在洛都天官寺讲经说法。一生得《华严》三昧，若是讲经之时，便就天花乱坠，地涌金莲。因此，人人称为华严和尚，真个是：

道高龙虎伏，德重鬼神钦！

他弟子共三百余人之多。若是堂上吃斋之时，众弟子一齐上堂，威仪严整，瓶钵必须齐集。门下一个老和尚极有道行，与众不同，只是生性甚是躁急褊小，那时适值身体患病，不能随众上堂赴会。有个小沙弥因自己没有钵盂，见这个老和尚患病不上堂，走来问这老和尚借钵盂。老和尚极是悭吝这个钵盂，道："我生平爱惜这个钵盂，日日擦磨玩弄，受用数十年，只好自用，不肯借人。若借与你，恐有损失。"那个沙弥三回五次，定要借这个钵盂。老和尚只得借与，却从床上爬将起来，双手捧与这沙弥道："我爱这个钵盂，如同性命一般，好好借用。若有一毫损失，便是杀我性命。"说了三次。沙弥接得上手，走入佛堂，同众斋食。方才吃完，正要洗涤，那老和尚已在床上再三催促了。沙弥见老和尚催促，登时洗涤完，正要将来交付，不期老和尚大声催促。沙弥心慌，手忙脚乱，不曾看得地下，一脚踏着一块破砖，一交跌倒，把这钵盂打得粉碎。沙弥只得走到老和尚床边，跪在地下再三磕头请罪，诉说打碎钵盂之故。老和尚不听便罢，一听听得了这句话，把头摇得疙颤颤的动。在床上大叫一声道："汝杀我也！"登时目睛努出，面色青紫，咽喉气绝而死。沙弥甚是懊悔。后来过了数年，华严和尚登坛讲《华严经》，那沙弥也在座下听讲，忽闻得寺外山谷震动，呼呼的如风雨之声。华严和尚便招这个沙弥立在自己背后。霎时间，只见一条雪花也似大蛇，长十余丈，大七八围，直抢入山门里来，腥臭不可当，目光如火，张开血盆那口，直到讲堂，抬起头来高有丈余，似四围寻觅之状。众僧都惊得汗出，华严和尚拿起锡杖，望地下一震道："孽畜不得无理！"那蛇遂低头闭目。华严和尚高声说法道："既明所业，当回向三宝。"遂教满堂僧众齐声念佛，与他说三皈五戒。说完，那蛇遂转头向外蜿蜒而出。那时老和尚有弟子在座，华严和尚对那老和尚的弟子道："这蛇就是汝之师父，修行有年，将成正果，只因悭吝一个钵盂，恼恨之极，变成蟒蛇。适才来此，要吞啖这个沙弥。若吞了这个沙弥，当堕地狱，再无出世之期。我今与他受戒，他明白前因，当舍此蟒蛇之身矣。你们可出山门外一看此蛇何如。"众弟子一齐走出山门观看，只见此蛇所过之处，草木尽行偃仆，就如车轮推过的路一般。此蛇行到幽谷之间，以头触石而死。众弟子走来回复了。华严和尚道：“此蛇已到裴郎中家投胎作女人身，性甚聪慧，年十八当死。死后复转男身，长大修行，方得成道。”说毕，即吩咐一个弟子道：“汝可入城到裴家访问。此女今欲产下，却甚艰难。可往救其性命。”弟子领命而去，走入城中，来到裴家。那裴宽为兵部郎中，也是华严和尚座下门人。他夫人临产已六七日，再产不下，正在危困之际，闻得师父差人来到，即忙出见，颜色甚忧道：“吾妻临产已六七日，再产不下。甚是危困。”那弟子道：“师父正为此一段缘故，特来救取。”遂教裴宽在堂门外净设床席，焚香击磬，连呼和尚三声；夫人即时产下一女。身体平安，后长至一十八岁而死。死后再转男身，方得成道。看官，你道这个老和尚将成正果之人，只因一念差错，便变成一条毒蛇。若不亏华严和尚点化，稳稳在地狱中不得番身。从来道“人身难得，至道难闻”，奉劝修行之人切不可有一毫贪着之心、衔恨之念，错走了道儿，再救不转。正是：

慈悲胜念千声佛，作恶空烧万炷香！

如今说西湖上一个故事，也是个得道之僧，只因一念差错，投胎托舍，昧了前因，做了个奸顽不肖误国的贼臣，留与千古唾骂，把前功尽弃，岂不可惜？话说宋朝南渡以来，孝宗时节，朝中有一个宰相，姓史名浩，是明州鄞县人，辅佐孝宗共理天下。那史浩虽然位列三台，争奈子息宫着实艰难，年登五十余岁，未曾生子，遂广置姬妾，也只生得几个女儿。若是姬妾怀了男孕，每每未曾及月便要小产，随你吃什么保胎丸，究竟无益。史丞相甚是着急。曾听得有人说道：“求子之法，须访求深山中一个修行的老僧，至诚恭敬，与他日日相好，盘桓出入，示他以富贵华丽之景，待他红尘念头一动，起了一点喜好贪慕之心，他便一个筋斗翻将转来，就在你家为子为孙。所以从来道‘山中无好和尚，朝中无好宰相’，此是必然之理。”史丞相听了这话，果然在两山之中访了一个老实的觉长老，六十余岁，专一至诚修行，不管闲事，住于一间破茅庵之中，终日念佛。一日两餐之外，便就闭了双目，端坐于蒲团之上，共坐过了二十五个年头，且是有些光景。不期前世业障深重，魔头发动，撞着这个丞相，直教：

撷翻了二十年苦功，跌破尽三千劫面目。

话说史丞相访着了这个觉长老，便就假做个老秀才闯入他茅庵之中，与他拜佛施礼，舍了些斋米、衣鞋、灯油等样，又与他补盖茅庵破漏之处。觉长老也不知他是何等样人，以后日亲日近，渐渐相好，就如道友一般相处。后来方晓得这个施主是当朝一品宰相，后移居于大寺之内。史丞相一味恭敬，就请觉长老常常来于相府，谈禅问法，素斋供给，异常齐整。又故意把蟒袍、玉带、幞头之类放在面前，金银、彩币、锦绣堆积如山，玉器宝玩、外国珍奇之物，无所不有。丞相自己案桌之上金玉酒器，饮食肴馔，陆珍海错，芳香扑鼻，鼓瑟吹笙，围屏之内，玉佩丁当，兰麝交错，娇声艳语。左右服役之人，喏喏连声，威风凛凛。果是：

人间宰相府，天上蕊珠宫。

那觉长老是个老实和尚，生平眼睛里何曾看见那世上繁华富贵之事，如今终日在眼睛边晃来晃去。一日，史丞相问觉长老道：“还是和尚好，还是我丞相府这般样富贵好？”那觉长老看了这许多富贵，不觉动了一点尘凡之念，一时拿不住定盘星，失口说道：“丞相富贵好。老僧山中修行清苦，怎比得丞相这般富贵。”那觉长老是个久修行之人，时时有护戒神随着，今见觉长老差错着了魔头，便向耳边报道："师父差了因果，我去也。"长老听得说，吃那一惊不小，暗暗懊悔道："此念一差，可惜二十五年工夫废尽，今当堕落火坑矣。"遂急急忙忙别了丞相，归于寺中，念两句道：

二十五年摸索，今朝一念差错。

念罢，遂闭目而化去。史丞相正在家中饮宴，只见觉长老忙忙的走入内室，史丞相立起身来迎接，早已不见了觉长老的踪影。心中疑惑，即忙差人去寺中探看，方知道适才已圆寂了。史丞相即日第十三个夫人产下一子，史丞相明知是觉长老投胎，心中大喜，因此就取名为史觉，后来改名为弥远。

史丞相从来无子，今亏得觉长老转世与他做了儿子。但这一个筋斗翻得不好，竟忘却了前因。那聪明智慧自不必说，但生性一味歪斜奸险，残忍刻剥，自小生于相府，习惯了这些骄奢淫佚之事。又因丞相晚年得子，把他生性都骄养惯了，竟训他不下。又倚着丞相之势，绝无忌惮，专一以作恶为事。后来登第做官，极有恶才，人都服他，又都怕他，遂渐渐做到吏部侍郎。

那时正是宁宗之朝，奸臣韩侂胄专权。后来韩侂胄封了平原郡王，思量立盖世之功，以为固宠之计，遂倡恢复之议，举兵北伐，惹得金兵分道南侵，势如破竹，宋兵大败，死者不计其数。韩侂胄忧惧，遣使请和。金鞑子不许道："如要休兵，但把那个起衅的首级砍来与俺，俺便就休兵罢战。"韩侂胄大怒，用兵益急，蜀口淮汉之民，死者如山，中外忧惧，无可为计。那时宁宗的杨后嗔怪着韩侂胄，你道为何？杨后颇通书史，性极机警，始初还是贵妃，只因宁宗的正宫恭淑皇后崩了，要立正宫皇后。那时宁宗还有一个曹美人，也有宠于宁宗。韩侂胄忌惮杨贵妃有机巧权术，不肯立他为后，要立曹美人为后；又因杨贵妃不守家法，私通了王瑜，遂禁绝王瑜不许通籍内廷。

杨氏甚恨，遂使了一片心机，毕竟做了正宫，遂恨韩侂胄切骨，要报此一箭之仇。那史弥远暗暗于内中打听了这个消息，串通了关节，乘中外忿恨之时，遂上一本请诛韩侂胄。杨皇后正中机谋，从中力赞其事，遂下一道密旨，着史弥远叫殿帅围了侂胄私第，遂将韩侂胄登时杀死于玉津园，呜呼哀哉了。

可怜一代奸臣，化作南柯一梦。

话说史弥远除了韩侂胄，杨后大喜，就进史弥远为丞相之职。那杨后聪明非常，文墨精通，尝有《宫词》数十首道：

瑞日曈昽散晓红，乾元万国佩丁东。
紫宸北使班才退，百辟同趋德寿宫。

元宵时雨赏宫梅，恭请光尧寿圣来。
醉里君王扶上辇，銮舆半仗点灯回。

柳枝挟雨握新绿，桃蕊含风破小红。
天上春光偏得早，嵯峨宫殿五云中。

溶溶太液碧波翻，云外梅台日月闲。
春到汉宫三十六，为分和气到人间。

晓窗生白已莺啼，啼在宫花第几枝。
烟断兽炉香未歇，曲房朱户梦回时。

一帘小雨怯春寒，禁御深沉白昼闲。
满地落花红不扫，黄鹂枝上语绵蛮。

上林花木正芳菲，内里争传御制词。
春赋新翻入宫调，美人群唱捧瑶卮。

海棠花里奏琵琶，沉碧深边醉九霞。
禁御融融春日静，五云深护帝王家。

后院深沉景物幽，奇花名竹弄春柔。
翠华经岁无游幸，多少亭台废不修。

天申圣节礼非常，躬率群臣上寿觞。
天子捧盘仍再拜，侍中宣达近龙床。

水殿帘钩四面风，荷花簇锦照人红。
吾皇一曲熏弦罢，万俗泠泠解愠中。

绕堤翠柳忘忧草，夹岸红葵安石榴。
御水一沟清澈底，晚凉时泛小龙舟。

熏风宫殿日长时，静运天机一局棋。
国手人人饶着处，须知圣算出新奇。

宫殿帘钩看水晶，时当庚伏炽炎蒸。
翰林学士知谁直？今日传宣与赐冰。

云影低涵柏子迟，秋声轻度万年枝。
要知玉宇凉多少，正在观书一夜时。

琐窗宫漏滴铜壶，午梦惊回落井梧。
风递乐声来玉宇，日移花影上金铺。

凉生水殿乐声游，钓得金鳞上玉钩。
圣德至仁元不杀，指挥皆放小池头。

凉秋结束斗尖新，宣入球场尚未明。
一朵红云黄盖底，千官下马起居声。

秋高风动角弓鸣，臂健常嫌斗力轻。
玉陛才传看御箭，中心双中谢恩声。

思贤梦寝过商宗，右武崇儒治道隆。
总揽乾纲成治理，群臣臧否疏屏风。

用人论理见宸衷，赏罚刑威合至公。
天下监师二千石，姓名都在御屏中。

家传书法学光尧，圣草真行说两朝。
天纵自然成一体，谩夸虎步与龙跳。

泛索坤宁日一羊，自从正位控词章。
好生躬俭超千古，风化宫嫔只淡妆。

击鞠由来岂作嬉？不忘鞍马是神机。
牵缰绝尾施新巧，背打星球一点飞。

宫槐映日翠荫浓，薄暑应难到九重。
节近赐衣争试巧，彩丝新样起盘龙。

角黍水盘饾订装，酒阑昌歇泛瑶觞。
近臣夸赐金书扇，御侍争传佩带香。

一朵榴花插鬓鸦，君王长得笑时夸。
内家衫子新翻出，浅色新裁艾虎纱。

帘幕深深四面垂，清和天气漏声迟。
中官阁里催缫茧，要称新蚕作五丝。

岁岁蚕登麦熟时，密令中使视郊圻。
归来奏罢天颜悦，喜阜吾民鼓玉徽。

小样盘龙集翠裘，金羁缓控五花骝。
绣旗开处钧天奏，御捧先过第一筹。

话说杨后极有文才，因此专政，又因史弥远与他除了韩侂胄心腹之疾，待他极其隆重，三日一小宴，五日一大宴。因此史弥远出入宫闱之中，绝无忌惮，遂与杨后为乱。那宋朝家法极好，独有杨后不守家法，有人作《咏云词》讥刺史弥远道：

往来与月为俦，舒卷和天也蔽。

因此史弥远之势愈大，无人敢惹。凡是史弥远要做的，杨后即时准奏。杨后要做的，弥远即时奉行。表里通同，权势熏灼。若是不中意的，轻则刺配沙门岛、鬼门关，重则竟为刀下之鬼，谁怕你叫起撞天屈来！不要说他吐气成雷，就是他放一个屁，也还威行千里。那些奉承他的还要把这个屁顶在头上，当道救命符录；捧在鼻边，只当外国的返魂香；吸在口里，还要咬唇咂舌，嚼出滋味。定要把这个屁自己接得个十分满足，还恐怕人偷接了去，不见得男女孝顺之心。以此威势日旺一日，怎见得：

一片虎狼之心，满肚蛇虺之气。刀枪剑戟，打就一付身躯。锉磨煅烧，炼成百般形性。眉毛皱处，日月无光；怒气挥时，鬼神失色。滚滚头落地，犹存谈笑之形。轰轰血洒空，不见凄惨之色。十八层阿鼻地狱，团团围得不通风。三千柄鬼头刀，烁烁排成赛过日。犹如捉生啖死的狠罗刹，连头嚼骨的鬼夜叉。

话说宁宗无子，选太祖之后贵和立为太子。那贵和太子不十分中意史弥远。弥远心生一计，因见贵和太子最好鼓琴，就费了数千金买了一个会得弹琴绝色的美人，暗暗进与贵和。贵和不知其中就里，受了这个美人，异常宠爱。弥远见贵和中了美人之计，就厚待那美人的父母，金银彩缎珍宝不时馈送，买了他美人一家之心，就悄悄教美人打听消息，凡有动静尽数传报。贵和见杨后与弥远打成一家，全没些畏忌，心中甚是气忿，把杨后与弥远二人的私事都写在桌上，就像帐目一般，一一记得明白。又写道："史弥远当决配八千里。"美人见了暗暗吃惊。一日，与美人观看壁上画的天下舆地图，把手指着广东、琼崖二处，与美人道："我明日登了位，断然要把史弥远这奸臣充军于此地。"美人故意问道："史弥远无甚过失，怎生便要充军于此地？"贵和道："乱伦误国贼臣，怎生饶得他过！"美人不敢做声，只得答应道："是。"又常常称弥远为"新恩"，说异日不充军到新州，便充军到恩州去也。美人将此事细细来报与弥远知道。史弥远大惊，暗暗的道："风不吹不响，树不摇不动。人无害虎心，虎无伤人意。这样光景，断难两存，不是他，就是我。一不做，二不休，定要废了他，方才安稳，教他这太子做不成，'无梁不成，反输一帖'。"这是：

明枪容易躲，暗箭最难防。

话说史弥远要废贵和太子之心，日日在念。他家中一个先生余天锡，也是鄞县人，生性质朴，弥远极其敬重。余天锡要回乡去秋试，辞别弥远起身。弥远延入书房之中，赶开了左右，悄悄对余天锡道：

“皇子心性不纯，不堪负荷重器。先生回到浙东，如有宗室贤厚之子，可密密访来。此是朝廷大事，不可轻易，不可向一人面前漏泄。”余天锡领命而去，渡了钱塘江，来到绍兴地分。有分教：

假太子一朝谢位，真天子即日登基。

你道那真天子是谁？就是理宗皇帝。他原是宋太祖十世孙燕懿王德昭之后希垆之子。希垆共有二子，长即理宗，名与莒；弟名与芮，就是度宗之父，家于绍兴。父亲希垆早死，止有母亲全氏在堂，家道贫寒，伶仃孤苦，不可胜言，同母亲住于外公全保正家过活。那与莒自小生得堂堂一表，龙行虎步。兄弟二人，俱有富贵之相。又有算命先生说他兄弟二人之命贵不可言，因此全保正爱护这两个外孙。那时与莒只得十二岁，与芮十岁。一日秋天炎热，与莒兄弟二人同走到河里洗澡。忽然一阵雷雨起来，二人无处躲避，急急走到一只船侧边避雨，早惊起了船中一个人。这人就是史弥远家先生余天锡，正在船中熟睡，忽然梦见两条黄龙负舟，睡中惊醒，急急起来一看，只见这两个小孩子负在船侧边，心中大惊，问道：“你是谁家儿子？”两个道：“我是赵家儿子，住在全保正家。”余天锡急急叫他两个起来，到于船中，与他些酒食吃了，待天雨住，同他两个走到全保正家，问其详细。全保正知是史丞相府中先生，不敢怠慢，即忙杀鸡具酒奉款，教二子陪酒，因说道：“此吾外甥赵与莒、与芮也，系是宗室，曾有算命先生说他日后贵不可言。”余天锡见这说话恰好与黄龙负舟之梦相符，就有心把些说话问这二子，二子对答详明，并无差谬。余天锡甚喜，酒罢相别。全保正率领二子直送到船边而回。余天锡回乡秋试已毕，仍归相府，就密密把这件事说与弥远知。弥远心中大喜，即日召与莒来一见。史弥远善相，见与莒龙行虎步，果有帝王之相，遂留与莒在京，补为秉义郎之职，改名贵诚。因沂王无子，就立为沂王嗣子，升为邵州防御使。

史弥远因父亲寿诞，遂于净慈寺广斋众僧，与国子学录郑清之同登慧日阁，赶开了左右，悄悄对郑清之道："皇子不堪负荷，奈何！闻沂王嗣子贵诚甚贤，今欲择讲官，君其善训导之。事成，弥远之座位即君之座位也。然言出于弥远之口，入于君之耳，若一语泄漏，吾与君皆遭赤族之祸矣。"郑清之点头敬诺：弥远回府，就命郑清之为沂王贵诚教授。郑清之遂日日教贵诚读书为文。又把高宗的御书与他日日学习。后来郑清之见史弥远，便将贵诚的诗文翰墨呈览，称赞不容口。弥远尝问郑清之道："吾闻皇侄之贤已熟，大要毕竟如何？"郑清之道："其人之贤，更难尽述，然一言以断之，总曰'不凡'二字而已。"弥远大喜。从此日日在宁宗面前一味称赞贵诚之妙，说贵和太子许多不好之处，思量要宁宗废贵和而立贵诚。正是：

计就月中擒玉兔，谋成日里捉金乌。

后来宁宗患病，渐渐危笃，史弥远先与杨后计较端正，杨后始初也还不肯，史弥远遂把贵和写在桌上之事一一说知。杨皇后大怒，立意要废太子，便道："废了贵和，谁人可做？"史弥远道："沂王嗣子甚是贤良，有龙行虎步之相，此朝廷之福也。"杨后点头应允。弥远见杨后应允，就着郑清之先与贵诚说知要立之意，贵诚嘿然不应。郑清之道："丞相以清之从游之久，故使布腹心，足下一语不答，何以复命于丞相？"贵诚方才拱手，慢慢说道："老母在绍兴。"郑清之登时把这话说与弥远，弥远一发叹其不凡，即时取他母亲全氏居于沂府。宁宗崩后，弥远在于宫中矫诏立贵诚为太子，登时着一班快行吩咐道："今所宣是沂王府皇子，不是万岁巷皇子。若少有差错，汝等即时处斩。"一班快行喏喏连声而去。

话说贵和太子在万岁巷闻得帝崩，在那里等候宣召，再不见来，心中甚是疑惑，到墙壁间伸头伸脑，东张西望，打听消息。只见一般快行共有百余人，飞也似跑过他府门首而去，却不进来，心中甚疑。霎时间，又见这一班人簇拥一人而来，过其门首，那时天色昏暗，却看不出，不知是何人，胸中慌张之极，又没处打听消息。那一班快行捧了贵诚到子宫中，见了杨皇后，行礼已毕。杨后拊其背道："汝今为太子矣。"史弥远实时引贵诚至于柩前，命贵诚举哀。举哀已毕，方才召贵和。那贵和见召，只道召去做皇帝，心中甚乐，随至宫门，那管宫门内监只放贵和一人进去，左右从人一个不许放进。史弥远也领了贵和到于柩前举哀。举哀已毕，即时引出，却叫殿帅夏震守着贵和。遂召百官立班听读遗诏，仍旧引贵和立于旧班。贵和大惊道："今日之事，我如何还在此班？"当下夏震捉弄他道："未读诏书之前，当在此班，待读诏书之后，方即位也。"贵和太子还只道是真，欣欣有喜色。只听得钟鸣鼓响，文武班齐，遥见殿上灯烛荧煌之中，已有一位头戴冕旒、身披龙袍，端端正正登宝座、受南面之尊了。贵和大惊失色。宣读诏书已毕，两下阁门官高声宣赞，百官拜舞，贺新皇即位。贵和不肯下拜，夏震把贵和背一把按将下来，不容你不拜。拜贺已毕，遗诏封贵和为济南郡王，即时赶出朝门，不容稽迟，发一支兵送贵和居于湖州。果是：

一着不到处，满盘俱是空。

话说贵诚太子即了帝位，就是理宗，是南渡来第五朝天子，在位四十年。理宗无子，就立兄弟与芮之子，是为度宗，这是后话。两龙负舟，都有证据。可见帝王自有定数，非可矫强。理宗即位之后，尊杨后为太后，一同听政，封本生父亲希垆为荣王、母亲全氏为国夫人。全保正一家荣贵，感史弥远立己之功，凡事拱手以听。那时史弥远只当是皇帝了。

话说贵和废为济王，居于湖州，郁郁不乐。那个弹琴的美人原是弥远心腹，弥远仍旧取了回去受用。过了几时，湖州有两个反贼潘壬、潘丙，说这济王是个奇货可居，一夜约会了一干无赖之徒，手执枪刀器械，抢入济王府中，口口声声说“举义兵推戴济王为帝”。济王闻变，急急换了衣服，躲于水窦之中。不期被众兵搜将出来，磕头跪拜，称为万岁，一齐簇拥了到于州治之中。潘壬、潘丙叫众兵士到东岳行宫那里取了一张贴金的龙椅，放在堂上，要济王穿了黄袍，坐于那张龙椅之上。济王号泣不从，众兵把刀放在济王项脖之上，济王只得应允道：“切不可伤太后与官家。”众兵许诺。潘壬、潘丙假写淮安将官李全一张榜文，挂于州门之上，称兵二十余万，共举义兵，推戴济王即位。远近震动。及至天明一看，不过是太湖中渔户及巡司弓兵百余人而已，有的有枪刀，有的没枪刀，手中都执着渔叉、白棍。济王知事不成，就与州将勒兵转去，把这一千人剿灭已尽。后来四处调兵前来杀贼，那贼已通杀完了。济王惊惧，因此得病。史弥远遣官来谕慰济王，一壁厢命太医院来看视，暗暗下了一帖不按君臣佐使的药，霎时间，济王九窍流血而死，呜呼哀哉了。那济王死得甚是可怜，冤魂不散，终日披头散发，现形露体，作神作祸。弥远恐惧，只得把济王来改葬，又作佛事超度。后来弥远无人拘管，一发放肆，终日在于宫中与杨后饮酒取乐，外边人通得知。又见济王死得冤枉，满城中播出两句口号道：

杨柳春风丞相府，梧桐夜雨济王家。

杨柳者，杨后也。不好明白说出，故意作此隐语，以讥诮之。

那时弥远手下共有“三凶”、“四木”在于要路，做他的爪牙。“三凶”是那个？梁成大、莫泽、李知孝，“四木”是那个？薛极、胡榘、聂子述、赵汝述。“四木者”，因四人名字都是木字，因此称为

“四木”。弥远手下有了这“三凶”、“四木”，凡是贤人君子都一网打尽，贬的贬，窜的窜，死的死，谁人敢道一个不字？若是要做高官的，都要呵脬捧屁，异常钻刺，方得官爵。有个宗室气忿不过，却叫优伶搬演戏文，内中扮出一人，手拿一块大石，用大钻去钻，那块石头再钻不进，这个人叹道：“可惜‘钻之弥坚’。”一人把这说的人打一下道：“你不去钻‘弥远’，却来这里钻‘弥坚’，可知道钻不进也。”弥远得知此事，将这一班优伶尽数杀死，连这个宗室也都结果了。从此箝口结舌，不要说“弥远”二字不敢犯，连“史”字儿也不敢道着了，竟成了一个盲聋喑哑的世界，岂不可叹！果是：

还将冷眼观螃蟹，看他横行到几时！

后封为卫王，威行天下，整整做了二十六年宰相。怎当得害得人多，冤魂日日缠身，被众鬼活捉而去。人人闻之，无不畅快，都滴酒相贺。

弥远死后数月，一日黄昏，家中闻得有敲门之声，却是丞相回家。妻子惊惶，只见披头散发，满身流血，项带铁索铁锁。合家都道：“丞相怎生如此模样？”弥远眼泪直流，再三叹息道：“早知如此，悔不当初！我前生原是觉阇黎，只因一念之差，误投托于此地，昧了因果报应，作恶甚多，害人不计其数。又因济王、杨后之事，今日在城隍处对证拷打，苦不可言。我因记挂家中，暂时回来一说，你们大家齐心学做好人，不可像我在日放心放意作恶，只道神鬼不知，决无报应。谁知今日受这般苦楚，懊悔无及。我今别了你们，便到地府阴司受罪，永无出世之期，亦永无见你们之日矣。”遂放声大哭一场。哭毕，索纸笔题诗一首道：

冥路茫茫万里云，妻孥无复旧为群。

早知泡影须臾事，悔把恩仇抵死分。

题诗已毕，便慌慌张张出门。举家痛哭，送至门首，只见牛头马面，青脸獠牙，一群鬼使都立于门首，囚执了史弥远，阴风阵阵，冷气逼人，如烟如雾，如飞而去。举家惊得跌跌扑扑，正是：

若不是狠阎罗刑法千条，人只道曹丞相神仙八洞。

遂大作佛事超度，亦何益乎？丞相人家那少钱财？若请了些和尚、道士便能灭罪超生，则人人落得作恶矣。况且那尸山血海上来的钱财，佛菩萨谁来受领！所以史弥远在日，人都叹息道："怎生觉阇黎做出这般行径？"因作诗规谏道：

前身元是觉阇黎，业障纷华总不迷。
到此更须睁只眼，好将慧力运金鎞。

第八卷

寿禅师两生符宿愿

羽毛鳞介众生灵，莫任贪饕纵血腥。
好把飞潜勤释放，胜如念佛礼金经。

此一首诗劝人放生之作。天地间极不好的是杀生，阴府惟此罪为最重。极大的功德莫过于放生，若人肯放生，便生生世世永不堕轮回地狱饿鬼畜生之苦，永不受刀兵水火杀害之灾，在世得轮王福，富贵、功名、子息种种如意，寿命延长，死后定生西方极乐国土。佛菩萨决无说谎诳人之理，一字非虚，信受奉行。但放生的决不可学那王安石。那宋朝王安石生性极其乖僻自用，执定主意，就是九牛也牵他不转。身上虱子满身，终日不肯洗面。一双白眼，真是奸臣之相。遭际神宗，言听计从。他自做一部《字说》，要朝廷以此取士，竟废了孔子的《春秋》《孝经》，以至天下乱臣贼子绝无忌惮。又行那新法，害得天下百姓尸山血海，人人欲食其肉。几乎把宋朝天下都断送了，他还不肯转念，狠狠的发三言道："天变不足畏，人言不足恤，祖宗之法不足守。"他又生兵起衅，杀人盈野，以致交趾陷了邕城，屠民五万八千口；灵州一战，死者六十万人。又无故割地七百里与辽，为异日兴兵之端。至于通金伐辽，二帝为虏，皆是贼臣误国作俑，罪大恶极。后来神宗知他误国害民，遂罢了丞相之职。归老钟山，心上有些过意不去，思量放生赎罪，遂多买鱼虾等物放生，做两句诗道：

物我皆畏苦，舍之宁啖茹。

看官，你道王安石一人身上，不知残害了几千百万生灵，父子兄弟妻孥俱不能相保，可怜都为冤鬼。就把王安石的这两块肉剁做肉酱，也还不足以赎罪，堕在地狱里，千万劫也还不能够出世。却将些须鱼鳖来放生，思量遮掩前过，那阎罗老子可是个呆子么？所以当时有诗嘲笑道：

错认仓姬六典书，中原从此变萧疏。
幅巾投老钟山日，辛苦区区活数鱼。

列位看官切不可学那王安石的放生，留与后人咒骂。如今小子且泛说两个放生的报应，引入正回。话说唐时一个书生姓韦，名丹，年近四十，虽举五经，未曾及第。尝骑一匹蹇驴，到洛阳桥，见渔翁拿得一鼋，其长数尺。众人围绕观看，都欲买而烹之。鼋见韦丹来，伸头缩颈似求救之状。韦丹心中不忍，问这渔翁道："你要多少钱？"渔翁道："二千钱。"韦丹身边并无钱物，要将身上衣服与他换，又是天寒之际，脱不下来，只得把匹蹇驴儿与渔翁抵换，将此鼋放于水中，徒步而去。过了几时，闻得市上有个胡卢先生，不知何所从来，是个希奇怪异之人，占卜如神。韦丹走到胡卢先生处，问他前程万里之事。胡卢先生迎门而拜道："我友人元长史日日谈君子之盛德，称赞不绝口，正要求识君子，便可同行一访。"韦丹暗暗道："我在此并无相识，况又无此官族。"因说道："先生差矣。但与我一决前程之事便罢。"胡卢先生道："我如何知君之福寿，元长史即吾之师也，当同往访。"遂与韦丹同行到通利坊，门径甚是荒僻，敲一小门，有人开门接入；走过数十步，有一板门，又走进数十步，见一大门第，如同王者之居，有女鬟数人，极其美艳，先出迎客，甚是敬重。所陈设之物，都极华丽，异香满室。堂中走出一个老人，须眉皓白，身长七尺，服锦绣之衣，两个青衣跟随而出。一见了韦丹，即忙下拜道："元浚之百拜。"韦丹大惊，随即下拜道："韦丹贫贱小生，初未相识，丈人怎生如此行礼？"那老人叩拜不止道："老夫垂死之命，蒙恩人救拔，恩德如山，无可图报。仁者固不以此为念，但老夫受恩既深，每欲杀身报效耳。"韦丹方知是前日所救之鼋，口中不敢说出。老人遂吩咐青衣具珍羞百味进酒，宾客甚是相得。留连数日，韦丹要辞别老人。老人遂于怀中取出一通文字与韦丹道："知君要问禄命，特特走到天曹录得一生官禄，聊以奉报。有无皆君之命，但贵前知耳。"即命青衣取出数件珍宝相送，道："此皆希世之珍，货之可以致富。"遂再拜送出。韦丹一路上问胡卢先生道："是个鼋，如何有此变化？"胡卢先生道："非真鼋，乃老龙变化耳。"韦丹道："既是龙，如何又有网罟之患？"胡卢先生道："此亦数也。"胡卢先生别去。韦丹拆开文书来一看道："明年五月及第。又某年平判入登科，受咸阳尉。又某年，登朝作某官。历官十七政，都有年月日。最后迁江西观察使，至御史大夫。到后三十年，厅前皂荚树花开，当有迁改北归矣。"后遂无所言，韦丹宝持此书，先卖一件珍宝，遂得百万钱，竟以致富。后访其居，竟不复见，连胡卢先生也不知去向了。后来及第，历官日月一毫无差。洪州使厅前皂荚树一株，岁月已久，一旦忽然生花。韦丹登时去官，果然至中道而卒。两个儿子，一名宙，做到尚书仆射同平章事；一名岫，做福建观察使。这是一个放生的报应了。

还有一个李进劲，专一卖鱼为生，在彭蠡湖把大船满载了鱼，到维扬贩卖。一日复贩鱼至三山浦，其夕月明如昼，进劲在岸上闲走，闻得船内有千万人诵经之声，甚是清亮。李进劲心疑，走到船上细听，却是诸鱼诵经之声。李进劲大惊道："我自来贩卖众生，怎知鱼都会得念佛？从前罪过，怎生消除？”即忙把船中所买之鱼尽数放之江中，对这些鱼道：“汝等既能通灵，他日我若逢难受苦，汝等可共救取。”说罢，遂从此改业，贩卖荻薪。数年间，作大筏载了荻薪到金陵货卖。一日忽然大风，簰筏尽数沉溺，李进劲扑通的落于江中，自分必死。不期脚下踏着物件不至沉溺，幸风吹得数竿竹来到于李进劲身边，遂扶了竹竿渐渐近岸。细看脚下所踏之物，尽是大鱼，千百成群，又共拽其竹竿而行，到洲登岸，回顾诸鱼，各已散去。至夜不得渡江，只得蹲坐洲上，更深夜静，独坐愁苦，两泪交流，自叹薄命，一至于此。忽见芦荻丛中有光，伸手一摸，摸得二锭金子，约有三四斤之数，遂藏于怀中。虽然得了金子，却无船可渡。俄见一白衣人从水波中立着，对李进劲道：“你今日得保性命，又得了金子，都是你前日所放之鱼特来报恩也。”说罢不见。到得清早，就有数千头鱼共拽一只船来，篙橹都备，李进劲遂得登岸而回，因此竟成富家。这又是一个放生的报应了。有诗为证：

> 鼋放知官禄，鱼生救命身。
> 乃知放生者，暗里有明神。

列位看官，只看这两个放生的报应，可见放生是第一件功德事，不可因王安石便废了“放生”二字，那不好的是王安石，好的是放生。奉劝世人只学那好的便是。如今小子说西湖上一个放生的竟至成佛作祖。这一位祖师是永明寿，赐号智觉大师。他讳延寿，字冲玄，号抱一，是余杭县人，俗家姓王，原是西方弥陀古佛下降，唐昭宗天祐元年降生。自幼至孝，才会得说话之时，父母相争，他便跪拜于地。父母甚异之，因此遂相好如初。他一心只好念佛，既冠之后，便不肯吃荤，每日诵《法华经》，七行俱下，诵经之时，便有群羊跪而听之。到二十八岁之时，吴越王闻他生性公平，着他做余杭库吏，管那钱粮出入；后迁华亭镇将，督纳军需。他一生心心念念只好放生，若是袖中有数文钱，一见了鱼鳖之类，也定要买而放之；或无钱钞，便将衣服脱将下来，与渔翁抵换，甚至没有之时，还要借贷将来买放。后来借贷得多，无人肯借，竟将家中田产尽数变卖，以为放生之资。放生愈多，家资已尽，无可奈何，竟将库中钱粮偷盗将来放生。日积月累，所放不计其数。吴越王一日将钱粮一算，竟缺了无穷之数，大怒之极，次日要押付市曹处斩。这夜，吴越王梦见海龙王率领了鱼虾之类千百亿万，在于地下，叩首道："此亿万生灵，皆是税务官所放，上帝好生，愿王免其死罪。"吴越王应允而去。次日，仍旧押付市曹，一边暗暗吩咐监斩官道："彼若与众人一同畏惧，便一刀处决了；若不畏刀斧，有何说话，不可加刑，即来奏闻。"监斩官领旨而去。王延寿来到法场，颜色也不变一变，眉头也不皱一皱，就像有人请他吃喜酒的相似，但对刽子手说道："我一生并不曾侵欺库中一文钱将来私用，只为放生缘故，所以受此一刀之罪。但我放了亿万生灵，功德浩大，今日断然往升西方极乐世界。可将我面朝着西方，安安稳稳，竟向西方而去。"说罢，并无他言。监斩官遂命停刑，急将此语奏闻。吴越王即时赦其死罪。王延寿从鬼门上放将转来，遂说道："我死后尚要到西方去，今日重生，一发该修西方之事了。"遂辞了父母妻子，削发为僧，礼拜翠岩为师。

从今削发为僧去，不作人间羁锁身。

话说王延寿礼拜翠岩为师之后，日日念佛修行，专习勤苦之行，野蔬、布衲以遣朝夕。尝住天台山天柱峰，九十日打坐，再不走起，就像土木一般，连那斥鷃小鸟也都飞将来巢在他衣袖之中，他一毫也不知觉。那时天台韶国师是个得道的祖师，能知过去未来之事。寿禅师入寺参访，韶国师正在入定之时，看见弥陀进门，急下座道："吾弟子来也。”寿禅师应声而入，低头下拜，韶国师示以道妙，寿禅师言下大悟。韶国师又道：“汝与吴越王有缘，他日当大兴佛法。惜吾不及见耳。”寿禅师从此在国清寺日日修忏。忽然半夜见一个神人身长丈余，手持方天画戟闯入。寿禅师大喝道：“何得擅入！”那神人稽首道：“久积善业，方得到此，特来护卫我师以驱邪魔外道耳。”寿禅师中夜经行，见普贤菩萨手中所执莲花，忽然授于手中。其奇异不一而足。自己思想道：“怎生修行，方得成佛？还是一心禅定，还是万善净土？”遂写了两个阄儿，虔诚在佛面前祷祝道：“二项修行，不知是那一项容易成就！若该是那一项，愿如来证明，七次拈着。”祷祝已毕，七次拈着“万善净土”这个阄儿，遂一心皈依净土。后于金华天柱山入定，见观音菩萨以杨柳枝洒甘露水灌顶门之上，遂彻骨清凉，经文诗书援笔而成，口中滚滚不休，辨才无碍。做首偈道：

孤猿叫落中岩月，野客吟残半夜灯。
此境此时谁会意，白云深处坐禅僧。

吴越王闻知他悟了道，心中大喜，遂请他到灵隐寺开堂说法。明年敕建永明禅寺与他居住，就是如今南屏山净慈寺，因此就称为永明寿禅师。他门下弟子共有二千人之多，每日课不论大小，行一百八件善事。但是他念佛之时，众人都闻得空中有螺贝天乐之声，室中有金台宝树之像。吴越王因江潮冲击，屡次筑不起海塘，心中大怒，用万弩射潮。遂问永明寿道：“海塘屡次筑不起，每每潮来，其中有鱼龙鬼怪之物，我今以万弩射之。”永明寿道：“大王虽极威武，海神自当遵旨退缩，还须以佛法扶助方好。我佛门中有金刚、韦驮可以降伏鱼龙鬼怪。”吴越王听信其言，遂于月轮山建造六和塔。永明寿亲自念《楞严咒》以建塔基。果然建塔之后，江潮平靖，海塘一筑而就，以成万世之功。有诗为证：

江潮汹涌莫能当，鬼怪鱼龙共作殃。
立塔江边能镇压，始知佛法最难量。

寿禅师住于永明慧日峰，著《宗镜录》一百卷，夜施鬼食以度六道四生，专一劝人念佛，修西方之事。凡有布施钱财者，尽买鱼鳖之物，放之于西湖三潭之中。杭州人尽行感化，一时放生者不可胜计。但见：

鱼鳖点头，鳝鳗摇尾，鱼鳖点头，喜离砧剁之苦。鳝鳗摇尾，幸脱汤火之灾。虾子游行，免得穿红袍，躬躬掬掬。蛙儿跳跃，犹然着绿袄，阁阁喳喳。蛳螺称守门将军，一任他时开时闭。螃蟹名横行甲士，但随彼爬去爬来。腹中有无数子子孙孙，救一物但救万物。穴内有许多亲亲眷眷，放一生即放众生。物小而性命实多，类广而神明如一。倘我堕彼之内，即冀他人之慈祥。今我救彼之生，便种自身之功德。生生世世，同游他化之天。亿亿千千，尽登极乐之国。

话说永明寿禅师感化得杭州人尽好放生，后来一个人唤做吴念桥得病而死，到于阴府见阎罗殿前悬挂着一幅寿禅师像，花香灯烛，供奉齐整，阎王虔诚礼拜。吴念桥问两旁的鬼判道："这是我杭州寿禅师之像，何故阎王如此至诚礼拜？"那鬼判道："这祖师非同小可，劝化杭州人尽好放生，功德浩大，是救世大菩萨，专修西方净土。人死后都来此地，明日这位祖师死后竟生西方，不来此地，所以阎罗天子日日在此焚香礼拜。你若肯回去放生，便放你复转阳世。"吴念桥合掌发愿已毕，果然复转阳世，到处将此事传说，方知寿禅师之奇。后来吴念桥一心放生，也得享其长寿而终。

道高德重，修行匪懈。
师像高悬，阎王礼拜。

话说寿禅师生平共念《法华经》一万三千部，感得高丽国王遣使赍书叙弟子之礼，奉金线袈裟、紫水晶数珠、金藻罐等，又差彼国僧三十六人来传道法。那时杭州又有一个性真和尚，所到之处，蛇虎避路，百鸟衔花。生得两耳甚长，共长九寸，上过于顶，可于项脖下打结，人称他为长耳和尚。小孩子并愚妇人戏把他两耳打结，他也并不恼怒，一味劝人作福可遮百丑。世上人都不晓得他是古佛下降。吴越王生日，遂于永明寺斋僧，那受斋者纷纷而来。吴越王问寿禅师道："寡人在此斋僧，可有真僧降否？"寿禅师道："长耳和尚即定光佛化身也。"吴越王大惊，登时排驾参礼长耳和尚。那长耳和尚便道："此乃弥陀饶舌也。"霎时间就盘膝坐化而去，其状如生，久之皮肤光泽，爪发时生，每月必三次净其爪发，时时有舍利子流出。后到宋朝末年，金兵入犯，见其怪异，一枪刺其身体，有白血流出。金兵畏惧而退。后人遂把漆来涂其身体，供在南山法相寺中，这是后话。当时长耳和尚说破了这一句，方知寿禅师是弥陀化身，所以海外九洲无不崇信。到开宝八年坐化而去，那舍利子如鱼鳞一般砌在身上。宋太宗敕赐寿宁禅院，追谥宗照大师。话说寿禅师虽然坐化而去，他却心心念念要度脱众生，仍旧转身做个大智慧男子，戴网儿的和尚，大阐佛门，辅佐圣天子江山。看官，你道他毕竟投托做什么人？且听下回分解。正是：

要来就来，要弃就弃。投胎托舍，如同儿戏。

话说寿禅师在西方极乐国端坐于九品莲台之上，一坐七百余年，观见南赡部洲正值元朝末年劫杀之运，红巾贼起，杀人如麻。可怜中原百姓夫妻子母不能相保，就如釜中之鱼、汤中之鳖一般，日夕愁苦，呼天叫地。幸遇上帝好生，降下一位真人扫除暴乱，救济生民。那寿禅师觑着这个方便，离了西方极乐世界，来到南赡部洲，投胎转世，照见金华浦江宋家，世积阴功，广行善事，该出好子孙光大门户，遂翻一个筋斗投入母腹中。他母亲陈氏怀孕之时，梦见西方一尊古佛，金童玉女擎着幢幡宝盖，到于家庭之间，天乐迎空，那尊古佛手执一部《华严经》对他母亲道："吾乃杭州永明寺延寿和尚，久在西方极乐国土，因见世界阎浮众生尽遭兵刃之灾，好生苦恼，特持此一部《华严经》来到汝家，上以辅佐圣主，下以救济生民，保佑汝家亦得九族升天也。"说罢，母亲即时怀孕。母亲未曾怀孕之时，终日病苦缠身，到得怀孕之后，觉得身体轻快，真圣胎也。怀孕七月而生，生产之时，母亲并不痛苦，异香满室，俱似旃檀之香，遂取名宋寿。后有人说道："前世因果之事，不可说破，不可重取。"遂改名宋濂，字景濂。自幼便好念佛，声音清亮，又好盘膝而坐。六岁便能诗歌，父亲试把《法华经》与他看，他一遍之后，便背诵得出。十岁之后，文章二字更不必说。性好放生，浦江有个姓郑的人家，一门孝友，自宋朝建炎初年起直至元朝末年，共二百五十余年再不分居，浦江人都称为"孝义郑家"，府、县官赠他牌匾，名为"天下第一人家"。他家中广有书籍，见宋景濂大有文才，请他去做先生教训子弟。宋景濂在他家数年，把郑家书籍尽数都读，又读佛书。

有个宗泐和尚，字季潭，生于台州，同是西方会上一尊古佛，也为世遭劫运，特特下来救世；又恐真人下降，不信佛法，灭除了这一教，故意下来阐扬佛法，簸弄神通，共扶佛教，在径山修行。遂到浦江来见宋景濂，果然一见如故，日日与他谈论佛法。宗泐和尚遂授宋景濂持七俱胝准提佛母咒之法道："若持之久久，其功德灵验，不可胜言。"

话说宗泐和尚教宋景濂以持准提咒之法，宋景濂遂日日虔诚持诵。后"红巾贼"起，刘福通以白莲教烧香聚众而起，方国珍占了浙东，张士诚占了浙西，那时满眼都是干戈，生民涂炭，不可胜言。宋景濂以持七俱胝佛母准提咒之故，虽然东奔西窜，父子一门骨肉都得完聚。幸而洪武爷起兵取了滁、和、太平、徽、宁等州，进攻浙东，那时宋景濂文章德行之名闻于天下，时浙江共有四人：刘基（青田人）、宋濂（浦江人）、章溢（龙泉人）、叶琛（丽水人），大将胡大海闻此四人之名，如轰雷贯耳，即将此四人之名奏闻。洪武爷龙颜大喜，即着使臣孙炎赍了金银彩币到于浙江，征聘四人到于金陵。洪武爷大喜道："吾为天下屈四先生，四位先生何以教我？"当下三人都各有所对，至宋濂道："当今豪杰争雄，并无拨乱反正救生民之志，不过志在子女玉帛，多杀戮以行不道。今有意济世安民，唯有'不嗜杀人'一语，足以安天下于股掌之上。"洪武爷大悦，遂创礼贤馆以居四人：命刘基为国师，专主谋议之事；叶琛、章溢为营田司佥事；遂命宋濂为江南等处儒学提举，授太子经。你道一个草茅中穷酸之士，顷刻间做了太子的先生，可不是个非常之遇么？洪武爷时常召来讲经：或与他讲《春秋左氏》，或论黄石公《三略》，或讲《大学衍义》，或论治国大事。洪武爷大喜，真言无不合，似石投水也。

后来洪武爷即了帝位，改元洪武，四海归心，万国臣服，凡是颁行天下诏诰，赐与高丽、交趾、满剌伽、占城等国诏书，俱是宋濂所作。四海九洲无不称赞其文章之妙。洪武爷要修《元史》，知非宋濂不可，即命总其事，除翰林学士承旨知制诰。宋景濂遂率领一班儿文学之士，开局于天界寺中，经七月而成。那时甘露降于宫中，洪武爷遂召宋景濂到于宫中，亲将甘露倾于金鼎之中，金杓搅匀，赐与宋景濂饮道："此和气所凝也，能愈疾延年，故与卿共之耳。"宋景濂生平不能饮酒。八月七日，洪武爷遣内臣召宋景濂饮以御酒。宋景濂道："臣量浅不能饮，醉后恐失威仪。"洪武爷道："但饮此一杯，虽醉何妨。"宋景濂举起杯来，欲饮还住者数次。洪武爷大笑道："大丈夫怎生退缩如此？"宋景濂只得一饮而尽，果然大醉，行步歪斜。洪武爷大喜，遂叫侍臣取过黄绫一方，饱磨御香龙墨，随赋楚词一章道：

西风飒飒兮金张，会儒臣兮举觞。目苍柳兮袅娜，阅澄江兮水洋洋。为斯悦而再酌，弄清波兮永光。玉海盈而馨透，浮琼斝兮银浆。宋生微饮兮早醉，忽周旋兮步骤跄跄。美秋景兮共乐，但有益兮于彼何伤！洪武八年八月七日书。

赋罢，命宋景濂自做一首。宋景濂大醉，下笔不能成字。洪武爷遂以所书赐宋濂道："卿藏之以示子孙，非唯见朕宠爱卿，亦见一时君臣道合，共乐太平也。"宋景濂叩首以谢。洪武爷遂敕侍臣赋《醉学士歌》以宠之，又道："朕起布衣为天子，卿自草莱列侍从，为开国文人之首，世世与国同休，不亦美乎！"命太子选良马赐与宋景濂，又为《良马歌》以赐之。又命宋景濂集历代奸臣事为《辨奸录》，分赐太子、诸王。又命序祖训纂《大明日历》，又为《宝训》五卷。洪武爷大喜道："卿可为丞相，参辅朕之大政。"宋景濂道："臣无他长，徒以文墨议论事上，但可润饰太平，岂能为丞相参大政乎？"顿首力辞。那时有上万言书者，洪武爷怪其繁多，要问他以违制之罪，问众臣道："此奏何如？"众臣见洪武爷天颜不悦，都道："此臣大不敬，宜坐以诽谤之律。"转问宋濂道："卿以为何如？"宋景濂对道："彼应诏上疏，本效忠无他，不宜坐以诽谤之律。"洪武爷因此复览其疏，亦有一二可采之处，即大悟，骂众臣道："汝等皆激吾怒。若非宋景濂，朕几乎误罪言官矣。"洪武爷常称为"老宋"而不名。

宋景濂博物多闻，世无与比。洪武爷即帝位之后，感众神明效力，遂建造十庙于南京以报其功，却不曾建立关真君之庙。夜梦长髯赤面之神，身穿绿袍，手执大刀，跪于殿前奏道："臣汉时关羽也。陛下立庙，何独遗臣？"洪武爷道："卿于国无功。"关羽奏道："陛下鄱阳湖大战之时，臣举十万阴兵为助，何得言无功耶？"洪武爷点头应允，关真君叩谢而去。洪武爷感其英灵，遂特建英灵坊。宋景濂道："诸神皆英灵，何独关羽耶？"洪武爷因建于十庙中。那时急于建庙，其梁柱俱用柏木心为之，极其壮丽。洪武爷因问道："关羽奇迹盛于何时？"宋景濂道："臣读天台智者禅师传曰：隋开皇十二年，智禅师至当阳，上金龙池，月夜见二人威仪如王者，一人长而美髯丰厚，少者秀发，前致辞曰：'予即关羽，汉末纷乱，时事相违，有志不遂，死有余烈，故王此山。圣师何以至此？'智禅师曰：'欲于此地建立道场。'神曰：'愿哀悯我愚，特垂摄受。此去一舍，山如覆船，其土深厚，弟子当与吾子平建寺化供，护持佛法。愿师安禅七日，以待其成。'师既出定，湫潭千丈，化为平陆。栋宇焕丽，巧夺人目。神即受师五戒。师乃致书晋王广，上《玉泉伽蓝图》。晋王广即具奏，赐名玉泉寺，遂塑关羽神像于其侧，以为伽蓝神。至今显灵也。"洪武爷又问道："'真君'之号封于何代？"宋景濂道："封于宋崇宁年间。时蚩尤神坏盐池，帝敕天师张虚靖召关羽战而胜之，盐池复故，遂封羽为'真君'。今所传画壁，尚有战蚩尤故事。陛下乃天授神明，关羽阴兵助战，固其宜也。"

洪武爷尝至淮水，见大铁索系于龟山，访问左右，云是缚水怪者。因问道："水怪是何等形状？还是何人所锁？亦曾见古来经典否？"宋濂道："此事载在《古岳渎经》，大禹治水，三至桐柏山，获淮、涡水神，名曰无支祁，形犹猕猴，力逾九象，人不可视。禹乃摄召万灵，遂命'庚辰'之神制之。是时木魅、水灵、山妖、水怪奔号丛绕，几以千数，'庚辰'悉持戟逐去，遂锁无支祈于龟山之足，淮水乃安。"洪武爷道："古来曾有见之者否？"宋濂道："昔一刺史不信此事，用百牛拽锁而起，果形如猕猴，其大非常。雪牙金睛，目光如电，大吼一声，响若雷霆，而百牛俱沉入于水矣。"洪武爷大异道："朕试一见之，何如？"宋濂道："水神不宜见，见则恐损伤多人也。"洪武爷不听宋濂之言，命军士扯起铁索，遂扯满两船，渐渐铁索将尽，甚是沉重，遂命千人拔之而起，果似猕猴之状，相貌甚凶。其神开目，见了洪武爷，大吼一声，声如霹雳，水波汹涌，仍旧突入水底。军士船只，亦俱无恙。洪武爷急以羊豕祭之。后亦无他，盖圣天子百灵呵护，水神自不敢放肆也。洪武爷方信宋濂之言果然不诬，自此益敬信之焉。

宋景濂曾患病，六日不进朝，洪武爷问左右道："老宋怎生数日不见？"左右道："有病。"洪武爷甚是忧疑道："老宋纯谨之士，不参以分毫人伪，侍予五年犹一日也。不知何故而有斯疾乎？"隔一日，又问道："病势曾减否？"左右道："病势未曾减。"洪武爷恻然："尔往传命，着他归养金华山中，父子祖孙欢然同聚，疾必易愈。愈后便造朝，国家文翰，庶有赖哉！"遂敕黄门内官赍金银束帛以赐之。皇太子亦遣内臣存问，赐以缯币白金之类。那时都不许乘轿，连丞相也不容。特命中书造安车，给健丁六人以载宋景濂。此真千古宠遇之奇也。

宋景濂归到金华，果然父子祖孙相聚，病势渐好，思量遍游山水，以散心适意，遂住于杭州南屏净慈之慧日峰。那慧日峰原是他前生住居注《宗镜录》之处，到此甚是安适。一见了寿禅师之像，宛然见前生光景，遂作赞道：

> 我闻智觉大导师，进修精明无与等。诵经群羊来跪听，习定鸟巢衣褶中。一旦拨开光明藏，际天蟠地悉开朗。如揭日月照群迷，无有擿埴索涂者。诸法尽从缘生灭，此是佛语非我语，万别千差成照了。道高非特被真丹，海外之邦犹企艳。金丝伽黎及藻瓶，遣使来施不复吝。我与导师有宿因，般若光中无去来。今观遗像重作礼，忽悟三世了如幻。灵山一会犹俨然，愿证如如大圆智。

话说宋景濂在西湖净慈寺感前世放生功德，尽将家中钱财并洪武爷所赏赐之物，都买飞禽之类、鱼鳖之伦放生，与宗泐和尚并演福寺如玘和尚等终日讲论佛法。那时佛法之盛，殆不可言。一日到虎跑寺闲耍。那虎跑寺是唐朝元和十四年性空大师来游此山，见山色秀丽，遂结庵此地。后因无水，要迁居别处，忽然见数个金甲神人禀道："自师父来此，我辈众神都受大师之益。大师若去，我辈何所皈依？若是无水，不必忧虑。南岳童子泉，我辈明日当遣二虎移此一股泉来也。”次日，果然二虎咆哮而来，以爪扒山，山泉涌出，甘洌异常，为南山第一泉。性空大师因此留住，建立寺苑，名“广福定慧禅院”，俗名虎跑寺。苏东坡来做杭州知府之时，有“虎移泉眼趁行脚”之诗，盖纪实也；又有诗题于石碑之上。话说当时宋景濂来游虎跑，主僧定严戒是个有道之僧，闻得宋景濂前生是寿禅师，与佛门大增光彩。见宋景濂来，遂号召众僧都披了法衣，到泉边念咒，那泉果然如珠一般汹涌而出。宋景濂遂做铭一首以见其奇。有诗为证：

泉因性空出，又因寿师涌。
泉水本无心，莲花两足捧。

后来洪武爷知宋景濂病愈，召他入朝，龙颜大喜，日与讲陈治道，凡郊庙山川、社稷祠祭、律历、国家大典礼，俱命宋景濂裁定，文名天下。日本国王奉黄金百金，要求宋景濂做一篇文章。宋景濂不肯做，封还原金。洪武爷道：“怎生不与日本国做文章？”宋景濂道：“堂堂天朝，受小夷之金，与他做文字，成何体统？”洪武爷大喜，把御手抚宋景濂之背道：“今四海华夷皆闻卿名，卿不可不自爱。”宋景濂奏道：“皆仰赖陛下之威灵耳。”洪武爷大笑，赐以御宴酒肴，欢饮而罢。自此恩宠无比。后来归于金华山中，洪武爷御制诗二句以饯之，道：

白下开樽话别离，知君此后迹应稀。

宋景濂续吟二句，道：

臣身愿作衡阳雁，一度秋风一度归。

洪武爷大悦，赐白金锦币文绮，道：“与汝作百岁衣也。”

洪武爷始初不信佛法，又因浙西寺院诸僧广有钱粮，不守戒律，饮酒食肉，奸淫妇女，往往做出。洪武爷大怒，因南京造城工役，尽发僧人为役，死者甚多。马皇后谏道："度僧本为佛法。僧家不守戒律，自有报应。何苦强充役夫，害其性命？"洪武爷虽有几分转念，还不甚回心。后来又因金山寺和尚惠明奸计谋夺良家妇人之事，一发大怒，遂起铲头之令，几乎灭除了佛教。感得一位圣僧簸弄神通，铲了一颗头，又钻出一颗头来。如此三五次不止，方知佛法神奇，不可扫除。遂问宋景濂道："怎生佛门有如此奇特之事？"宋景濂道："从来佛教不可除灭。昔日宋太祖定天下之后，想此一门，最为无益，有灭除佛教之意。一日出宫私行，见一醉僧睡于地，呕吐狼藉，臭秽不堪，众人皆绕而观之，人人厌秽。宋太祖大怒，便欲灭除佛门。醉僧骤然走起，从后追来，于僻静之地，奏道：'陛下为天下生灵之主，怎生出宫私行，以贾患害？'宋太祖大惊失色，知是圣僧，急急进宫，命两黄门召此醉僧进见，而醉僧已去，无可寻觅，但见地下所吐之物甚香。两黄门官遂以手扒此土，掬而进之。宋太祖视之，则片片皆旃檀香也。方知果是圣僧显化，遂起崇信三宝之心。从来有王法以治明、佛法以治幽，儒、释、道三教不可偏废。"洪武爷道："然则佛经何经最佳？"宋景濂道："《般若多心经》及《金刚》《楞伽》三经，发明心学，实迷途之日月、苦海之舟航。"洪武爷遂命取此三经来看。洪武爷天聪天明，宿世因缘，御目略略披览，便已心领神悟，道："此等实与儒家言语不异，更有何人可为注解，流布海内，使诸侯卿大夫，人咸知此义。纵未能上齐佛智，若能禁邪思、绝贪欲，亦可为贤人君子矣。"宋景濂道："浙江径山宗泐和尚与演福寺如玘和尚俱确守戒律，精通经典，可当此任。"洪武爷遂召此二位和尚到京，亲见于奉天殿，问以佛法大意，奏对称旨。遂命住居于天界寺中注此三经。冬十月起到明年秋七月，三经注完投进。那时洪武爷御西华楼，看了此注大悦道："此经之注，诚为精确，可流布海内，使学者讲习焉。”宗泐就将此经刊刻于天界寺中，宋景濂为之作序，流传海内。

洪武爷因元朝末年干戈四起，杀人多如麻，每到天阴雨湿之后，鬼哭神号，其声啾啾，甚是凄惨。洪武爷哀悯众生，遂诏江南有道僧人十人，就于蒋山太平兴国禅寺启建道场，普度众生。洪武爷亲自宿于斋宫，一月不食荤血，先教丞相汪广洋等移书城隍之神。至期洪武爷亲临道场，身登大雄宝殿，礼拜如来世尊。左右各官擎着花香灯烛、幢幡宝盖、明珠宝玉虔诚进献，那奏的佛曲：《善世曲》《昭信曲》《延慈曲》《法喜曲》《禅悦曲》《遍应曲》《妙济曲》《善成曲》。洪武爷焚香礼拜已毕，遂听法于径山禅师宗泐，受毗尼界于天竺法师慧日，又命宣咒“施摩伽陀斛法”。是日圣意虔诚，感得云中雨五色子如豆一般。有的说是娑罗子，有的说是天花坠地之所变。初时大风昼晦，雨雪交作，至午忽然开霁。洪武爷大悦，又命秦淮河点水灯万枝。及道场已毕，那时已是半夜。洪武爷摆驾还宫，随有佛光五道从东北起直冲至霄汉，贯月烛天，良久乃没。万姓都见，无不欢悦，尽感叹圣德之格天也。宋景濂亲随法驾，遂做一篇文字以纪其胜，名《蒋山广荐佛会记》。洪武爷见宗泐和尚甚好，遂要他蓄发为官，宗泐再三不愿，遂教他到西域去取经。看官，你道西域取经从来只有唐三藏，宗泐和尚又没有个徒弟象孙行者腾云驾雾这般手段，做个帮手，却怎生去取得经回？他奉着圣天子旨意，大胆放心而去，一心只是持着准提佛母之咒，靠着龙天福庇，绝无退悔之心。走出塞外，茫茫荡荡，不知经了多少险恶山林、豺狼虎豹之处。有诗为证：

昔日唐僧去取经，明朝亦有取经僧。
两僧为法捐躯命，始信禅门龙象能。

话说宗泐来到塞外，一望都是高山峻岭，黄茅白草，终日与豺狼共处，夜夜与妖鬼同眠，好生辛苦。每到危险之时，持着咒语真言，便绝处逢生，死中复活，蛇虎避迹，鬼怪潜形。忽然遇着一个老和尚，白发盈头，牵着一匹黑犬。宗泐上前打个问讯，问他西域取经之路。老和尚摇着头道："随你走到头白，也还不能勾走得到哩！"宗泐道："弟子奉着当今皇帝圣旨，要往西域取经，万望老师父指教。"老和尚道："休得自苦，枉自劳心。随你怎么样，莫能得到西域，快可转身。俺有一部《文殊经》并一封书献与皇帝。"宗泐受了，稽首作礼，早已不见了这个老和尚。抬起头来，见老和尚变成文殊菩萨，黑犬变成青狮，五色祥光围绕，直上西方而去。真持咒之力也。有诗为证：

宗泐西方去取经，持咒虔诚现佛灵。
妙义无边能广大，劝人作急念醒醒。

宗泐大惊，倒地作礼，遂转身而回。渐渐到于南京，进见洪武爷，备述缘故，献上经书。洪武爷先拆开书来一看，却是当年初登宝位做水陆道场御手亲书表文一道也。当年已经炉中焚化，不知怎生纸墨如故，真正神鬼莫测之事。洪武爷大惊，方知真是文殊菩萨下降。因此大弘佛法，皈依三宝，供奉此经。后来马皇后升天，举殡之日，天大雷雨，洪武爷心中甚是不悦。宗泐随口诵一偈道：

雨落天垂泪，雷鸣地举哀。
西方诸佛子，同送马如来。

宗泐诵罢此偈，但见雷收雨止，天地清朗，日月还光。洪武爷大悦，遂得成礼而回。因此待宗泐甚厚，常称之为泐翁，后住于杭州中天竺。但宗泐虽是佛门，却好说那儒家的话，宋景濂虽是儒家，却又专好说那佛门的话，生平凡做有道僧人的塔铭，共有三十余篇之多，若是无道德的和尚要强求他，一字也不可得。僧家以宋景濂之文如珍宝一般敬重。洪武爷常称赞这两个道："泐秀才，宋和尚。"洪武爷大阐佛法、讲明经典者，虽是天聪天明、宿世因缘，亦因此二人辅助之功也，真不负西来救世之意矣！后来二人都以持准提咒之故，得证西方果位。有诗为证：

寿师转世为文人，仍是金刚不坏身。
宗泐西来应有意，共扶佛法表来因。

第九卷

韩晋公人奁两赠

此日人非昔日人，笛声空怨赵王伦。

红残钿碎花楼下，金谷千年更不春！

话说晋朝石崇字季伦，青州人氏，小名齐奴，官拜卫尉之职，极有诗才，与文人才子齐名，富可敌国。尝与贵戚王恺斗富，王恺事事不如。石崇有个园亭，在河阳之金谷，就取名为金谷园，其富丽奢华，世无与比。石崇曾为交趾采访使，以珍珠十斛聘得美妾一人，名为绿珠。那绿珠姓梁，是白州博白县人。绿珠生于双角山下。白州风俗，以珠为上宝，生女为珠娘，生男为珠儿，因此取名为绿珠。绿珠有沉鱼落雁之容，闭月羞花之貌，石崇娶得来家，宠爱无比。绿珠善于吹笛，又善舞明君之曲。石崇遂自作一篇《明君曲》，又作一篇《懊恼曲》，以赠绿珠。石崇美妾共有千余人，都不及绿珠之妙。石崇在金谷园宴客，穷极水陆之珍；每每宴客，必命绿珠出来歌舞数曲，见者都忘失魂魄，因此绿珠之美名闻天下。那时晋帝兄弟赵王伦专权，有个孙秀将军在赵王伦门下，是个贪财好色之徒，酷似三国之时吕布一般心性。他见石崇有此美妾，又见石崇有敌国之富，两项儿心如火热。俗语道："孙飞虎好色，柳盗跖贪财。"这贼牛两般儿都爱。

那孙秀遂起贪图之心，遣数个心腹使者到石崇处，索取绿珠为妾。那时石崇正在金谷园登凉台、临清水，与群妾饮宴，吹弹歌舞，极尽人间之乐。忽见孙秀差人来要索取美人，石崇遂出姬妾数百人，任凭使者拣择。那些姬妾都披着罗縠之衣，兰麝交错，异香袭人。使者看了一遍，道："君侯美人，个个佳丽，但我奉孙将军之命，专要绿珠美人一名，其余一概不要。不知那一位是绿珠？"石崇大怒道："绿珠是吾所宠爱之人，断不可得，其余便当奉送。"使者道："单单只要绿珠一名，君侯博通今古，深知时务，愿加三思。"石崇只是不肯，数个使者出而又返，说了又说道："与他绿珠罢，休得固执，以生余事。"石崇坚执再三不肯。使者回去对孙秀说了。孙秀勃然大怒，遂劝赵王伦杀石崇。孙秀领兵前来围了石崇第宅。石崇对绿珠道："我今日为尔死矣，奈何！"绿珠涕泣答道："妾当效死于君侯之前，以明我之心也。"石崇止住绿珠，绿珠不听，遂从高楼上颠倒坠将下来，花容粉碎而死。孙秀见绿珠坠楼而死，甚是恨恨，遂把石崇斩于东市，夷其家族，掳其财宝、姬妾。谁知石崇死后十日，赵王伦作反事败，左卫将军赵泉斩孙秀于中书省，军士赵骏将孙秀的心剖而食之，亦掳其财宝、姬妾。人人知是屈杀绿珠之报，无不快畅，因名其楼曰"绿珠楼"，在步广里。所以后人有诗道：

绿珠衔泪舞，孙秀强相邀。

这是一个夺美人的故事了。还有一个出在唐朝武后之时，姓乔名知之，官拜补阙之职。有个宠婢名为窈娘，姿色极美，也精于歌舞。乔知之自小教窈娘读书，遂善于诗赋。乔知之爱如掌上之珍。那乔知之不识时务，也将来宴客歌舞，自此窈娘之名与绿珠一样。那时武承嗣权势如天之大，一日宴饮百官，乔知之也在酒席之上。武承嗣取出金银珠钏锦绣，就在席上付与乔知之聘取窈娘。乔知之惊得目瞪口呆，却又不敢违拗，只得应允。武承嗣就着随从人等将聘礼送与乔家，登时抢出窈娘，簇拥了上轿，如飞而去。乔知之好生割舍不得，遂作《绿珠篇》以叙其怨。词道：

石家金谷重新声，明珠十斛买娉婷。
此日可怜无复比，此时可爱得人情。
君家闺阁未曾难，常持歌舞使人看。
富贵雄豪非分理，骄矜势力横相干。
辞君去君终不忍，徒劳掩面伤红粉。
百年离别在高楼，一旦红颜为君尽。

乔知之做完此词，悄悄走到武承嗣门首，哀哀恳告门上一个内官，将此词传与窈娘。窈娘见了此词大哭一场，将身投入井中而死。武承嗣大怒，叫人从井中捞起尸首，衣袖中搜出此词，登时把这个内官打死。吩咐刑官将乔知之罗织其罪，致之死地。谁知天理昭昭，后来武承嗣谋反，合门诛夷，都是一报还一报之事。看官，你道石崇、乔知之二人没些要紧把美妾出来献酒，惹得人起贪图之念，连性命也都送在他手里。所以道：

慢藏诲盗，冶容诲淫。

有美姬妾的不可不以此为戒。但是那个夺人姬妾的何苦作此恶孽，害人性命，连自己也不得其死。如今听小子说一个人夽两赠的故事，传与后世做风流话柄。

话说唐朝藩镇之权，极是利害，各人割据地方，兵精地广，那跋扈的藩镇，目中竟不知有朝廷法度，以此终为唐朝之患。那时共分天下为十道：关内、河南、河东、河北、山南陇右、淮南、江南、剑南、岭南，内中单表一位藩镇，姓韩名滉，封为晋公，统领淮南、江南二道共十五州地方。这韩滉相貌威严，堂堂一表，气吞宇宙，力敌万夫。那时正是安禄山、史思明作乱，各处藩镇聚兵保守地方。韩滉积草屯粮，广招勇士，遂聚了十余万精兵，奇材剑客之士不计其数。韩滉见自己兵精粮足，又见四处干戈竞起，朝廷俱无可奈何，他便怀着不良之心，思量独霸一方，又恐人心不服，严刑重罚，少有忤着他意儿的便砍头以示其威，因此人人惧怕。他自己住于润州，凡十五州，各造帅府一所，极其雄壮，不时巡历。所到之处，神鬼俱惊，威势同于王者。各官员人等，唯恐得罪，奉承不暇。

不说韩滉强悍，怀不臣之心。且说一个客商叫做李顺，贩卖丝绵缎绢来于润州，泊船在京口堰下。夜间一阵大风把船缆吹断，如一片小叶相似。李顺天明起来一看，只叫得苦。但见：

波头汹涌，水面汪洋。汹涌波头，显出千寻雪浪。汪洋水面，堆成万仞洪涛。骨都都无岸边，白茫茫迷天迷地。蛟龙引缆，鬼怪扳船。时时跌入水晶宫，刻刻误陷夜叉室。

话说李顺这只船被大风吹了几千万里，只待要翻将转来，李顺惊得魂不附体。幸而飘到一个山岛边，李顺合船中人叫声惭愧，且把船来系了。随步上山一观，满路都是荆棘，仔细寻觅，却有一条鸟径可以行走。李顺寻步上山，行勾五六里，忽然见一个人带一顶乌巾，身上穿着古服，不是时世装束，相貌甚是奇古，也与常人不同，见了李顺便叫道："李顺，你来也！"李顺见这人叫出姓名，知是仙人，即忙下拜。那个人道："有事相烦，不必下拜。"就领了李顺走到山顶之上。那山顶上有一座宫阙，琼楼玉宇，宛似神仙洞府。这人领李顺进了数重殿门，来到殿下，李顺望上遥拜，只听得帘中有人说道："欲寄金陵韩公一书，无讶相劳也。"说罢，便有二个童子从帘中传出一封书来，付与李顺。李顺接了这封书，放在袖内，拜而受之。那个人遂领李顺离了重重殿门，送到船边。李顺道："这是何山？韩公倘然盘问是何人寄书，教我怎生抵对？”那人说道：“这是东海广桑山，鲁国宣父孔仲尼得道为真官，管理此山，韩公即子路转世也。他今转世，昧了前身，性气强悍，专权自是，今怀为臣不忠之心。孔子恐其受了刑网，坏了儒门教训，所以寄封书与他，教他了悟前因，改过自新之意。”说罢，李顺还到船中。那个人又吩咐道：“你今安坐舟中，切勿惊恐，不得顾视船外，便到昨日泊舟之处。如违吾言，必有倾覆之患。”说罢，登山而去。舟中人都依其所言，不敢外顾。只听得刮天风浪之声，船行如飞，顷刻之间，仍旧复在京口堰下，不知所行几千万里矣。

李顺不敢违拗圣意，持了此书，竟到帅府献纳，却不敢说出子路转世并那为臣不忠之意，只说遇着海中神仙，琼楼玉宇，重重宫殿，帘中一位仙官叫两个童子取出一封书来奉寄之意。韩滉生性倔强，似信不信的拆开书来一看，共有古文九字，都是蝌蚪之文，韩滉仔细看了，一字也识不出，遂叫左右文武百官细细辨认，也都看不出。韩滉大怒，要把李顺拘禁狱中，问他以妖妄之罪。一壁厢遍访能识古文篆字之人数个来辨视，也都不识是何等之字。忽然有一老父走进帅府，其须眉皓白，衣冠古怪，自居于客位，高声说道：“老夫惯识古文篆字，何不问我？”左右虞侯走来禀了韩公。韩公走到客厅来见这个老父，见老父须眉衣服俱有古怪之意，甚是敬重，遂把这封书与老父辨视。老父视了大惊大叫，就把此书捧在顶上，向空再拜，贺韩公道：“此宣父孔仲尼之书，乃夏禹蝌蚪文也。”韩公道：“是何等九字？”老父道：“这九字是：告韩滉，谨臣节，勿妄动。”

韩公惊异，礼敬这个老父。老父辞别出门，韩公送出府门，忽然不见了这位老父。韩公大惊，方知果是异人。走进帅府，惨然不乐，静坐良久，了然见前世之事，觉得从广桑山而来，亲受孔子之教一般，遂把那跋扈不臣之心尽数消除，竟改做了一片忠心，连那刑罚也都轻了。有诗为证：

广桑山上仲由身，一到人间几失真。
宣父书来勤诫敕，了知前世作忠臣。

话说韩公从此悟了前世之因，依从孔子之教，再不敢蒙一毫儿不臣之念，小心谨慎，一味尊奉朝廷法度，四时贡献不绝。不意李怀光谋反，乱入长安，德宗皇帝出奔。韩滉见皇帝出奔，恐皇帝有迁都之意，遂聚兵修理石头城，以待皇帝临幸。有怪韩滉的，一连奏上数本，说："韩滉闻銮舆在外，聚兵修理石头城，意在谋为不轨。"德宗皇帝疑心，以问宰相李泌。李泌道："韩滉公忠清俭，近日著闻，自车驾在外，贡献不绝。且镇抚江东十五州，盗贼不起，滉之力也。所以修理石头城者，滉见中原板荡，谓陛下将有临幸之意，此乃人臣忠笃之虑。韩滉性刚，不附权贵，以故人多谤毁，愿陛下察之。"德宗道："外议汹汹，章奏如麻，卿岂不知乎？"李泌道："臣固知之。韩滉之子韩皋为考功员外郎，今不敢归省其亲，正以谤议沸腾故也。"德宗道："其子尚惧，卿奈何保他？"李泌道："滉之用心，臣知之至熟，愿上章明其无他。"李泌次日遂上章请以百日保韩滉。德宗道："卿虽与韩滉相好，岂得不自爱其身？"李泌道："臣之上章，以为朝廷，非为身也。"德宗道："如何为朝廷？"李泌道："今天下旱蝗，关中之米一斗千钱，江东丰熟，愿陛下早下臣之章奏，以解朝廷之惑。面谕韩皋，使之归省，令滉感激，速运粮储，岂非为朝廷乎？"德宗方才悟道："朕深谕之矣。"就下李泌章奏，令韩皋谒告归省，面赐韩皋绯衣。韩皋回到润州，说明朝廷许多恩德，韩滉父子流涕感泣，北向再拜，即日自到水滨，亲自负米一斛。众兵士见了，无不踊跃向前争先负米。韩滉限儿子五日即要起身，亲自送米到京。韩皋别母，啼声闻于外。韩滉大怒，把儿子挞了一顿，登时逼勒起身，遂发米百万斛达于京师。德宗大悦，对太子道："吾父子今日得生矣。"自此之后，各藩镇都来贡米。京师之人方无饥饿之患，皆李泌之策，韩滉之力也。有诗为证：

邺侯李泌效贤良，藩镇诸司进米粮。
韩滉输忠亲自负，京师方得免勤勷。

不说韩滉一心在于朝廷，且说韩公部下一个官，姓戎名昱，为浙西刺史。这戎昱有潘安之貌、子建之才，下笔惊人，千言立就，自恃有才，生性极是傲睨，看人不在眼里。但那时是离乱之世，重武不重文，若是有数百斤力气，开得好弓，射得好箭，舞得好刀，打得好拳，手段高强，腿脚撇脱，不要说十八般武艺件件精通，就是晓得一两件的，负了这些本事，不愁贫穷，随你不济事，少不得也摸顶纱帽在头上戴戴。或做将官、虞侯，或做都尉、押衙等官，弯弓插箭，戎装披挂，马前喝道，前呼后拥，好不威风气势，耀武扬威，何消晓得"天地玄黄"四字。那戎昱自负才华，到这时节重武之时，却不道是大市里卖平天冠兼挑虎刺，这一种生意，谁人来买？眼见得别人不作兴你了，你自负才华，却去吓谁？就是写得千百篇诗出，上不得阵，杀不得战，退不得虏，压不得贼，要他何用？戎昱负了这个诗袋子没处发卖，却被一个妓者收得。这妓者是谁？姓金名凤，年方一十九岁，容貌无双，善于歌舞，体性幽闲，再不喜那喧哗之事，一心只爱的是那诗赋二字。他见了戎昱这个诗袋子，好生欢喜。戎昱正没处发卖，见金凤喜欢他这个诗袋子，便把这袋子抖将开来，就像个开杂货店的，件件搬出。两个甚是相得，你贪我爱，再不相舍。从此金凤更不接客。正是：

悲莫悲兮生别离，乐莫乐兮新相知。

自此戎昱政事之暇，游于西湖之上，每每与金凤盘桓行乐。怎知暗中却恼犯了一个人，这个人是韩公门下一个虞侯，姓牛名原，是个歪斜不正之人，极其贪财，见了孔方兄，便和身倒在上面，不论亲情朋友，都要此物相送，方才成个相知；若无此物，他便要在韩公面前添言送语，搬嘴弄舌。因此，人人怕他狐假虎威，凡是将官人等无不恭敬。那牛原日常里被人奉承惯了，连自己也忘了是个帅府门下虞候，只当是个节度使一般。韩公恰好差牛原来于浙西，催军器衣甲于帅府交纳。这却不是个重差了？指望这一来做个大大的财主回去，连那纱帽里、将军盔里、箭袋里、裹肚里、靴桶里都要满满盛了银子。不期撞着这个诗袋子的戎昱是个书呆子，别人都奉承虞侯不迭，独有戎昱恃着这个不值钱的诗袋子，全然不睬那牛虞侯。牛虞侯大怒道："俺在帅府做了数十年虞侯，谁人敢不奉承俺？这个傻鸟恁般轻薄，见俺大落落地，并无恭敬之心，甚是可恶。俺帅府门下文武两班，多少大似他的，见俺这般威势，深恭大揖，只是低着头儿。你是何等样的官儿？辄敢大胆无礼如此！明日起身之时，若送得俺的礼厚便罢，若送得薄时，一并治罪。"过了数日，虞侯催了衣甲军器起身，戎昱摆酒饯行，果然送的礼合着《孟子》上一句道"薄乎云尔"。那虞侯见了十不满一，大怒道："这傻鸟果然可恶，帅府门前有俺的座位，却没有这傻鸟的座位，俺怕他飞上天去不成！明日来帅府参谒之时，少不得受俺一场臭骂，报此一箭之仇。"又暗暗道："骂他一场事小，不如寻他一件过犯，在韩爷面前说他一场是非，把他那顶纱帽赶去了，岂不爽快？"正是：

明枪容易躲，暗箭最难防。

一边收拾起身，一边探访戎昱过犯，遂访得戎昱与妓金凤相好之事，便道："只这一件事，足报仇了。只说他在浙西不理政事，专一在湖上与妓者饮酒作乐，再添上些言语激恼韩爷，管情报了此仇。"遂恨恨而去。

到了润州，参见了韩公，交付了军器衣甲。那时韩公不问他别事，牛原虽然怀恨在心，不好无故而说，只得放在心里。渐渐过了数月，将近韩公生日之期，你道那时节度使之尊，如同帝王一般，况且适当春日繁华之景，更自不同。有白乐天“何处春深好”诗为证：

何处春深好？春深藩镇家。
通犀排带胯，瑞鹤勘袍花。
飞絮冲球马，垂杨拂妓车。
戎装拜春设，左握宝刀斜。

那十五州各官，那一个不预先办下祝寿之礼，思量来帅府庆寿，都打点得非常华丽，还有的写下寿文寿诗寿意，写于锦屏之上。有那做不出诗文的官儿，都倩文人才子替做。戎昱也随例办了些祝寿之礼，自己做一篇极得意出格的寿文，将来写在锦屏之上。戎昱因浙西官少，事忙不去，着几个随从人役赍了齐整庆寿礼物到帅府庆寿，一壁厢正打发人役起身，尚未到于润州。

且说韩公见自己寿诞将近，各路上部下官，纷纷都来庆寿，旧例都有酒筵，左文右武，教坊司女妓歌舞作乐。那年韩公正是五十之岁，又与他年不同，要分外齐整。因问虞侯牛原道：“你到浙西，可曾知有出色妓女么？”这一句可可的中了牛原之心，随口答道：“有一妓女金凤，颜色超群，最善歌舞。今戎使君与他相好，终日在西湖上饮酒盘桓，因此连公务都怠慢了，所以前日军器衣甲比往常迟了数日。”韩公也不把这话来在心上，只说道：“浙西既有这一名好妓女，可即着人去取来承应歌舞。”说罢，便吩咐数个军健到浙西取妓女金凤承应。那牛原好生欢喜道：“这傻鸟轻薄得俺好，今番着了俺的手，且先拆散了他这对夫妻再下毒手，也使他知轻薄的报应。”这是：

只因孔方少，遂起报仇心。

不说牛原满心欢喜，且说戎昱的使人到于润州帅府，投递公文，献了祝寿礼物并锦屏。那韩公看了戎昱的寿文，果然出格超群，与他人做那称功颂德八寸三分头巾的套子说话大是不同，暗暗称赞道：“我一向闻知戎昱是个才子，今日这寿文真正出色。少年生性，与金凤相好又何妨乎！待金凤来时，看这女妓是怎么样一个人品，与戎昱怎生相得？”

不说韩公暗暗称赞戎昱，且说那数个军健领了韩爷之命，火速到于浙西地方。那时正值戎昱在西湖上与金凤饮酒。霎时间，帅府军健抢到面前，取出帅府批文道：“取女妓金凤一名承应。”戎昱看了，吓得面色如土，道：“今日一去，真所云‘侯门一入深如海，从此萧郎是路人’也。”两人相对而泣，却无计留连。戎昱道：“我有一计在此。我闻得韩公是英雄慷慨之人，不是贪财好色之辈。他原是子路转世，昔‘子见南子，子路不悦’。他今日怎便忘失了前世刚肠烈性！我闻诗可感人，我今做一首诗与你，你到帅府首唱此词，韩公英雄气魄，必然感动。倘或问你，你便乘机哀告，或放你回来相聚，亦未可知也。”遂在亭子上取过笔墨，写了一首诗，付与金凤，却被军健催促起身，不容停留。金凤只得痛哭拜别而去。戎昱直待望不见了轿子，方才收拾回衙，好生凄惨。正是：

乐莫乐兮新相知，悲莫悲兮生别离！

不说金凤上路，且说韩公寿日，有一件跷蹊作怪底事。话说庐山有个道士茅安道，是个希奇古怪之人，修道于庐山之下，学得奇异变化飞腾之术，有二子走到庐山，拜茅安道为师，要学件法术。茅安道遂授二子以隐形之方。那二子学了多时，演习已熟，自谓得了奥妙，辞别了师父，要下庐山而去。茅安道对二子道：“汝法术尚未精通，不可下山去见有权位势利之人，恐有疏失，为害不浅。”二子不听师父之言，坚辞下山。二子下了庐山，一路上商量道：“我们法术已成，藏在身上，何有用处，正该去见权位势利之人。今韩晋公招来奇才剑客之士，我们去见他，显个手段与他，等他也知我们道家有如此玄妙之事，替师父增些光彩。他若不尊敬我们，我二人便蒿恼他一场，然后隐形而去，他奈何我们不得，且教他吃我们一惊。”说罢，竟投帅府而来。那日正值韩公生日，文武百官蝇趋蚁附的，都站在帅府门首伺候拜寿，未敢轻进。这二子走到帅府门首，突然要走进去。左右军卒见这二子狂不狂、痴不痴，遂挡住在门首。二子不顾，奋臂直入，见了韩公大叫道：“吾乃庐山有道之士，身怀异术，特来求见。韩公你今高坐堂上，竟不下堂尊礼我二人，是何道理？”韩公见这二子言语放肆，疑心是个刺客，不敢下堂接见。二子便登堂大骂。韩公大怒，叫左右虞侯拿下。二子见韩公叫一声“拿”，便暗暗念咒作法，要隐身逃形而去。果然法术不精，毕竟隐遁不去。二子无计可施，当下被虞侯等拿住，一索捆翻，一毫也动弹不得。韩公叫取夹棍夹将起来，问是何等样人，敢如此大胆放肆。二子痛疼难当，只得招承道：“师父是庐山道士茅安道，惯有飞形变化之术。”韩公最恼的是“妖人”二字，要连他师父一并拿来，杜绝了这些妖人种类。就差帐前将官一员，统领兵士一百余名，前往庐山擒拿妖人茅安道，休得疏失。把二子锁了铁索，上了手肘，带去庐山作眼目。

韩公一边吩咐，怎知那茅安道已在门首了。左右虞侯来禀道：“门首有庐山道士茅安道求见。”韩公大喜道：“我正要发兵去擒拿，他却自来寻死，正好。”说罢，那茅安道已昂然而入。韩公见他是个老父，其须眉如雪之白，颜色如桃花之红，衣冠古朴，像个有道之人，未敢便拿。茅安道开口道：“二子不守教训，浪试法术，冒渎威虎，致干刑网，深可痛恨。待老夫先以礼责罚弟子，然后请明公加以刑法，未为晚也。”说罢，便讨净水一杯。韩公恐其兴妖作法，不与他净水。茅安道就走到韩公案前，把砚池中水一口吸了，向二子一喷，二子便登时脱了枷锁，变成二个大老鼠，在阶前东西乱跑。茅安道把身子一耸，变成一只大饿老鹰，每一只爪抓了一个老鼠，飞入云中而去，竟不知去向。韩公大惊失色，连那些门首拜寿的官员没一个不仰面看着天上，寂无踪迹，真奇事也。大家混了半晌，各官方才进门上堂参见，以次拜寿。拜寿已毕，韩公命大张酒筵，礼待百官。辕门之中，鼓乐喧天，花腔羯鼓，好生齐整。但见：

瑞霭缤纷，香烟缭绕。帅府门重重锦绣，紫微堂处处笙歌。右栅左厢，花一团兮锦一簇。回廊复道，鼓一拍兮乐一通。绣幕高悬，上挂着五彩璎珞。朱帘半揭，高控着八宝流苏。金炉内焚得馥馥霏霏，玉盏里斟得浮浮煜煜。酒席上满排紫绶金章之贵客，丹墀畔尽列弯弧挂甲之将军。八仙庆寿，五老献图，金线织成寿意。王母蟠桃，群仙荐瑞，锦屏映出瑶章。乐作营中，吹的是太平歌、朝天乐，指日声名播四海。歌喧庭下，唱的是福东海、寿南山，即今功业焕三台。

正是：

华堂今日绮筵开，香雾烟浓真盛哉！
谁发豪华惊满座，肯将红粉一时回。

话说这日韩公烹龙炮凤宴饮百官。酒斟数巡，食供四套。女乐交作，恰好的浙西金凤取到。那金凤一腔怨恨，暗暗含着泪眼，来到堂上参拜了韩公，又参拜了两班文武各官。韩公举目一观，果然生得不同，有周美成《佳人》词为证：

有个人人，海棠标韵，飞燕轻盈。酒晕潮红，羞蛾凝绿，一笑生春。为伊人，恨熏心，更说甚巫山楚云。斗帐香消，纱窗月冷，着意温存。

话说韩公见了金凤生得标致，自将面前玉杯满满斟了一杯香醪，赐与金凤，命金凤歌以侑酒。那金凤承命，不敢推辞，叩首谢了。只得轻敲檀板，缓揭歌喉，韩公细细听那歌词道：

好去春风湖上亭，柳条藤蔓系人情。
黄莺久住浑相恋，欲别频啼四五声。

那金凤歌中甚有哀怨之声。歌毕，韩公道："戎使君与你相好，这首诗是戎使君赠汝邪？"金凤连声道："是。"随又禀道："贱妾身隶乐籍，志慕从良，蒙戎使君抬举，但以乐籍未除，烟花孽重，不能如愿。今蒙韩爷见召，不敢不来。"金凤禀罢，但见：

双眉顿蹙春山黛，珠泪纷纷落两行。

文武百官见金凤泪下，都替他捏两把汗，暗暗的道："今日是他寿诞，谁敢在他面前道个'不'字。这娼妓恁般大胆，作如此行径，可不是自取其死？"韩公便唤过虞侯牛原来道："戎使君是个才子，留情郡妓亦不为过。你却在我面前谗言，定是你到浙西去催军器衣甲之时，戎使君怠慢了你，或是送你礼薄，所以妄生事端，几乎成我之过。"便喝左右军健将牛原捆打四十，革了虞侯之职，罚去营中牧马。果是：

从前作过事，败落一齐来。

那日常里受牛原气的莫不欢喜。谗口小人又何益乎！真使心用心，自累其身也。

不说众人欢喜。且说韩公打了牛原之后，一壁厢叫金凤更衣，革去了乐籍上的名；一壁厢叫后堂管家婆取出一副数万贯的妆奁，并彩缎三百匹，唤一副鼓乐、一只大船、五十名军健，送金凤一名到浙西与戎使君成亲缴旨。那军健领了韩爷之命，簇拥了金凤，口口声声称为夫人，搬运妆奁下船，大吹大擂，连日来到戎使君任所，笙歌鼎沸，将金凤迎进衙门拜堂成亲。戎使君喜出非常，感恩不尽，厚厚犒劳了军健，遂亲自同军健到于润州帅府拜谢，二人遂成相知。那时哄动了十五州军民人等，那一个不服韩公宽弘大度，有宰相之量。从此人人归心，文武效力，江南半壁平平安安，并不劳一支折箭之功。德宗皇帝嘉其功，遂拜为宰相，封为晋公。那戎使君诗名亦为德宗所知，擢为显官。有诗为证：

牛原真是小人，韩公真是君子。
使君果有诗才，金凤不虚簪珥。

第十卷

徐君宝节义双圆

晚来江阔潮平，越船吴榜催人去。稽山滴翠，胥涛溅恨，一襟离绪。访柳章台，问桃仙圃，物华如故。向秋娘渡口，泰娘桥畔，依稀是、相逢处。

窈窕青门紫曲，旧罗衣新翻金缕。仙音恍记，轻拢漫捻，哀弦危柱。金屋难成，阿娇已远，不堪春暮。听一声杜宇，红殷丝老，雨花风絮。

这一只词儿名《水龙吟》，是陈敬叟记钱塘恨之作，盖因宋朝谢太后随北虏而去也。那谢太后是理宗皇后，丙子正月时，元朝伯颜丞相进兵安吉州，攻破了独松关，师次于皋亭山，那时少帝出降。是日元兵驻钱塘江沙上，谢太后祷祝道："海若有灵，波涛大作。"争奈天不佑宋，三日江潮不至。先前临安有谣道："江南若破，白雁来过。"白雁者，盖伯颜之谶也。到三月间，伯颜遂以宋少帝、谢太后等三宫六院尽数北去，那时谢太后年已七十余矣，所以陈敬叟这首词儿有"金屋阿娇，不堪春暮"之句，又以秋娘、泰娘比之。盖惜其不能死节也；况七十余岁之人，光阴几何，国破家亡，自然该一死以尽节，怎生还好到犬羊国里去偷生苟活？请问这廉耻二字何在！当时孟鲠有《折花怨》诗讥诮道：

匆匆杯酒又天涯，晴日墙东叫卖花。
可惜同生不同死，却随春色去谁家？

又有鲍锐一首诗讥诮道：

生死双飞亦可怜，若为白发上征船。
未应分手江南去，更有春光七十年！

那时宋宫中有个王昭仪，名清惠，善于诗词，随太后北去，心中甚是悲苦，题《满江红》词一首于驿壁上道：

太液芙蓉，浑不似旧时颜色。曾记得恩承雨露，玉楼金阙。名播兰簪妃后里，晕潮莲脸君王侧。忽一朝鼙鼓揭天来，繁华歇。　　龙虎散，风云灭。千古恨，凭谁说。对山河百二，泪沾襟血。驿馆夜惊尘土梦，宫车晓碾关山月。愿嫦娥相顾肯从容，随圆缺。

王昭仪这首词传播天下，那忠心贯日的文天祥先生读这首词到于末句，再三叹息道："可惜夫人怎生说'随圆缺'三字，差了念头。"遂代作一首道：

试问琵琶，胡沙外怎生风色？最苦是姚黄一朵，移根仙阙。王母欢阑琼宴罢，仙人泪满金盘侧。听行宫半夜雨淋铃，声声歇。　　彩云散，香尘灭。铜驼恨，那堪说。想男儿慷慨，嚼穿龈血。回首昭阳离落日，伤心铜雀迎新月。算妾身不愿似天家，金瓯缺。

又和一首道：

燕子楼中，又捱过几番秋色。相思处青年如梦，乘鸾仙阙。肌玉暗销衣带缓，泪珠斜透花钿侧。最无端蕉影上窗纱，青灯歇。　　曲池合，高台灭。人间事，何堪说！向南阳阡上，满襟清血。世态便如翻覆雨，妾身元是分明月。笑乐昌一段好风流，菱花缺。

那王昭仪五月到上都朝见元世祖。你道那一朝见怎生得过，可有甚干净事来！十二日夜，幸亏得宋朝四个宫人陈氏、朱氏与二位小姬自期一死报国，不受犬羊污辱。朱氏遂赋诗一首道：

既不辱国，幸免辱身。世食宋禄，羞为北臣。
妾辈之死，守于一贞。忠臣孝子，期以自新！

题诗已毕，四人遂沐浴整衣，焚香缢死。元世祖览了朱氏这首诗，大怒之极，遂断其首。王昭仪心慌，遂恳请为女道士。虽然如此，怎比得朱氏四位一死干净。若不亏朱氏四人，则宋朝宫中便无尽节死义之人，堂堂天朝，为犬羊污辱，千秋万世之下，便做鬼也还羞耻不过哩！就如那徐德言、乐昌宫主虽然破镜重圆，那羞耻二字却也难言。从来俗语道："妇人身上，只得这件要紧之事，不比其他对象可以与人借用得。"所以那《牡丹亭记》道："这件东西是要不得的，便要时则怕娘娘不舍的；便是娘娘舍的，大王也不舍的；便是大王舍的，小的也不舍的。那个有毛的所在，只好丈夫一人受用。可是与别人摸得一摸、用得一用的么？"只贼汉李全那厮尚且拈酸吃醋，一个杨老娘娘兀自不舍得与臊羯狗受用，何况其余学好之人、清白汉子？从来有大有小，君臣夫妇，都是大伦所关。此处一差，万劫难救。如今且说民间一个义夫节妇做个榜样。正是：

还将已往事，说与后来人。

话说宋朝那时岳州有个金太守，为官清正，一生尚无男子，只生个女儿，取名淑贞，自小聪明伶俐，读书识字。可怜金淑贞十二岁丧了母亲吴氏，金太守恐怕续娶之妻磨难前妻女儿，因此立定主意不肯续弦，只一个丫鬟在身边，以为生子之计。金淑贞渐渐长成一十六岁，出落得如花似玉，这也不足为奇。只因他广读诗书，深知礼义，每每看着《列女传》便啧啧叹赏道："为女子者须要如此，方是个顶天立地的不戴网儿的妇人。"从来立志如此，更兼他下笔长于诗词歌赋，拈笔便成，落墨便就，竟如苏老泉女儿苏小妹一般。金太守喜之不胜道："可惜是个女子，若是个男儿，稳稳的取纱帽儿有余。休得埋没了他的才华，须嫁与一般样的人，方才是个对手。"访得西门徐员外的一个儿子徐君宝一十七岁，甚有才学，真堪为婿。金太守只要人品，不论门第，就着媒婆到徐员外处议亲。那徐员外虽是个财主，不过是做经纪之人，怎敢与官府人家结亲？徐员外当下回复媒婆道："在下是经纪人家，只好与门厮当、户厮对人家结亲，怎敢妄扳名门贵族，与官宦人家结亲？况且金老爷只得一位千金小姐，岂无门当户对之人？虽承金老爷不弃，我小儿是寒门白屋之子，有甚么福器，怎生做得黄堂太守的女婿？可不是折了寒家的福！"媒婆道："这是金老爷自家的主意，情愿与员外结亲，打听得你儿子有文才，所以不论门第高低。从来只有男家求女，那里有女家求男？休的推逊则个！"徐员外见媒婆立意要结亲，只得老实说出真情道："既承金老爷再三主意，这也是不必说的了。但有一桩最不方便之事，不要误了小姐的前程万里。"徐员外口里一边说，一边瞧着内里，恐怕自己婆子听得，便就低言悄语的对媒婆道："我家老妻极是不贤惠之人，系是小户人家出身，生性甚是偏执，嘴头子又极躁暴，终日好絮絮聒聒，骂大骂小。只因我在下让惯了他生性，他便靠身大了。以此耳根整日不得清净，好生耐烦他不得，无可奈何。小姐若嫁到我家来做媳妇，终日姑媳相对，怎当得他偏要絮聒？况且是一位千金小姐，金老爷掌中之珍、心头之肉，一生娇养惯的，怎生好到寒家来受老妻日后呕气？这亲事是别人求之不得的，在下怎敢推阻？只因这一件大事不便，恐明日误了小姐终身之事，反为不美，万万上复金老爷，别选高门对姻则个！”说罢，送媒婆出门。媒婆就将这话与金太守知道。

金太守也在狐疑之间，只恐嫁过去日长岁久，姑媳不和，好事反成恶事，反为不美。只因女婿有文才，日后是个长进之人，不忍轻易舍去，事在两难。遂将此事说与丫鬟，要丫鬟在女儿面前体探口风。丫鬟在小姐面前悄悄将此事说与知道。小姐道：“一善足以消百恶，随他怎么絮聒，我只是一心孝顺，便是泥塑木雕的也化得他转。”丫鬟遂将此事禀与老爷，老爷知女儿一心愿嫁，又着媒婆去徐员外处说。徐员外见金太守立意坚决，我门小户人家，怎么敢推三阻四？只得应允。选择吉日，行了些珠钗彩缎聘礼。金太守遂倒赔妆奁，嫁到徐家。合卺之日，鼓乐喧天，花烛荧煌，好生齐整。但见：

笙簧杂奏，箫管频吹。花簇簇孔雀屏开，锦茸茸芙蓉褥隐。宝鼎香焚，沉檀味捧出同心。银烛光生，红蜡影映成双字。门悬彩幕，恍似五色云流。乐奏合欢，浑如一天雾绕。宾赞齐唱《贺新郎》之句，满堂喜气生春。优伶合诵《醉太平》之歌，一门欢声载笑。搀扶的障着“女冠子”，簇拥“虞美人”，颤巍巍“玉交枝”，走得“步步娇”，满地都成“锦缠道”。撒帐的揭起“销金帐”，称赞“二郎神”，闹烘烘“赏宫花”，斟着“滴滴金”，霎时做就“鹊桥仙”。只听得丁丁当当“金落索”，“玉芙蓉”，一片价热热闹闹“四朝元”、“三学士”。果是门阑多喜气，女婿近乘龙。

话说徐君宝与金淑贞两个成亲捉对，好生一双两美，日日的吟诗作赋，你唱我和。徐君宝倒也不是娶个妻子，只当请了一个好朋友，在家相伴读书。这等乐事，天下罕有。争奈那个婆子娶得媳妇不上一月，他便旧性发作，道儿子恋新婚，贪妻爱，就有些絮絮聒聒起来。幸得徐员外十分爱护，对婆子道：“他是千金小姐，与我们小户人家骨头贵贱不同，别人兀自求之不得，我们不求而得之，这是我家万万之幸。我家想当发迹，所以金太守不弃寒贱，肯把我家做媳妇，正是贵人来踏贱地，烧纸般也没这样利市。你不见《牡丹亭记》上杜丽娘是杜知府的女儿，阴府判官也还敬重他，称他是千金小姐，看杜老先生分上。何况于我们？我们该分外敬重他才是，怎生絮聒轻贱他？明日金太守得知了，只说我家不晓事体，不值钱他的千金小姐。”苦苦劝这婆子。这婆子却是害了胎里之病一般，怎生变得转？随这老子苦劝，少不得也要言三语四，捉鸡儿，骂狗儿，歪厮缠的奉承媳妇几声。徐员外一时拦不住嘴，无可奈何，不住的叹息数声而已。亏得金淑贞识破他性格，立定主意，只是小心恭敬，一味孝顺，婆子却也声张不起，渐渐被媳妇感化了许多。

不意一年之外，徐员外丧门、吊客星动，老夫妻两口一病而亡。徐君宝与金淑贞汤药调理之余，身体甚是羸瘦不堪，兼之连丧双亲，苦痛非常，夫妻二人几次绝而复苏。守孝一年，又降下一天横祸来。你道这横祸却是怎生？那时正是度宗之朝，奸臣贾似道当国，封为魏国公，权势通天，人都称之为“周公”。他住西湖葛岭之上，日日与姬妾游湖，斗蟋蟀儿耍子，大小朝政一毫不理，都委于馆客廖莹中、堂吏翁应龙二人之手，各官府不过充位而已。正人端士尽数罢斥，各人都纳贿赂以求美官，贿赂多者官大，贿赂少者官小，贪风大肆，人莫敢说。以致元朝史天泽统兵围了襄阳，阿术统兵围了樊城，两处都围得水泄不通，以示必取之意。京湖都统制张世杰领兵来救，到得赤滩圃，被元人大战而败。夏贵又领一支兵来救，又被阿术新城一战，大败而还。那史天泽好狠，又拨一支兵付与张弘范守住鹿门，断绝宋人粮道并郢鄂的救兵。从此襄、樊道绝，势如垒卵之危。岳州与襄、樊相去不远，人心汹汹。徐君宝见襄、樊围困，自知生死不保，夫妻二人计议道：“襄、樊如此围困，其势断然不能保全。况贾似道当国，贪淫不理朝事，日日纵游西湖之上，与姬妾们斗蟋蟀，如此谋国，天下怎生能够有太平之日？元兵若破了襄、樊，乘上流之势，顷刻便到此地，我与你性命休矣。就使奔走逃难，苟活性命，其势亦不能两全，则我夫妻二人会合之日不多，乐昌破镜之事，必然再见，怎生是好？”金淑贞道：“生则同生，死则同死，此是一定之理。乐昌宫主之事，我断不为。若日后有难，妾只有一死以谢君，当不作失节之妇，以玷辱千古之纲常也。”徐君宝道：“死则一处同死。你若能为尽节之妇，我岂为负义之夫？若你死而我不死，九泉之下，亦何面目相见，是有节妇而无义夫也。吾意定矣。”夫妻二人日日相对而泣，以死自誓。有诗为证：

平章日日爱游湖，不惜襄樊病势枯。
致使闺中年少侣，终朝死誓泪模糊！

不说徐君宝夫妻二人以死自誓，再说襄、樊一连围困了五年，事在危急。贾似道只是瞒着度宗皇帝，终日燕雀处堂，在半闲堂玩弄宝货，与娼尼淫媾，十日一朝，入朝不拜，宫中一个妃子在度宗皇帝面前漏泄了襄、樊围困消息，贾似道知了，遂把这妃子诬以他事赐死。自此之后，一发瞒得铁桶相似，竟置襄、樊于度外。荆湖制置使李庭芝见襄阳围急，差统制官二员，一名张顺、一名张贵，率领水兵数万，乘风破浪而来，径犯重围，奋勇争先，元兵尽数披靡，以避其锋，直抵襄阳城下。及至收军之时，独不见了统制官张顺。过了数日，见一尸首从上流而来，身披甲胄，手执弓矢，直抵桥梁，众兵士争先而看，不是别人，却是张顺将军，身上伤了四枪，中了六箭，怒气勃勃如生。众兵士都以为神，遂埋葬于襄阳城外。张贵进了襄阳，守将吕文焕要留他共守。张贵恃其骁勇，要还郢州，遂募二人能埋伏水中数日不食者持了蜡丸书，赴郢州求救。二人到了郢州，郢州将官许发兵五千，驻于龙尾州，以助夹击。二人又从水中暗来，约定了日子。怎知那郢州兵士前一日到，忽然风水大作，不能前进，退了三十里下寨，有几个逃兵走到元人处漏了消息。元人急差一支兵来，先据在龙尾州以逸待劳。张贵那知就里，统兵前进，鼓噪而前，渐渐摇到龙尾州，遥望见军船旗帜，只道是郢州来救之兵。及至面前，方知是元兵，张贵力战，身被十余枪，遂被元兵拿住。阿术要张贵投降，张贵立誓不屈，一刀结果了性命。元兵把张贵的尸首扛到襄阳城下，守城之人无一不痛哭。吕文焕遂把张贵葬埋于张顺侧，建立双庙以祀之。有诗为证：

忠臣张顺救襄阳，力战身亡庙祀双。
此是忠臣非盗贼，休将《水浒》论行藏。

话说张顺、张贵二将来救襄阳，力战而死，败报到了朝中，贾似道只是置之不理。凡有献奇计的，贾似道都斥而不纳。直待元将张弘范用水陆夹攻之计破了樊城，城中守将都统制范天顺仰天叹道："生为宋臣，死当为宋鬼。"遂自缢而死。都统制牛富率领死士百人巷战，元兵死伤者不可胜计。牛富渴饮血水，转战而进。元兵放火烧绝街道，牛富身被重伤，以头触柱赴火而死。偏将军王福见主将战死，叹息道："将军既死国事，吾岂可独生？"亦赴火而死。襄阳守将吕文焕见樊城已失，襄阳决无可保之理，星夜差人前往求救，贾似道并不发兵救援。吕文焕见元兵四面围困，恸哭了一场，只得投降了元朝。元兵破了襄阳，乘势席卷而来。取了郢州、鄂州、蕲州，攻破了岳州。百姓纷纷逃难出城，徐君宝夫妻二人双双出走。怎当得元兵杀人如麻，人头纷纷落地，男男女女自相践踏而死，不知其数，好生凄惨。但见：

阴云惨惨，霎时间鬼哭神号。黄土茫茫，数千里魂飞魄丧。乱滚滚人头落地，略擦过变作没头神。骨都都鲜血横空，一沾着都成赤发鬼。呼兄唤弟，难见东西。觅子寻爷，那分南北？挨挨挤挤，恨乾坤何故难容千万人。奔奔波波，怨爹娘怎生只长两只脚。果是宁为太平犬，莫作乱离人。

话说徐君宝夫妻二人逃难而走，元兵从后杀来，血流成河，喊声震地。乱军中金淑贞回头，早已不见了夫主，心下慌张之极。正然四处寻觅，忽被一支兵来追杀，金淑贞急走忙奔，怎当得鞋弓袜小，当下被元兵拿住，解到唆都元帅帐下。那唆都元帅是杀人不斩眼的魔君，若是攻破了城池，便就屠戮城中人民，鸡犬不留。因见金淑贞生得分外标致，与众妇人不同，便有连恋之意，遂叫帐前管家婆监守。金淑贞自分必死，但不知徐君宝死活信息，倘或丈夫尚在，还指望一见，苟延残喘；若元帅逼迫，便自刎而亡，以报丈夫子地下。金淑贞立定主意，唆都元帅屡屡要奸淫他，金淑贞只是不从。唆都元帅虽好杀人，风月之事亦颇在行，见金淑贞强勉不从，也就不来十分上紧要他从顺。又恐怕逼迫之极自寻死路，可惜了这个出色的美人。因此不来强逼为婚，只是吩咐管家婆慢慢的劝解，要金淑贞自己从顺。正是：

得他心肯日，是我运通时。

却说唆都元帅带了金淑贞一路从岳州而来，几次要与金淑贞成其夫妻之事，那金淑贞一味花言巧语的答道："妾本是民间妇人，若做得元帅的姬妾，岂不是天大之福？但妾与夫主甚是恩爱，今乱军之中不知存亡死活。若丈夫尚在，妾便做了元帅的姬妾，这便是忘恩负义之人。忘恩负义之人，元帅又何取乎？待过了三五个月，慢慢探听，若妾夫果死于乱军之中，则妾之愿亦尽矣。妾身无归，便伏侍元帅可也。"唆都元帅听了金淑贞之言甚为有理，遂满心欢喜，再不疑心，也不来逼迫。那金淑贞日夜再不解带。

唆都元帅携了金淑贞从岳州直到了杭州地面，一路上逢州破州，逢县破县，杀得尸骸遍地，金淑贞好不心酸，又不知丈夫在那里。唆都元帅打破了杭州，降了少帝，屯兵于韩世忠旧宅之中。一路来数千里，都被金氏巧语花言骗过，再也不曾着手。金淑贞暗暗的道："昔韩世忠夫妻为宋室忠臣，他夫人是个娼妇，尚能立志如此。我若失节，何以见夫人于地下？"唆都偶然捉得一个岳州逃难来的人，恰好是徐君宝的邻人曹天用。唆都审问来历明白，却吩咐曹天用道："你若依俺言语，俺便重重赏你。若不依俺言语，俺便砍了你这颗驴头。"曹天用喏喏连声，怎敢不依？唆都道："你莫说出是俺主意，只说前日乱军之中，亲见徐君宝被乱军杀死在地，只此是实。"曹天用领了唆都之言。那唆都却只做不知，故意将曹天用暗暗传与金淑贞知道。金氏正要访问丈夫消息，得知曹天用在此，便悄悄访问丈夫细的。曹天用悉依唆都之言，又添上些谎，一发说得圆稳。金淑贞是个聪明之人，早已猜透八九分，只得假意痛哭。唆都一边就着管家婆说要成亲之事，金淑贞一发晓得是假。见唆都渐渐逼将拢来，恐受污辱，又假意对道："待妾祭过亡夫，然后成亲，未为晚也。"唆都信以为然。金淑贞暗暗的道："我死于韩世忠宅，韩夫人有灵，当以我为知己，强如死在他处没个相知。"遂焚香再拜，暗暗祷祝，伏地痛哭，痛哭已毕，提起笔来写《满庭芳》词一首于壁上道：

汉上繁华，江南人物，尚遗宣政风流。绿窗朱户，十里烂银钩。一旦刀兵齐举，旌旗拥、百万貔貅。长驱入，歌楼舞榭，风卷落花愁！

承平三百载，典章文物，扫地都休。幸此身未北，犹客南州。破鉴徐郎何在？空惆怅、相见无由。从今后，断魂千里，夜夜岳阳楼。

金淑贞题此词已毕，将身悄悄投入池中而死。唆都知道，不胜叹息。因伯颜丞相率领少帝三宫六院北去，唆都拔寨而起，离了韩世忠宅子。后人因见元兵去了，遂捞起金淑贞尸首，见他衣服层层缝得牢固。众人叹其节义，将棺木盛殓。

不说金淑贞死节，且说当日徐君宝被元兵赶来，几乎难免，只得躲于积尸之中，以尸遮蔽，过了一夜，方才走起来，逃得性命。身上还有包裹一个，撞着一阵败残军兵，那败残军兵杀元兵偏生没用，劫抢行李且是能事，把徐君宝的包裹抢掳而去。可怜徐君宝身边一文俱无，又是个读书之人，那里吃得辛苦？到此无计奈何，只得沿路乞食，访问妻子消息。有知道的说："你的妻子被唆都元帅抢掳到杭州去了。"徐君宝两泪交流，暗暗的道："不知妻子可能践得前日的言语否？不知还能一见否？"遂一路乞食而来，到于杭州地面，夜宿于古庙之中，思量国破家亡，好生凄楚。朦胧睡去，只见妻子走来道："妾义不受辱，死于韩世忠宅池水之中，感得韩夫人结为知己，君可到来一看。"徐君宝大哭而醒，一步一跌，走到韩世忠宅，看见妻子棺木，可怜玉碎珠沉，拊棺恸哭，死而复生。又思国家尚且如此，自己身子亦何足惜？生则同衾，死则同穴，不枉了夫妻一场，也投入池中而死。众人遂把徐君宝尸首同葬于西湖之上。

那金太守城破之日，死于乱军之中。丫鬟怀孕逃出，也逃于杭州之地。后来生了一子，接续金门香火，年年祭扫徐君宝夫妻坟墓。后坟上生出连理木，人以为义夫节妇之感。有诗赞道：

义夫节妇古来难，试鉴清池血欲丹。
为问当年离乱事，可无榜样与人看。

第十一卷

寄梅花鬼闹西阁

梅雪争春未肯降，诗人搁笔费平章。
梅须逊雪三分白，雪却输梅一段香。

这一首诗是梅雪争春之意。世上唯有女人最为嫉忌，那一种妒忌之念，真是出人意料之外，无所不为，无所不至。从来道 :“妒忌女人胸中有妒石一块，始初妒石未大，其妒还小，至后妒石渐大，其妒愈不可解。只有黄鹂一名‘仓庚’，食之可以治妒。此方出在《山海经》上。”说便是这般说，世上妒忌妇人，习与性成，如何可以医治？他吃那黄鹂只当吃小鸡儿一般，有什么相干？

唐时裴选尚宜城公主，裴选偷了侍儿，宜城公主大怒，将侍儿杀死，剥其阴皮�散在裴选面上，命其出厅判事。裴选不敢不从，脸上戴了这片阴皮，只得出厅判事。后来皇帝得知，将宜城公主罚治。当时有人取笑道 :“不知这片阴皮横�散在脸上，还是直鞔在脸上。若是直鞔在脸上，露出鼻子 ；若是横鞔在脸上，露出嘴唇。况且又不端正，阴毛乱丛丛的，又与鬓发髭须相乱，甚是不雅相。”看官，你道好笑也不好笑！这样的刑法从来没有，就是阎王得知了，也道十八层地狱中并无此刑，还要罚他到十九层地狱里去哩！

临济有妒妇津，是怎么出处？晋太始中，刘伯玉妻段氏字明光，刘伯玉一日诵《洛神赋》，极其得意，段氏道："为何恁般得意？"刘伯玉道："洛神生得标致，吾意甚喜，恨不与之为夫妻耳！"段氏道："要为洛神何难，吾今即可为之。"其夜遂自沉于河，七日见梦于刘伯玉道："吾今已为洛神矣，汝可来一会。"伯玉惊慌，终身不敢渡此津。后有美貌妇人渡此津者，段氏之神必兴风作浪以阻之。凡美貌者至此，皆毁坏形体以求免其妒。丑妇虽不妆饰而渡，其神亦不妒也。丑妇讳之，莫不皆自毁形容，以塞嗤笑。当时语曰：

欲求好妇，立在津口。
妇人水傍，好丑自彰。

后唐高宗幸汾阳宫，率妃嫔辈将出妒女祠下，左右道："盛服过者，必有风雷之灾。"并州遂发数万人别开御道。狄仁杰奏曰："天子之行，风伯清尘，雨师洒道，妒女何敢为害？"高宗从之，妒女果然不敢为害。

看官，你道梁皇忏是怎么样缘故？梁武帝皇后郗氏崩后数月，帝常追悼。一夕，寝殿外闻有骚窣之声，视之乃见一蟒蛇蜿蜒上殿，睒睛呀口向帝。帝大惊曰："朕宫殿严警，非尔蛇类所生之处。"蟒遂口吐人言道："我即昔之郗氏也，生平嫉妒六宫，其恶惨毒，怒一发则火焰遍天，损物害人，以是大罪，谪变为蟒，无饮食可实口，无窟穴可庇身，饥窘困迫，力不自胜。又一鳞甲之中，则有多虫唼啮，肌肉痛苦，有如锥刀。蟒非常蛇，亦能变化，故不以皇居深重为阻。感帝平昔眷妾之厚，托丑形骸陈露于帝，祈一功德，以见拯拔耳。"帝闻之大感，既而求蟒，遂不复见。明日遂问宝志公禅师，禅师道："必礼佛忏悔方可。"帝然其言，搜索佛经，亲洒圣翰撰悔文，共成十卷，大集沙门为之忏礼。郗氏复见梦于帝道："妾乘佛力得脱蟒身矣。"感谢而去。列位妇女看此一段故事，切勿妒忌，斩夫之祀，自堕蟒身，没有宝志公与你忏悔，千万劫不得超生。若是剥阴皮之刑，千万莫作此想，等阎罗王费心，特特造一个十九层地狱做妇女安身立命之处。

说话的，若是丑陋妇人妒忌，不过恣其凶悍而已，惟有一般容貌、一般才艺之人，真是棋逢敌手、将遇良佐。忽然入宫见妒，两美不并立，两大不并存，定然没有相容之意。你只看唐朝梅、杨二妃子，并是绝世佳人，他那娇妒却也非常。那梅妃姓江，名采蘋，是莆田人，九岁便诵得“二南”，父亲因此取名为“采蘋”。高力士选入宫中，明皇甚喜，大加宠幸。梅妃聪明无比，下笔成章，自比谢女，淡妆素服，姿态明秀。性喜梅花，凡是栏槛之处，尽种梅花，号曰“梅亭”，犹爱绿萼。梅妃是清奇艳色，真世外佳人。自含蕊之时直到花谢，还不肯舍，终日宴赏徘徊，月影之下，每每相对而坐，至于夜深不睡，啧啧称叹。明皇因他酷喜梅花，就称为“梅妃”，戏指梅妃对诸王道：“此梅精也。”吹白玉笛，作惊鸿舞，一阵光辉。后杨妃入宫。那杨妃小字玉环，是弘农华阳人，生得丰肌腻理，艳媚异常，虽与梅妃体格不同，却都是一双两好、绝世美貌之人。二人彼此嫉妒，竟至避路而行。但杨妃性忌而有智，梅妃生性柔缓，敌他不过。后来梅妃竟被杨妃用智迁到上阳宫而去。虽然如此，明皇时常思量他。一日晚间，着一个小黄门密以戏马一匹召梅妃到于翠华西阁。梅妃数年隔绝，一见天颜，感旧叙爱，悲悯不胜，略饮酒筵，旋入鸾帏，恣其恩宠之乐。这一夜，如蝶恋花枝，缠绵不已，不觉日高三丈。忽然左右侍婢一齐惊报道：“杨娘娘已到阁前，奈何！”明皇慌张无措，急急披衣，抱梅妃藏于夹幕间。方才藏得过，杨妃已到御榻之前，高声喝道：“梅精何在？”明皇道：“在东宫久矣。”杨妃道：“乞宣来，今日同浴于温泉宫。”明皇道：“梅精久已放废，不可并浴。”杨妃再三要明皇宣召，明皇不肯。杨妃向御榻下一瞧，见梅妃遗有金凤绣鞋一双在地。杨妃大怒道：“榻下现有妇人遗履，况榻前肴核狼藉，夜来何人大胆，侍寝欢醉，以致今日日出还不视朝？陛下可出见群臣，妾止此阁以俟驾回。”明皇见杨妃发怒，甚是惭愧，把衾一拽，翻转身向内道：“今日有疾，不可临朝。”杨妃大怒，径归私第。明皇见杨妃去久，方才走起，寻觅梅妃不见，方知适才争论之时，已被一个小黄门送归东宫去矣。明皇大怒，遂斩了这小黄门，将金凤绣鞋并翠钿另差一个黄门封赐梅妃。梅妃对黄门道：“上弃我之深乎？”黄门道：“怎敢弃妃，只恐杨妃恶情耳！”梅妃笑道：“上若怜我，恐动肥婢之情，岂非弃耶？”梅妃因杨妃生得肌肉丰厚，所以嗔怪，称他为肥婢。后来梅妃久弃于东宫，不得沾上宠惠，付千金与高力士，愿求才子如司马相如者为《长门赋》，邀回上意。高力士因杨妃有宠，不敢多事，只得答道：“当今并无司马相如之才。”梅妃乃自作《楼东赋》道：

> 玉鉴尘生，凤辇香殄，懒蝉鬓之巧梳，闲缕衣之轻练。苦寂寞于蕙宫，但凝思乎兰殿。信摽梅之落花，隔长门而不见。况乃花心飏恨，柳眼弄愁；暖风习习，春鸟啾啾。楼上黄昏兮，听凤吹而回首；碧云日暮兮，对素月而凝眸。温泉不到，忆拾翠之旧游；长门深闭，嗟青鸾之信修。忆太液清波，水光荡浮，笙歌赏宴，陪从宸旒。奏舞鸾之妙曲，乘画鹢之仙舟。君情缱绻，深叙绸缪，誓山海而常在，似日月而无休。奈何嫉色庸庸，妒气冲冲，夺我之爱幸，斥我乎幽宫。思旧欢之莫得，想梦著乎朦胧。度花朝与月夕，羞懒对乎春风。欲相如之奏赋，奈世才之不工。属愁吟之未尽，已响动乎疏钟。空长叹而掩袂，步踌躇于楼东。

杨妃闻梅精作《楼东赋》，遂大怒，诉明皇道：“梅精久贬，今以谀词宣言怨望，乞陛下赐之以死！”明皇满面通红，不敢则声。后明皇宴坐花萼楼，心念梅妃，又恐杨妃酷妒，不敢宣召，适外夷贡珍珠一斛，明皇密赐梅妃。梅妃不受，赋诗一首，对黄门道：“为我进达御前。”诗道：

> 柳叶双眉久不描，残妆和泪污红绡。
> 长门镇日无梳洗，何必珍珠慰寂寥！

明皇看诗，心中不乐，令梨园子弟以新声度曲，就号《一斛珠》。这是嫔妃争宠的。

还有西湖上一个故事，是妻妾争宠的。虽然娇妒得有趣，不比村妇大哄大闹，却又有意外之变，妆点得更妙。话说这个故事出在宋朝高宗南渡之后，这人姓朱名端朝，字廷之，昭庆人氏，父母双亡，娶得妻子柳氏，生得玉琢成、粉捏就的身躯，更兼描鸾刺凤，绣将出来就如活的一般，曾有诗单道刺绣的妙处：

日暮堂前花蕊娇，争拈小笔上床描。
绣成安向春园里，引得黄莺下柳条。

柳氏女工精巧过人，这也不足为奇。自幼聪明，读书识字，吟得好诗，作得好赋。朱廷之娶得来家，甚是相得，行则同肩，寝则叠股，说不尽两人恩爱之处。夫妻共是二十三岁，再不相离。然虽如此，柳氏却有一种病痛，是犯了“女傍之石”，这病却也再解不得。柳氏胸中这块妒石，虽然没有斗大，却也有升大，若是发作将起来，就像害痞块疾的一般，一连数十日不得平静。

从来道，妒妇胸中有六可恨。那六可恨？第一恨道，一夫一妇，此是定数，怎么额外有什么叫做小老婆。我却嫁不得小老公，他却娶得小老婆，是谁制的礼法，不公不平，俺们偏生吃得这许多亏。这是第一着可恨之处了。第二恨道，妇人偷了汉子便道是不守闺门，此是莫大之罪，该杀该休。男儿偷了妇人，不曾见有杀、休之罪。俺们若像宜城公主，剥了阴皮鞹在驸马面上，便道俺们罪大恶极而不可赦。又有傻鸟、信佛法的书呆子，造言生事，说谎弄舌道，有什么阎罗王十八层、十九层地狱，安排断炼，吃苦不尽，恐吓俺们。这是第二着可恨之处了。第三恨道，男子娶小老婆，偷妇人，已是异常可恨之事了，怎生又突出一种“男风”来，夺俺们的乐事，抢俺们的衣食饭碗。这一件事，你道可省得么？所以那《牡丹亭记》内李猴儿好男风，冥府判官罚他做蜜蜂，屁窟里长拖一个针。就是这件东西，也是俺们身上所有之物，你若上紧时，俺也肯一揽包收，难道俺们倒不如他不成？那不知趣的男儿，偏生耽恋着男风，就像分外有一种妙处的一般，我断断解说不出。这是第三着可恨之处了。第四恨道，妇人偷了汉子，便要怀孕，生出私孩子来，竟有形迹，难以躲闪，就如供状一般，所以妇人不敢十分放手，终久有些忌惮。男子偷了妇人、小官，并无踪影可以查考，所以他敢于作怪放肆，恣意胡为。这是第四着可恨之处了。第五恨道，男儿这件东西，只许见了自己婆子方才发作、方才鼓弄便好，若是自己婆子不在面前，这件东西便守着家教，一毫不敢作怪，依头顺脑使唤，随别人怎么引诱，断然不为非礼之事，这便是守规矩的东西。偏是他见了生客，分外胆大，这是第五着可恨之处了。第六恨道，俺们杜绝了他的小老婆、小官儿，使他不敢乱走胡行，这也算放心的了。但他随身还有那五个指头，也还要作怪，又有夜壶，还有竹夫人、汤婆子这样的名色，也要引坏了他那不良的心肠。这是第六着可恨之处了。从来的妒妇，怀了这六可恨，怎生肯放一着空与丈夫？柳氏虽不全然怀这六可恨，却也微微有些意思，若是略有颜色的丫鬟，不甚精致的妓女，这柳氏也都不在心上，若是一个绝色的妇人，或是能吟诗作赋、颇通文理的妓者，朱廷之若去破了此戒，柳氏便就放下面皮，与丈夫终日聒噪个不了。有时柳眉倒竖，星眼圆睁。以此，朱廷之心中又爱他，又怕他。爱的是聪明标致，怕的是妒忌天成。后来朱廷之因柳氏与他大哄了几次，原是恩爱夫妻，不忍触忤，也遂收心，不敢破坏妻子的教训，从此规规矩矩，遵着孔子大道而走，踏着周公礼法而行，不敢恣意胡为。柳氏见丈夫做了君子行径，因此也变了些性格。朱廷之要到帝都来肄业上庠，收拾起身，柳氏安排酒肴，一杯两盏，与丈夫饯别。朱廷之别了柳氏，同一个朋友杨谦到帝都而来。

那时宋高宗南渡已二十年，临安花锦世界更自不同。且把临安繁华光景表白一回，共有几处酒楼：熙春楼、三元楼、五间楼、赏心楼、严厨、花月楼、银马杓、康沈店、日新楼、蛇蟒眼（只卖好酒）、翁厨、任厨、陈厨、周厨、巧张、沈厨、张花、郑厨（只卖好食，虽海鲜、鼋羹皆有之）。

话说这几处酒楼最盛，每酒楼各分小阁十余，酒器都用银，以竞华侈。每处各有私名妓数十人，时妆艳服，夏月茉莉盈头，香满绮陌，凭槛招邀，叫做"卖客"；又有小鬟，不呼自至，歌吟强聒，以求支分，叫做"擦坐"；又有吹箫、弹阮、息气、锣板、歌唱、散耍等人，叫做"赶趁"；又有老妪以小炉炷香为供，叫做"香婆"；又有人以法制青皮、杏仁、半夏、缩砂、苴蔻、小蜡茶、香药、韵姜、砌香橄榄、薄荷，到酒阁分俵得钱，叫做"撒嚁"；又有卖玉面狸、鹿肉、糟决明、糟蟹、糟羊蹄、酒蛤蜊、柔鱼、虾茸、鲞干，叫做"家风"；又有卖酒浸江瑶、章举、蛎肉、龟脚、锁管、蜜丁、脆螺、鲎酱、虾子鱼、鮆鱼诸海味，叫做"醒酒口味"。凡下酒羹汤任意索唤，就是十个客人，一人各要一味，也自不妨。过卖、铛头，答应如流而来，酒未至，先设看菜数碟，及举杯则又换细菜，如此屡易，愈出愈奇，极意奉承。或少忤客意，或食次少迟，酒馆主人便将此人逐出。以此酒馆之中歌管欢笑之声，每夕达旦，往往与朝天车马相接。虽暑雨风雪，未尝少减。

话说那妓馆共有几处：上抱剑营、下抱剑营、漆器墙、沙皮巷、清河坊、清乐茶坊、八仙茶坊、融和坊、太平坊、巾子巷、珠子茶坊、潘家茶坊、后市街、新街、金波桥、连三茶坊、连二茶坊、荐桥、两河、瓦市、狮子巷，这几处都是群妓聚集之地。内中单表一个妓者，姓马名琼琼，住于上抱剑营，容貌超群，才华出众，误落风尘，每思脱其火坑，复做好人妇女，以此性爱幽闲，不肯与俗子往来，随你富商大贾，金钱巨万，不能博其破颜一笑。果是：

谈笑有鸿儒，往来无白丁。

话说朱廷之同杨谦到于上庠，肄业余闲，走入赏心楼，两人对酌豪饮，吃了些醒酒口味。那杨谦是一个风流性格，遂访问过卖说："那一家妓者最好？"过卖道："只有上抱剑营马家最盛。"杨谦切记在心。从来道诗有诗友，酒有酒友，嫖有嫖友，赌有赌友，真是"物以类聚"。杨谦要到妓者家去戏耍，就有那一班帮闲之人簇拥了到马家去。那时适值马琼琼不在，马琼琼的姐姐马胜胜出来相见。那马胜胜虽不比得琼琼标致，却也毫无俗韵，清雅过人。杨谦就看上了马胜胜，破费了些珠钗之费，与胜胜相处一程。朱廷之守着妻子的教训，花柳丛中不敢胡行乱走。杨谦因廷之的妻子妒忌，也不敢挈朱廷之到马家去。只因杨谦在马家相处长久，未免朱廷之也几次到马家去同饮杯酒。不期天赐良缘，婚姻簿上注了定数，马琼琼见朱廷之生性醇和，姿性超群，文华富丽，因此就看上了朱廷之，几次央浼姐姐与杨谦说，要与朱廷之相处。杨谦因廷之妻子有吃醋拈酸之病，恐明日惹柳氏嗔怪，说他拖人落水，因此不敢兜揽。争夺被琼琼央浼不过，只得与朱廷之说知。那朱廷之原是一个真风流、假道学之人，只因被妻子拘束，没奈何做那猴狲君子行径。今番离了妻子眼前，便脱去"君子"二字，一味猴狲起来，全不知有孔子大道、周公礼法，就如小学生离了先生的学堂，便思量去翻筋斗、打虎跳、戴鬼脸、支架子的一般恣意儿顽耍，况且又是一个绝色妓女招揽，怎生硬熬得住？因此一让一个肯，便明目张胆起来，与马琼琼相处。琼琼见朱廷之胸怀磊落，并无半点遮掩，倾心陪奉，真真如胶似漆，异常欢好。琼琼因是盛名之下，积攒金银绫锦不计其数，今番死心塌地在朱廷之身上，不唯不要朱廷之一文钱，反倒赔钱钞出来，与朱廷之做衣服、巾履之类。日用之费，尽取给于琼琼，凡请客宴宾，都是琼琼代出。

不期肄业之期已满，杨谦苦促廷之回家，恐日后廷之妻子风闻此事，伤神破面，坏了朋友之情。廷之与琼琼两个正打得火一般热，怎生割舍？却被杨谦苦劝不过，只得告归。临别之际，琼琼再三叮嘱道："妾堕落风尘，苦不可言，如柳絮误入污泥之中，欲飞不得。每欲脱其火坑，仍做好人风范，数年以来，留心待个有情有意之人，终不可得。妾见郎君，气宇不凡，定是青云之客，又非薄幸之人，愿托终身，不知可否？"廷之心中虽然晓得妻子有吃醋之意，实难相容，口里只得勉强应承道："承娘子相爱，解衣衣我，推食食我，此恩没身难报。在他人求之而不得，我不求而自来，实出望外。异日倘得侥幸，断不敢寒盟，有乖恩德。终身之事，自当作主，不必过虑。"琼琼不胜欢喜，遂作别而去。正是：

难将心里事，说与眼前人。

话说廷之回到家中，见了柳氏，咬住牙管不敢说出此事。连随身小厮，廷之狠狠吩咐，不许一言泄漏，遂瞒得铁桶相似。过得不上一月，此事渐渐露将出来。你道是怎生露出？原来廷之在家，夜夜与柳氏同床叠股而睡，每每行其云雨之事。自从贪恋了马琼琼，那精神便全副用在琼琼身上，不觉前去后空，到柳氏身上便来不得了。始初勉强支撑，不过竭力以事大国。后来支撑不来，渐有偷懒之意，苦水滴东，扯扯拽拽而已。柳氏是个聪明之人，早猜有个七八分着，遂细细盘问朱廷之道："你向日在家间精神甚好，今在外许久，精神反觉不济，定有去头，或是与妓女相处，休得瞒我！"朱廷之本是个怕老婆之人，今日被柳氏一句道着，就如阎王殿前照胆镜一般一一照出，心胆都慌，满脸通红。自料隐瞒不过，只得一一说出，却又胸中暗暗自己安稳道："律上一款道是自首免罪，或者娘子谅我之情，不十分罪责，也未可知。"胸中方才暗转。怎知那位娘子不能有此大雅，方才得知，早已紫胀了面皮，勃然大骂道："你这负心汉子，薄幸男儿，恁地瞒心昧己，做此不良之事，真气死我也！”说罢，便蓦然倒地。正是：

未知性命如何，先见四肢不动。

廷之慌张无措，一手揪住头发，一手掐住人中，忙叫丫鬟将姜汤救醒。柳氏醒来，放声大哭个不住，廷之再三劝解，只是不睬。只得央浼柳氏的兄弟柳三官到来苦劝，廷之又几次陪个小心，柳氏方才回转意来。廷之自知无礼，奉承无所不至，又毕竟亏了腰下之物小心伏事做和事老，方才干休。廷之自此之后，并不敢胡行乱走，又做起假道学先生来了，在家谨守规矩，相伴过日。

不觉光阴似箭，转眼间又是秋试之期，府县行将文书来催逼赴试。柳氏闻知这个信息，好生不乐，若留住丈夫在家，不去赴试，恐误了功名大事，三年读书辛苦，付之一场春梦；若纵放丈夫而去，恐被马琼琼小淫妇贱人勾引我官人迷恋花酒，贪欢不归。这一去正如龙投大海、虎奔高山，他倒得其所哉，我却怎生放心得下？以心问口，以口问心，好难决断。果然：

好似和针吞却线，系人肠肚闷人心。

那柳氏主意，若是男人这个鸡巴或是取得下、放得上的，柳氏心生一计，定将丈夫此物一刀割下，好好藏在箱笼之中，待丈夫归来，仍旧将来装放丈夫腰下，取乐受用，岂不快哉！只因此物是个随身货，移动不得的，柳氏也付之无可奈何了。却又留丈夫不住，只得听丈夫起身。临行之际，再三叮嘱道：“休似前番！”廷之又猴狲君子起来，喏喏连声道：“不敢！不敢！”柳氏因前番与杨谦同去，惹出事端，此行不许丈夫与杨谦同走。杨谦知柳氏嗔怪，也并不敢约廷之同行。廷之独自一个来到临安，争奈偷鸡猫儿性不改，离了妻子之面，一味猴狲生性发作，就走到马琼琼家去。琼琼见廷之来到，好生欢喜，即时安排酒肴与廷之接风。廷之把妻子吃醋之意，一毫不敢在琼琼面前提起。廷之遂住于琼琼家中，免不得温习些经史。琼琼甚乐，一应费用都是琼琼代出，不费廷之一毫。廷之心中过意不去，甚是感激，因而朝夕读书不倦。幸而天从人愿，揭榜之日，果中优等，报到家中，柳氏大喜。细访来人消息，知丈夫宿在琼琼家中，一应费用都出琼琼囊橐，虽怜琼琼之有情，又恨琼琼之夺宠。毕竟恨多于怜，然亦是无可奈何之事。

谁料廷之廷试之日策文说得太直，将当时弊病一一指出，试官不喜，将他置于下甲，遂授南昌县尉，三年之后始得补官。廷之将别琼琼而回，琼琼置酒饯别，手执一杯，流涕说道："妾本风尘贱质，深感相公不弃，情投意合，相处许久。今相公已为官人，古人道'一贵一贱，交情乃见'，岂敢复望枕席之欢，但妾一身终身沦落，实可悲悯。愿相公与妾脱去乐籍，永奉箕帚，妾死亦甘心也！"说罢，廷之嘿然不语。琼琼便知其意，说道："莫不是夫人严厉，容不得下人，相公以此不语耶？"廷之闻得此语，不觉流下泪来道："我感娘子厚意，一生功名俱出娘子扶持，岂敢作负义王魁之事。但内人实是妒忌，不能相容，恐妨汝终身大事，以此不敢应允。"琼琼道："夫人虽然严厉，我自小心伏事，日尽婢妾之道，不敢唐突触忤。贱妾数年以来日夜思量从良，积攒金银不下三千金，若要脱籍，不过二三百金，余者挈归君家，尽可资君用度，亦不至无功食禄于尔家也。"廷之沉吟半晌道："此事实难，前日到家，因知与尔相处，便一气几死。暂处尚不相容，何况久居乎？幸亏舅舅相劝，方才回心转意。今过得几时，便能作此度外之雅人乎？"琼琼道："相公何无智之甚也！世事难以执一而论，君知其一，未知其二。昔日相公为穷秀才之时，百事艰难，妇人女子之见，往往论小，今日做了官人，势利场中自然不同。他前日若不放你出来赴选，这吃醋意重，自然做不成了；既放你出来赴选，这便是功名为重之人。既然成名而回，他心亦喜。况他明明晓得有我在此，便大胆放你出来，这便是娇妒之人，与一概胡乱厮闹、吃醋妒忌之人自然不同，此等女人尽可感格。况前日既听兄弟解劝得，安知今日又不听兄弟之言娶得我乎？相公休得胶柱鼓瑟。事在人为，不可执迷。”廷之听了这一席话，如梦初醒道：“娘子之言，甚是有理，吾妻不听他人说话，只听舅舅言语，这果有机可乘。须要用一片水磨工夫在舅舅面前，方才有益。”果是：

安排烟粉牢笼计，感化深闺吃醋人。

琼琼又再三叮嘱道：“须要宛转小心，不可有误。妾在此专候佳音，烧香祈祷。”拜别出门。

廷之到得家间，合家欢喜，且做个庆喜筵席。不则一日，廷之陪个小心，到舅舅面前，一缘二故，说得分明，又道：“琼琼为人极其小心，情愿伏低下贱，断不敢唐突触忤。况彼囊橐尽有充余，我之为官，皆彼之力。今三年之后，方得补官，家中一贫如洗，何不借彼之赀，救我之急，此亦两便之计也。昔王魁衣桂英之衣，食桂英之食，海誓山盟，永不遗弃。后来王魁中了状元，桂英连寄三首诗去，极其情深，王魁负了初心，竟置之不理。桂英惭恨，自缢而死，王魁在于任所，青天白日亲见桂英从屏风背后走出，骂其负义，日夜冤魂缠住，再不离身。后用马道士打醮超度，竟不能解，遂活捉而去。尝看此传，甚可畏怕。我今受琼琼之恩，不减桂莫，今千辛万苦得此一官，岂可为负义王魁，令桂英活捉我而去耶？乞吾舅成人之美，则彼此均感矣。”那个舅舅是个好人，说到此处，不觉心动，就走到姐姐面前，说个方便，又添出些话来，说得活灵活现，说：“王魁昔日负了桂英，果被桂英活捉而去，此是书传上真真实实之事，并非谬言。今姐丈千难万难，博得此官，万一马琼琼怀恨，照依像桂英自缢而死，活捉姐夫而去，你我之心何安！不如打发姐夫前去，脱其花籍，娶彼来家。况彼情愿小心伏事，料然不敢放肆。倘或放肆，那时鸣鼓而攻，打发出去，亦不敢怨恨于你我矣。”大抵女人心肠终久良善，听得“活捉而去”四字，未免害怕起来，只得满口应承，就教廷之前到临安脱其花籍而回。正是：

得他心肯日，是我运通时。

廷之领了妻命而来，就如捧了一道圣旨，喜喜欢欢来到琼琼家间，琼琼出见，说了细故。琼琼合掌向空礼拜，感激不尽，点了香花灯烛，烧了青龙福纸，出其囊橐，脱了乐户之籍，谢了日常里相厚的干爷干娘、干姊干妹，辞别了隔壁的张龟李龟、孙鸨王鸨，收拾了细软物件，带领了平头锅边秀，一径而来。到于家间，琼琼不敢穿其华丽衣服，只穿青衣参见柳夫人，当下推金山、倒玉柱，拜毕起来，柳氏抬头一看，但见：

盈盈秋水，不减西子之容；淡淡蛾眉，酷似文君之面。不长不短，出落的美人画图；半瘦半肥，生成得天仙容貌。丰神袅娜，似一枝杨柳含烟，韵致翩翩，如凡朵芙蓉映水。看来天上也少，愈觉尘世无多。

柳氏不见便休，一见见了，不觉一点红从耳根边起，登时满脸通红，好生不乐，暗暗道：“原来这贱人恁般生得好，怪不得我丈夫迷恋，死心塌地在他身上，异日必然夺我之宠，怎生区处？”只因始初应允，到此更变不得，只得权时忍耐，假做宽容之意。那琼琼又是个绝世聪明妓女，见柳氏满脸通红，便晓得胸中之意，一味小心，一味朴实，奉承柳氏，无所不至。就于箱中取出数千金来献与柳氏，以为进见之礼。廷之从此家计充盈，遂修饰房屋，中间造为二阁，一间名为东阁，一间名为西阁。柳氏住于东阁，琼琼住于西阁，廷之往来于其间，大费调停之意。

不觉已经三载，阙期已满，南昌县衙役来迎接赴任。廷之因路远俸薄，又因金兀术猖獗之时，东反西乱，不便携带家眷，要单骑赴任，却放琼琼不下，恐柳夫人未免有摧挫之意。临别之时，遂置酒一席，邀一妻一妾饮酒，而说道："我今日之功名，皆系汝二人之力。今单身赴任，任满始归，今幸汝二人在家和顺，有如姊妹一般，我便可放心前去。如有家信，汝二人合同写一封，不必各人自为一书。我之复书亦只是一封。"说罢，因一手指琼琼道："汝小心伏事夫人，休得傲慢。"又一手指柳夫人道："汝好好照管。"吩咐已毕，含泪出门而别。果然：

流泪眼观流泪眼，断肠人送断肠人。

话说廷之出得门，毕竟一心牵挂琼琼，时刻不离，然事已至此，无可奈何，只得大胆前去。到于南昌，参州谒府，好不烦杂。那时正值东反西乱、干戈扰攘之际，日夜防着金兀术，半载并无书信。一日接得万金家报，廷之甚喜，拆开来一看，只东阁有书，西阁并无一字附及。廷之心疑道："我原先出门之时，吩咐合同写一书，今西阁并无一字，甚是可虑，莫不是东阁妒忌，不容西阁写书思念我否？"随即写一封回书，书中仍要东阁宽容、西阁奉承之勤的意思。谁知这一封回书到家，东阁藏了此书，不与西阁看视。西阁因而开言道："昔相公临去之时，吩咐合同写书。前日书去之时，并不许我一字附及。今相公书来，又不许我一看。难道夫人有情，贱妾独无情也？"东阁听得此言，大声发话道："你这淫贱妇人，原系娼妓出身，人人皆是汝夫，有何情义，作此态度？前日蛊惑我家，我误堕汝计，娶汝来家。汝便乔做主母，自做自是，今日还倚着谁的势来发话耶？就是我独写一书，不与尔说知，便为得罪于汝，汝将问我之罪矣！"说毕，恨恨入房。西阁不敢开言，不觉两泪交流，暗暗叫自己跟来平头寄封书信到任所，不与东阁说知。书到南昌，廷之拆开来一看，并无书信，只有扇子一柄，上画雪梅，细细题一行字于上面，调寄《减字木兰花》，道：

雪梅妒色，雪把梅花相抑勒。梅性温柔，雪压梅花怎起头？
芳心欲诉，全仗东君来作主。传语东君，早与梅花作主人。

廷之看了此词，知东阁妒忌，不能宽容，细问平头，备知缘故，好生凄惨，遂叹道："我侥幸一官，都是西阁之力，我怎敢忘却本心，做薄幸郎君之事。今被东阁凌虐，我若在家还不至如此，皆此一官误我之事。我要这一官何用？不如弃此一官，以救西阁之苦。"那平头却解劝道："相公，虽只如此，但千辛万苦博得此一官，今却为娘子而去，是娘子反为有罪之人。虽夫人折挫，料不至于伤命。等待任满回去，方为停妥。"廷之因平头说话有理，就留平头在于任所。不觉又经三月余，那时正是九月重阳之后，廷之在书房中料理些文书，平头煎茶伏侍，至三更时分，几阵冷风，呼呼的从门窗中吹将入来，正是：

无形无影透人怀，四季能吹万户开。
就地撮将黄叶起，入山推出白云来。

这几阵风过处，主仆二人吹得满身冰冷，毫毛都根根直竖起来，桌上残灯灭而复明，却远远闻得哭泣之声，呜呜咽咽，甚是凄惨。主仆二人大以为怪，看看哭声渐近于书房门首，门忽呀然而开，见一人抢身入来，似女人之形。二人急急抬头起来一看，恰是马琼琼，披头散发，项脖上带着汗巾一条，泪珠满脸，声声哭道："你这负义王魁，害得我好苦也！"主仆二人一齐大惊道："却是为何？"琼琼道："前日我寄雪梅词来之时，原不把东阁知道。东阁知平头不在家，情知此事，怨恨奴家人于骨髓，日日凌逼奴家。三个月余，受他凌逼不过，前日夜间只得将汗巾一条自缢而死。今夜特乘风寻路而来，诉说苦楚，真好苦也！”说毕，大哭不止。廷之要上前一把抱住，琼琼又道：“妾是阴鬼，相公是阳人，切勿上前！”主仆二人大哭道：“今既已死，却如何处置？”琼琼道：“但求相公作佛法超度，以资冥福耳。”说毕，又大哭而去。廷之急急上前扯住衣袂，早被冷风一吹，已不见了琼琼之面。廷之哭倒在地。正是：

夜传人鬼三分话，只说王魁太负心。

话说廷之跌脚捶胸，与平头痛哭了一夜，对平头道：“东阁直如此可恨，将我贤惠娘子活逼而死，早知如此，何苦来此做官！若在家间，量没这事。”说罢又哭。次日遂虔诚斋戒，于近寺启建道场，诵《法华经》超度。因《法华经》是诸经之王，有“假饶造罪过山岳，不须《妙法》两三行”之句。又买鱼虾之类放生，以资冥福。有《牡丹亭》曲为证：

风灭了香，月倒廊，闪闪尸尸魂影儿凉，花落在春宵情易伤。愿你早度天堂，愿你早度天堂，免留滞他乡故乡！

话说三日道场圆满，又见琼琼在烟雾之中说：“我已得诵经放生之力，脱生人间。”再三作谢而去。主仆二人不胜伤感。廷之遂弃了县尉，欲归家间将琼琼骸骨埋葬，告辞了上官，收拾起身。正是：

乘兴而来，败兴而返。

看看近于家间，行一步不要一步，凄凉流泪不止。走得进门，合家吃其一惊，鼎沸了家中，早惊动了东西二阁，都移步出阁来迎。主仆看见西阁仍端然无恙，二人面面厮觑，都则声不得，都暗暗的道：“前日夜间那鬼是谁？却如此做耍哄赚我们！莫不是眼花，或是疑心生暗鬼？怎生两度现形？有如此奇怪之事！”二阁都一齐开口道：“怎生骤然弃官而回，却是何故？”廷之合口不来，不好将前事说出，只得说道：“我侥幸一官，羁縻千里。所望二阁在家和顺相容，使我在任所了无牵挂之忧。今见西阁所寄梅扇上书《减字木兰花》词一首，读之不遑寝食，我安得而不回哉？”遂出词与东阁看。东阁道：“相公已登仕版，且与我判断此事，据西阁词中所说梅花孰是孰非？”廷之道：“此非口舌所能判断，当取纸笔来书其是非。”遂作《浣溪纱》一阕道：

梅正开时雪正狂，两般幽韵孰优长？且宜持酒细端详。梅比雪花多一出，雪如梅蕊少些香。花公非是不思量！

书完，二阁看了，意思都尽消释，并无争宠之意，遂置酒欢会，方说起前日假鬼现形之事，盖借此以骗佛法超度耳，这鬼亦甚是狡黠可恶也。东西二阁甚是吃惊，因此愈加相好。廷之自此亦不复出仕于朝，今日东而明日西，在家欢好而终。有诗为证：

宫女多相妒，东西亦并争。
鬼来深夜语，提笔付优伶。

又有诗道：

世事都如假，鬼亦幻其真。
人今尽似鬼，所以鬼如人。

第十二卷

吹凤箫女诱东墙

楚山修竹如云，异材秀出千林表。龙须半剪，凤膺微涨，玉肌匀绕。木落淮南，雨晴云梦，月明风袅。自中郎不见，桓伊去后，知辜负、秋多少？闻道岭南太守，后堂深、绿珠娇小。绮窗学弄，《梁州》初遍，《霓裳》未了。嚼徵含宫，泛商流羽，一声云杪。为君洗尽，蛮风障雨，作《霜天晓》。

这一只词儿调寄《水龙吟》，是苏东坡先生咏笛之作。昔轩辕黄帝使伶伦伐竹于昆溪，作笛吹之，似凤鸣，因谓之“凤箫”。又因秦弄玉吹箫引得凤凰来，遂此取名。这一尺四寸之中，可通天地鬼神。

话说唐时有个贾客吕筠卿，性好吹笛，出入携带，夜静月明之际，便取出随身的这管笛吹将起来，真有穿云裂石之声，颇自得意。曾于仲春夜，泊舟于君山之侧，时水天一色，星斗交辉，吕筠卿三杯两盏，饮酒舒怀，吹笛数曲。忽然一老父须眉皓白，神骨清奇，从水上荡一小舟而来，傍在吕筠卿船侧，就于怀中取出三管笛来，一管大如合拱，一管就如常人所吹之笛，一管绝小如细笔管。吕筠卿吃惊道：“怎生有如此大笛，父老幸吹一曲，以教小子。”老父道：“笛有三样，各自不同，第一管大者，是诸天所奏之乐，非人间所可吹之器；次者对洞府诸仙合乐而吹；其小者是老夫与朋友互奏之曲。试为郎君一吹，不知可终得一曲否？”道罢，便取这一小管吹将起来，方才上口吹得三声，湖上风动，波涛汹涌，鱼龙喷跳，五声六声，君山上鸟兽叫噪，月色昏暗，阴云陡起；七声八声，湖水掀天揭地，龙王、水卒、虾兵、鬼怪，如风涌到船边，那船便要翻将转来。满船中人惊得心胆都碎，大叫：“莫吹！莫吹！”一阵黑风过处，面前早已不见了老父并小舟，人人惊异，顷刻间仍旧天清月白，不知是何等神鬼。自此吕筠卿出外再不敢吹笛。正是：

弄玉吹箫引凤凰，筠卿吹箫引鬼怪。

再说一个吹箫引得仙女来的故事。是我朝弘治年间的人，姓徐名鏊，字朝楫，长洲人，家住东城下，虽不读书，却也有些士君子气。丰姿俊秀，最善音律，年方十九，未有妻房。母舅张镇是个富户，开个解库，无人料理，却教徐鏊照管，就住在东堂小厢房中。七夕，月明如昼，徐鏊吹箫适意，直吹到二鼓，方才就寝。还未睡熟，忽然异香酷烈，厢房二扇门齐齐自开，有一只大犬突然走将进来，项缀金铃，绕室中巡行一遍而去。徐鏊甚以为怪，又闻得庭中切切有人私语，正疑心是盗贼之辈，倏见许多女郎，都手执梅花灯沿阶而上。徐鏊一一看得明白，共分两行，凡十六人，末后走进一个美人来，年可十八九，非常艳丽，瑶冠凤履，文犀带，着方锦纱袍，袖广二尺，就像世上图画宫妆之状，面貌玉色，与月一般争光彩，真天神也。余外女郎服饰略同，形制微小，那美貌也不是等闲之辈。进得门，各女郎都把笼中红烛插放银台之上，一室如同白昼。室中原是小小一间屋，到此时倍觉宽大。徐鏊甚是慌张，一句也做声不得。美人徐步就榻前，伸手入于衾中，抚摩徐鏊殆遍，良久转身走出，不交一言。众女郎簇拥而去，香烛一时都灭，仍旧是小小屋宇。徐鏊精神恍惚，老大疑惑，如何有此怪异之事。过得三日，月色愈明，徐鏊将寝，又觉香气非常，暗暗道："莫不是前日美人又来乎？"顷刻间，众女郎又簇拥美人而来。室中罗列酒肴，其桌椅之类，又不见有人搬移，种种毕备。美人南向而坐，使女郎来唤徐鏊。徐鏊暗暗的道："就是妖怪，毕竟躲他不过，落得亲近他，看他怎么。"整衣冠上前作揖，美人还礼，使坐右首。女郎唤鏊捧玉杯进酒，酒味香美，肴膳精洁，竟不知是何物。美人方才轻开檀口道："妾非花月之妖，卿莫惊疑！与卿有宿缘，应得谐合，虽不能大有所补益，亦能令卿资用无乏。珍羞百味，锦绣缯素，凡世间可欲之物，卿要即不难致，但忧卿福薄耳。"又亲自酌酒以劝徐鏊，促坐欢笑，言词婉媚，口体芳香。徐鏊不能吐一言，但一味吃酒食而已。美人道："昨听得箫声，知卿兴致非浅，妾亦薄晓丝竹，愿一闻之。"遂教女郎取箫递与徐鏊。徐鏊吹一曲，美人也吹一曲，音调清彻，高过于徐鏊。夜深酒阑，众女郎铺裀褥于榻上，报道："夜深也，请夫人睡罢。"美人低面微笑，良久，乃相携登榻，帐帏衾褥，穷极华丽，不是徐鏊向时所眠之榻。美人解衣，独着红绡裹肚一事，相与就枕，交会之际，宛然处女，宛转于衾褥之间，大是难胜。徐鏊此时情志飞荡，居然神仙矣，然究竟不能一言。天色将明，美人先起揭帐，侍女十余人奉汤水妆梳。妆梳已完，美人将别，对徐鏊道："数百年前结下之缘，实非容易。自今已后，夜夜欢好无间。卿若举一念，妾身即来，但忧卿此心容易翻覆。妾与君相处，断不欲与世间凡夫俗子得知。切须秘密，勿与他人说可也！"言讫，美人与侍女一齐都去。徐鏊恍然自失，竟不知是何等神仙。次日出外，衣上有异常之香，人甚疑心。从此每每举念，便有香气；香气盛，则美人至矣，定有酒肴携来欢宴。又频频对鏊说天上神仙诸变化之事，其言奇妙，亦非世之所闻。徐鏊每要问他居止名姓，见面之时却又不能言语，遂写在一幅纸上，要美人对答。美人道："卿得好妻子，适意已足，更何须穷究。"又道："妾从九江来，闻苏、杭名郡最多胜景，所以暂游。此世间处处是吾家里。"美人生性极其柔和，但待下人又极严，众女侍在左右，不敢一毫放肆，伏事徐鳌如伏事自己一样，一女侍奉汤略不尊敬，美人大怒，揪其耳朵，使之跪谢而后已。徐鳌心中若要何物，随心而至。一日出行，见柑子甚美，意颇欲之。至晚，美人便袖数百颗来与徐鳌吃。凡是心中要吃之物，般般俱有。徐鳌有数匹好布，被人偷剪去六尺，没处寻觅。美人说在某处，一寻即有。解库中失去金首饰几件，美人道："当于城西黄牛坊钱肆中寻之，盗者已易钱若干去矣。"次日往寻，物果然在，径取以归，主人但目瞪口呆而已。徐尝与人争斗不胜，那人回去或无故僵仆，或因他事受辱。美人道："奴辈无礼，已为郎君出气报复之矣。"如此往还数月，徐鳌口嘴不谨，好与人说。人疑心为妖怪，劝徐鳌不要亲近。美人已知，说道："痴奴妄言，世宁有妖怪如我者乎？"徐鳌有事他出，微有疾病，美人就来于邸中，坐在徐鳌身傍，时时会合如常，虽甚多人，人亦不觉也。常常对徐鳌道："断不可与人说，恐不为卿福。"当不得徐鳌只管好说，传闻开去，三三两两，渐至多人都来探觑，竟无虚日。美人不乐。徐鳌母亲闻知此事，便与徐鳌定了一头亲，不日之间便要做亲，以杜绝此事。徐鳌不敢违拗母亲之意。美人遂怒道："妾本与卿共图百年之计，有益无损。郎既有外心，妾不敢赧颜相从。"遂飘然而去，再不复来。徐鳌虽时时思念，竟如石沉海底一般。正是：

恩义既已断，覆水岂能收？

话说徐鳌自美人去后，至十一月十五夜，梦见四个鬼卒来唤，徐鳌跟着鬼卒走到萧家巷土地祠。两个鬼卒管着徐鳌，两个鬼卒走入祠唤出土地。那土地方巾白袍，走将出来同行，道："夫人召，不可怠慢。"即出胥门，渐渐走到一个大第宅，墙里外乔木参天，遮蔽天日。走过二重门，门上都是朱漆兽环、龙凤金钉，俨似帝王之宫，数百人守门。进到堂下，堂高八九丈，两边阶级数十重，丹墀有鹤、鹿数只。彩绣朱碧，光彩炫耀。前番女侍遥见徐鳌，即忙奔入报道：“薄情郎来了。”堂内女人，有捧香的，调鹦鹉的，弄琵琶的，歌的舞的，不计其数。见徐鳌来，都口中怒骂。霎时间，堂门环珮丁冬，香烟如云，堂内递相报道：“夫人来。”土地牵徐鳌使跪在地下，帘中有大金地炉，中烧兽炭，美人拥炉而坐，自提火箸簇火，时时长叹道：“我曾道渠无福，今果不错。”顷刻间呼：“卷帘！”美人见鳌，面红发责道：“卿太负心，我怎生叮咛，卿全不信我言语。今日相见，有何颜面？”美人掩袂欷歔下道：“与卿本期始终，岂意弃我至此。”两傍侍女都道：“夫人不必自苦。这薄幸儿郎便当杀却，何须再说。”便叫鬼卒以大杖击鳌。击至八十，徐鳌大叫道：“夫人，吾诚负心，但蒙昔日夫人顾盼，情分不薄。彼洞箫犹在，何得无情如此！”美人因唤停杖，道：“本欲杀卿，感念昔日，今赦卿死。”两傍女侍大骂不止。徐鳌遂匍匐拜谢而出，土地仍旧送还，登桥失足而醒，两股甚是疼痛，竟走不起。卧病五六日，复见美人来责道：“卿自负心，非关我事。”连声恨恨而去。美人去后，疼痛便消。后到胥门外访寻踪迹，绝无影响，竟不知是何等仙女。遂有《洞箫记》传于世。有诗为证：

口是祸之门，舌是斩身刀。
只因多开口，赢得棒来敲。

如今小子说西湖上也因一曲洞箫成就了一对好夫妻，不比那徐郎薄幸，干吃大棒，打得叫苦叫屈。话说宋高宗南渡以来，传到理宗，那时西湖之上，无景不妙，若到灯节，更觉繁华，天街酒肆，罗列非常，三桥等处，客邸最盛，灯火箫鼓，日盛一日。妇女罗绮如云，都带珠翠闹娥，玉梅雪柳，菩提叶灯球，销金合，蝉貂袖项，帕、衣都尚白，盖灯月所宜也。又有邸第好事者，如清河张府、蒋御药家，开设雅戏烟火，花边水际，灯烛灿然。游人士女纵观，则相迎酌酒而去。贵家都以珍羞、金盘、钿合、簇钉相遗，名为“市食合儿”。夜阑灯罢，有小灯照路拾遗者，谓之“扫街”，往往拾得遗弃簪珥，可谓奢之极矣，亦东都遗风也。

话说嘉熙丁酉年间，一人姓潘名用中，是闽中人，随父亲来于临安候差。到了临安，走到六部桥，寻个客店歇下。宋时六部衙门都在于此，因谓之“六部桥”，即今之云锦桥也。潘用中父亲自去衙门参见，理会正事，自不必说。那时正值元宵佳节，理宗皇帝广放花灯，任民游赏，于宣德门扎起鳌山灯数座，五色锦绣，四围张挂。鳌山灯高数丈，人物精巧，机关转动，就如活的一般。香烟灯花熏照天地，中以五色玉珊簇成“皇帝万岁”四大字。伶官奏乐，百戏呈巧。小黄门都巾裹翠蛾，宣放烟火百余架，到三鼓尽始绝。其灯景之盛，殆无与比。潘用中夜间看灯而回，见景致繁华，月色如银一般明朗，他生平最爱的是吹箫一事，遂取出随身的那管箫来，呜呜咽咽，好不吹得好听。一连吹了几日，感动了一位知音的千金小姐。有诗为证：

谁家横笛弄轻清，唤起离人枕上情。
自是断肠听不得，非关吹出断肠声。

你道这一位千金小姐是谁？这小姐姓黄，小名杏春。自小聪明伶俐，幼读书史，长于翰墨，若论针指女工，这也是等闲之事，不足为奇。那年只得十七岁。未曾许聘谁家。系是宗室之亲，从汴京扈驾而来，住于六部桥，人都称为黄府。广有家财，父母爱惜，如同掌上之珍、心头之肉。十岁之时，曾请一个姓晏的老儒教读，读到十三岁，杏春诗词歌赋落笔而成，不减曹大家、谢道韫之才。杏春小姐会得了文词，便不出来读书。一个兄弟，长成十岁，就请老晏儒的儿子晏仲举在家教读。真个无巧不成话，这杏春小姐也最喜的是那箫，是个女教师教成的。月明夜静之时，悠悠扬扬吹将起来，真个有穿云裂石之声。因此小姐住的楼上就取名为“凤箫楼”，虽然引不得凤凰，却引了个箫史。

那杏春小姐之楼，可可的与潘用中店楼相对，不过相隔数丈。小姐日常里因与店楼相对，来往人繁杂，恐有窥觑之人，外观不雅，把楼窗紧紧闭着，再也不开。数日来一连听得店楼上箫声悠雅，与庸俗人所吹不同，知是读书之人。小姐往往夜静吹箫以适意，今闻得对楼有箫声，恐是勾引之人，却不敢吹响，暗暗将箫放于朱唇之上，按着宫商律吕，一一与楼外箫声相和而作，却没有一毫差错之处。声韵清幽，愈吹愈妙。杏春小姐一连听了数夜，甚是可爱，暗暗的道："这人吹的甚好，不知是何等读书之人卖弄俊俏，明日不免瞧他一瞧何如。"次日，梳妆已毕，便将楼窗轻轻推开一缝。那窗子却是里面雕花，外用木板遮护，外面却全瞧不见内里。小姐略略推开一缝瞧时，见潘用中是个美少年，还未冠巾，不过十六七岁光景，与自己年岁相当，丰姿俊秀，仪度端雅，手里执着一本书在那里看。杏春小姐便动了个爱才之念，瞧了半会，仍旧悄悄将窗闭上。在楼上无事，过了一晌，不免又推开一缝窗子瞧视。过了数日，渐渐把窗子开得大了，又开得频了。

潘用中始初见对面楼上，画阁朱楼，好生齐整，终日凝望。日来见渐渐推开窗子，又开得频数，微微见玉容花貌之人，隐隐跃跃于朱帘之内，也便有心探望，把那只俊眼儿一直送到朱帘之内。那小姐见潘用中如此探望，竟把一扇窗子来开了，朱帘半揭，却不把全身露出，微露半面。花容绰约，姿态妍媚，宛然月宫仙子。略略一见，却又闪身进去，随把窗子闭上。潘用中心性欲狂，随即下楼问店中妇人吴二娘道："对楼是谁？"吴二娘道："此是黄府，原是宗室之亲，从汴京而来，久居于此。"潘用中道："这标致女子是谁？"吴二娘道："是黄府小姐，今年只得十七岁，尚未曾吃茶。这小姐聪明伶俐，性好吹箫，每每明月之夜，便有箫声。今因我们客店人家来往人杂，恐人窥觑，再不开窗。今日暂时开窗，定因相公之故。相公却自要尊重，不可伸头伸脑，频去窥伺，恐惹出事端，连累不细。我客店家怎敢与黄府争执。”潘用中喏喏连声道：“不惹事，不惹事！”说罢，暗暗道：“原来这小姐也好吹箫，怪得要启窗而视哩。”正是：

律吕中女伯牙，凤箫楼钟子期。

这日潘用中手舞足蹈，狂荡了一夜。次日早起，那小姐又开窗而望。如此几日，渐渐相熟，彼此凝望，眉来眼去，好不热闹。连那窗子也像发热的一般，不时开闭。潘用中恨不得生两片翼翅，将身飞到小姐楼上，与他说几句知心话儿，结为夫妻。果是：

身无彩凤双飞翼，心有灵犀一点通。

如此一月余，彼此都如热锅上的蚂蚁一般。潘用中无计可施，不免虚空摸拟，手势指尖儿事发。一日，一个朋友来访，是彭上舍在店中闲谈了半日。潘用中胸中甚是郁闷无聊，便拉彭上舍到西湖上游玩散心。那时正值三月艳阳天气，好生热闹。但见：

青山似画，绿水如蓝。艳杏夭桃，花簇簇堆成锦绣；柔枝娇蕊，香馥馥酿就氤氲。黄莺睍睆，紫燕呢喃，柳枝头，湖草岸，奏数部管弦；粉蝶低徊，游蜂飞舞，绿子畔，红花梢，呈满目生意。紫骝马被银鞍宝辔，驮着白面郎君，向万树丛中，沫月嘶风，不觉光生绮陌；飞鱼轩映绣帏珠箔，驾着红颜少妇，走千花影里，摇珠簇彩，自然云绕《霓裳》。挟锦瑟瑶筝，吹的吹，唱的唱，都是长安游冶子；擎金卮玉液，饮的饮着，歌的歌，尽属西湖逐胜人。彩莲舟，彩莼舟，百花舟，百宝舟，载许多名妓，幽幽雅雅，鱼鳞般绕着湖心，寻芳楼，寻月楼，两宜楼，两胜楼，列数个歌童，丁丁冬冬，雁翅样泊在两岸。挨挨挤挤，白公堤直闹到苏公堤，若男若女，若长若短，接衽而行；逐逐烘烘，昭庆寺竟嚷至天竺寺，或老或少，或村或俏，联袂而走。三百六十历日，人人靠桃花市趁万贯钱；四百五十经商，个个向杏林村饮三杯酒去。又见那走索的，金鸡独立，鹞子翻身，精奇古怪弄虚头；跑马的，四女呈妖，二仙传道，超腾倏忽装神怪。齐云社翻踢斗巧，角抵社跌扑争奇，雄辨社喊叫喳呼，云机社搬弄躲闪。又有那酬神许愿之辈，口口声声叫大慈大悲大观音；化米乞钱之流，蹼蹼锵锵求善人善女善长者。

话说那潘用中同彭上舍两个，在西湖苏堤上游玩多时，忽然有十数乘女轿簇拥而来，甚是华丽。那时游人如蚁，轿子一时挨挤不开，窄路相逢，潘用中一一看得明白，恰好就是黄府宝眷。看到第五乘轿子来时，正是楼上这位知音识趣的小姐。两个各各会心，四目相视，不远尺余。潘用中神魂如失，就口吟一诗道：

谁教窄路恰相逢，脉脉灵犀一点通。
最恨无情芳草路，匿兰含蕙各西东。

那时正值前后左右都是俗人，没有斯文士子在侧，所以潘用中得纵其吟咏，岂不是天使其便？吟罢，小姐在轿中微微一笑，那轿子也望前去了。潘用中紧跟一程，却赶不上，只得转来，与彭上舍同行，踽踽凉凉，如有所失。闲步了半日，向绿杨深处沽饮三杯，心心念念系着小姐，连别个妇人也再无心观看，急急同彭上舍回来，彭上舍自分路作别而去。潘用中急急到于楼上，等那知音识趣的小姐。时月色如昼，潘用中取出那管箫吹将起来，便向空祷祝道："愿这一管箫做个媒人，等我定得这一头好亲事，我便生生世世不敢忘你恩德。若得侥幸成就了此亲，花烛之夕，夫妻二人恭恭敬敬拜你八拜。"祷祝了又吹，吹了又祷祝，果然箫声有灵，一阵顺风吹到小姐玲珑剔透、粉捏就、玉琢成知音的耳朵内。那时小姐还在楼下与母亲诸眷闲谈白话，虽然如此，却一心记挂着轿前吟诗之人，心心念念，蹲坐不牢，本欲上楼，无奈众女眷都在面前，不好抛撇竟自上楼，只得勉强挣挫。忽闻箫声聒耳，心中热痒，假托日间辛苦，要上楼去睡。怎当得一个不凑趣的姨娘，那姨娘年方二十三岁，极是一个风流之人，出嫁牛氏，称为牛十四娘，偏要上楼与外甥女闲耍，杏春小姐无可奈何，只得与牛十四娘闲耍了一会。幸而牛十四娘下楼去了，小姐轻轻推开了窗，潘用中见小姐开了窗，就住了箫。那时月光射在小姐面上，与月一同光彩，真如月里嫦娥一般。潘用中朗吟轿前所吟之诗，不住的吟了数遍。小姐映着月光点头微笑，两个恨不得飞做一团、扭做一块。彼此正在得意之际，不期潘用中的父亲回来，彼此急急将窗闭上。潘用中只得去睡了。是夜翻来覆去，好生难睡。这是：

只有心情思神女，更无佳梦到黄粱。

话说黄府馆宾晏仲举是建宁人，原与潘用中是相识，闻得用中在对门，遂到店中楼上拜望。潘用中遂留住晏仲举在于楼上饮酒，极其酣畅。潘用中只做不知，故意指对面高楼问道："前面这高楼谁家宅子？"晏仲举道："就是吾之馆所。"潘用中道："此楼窗终日不开，却是何故？"晏仲举道："此楼系主翁杏春小姐在上，因与这里客店对门，恐有人窥伺，外观不雅，所以不开。杏春小姐即吾父所教读书者也。聪明艳丽，工于诗词。父母钟爱之极，不欲嫁与俗人，愿归士子。今年方十七岁，正欲托吾父选一佳婿，甚难其人。"潘用中笑道："不知弟可充得此选否？"晏仲举道："如吾兄足当此选，真佳人才子也。惜吾兄为外方人耳。"潘用中大笑道："若得成亲，定住于临安，断不回去矣。"晏仲举道："恐不可必。"遂作别而去。潘用中愈觉神魂飞动，凭栏凝望。小姐微微开窗，揭起朱帘，露出半面。潘用中乘着一时酒兴，心痒难熬，取胡桃一枚掷去，小姐接得。停了一会，小姐用罗帕一方，裹了这一枚胡桃仍旧掷来。潘用中打开来一看，罗帕上有诗一首，笔墨淋漓。诗上道：

阑干闲倚日偏长，短笛无情苦断肠。
安得身轻如燕子，随风容易到君傍。

潘用中看了这首诗，喜跃欲狂，笑得眼睛都没缝，方晓得晏仲举说小姐工于诗词之言不差。又见小姐属意深切，感谢不尽，也用罗帕一方裹了胡桃掷去。小姐接得在手，解开来一看，也有一首诗道：

一曲临风值万金，奈何难买玉人心。
君如解得相如意，比似金徽更恨深。

那小姐读完了诗，停了一会，又换一方罗帕照旧裹了胡桃掷来，不意纤纤玉手，力微掷轻，扑的一声，坠于檐下，却被店妇吴二娘拾得。那吴二娘年登四十余岁，是个在行之人，正在柜身子里，见对楼抛下汗巾一条，知是私情之物，急急起身拾了，藏于袖中。潘用中见罗帕坠于楼下，恐傍人拾去，为祸不浅，急急跑到楼下，在地下打一看时，早已不见罗帕下落，心下慌张，四围详视，并无一人。料得是吴二娘拾得，就问吴二娘道："可曾见我一条罗帕坠下来么？"吴二娘含笑说道："并不曾见什么罗帕。"潘用中见吴二娘带笑而言，明知是吴二娘故意作耍，便道："吴二娘休得作耍，若果拾得，千万还我，在你身边，终无用处。常言道：'与人方便，自己方便。'"吴二娘故意"咄"的一声道："潘相公说的是恁话，我老人家要人方便恁的？还是你们后生要我方便哩。"潘用中晓得吴二娘是个在行之人，料道瞒他不得，便实对他说道："适才这一方罗帕，实是对楼小姐掷来之物，其中还有诗句在上，千万还我，不敢忘你好处。"说罢，吴二娘伸手去袖中取出，笑嘻嘻的说道："早是我老人家拾得，若被别人拾去，可不利害！"潘用中千恩万谢，解开罗帕来看，上有诗一首道：

自从闻笛苦匆匆，魄散魂飞似梦中。
最恨粉墙高几许，蓬莱弱水隔千重。

潘用中看了诗句，方知小姐情意深重，以身相许之意。只得与吴二娘细细计较道："蒙小姐十分垂念，始初见我吹箫，启窗而视。前日在西湖上，正值小姐出来游山，我在轿前相遇，吟诗一首，多蒙小姐在轿中微笑。晚间回来，又蒙小姐顾盼。今日他家先生晏相公来拜我，我问他家细的，方知小姐小名杏春，会做诗词，我就托晏相公为媒，晏相公说我是外方人，恐黄府不肯。我适才用胡桃一枚掷去，不意小姐用罗帕一方写一诗掷将过来，我也做一诗掷去，小姐又写一诗掷来。多蒙小姐如此厚意，誓不相舍。万乞吴二娘怎生做个方便，到黄府亲见小姐询其下落，做个穿针引线之人。事成之日，多将媒礼奉谢何如？"吴二娘点头应允。

次日，潘用中走到黄府回拜晏仲举，书馆中看见小姐的兄弟，亦甚生得俊秀，暗暗道："与他结为郎舅，诚佳事也。"书馆中小厮进去取茶，小姐见了问道："兀谁在馆中要茶？"小厮答应道："是对门潘相公来回拜晏相公，要茶。"小姐口中不说，心下思量道："我夫主上门也。"一男一女，两两各有会心之处。这都是不说出的意思。潘用中在书馆中盘桓了半日，吃了茶，作别而回。遂恳请吴二娘到黄府去。那吴二娘原与黄府对门对户，时常进见小姐，穿房入户之人。又且吴二娘生性软款温柔，口舌便利，黄府一门都喜。这一日踱将进去，假以探望为名，见景生情，乘机走到小姐楼上，袖中取出小姐所题罗帕之诗，并潘相公央浼晏相公做媒，说若得成亲，定住于临安之意，絮絮叨叨说了一会。小姐遂厚赠了吴二娘，再三叮嘱切勿漏泄。吴二娘回来，与潘用中说了。潘用中甚是手舞足蹈起来。

怎当得好事多磨，姻缘难就，潘用中父亲定要迁去，与一个乡里同住于观桥。潘用中闻知，惊得目瞪口呆，罔知所措，不肯搬移。怎当得父亲吩咐小厮即时移动，用中有力无处用，只得白着一双眼睛瞧视，敢怒而不敢言，胸中不住叫苦叫屈。正是：

哑子谩尝黄柏味，苦在心头只自知。

渐渐行李搬完，将次起身。潘用中只瞧着对面楼上，只指望小姐在窗口一见，以目送别。那小姐事出于不意，怎生得知？潘用中不见小姐，好生苦恼。又因父亲在面前．不好与吴二娘一说，只得怀恨，随了父亲出门，眼巴巴还望着楼上，含泪而去。果是：

白日消磨肠断句，世间只有情难诉。

话说这潘用中恨恨的跟了父亲离了这条六部桥，有一步，没一步，连脚也拖不动，搭搭撒撒，就像折翅的老鸦一般，没奈何来到观桥饭店之中。恨杀这个乡里，一天好事，正要成就，好端端的被这天杀的乡里牵累将来，杏春小姐面也不曾见得一见，连吴二娘要他传消寄息的话，也不曾与他说得一句，好生烦恼。有董解元《弦索西厢》曲为证：

莫道男儿心如铁，君不见、满川红叶，尽是离人眼中血！

只把小姐的诗句终日吟咏观玩，从此饮食少进，竟夜无眠，渐渐的害下一场相思病症：

当日“观灯十五”，看遍了“寒雀争梅”。幸遇“一枝花”的小姐，可惜隔着“巫山十二峰”。纱窗内隐隐露出“梅梢月”，懊恨这“格子眼”遮着“锦屏风”。终日相对似“桃红柳绿”，罗帕上诗句传情；竟如“二士入桃源”，渐渐“樱桃九熟”。怎生得“踏梯望月”，做个“紫燕穿帘”，遇了这“金菊对芙蓉”。轻轻的除下“八珠环”，解去“锦裙襕”，一时间“五岳朝天”，合着“油瓶盖”，放着这“宾鸿中弹”，少不得要“劈破莲蓬”。不住的“双蝶戏梅”，好一似“鱼游春水”，“鳅入菱窠”，紧急处活像“火炼丹”，但愿“春分昼夜停”，软款款“楚汉争锋”。毕竟到“落花红满地”，做个“钟馗抹额”，好道也胜如“将军挂印”。

怎当得不凑趣的“天地人和”，捱过了几个“天念三”，只是恨“点不到”，枉负了这小姐“一点孤红”。苦得我“断么绝六”，到如今弄做了“一锭墨”，竟化作“雪消春水”；陡然间“苏秦背剑”而回，抱着这一团“二十四气”，单单的剩得“霞天一只雁”；这两日心头直似“火烧梅”，夜间做了个“秃爪龙”。不觉揉碎“梅花纸帐”，难道直待“临老入花丛”？少不得要断送“五星三命”，这真是“贪花不满三十”。

话说潘用中害了这相思病症，日轻夜重，渐渐面黄肌瘦，一夜咳嗽至于天明，涎痰满地。父亲不知是甚病症，接了几个医人医治。那些医人都是隔壁猜枚之人，那知病原？有的说是感冒了，风寒入于腠理，一时不能驱遣，就撮了些柴胡、黄芩之药，一味发表；有的说是气逆作痰之故，总是人身精气顺则为津液，逆则为痰涎，若调理得气顺，自然痰涎消除。遂撮了些苏子、半夏、桔梗之药；又有一个道：“这是少年不老成之病，要大补元气方好。”一味用那人参、黄芪之药。正是人人有药，个个会医，一连鬼混了几时，一毫也没相干。从来道：

医杂症有方术，治相思无药饵。

潘用中一日病重一日，父亲无法可治。一日，彭上舍来，问他道：“汝怎生一病，郎当至此？莫不是胸中有隐微之事，可细细与我说知。”潘用中道：“实不瞒吾兄说，吾病实非药石之所能愈。”遂把楼上小姐之事，前缘后故，一一说明。又道：“即吾与兄西湖堤上轿中所见之美人是也。不意吾父骤然搬移来此，遂有此病。”彭上舍遂将此话一一与他父亲说知。父亲跌足叹息道：“就是仍旧移去，也是枉然。况他家怎肯与外方人结亲？就是这小姐心中肯了，他父母怎生便肯？”彭上舍道：“前日曾央店妇吴二娘进去探问小姐心事，那小姐慨然应允，情愿配为夫妻，又赠吴二娘首饰，嘱他切勿漏泄。如今去见吴二娘，便好再作计较。”说罢，二人正欲出门，抬起头来猛然间见吴二娘踱将进来，二人喜从天降。

看官，你道吴二娘为甚踱进门来？原来当日潘用中搬来之后，小姐推窗而看，绝不见潘用中踪迹，又见动用之物，尽数俱无，情知搬移而去，却如脑门上打了一个霹雳一般。又恨潘用中薄幸，怎生别都不曾一别，连一些消息也不知，竟自搬移而去，好生懊恨。也有董解元《弦索西厢》曲为证：

> 譬如对灯闷闷的坐，把似和衣强强的眠。心头暗发着愿，愿薄幸的冤家梦中见。争奈按不下九回肠，合不定一双业眼。

闷上心来，一刻也蹲坐不牢。这一腔愁绪，却与谁说知！真如万箭攒心的一般。从此不茶不饭，这相思病症比潘用中更害得快，比潘用中更害得凶。

> 这小姐生得面如“红花”，眉如“青黛”，并不用“皂角”擦洗、“天花粉”傅面，黑簇簇的云鬓“何首乌”，狭窄窄的金莲“香白芷”，轻盈盈的一捻“三棱”腰。头上戴几朵颤巍巍的“金银花”，衣上系一条“大黄”“紫苑”的鸳鸯绦，“滑石”作肌，“沉香”作体，还有那“荳蔻”含胎，“朱砂”表色，正是十七岁“当归”之年。怎奈得这一位“使君子”，聪明的“远志”，隔窗诗句酬和，拨动了一点“桃仁”之念，禁不住“羌活”起来。只恐怕“知母”防闲，特央请吴二娘这枝“甘草”，做个“木通”，说与这“花木瓜”。怎知这秀才心性“芡实”，便就一味“麦门冬”，急切里做了“王不留行”，过了“百部”。懊恨得胸中怀着“酸枣仁”，口里吃着“黄连”，喉咙头塞着“桔梗”。看了那写诗句的“藁本”，心心念念的“相思子”，好一似“蒺藜”刺体，“全蝎”钩身。渐渐的病得“川芎”，只得“贝”着“母”亲，暗地里吞“乌药”丸子。总之，医相思“没药”，谁人肯传与“槟榔”，做得个“大茴香”，挽回着“车前子”，驾了“连翘”，瞒了“防风”，鸳鸯被底，漫漫“肉苁蓉”。搓摩那一对小“乳香”，渐渐做了“蟾酥”，真个是一腔“仙灵脾”。

话说这杏春小姐害了这相思病症，弄得一丝两气，十生九死，父母好生着急，遍觅医人医治。还又请和尚诵经，石道姑钗符解禳，道士祈星礼斗，歌师茶筵保佑。牛十四娘闻知外甥女儿患病，特来探望，看见这病患得有些尴尬，早已猜勾了八分，只是不好启口细问。一日，坐在杏春床头，看见枕底下有罗帕一方，隐隐露出字迹，心里有些疑心，将手去扯将出来。杏春看见姨娘来扯，心性慌张，急忙伸手来夺。姨娘一发疑心，将罗帕着实一扯，扯将出来一看，见上面有情诗一首。杏春见姨娘念出情诗，一发满脸通红：姨娘遂细细盘问此诗何来，何人所赠。杏春料道隐瞒不得，又见身体患病，只得老老实实、一五一十细细说与姨娘知道。姨娘遂将此事说与他母亲知道。母亲闻知此事，恐怕错断送了女儿，逐与丈夫计较，情愿招潘用中为婿，因此就要吴二娘做媒，来到观桥店中，说与潘小官并他父亲得知，谁知这边潘小官也患此病，正在危急之间，恰好吴二娘进得门来，备细说了小姐患病之故，今黄府情愿招赘为婿之意说了一遍。那潘小官病中闻知此事，喜的非常，相思病便减了一半，从床上直坐将起来，真心病还将心药医也。父亲与彭上舍都大喜。

正喜得个满怀，又值黄府先生晏仲举来望，也是为小姐亲事之故，恐吴二娘女媒传言不稳，像《琵琶记》上道："脚长尺二，这般说谎没巴臂。"所以特特又挽出晏仲举的父亲原旧先生来为男媒，故此先着晏仲举来通个消息，随后便是晏仲举的父亲来望，约定了日期，招赘为婿。一个男媒，一个女媒，议定了这头亲事，择日行礼。黄府倒赔妆奁，大张花烛，广延亲友，迎接潘用中入赘，洞房花烛，成就了一对年少夫妻，拜谢了男女二位媒人，上了那凤箫楼，说不尽那繁华富丽之景、古董玩器之珍。夫妻二人合卺之后，取出那几方罗帕，并小姐日常里壁上所吹之箫，摆列在桌上道："若不亏此一曲凤箫，怎生成就得一对夫妻?"遂双双拜谢。因此风流之名播满临安，人人称为"箫媒"，连理宗皇帝都知此事，遂盛传于宫中，啧啧称叹。

那时夫妻都只得十七岁。后来潘用中登了甲科，夫荣妻贵，偕老百年。至今西湖上名为“凤箫佳会”者，此也。有诗为证：

凤箫一曲缔良缘，两地相思眼欲穿。
佳会风流那可再？余将度曲付歌弦。

第十三卷

张采莲隔年冤报

一带江山如画，风物向秋潇洒，水浸碧天何处断？霁色冷光相射。蓼屿荻花洲，掩映竹篱茅舍。　　云际客帆高挂，烟外酒旗低亚，多少六朝兴废事，尽入渔樵闲话。怅望倚层楼，寒日无言西下。

话说从来冤冤相报、劫劫相传，徐文长《四声猿》道："佛菩萨尚且要报怨投胎，人世上怎免得欠钱还债？"在下这一回专要劝人回心向善，不可作孽，自投罗网。那作孽的不过是为着"钱财"二字，不知那人的钱财费了多少辛勤苦力、水宿风餐、抛妻撇子、不顾性命积攒得来，你若看见了他银子便就眼黄地黑，欺心谋骗，甚至谋财害命，那阴魂在九泉之下怎肯干休？少不得远在儿孙近在身，自有报应，或是阴报，或是阳报，定然不差。也有那冤魂就投托做你儿子的，也有自己不知不觉说出来的。在下先说那冤魂投托做儿子的报应。

当日镇江一个龚撰，在扬子江中打鱼为生，终日在金、焦二山，北固等处撒网取鱼。正值六月六日之期，清早风浪大作，龚撰的渔船泊在瓜洲渡口。忽然岸上一个老子，肩上背着搭连顺袋，来寻渡船，要过镇江。龚撰就招揽他下船，与老子接着搭连顺袋，放在舱里。那惯走江湖的都有旧规，若是囊中有物，恐人识破，一应行李都自己着叠，并不经由梢公之手。只因这个老子不是惯走江湖之人，这些利害通不知道。那龚撰倒是个《水游传》中截江鬼张旺之辈，行李拿上手一提，见甚是沉重，又见是个单身客人，况且年老，不怕他怎的，就是做了鬼，在阎王那里告了状，也只如常。心中一篇文章草稿早已打算端正。扶这老子下了船，一路荡桨，特特摇到水面开阔之处，风波正大，四顾无人，放下了桨，赶入舱中，将这老子连腰胯一把提起，做个倒卷帘之势，头在下、脚在上，扑通的一声响，摔于水内，眼见得这老子做扬子江心中鬼了。龚撰大喜，叫声"聒噪，你这老人家的好意思，送我这些东西；来年这日，准准与你羹饭做周年"。说罢，打开顺袋一看，都是白银，大锭小锭，约摸有二三百两之数。龚撰眉花眼笑，把船摇到镇江，悄悄带了这个顺袋，走到家中，关上了门，叫声："嫂子，你来瞧！"嫂子走近前来一看，看了这一顺袋放光白银，连嫂子也都晃得眼花，道："这东西从那里来？"龚撰道："好叫嫂子得知。"一缘二故，细细说了一遍。嫂子道："可知道是喜，连夜梦见满身脏巴巴累了粪，那灯又不住的结个花，可可的有这一主横财，勾我们夫妻二人一生发迹了。你且去买些三牲福礼，烧烧利市牙纸则个。"龚撰道："嫂子说得有理，敬神敬佛，天可怜见，自然救济我二人之贫。"说罢，就拣几块散碎银子，走到市上，买了三牲果酒之类，打点端正。夫妻二人感谢天地，双双拜谢，化完了神马，弄了酒饭，是夜夫妻二人开怀畅饮。吃了几杯酒，就把那银拿一锭出来瞧一瞧，又吃几杯酒，又换一锭出来瞧一瞧。日常里没银时，夫妻二人冷脸冷嘴，没说没道，今日得了横财，夫妻二人就相敬厮爱起来，多说多道，你斟我饮，我斟你饮，二人吃得个烂醉，上床而睡，就把那顺袋当做枕头。是夜夫妻二人极是高兴，行起云雨之事。可可这嫂子终年不怀身孕，这一次云雨之后，就怀了六甲。龚撰就弃了那一只渔船，另做别样生意。自此之后，日旺一日，渐渐财主起来。嫂子十月满足，产下一个儿子，甚是乐意。

后来家道愈好，十余年间，长了有数千金之家，买了一所房子在四条街上，龚撰取了个号叫做龚继川。龚撰虽是个渔户出身，今日有了几千金家事，谁人叫他做龚渔户？都称他为“龚继川”。他有了几分银子，也便居移气、养移体，摇摇摆摆，猢狲戴网儿，学人做作起来。但他儿子出十岁之外，便就异常忤逆不孝，不住“老贼”、“老狗”的骂。及至见了别人，又是好的。只是见了父母，生性凶恶，并无父子之情。一年大如一年，生性愈加凶暴，恨恨之声不绝，只要拖刀弄杖，杀死父母二人。到了十六七岁，好嫖好赌，破败家事，无所不至。见了父母影儿，口口声声道：“我定要杀死这老贼，报这一箭之仇。”终日闹吵打骂，日夜不得安宁。几番要告他忤逆，又道他年纪幼小，只此一子，护短不舍，还恐儿子日后有回心转意之日。只是夫妻二人，日日跌脚捶胸，怨天怨命，鼻涕眼泪流个不住。一日，里中有人召仙，却是许真君下降，百灵百验。龚撰走到坛前，暗暗祷祝道：“弟子龚撰，怎生有此忤逆不孝之子，不知日后还有回心转意之日否？”那许真君批下四句道：

> 六月六日南风恶，扬子江心一念错。
> 老翁鱼腹恨难消，黄金不是君囊橐。

龚撰见了这四句，惊得目瞪口呆，走回家对妻子说：“这儿子就是江心老人转世，所以日日要杀、要报仇。”夫妻二人懊恨无及，龚撰在那壁缝中瞧着儿子时，宛似江心老人之状，还在那里咬住牙管，大叫大骂。龚撰自知无礼，恐遭毒手，只得弃了家业，抛了这个冤家，同妻子逃到别处去了。后来这儿子败尽家私而死。这是冤魂投托做儿子的报应，你道差也不差？

还有一个自己说出来的报应。浙省台州一个赵小乙，出外做生意，路上遇着一个李敬泉，同伙而走。那李敬泉本钱却多，被赵小乙瞧见了。二人走得倦，同到兴善庙中坐地。那赵小乙是个不良之人，见四面无人，李敬泉走路辛苦，把银子包袱枕在头下，齁齁睡去。赵小乙就地拾起大石一块，在李敬泉头上着实几下，打得脑浆迸流而死。拖了尸首，抛在一个深坑之内，面上扒些浮土掩盖了，银子取而有之。正要出庙门，只见庙上坐的那尊神道就像活的一般，眼睛都动。赵小乙大惊，浑身打个寒噤不住，即忙下拜道："今日之事，只有神道得知，万望神道莫说。"祷祝已毕，只听得神道开口说话道："我倒不说，只怕你自说。"赵小乙慌张而出。

自此之后，并无人知此事，连李敬泉的家眷也不知怎么缘故再不回来。后来赵小乙与同里蒋七老相合伙计，同做生意，终日三杯两盏。一日，赵小乙同蒋七老到这兴善庙前经过，坐在门槛上。蒋七老看见这个庙甚是冷落，道："这庙中多年想是没香火。"赵小乙道："虽然多年没香火，这尊神道却异常灵应。"蒋七老道："怎地见得灵应？"赵小乙被阴魂缠身，不知不觉口里一五一十，不打自招承，细细将前事说了一遍。蒋七老道："如今李敬泉尸首在那里？"赵小乙将手指着那答儿道："那坑坎之中却不是？"蒋七老浑身打个寒颤，暗暗心惊，嗟呀不已。又恐赵小乙放出前番手段弄在自己身上，却不是李敬泉来捉替身了？遂急急离了兴善庙那冤魂藏身之处，却也再不敢说出。后来二人共做一主生意，赵小乙打了个偏手，蒋七老气不忿，与他争论，赵小乙揪翻蒋七老在地，毒打一顿，满身伤损。蒋七老忿恨，一口气赶到官府面前出首此事。官府即刻将赵小乙拿来，活人活证，怎生躲闪？一一招承杀死李敬泉之事，就于庙中掘起尸首，遂将赵小乙问成死罪，家事尽数给与李敬泉家属，秋后一刀处决，偿了性命。正是：

从前作过事，败落一齐来。

话说秦桧当年专权弄政，宋朝皇帝在于掌握之中，威行天下，毒流寰宇。那时他门下共有十客，那十客：门客（曹冠）、亲客（王会）、逐客（郭知达）、骄客（吴益）、羽客（李季）、庄客（龚金）、狎客（丁祀）、说客（曹泳）、刺客（施全）、吊客（史叔夜）。内中单表那个刺客施全，忿恨秦贼屈杀了忠臣岳飞父子，手执利刃，暗暗伏于望仙桥下，待那秦贼喝道而来，就从桥下赶出劈心便刺。不意天不佑忠义之士，可可秦贼骑的那匹恶马，见施全赶到面前，突地望后连退数步，因此施全下手不得，当被秦贼从人拿住。施全大骂："奸臣秦桧，吾恨不得砍汝万段，以报岳爷爷之仇！"千贼万贼，骂个不绝口而死。从此秦贼心胆都碎，特选衙兵精壮有勇之士五百人，围绕第宅，夜夜刀枪巡逻。日间分一半人簇拥在马前后，街上赶得鸡犬俱尽，方才出来。传呼在三四里之外，马前后遮得铁桶一般，望不见秦贼影儿。

只为冤家众，所以防护严。

却说那五百衙兵中一人姓王名立，且是有力气，堂堂一表，在相府巡绰之时，使着相府威势，谁人敢说他一个"不"字。后来秦贼死了，这叫做"树倒猢狲散"，连相府也冰清鬼冷起来，何况衙兵！众兵士尽数散了，止留得王立数十人更番值宿守门而已。这王立先前积攒得些钱财，手头甚是好过，争奈犯了一个赌字。看官，从来赌字不可犯，若犯了这个赌字，便是倾家荡产的先锋、贫穷叫化的元帅了。王立好这六颗骰子，与他结为好友，亲亲热热，终日与那一班赌友喝"三红"、叫"四开"，把积攒的钱财尽数都干净输了去。后来无物可赌，只得床中绵被一条，王立还指望将这一条绵被做个孤注一掷，掷将转来。不意财星不旺，掷了一个"么二五"，那人抢了绵被便跑。王立瞪出两只眼睛，气得就似邓天君一般，只得看他拿了去，好生不舍。有好赌的曲儿为证：

好赌的你好贪心，思量一锭赢人十锭。你要赢人的钱财，人也要赢你的钱财。谁知道赢的是假，输的是真？又说道赌钱不去翻，谁肯送将来？直待绵被儿输了也，还只是怨怅着命。

话说王立赌输了这条绵被，好生不乐。到得晚间，正是要用之际，看看床上只得一条破草荐，想起半夜怎生得过，况且又是冬至后数九之天。杭州人每以冬至后数“九”：

一九二九，相唤不出手。三九二十七，篱头吹觱栗。四九三十六，夜眠如鹭宿。五九四十五，太阳开门户。六九五十四，贫儿争意气。七九六十三，布袄两头担。八九七十二，猫狗寻阴地。九九八十一，犁耙一齐出。

话说王立输被之后，正值数九之天，晚间寒冷不过，几阵冷风吹来，身上的寒栗子竟吹得馉饳儿一般大，思量得几文钱买壶黄汤吃，且做个裹牵绵，浑身热烘烘，好过这长夜。争奈日间赌完了，身边并无一文钱，里外没了这床绵被，怎生支撑，便就怨天怨地起来道：“俺堂堂一表，两臂上下有千百斤气力，空有一身本事，怎生绵被也没一床遮盖？好生可恨！这天道恁般没分晓！俺可是做什么好人，思量留名千载不成？”从来道：“近奸近杀，近赌近贼。”此是一定之理。王立只因好那“贝”边之“者”，便就思量做那“贝”边之“戎”，暗暗的计较道：“俺不免到那一家去试一试手。”想得府侧首望仙桥开香烛杂货铺周思江家生意甚好，银钱日日百数十两兑出兑进，货物又多，“俺不免明日走到他家门首，细细看他出门入户，转弯抹角之处，夜间走进一试，好道满载而归，做他个财主，不强如今日绵被也没得盖么？”思想了一夜，次日走到周思江门首，假以闲耍为名，就坐在周家揽凳之上，看他卖东卖西，天秤上兑得当当的响，一发心中热闹，眼里火出，一边看他卖货，口里假说些闲话。那周思江因是相府值宿之人，屋前屋后时常来往，也并不疑心到做贼上。王立看他银钱一主主都落于柜身子里，暗暗道："银钱虽落于柜里，晚间必定取入内室。"一眼瞧将进去，店面之后就是三间轩子，各项货物都堆积在轩子之内。轩子后一带高墙，石门之内三间大厅，厅上也都堆积着货物，楼上却是他内室。王立道："银钱必藏于楼上，若到得他楼上，方才着手。"又想一想道："前面甚是牢固，店面中货物甚多，夜间定有人守宿看视，难以进步，且看他后门何如。"遂踅身到后门一看。那后门虽有一带墙垣，苦不甚高，王立探头探脑，在门缝里瞧时，见进后门是几间拉脚小房，小房后便是灶，看那楼上胡梯，就在灶边相去不远。王立暗暗道："后门墙低，尽可爬进。那小房中可以藏身。"遂把出门入户之路细细算计定了，思量夜间做此一篇文字。正是：

计就月中擒玉兔，谋成日里捉金乌。

话分两头。且说镇江府一个姓张的人，开个六陈行，且是好过，生下一双男女，男名张泰，女名张采莲，张泰年十三岁，张采莲年十一岁。不意这一年夫妻二人双亡，遗下这一双男女。张泰的叔叔混名叫做"随手空"，生平也专好的是"赌"之一字，先前家事原好，只因好赌，家事尽废，凡有所得，只是走到赌博场中一掷而空，因此人取他个绰号叫做"随手空"。后来赌穷了，只来看相哥哥。争奈贪心无厌，哥哥如何赈济得许多，竟去人家掏摸对象起来，被人拿住，累了哥哥几场官司。不意其年哥嫂双双死了，这"随手空"走来顶了哥哥这个六陈行。从来道："偷鸡猫儿不改性。"好赌之人就是胎里病一般带将出来。那六颗骰子，真像他的骨头做成，所以拿住骰子入骨入命，再不肯放。"随手空"前日因手头无钱，只得硬熬住了。如今骤然发迹，便是他赌运重兴之象、骰盆复旺之年，忘记前日苦楚，旧性发作，仍旧“三红”、“四开”叫个不了。那些赌友当日靠他过活，一向冷落了这个主顾，今日见他有了钱，大家都道：“我们又有得酒吃了。”遂烧一陌利市纸，重新整点起来，照顾这个积年交运的老主顾。这“随手空”左右是输惯的，那里在他心上，始初还出小注，那些赌友道：“你一向生性慷慨，怎生今日发迹了，倒恁般悭吝起来。小注小赢，大注大赢。休得小气。”“随手空”见他们奉承，便道：“说得有理。”那些赌友始初假意输些与他，“随手空”见一连赢了几注，便出大注。众赌友见“随手空”出了大注，做成圈套，故意卖些破绽，连输几注。“随手空”只道是真有彩头，把注数越出得大了。众赌友同心合力，一鼓而擒之。不上半年，把这个六陈行尽数赌完，连家火什物并房子，也作注数赌输与人，还说这房子只值得五百金，如今作了一千之数，便宜多了。后来无物可赌，竟把两个侄男女张泰、张采莲卖与人将来作赌钱，把张泰卖到平江府，把张采莲卖到临安府，与望仙桥周思江作丫鬟，后来“随手空”沿街叫化，冻饿死于坑厕之内。这是好赌的收梢结果。有戒赌诗为证：

好赌有赌友，赌友尽皆丑。
既非道义交，人心亦何有！
三五装圈套，来饮这杯酒。
先以小注诱，佯输诈败走。
骗尔出大注，拿住不放手。
一掷一回输，金银不论斗。
家业亦已空，妻孥难保守。
请君看此编，可以回心否？

话说这张采莲卖到周思江家作丫鬟已经八年，暗暗的道：“我是好人家儿女，误被这个没地埋的恶叔卖在这里做丫鬟，怎能勾得复回故乡，再见天日？”日日如此存想。那时他哥哥张泰卖在平江府，也与人家做小厮，学做梳掠，想兄妹二人失身好苦，遂走到临安府望仙桥来探望妹妹。周家问了来历，与他妹妹相见。兄妹二人见了，抱头而哭。张采莲遂暗暗与哥哥计较，要逃回镇江之事。哥哥道："身边并无钱钞，一路上怎生得有盘缠回去？"张采莲道："我的主母甚是托我，凡是箱笼都要我开闭，金银珠宝，一一都知。我今晚不免将他锁匙开了，偷他些金银首饰，打作一个包裹，到二更尽天气，你在后门等候。我与你一同逃走到镇江去，且在娘舅家过活，再作区处。"正是：

金风未动蝉先觉，暗送无常死不知。

话说兄妹二人暗暗约得端正。是夜张泰不敢到饭店里去，就在古庙里存身，等待二更尽天气来做事。噫！你道世间有这般凑巧的事？再接前话，话说王立这厮因赌输了绵被，无计可施，要做那"贝戎"之事，那日恰好是下番之日，不该是他值宿。日间走到周思江后门相了脚头端正。那时正是十一月廿八，天上并无星月。从来做贼的有句口号道："偷风不偷月，偷雨不偷雪。"你道为何，若是有月去偷，星月之下，怎生躲闪？准吃捉了。若是有雪去偷，雪上踏着脚踪，手到奉承。独有风雨之夜，滴滴哒哒，风吹得门窗户阒都咿咿呀呀的响动，尽可躲闪。王立这厮虽不是久惯做贼之人，但是动了一点贼心，自然生出贼智。这夜黄昏时节，便发起大风，王立暗暗道："老天甚是知趣，助我生意。若是做得这主好生意回来，烧陌利市纸答谢天地则个！"等到二更将尽，捏手捏脚轻轻的走到周思江后门。正要爬墙而进，一边侧耳听声，只听得后门"呀"的一声开处，王立慌张，急忙闪过，黑漆漆中，更不辨是何人。王立虽然躲过，那时微有星光，黑影里早已被那人瞧见了，只听得隐隐的道："哥哥，一个包裹在此，快些接去，我同你走。"王立方知是个女子，却不敢应，急忙伸手接这个包裹，向前便走。那女子轻轻叫道："该往北去，怎生错走了路，倒往南走？"王立竟要跑去，又要贪图这个女人，掉转身子望北而走。那女子从背后一直赶来，朦胧之中，认得不像哥哥形状，便道："你是何人？夺我包裹，快快还我便罢。"王立暗暗道："是你来寻俺，不是俺来寻你。"一不做二不休，口里假说道："还你包裹。"这女子伸手去接，被王立这厮就势按倒在地，一把勒着喉咙。女子做声不得。王立一只手把腰间布搭膊解下，用力勒住项脖，打个死结扣紧，把这女子背在身上，一手提着包裹，一直走到三圣桥，放下这女子一看，已是咽喉气绝、舌出数寸而死。王立走到河边，揭起岸上一块石板，把布搭膊解下，缚这一块石板在女子背后，沉在河中，料这女子有几年不得翻身哩。可怜：

镇江府无还乡女子，三圣桥有枉死孤魂。

话说王立勒死的这个女子不是别人，就是张采莲。他偷了些金银首饰，正要出来与哥哥逃走，不意撞着这个催命鬼，断送了性命。不说王立这厮勒死了张采莲，且说张泰躲在古庙中，到二更将尽时分，轻轻的走到后门，摸着后门半开，不见妹妹出来，且躲在后门侧首等候。等了一会，已是三鼓，门里并不见一些响动；又不敢捱身进去，不住的在门首摸来摸去。从来做贼的道："不怕你铜墙铁壁，只怕你紧狗健人。"早惊动了守门的犬，啐啐的着实吠将起来。张泰慌张，料道决撒，抽身前走，那犬一直追将出来。周思江情知家中有贼，急忙叫喊，率领多人出来捉贼。见后门半开，犬直追将出去。张泰心慌，又是人生路不熟的人，绊了一交，跌倒在地，当下拿住，棍棒乱下，打个不亦乐乎。及至住了手时，仔细一看，认得是日间来的张采莲的哥哥。便问道："你怎生来做贼？"一把头发揪将进来，仔细审问，一边寻张采莲，早已不见踪影。把灯火楼上一照，只见箱笼都开，细细查点，不见了许多金银首饰。周思江大怒，当时喊叫起地方邻舍，将张泰着实拷打，道："你把张采莲并我这许多金银首饰都偷在何处？"连张泰也合口不来，只得实说道："日间来探望妹妹，妹妹原约定要偷些东西同逃回镇江，约定二更尽时分走到后门来接。不期走来之时，后门半开，并不见一毫踪影，却被狗叫提了，其中情由，我实不知。"周思江道："休得胡说。你今将妹妹、首饰都寄囤在那里？好好还我便罢。"张泰道："我实不知下落。"并不招承。众人一齐动手，打得这张泰叫苦叫屈，号淘痛哭道："妹妹，是你害我了。"众人见张泰不肯招承，等到天明，把张泰解到临安府尹处审问。府尹问张泰道："你将这妹妹并金银首饰藏匿何处？定有同伙之人并窝家，可一一招来，免受刑法。"张泰将前缘后故之事诉说一遍。府尹见张泰不招，叫皂隶将夹棍夹将起来。可怜这张泰年纪只得二十岁，那里经得夹棍起，口里只得胡乱应承，东扯西拽，其实张泰并不曾走临安府路，说的话都一毫不对，连熟识的人一个也无，只招承道："前日曾在饭店中宿一晚，有包裹一个。"正是：

若将夹棍为刑罚，恐有无边受屈人。

府尹即时差皂隶拿饭店主人并包裹来审。拿到饭店主人，细细审问，并无同伙之人。及至打开包裹看时，只得破被一条、梳掠一副、盘缠数百文，并无他物。府尹细细看了张泰年纪后生，也不是惯做不良之事的人，赃证俱无，难以定罪，暗暗道："他既得了妹子并金银首饰，怎生不与他同逃走，还在后门做甚？若有同伙窝家，怎生肯将妹子、金银反与别人去了，自己在此受苦？其中必有原故。或者时候不对，有剪绺之人乘机剪去，亦未可知。"只得把张泰打了二十，下在狱中，限十日一比，比了几"卯"，竟无踪影。府尹只得行一纸缉捕文书，四处缉访张采莲下落。那时张泰已打过五十余板矣。

不说张泰在狱中受苦，且说王立这厮勒死张采莲之后，奔还家里，正是五鼓天气，打开包裹一看，都是金银首饰。王立满心欢喜，便道这主生意做得着，先买些三牲福礼烧纸，遂将金银首饰好好藏过，慢慢受用。列位看官，你道王立谋财害命勒死这女子，那冤魂难道就罢了？况且日游神、夜游神、虚空过往神明时时鉴察，城隍土地不时巡行，还有毗沙门天王、使者、太子考察人间善恶，月月查点，难道半夜三更便都瞎了眼睛不成？少不得自然有报，只是迟早之间。果是：

乾坤宏大，日月照鉴分明。宇宙宽洪，天地不容奸党。举心动念，毫发皆知。作恶行私，纤微必报。

话说王立这厮得此横财之后，意气扬扬自得，相貌比前更觉奇伟。军中队将杨道元见王立一表堂堂，又有千百斤气力，甚是爱惜，就优免了王立值宿的差役，叫他充赤山衙操。王立自此不去更番值宿，终日在赤山衙演武厅操演武艺，比较枪刀弓箭，轮拳使棍，比前升了一级，意气更自不同。比较武艺之后，便取出张采莲的包裹中首饰金银，换些散碎银两，终日饮酒使用，任情作乐。

一日，王立吃得烂醉如泥，过赤山衙，忽然见酒店中一个四十余岁妇人，坐在柜身子里，叫声道：“王长官，多时不见！”王立醉中抬起头来一看，认得是旧日邻舍彭七娘，便作揖道：“彭七娘，几年不见，却原来搬在这里开酒店。”彭七娘道：“便是，一向搬来在此处，连旧日邻舍通不知道。王长官，你为何在此？”王立醉眼瞇瞟的答应道：“近日侥幸，蒙本官好生心爱，豁免了俺更番值宿的差役，叫俺充了赤山衙操，吃了月粮，不过三六九操演，省得日日捏了笔管枪，终日挑包寻宿处。彭七娘，你道俺可不好么！”彭七娘嘻嘻的笑道：“王长官恁地恭喜，原来比往先发迹了。怪道得发身发财，越长的堂堂一表，连老身通不认得了。”两个闲言碎语，说了半日。彭七娘问道：“你今发迹了，可曾娶过娘子？”王立道：“曾没有娶妻。”彭七娘大笑道：“男子不娶妻，可也不成个家。况且你如今比原先不同，怎生把人取笑做光棍不成？老身有个女儿，也不十分粗丑，王长官你若不弃，我将来配你可好么？”王长官连声道好。彭七娘就叫女儿出来相见，只见斑竹帘儿里走出那个花枝般女儿来。王长官不见时便休，一见见了：

头顶上飘散了三魂，脚底下荡尽了七魄。

话说那女儿从斑竹帘儿里袅袅婷婷走将出来，向王立面前深深道个万福：王立已是八分魂消，向他身上下打一看时，更自不同。但见：

淡白梨花面，轻盈杨柳腰。
两眉侵翠润，双鬓入云娇。
窄窄金莲小，尖尖玉笋妖。
风流腰下穴，难画亦难描。

王立这厮看了这般一个出色女子，把那笑脸儿便飞到三十三天之上，连酒醉也都醒，就吃橄榄汤也没这般灵应。便对彭七娘深深唱个喏道：“谢老娘作成小子，你今日便是俺的嫡亲丈母也，休的措勒！”彭七娘道：“休说这话！老身见你堂堂一表，日后不是个落薄之人。我将女儿嫁你，连老身日后有靠，怎说‘措勒’二字。如今结了亲，便是邻上加邻、亲上加亲也。”王立道：“俺便择吉行聘，先告过本官给假成亲。”说罢，谢了岳母便去。那女子以目留情，甚有不舍之意，王立弄得魂出颠倒。走到家里，把那张采莲的包裹打开，取些金银首饰出来。你道王立好贼，恐怕人认得出，都拿来捶碎了，走到银匠店里，另打造一打造过。选个吉日，立出自己队里一个媒人，行了聘礼，在本官处告了几日假，到彭家酒店里结起花烛，拜堂成亲。本军队里与王立相好的都来吃喜酒庆贺，看王立娘子果是生得绝世无双，满堂中没个不喝声彩道："好对夫妻！"大家吃得烂醉如泥而散。这夜王立好生欢喜。

这一夜王立直弄得骨软筋麻，死心塌地在这妇人身上。清早起来，便作谢岳母之恩，一连在岳母家过了几日。假日已满，王立遂将娘子搬到寨中居住，出门之时，岳母又再三吩咐道："好生看我女儿！"王立喏喏连声道："这是小人自己身上的事，休得记念。"说罢，携了娘子自到寨中居住。夫妻且是相敬厮爱，百依百随，王立欢喜不胜。

满了月余，寨中墙垣被雨淋坏，那个队将杨道元要修理墙垣，亲自到寨中踏勘。走到王立门前，那时王立已到赤山衙操演去了，这王立新娶的娘子正在那里洗锅，把锅子中的水泼将出来，可可的溅了杨道元一身齷齪水。杨道元大怒，问是什么人的妻子，左右随从入禀道："是王立的妻子。"杨道元道："王立怎生有这个妻子，可是旧日的，可是新娶？"左右禀道："正是新娶的，一月余了。"杨道元疑心，就走进王立房中来看这个妇人。杨道元不见时便罢，一见见了，吃那一惊不小，急忙退步出来，悄悄吩咐左右道："王立操演回来，不要许他到家里去，可速押来见我。"众军都道王立的娘子泼水污了本官衣服，本官恼怒，要将王立来责治了。看官有所不知，原来杨道元有一身奇异的本事：

善识天下怪，能除世间妖。
行持五雷法，魔鬼一时消。

话说杨道元行持太乙天心五雷正法，善能驱神遣将，捉鬼降妖，曾以符水鸱枭眼目洗眼，炼就一双神眼，那鬼怪到他面前，他便一一识得。因此见了王立的妻子一团黑气遮着，所以突然吃那一惊不小。众军领队将之命，见王立操演回来，不容他到家，径自押来见队将。那时已将晚，众军押王立来见队将。杨道元赶开了众军，问王立道：“你可曾做什么负心的事么？”王立道：“小人并没有什么负心事。”杨道元道：“你休得胡赖！我看你有冤魂缠身，你瞒得他人，瞒不得我。快快实说，俺还有救你之处。若再迟延，性命休矣。”说罢，王立大惊，浑身冷汗。果是：

日间不干亏心事，半夜敲门不吃惊。

王立被队将说着海底眼，怎生躲闪？只得把前前后后谋死妇人之事说了一遍。杨道元道：“是了。今你新娶的妻子并不是人，就是死鬼。如今你的精神尚强，未便下手，待吸尽汝之精气，他便取你性命。”王立方才省得彭七娘已死了六七年，如何还活着，有女儿嫁我，都是一群死鬼，捉身不住抖将起来，连三十二个牙齿都捉对儿厮打，就像发疟疾病的一般，话也格格的说不出，磕头道：“怎生救得小人性命？”杨道元道：“邪魔妖鬼可以驱遣，这是冤鬼，一命须填一命，怎生救解？”王立只是再三磕头求救。杨道元焚起一炉香，提起笔来行五雷正法，嘿运元神，口中念念有词，书符一道，付与王立道：“如今回去不可泄漏，照依如常。待这妇人睡后，将这道符粘在妇人额上，便见分晓。”王立领了这符回去，进得门，好生恐怕，不住战兢兢的抖个不住。妻子道：“你怎生如此？”王立假意道：“冒了寒。”只得勉强支吾，与他一同饮食。待这妇人先上床睡了，急急将符来粘在额上，就地起一阵狂风，风过处显出一尊神道，却是伏虎赵玄坛，手执钢鞭，驱这妇人起来。尸长丈余，舌头吐出，直垂至地，阴风冷冷，黑气漫漫，忽然不见。王立即时惊倒在地。一边杨道元已知就理，着几个军兵搀扶王立到点名厅上，令人守住。次日王立方才苏醒，只是痴呆懵懂，口发谵语。杨道元着人到赤山彭家酒店看视，早已连酒店通不见了，众军吃了一惊。杨道元吩咐左右道："你们在此守候，不容他下阶。过了一个月，便无事矣。"众军守了二十余日，因都去仓前请粮，失了守候，王立下阶行走，又见那妇人尸长丈余，舌头吐出直垂至地。王立见了，大叫一声，蓦然倒地。众军请粮回来，见王立跌倒阶下，情知是着鬼，正要搀扶他起来，那妇人阴魂便附在王立身上，走到众军面前，作妇人形状，倒身下拜道："妾是望仙桥周思江家张采莲，原是镇江人，恶叔好赌，将奴家卖与周思江家做义女，偷了些金银首饰，要与哥哥张泰同回到镇江娘舅家过活。旧年十一月二十八二更天气，却被王立这厮来做贼，谋财害命，将搭膊把奴家勒死，石板一块，沉奴家尸首在三圣桥河中，害得哥哥监禁牢中一年受苦。奴家冤魂不散，日夜啼哭，上告列位，替奴家作主，定要偿我性命。"说罢，哽哽咽咽大哭了一场。王立晕倒在地，久而方醒。那时事体昭彰，遮掩不得，府尹知道，叫人在三圣桥河中捞起尸首，果有石板一块压在身上，尸体无损。遂将王立打八十板，问成死罪，张泰释放还乡，追出原物，给还本主。王立秋后处决，偿了张采莲性命。不过隔得一年，一命填一命，何苦作此等事乎？有诗为证：

欠债尚且还钱，杀人怎不偿命？
自作终须自受，劝人莫犯此病。

第十四卷

邢君瑞五载幽期

深愿弘慈无缝罅，乘时走入众生界，窈窕丰姿都没赛，提鱼卖，堪笑马郎来纳败。　清冷露湿金襴坏，茜裙不把珠璎盖，特地掀来呈捏怪，牵人爱，还尽几多菩萨债。

这一只词儿是寿涯禅师咏鱼篮观音菩萨之作。看官，你道鱼篮观音菩萨是怎生一个出处？莫要把《西游记》上之事当作真话。那《西游记》上一片都是寓言，切莫认真。这个故事出在唐朝元和十二年，那时陕右并不晓得佛、法、僧三宝，只好杀生害命，赌气争财，贪其酒色而已。金沙滩上是个财物繁华、民居稠密之地，其贪酒好色、杀生害命比他处更甚。忽然一日，不知那里来了一个绝色女子，年纪不过十七八岁之数，云鬓堆鸦，丹霞衬脸，唇若涂朱，肌如白雪，手里提着一个篮子，走到市上卖鱼为生。卖完了鱼，又不知到那里去了。如此一连卖了几日鱼，那金沙滩上之人见了这个绝色女子，惹得大家七颠八倒，风风势势，都来问这女子买鱼。有的故意争论，说多说少，有的竟不争论，多加他些价钱，故意在女子身边捻捻呢呢、挨挨挤挤，不过是贪这女子姿色，与他饶嘴饶舌调弄之意，那里是真心要买他鱼。那女子却有一种妙处，随你怎么贪看，他也不全在心上，以此每每走到市上，众人都围绕着他买鱼。还有没钱的，空口白话与他论量钱价。有的说这个女子定是来历不明之人，故意在此行奸卖俏、勾引男儿。有的说这女子假以卖鱼为名，特来拣寻丈夫之意。及至问他姓名，他又道：“若有做得咱丈夫的，咱方与他说知。”因此人人愿婚，个个求娶，便拿了金银彩币来做聘礼。女子道：“咱并无父母，谁收咱聘礼，咱流落江中，打鱼为生，只住在一间破茅屋之中，这金银彩币要他何用？”众人道：“你的住处也待咱们认一认，明日好来成亲。”女子就往前走，众人随后跟去，来到江边，系着一只小小渔船，女子咿咿呀呀掉到江中一个所在，果然住在一间破茅屋之中，景致却也幽雅，前后都是参天蔽日的紫竹林。众人道：“此处咱们一生没有到。你既不收聘礼，教咱怎生好娶你为妻？”女子道：“妾自幼敬信三宝，最好持诵经卷。若是列位众人之中，今日回去，肯将《观世音菩萨普门品经》细细读熟，明日妾到市上，如有背得出的，就与他结为夫妻，并不要一文聘礼。”说罢，女子仍旧载了众人到于江边上岸。女子又咿咿呀呀自荡入江心去了。众人都说道：“怎生这位小娘子又无父母眷属，独自一个住在这江心冷落之处？”各人急急回家，都要去念《普门品》，有的要自己做新郎，不肯与人说知此事。有的不识字的，料得新郎没分，便就对人说了，霎时间传满了金沙滩村上之人。有那没《普门品》的，向人家去借来读诵。那人又专靠此一部《普门品》将来作聘礼之资，如何肯借，只说没有。把这些要做新郎的人，读的读，背的背，忙忙碌碌辛苦了一夜，并不曾合眼。有背得出的忻忻自以为得计道：“这头亲事，准准是咱上手了。”清早就走到市上，等那女子来定亲。谁知才到市上：

夜眠清早起，又有不眠人。

又有一个背得出的已立在市上等候了。少顷之间，共来了十个，都是背得出《普门品》之人，十人都齐齐等着。那花枝般女子来了，一个背过，又是一个，就像学堂里小学生背“赵钱孙李”的一样，虽然生熟不同，却也都背得出。女子叉着手对列位道：“妾只一身，难以分配列位。若有一夜背得《金刚经》出的，妾便结为夫妻。明日早来。”说罢，袅袅婷婷而去。这十人道：“《普门品》还好读，《金刚经》如何一夜读得熟？这是他出难题目，故意来耍咱们了，这头亲事定不成了。”有的道：“也未可知，倘是天缘，前世该是夫妻，一缘一会，一时间天聪天明读得出，也未见得。”这十个人回去，都把《金刚经》来读，硬记硬背，记一分，背一分，这一夜比昨日更忙。读了一夜，到清早，又有三个背得出的。那花枝般女子道：“妾只一身，难以分配三位。诸经之中，唯有《法华经》为诸经之王，佛以大事因缘出世，特说此经，所以道：‘六万余言七轴装，无边妙义广合藏。’若见三日之内，有人背得《法华经》出的，妾誓不相舍。”三个人把头一摇、把舌头一伸道：“这亲做不成了。”遂一哄而散。独有一个马小官资性极好，读了三日，把这七卷《法华经》从头至尾背与这女子听，女子便笑容可掬道：“此真吾丈夫也。妾有言在前，不嫁与郎君，却嫁与谁？”遂跟了马小官家去。马小官父母见这位绝色女娘来做媳妇，怎生不喜？遂广接邻里亲眷，结起花烛，置办酒筵，叫了宾相，雇了乐人，丁丁冬冬作起乐来，把这位新娘子打扮得纨扇圆洁，腰儿下束带，矜庄起来，分外标致。宾相念动礼文，满堂中花烛荧煌，香烟缭绕，男女老少没一个不喝声彩。新郎新娘齐齐立在红毡上，喝礼赞拜。忽然这位新娘一交跌倒在地，连搀扶婆也扶不住。众位女娘急急把这位新娘搀入香房，把姜汤来灌，还不曾下喉，早已气绝而亡了。满堂人无不惊叹。

谁知成亲宴，翻作送丧筵。

话说那位新娘一死之后，霎时间尸骸臭烂，就有千千万万蛆虫攒食，满堂会筵之客登时掩鼻而散。马氏一门见臭秽难当，蛆虫四散爬开，即将衾褥包裹而出，掘土成坎，埋于沙滩之上，合门好生不乐，道：“那里走出这个没爷娘的怪物，走到咱家作神作怪，弄出这场没兴没头的事。”遂把花烛礼筵一齐收拾起。众人都道：“怎生有如此怪事？好端端一位女娘，霎时间变出这场怪异，好道不明白。咱们且到他前日住居之地瞧一瞧，委是何等怪物。”走到江边，不见前日系的那只小小渔船，遂另觅了一只船，依前日那女子棹的路，荡来荡去，并不见前日那间破茅屋并江心紫竹林之处。众人寻了一通，只得回来道：“咱们前日白日见鬼了，拟定是个妖精鬼怪出来迷人，幸得马家香火旺，妖怪迷他不得，反自死了。若着了他手，再迟几时，马家一门性命休矣。”马小官听得此说，心中着实慌张，一则是空做了一番新郎，受用了一个臭尸首，好生羞惭；一则听了此话，恐这妖精鬼怪，日后还有不可知之祸。终日忧愁，反生出一场病来。独欢喜杀了那十个读《普门品》、三个读《金刚经》的人，道：“又是咱们造化高，不去读《法华经》，若读熟了时，这臭尸首准定是咱们受用了。幸得马小官消除灾障，顶缸捉代，替咱们出了这一番丑，如今又生出一场病来，这是白手求妻的饶头、做假新郎的利市哩！”

不说这一干人自得其得，话说马小官病了一场，后来也渐渐好了。一日，同一干人出外，打从这女子坟前走过。众人都取笑道：“这是你妻子哩！”马小官满面羞惭道：“说他怎的？”只见一个西域老僧，梵相奇古，在这女子坟上磕头礼拜个不住。众人向老僧道：“你怎生如此至诚礼拜这个女子坟墓？”老僧道：“檀越道他是个女子么？你们肉眼心胎，不识异人，他本是南海落迦山紫竹林中大慈大悲救苦难观世音菩萨。他见你们不信三宝，杀生害命，好酒好色，忘了本来面目，特地化身变个女子，故意以卖鱼为生，化度你们，劝你们皈依三宝，念经念佛。你们却迷而不悟，错认他做女子，他所以脱胎而去，即时臭烂，以见女色不可贪恋，四大不能久长之意。你们还说他是个女子！”众人道：“你们出家人专好捏怪，说神说佛。有何凭据说他是观世音化身？”老僧道：“若是佛菩萨显化，其骨是锁子连环骨，骨节都勾连不散。檀越不信，老僧试挑与列位看。”老僧不打诳语，就把手中锡杖将面上一堆沙土细细拨开，挑出那一副骨头来，果是一具锁子骨，节节勾连，玲珑剔透，如黄金之色，异香袭袭。众人方信其言。那老僧把这一具黄金锁子骨将锡杖横挑在肩上，耸身驾云，腾空而去。众人方知是罗汉临凡，合掌向空礼拜，始信前日紫竹林就是南海之像。自此之后，陕右多皈依三宝、诵经念佛之人。马氏一家笃信佛法，都成正果。因此，有人仿佛那日形容，画成“鱼篮观音”之像，传流于世。我朝金华宋景濂学士作《鱼篮观音赞》道：

> 唯我大士，慈悯众生，耽着五欲，不求解脱。乃化女子，端严姝丽，因其所慕，导入善门。一刹那间，遽尔变坏；昔如红莲，芳艳袭人；今则臭腐，虫蛆流蚀。世间诸色，本属空假，众生愚痴，谓假为真。类蛾赴火，飞逐弗已，不至陨命，何有止息！当知实相，圆同太虚，无媸无妍，谁能破坏？大士之灵，如月在天，不分净秽，普皆照了！凡皈依者，得大饶益，愿即同归，萨婆若海。

列位看官，那观世音菩萨只因世上人贪财好色，忘记了自己本来面目，故意化作女子劝化世人，况且观音菩萨原是男身女相，岂有要嫁丈夫之理！但有一种欲界女仙，未证大罗天仙地位，不免也要下嫁人间，寻个丈夫，亦是冥数使然。若是西湖之上，团团秀气，奕奕灵光，常有水仙出现，不则一事，就如苏小小与司马才仲做了西湖水仙，这是一个水仙了。还有一个水仙，也与苏小小不甚差远，听在下慢慢说来。

话说西湖之上有一座此君堂，修竹数万竿，萧疏可爱。因晋人王子猷爱竹，有“何可一日无此君”之语，后人因此遂名竹为“此君”。

堂中万竹林立，就建堂名为“此君堂”。苏东坡来杭州做太守，最爱此处幽雅，曾有《此君堂》诗道：

卧听谡谡碎龙鳞，俯看苍苍立玉身。
舰舸鸥夷浮海去，尚余君子六千人。

话说此君堂有了苏东坡这一首诗，更觉增重，流传到苏东坡之后，太原有个诗人姓邢名凤字君瑞，是个少年英俊之辈，丰姿不群，典雅出格。邢君瑞因见白乐天也是太原人，曾来杭州做太守，每每作诗称赞西湖之妙，日日游于湖上，笙箫歌妓，时常不辍。后来离任西湖，竟害了相思之病，恋恋不舍，做了千古风流话柄，传流于世。他是前辈人，恁般如此妙，难道俺是后辈，便不如他不成，不可把他一个人占尽了“风流”二字，俺不免也到西湖上一游，虽比不得他是官人，奢华豪爽，有妓女箫管之乐，但古诗有云：何必丝与竹，山水有清音。俺穷秀才自有穷秀才的乐事，何必与他一样。说罢，便收拾了琴剑书箱，上路行程。不则一日，来于杭州游玩。走到西湖之上，看得这此君堂水竹清幽，分外有趣，出奇争胜，就将行李搬入此中，与了管事人些房租，将来坐下，水光山色，尽在面前，竟如画图中蓬莱三岛一样。邢君瑞好不乐意，日日游于南北两山之处，遂题“西湖十景”诗：

《苏堤春晓》：

孤山落日趁疏钟，画舫参差柳岸风。
莺梦初醒人未起，金鸦飞上五云东。

《断桥残雪》：

望湖亭外半青山，跨水修桥影亦寒。
待泮痕边分草绿，鹤惊碎玉琢阑干。

《雷峰夕照》：

塔影初收日色昏，隔墙人语近甘园。
南山游遍分归路，半入钱塘半暗门。

《曲院风荷》：

避暑人归自冷泉，埠头云锦晚凉天。
爱渠香阵随人远，行过高桥方买船。

《平湖秋月》：

万顷寒光一夕铺，冰轮行处片云无。
鹫峰遥度西风冷，桂子纷纷点玉壶。

《柳浪闻莺》：

如簧巧啭最高枝，苑柳青归万缕丝。
玉辇不来春又老，声声诉与落花知。

《花港观鱼》：

断汲唯余旧姓传，倚阑投饵说当年。
沙鸥曾见园兴废，近日游人又玉泉。

《南屏晚钟》：

涑水崖碑半绿苔，春游谁向此山来？
晚烟深处蒲牢向，僧自城中应供回。

《三潭印月》：

塔边分占宿湖船，宝鉴开奁水接天。
横笛叫云何处起，波心惊觉老龙眠。

《两峰插云》：

浮图对立晓崔嵬，积翠浮空霁霭迷。

试向凤凰山上望，南高天近北烟低。

话说邢君瑞游于南北两山之间，到处题咏，自得其得。那时正值清明节序，西湖之盛，莫盛于清明。清明前两日名为“寒食”，杭州风俗，清明日人家屋檐都插柳枝，青蒨可爱，男女尽将柳枝戴在头上。又有两句俗语道得好：“清明不戴柳，红颜成皓首。”小孩子差读了道：“清明不戴柳，死去变黄狗。”甚为可笑。

杭州此日，家家上坟祭扫，南北两山，车马如云，酒樽食箩，山家村店，无处不是饮酒之人。有湖船的，雇觅湖船；没湖船的，藉地而坐，笙箫鼓乐，揭地喧天。苏堤一带，桃红柳绿，莺啼燕舞，花草争妍，无一处不是赏心乐事。还有那跑马走索、飞钱抛钹、踢木撒沙、吞刀吐火，货郎贩卖希奇古怪时新玩弄之物，无所不有，香车宝马，妇人女子，挨挨挤挤，好生热闹。邢君端看了这般繁华景致，分外高兴。有柳耆卿词为证：

折桐花烂熳，乍疏雨，洗清明。正艳杏烧林，湘桃绣野，芳景如屏。倾城，尽寻胜去，骤雕鞍、绀幰出郊垌。风暖繁弦翠管，万家齐奏新声。

盈盈，斗草踏青。人艳冶，递逢迎。向路旁，往往遗簪堕珥，珠翠纵横。欢情，对佳丽地，任金罍罄竭，王山倾。拚却明朝永日，画堂一枕春酲。

话说邢君瑞在苏堤上捱来挤去，眉梢眼底，不知看了多少好妇人女子。晚间到此君堂中，甚是寂寞不过，只得取出随身的那张金徽玉轸焦尾琴来，按了宫商角徵羽，弹《汉宫秋月》一曲。那时春景融和，花香扑鼻，月满中庭，游鱼喷跳，邢君瑞悠悠扬扬，正弹到得意之处，忽然间万竹丛中有人娇声细语的赞道：“妙哉《汉宫秋月》之曲，此非俗人之所能弹也。”邢君瑞大异，便放下了手，遥望见一女子穿花度竹而来，淡妆素服，果是：

遮遮掩掩穿芳径，料应小脚儿难行。

这女子缓步弓鞋，轻移罗袜，渐渐的走到面前。邢君瑞打一看时，与日间见的妇人女子更自不同，怎见得这女子的妙处：

淡淡丰姿，盈盈态度。秋水为神玉为骨，见脂粉嫌他点染；芙蓉如面柳如眉，看百花兀自娇羞。香雾云鬟，蕊珠宫仙子下降；朱唇玉貌，瑶台畔帝女临凡。

邢君瑞见这般出色女子，疑心是贵家宅眷，起身正欲走避。你道这女子好怪，启一点朱唇，露两行碎玉，轻轻的道："君瑞幸毋避我，妾有诗奉闻。"遂吟诗一首道：

娉婷少女踏春阳，无处春阳不断肠。
舞袖弓腰浑忘却，罗衣虚度五秋霜。

那女子的歌声真如骊珠一串，百啭黄鹂。邢君瑞暗暗的道："这女子怎生知俺表字君瑞，忒煞奇怪。莫不是东墙之东、西楼之西。那里曾相见过来？端的奇异，俺眼里曾没有见这等出色女子。"便风发了一个邢君瑞，高兴勃勃，那里按纳得住，也接口吟一首诗以挑之道：

意态精神画亦难，不知何事出仙坛！
此君堂上云深处，应与萧郎驾彩鸾。

邢君瑞吟完，那女子面上喜孜孜一笑生春，深深的道个万福道："予心子意，彼此相同。我与君子本有宿缘，当为配偶，奈缘分尚远，当期五年，君来守土，相会于凤凰山下。君如不爽，千万相寻。"道罢，香风一阵袭人，忽然不见。邢君瑞大喜道："这明是仙女临凡，所以预知俺的名姓，又说五年君来守土，相会于凤凰山下，这事甚奇。但一别五年，甚是遥远。古来道：‘有情那怕来年期。’古人相期，不过一二年，这仙女一约却就整整约了五年，想是仙家日月与人间不同。从来说‘山中方七日，世上已千年’，教俺怎生宁耐。俺不免像小孩童书房中读书‘图夜散书堂’，快做个手势，车水纺砖儿的光景，速速的把这日月催趱将过去，便转眼间是五年，少不得有相逢之日。”说罢，暗暗自笑，从此甚是得意。

一日，与一个杭州朋友贾元虚饮酒，酒席之间，邢君瑞自以为侥幸有此奇逢，细细诉说此事。那贾元虚是个老成之人，说道：“我们这西湖之上或有仙女临凡，亦未可知。也有鬼魅害人，假说神仙，或假托邻近女子，迷惑外方之士。那少年不老实之人，往往只道真是仙女，真是邻近女子，与他淫媾，不上几时，精神都被摄去，只剩得一副枯骨。如此等事甚多。我小弟试说一件事与兄听，这是不多几年之事：有一个姑苏吴秀才，也是个少年有才之人，来游西湖，就寓在钱塘门真觉院中。黄昏时候，忽有叩门之声，这吴秀才开门一看，却是一个女子，容貌标致无比，雅淡梳妆，时新衣服。吴秀才问这女子来历，他便道：‘是邻近女子，只因郎君日日在奴家门首经过，丰姿俊秀，奴家私心甚是爱慕，要与郎君结为夫妻，不嫌自献，深夜来奔。又恐家人惊觉，只得暂回，改日再来探望。’说罢，便欲转身而去。那吴秀才淫情勃勃，怎生上门来的买卖，肯放回去。现钟不打，却又等铸。便把这女子一把扯将进来，闭上了门，与他解带脱衣，上床而睡，行其云雨之事。五更之时，辞别吴秀才出门而去，就像《牡丹亭记》道‘秀才休送，以避晓风’。每每戌时而来，寅时而去。

“那吴秀才是个傻的，自以为巫山之遇，放出生平精神，夜夜奉承这个女子不迭。一连过了数月，院中和尚看得吴秀才精神憔悴，面貌清瘦，语言举动失张失智，像着鬼着魅的一般。遂细细盘问，那吴秀才怎生肯说，还恐怕和尚不是好人，乘机奸骗了这个女子，甚是吃酸，再三不肯说出。合院和尚见他瘦得不好，恐日后连累，只得苦苦盘问。吴秀才方吐真情。众和尚大惊道：‘果然有此事。前者有一官员带了一个女子才色艳丽，要选充内廷，不意一病而死，就权殡在西廊，已经三年，往往出来迷惑外方之人。相公所遇，定是这个怪物，所以说日日在门首经过。况且此处并无邻居女人，相公快快避去，方保性命；若少迟延，这性命必然休矣！’吴秀才还疑心不是鬼，牵情割爱，不肯起身。到夜晚于窗间得女子一首诗道：

西湖着眼事应非，倚槛临流吊落晖。
昔日燕莺曾共语，今宵鸾凤叹孤飞。
死生有分愁侵骨，聚散无缘泪湿衣。
寄语吴郎休负我，为君消瘦十分肌！

“秀才看那字墨色惨淡，方知是鬼写的字，满身冷汗，遂急急起身。怎知那女鬼夜夜梦中不舍，后来毕竟呜呼哀哉了！岂不可惜！所以说西湖之上，时有鬼魅假名冒姓哄人。前车既覆，后车当戒，仁兄不可便信为仙女，堕其术中，迷而不悟，只看吴秀才便是榜样。”

邢君瑞道：“虽有鬼魅，亦有仙女，但要看有缘无缘。小弟曾看书上载得一事，甚为有趣，说唐时王轩极有诗才，游西小江，泊舟在于苎萝山，想西施当日在此浣纱，不知怎生样妙，痴痴呆呆想个不住，因题诗于西施石上道：

岭上千峰秀，江边细草春。
今逢浣纱石，不见浣纱人。

“王轩题罢，一片精诚感动那当年西子。忽然见西子袅袅婷婷、烟云缥缈，扶石笋而歌道：

妾自吴宫还越国，素衣千载无人识。
当时心比金石坚，今日为君坚不得。

西子歌罢，便从石边走将出来，邀请王轩入于洞房深处。珠宫贝阙，好生华丽，就如天台仙女留刘晨、阮肇一般。恩恩爱爱，美美满满，做了一月夫妻。后来因冥数已完，只得送王轩出来，涕泣相别而散。此事流传已久。后来萧山有个郭凝素，只道西施还肯嫁人，也学王轩走到苎萝山题两句诗在石上，思量打动西子之心。怎当得西子睬也不睬，一毫没有影响。那郭凝素还东瞧西望，盼了一回，不见形迹，好生没兴，只得踽踽凉凉而归。当时有人做首诗儿嘲笑道：

三春桃李本无言，苦被残阳鸟雀喧。
借问东邻效西子，何如郭素学王轩！

"据这二人看将起来，可见只要有缘。小弟看这女子宛似西子模样，况他说五年相会，此语一定非虚。安知弟非昔日之王轩乎？"贾元虚道："但愿仁兄为王轩，不愿仁兄为吴秀才也。"二人遂大笑而别。

后邢君瑞游赏西湖已毕，归于太原，却心心念念思量来赴五年之约。果然"窗外日光弹指过，席前花影座间移"，不觉早是五年光景，邢君瑞的哥哥恰好来杭州做太守。邢君瑞拍手大叫道："真仙女也。鬼魅只知过去，不知未来。'当期五年，君来守土。'他早已知道了，岂不真是女仙？俺这遭与他准准结为夫妻，同其衾而共其枕，颠其鸾而倒其凤，岂不乐哉！"遂同哥哥到于杭州。哥哥自去行做官之事。君瑞自具一只小舟游于西湖之中，心心念念思量会遇着仙女。那时正值初秋，十里荷花盛开，香风扑鼻，曾有仲殊荷花《念奴娇》词，单道西湖荷花好处：

水枫叶下，乍湖光清浅，凉生商素。西帝宸游，罗翠盖，拥出三千宫女。绛彩娇春，铅华昼掩，占断鸳鸯浦。歌声摇曳，浣纱人在何处？　　别岸孤袅一枝，广寒宫殿冷，寒栖愁苦。雪艳冰肌，羞淡泊，偷把胭脂匀注。媚脸笼霞，芳心泣露，不肯为云雨。金波影里，为谁长恁凝伫。

话说邢君瑞月明之下，正在荷花中荡来荡去，忽闻得湖浦咿咿呀呀之声，遥见一美人领一青鬟，驾小舟映月而来，举手招这君瑞道："君瑞真信人也！"邢君瑞惊喜之极，急忙叫两舟相并了。那美人道："妾西湖水仙也，与郎君有宿世之缘，该为夫妇。千里不违约，君情良厚矣。"邢君瑞等候了五年，今日相见，怎生不分外高兴！急忙跃入美人舟中，美人叫青鬟开了船，荡人湖心，顷刻之间，人舟俱没。舟子并小厮大惊，忙报与邢太守。太守叫舟人在西湖中遍处打捞尸首，十数日并无踪迹。后人常见邢君瑞与采莲女子小舟游荡于清风明月之下，或歌或笑，出没无时。远观却有，近视又无。方知真是水仙，人无不羡慕焉。有诗为证：

苏小当年为水仙，水仙又见此君缘。
西湖明月留千古，何处相逢不可怜！

第十五卷

文昌司怜才慢注禄籍

塞翁得马未为喜，塞翁失马未为忧。
须知得失循环事，自有天公在上头。

话说世上目前事体未足凭据，直要看收梢结局，方才完全。世上眼界小之人，见目下富贵，便就扬扬得意，只道这富贵是长生不老香火，不知一朝跌磕，那富贵还是个虚体面；见目下贫贱，便牢骚感慨，跌脚捶胸，不知一朝发迹，那“贫贱”二字不惟磨难我不倒，还受用这二字的好处。奉劝世上的人大着眼孔，开着心胸，硬着脊梁，耐着性气，切莫把目下之事认做真实，只看塞上翁得马失马之说，一毫不错。真是：

福兮祸所倚，祸兮福所伏。

且说一件好笑的事，做个入话。却说周世宗末年，有个陶谷学士。这陶谷少年时节，生性便极其悭吝，不肯轻用一文钱钞。一日夜间，被阴府勾摄去，众鬼使对陶谷道：“奉命与你换一双眼睛，你肯出多少钱？我这里眼睛都有定价，你肯破些悭吝，与我百万钱么？”

那鬼使用手望地下一指道："这一堆眼睛都是百万钱之价。你若肯与我百万钱，我便与你这一等的眼睛。"那陶谷素性悭吝惯了，怎生肯出百万钱买这一双眼睛，便半日不作声。这鬼使见陶谷不做声，便又道："你出百万钱买我这双眼睛去，不亏负你，休得悭吝！"陶谷又不做声。侧边又走过一个鬼使来道："你既不肯出百万钱买他这一等眼睛，只出十万钱买了我这一等眼睛去罢。"一把扯陶谷过来，指地下一堆眼睛道："这一堆眼睛都是十万钱之价。"陶谷打一看时，见满地一堆都是眼睛，骨碌碌的都有光彩。陶谷暗暗的道："我自有双眼睛，好端端的，没些紧要破费十万钱，买这一双眼睛去做甚，难道面上要四只眼睛不成？留下这十万钱好做人家。"遂又不做声。这边又有一个鬼使道："他既不肯破费钱财，我只得将这一等眼睛白白送一双与他罢。"道罢，众鬼使一齐走过来道："是。"只见一个鬼使就这一堆里拾起一双弹丸，双手把陶谷旧眼一齐抠出，把这一双弹丸纳将进去。陶谷疼痛莫当，大叫一声，撒然惊醒，伸手去摸，双目都肿。次日起来对镜一照，变做了一双碧绿色琉璃眼睛，与旧时大是不同。人人都道："这双眼活像庙中小鬼一样。"过了几时，路上遇着相士陈子阳道："好一身贵相，骨气都好，却怎生有这一双鬼眼，终身不得显达。"陶谷懊恨无及。后来宋太祖受了周禅，朝班已定，未有禅诏。陶谷学士将禅诏出诸袖中，宋太祖心中薄其为人，遂终身为翰林学士，再不迁其官爵。陶谷甚是怨恨，所以有"年年陶学士，依样画葫芦"之诮。

看官，你道一个极贵之相，只因"悭吝"二字换了一双鬼眼，终身受累。我浙江也有一个人，只因一句话上说得不好，昧了心田，却被紫府真人拿去，换了一身穷贱之骨。亏得后来改行从善，洗净了骄傲之性，学做好人，文昌帝君爱其才华，重新奏闻玉帝准与禄籍，宛宛转转，又有许多妙处，以耸天下听闻，待在下慢慢说来，便知端的。有八句诗为证：

抛掷南阳为主忧，北征东讨尽良筹。
时来天地虽同力，运去英雄不自由。
千里山河轻孺子，两朝冠剑恨谯周。
唯余岩下多情水，犹解年年傍驿流。

这八句诗是罗隐才子题诸葛亮筹笔驿之作。那罗隐在唐朝末年是东南第一个才子，怀才不遇，终身不能中得一个进士。后来将就做得一官，于他生平志愿，十分不能酬其一分，以此每每不平，到处怨叹。过诸葛亮庙，有感而作这一首诗，说诸葛公这般才华，可以平吞天下，混一中原，只因遭时不济，有才无命，不能成其一统之志，却又年命不永，营中星殒。这样一个顶天立地的汉子，究竟与命抵敌不过，那怕共工氏发恼，头撞倒了不周山；巨灵神奋威，斧劈碎了华山石。所以他有感而作。看官，你道这罗隐是那里人氏？他是浙江杭州府新城县人，字昭谏，别号江东生。他与吴越王同时降生。未生之前，有两条紫气冲天：一条紫气降于临安，生出吴越王，一条紫气降于新城，生出罗江东。这罗江东生将出来，学贯天人，才兼文武，聪明颖悟，出口成章，有曹子建七步之才，李太白百篇之赋。只是一着：生性轻薄，看人不在眼里。一味好嘲笑人，或是俚语，或是歌谣，高声朗诵，再也不怕人嗔怪，遭其讪笑者不一而足，因此人人称之为“轻薄罗隐”。但是他说出来的话，又有些古怪，或好或歹，都有灵应，就像神仙的谶语一般。远在数百年之外，近在目下，声叫声应，至今千来年，浙江人凡事称为“罗隐题破”者，此也。以此人人忌惮他那张嘴，不敢惹他。

不要说世上人怕他，连那鬼神也都怕他这张嘴，凡庵观苑寺之中，那些泥塑木雕的神道，他若略说一二句，准准应其所言：若是说好，便就灵通感应，香火繁盛起来；若说不好，便就无灵无感，香烟冰冷，连鬼也通没得上门来了。罗江东初年不信鬼神，一日走到祠山张大帝庙里，见殿宇雄壮，心上不平，取出那枝百灵百应、光闪闪、寒簇簇、判生死的笔来，题二句于壁上道：

走尽天下路，平生不信邪。

方才写得这二句，还未完下文，忽然背后一尊神道夺住手中这枝笔，大声喝道："汝把下文这二句做得好便罢，若做得不好，我便击死汝矣。"罗江东回转头来一看，就是黑脸胡子张大帝。这一尊神道，身长数丈，威风凛凛，电目岩岩。罗江东惊得一身冷汗，慌慌张张，只得续写二句道：

祠山张大帝，天下鬼神爷。

写完，那尊神道方才放手而去。自此之后，庙中香火更盛。后来走到乌江项王庙内，见项王相貌狰狞，手中执剑而坐，怒气不消，犹似昔日与汉王争天下之势。罗江东服他是个好汉，题一首诗于壁上道：

英雄立庙楚江滨，叱咤风云若有神。
对剑不须更惆怅，汉家今已属他人！

此诗题罢，泄了项王千余年不平之气，手中宝剑即时坠地。罗江东见其灵异，作礼而出。

罗江东诗才神速，点韵便成。少年之时，手中戏拿一个小磬，卖诗为名，限定磬声完为度。有人要他做新月的诗，以"敲、梢、交"三字为韵，一边击磬，一边吟值：

禁鼓初闻第一敲，卧看新月出林梢。
谁家宝镜新磨出？匣小参差盖不交。

磬声完而诗已就矣，其敏妙如此。又长于对句，凡人有对不得的，到他口中无有不对之句。药中“白头翁”，他便对“苍耳子”；“玉玲珑”他便对“金跳脱”。那“金跳脱”就是女人手上金镯子是也。又有句道“近比赵公，三十六年宰相”这句，人再对不来。罗江东道：“何不对‘远同郭令，二十四考中书’？”这就是郭子仪故事，他在中书历二十四考。其对句之精妙如此，真奇才也。但他生于穷寒之家，生计甚是寥落，家中一亩田地也无，又兼唐朝乱离之后，德宗好货之主，田地上赋税极多，人家一发不敢有那田地。罗江东自小只带得这几亩书田来，济得甚事？真个饥不可食，寒不可衣。果是：

聋盲喑哑家豪富，智慧聪明却受贫。

他早年丧了父亲，守着母亲过活。那母亲不过织布度日，好生艰苦，罗江东只得呆着脸向亲友家借贷。谁知世上的人甚是少趣，若是罗江东那时做了官人，带了乌纱帽，象简朝靴，那人便来呵脬捧屁，没有的也是有的；如今是个穷酸，口说大话，不过是赊那“功名”二字在身上，世人只赌现在，不讨赊账，谁肯预先来奉承？俗语道：“若说钱，便无缘。”罗江东向亲友一连告了几十处，大家都不睬，以后见了他的影儿，只道他又来借债，都把他做白虎、太岁一般看待，家家关门闭户起来。罗江东与母亲二人，甚是忿恨之极。正是：

十叩柴扉九不开，满头风雪却回来。

话说罗江东母子二人正在忿恨之际，忽然遇着一个风鉴相他道：“子天庭高耸，地阁丰隆，鼻直口方，伏犀贯顶，目若明星，声如洪钟，顾盼英伟，龙行虎步，有半朝帝王之相，切须保重！”说罢而去。这个风鉴却是豫章人，识得风云气色，见王气落于斗牛之间，那斗牛是杭州分野，特特走到杭州观看气色，见气色两支，一支落于新城，一支落于临安。遂扮作风鉴到新城，遇见了罗江东是个帝王之相，好生欢喜。那时罗江东母子二人闻得此话，正忿恨这些亲友不肯借贷，便忿忿的发愿道：“可恨这些贼男女恁地奚落，若明日果有帝王之分，有冤报冤，有仇报仇，定要把这一千人碎尸万段，方雪我今日之忿。”母子二人忿忿的说了几日，果然“人间私语，天闻若雷”。一日晚间，罗江东吃了晚饭缓步出门，忽然见四个黄巾力士走到面前，对罗江东道：“吾奉紫府真人之命奉请。”道罢，便把罗江东撮拥而去，来到一处。但见：

烟云缭绕，琉璃瓦上接青霄；瑞气缤纷，白玉殿横开碧汉。门前排几对白象青猊，两旁列千百天丁力士。当殿中坐着一尊活神道，事事无差；丹墀下伏着许多横死鬼，缘缘有错。日游神，夜游神，时时刻刻来报正心邪心、善心恶心；速报司，转轮司，慌慌忙忙去推天道地道、人道鬼道。有记性的功曹、令史，一枝笔，一本簿，明明白白，注定某年某月某日某时，尽是孽来报往、报重孽深；没慈心的马面、牛头，两股叉，两条鞭，恶恶狠狠，照例或杀或剉或舂或磨，总之阳作阴受、阴施阳转。正是人间有漏网，天府不容针。

话说四个黄巾力士撮拥罗江东到于殿前，暴雷也似唱喏道：“奉命取罗隐来到。”那真人便开口道：“罗隐，汝本当有半朝帝王之分，与钱镠一样之人。汝怎生便生好杀之心，辄起不良之念，要将借贷不与之人尽数碎尸万段，以雪胸中之忿？借贷不与，此是人之常情。况此数十家人俱是汝之亲友，有何罪过，便要杀害。如此小事，恨恨若此。上帝好生，汝性好杀。明日做了帝王，残虐刻剥，伤天地之和气，损下界之生灵，为害不浅。连日值日功曹将汝恶心奏闻上帝，上帝大怒，天符牒下，将汝所有帝王福分尽数削籍。说罢，就唤四个黄巾力士过来吩咐道：“可将此人帝王之骨尽数换过。”黄巾力士喏喏连声，把罗隐扳翻在地，如哪吒太子拆骨还父、剔肉还母一般，根根骨头抽将出来，一一换过，独留得上下牙齿不换。紫府真人仍着力士送罗隐回去。罗江东回家，已是五更时分，倒在床上，大声叫痛，似梦非梦，早已惊醒了母亲，备述缘故。急急起来，对镜子一看，竟改变了一个人。但见：

天庭偏，地阁削。口歪斜，鼻子塌。皮肤粗，猴狲脚。吊眼睛，神气撒。远观似土地侧边站立的小鬼，近看一发像破落庙里雨淋坏滴滴点点的泥菩萨。

母亲吃了一惊，罗江东见自己丑陋不堪，跌倒在地。母亲慌张，急急把姜汤灌醒，搀扶而起。母子二人懊恨无及，大哭了一场，真一言折尽平生之福也。自此罗江东躲在家内，不敢出门。过了一个月方才出门，左右邻舍都吃了一惊。罗江东却再不敢说出，只说病患如此。一日，又遇着前番相士，见了吃惊道："汝怎生相貌一朝改变至此？定是心术不端，以致阴府谴责。"罗江东只得把前事说了一遍，相士跌足道："可惜半朝帝王之相。"又把他仔细一相，道："虽是一身贫贱骨，犹然满口帝王牙。"

罗江东道："一念之差，折福至此，怎生是好？"相士道："举头三尺有神明，举心动念，天地皆知。汝若举一点杀心，便毒雾妖氛弥漫宇宙，天昏地暗，日月无光，上天怎么得不知道？相逐心生，心既不好，相亦随变，此是必然之理。但自今以后一心忏悔，改行从善，步步学好，还好救得一半。"说罢，再三叹息而去。后来访到临安，见了钱镠，许他以帝王之事，果应其言。

罗江东自此之后，一味学做好人，再不敢存一毫不肖之心，真个行不愧影、寝不愧衾。但是他那张口仍旧百灵百应，那枝笔仍旧烟云缭绕。人虽然憎他丑陋，却又爱他才华。四方之士，但得他一言半句，就声名赫赫起来。若是到东南地方，扇头上没有罗江东一首诗，便人人以为羞耻，因此名闻天下，愿交者众，金钱彩币，不时馈送。

那时宰相令狐绹重其诗文，儿子令狐滈登了进士，罗江东赠诗一首。令狐绹大悦道："吾不喜汝登第，喜汝得罗江东之诗为贵也。"其见重于当朝如此。宰相郑畋有个千金小姐，性通文墨，酷爱罗江东之诗，自己抄写成帙，圈上加圈，点上加点，朝夕吟哦不辍，遂害了相思之病。父亲见女儿钟情在罗隐身上．暗暗的道："我女儿虽爱罗江东之诗，却不曾见其貌。我相府女儿嫁与贫士，虽然不妨，但罗江东相貌极其丑陋，女儿未必中意。我试邀他来饮酒，待女儿帘中一观，若不嫌他丑陋，我便嫁与他罢。"一日炮风烹龙，陆珍海错，极其华丽，请罗江东来饮酒，特特与女儿知道。女儿知是请罗江东，心中暗暗欢喜，早医好了八九分相思病症，遂轻移莲步，缓拖玉佩，悄悄走到珠帘边一望，看见罗江东猥琐丑陋，三分像人，七分像鬼，吃了一惊，暗暗的道："怎生恁般丑陋？若嫁与他，枉了一生。我相思差矣。"遂移步而进，再不出来观看。从此连诗帙都抛过一边，竟不吟其诗句，把"相思"二字遂轻轻放下。有诗为证：

日夕吟诗酷爱才，及观标格叹难哉。
从来女子多皮相，一笑须从射雉回。

话说罗江东被郑小姐选退了这头亲事，人人传闻开去，都不与他结亲。后来有一富人有个女儿，名为"赛珍珠"，是个爱才不爱貌的，情愿嫁与罗江东。富人遂倒赔妆奁，罗江东得了这个美妻，又得了若干嫁资，家道充足，恰好遇着钱镠。那时钱镠正在卖盐之时，破衣破裳，蓬头赤脚，罗江东与他三杯两盏，结为相知。又时时把钱物去周济他，钱镠感激无尽，真结交当于未遇之时也。谁知日后富贵功名，就在钱镠身上，这是后话。

罗江东自数年改行从善以来，端的无一毫非礼非义之事，善念虔诚，果然文昌帝君托梦道："子数年洗心易虑，事事可与天知。吾既重汝之改过，又爱汝之才华，已将汝近日之行止尽数奏闻玉帝，玉帝准奏。但今天下多事，未可骤与汝功名，待我慢慢注汝之禄籍可也。"

说罢而醒。罗江东自此心中少稳，日行善事，但口嘴轻薄惯了，随你怎么防闲，终有失错。只因一句话上触犯了当朝宰相，直害得二十余年不中进士。你道这宰相是谁？就是先前说的令狐绹。那令狐绹本是极爱罗江东之人，但令狐绹学问不济，罗江东酒醉后大笑道："中书堂上坐将军。"讥他不能做得文章之意。令狐绹一日把一件学问来问罗江东，罗江东道："这个学问出在庄子《南华经》第二篇上，不是什么怪僻之书，愿相公燮理阴阳之暇，更宜博览古书，以资学问。"令狐绹大怒，说他以己之长形人之短，文人无行，宰相之前尚且放肆如此，何况以下之人。若与他中了一个进士，便看人不在眼里，以此每到科场，就吩咐知贡举官，不得中罗隐进士。郑畋几番要中罗隐，因令狐绹恼了，也便不敢。罗隐甚是懊恨。做二句诗道：

早知此恨人多积，悔读《南华》第二篇。

罗江东既恼犯了宰相，进长安科举之时，又恼犯了一个朝官。这朝官姓韦名宣，两个同遇于饭店之中。罗江东生性轻薄，凡事不肯让这个官儿。左右喝道："这是朝官韦爷，休得轻薄！"罗江东大怒道："什么朝官，敢在我才子罗江东面前说，我把一只脚提起笔来写了数十篇文字，也还敌得过数十位朝官哩！"韦宣闻得，切骨之恨，又添上几分不要中罗隐进士之意。因此罗隐这个进士位儿一发不稳了。后来访得不中进士因此二人之故，然亦付之无可奈何矣！只说："文昌帝君也会得说谎，原说慢慢注我禄籍，怎生二十多年尚然不中？我今已是半百之年，何年方成进士？难道活到七八十岁时戴顶寿官纱帽不成？"遂寄一首诗与朋友道：

廿载辛勤九陌中，却寻岐路五湖东。
名惭桂苑一枝绿，脍忆松江两箸红。
浮世到头须适性，男儿何必尽成功！

唯应鲍叔深知我，他日蒲帆百尺风。

罗江东作诗叹息，谁知文昌帝君果是有些妙处。那时唐朝法纪零替，贿赂公行，关节潜通，有多少怀才抱异之人无由出身。及至出身的，又多是文理不通，白面书生胸中那里晓得“经济”二字，并无一个老成持重之人，以此把唐朝天下都激乱了，士人都忿忿不平。所以黄巢因屡举不第，乱入长安。后来黄巢诛灭，他手下将官朱温投降，唐朝封为梁王，渐渐威权日盛，杀害百官，天子拱手听命。朱温手下有一个文臣李振，虽比不得罗江东的才华，也是一个才子，少年自负其才，思量取功名如拾芥子一般，不意遭此浊乱之时，谁问你有才无才，只问你有贿赂无贿赂、有关节无关节，因此罗江东二十余年不中，李振也二十余年不中。那李振忿恨这些害民贼道：“当日三国时节，督邮倚势欺诈刘玄德钱，却被张飞缚在柳树上，口口声声骂为害民贼，鞭打数百，千古快心。若在今日，一刀砍为两段，方才心满意足。俺明日做得张飞便好。”如此发念，不一而足。又因进士裴枢、独孤损数十余人自称名士，摇唇播舌，结党成群，日常屡屡轻薄李振，说他是伏土蚯蚓，怎能够得出头飞腾变化？像俺们有才之人，自然黄金横带、白马任骑，那李振有何德能，敢与俺们一同发迹！李振闻知，咬牙切齿，定要报复此仇，便将一把宝剑磨得锋快，道：“俺定要将此剑砍取诸贼人之头，等他得知名士结果，方才罢休。”如此磨了多次。后来投在朱温帐下做了他的谋士，言听计从，遂将日常仇恨的各官并裴枢、独孤损三十余人绑缚起来，取出那二十余年磨得风也似快的那把宝剑，一剑一个，尽数杀之于白马驿中，又对朱温道：“此辈日常高言阔论，自谓清流，可投之黄河，使为浊流。”朱温知李振报复前仇，遂笑而从之，把诸人尸首扑通的都抛在黄河之内，呜呼哀哉！李振报了诸人之仇，甚是得意，做首诗道：

廿载磨一剑，今年始报仇。
自谓清流客，今姑付浊流。

罗江东闻知大惊道：“使我当日早中了一个进士，已与裴枢、独孤损三十余人同作无头之鬼，为浊流中物矣。岂非塞上翁得马未足为喜、失马未足为忧之说乎？今日这颗头尚在颈子上，真文昌帝君之赐也。”遂感叹不已，做首诗道：

逐队随行二十春，曲江池畔避车尘。
如今赢得将衰老，闲看人间得意人。

后来朱温竟篡了唐朝天下，改国号为“梁”，都是李振之计。在位七年，淫了子妇，被儿子友圭所弑；并李振也杀了，都是一报还一报之事。这是后话。

却说钱镠那时已起兵破走黄巢，诛了叛臣越州观察使刘汉宏、杭州刺史董昌，有了十四州天下，唐昭宗封为镇海军节度使，在于杭州凤凰山建造宫殿，自置文武官僚，都极一时之选。却念罗江东故人，未曾中得进士，当日受他好处，至今未报，遂遣官数员赍了金银书币，鼓乐喧天，到新城聘他为官，便鼎沸一了个新城，连当日借债不肯借的都一并来庆贺送礼，人情势利如此！当下迎接罗江东到于杭州，钱镠王倒屣而迎道：“本是故人，不敢相屈幕下，一以宾礼奉待，或任凭采择何官亦可。”自此罗江东代书记之任，后为钱塘令。唐昭宗加封钱镠为吴王，钱镠上表称谢，却命沈嵩草表。那沈嵩是钱王幕下一个极会得做文字之人，表完，钱镠王付与罗隐一看，罗隐看了道：“此表虽是，但其中说得杭州甚好，此自求征索之媒也。”钱王遂命罗隐另做一篇，其中二句做得甚妙，道：

天寒而麋鹿来游，日暮而牛羊不下。

表到唐朝，满朝人都道谁有此好文字，定是罗隐之笔，惜乎天下第一个文人却被钱镠用了，此是朝廷大差错处。后来唐昭宗改名为晔，钱王表贺，又是罗隐代作道：

左则昌姬之半字，右则虞舜之全文。

满朝识得是罗隐之笔。那时诸镇都有贺表，以此篇为第一。谁知后来朱温竟篡了唐朝天下，钱王上表称臣，朱温大喜，加封为吴越王，赐以玉带名马。罗隐甚是不服，劝钱王起兵道："朱温逆贼，篡夺唐朝天下，弑君之贼，人人得而诛之，即当兴兵十万以讨逆贼，复立唐室子孙，名正言顺，何愁不胜！就使不胜，我据有江东吴越十四州天下，不失为东帝。怎生上表称臣，以为终古之羞乎？"钱王道："我若兴兵，毕竟要涂毒生灵。我爱养斯民，岂忍置之锋镝之地？况朱温贪淫之极，不久必有内变！我静以观其变，自不失为孙仲谋也。"遂不肯起兵。钱王听罗江东这篇说话，心中甚是敬重，暗暗的喝采道："罗隐在唐朝屡举不第，心中不知该怎么样怨恨唐朝，今反劝我起兵兴复唐室，唐朝虽负罗隐，罗隐却不负唐朝，可谓忠心贯日，唐朝之义士矣！'文人无行'，此言谬也。"自此更加礼敬，凡事听信。

钱王英雄生性，怒发之时，未免有些偏驳。那时桐庐有个才子章鲁风不愿仕于钱王幕下。钱王大怒，就把章鲁风来杀了。又有关中一个才子吴仁璧，钱王聘他为官，吴仁璧做首诗辞官。钱王恼他，将吴仁璧沉之江中。罗隐心中甚是不服，饮酒之间，做首诗规谏道：

一个祢衡容不得，思量黄祖谩英雄。

钱王见这首诗，甚是懊悔，遂将此二人尸首埋葬之以礼。那时西湖上渔户日纳鱼数斤，名为"使宅鱼"，若不及正数，必另买来补数，颇为民害。一日，钱王与罗江东饮酒，壁上挂幅姜太公磻溪垂钓图，钱王要罗江东题诗，遂题诗以寓意道：

吕望当年展庙谟，直钩钓国更谁如？
若教生在西湖上，也是须供使宅鱼。

钱王见诗大笑，遂蠲免了“使宅鱼”这主征税。罗江东随事讽谏，钱王无有不听，都是有益于国家、有利于民生的事。钱王发怒之时，无人阻拦得住，独罗江东三言两语便拨得转。因此吴越十四州都蒙其福德，后来直做到谏议大夫，母亲与妻子赛珍珠都受了诰命，晚景荣华，受用了下半世。罗江东足足活至八十余岁而终，他所著有《湘南甲乙集》《淮海寓言》《谗书》六十篇行于世，有诗为证：

莫为危时便怆神，前程往往有期因。
须知海岳归明主，未必乾坤陷吉人。
道德几时曾去世，舟车何处不通津？
但教方寸无诸恶，狼虎丛中也立身！

第十六卷

月下老错配本属前缘

晚山青，一川云树冥冥。正参差烟凝紫翠，斜阳画出南屏。馆娃归吴台游鹿，铜仙去汉苑飞萤。怀古情多，凭高望极。且将樽酒慰漂零。自湖上爱梅仙远，鹤梦几时醒？空留在六桥疏柳，孤屿危亭。　　待苏堤歌声散尽，更须携妓西泠。藕花深、雨凉翡翠；菰蒲软、风弄蜻蜓。澄碧生秋，闹红驻景，彩菱新唱最堪听。一片水天无际，渔火两三星。多情月为人留照，未过前汀。

这首词儿是石次仲《西湖多丽》一曲。天下有两种大恨伤心之事，再解不得。是那两种？一是才子困穷，一是佳人薄命。你道这两种真个可怜也不可怜？在下未入正回，先把月下老故事说明。唐朝杜陵一人姓韦名固，幼丧父母，思量早娶妻子，以续父母一脉，不意高卑不等，处处无缘。韦固甚是心焦。贞观二年将游清河，寓于送城南店。韦固求婚之念甚切，就像猪八戒要做女婿相似，好不性急，到处求亲。适有一个人道：“此处恰好有一头亲事，是前清河司马潘昉的女儿，正在此要寻一好女婿，你来得正好，明日与你到他家去议亲。”约定明早在店西龙兴寺门首相会。这一夜韦固只思量一说便圆，巴不得即刻成亲，在床上翻来覆去好生睡不着。未到鸡鸣，早起梳洗，戴了巾子，急忙出门，三脚两步，早已到龙兴寺门首。不意去得太早，那里有起五更说亲的媒人？并不见所约之人，那时斜月尚明，但见一个白须老父倚着一个巾囊，坐在龙兴寺门首阶上，向月下翻书。韦固暗暗道："这老父好生怪异，怎生这般勤学，在月下观书，不知所观何书？"遂走到老父身边，看这书上之字都是篆、籀之文，一字也识不出。韦固甚是诧异，问这老父道："老父所看何书？小生少年苦学，无不识之字，怎生这字恁般奇异？"老父道："此非世间之书。"韦固道："既非世间之书，请问老父果是何人？"老父道："吾乃幽冥之人也。"韦固惊异道："既是幽冥之人，何以到此？"老父道："你自来得太早，非我不当来也。凡幽吏都主人生之事，生人既可行，幽冥独不可行乎？今道途之行人，人与鬼各半，人自不识耳。"韦固道："请问老父所主何事？"老父道："主天下婚姻之事，这便是婚姻簿籍。"韦固见老父说"主天下婚姻事"，正是搔着痒处，便问道："今我十年以来，遍求婚姻，处处无缘。今潘司马的亲事还成否？"老父道："非也。君之妇方三岁，到十七岁方与君成亲。"韦固道："怎恁般迟？"老父道："此是冥数使然，不可早也。"韦固道："囊中何物？"老父道："这是赤绳子。"韦固道："要他何用？"老父道："凡是婚姻，及其相坐之时，潜用赤绳系其足，随你贵、贱，穷、通，远、近，老、少，中国、夷狄，冤、亲，再不走开。今君之足，我已与你系于彼矣。"韦固道："吾妻安在？其家何为？"老父道："此店北卖菜家陈妪的女儿。"韦固道："可见否？"老父道："可见。彼常抱来卖菜，郎君若能随我同行，我当指示。"说话之间，不觉天明，那所约之人尚未来。老父把手中之书藏于囊中，遂负囊而行。韦固跟随在后，走人菜市，果然见一眇目老妪，手中抱着一个三岁女孩，且是生得丑陋。老父指道："此君之妻也。"韦固大怒道："杀之可乎？"老父道："此女子明日有子有福，当食大禄，因子之贵，当封夫人，又可杀乎？"说罢，便不见了老父。韦固明知其异，毕竟怪那女子丑陋，遂磨快一把小刀付与小厮道："你若与我杀了卖菜的女儿，我赏你万钱。"小厮次日袖中藏了这把快刀，走到卖菜场中，看定这眇妪的女儿，一刀刺之而走。一市鼎沸起来，大叫："捉杀人贼！"这小厮落荒而走，幸而得脱回来。韦固问道："曾刺得杀否？"小厮道："咱看定了要刺其心，不意中眉，但不知死活何如？"

后来潘司马亲事究竟不成，连求数处，都似鬼门上占卦一般。直到十四年，韦固以父荫参相州军，刺史王泰命韦固摄司户椽。韦固大有才能，王泰甚是得意，遂把女儿嫁与韦固为妻。那女子年可十六七，颜色艳丽，眉间贴一花钿。韦固问道："你怎生眉间贴这花钿？"女子不觉泪下道："妾非郡守之亲女，乃其侄女也。父亲曾为宋城知县，卒于任所。妾时尚在襁褓，母兄相继而亡，只有一庄在宋城南。乳母陈氏怜妾幼小，不忍弃妾，养于宋城南店，日日卖菜，供给朝夕。妾时只得三岁，被贼人所刺，幸而不死，但眉心伤痕尚在，故贴花钿以掩其丑。七八年间，叔父从事卢龙，哀妾孤苦，遂认以为女，因而嫁君也。"韦固道："汝之乳母陈氏眇一目乎？"妻道："果眇一目，君何以知之？"韦固道："刺汝者非他人，即我也。"妻子惊问，韦固细细备说缘故道："汝当日甚丑，我心嗔怪，所以要刺死。若像今日这般颜色，断不刺也。"夫妻遂惊叹冥数之前定如此。后妻果生男名韦鲲，做雁门太守，封太原郡太夫人，与月下老人之言一毫无异。后宋城宰闻知此事，题此店为"定婚店"。如今说媒人为"月老"者此也。有诗为证：

急急求婚二十年，谁知婚在店门前。
有刀难断赤绳子，徒使伤痕贴翠钿。

古来道："红颜薄命。"这"红颜"二字不过是生得好看，目如秋水，唇若涂朱，脸若芙蓉，肌如白雪，玉琢成，粉捏就，轻盈袅娜，就随你怎么样，也不过是个标致，这也还是有限的事，怎如得"佳人"二字？那佳人者，心通五经子史，笔擅歌赋诗词，与李、杜争强，同班、马出色，果是山川灵秀之气，偶然不钟于男而钟于女，却不是个冠珠翠的文人才子，戴簪珥的翰苑词家？若说红颜薄命，这是小可之事，如今是佳人薄命，怎么得不要痛哭流涕！从来道：

聪明才子无钱使，龌龊村夫有臭钱。
骏马每驮痴汉走，巧妻常伴拙夫眠。

话说那朱淑真是钱塘人，出在宋朝，他父母都是小户人家出身，生意行中不过晓得一日三餐、夜眠一觉，如此过日便罢，那里晓得什么叫做“诗书”二字？那朱淑真自小聪明伶俐，生性警敏，十岁以外自喜读书识字。看官，譬如那汉曹大家，他原是班固之妹，所以能代兄续成《汉书》；蔡文姬是蔡中郎的女儿，所以能赋《胡笳十八拍》；谢道韫是谢太傅的女儿，所以能咏柳絮之句；苏小妹是三苏一家，所以聪明有才：毕竟近朱者赤、近墨者黑。那朱淑真是何人所生，还是何人所教，不知不觉渐渐长大，天聪天明，会得做起诗来，真叫做“诗有别才，非关学也”。曾有《清昼》一绝做得最妙，道：

竹摇清影罩幽窗，两两时禽噪夕阳。
谢却海棠飞尽絮，困人天气日初长。

朱淑真一法通时万法通，会得做诗，又会得做词。从来做词的道：“要宛转入情，低徊飞舞，惊魂动魄。”朱淑真偶然落笔，便与词家第一个柳耆卿、秦少游争雄，岂不是至妙的事么？他因春光将去，杜宇鸣叫，柳絮飞扬，爱惜那春光不忍舍去，遂作《送春词》一首道：

楼外垂杨千万缕，欲系青春少住春还去。犹自风前飘柳絮，随春且看归何处。　满目山川闻杜宇，便做无情莫也愁人意。把酒送春春不语，黄昏却下潇潇雨。

朱淑真虽然做得甚妙，却没一个人晓得他。就是做了，也没处请教人，不过自得其得而已。那时年登十七岁，出落得更好一个模样。怎见得好处，有《鹧鸪天》词儿为证：

盈盈秋水鬓堆鸦，面若芙蓉美更佳。十指袖笼春笋锐，双莲簇地印轻沙。　神情丽，体态嘉。蠓首蛾眉更可夸。杨柳舞腰娇比嫩，嫦娥仙子落飞霞。

不说这朱淑真聪明标致，且说他一个娘舅叫做吴少江，是个不长进之人，混名“皮气球”。你道他专做的是那一行生意？

踢打为活计，赌博作生涯。
一生无信行，只是口皮喳。

这吴少江始初曾开个酒店在天瓦巷，后来一好赌博，把本钱都消耗了下去，借了巷内金三老官二十两银子，一连几年再也没有得还。金三老官问他讨了几十次，吴少江只是延捱。那金三老官前世不积不幸，生下一个儿子，杭州人口嘴轻薄，取个绰号叫做“金罕货”，又叫做“金怪物”。你道他怎么一个模样？也有《鹧鸪天》词儿为证：

蓬松两鬓似灰鸦，露嘴龇牙额角叉，后面高拳强蟹鳖，前胸凸出胜虾蟆。　乌铁包面，金裹牙，十指擂槌满脸疤。如此形容难敌手，城隍门首鬼拿挝。

金三老官生下这样一个儿子，连自己也看不过，谁人肯把女儿与他做妻子？除非是阴沟洞里掏臭的肯与他结亲。金三老官门首开个木屐雨伞杂货铺。这金罕货也有一着可取，会得塌伞头、钉木屐钉，相帮老官做生意。吴少江少了银子，无物可以抵偿，见金三老官催逼不过，要将这外甥女儿说与金三老官做媳妇，那里管他是人是鬼，是对头不是对头，不过是赖债的法儿。那金三老倒有自知之明，见自己儿子丑陋不堪，三分像人，七分像鬼，也再不与他说亲，恐苦害人家女儿。今日见吴少江说要将外甥女儿与他做媳妇，便是一天之喜，那二十两银子竟不说起，反买些烧鹅、羊肉之类，请吴少江吃起媒酒。杭州风俗，请人以烧鹅、羊肉为敬。吴少江见金三老官买烧鹅、羊肉请他，一发满怀欢喜，放出大量，一连倒了十来壶黄汤，吃得高兴，满口应承，不要说自己外甥女儿，连隔壁的张姑、李姑、赵姑、钱姑一齐都肯应承。倒是金三老官过意不去，道："难得少江与我作伐，但我儿子十分丑陋，恐令亲未必肯允。"吴少江道："我家舍妹，凡事极听我的说话，就是人家儿子相貌丑陋些何妨，只要挣家立业赚得钱，明日养得老婆儿女过活，便是成家之子。若是那少年白面郎君，外貌虽好看，全不中用，养娇了性子，日后担轻不得、负重不得，好看不中吃，反苦害了老婆儿女。你儿子实是帮家做活之人，说甚么丑陋不丑陋！"金三老官连声称谢道："全要少江包荒。"吴少江道："这头亲事全在于我。"金三老官甚是感激，就走进去箱子里寻出那二十两借票，送还了吴少江，道："事成之后，还有重谢。"吴少江喏喏连声，收了这纸借票作谢回家。有诗为证：

> 皮球作怪事全差，岂有嫦娥对夜叉？
> 二十两头先到手，乱将甥女委泥沙。

话说那吴少江一心只要赖他这一主债，那里管外甥女儿？果然一席之话，先骗了这一纸借票过来，满心欢喜道："亲事说成了，还有谢礼在后。只不要说出相貌丑陋，自然成事。事成之后怕翻悔恁的来？"遂走到妹夫家里，见了妹夫妹妹，说了些闲话的谎。说谎之后，便道："我今日特来替你女儿做媒。"妹妹道："是那一家？"吴少江道："就是我那天瓦巷内金三老官的儿子。金三老官且是殷实过当得的好人家，做人又好，儿子又会帮家做活，你的女儿嫁去，明日不愁没饭吃、没衣穿，这也不消得你两个老人家记挂得的了。况且又在我那巷内，只当贴邻间壁相似，朝夕相见的，又不消得打听。我决无误事之理，也不必求签买卦，那些求签买卦都是虚文。只是你知我见，便是千稳万稳之事。只要那里拣日下礼便是。"那皮气球的嘴，好不伶俐找绝，说的话滴溜溜使圆的滚将过去，就在别人面前，尚且三言两语骗过，何况嫡亲骨肉，怎不被他哄了？若是朱淑真的父母是个有针线的人，一去访问，便知细的，也不致屈屈断送了如花似玉的女儿。只因他的父母又是蠢愚之人，杭州俗语道："飞来峰的老鸦，专一啄石头的东西。"听了皮气球之言，信以为真，并不疑心皮气球是惯一要说谎之人，即时应允。

那皮气球好巧，得了妹妹口气，即时约金三老官行聘。恐怕夜长梦多，走了消息，妹妹翻悔，趁不得这一主银子，遂急忙行了聘礼。行聘之后，父母方才得知女婿是个残疾之人，怨怅哥哥作事差错。那皮气球媒钱已趁落腰，况且已经行聘，便胆大说道："律上只有女人隐疾要预先说过，不然，任凭退悔。那里有女家休男之理？若是女人丑陋，便为不好，如今是男人丑陋，有甚妨事？男人只要当得家，把得计，做得生意，赚得钱来养老婆儿女，便是好男子。若是白面郎君，好看不中吃，要他何用？稂不稂，莠不莠，日后反要苦害儿女。况且你女儿是个标致之人，走到他家，金三老官夫妻自然致敬尽礼，不到轻慢媳妇，你一发放心得下，怨怅恁的？你的女儿只当我的女儿一般。我曾看《西游记》，那猪八戒道得好：'世上谁见男儿丑，只要阴沟不通通一通，地不扫扫扫一扫。'那猪八戒是个猪精，尚且菩萨还要化身招赘他做女婿，何况金三老官儿子，又不像猪八戒那般丑头怪脑之人，清清白白，父精母血所生，又不是恁么外国里来的怪物东西，为甚么做不得你家的女婿？"皮气球说了这一篇话，父母也不知

《西游记》是何等之书，只道猪八戒是真有的事，况且已经行聘，无可奈何，怨怅一通，也只得罢了。有皮气球诗为证：

八片尖皮砌作球，水中浸了火中揉。
原来此物成何用，惹踢招拳卒未休。

那时只苦了朱淑真，听得皮气球这一篇屁话，恨得咬牙切齿，无明业火高三千丈。只因闺中女孩儿，怎生说得出口？只得忍气吞声，暗暗啼哭不住，道："我恁般命舍，不要说嫁个文人才子，一唱一和，就是嫁个平常的人，也便罢了。却怎么嫁那样个人，明日怎生过活？只当堕落在十八层阿鼻地狱，永无翻身之日了。空留这满腹文章，教谁得知！"终日眉头不展，面带忧容。一日听得笛声悠扬，想起终身之苦，好生凄惨，遂援笔赋首诗道：

谁家横笛弄轻清，唤起离人枕上情。
自是断肠听不得，非关吹出断肠声。

次年红鸾天喜星动，别人是红鸾天喜，唯有朱淑真是黑鸾天苦星动，嫁与金罕货，那时是十八岁。朱淑真始初只道还是三分像人，七分像鬼，及至拜堂成对之时，看见金罕货奇形怪状，种种惊人，连三分也不像人，竟苦得他两泪交流，暗暗的道："这样一个人，教奴家怎生承当！这皮气球害我不浅，我前世与你有甚冤仇，直如此下此毒手？只当活活的坑死我了。"有董解元《弦索西厢》曲为证：

觑了他家举止行为，真个百种村。行一似栲栳，坐一似猢狲。甚娘身分，驼腰与龟胸，包牙缺上边唇。这般物类，教我怎不阴哂？是阎王的爱民。

说话的，你只看《水浒传》上一丈青扈三娘嫁了矮脚虎王英，一长一短之间，也还不甚差错。那潘金莲不过是人家一个使女，有几分颜色，嫁了武大郎这个三寸钉谷树皮，他尚且心下不服，道错配了对头，长吁短叹。何况这朱淑真是个绝世佳人，闺阁文章之伯、女流翰苑之才，嫁了这样人，就是玉帝殿前玉女嫁了阎王案边小鬼一样，叫他怎生消遣，没一日不是愁眉泪眼。那金三老官夫妻见媳妇果然生得标致，貌若天仙，晓得吃亏了媳妇，再三来安慰：你道这桩心事，可是安慰得的么？只除不见丈夫之面，倒也罢了，若见了丈夫，便是堆起万仞的愁城，凿就无边的愁海，真是眼中之钉一般：无可奈何，只得顾影自怜，灯下照看自己的影子，以遣闷怀。有《如梦令》词为证：

谁伴明窗独坐？我和影儿两个。灯尽欲眠时，影也把人抛躲。无那，无那，好个凄惶的我。

朱淑真自言自语道："昔日贾大夫丑陋，其妻甚美，三年不言不笑。因到田间，丑丈夫射了一雉，其妻方才开口一笑。我这丑丈夫只会塌伞头、钉木屐钉，这妇人又好如我万倍矣。古诗云'嫦娥应悔偷灵药，碧海青天夜夜心'。若嫁了这样丈夫，不如嫦娥孤眠独宿，多少安闲自在！若早知如此，何不做个老女，落得身子干净，也不枉坏了名头。"你看，他一腔愁绪，无可消遣，只得赋诗以写怨怀：

静看飞蝇触晓窗，宿酲未醒倦梳妆。
强调朱粉西楼上，愁里春山画不长。

又一首道：

门前春水碧如天，座上诗人逸似仙。

彩凤一双云外落，吹箫归去又无缘。

又一首道：

鸥鹭鸳鸯作一池，须知羽翼不相宜。
东君不与花为主，何事休生连理枝？

那朱淑真看了春花秋月，好风良日，果是触处无非泪眼，见之总是伤心。你教他告诉得那一个，不过自己闷闷。倏忽之间，已是正月元旦。曾有《蝶恋花》词记杭州的风俗道：

接得灶神天未晓，炮仗喧喧，催要开门早。新褙钟馗先挂了，大红春帖销金好。　　炉烧苍术香缭绕，黄纸神牌，上写天尊号。烧得纸灰都不扫，斜日半街人醉倒。

话说杭州风俗，元旦五更起来，接灶拜天，次拜家长，为椒柏之酒以待亲戚邻里，签柏枝于柿饼，以大橘承之，谓之“百事大吉”。那金妈妈拿了这“百事大吉”，进房来付与媳妇，以见新年利市之意。朱淑真暗暗的道：“我嫁了这般一个丈夫，已勾我终身受用了，还有什么‘大吉’？”杭州风俗，元旦清早，先吃汤圆子，取团圆之意。金妈妈煮了一碗，拿进来与媳妇吃。淑真见了汤圆子好生不快，因而比意做首诗道：

轻圆绝胜鸡头肉，滑腻偏宜蟹眼汤。
纵有风流无处说，已输汤饼试何郎。

那诗中之意无一不是怨恨错嫁了丈夫之意。不觉过了一年，次年上元佳节又到，灯景光辉。朱淑真看了往来看灯之人，心想：“纵使未必尽是佳人才子，难道有我这样一个丈夫不成？我前世怎生作孽，受此苦报？”做首词儿名《生查子》道：

去年元夜时，花市灯如昼。月上柳梢头，人约黄昏后。　今年元夜时，月与灯依旧。不见去年人，泪湿春衫袖。

又题诗一首道：

火树银花触目红，极天歌吹暖春风。
新欢入手愁忙里，旧事经心忆梦中。
但愿暂成人缱绻，不妨长任月朦胧。
赏灯那得工夫醉？未必明年此会同。

话说那朱淑真愁恨之极，日日怨天怨地，无可告诉，只得写一张投词，在家堂面前日日哭诉道：“我怎生有此不幸之事？上天，你怎生这般没公道？你的眼睛何在？怎生将奴家配了这般人？”拜了又诉，诉了又拜。那投词上写道：

诉冤女朱淑真诉为冤气难伸事：窃以因材而笃，乃天道之常；相女配夫，实人事之正。以故佳人才子，适叶其宜；愚妇村夫，各谐所偶。半斤配以八两，轻重无差；六画共成三爻，阴阳有定。念淑真生无一黍之非，配有千寻之谬，虽面目肌发具体而微，乃蘧篨、戚施较昔而甚。

春花秋月，谁与言哉？良夜好风，啜其泣矣！断肠有分，瞑目何嫌？缱绻司乃尔胡涂，赤绳子何其贸乱？恨纤手不能劈华嵩之石，怨绵力无由触不周之山。实天道之无知，岂人心之多瞶？

试问淑真以何因缘而受此苦！谨诉。

那朱淑真怨恨冲天，日日拜告天地，从春间拜起拜至深秋。

一日晚间，正在那里焚香拜告，只见两个青衣女童请他到一个所在。重重宫殿，中有金字额，题“缱绻之司”四字。左右皆锦衣花帽之人，威仪齐整。黄罗帐内，中间坐着一尊神道，眉清目秀，三绺髭须，带紫金冠，束红抹额，穿红锦袍，系白玉带，开口道："吾乃氤氲大使是也，主天下婚姻簿籍。汝怨气冲天，日日告拜天地，玉帝将汝投词敕下缱绻司，吾今阅汝投词上有'生无一黍之非，配有千寻之谬'，汝但知今生无'一黍之非'，不知前世有'千寻之非'哩！汝听我道，汝前世本一男子，名何养元，系读书之人。里中有一女子名奚二姐。那何养元一日在楼下走过，见奚二姐生得标致，遂起不良之心，勾引奚二姐身边一个丫鬟，名为玉兰，传消递息，将奚二姐奸骗了，誓有夫妻之约。一年之后，何养元中了进士，嫌奚二姐是小户人家，又嫌他是失节之人，不肯成其夫妻。奚二姐遂嗔怪那玉兰道：'是他传消递息，坏了我身体！'奚二姐遂含恨而死，玉帝殿前告了御状，要索取何养元性命。从来阴府之罪以负心杀生为重，幸何养元生平不食牛肉，曾有戒杀之功，功德广大。又曾诵观世音菩萨《普门品》三年，头上火光冲天，鬼使不敢近身。因此官高爵显，位列三台，寿余七十，福报已尽。命终之日，玉帝敕我缱绻司行报，我遂把奚二姐为汝之夫。因他不守闺门，淫奔失节，有伤风化，所以罚他丑头怪脑，愚蒙不识，为人世所贱。因何养元破败奚二姐女身，又害他性命，所以罚汝转身为女子。因有不食牛肉戒杀诵经之功，所以使汝标致聪明，能为诗文，亦罚你五年含恨而死，以偿其负心之罪。玉兰转世为皮气球，当日是汝叫他传消递息，害了奚二姐性命。如今亦是他做媒说合，害汝性命。但玉兰是罪之首，皮气球死后罚作粪中之蛆，永绝人身。总是一报还一报之事，并无一毫差错，你待埋怨谁来？不要说你一人，俺这婚姻簿上就如算子一般，一边除进，一边除退，明明白白，开载无差。"遂命帐前判官取簿籍过来，一一指与朱淑真道："我细说与你听，昔日西子倾覆吴王社稷，我嫌他生性狠毒，把他转世为王昭君，吴王转世为毛延寿，点坏了昭君容貌，使他有君不遇，有宠难招，直罚他到漠北苦寒之地，与胡虏为妻，死葬沙场，至今有青冢之恨。卓文君乃王母玉女，蟠桃会上拍手惊了群仙，玉帝牒我缱绻司注他有再嫁之过。蔡文姬前世为妒妇，绝夫之嗣，上帝大怒，遂罚他初适卫仲道，被胡虏左贤王虏去十二年，又嫁屯田都尉董祀，一生失节，受流离颠沛之苦。潘贵妃、张贵妃、孔贵妃等俱以骄淫惑主，败国亡家，罚他二十世为娼妓。薛涛、苏小小前世俱为文人才子，只因生性轻薄，不信三宝，转世罚作妓女。晋绿珠有坠楼之忠，田六出有投河之烈，正气凛凛；绿珠转世为刘令娴，嫁与徐悱，田六出转为关氏，嫁与常修，都为佳人才子，诗词唱和。苏若兰织锦回文以邀夫主，后世仍托身苏氏门中为苏小妹，窦韬为秦少游，依旧夫妻相得，小妹微妒，所以先少游而死。原妾赵阳台，为长沙义娼以终其志。赵阳台生前不信三宝，亦罚为娼女。其他夫妻俱有因缘报应，一一都载在这簿籍上，尽是前世之事，不止于今生也，我缱绻司断不糊涂。汝五年限满，偿了奚二姐之命，若仍旧戒杀诵经，命终之日当转世为男子，投托好处，体得怨恨！”说罢，仍命青衣女童送回。朱淑真从殿门而出，一路上回来，还至身边，青衣女童大叫数声，遂欠伸而醒，恍惚之间，如有所见，都一一记得明白。自此之后，怨恨少减，因而戒杀诵经，以保来世。

那时有个魏夫人，也会得做诗，但他的夫主不似金罕货这般粗蠢。魏夫人闻知朱淑真做得好诗，自己不信，道："世上既生周瑜，难道又生诸葛亮不成？我不信还有好如我的哩！"遂置办酒肴以邀淑真，命丫鬟队舞，因要淑真面试，以辨其真伪，遂以"飞雪满群山"五字为韵。淑真乘着酒兴，磨得墨浓，蘸得笔饱，依韵赋五绝句。

"飞"字韵道：

管弦催上锦裀时，体态轻盈只欲飞。

若使明皇当日见，阿蛮无计恍杨妃。

“雪”字韵道：

香茵稳衬半钩月，往来凌波云影灭。
弦催紧拍促将遍，两袖翻然作回雪。

“满”字韵道：

柳腰不被春拘管，凤转鸾回霞袖缓。
舞彻《伊州》力不禁，筵前扑簌花飞满。

“群”字韵道：

占断京华第一春，清歌妙舞实超群。
只因到晓人星散，化作巫山一段云。

“山”字韵道：

烛花影里粉姿闲，一点愁侵两点山。
不怕带他飞燕妒，无言逐拍省弓弯。

朱淑真走笔题完，文不加点，不惟词旨艳丽，连那飞舞之妙一一写出。魏夫人见了大惊道：“真既生瑜又生亮也！”从此敬服，结为相知之契。朱淑真生平没人知他诗词，今日遇见了魏夫人，方有知己，每每诗词往来，互相谈论古今文义，极其相得，竟如女夫妻一般。虽然，女夫妻怎比男夫妻，毕竟郁郁而死，只得二十二岁，果应缱绻司五年限满之言。淑真死后，皮气球亦立刻而死，人说他被淑真活捉而去，足以为说谎做媒者之戒。那蠢父母又信和尚之言，把朱淑真的尸首清明前三日一把火烧化了。杭州风俗，小户人家每每火葬，投骨于西湖断桥之下。白骨累累，深为可恨。他那蠢父母不唯火葬了朱淑真的尸首，又并生平所做诗文也拿来火葬了，今所传者不过百分之一耳，岂不可惜！后来王唐佐为之立传，魏端礼为辑其诗词，名曰《断肠集》，刊布于世，人人脍炙，朱淑真之名方才惊天动地，人人叹息其薄命。至今杭州俗语道“大瓦巷怨气冲天”者此也。有诗赞道：

女子风流节义亏，文章惊世亦何如！
蘋蘩时序宁无预，诗酒情怀却有余。
愁对莺花春苑寂，苦吟风月夜窗虚。
丈夫莫羡多才思，宋女不闻曾读书。

第十七卷

刘伯温荐贤平浙中

口角风来薄荷香，绿阴庭院醉斜阳。
向人只作狰狞势，不管黄昏鼠辈忙。

这一首诗是钱塘才子刘泰咏猫儿的诗。在下这一回书为何把个猫儿诗句说起？人家养个猫儿，专为捕捉耗鼠，若养了那偷懒猫儿，吃了家主鱼腥饭食，只是齁齁打睡煨灶，随那夜耗子成精作怪，翻天搅地，要这等的猫儿何用？所以岳爷爷道："文臣不爱钱，武臣不惜死，天下太平矣。"这两句说得最妙，就如国家大俸大禄，高官厚爵，封其父母，荫其妻子，不过要他剪除祸难，扶持社稷，拨乱反正。若只一味安享君王爵禄，贪图富贵，荣身肥家，或是做了贪官污吏，坏了朝廷事体，害了天下百姓，一遇事变之来，便抱头鼠窜而逃，岂不负了朝廷一片养士之心？那陶真本子上道："太平之时嫌官小，离乱之时怕出征。"这一种人不过是要骗这顶纱帽戴，及至纱帽上头之时，不过是要广其田而大其宅，多其金而满其银，标其姬而美其妾，借这一顶纱帽，只当做一番生意，有甚为国为民之心？他只说道"书中自有千钟粟，书中自有黄金屋，书中有女颜如玉"，却不肯说道"书中自有太平策，书中自有擎天笔，书中自有安边术"，所以做官时不过是“害民贼”三字。若是一个白面书生，一毫兵机将略不知，没有赵充国、马伏波老将那般见识，自幼读了那些臭烂腐秽文章，并不知古今兴亡治乱之事，不学无术，胡做乱做，一遇祸患，便就惊得屁滚尿流，弃城而逃，或是思量伯嚭渡江，甚为可恨。这样的人，朝廷要他何用？那“文人把笔安天下，武将挥戈定太平”这二句何在？所以刘泰做前边这首诗讥刺。然这首诗虽做得好，毕竟语意太露，绝无含蓄之意，不如刘潜夫一诗却做得妙：

古人养客乏车鱼，今尔何功客不如。
食有溪鱼眠有毯，忍教鼠啮案头书！

刘潜夫这首诗，比刘泰那首诗语意似觉含蓄。然亦有督责之意，未觉浑化，不如陆放翁一诗更做得妙：

裹盐迎得小狸奴，尽护山房万卷书。
惭愧家贫策勋薄，寒无毯坐食无鱼。

陆放翁这首诗，比刘潜夫那首诗更觉不同，他却替那家主自己惭愧，厚施薄责，何等浑厚！然这首诗虽做得妙，怎如得开国元勋刘伯温先生一首诗道：

碧眼乌圆食有余，仰看蝴蝶坐阶除。
春风漾漾吹花影，一任东风鼠化驾。

刘伯温先生这首诗，意思尤觉高妙，真有凤翔千仞之意，胸怀豁达，那世上的奸邪叛乱之人，不知不觉自然潜消嘿化，岂不是第一个王佐之才？他一生事业，只这一首猫儿诗，便见他拨乱反正之妙，所以他在元朝见纪法不立、赏罚不明、用人不当、贪官污吏布满四方，知天下必乱。方国珍首先倡乱东南，他恐四方依样作反，便立意主于剿灭，断不肯为招抚苟安之计，道：“能杀贼之人方能招抚，不能杀贼之人未有能招抚者也。纵使要招抚，亦须狠杀他数十阵，使他畏威丧胆，方可招抚。若徒然招抚，反为贼人所笑，使彼有轻朝廷之心，抚亦不成。如宋朝宗泽、岳飞、韩世忠皆先能杀贼而后为招抚，不然，乱贼亦何所忌惮乎？”遂一意剿杀，方国珍畏之如虎。争奈元朝行省大臣，都是贪污不良之人，受了方国珍的金珠宝货，准与招安，反授方国珍兄弟官爵。那方国珍假受招安，仍旧作乱，据有温、台、庆元等路，渐渐养得势大，朝廷奈何他不得。后来各处白莲教盛行，红巾贼都看了样，人人作反，兵戈四起，遂亡了天下。若是依刘伯温先生“剿灭”二字，那元朝天下华夷之间如铁桶一般牢固，怎生便得四分五裂！后刘伯温归了我洪武爷，言听计从，似石投水，遂成就了一统天下之业，岂不是擎天的碧玉柱、架海的紫金梁！只是一个见识高妙，拿定主意，随你千奇百怪，再跳不出他的圈子，所以为第一个开国功臣，真真是大有手段之人。那时还有魏国公徐达，他是关爷爷转世，生得长身、高颧、赤色，相貌与关真君一样。常遇春是尉迟公转世，后来遂封为鄂国公。沐英是岳爷爷转世，所以相貌与岳少保一毫无二。又有李文忠为文武全才。其余邓愈、汤和、傅友德等，一时云龙风虎之臣、鹰扬罴貔之将，都是上天星宿，一群天神下降，所以旗开得胜，马到成功，攻城略地，如风卷残云，辅佐我洪武爷这位圣人，不数年间，成就了大明一统之业。虽然如此，识异人于西湖云起之时，免圣主于鄱阳炮碎之日，运筹帷幄之中，决胜千里之外，元朝失之而亡天下，我明得之而大一统，看将起来，毕竟还要让他一着先手。《西湖一集》中《占庆云刘诚意佐命》，大概已曾说过，如今这一回补前说未尽之事。

从来道“为国求贤”，又道是“进贤受上赏”，大臣第一着事是荐贤。况天下的事不是一个人做得尽的，若是荐得一个贤人，削平了天下之乱，成就了万世之功，这就是你的功劳，何必亲身上阵，捉贼擒王，方算是你的功劳。从来休休有容之相都是如此。小子这一回书，说与为国求贤之人一看。

话说方国珍倡乱东南，僭了温、台、庆元等路，这是浙东地方了。只因元朝不听刘伯温之言，失了浙东一路，随后张士诚也学那方国珍的榜样，占了浙西一路。那张士诚他原是泰州白驹场人，为盐场纲司牙侩，与弟士德、士信都以公盐夹带私盐，因为奸利，生性轻财好施，颇得众心。士诚因乱据了高邮，自称为王，国号“周”，建元“天佑”。元朝命丞相脱脱总大军讨之，攻城垂破，元主听信谗言，下诏贬谪脱脱，师大溃，贼势遂炽，占了平江、松江、常州、湖州、淮海等路。果是：

一着不到处，满盘俱是空。

那时江浙行省丞相达识帖木迩是个无用的蠢才，张士诚领兵来攻破了杭州，达识帖木迩逃入富阳，平章左答纳失里战死。达识帖木迩无计可施，访得苗军可用，遂自宝庆招土官杨完者，要来恢复杭州。那杨完者是武冈绥宁之赤水人，其人奸诈惨毒，无所不至。无赖之人，推以为长，遂啸聚于溪洞之间，打家劫舍。只因王事日非，湖广陶梦祯举师勤王，闻苗兵杨完者，习于战斗，遂招降之，由千户累官至元帅。陶梦祯死后，枢密院判阿鲁恢总兵驻淮西，仍用招纳。杨完者得了权柄，便异常放肆，专权自恣。达识帖木迩因失了杭州，召杨完者这支兵来，遂自嘉兴引苗军及万户普贤奴等杀败了士诚之兵，复了杭州。达识帖木迩遂从富阳回归。杨完者复了杭州，自以为莫大之功，遂以兵劫达识帖木迩升本省参知政事，其作恶不可胜言。他的兵是怎么样的？

所统苗、獠、侗、瑶答刺罕等，无尺籍伍符，无统属，相谓曰

"阿哥"、曰"麻线"，至称主将亦然。喜着斑斓衣，衣袖广狭修短与臂同，幅长不过膝，裤如袖，裙如衣，总名曰"草裙草裤"。周脰以兽皮曰"护项"，束腰以帛，两端悬尻后若尾，无间晴雨，被毡毯，状绝类犬。军中无金鼓，杂鸣小锣，以节进止。其锣若卖货郎担人所敲者。士卒伏路曰"坐草"。军行尚首功，资抄掠曰"简括"。所过无不残灭，掳得男女，老者幼者，若色陋者杀之，壮者曰"土乖"，少者曰"赖子"，皆驱以为奴。人之投其党者曰"入伙"。妇人艳而皙者畜为妇，曰"夫娘"。一语不合，即刲以刃。

话说杨完者生性残刻，专以杀掠为事，驻兵城东菜市桥外，淫刑以逞，虽假意尊重丞相，而生杀予夺一意自专。丞相无可为计，只得听之而已。正是：

前门方拒虎，后户又进狼。

那杨完者筑一个营寨在德胜堰，周围三四里，凡是抢掳来的子女玉帛，尽数放在营里，就是董卓的郿坞一般。杀人如麻，杭人几于无命可逃，甚是可怜。有梁栋者，登镇海楼闻角声，赋绝句道：

听彻哀吟独倚楼，碧天无际思悠悠。
谁知尽是中原恨，吹到东南第一州。

后来张士诚屡被我明朝杀败，无可为计，只得投降了元朝，献二十万石粮于元，以为进见之资。达识帖木迩亦幸其降，乃承制便宜行事，授士诚太尉之职。士诚虽降，而城池甲兵钱粮都自据如故。后来达识帖木迩气忿杨完者不过，遂与张士诚同谋，以其精兵，出其不意，围杨完者于德胜堰，密扎扎围了数重。杨完者奋力厮杀不出，遂将标致妇女尽数杀死，方才自缢而死。达识帖木迩自以为除了一害，甚是得计。怎知张士诚专忌惮得杨完者，自杨完者诛死之后，士诚益无所忌，遂遣兵占了杭州，劫了印信。达识帖木迩亦无如之何，眼睁睁的看他僭了杭州，只得饮药而死。过得不多几时，连嘉兴、绍兴都为士诚所据，而浙西一路非复元朝之故物矣。正是：

后户虽拒狼，前门又进虎。

说话的，若使元朝早听了刘伯温先生之言，那浙东、浙西谁人敢动得他尺寸之土？后来虽服刘伯温先见之明，要再起他为官，而刘伯温已断断不肯矣。果然是：

不听好人言，必有凄惶泪。

话说刘伯温举荐的是谁？这人姓朱名亮祖，直隶之六安人，兄弟共是三人，亮祖居长，其弟亮元、亮宗。朱亮祖字从亮，自幼倜傥好奇计，膂力绝人，刘伯温曾与其弟亮元同窗读书。刘伯温幼具经济之志，凡天文、地理、术法之事无不究心。亮元的叔祖朱思本曾为元朝经略边海，自广、闽、浙、淮、山东、辽、冀沿海八千五百余里，凡海岛诸山险要，及南北州县卫所，营堡关隘，山礁突兀之处，写成一部书，名为《测海图经》。细细注于其上，凡某处可以避风，某处最险，某处所当防守。亮祖弟兄，因是叔祖生平得力之书，无不一一熟谙在心。亮元曾出此书与刘伯温同看。刘伯温见其备细曲折，称赞道："此沿海要务经济之书也。子兄弟既熟此，异日当为有用之才。"

后元朝叛乱，亮元、亮宗俱避乱相失，独亮祖后为元朝义兵元帅。时诸雄割据，亮祖率兵与战，所向无敌。我洪武爷命大将徐达、常遇春攻宁国，朱亮祖坚守，日久不下。洪武爷大怒，亲往督师。会长枪军来援，我兵扼险设机，元守臣杨仲英出战大败，俘获甚众。数日，仲英与我师通谋，计诱亮祖绑缚来降。洪武爷喜其骁勇，赐以金帛，仍为元帅之职。其弟亮元因兄叛了元朝，不义，遂改名元璄，以示所志不同之意，遂与之绝。亮祖因弟弃去，每以书招之不至，数月后复叛归于元，常与我兵战，为所获者七千余人，诸将俱不能当。后平了常州，洪武爷乃遣徐达围亮祖于宁国，常遇春与战，被亮祖刺了一枪而还。洪武爷大怒，亲往督战，阴遣胡大海率敢死百人，衣饰与亮祖军士一同，合战之时，混入其军，及至收兵，先入夺其门，徐达同常遇春、郭子兴、张德胜、耿再成、杨璟、郭英、沐英追后，亮祖军见城上换了我兵旗帜，惊散溃乱，亮祖与八将混战不过，遂被生擒而来。洪武爷道："尔将何如？"亮祖道："是非得已，生则尽力，死则死耳。"洪武爷命常遇春捶三铁简而未杀，会俞通海力救得释。随使从征，宣、泾诸县望风归附；又同胡大海、邓愈克绩溪、休宁，下饶、广、徽、衢。洪武爷授亮祖广信卫指挥使、帐前总制亲兵、领元帅府事，后升院判。

鄱阳湖大战之时，亮祖同常遇春拼命力战，手刃骁将十三人，射伤张定边，虽身中矢被枪，犹拔矢大战，汉兵披靡。后吴将李伯升统兵二十余万寇诸暨、新城围之，守将胡德济督将士坚守，遣使求援，李文忠同亮祖救之，出敌阵后，冲其中坚，敌列骑迎战，亮祖督众乘之，敌人大溃。胡德济亦自城中率领将士鼓噪而出，呼声动地，莫不一以当百，斩首数万级，血流膏野，溪水尽赤。亮祖复追击余冠，燔其营落数十，俘其同佥韩谦、元帅周遇、总兵萧山等将官六百余名、军士三千余人、马八百余匹，委弃辎重铠仗弥亘山丘，举之数日不尽，五太子仅以身免。张士诚自此气夺势衰。洪武爷大喜，召亮祖入京，赐名马、御衣，诸将各加升赏。

后来大将胡大海知刘伯温之贤，荐于洪武爷，言听计从，鱼水相投，每与密谋，出奇制胜，战无不克，攻无不取，洪武爷信以为神而师之。丙午年十月，洪武爷要下浙江，刘伯温备知朱亮祖之才，荐道："朱亮祖胆勇可任，可为副将军也。"洪武爷遂命李文忠统领水陆之师十余万，朱亮祖为副。亮祖对李文忠道："杭州民物丰盛，攻陷则杀伤必多，守将平章潘原明与我为乡里，当先遣人说之以降，如其不降，亦当有以摇动其心，心摇则守不固，然后多方以取之。”李文忠甚以为是。亮祖遂遣婿张玉往说，选锐士三十人与俱杂处城中，俟戒严五日而后见之。潘原明大骇，自恃兵精粮足，效死以守，张玉多方开谕。潘原明道：“归谢而翁，吾与张王誓同生死，委我重地，何忍弃之？”张玉道：“张王国蹙，何似汉王？君之亲信，孰与五太子哉？今吴亡在旦夕，而君且执迷不悟，一时变生肘腋，献门纳师，身家戮辱，欲求再见，难矣。”潘原明终不忍背，谢而遣之，然而其心自此动矣。朱亮祖定计与李文忠道：“此城不烦一矢，保为君取之。”乃提兵驻于皋亭山，以威声震惊城中，先与耿天璧进攻桐庐。时张士诚的元帅戴元陈兵江上，朱亮祖分遣部将袁洪、孙虎围富阳，从栖鹤山坑进兵，联界四府，出其不意，诸郡震动。戴元力不能支，开壁出降。亮祖单骑入抚其民，复与袁洪合围富阳，擒了同佥李天禄。遂引兵围余杭、临安、於潜等县，守将谢清等五人都望风归顺。潘原明势孤，知不可为，乃遣员外方彝请见约降，亮祖延至军门。李文忠道：“师未及城，而员外远来，得无以计缓我乎？”方彝道：“大人奉命伐叛，所过秋毫无犯。杭虽孤城，生齿百万，择所托而来，尚安有他意乎？”文忠见其至诚，引入卧内，欢笑款接，命条画入城次第，翌日遣归。潘原明遂封府库，籍军马钱粮。文忠与亮祖入居城上，下令敢有擅入民居者斩。有一卒下借民釜，即磔以殉。由是内外帖然，民不知有更革事。凡得兵五万、粮二十万石、马六百匹。文忠与亮祖复攻萧山、绍兴路，克之。从此浙西一路尽为我明朝有矣。洪武爷以潘原明全城归顺，民不受锋镝，仍授浙江行省平章，遂开浙江等处行中书省于杭州，升右丞李文忠为平章政事。丁未年，升朱亮祖中奉大夫、中书省参知政事，代李文忠守浙。那时，亮祖弟亮宗自怀远来，以功入侍。亮元仍避迹山野，不肯归于我明，亦奇人也。亮祖后同徐达、常遇春等破灭了张士诚，洪武爷敕加御史大夫，赐金三十锭、彩二十匹。

那时独有浙东一路为方国珍所据。始初洪武爷攻婺州之时，遣使往庆元，就是如今的宁波府，招谕方国珍。国珍与其下谋议道："方今元运将终，豪杰并起，惟江左号令严明，所向无敌。今又东下婺州，恐不能与抗。况与我为敌者，西有张士诚，南有陈友谅，宜莫若姑示顺从，藉为声援，以观其变。"遂遣使奉书币以温、台、庆元三郡来附，且以其次子关为质。洪武爷道："古人虑入不从，则为盟誓，盟誓变而为交质，皆由未能相信故也。今既诚信来归，便当推诚相与如青天白日，何自怀疑而以子为质哉？"乃厚赐其子关而遣之。洪武爷后察其意终是阳附阴叛，心怀二端，乃遣博士夏煜、陈显道谕方国珍道："福基于至诚，祸生于反复。大军一出，不可以其言释也，尔宜深思之！"国珍始惶惧，对使者谢道："鄙人无状，致烦训谕。"使者归国，遂遣人谢过，且以金玉饰马鞍辔来献。洪武爷却之道："吾方有事四方，所需者文武材能，所用者布帛菽粟，宝玩非所好也。"庚子年，洪武爷以方国珍虽以三郡来附，不奉正朔，又遣人谕之。国珍道："当初奉三郡时，尝请天朝发军马来守，交还城池，不至。今若奉正朔，实虑张士诚、陈友谅来，救援若不至，则危矣。姑以至正为名，彼则无名罪我。况为元朝首乱，元亦恶之，不得已而招我四兄弟授以职名，我弱则不容矣。要之从命，必须多发军马来守，即当以三郡交还。"洪武爷知其心持两端，道："且置之，俟我克苏州，彼虽欲奉正朔迟矣！"

始初国珍约降之时，原说俟下杭州即当入朝献地，及降了杭州，破灭了张士诚，他仍据境自若；又累假贡献，觇我虚实，又北通扩廓帖木儿，南交陈友定，图为犄角之势。洪武爷累书责其怀奸挟诈，阳降阴叛，且征其贡粮二十三万石，国珍不报。洪武爷遂遣汤和率师讨之，国珍遁入海岛，师劳无功。刘伯温奏道："方国珍倚海保险，狡黠难制，苟不识沿海形势、港泊浅深、礁巉突兀、避风安岙、藏舟邀击之处，难以避敌扼险、设奇出伏决胜也。臣昔与朱亮祖弟亮元共学，曾出其叔父朱思本《测海图经》示臣，自粤抵辽东边海险要皆注图说，其关隘捷径，计里画方，确有成算。亮元能熟谙之，此人不可招致，亮祖亦颇知之。浙东主将，非亮祖莫可任使。”洪武爷复以亮祖为浙江行省参知政事，统领马、步、舟师三万人，开府浙东。有诗为证：

万里波涛万里山，山礁突兀水千湾。
图经测海千秋事，亮祖当时镇百蛮。

话说洪武爷听刘伯温之言，命朱亮祖统领马、步、舟师三万人讨方国珍于庆元，弟国瑛、国璋于台州。亮祖领兵攻关岭山寨，一鼓破之，乘胜至天台，县尹汤盘以城降，遂统水陆二军进向台城。方国瑛率劲兵出战，前锋击却之，遂乘山攻打，焚其东门，士卒溃乱不守。国瑛自料抵敌不过，夜从间道出兴善门，以大船载了妻子奔于黄岩县。亮祖入城抚安其民。始初国瑛要遁入海岛，适值国珍入庆元，治兵为城守之计，使都事马克让来谕国瑛坚守地方，国瑛遂据住黄岩县。国珍见事势危急，复结海中大盗来援，又分遣人引日本岛倭入寇。探事人来报了亮祖。亮祖遣儿子朱暹同朱忠邀其来路，各领舟师二百人伏于牛头、钓崩两岙。时贼船十余只过昏山，朱暹舟突出占住上风，出其不意，贼船惊散。朱忠兵船四面合围夹攻，标枪毒矢，毙其篙师，又用善伏水之人凿其船底，上攻下凿，贼莫能支。火箭火炮乱施，贼船火发，船底之水又滔滔的滚将入来，再无逃避之处，溺死千余人，生擒二百余人，贼首陈敬、陈仲被我兵拿住，叩头乞命。朱暹责问道：“我父子兵取绍兴，至台州，所向无敌，方国珍兄弟父子不日便要授首，尔敢助贼以挠我师，此是何意？”陈敬、陈仲道：“方殿下以重币金银器皿约我兄弟共退大兵，取台州、绍兴，画江以守，许封我侯爵。”朱暹笑道：“尔等也要图封拜？方国珍剽劫小寇，仅得三州，欲抗王师，若釜中鱼耳。我朱殿下圣文神武，四海属心，应天顺人，舆图并有大半。尔在海上劫掠犹为未足，复党叛贼，欲图侥幸，自来送死，还思求活耶？”敬、仲二贼哀求免死，后当捐躯报德。朱暹叱道：“叛贼逆天，罪宜族灭。”令朱忠领兵押其党，捣彼海岛巢穴，俘其家属，悉来就戮。朱忠至彼，焚毁其巢，械其妻子家属，并虏中积聚，载之以随。敬、仲与妻子对泣，朱暹亦怜之，送父军前，乞赦其死。亮祖谕之道：“胡元乱华，群雄并起，虽海陬奸宄亦蓄异志。尔所从非人，败则为虏。今日至此，万无生理。按军法当分尸枭示方是。我今体上天好生之心，推吾主不嗜杀人之念，当请之主上，待尔不死。”乃亲释其缚，以妻子财物还之。敬、仲二人叩首，愿将财物献上，以完军费。亮祖不受道：“尔得此改心易虑，为浙东布衣，能不负保全之意否？”敬、仲复叩首道：“愚民抗犯王师，自甘天诛。将军有再生之恩，即令赴水火，当捐躯以报，敢再反耶？”亮祖推心以待之。敬、仲感激思奋，对朱暹道：“闻方氏遣使臣厚赍礼物，往结海岛，通市倭主，大小琉球、萨摩州五岛，伊岐、对马、多艺等岛借兵，各船集泥湖礁，约定分踪往取苏、杭、常、太、建康等府，夺朱殿下地方。今约日将至，将军须早为之计。”朱暹道：“吾家为元朝经略边海，自广、闽、浙、淮、山东、辽、冀，延海八千五百余里，凡海岛诸山险要，及南北州县卫所、营堡关隘御敌处，各有方略，何惧倭夷百万？我主帅周知地利险夷，各岛出没皆有常处，备御多方，用兵如神，百胜百战。倭夷乌合之众，吾当以计尽剿灭之。”陈仲道：“我等蒙再生之恩，当效死力。”亮祖因问道：“岛中倭主未必齐来，若来，尔有何计待之？”敬、仲对道：“我兄弟往来海岛二十余年，各岛倭主相识信任，且知我为方王所用。若以十船带善驾识海之人，假方王旗帜，多备牛酒充犒师之物，愿为前驱往献，可知各倭消息。主帅可设应敌之方。”亮祖大喜，抚其背道：“此言正合我意。方欲为此，无可遣者。公怀此忠义，殆非降虏可比也。”遂与之同饮甚欢，刺血为盟，以心腹委之。十月小汛，亮祖令朱暹、朱忠同陈敬、陈仲并其党能知倭情、通夷语及我兵善驾舟识海道者，通共千余人，统领十舟，下迭芦苇，上列牛酒水米，尽用方王旗号，自海门出洋，过大陈山而去。有诗为证：

假张旗帜混方王，夷狄攻夷计策良。
自是伯温能报主，荐贤为国靖封疆。

话说亮祖得夷狄攻夷狄之法，以陈敬、陈仲做了心腹，装载船只，假张方王旗号，开出海洋，果遇方国珍遣人迎倭船四只而来。陈仲通了倭话，跳上倭船，尽将倭夷杀死；并以其所赍物往迎，直抵五岙，有八岛倭船主先集约八千余人。陈敬、陈仲呈上国珍所送书礼，盛陈犒劳供馔，群倭甚喜：陈仲道："方王望救甚急，令我弟兄来迎。"各许即日开洋，我船与倭船间行而来。

先是十月朔，亮祖简阅精锐之士，陈兵龙王堂，祭了海神及前代经略海防功烈祠宇，统战船二百艘，督兵二万，驾出海洋，抵陈钱下八山，哨船连报嘹见倭船。亮祖命我兵避匿安岙，远远嘹见倭船近温州洋下碇。至于将暮，亮祖与儿子暹合船进发，号炮三声，出其不意，突占上风，杂施火铳，长短标枪，弓弩齐发。群倭束手，不能出舱，驾舟舵公都被击伤。烟焰障天，倭被我兵围拢，窜水者俱被挠钩搭起，杀死八千余倭，一鼓而尽擒之，岂不畅快也哉！生擒倭酋哈日郎、萨多罗真、古欢昔容、夜郎孟哮罗等数十人，朱暹都绑缚到黄岩城下，一刀一个，斩了这些倭奴驴头。那时哈儿鲁守黄岩，心胆俱丧，即时迎降。亮祖入抚其城，遂取了仙居、宁海等县。亮祖与儿子暹道："方氏出没海岛，擅鱼盐之利，富甲天下，自谓闽、粤、浙、淮、燕、齐滨海之地，可分据以争天下，计难卒破。"亮祖善察地理，每夜登高望山，见有一方王气在杨氏山，遂发其地以破之。亮祖又同吴祯袭取明州，方国珍子明善知亮祖难与抵敌，急急浮海，奔于乐清之盘屿。亮祖身先士卒，追至海门口与战，自申至夜，三鼓克之，大获其战舰士马，乘机进兵温州，扎兵马于城南七里。明善对父亲道：“朱亮祖父子智勇绝伦，若至围城，难以为备。今乘其初来疲困，以逸待劳，将锐兵三道击之，可挫其锋。”明善统领劲兵万余突出，与朱暹交战良久。亮祖遣人束刍扬草，出其不意，从旁夹攻，明善大败而走，破其太平等寨，余兵溃奔入城。亮祖遣部将张俊、杨克明攻打西门，徐秀攻打东门，柴虎领游兵策应，四面攻打，遂破了温州，拿其员外刘本易。方国珍父子急携妻子遁去。朱亮祖入城抚安居民，分兵徇瑞安，守将同佥喻伯通亦降。国珍仍遁入海岛。洪武爷复命廖永忠会汤和兵追之，海道郡县相继都下。汤和遣张玉持书招降国珍，谕以朝廷威德，及陈天命所在。国珍计穷力竭，甚是惶惑，乃遣子明善奉表乞降。亮祖迎之军门，汤和乃遣使送国瑛于建康，得器械舟楫以万计。亮祖乃抚定温、台、明三郡，从此浙东悉平矣。遂进平章，后又同大将军平山东，平陈友定，平两广。三年十二月，大将军徐达征西，副将军李文忠平沙漠，俱班师凯旋。丙申，诏封功臣。赐金书铁券，略云：

> 朕观古昔帝王创业垂统，皆赖英杰之臣。削平群雄，戡定暴乱。然非首将仁智勇严，何能统率三军、弼成伟功哉？我朝副将军亮祖宗臣有识，首应义旗，为朕将兵十有五年，池、泰转战，鄱阳援翊，灭汉歼吴，平方诛定，开拓南北浙、闽、江、广、山、陕，席卷中原，威振塞外，擒王斩将，不可胜数。顷者诏令班师，星驰来赴。朕念尔勤劳既久，树绩尤多，今天下已定，论功班赏，宜进高爵。尔辞疏属，愿就列侯，足昭谨厚。是授尔开国辅运推诚宣力武臣，特进荣禄大夫、柱国少傅、中书右丞同平章事、永嘉侯、参军国事，食禄一千五百石，俾尔子孙世世承袭。朕本疏愚，咸遵先代哲王成宪，兹与尔誓：除逆谋不宥，其余若犯极刑，尔免二死，子免一死。於戏！高而不危，所以长守贵；满而不溢，所以长守富！尔当慎守斯言，谕及子孙，世为宗臣，与国同休，顾不伟欤！

诰赠三代绮帛百匹，免其田土赋税五十顷。朱亮祖之所以能如此者，皆因刘伯温知其才而荐之也。

始初方国珍倡乱之时，啸聚诸无赖之众据于淡洋，其地僻远险阻，南抵福建界，名曰“三魁”，盖私盐盗贼出没之地，方国珍因此而作乱。刘伯温深知其弊，遂奏欲于淡洋处立巡简司以治其险恶，命儿子琏上奏，而不先白中书省。丞相胡惟庸大怒，遂欲药死刘伯温。盖知无不言、言无不尽，刘伯温真可谓忠于洪武爷者矣。所以在元朝目击当时之乱，遂赋诗道：

群盗纵横半九州，干戈满目几时休？
官曹各有营身计，将相可曾为国谋！
猛虎封狼安荐食，农夫田父困诛求。
抑强扶弱须天讨，可怪无人借箸筹。

第十八卷

商文毅决胜擒满四

花则一名，种分三色：嫩红、妖白、娇黄。映清秋佳景，雨霁风凉。郊墟十里飘兰麝，潇洒处旖旎非常。自然风韵，开时不惹蝶乱蜂忙。

携酒独挹蟾光。问花神何属？离、兑中央。引骚人乘兴，广赋诗章。几多才子争攀折，嫦娥道三种清香：状元红是，黄为榜眼，白探花郎。

这一只词儿是西湖诗僧仲殊赋桂花之作，调寄《金菊对芙蓉》，将三种桂花比着状元、榜眼、探花三及第，然状元居首，尤为难得，所以将红色桂花为比，独有中三元者，更难其人，宋朝却有三个。那三个？王曾、冯京、宋庠。这三个都是忠孝廉节、光明正大、建功立业、道高德重、学问渊源、真正不愧科名之人。我朝共有二人，一是南直隶池州贵池县许观，后复姓黄，字澜伯，洪武爷二十四年辛未，御笔亲赐状元及第，官为礼部侍中，是个赤胆忠心之人，建文年间与兵部尚书齐泰、御史大夫练子宁、文学博士方孝孺一班儿忠心贯日之人，一同辅佐。不期永乐爷靖难兵起，黄观草诏，极其诋斥。谁知永乐爷是北方玄武真君下降，每每出阵，便有龙神来助，十战九赢，就到危难之时，定有龟、蛇二将从空显灵救护。以此从北平直杀将过来，势如破竹，无人抵敌。看看将近南京，事在危急存亡之间，建文爷慌张，草下诏书，命黄观募兵上游，并督诸郡勤王，前来救驾。黄观急急领诏而去，到得安庆地方，谁料靖难兵已打破了金川门。黄观闻变，大声痛哭，对人道："吾妻翁氏德贞行淑，素有节操，断不受辱。"即时招魂，葬于江上。明日，家中一人从京师奔来，说打破京城之日，翁夫人与二位小姐一家俱被象奴拿住，夫人脱头上钗钏付与象奴，叫象奴去买酒肴。待象奴去后，夫人急急携了二位小姐并合家十余人口，一齐投在通济门桥下而死。黄观闻了痛哭道："我道吾妻必然尽节而死，今果然矣。"后来永乐爷登了宝位，黄观到得李阳河，被使臣一把拿住，要黄观入朝面圣。黄观徐徐对使臣道："吾久失朝仪，今既入朝，必先演习礼文。"就把朝衣幞头穿得端正，东向再拜，向着罗刹矶急流之中，踊身跃入河中。使臣大惊，急急把钩子捞救，只钩得金丝幞头起来，只得把这顶金丝幞头献与永乐爷。永乐爷因前草诏诋斥之故，大加震怒，束草为黄观之像，把这顶金丝幞头戴在上面，碎剉其身，以示凌迟之意，抄没其家，并及姻党。因此把《登科录》上削去了名姓，反刊第一甲一名韩克忠、第二名王恕、第三名焦胜，所以人不知黄观中三元。过后三十年，清江县尹龚守愚念其忠义，在黄观旧居之地建立祠堂祭祀，至今南京赛工桥侧亦有翁夫人及二位小姐祠墓。看官，你道黄观一家十余口人尽忠尽节而死，这样一个三元，岂不是为我明增气、为朝廷出色的人么？有诗为证：

阖门尽节从来少，若此三元事更奇。
为子为臣真大节，经天日月姓名垂。

又有诗为证：

靖难师来不可当，黄观捧诏督勤王。
谁知大数皆前定，赢得声名到处香。

这黄观是国初第一个三元了。第二个便是商辂。国初科甲之盛无过于江西，所以当初有个口号道："翰林多吉水，朝内半江西。"自商辂中三元之后，浙江科名遂盛于天下，江西也便不及。此是浙江山川气运使然，非通小可之事。在下未入正回，且把两个争状元的故事一说。两个争状元的究竟都中了状元，世上有这样希奇的事！譬如别样可以人力谋求，若是"状元"二字为天下之福，圣主临轩策士，御笔标红，此是前生宿世种下之因，亦是神鬼护佑之事。两个争状元究竟都做了状元，那"状元"二字却就象在他荷包里一般的东西，随他意儿取将出来。可见人定胜天，有志竟成，富贵功名可以力取，何况其余小事。在下做这一回小说，把来与有志人做个榜样。

话说杭州钱塘县一人姓李名旻，字子阳，号东崖，他原不是李家的子孙，他是于忠肃公之孙、于冕之子。于冕侍妾怀孕，正当忠肃公受难之时，举家惊惶逃窜，于冕侍妾怀孕出逃，后来遂嫁于李家，生出李旻。李旻的父亲是个穷人，李旻自幼读书之日，每每出其大言要中"三元"，李旻母亲亦每每帮助儿子，共有此志。成化十六年庚子，李旻考科举，正试见遗。李旻拥住提学道轿子禀道："宗师老大人，若不取李旻科举，场中如何得有解元？"提学道立试果佳，遂取李旻科举。钱塘县学起送科举之日，有五色鸟飞来，毛羽可爱，栖于明伦堂梁上。众秀才群聚而观之，并不惊惧。李旻胸中暗暗的道："此是文明之兆，吾当中解元无疑。"遂赋诗自负：

文彩翩翩世所稀，讲堂飞上正相宜。
定应览德来千仞，不但希恩借一枝。
羡尔能知鸿鹄志，催人同上凤凰池。
解元魁选皆常事，更向天衢作羽仪。

果中解元。那第二名却是绍兴余姚王阳明先生之父王华。那王华也是要中三元之人，因李旻中了解元，便气忿不过，对李旻道："子阳兄，我今年让你中了解元，来科状元准定是我小弟了，断不敢奉让。你今休得要上京会试。”李旻道：“明年状元让你，下科状元又准定是我小弟了，便让你做明年状元罢。”说罢，彼此大笑。李旻果不进京会试，王华遂中了辛丑状元。李旻大笑道：“王年兄的状元是我让与他做的，我若进京会试，这状元如何到得他手里？”癸卯冬天，李旻将进京会试。他一个朋友锁懋坚，是西域人，长于诗赋，知李旻大才，自负不凡，有中状元之志，做只词儿饯行，调寄《正宫谒金门》，云：

人舣画船，马鞍上锦鞯。催赴琼林宴，塞鸿里暮秋天。绿酒金杯劝。留意方深，离情渐远，到京廷中选。今秋是解元，来春是状元，拜舞在金銮殿！

李旻果中状元，官拜翰林院修撰，后来做到南京吏部侍郎。那浙江志书上，载他做祭酒的时节，能振起师模，不负所学。住在吴山下，环堵萧然，死之日家无余财，是有德有品之人。那王华做到吏部尚书。两人声名人品，都可谓不愧科名者矣。有诗为证：

富贵可以力求，功名夺得头筹。
说与有志男子，何须羡彼王侯！

话说那中三元的商辂，字弘载，号素庵，谥文毅，是浙江严州府淳安县人。他的父亲是严州府一个提控，住于公廨之中，在衙门数年，一味广积阴德，力行善事，那舞文弄法的事，不要说不去造作，就是连梦也都不曾做，甘守清贫。他母亲也是个立心平易之人，若是那没天理枉法钱财，夫妻二人断然不要。大抵在衙门中的人，都要揉曲作直，以是为非，以非为是，上瞒官府，下欺百姓，笔尖上活出活人，那钱财便就源源而来。商提控一味公直，不要那枉法的钱财，自然家道清贫。夫妻二人常对天祷告道：“我不愿枉法钱财，但愿生个好儿子足矣。”正是：

公庭里面好修行，不受人间枉法钱。

话说淳安府一个人姓吉，排行第二，被仇家诬陷。那仇家广有势力，上下都用了钱钞，将吉二下在牢里，要置之死地。商提控怜吉二无辜，一力扶持出来，保全了性命。正是：

当权若不行方便，如入宝山空手回。

话说商提控救出了吉二，那吉二感恩无地，无力可报。一日，商提控从吉二门首走过，吉二一把拖住商提控衣袖，再不肯放，邀到家里坐地吃茶，商提控苦辞不要。怎当得吉二抵死相留，吉二一边走去买些酒肴回来，叫妻子孙氏整治。那孙氏颇有几分颜色，吉二叉手不离方寸，对孙氏说道："我感商提控之恩，无力可报。今日难得大恩人到此，我要出妻献子，将他饮到夜深时分，你可出去陪宿一宵，以报他救我性命之恩，休嫌羞耻则个。"孙氏只得应允。安排酒肴端正，吉二搬将出来，请商提控吃。商提控甚是过意不去，一杯两盏，渐渐饮到夜深时分，吉二托说出去沽酒，闪身出外，再不回来。商提控独自一个，却待起身，只见门背后闪出那个如花似玉的孙氏来，深深道个"万福"。商提控吃了一惊，孙氏便开口道："妾夫感恩，无地可报。今日难得大恩人到此，妾夫情愿出妻献子，叫奴家特地出来劝提控一杯酒，休嫌奴家丑陋则个。"说罢，便走将过来斟酒。商提控惊慌，急急抽身出外而去。回来对妻子说了，以后再不敢打从吉二门首经过。三日之后，夫妻二人都梦见本府城隍之神对他说道："子累积阴功，广行方便，上帝命我赐汝贵子，以大汝门户。"就把手中一个孩儿送与他夫妻二人，遂腾云而去。从此妻子怀孕，生下商辂，那时是永乐甲午二月二十五日。

生下之时，满室火光烛天，合衙门中人都见有火，尽来救应。太府亦见火光遍室，衙役禀说公廨失火，太府急急收拾紧急文书，一壁厢叫人救火，一壁厢叫人防守库狱。顷刻间来报道："并无火烛，只是商某家生下一个孩儿。"太府大惊道："此子必然有异。"就吩咐左右道："待此子满月之日，可抱来一见。"满月之日，商辂父亲抱见太府。太府看他目秀眉清，神气轩豁，啼声响亮。太府抱在膝上，欢喜非常，对他父亲道："尔子上应天象，必非尘凡之器，他日必为朝廷大瑞，与国家增光者也，岂徒科名而已哉！尔好为看视教训，待其成立，断能大尔门户也。"就命将黄凉伞罩送之而出。后来渐渐长大，读书识字，便出口成章，一目数行，下笔磊磊惊人。宣德十年乙卯中解元，那时只得二十二岁。

进京会试不中，李时勉做祭酒，一见商辂，便知他是个非常之人、公辅之器，异常敬重，就教他读书于东厢之后。到正统九年乙丑会试中会元，廷试状元及第，那时年三十二岁，官拜翰林之职。后来他父母都受了诰命，真是阴德之报。在下先将他父母的阴骘报应说过了，方才下文说商辂本身的立朝事业，为朝廷柱石，千载增光。有诗为证：

阴德昭昭报不差，三元儿子实堪夸。
山川灵异俱闲事，只是心田二字嘉！

不期己巳年，正统爷幼冲之年，误听王振之言，御驾亲征鞑虏也先，失陷于土木地方。败报到来，满朝文武惊惶无措。幸得兵部尚书于谦力主群议，请景泰爷监国，以安反侧。商辂竭力辅佐于谦，共成此议。有个不知利害的徐理，创为南迁之计。商辂与于谦，并内臣全英、兴安共为唾斥，方才人心宁定。商辂因于谦在山西、河南做了十九年巡抚，熟于兵机将略，凡事有老成见识，故事事听他说话，遂协同于谦文武等臣，经略战守。后来正统爷回朝，商辂奉命到居庸关迎接回来，居于南城。锦衣卫指挥卢忠上变，妄说南城事体有不可知之变。景泰爷大怒，穷治不已。商辂对司礼监王诚说道：“卢忠本是个疯子，岂可听信他胡言乱语，坏了大体，伤骨肉之情。”王诚将此言禀与景泰，景泰爷方才大悟，将卢忠杀死。后来景泰又要易正统爷东宫，众臣共议。商辂道：“此国家大事，有皇太后在上，臣下谁敢轻议？”景泰不听商辂之言，毕竟易了东宫，升商辂兵部左侍郎兼左春坊大学士。景泰五年，礼部章纶、御史钟同，因景泰爷所立东宫遘疾而死，遂上本要复立正统爷太子。景泰大怒，要将二臣置之死地。商辂力救，免得章纶一人。后景泰爷正月病重，商辂同阁老陈循议请复立正统爷太子，商辂遂于奏疏上增二语道：“陛下为宣宗章皇帝之子，当立宣宗章皇帝之孙。”

正要明日奏进，不意石亨、徐有贞一干人；斫进南城，迎接正统爷复登宝位，遂将兵部尚书于谦诬致死地，深可痛惜。次日正统爷召商辂并阁老高谷到于便殿，慰安道：“朕在南宫，知尔二人心无偏向。如今正要用尔，宜用心办事，且计议改元年号。”就命商辂草诏。石亨私自对商辂道：“今年赦文须一抹光，不须别具条款。”商辂道：“自有旧制，孰敢擅改？”石亨大怒，遂诬奏商辂，要与于谦一同处死。内臣兴安要救商辂，乘机禀道：“当时此辈附和南迁，不省将置朝廷何地。如今恃着夺门之功，便敢如此大胆放肆。”正统爷方才解了怒气，止削商辂官爵，原籍为民。商辂免得作无头之鬼，归来道：“今日之余生，皆天之所赐也，怎敢干涉世事？”因此纵游于西湖两山之间，终日杯酒赋诗，逍遥畅适。后来正统爷在宫中每每道：“商辂是朕所取三元，可惜置之闲地。”屡欲起用，怎当得左右排挤之人甚多，竟不起复，在林下十年。

成化爷登基，追念商辂当日之功，遣使臣驿召到京。那时还未有复职之命，朝见之日，方巾丝绦，青布圆领，自己称道：“原籍为民臣商辂，行取到京陛见。”成化爷龙颜大喜，仍复原职，入内阁办事。

那时皇庄甚为民害，商辂奏道："天子以天下为家，何以庄为？"后因地震，上疏乞休，不准所奏。一个御史林诚，又因星变，诬奏商辂不职，因说景泰间易储之事，商辂因而求退。幸得成化爷是个圣主，不听林诚之言，反加林诚之罪，遂批下旨意道："朕用卿不疑，何恤人言？"商辂又恐伤了言官，有负圣主之意，随上一本道："臣尝劝上优容言官，已荷嘉纳。如修撰罗伦等，皆复收用。今因论臣而反责之，如公论何？"成化爷就从其言，仍复林诚之职。又召商辂到御榻前，勉慰再三，遂升为兵部尚书，仍兼学士，又改户部尚书。十一年，兼文渊阁大学士。一日召见，议及景泰爷监国之事。商辂恳恳奏道："昔景泰有社稷功，当复帝号。"兴安遂流下泪来。成化爷亦流泪，因而遂复了帝号。后来成化爷深知于谦有保社稷之功，被石亨、曹吉祥冤枉而死，后石亨、曹吉祥俱以谋反诛死。于谦之子于冕上疏白父亲冤枉。成化爷深怜其忠而复其官，赐祭。商辂遂作制辞道：

当国家之多难，保社稷以无虞；惟公道而自持，为权奸之所害。在先帝已知其枉，而朕心实怜其忠。

金英、兴安读了道："唯吾与尔亲见其事，深知其功，他人不能知也。于谦有灵，死亦瞑目矣。"天下因诵而称之。自此之后，于谦之冤始大白于天下。

且不说商辂随事有补衮之忠，再说嘉兴府一个具经济之才出色的人，这人姓项，名忠，字荩臣，谥襄毅，是正统七年进士，为刑部员外郎。随正统爷亲征，失陷土木，鞑靼着他牧马于沙场，剥去了衣服，胡服胡衣，囚首垢面，蓬头跣足。项忠受这苦楚不过，骑了他一匹好马，潜地逃归，从间道而走，远远望见胡骑出没，又恐被他拿去，只得昼伏夜行。争奈不识路径，望北斗南走，走过四夜，不知经了多少路程，连马都走不动了。项忠自觉心下慌张，只得弃马步行，渐渐走到一条死路，是插天的高山。这山名为石城山，团团似个城子一般，悬崖峭壁，有数千丈之高。项忠叹息道：“吾死于此地矣。走到天尽头，却怎生区处？”彷徨四顾，却似有路可登，只得攀藤附木，一步步挨将上去，渐至山顶，周回一看，原来这山四围都高，竟像城墙模样，山顶宽平，可容数千人之多，独中间有路一条可上。项忠看了形势，暗暗道：“此地甚险，若屯数千人于其中，虽千军万马不能攻也，但无水泉耳。”说罢，肚中饥渴之极，脚跟肿痛，行走不牢，一交跌倒在地。倚石叹息，看看垂死。恍惚之间，见一个金甲神人扶他起来道：“此尔异日发迹之地也。”说罢不见，但见一大块物遗弃地下，项忠近前一看，却是一大块肉干。项忠取而食之道：“怎生得一口泉水救命方好？”遥望见山下一股清泉，项忠一步步探将下来，走到泉水边，吃了数口，方才神清气爽道：“今番有命了。”那泉水离山有数里之遥，项忠暗暗的道：“若断绝了这股泉水，此山之险，亦无所用之矣。”遂放开脚步逃命，共走了七夜，才到得宣府。关吏来报了御史张昊、巡抚罗亨信，传令放进关内。进得关内，一交便跌倒地下，晕死多时，用姜汤灌下，方才苏醒，一步也走不起。看其脚下有刺蒺藜数百，罗亨信叫人与他拔去，拔了数日方才拔完，共有一升之数，满脚红肿，皮肉裂开，血流不止，病卧了三个多月，方才走得起，有诗为证：

吉人自有天相，临危自有神扶。
若非功名不朽，准准死在穷途。

话说项忠自病好之后，渐渐做到都御史之职。那时陕西固原土韃满四，聚众作反。只因都指挥刘清、守备指挥冯杰二人剥削军兵，又逼索各土韃贿物，各土韃怨恨入骨，满四因此遂纠聚数千人作反，就屯据于石城地方。刘清领兵与战，大败亏输而走。陕西镇巡抚遣都指挥邢端、申澄率领各卫军兵与战，只一合，满四将申澄杀于马下，邢端率领军兵逃回本阵，远近震骇。朝廷差陕西巡抚都御史陈介、总兵宁远伯任寿、宁夏总兵广义伯吴琮、延绥都御史王锐、参将胡恺，各统所部军兵会讨。宁夏兵先到，陈介、吴琮二人不等延绥兵到，麾兵直捣石城。不期被满四先伏数支兵在于石城远处，等得宁夏兵到，先前一队诈败佯输，诱引宁夏兵深入重地，数支兵一齐掩杀将来，众兵劳困饥渴，大败而走，杀死数千人，贼势甚是猖獗。朝廷遣都督刘玉总兵、都御史项忠提督军务，前来剿除满四。项忠前次曾到石城，备知形势险隘，只有坐困一法。遂分兵七路，恐有埋伏，一路斫削草木，烧之而进，使贼人不能伏兵，渐渐逼近贼巢，团团围住，先锋伏羌伯毛忠奋勇当先，登山仰攻，不期被贼人当头飞下一个炮石而死。众军心慌，一齐退后。项忠就马上把一个当先退后的千户斩首示众，众军方才扎得脚住。满四见官军退后，正欲乘机追杀，见官军一齐扎住，号令严明，便不敢追杀过来。远近闻得毛忠战死，人心汹汹。兵部尚书道："满四骁勇，今屡次战胜，倘与北虏连兵，则关、陕危矣。"遂交章请益兵赴援。朝廷遂遣抚宁侯朱勇领京兵四万前往助战。抚宁侯遂奏定赏格：如生擒贼首一人，与世袭指挥使，赏银五百两，数人共擒得者，赏亦如之。

不说朝廷要再差援兵救应，再说项忠备知贼巢只靠此一股泉水救命，必有重兵防守，遂差一支兵摇旗擂鼓，虚张声势，前来搦战；却另拨一支精兵伏于泉水左侧，待守水口贼人出战，就着这支精兵夺他水口。那守水口贼人听得战鼓齐鸣，一齐杀出，官兵略战数合，便弃甲而逃，贼人渐渐追远，追之不及，回归水口，早被官兵大队占住水口。贼人奋勇厮杀，怎当得项忠自领一队劲兵而来，势如风雨，贼人四散奔走，生擒活捉者不计其数，余贼逃回石城山。项忠直逼贼巢，围得铁桶相似。满四见官军夺了水口，自觉心慌，几番奋勇杀下山来要夺水口，怎当得项忠亲自披着甲胄立于矢石之下，那矢石如雨点般射将下来，项忠身自督战，再不退步。露宿六十余日，先后共战二十余阵，自叹道："奉命讨贼，久无成功，死所甘心。"众军见项忠如此，人人鼓勇，个个争先。

不说项忠在此与满四苦死厮战，且说朝廷差使臣来问项忠道：“事体何如？”项忠备细奏上一本。朝廷还不知胜负如何，命司礼监怀恩、许安、黄赐三人到阁下召兵部尚书计议道：“京军决然要去救援。”内阁彭时是正统十三年状元，甚有见识，同商辂一齐道：“前日贼若四出攻劫，诚可骇惧。今入山自保，我军围守甚固，不一两月必然困穷成擒。况项忠自土木归来之后，曾经石城山过，地理熟识，与他人悬断者不同。今观其奏疏，情理曲折，如指诸掌，定有成算，京军何用再行？”兵部尚书因商辂不听他言，忿忿的道：“项忠若败，必斩一、二人，然后发兵去救。”众官都不信商辂二人之言，恐未免有失。果然项忠一连围困了三月，水草都尽，人马饥饿而死者不计其数。贼将有个杨虎狸，骁勇有谋，是满四的谋主，见势头有些决撒，私走下山，到军门投降。项忠便极意招安，就解身上金钩为赠。杨虎狸感恩图报，项忠教他擒满四来献。杨虎狸领命而去，果然诱满四出战。次日，项忠领兵当先，伏兵东山口，杨虎狸从贼巢中反杀起来，生擒满四，余党溃散，斩首七千余级，俘获者不计其数。将满四献俘处死，文武百官方服商辂见识之高。果是：

运筹帷屋之中，决胜千里之外。

话说成化爷的嫡母慈懿太后钱氏崩了，那时生母太后在上，不欲将钱太后与正统爷合葬，遂命司礼监传旨，命大臣另议葬所。众臣都不敢发言，独商辂与彭时两个开口道：“此是一定之礼，无可别议。梓宫当合葬裕陵，神主当祔庙。”内监夏时道：“钱太娘娘无子，又有疾病，怎生好入山陵？只该另葬为是。”商辂、彭时两个齐声道：“太后母仪天下近三十年，为臣子者岂宜另议葬所。况且此事关系非小，一或乖礼，何以示天下后世乎？”夏时大声道：“你们休得固执，此是太娘娘主意，怎敢抗违？”两个又道：“虽是太后主意，臣子自当力争，不可使上有失德。”夏时又大声发话道：“你们抗违，只怕明日体面不好，休得懊悔！”说罢，忿忿而进，众官都各面面失色，商辂二人道：“明日不可畏惧，断要力争。”次日，成化爷御文华殿，召内阁各官面谕道：“慈懿太后当如何？”彭时对道：“只合依正礼行，庶全圣孝。”成化爷道：“朕岂不知依正礼行是好，但与太后有碍，故令尔等合议，务要处得合宜。一商辂对道：“外议汹汹，若不合葬，则人心不服，且于圣德有损。虽圣母有言，亦不可从也。”成化爷半日不言语，良久方道：“合葬固是孝，若因此失圣母之心，亦岂得为孝乎？”商辂二人都道：“皇上大孝，当以先帝之心为心。昔先帝待慈懿太后始终如一，今若安厝于左而虚其右以待后来，而两全其美矣。”后来者，指太后也。成化爷虽未应允，而玉色甚和，绝无怒容。二人又道：“臣等意未尽，欲具本言之，乞皇上再三申劝圣母，以终大事。”成化爷把头略点了一点。这日晚间，商辂二人具奏备言：“祔葬祔庙，所以体先皇笃夫妇之懿，昭今上全子母之情，断不可有异议。”又谓：“夫有出妻之礼，子无弃母之道，此事关系纲常，不可有失，贻万世讥议。”辞极恳切。成化爷内批，仍欲别寻葬地。商辂遂同彭时并礼部尚书姚夔，率领百官伏文华门，号哭不起，声闻于内。成化爷方才感动，太后亦悟，即传旨宣谕道：

卿等昨者会议，大行慈懿皇太后合祔陵庙，固朕素志。但圣母有碍，事有相妨，未即俞允。朕心终不自安，再三据礼祈请，圣慈开谕，特赐允诺。卿等其如前议施行，勿有所疑。故谕。

商辂、彭时与各官遂呼万岁而退。看官，你道这一件大礼，若不是二位状元宛转力争，可不是陷君父于有过之地么？有诗为证：

朝廷大礼事非轻，慈懿娘娘合葬成。

全赖大臣调护力，方知圣主藉贤卿。

成化爷欲建玉皇祠于宫中，商辂又力言其非礼，再三劝戒，因而遂止。

时万贵妃有宠。弘治爷是纪贵妃所生。纪贵妃怀孕之时，万贵妃得知大怒，将纪贵妃百般凌虐，百般下药，要打堕身孕。谁知弘治爷是个圣主，当有十八年天下，自有鬼神呵护，就像生铁铸母腹中的，怎生打堕得下？成化爷知万贵妃妒忌，只得托言纪贵妃有病，出居安乐堂，假说纪贵妃生了痞块，并非身孕，瞒过了万贵妃。一壁厢却暗暗叫门官照管，遂生下弘治爷。纪贵妃乳少，内监张敏使女侍以粉饵哺之，百般保护。后来万贵妃生了一子，立为皇太子，未及一年，患痘而死。万贵妃后来亦竟无身孕。那时弘治爷年长六岁，张敏因厚结万贵妃主宫内监段英，乘机转说，万贵妃大惊道：“怎生不早教我知道？”遂具服进贺，厚赐纪贵妃，择吉日召皇子入昭德宫，次日迁纪贵妃于永寿宫。中外各官一喜一惧，喜的是立太子，惧的是尚有不可知之事，要请皇太子与纪贵妃同处，才脱虎口；又恐反因此激变，事在两难。商辂因独对奏上道：

皇子聪明岐嶷，国本攸系，天下归心。重以昭德宫贵妃抚育保护，恩逾己出；百官万民皆贵妃贤哲，近代无比，此诚宗社无疆之福也。但外议皆谓皇子之母因病别居，久不得见，揆之人情事体，诚为未顺。伏望敕令就近居住，皇子仍令贵妃抚育，俾朝夕之间，便于接见。庶得遂母子之至情，惬朝野之公论。

商辂这一本奏进，遂立为皇太子，方保无虞。有诗为证：

我朝弘治圣明君，谁是携持保抱群？
内臣张敏外商辂，国本无亏天下闻。

后来纪贵妃薨了，商辂又引宋仁宗之母李宸妃故事，遂殡殓都如皇后之礼。十三年，升吏部尚书兼谨身殿大学士。那时汪直新坐西厂，威势汹汹权同人主，害人无数，满朝文武百官畏之如虎。巡边之时，都御史尽戎装披挂，直至二三百里之外迎接，望尘跪伏，等候马过，方才走起。若驻馆驿之中，便换小帽一撒，趋走唯喏叩头，无异奴婢。所以当时有谣道："都宪叩头如捣蒜，侍郎扯腿似烧葱。"商辂遂奏汪直十罪，并奏百户韦瑛、王英道：

陛下委听断于汪直之一人。而汪直者，转寄耳目于群小。汪直之失，虽未为甚，而韦瑛、王英同恶相济，擅作威福。官校捉拿职官，事皆出于风闻，暮夜搜简，无有驾帖；或将命妇剥去衣服，用刑辱打，被害之家，有同抄扎。人心汹汹，各怀疑畏。如兵部尚书项忠当早期鼓响伺候之时，汪直令校尉就左掖门下呼叫项忠不得入朝。朝罢，被校尉拥逼而去。其欺凌大臣如此。使大小臣工各不安于其位，商贾不安于市，行旅不安于途，庶民不安于业，太平之世，岂宜有此腹心之患？

成化爷看了这本大怒道："用一内臣，怎生便系国家安危？"命司礼监怀恩传旨责问。商辂正色答道："朝臣无大小，有罪都该请旨收问。他敢擅抄扎三品以上京官。大同、宣府是京师北门，守备不可一日缺，他敢一日擅自擒械数人。南京根本重地，留守大臣他敢擅自收捕。诸近侍他敢擅自改易。此人不去，国家安乎危乎？"那怀恩是个大圣大贤之臣，知汪直倚势作威，害人无数，遂将此言密密禀与成化爷。成化爷大悟，即将韦瑛、王英充军，汪直革职到于南京而去。从此朝野肃清，天下太平，商辂、怀恩二臣之力也。

那怀恩果系大圣大贤之臣，千古罕见，妙处不能尽述。当时成化爷宠着一个僧人，名为继晓，通于药术。成化爷试其术有应效，遂赐予无算，恩宠无比。成化爷尝以手抚其肩，继晓即绣御手于衣袷间，见客止用一手为礼，因此恃恩放肆，无恶不作。忠臣刑部主事林俊要斩继晓，奏妖僧继晓猥挟邪术，惑乱圣聪。成化爷大怒，下林俊于狱中，要将杀死。怀恩叩首诤道："自古未闻有杀谏官者。我洪武爷、永乐爷时大开言路，故底盛治。今欲杀谏臣，将失百官心，将失天下心，臣不敢奉诏。"成化爷大怒道："汝与林俊合谋讪我，不然安知宫中之事？"说罢，便将御砚掷将过去，怀恩以首承砚不中。成化爷又将御几推仆于地，怀恩脱帽解带，伏地号泣道："臣不能事陛下矣。"成化爷命扶出东华门。怀恩叫人对镇抚司典诏狱的道："你们合谋倾害林俊，林俊若死了，你们亦不能独生！"遂径归卧家中，道"中风矣"，不复起视事。成化爷心知其忠，命太医救治，不时遣人看视，林俊方得不死。后林俊做到兵部尚书，剿平流贼有功，为当代名臣，皆怀恩力救之所致也。其爱护忠臣不顾性命如此。

后又有个章瑾，以宝石贡进，谋为锦衣卫镇抚，命怀恩传旨。怀恩道："镇抚掌天下之狱，武臣之极选也。奈何以货得之？"成化爷怒道："汝违我命乎？"怀恩道："非敢违命，恐违法也。"成化爷只得命他人传之。怀恩私自说道："如外廷有人谏诤，吾言尚可行也。"那时俞子俊为兵部尚书，怀恩对他道："汝当执奏，我从中赞之。"俞谢不敢。怀恩浩然叹息道："我固知外廷之无人也。"其刚正守法如此。

时都御史王恕，屡屡上疏论事，言甚切直，不怕生死。怀恩叹道："天下忠义，斯人而已。"怀恩亦知商辂是个铁铮铮不怕死的好汉，遂深相敬重，朝廷大事，每每相计而行。凡所做的事，都是有利于朝廷、有益于生民之事。真"宫中府中，合为一体"也。商辂后加少保，驰驿而回，在林下逍遥共十余年，活至七十三岁，无疾而终。后赠太傅。我朝贤相，称商辂为第一，其余都不能及。他在朝廷，笔下并不曾妄杀一人，所以子孙繁盛，亦是阴德之报。在朝唯与于谦、项忠、彭时、姚夔、林俊、王恕、金英、兴安、怀恩、张敏数人相好，盖忠臣识忠臣、好汉识好汉也。他儿子名良臣，做翰林侍讲。商辂生平：二十二岁中解元，三十二岁中会元、状元，三十四岁以修撰入阁，四十一岁卸兵部侍郎而回。回来十年，五十岁又入阁，六十岁做了少保而回。在内阁共十八年，回来又享了十余年清福而死，道德闻望，一时并著，岂不是一代伟人！史官有诗赞道：

> 大节纯忠是许观，三元端不负三元。
> 三元更有商文毅，一代芳名万古刊。

第十九卷

侠女散财殉节

送暖偷寒起祸胎，坏家端的是奴才。
请看当日红娘事，却把莺莺哄得来。

这首诗是说坏法丫鬟之作。人家妇女不守闺门，多是丫鬟哄诱而成。这是人家最要防闲的了。又有粗使梅香亦为可笑，曾有诗道：

两脚鏖糟拖破鞋，罗乖像甚细娘家？
手中托饭沿街吃，背上驮拿着处挨。
间壁借盐常讨碟，对门兜火不担柴。
除灰换粪常拖拽，扯住油瓶撮撮筛。

这首诗是嘲人家鏖糟丫鬟之作，乃是常熟顾成章俚语，都用吴音凑合而成，句句形容酷笑。看官，你道人家这些丫鬟使女，不过是抹桌扫地、烧火添汤、叠被铺床，就是精致的，在妆台傍服事梳头洗面、弄粉调朱、贴翠拈花、打点绣床针线、烧香熏被、剪烛熏煤、收拾衣服、挂起帘钩，免不得像《牡丹亭记》道："鸡眼睛用嘴儿挑，马子儿随鼻儿倒。"这不十分凑趣的事，也时常要做一做。还有无廉耻丫鬟，像《琵琶记》上惜春姐道：“难守绣房中清冷无人，别寻一个佳偶。要去烧火凳上、壁角落里偷闲养汉，做那不长进之事，或是私期逃走。”曾有刘禹锡《诮失婢》诗为证：

把镜朝犹在，添香夜不归。
鸳鸯拂瓦去，鹦鹉透笼飞。
不逐张公子，即随刘武威。
新知正相乐，从此脱青衣。

话说宋时有个陆伯麟，其侧室生下一子，那侧室原是丫鬟出身。因是正妻无子，陆伯麟欢喜非常，做三朝弥月，好生热闹。他一个相好的朋友陆象翁戏做一首启以贺道：

犯帘前禁，寻灶下盟。玉虽种于蓝田，珠将还于合浦。移夜半鹭鸶之步，几度惊惶；得天上麒麟之儿，这回喝采。既可续诗书礼乐之脉，深嗅得油盐酱醋之香。

看官，你道这首启，岂不做得甚妙！临了这句“深嗅得油盐酱醋之香”，却出于苏东坡先生《咏婢》谑词，有“揭起裙儿，一阵油盐酱醋香”之句。苏东坡之巧于嘲笑如此。在下要说一回侠女散财殉节的故事，千古所无，所以先把丫鬟这些好笑的说起。从来道三绺梳头，两截穿衣，大家妇人女子，尚且无远大之识，何况这些粗使梅香，他晓得什么道理、什么节侠？从古来读书通文理之人尚且不多几个，你只看《西厢记》，那红娘不过硬调文袋，牵枝带叶说得几句，怎如得汉时郑康成家的女婢。那郑康成风流冠世，家中女婢都教他读书识字。一日，郑康成怒一个丫鬟，把他曳去跪在泥中，又有一个丫鬟走来见了，就把《诗经》一句取笑道：“胡为乎泥中？”这个跪的丫鬟也回他《诗经》一句道：“薄言往愬，逢彼之怒。”这两个丫鬟将

《诗经》一问一答，这也是个风流妙事了，却比不得晋中书令王珉之婢谢芳姿。

那谢芳姿是王珉嫂嫂身边丫鬟，王珉偷了这谢芳姿，与他情好甚笃。嫂嫂得知此事，将这谢芳姿日日鞭挞，打得谢芳姿痛苦难当，罚他蓬头垢面，不容他修饰。这谢芳姿虽不修饰，那天生的玉容花貌并不改变，且素性长于诗歌，出口便成。王珉见这谢芳姿吃苦，甚是心酸。一日手中持着白团扇一把，就要谢芳姿作白团扇歌，谢芳姿随口作歌以赠道：

团扇复团扇，许持自障面。
憔悴无复理，羞与郎相见！

你看这谢芳姿出口成章，写出胸中之意，可不是千秋绝少的女子，天上瑞气所钟，生将出来，怎敢与粗使梅香一般看待？须要另眼相看，方不负上天生彼之意。所以元朝关汉卿才子曾续《北西厢》四出，他当时曾见人家一个出色聪明女子，做了从嫁女婢，关汉卿再三叹息道："这样一个聪明女子，做了从嫁女婢，就如一个才子，屈做了人家小厮一般，岂不是有天没日头之事？"意甚不舍，戏作一小令道：

鬓鸦脸霞，屈杀了将陪嫁，规模全似大人家，不在红娘下。巧笑迎人，文谈回话，真如解语花。若咱得他，倒了蒲桃架。

就这关汉卿的词儿看将起来，也不过是诗文标致而已，不足为奇。还有一种出色女子，具大眼孔，与英雄豪杰一样，尤为难得。

昔日唐朝柳仲贤，官为仆射之职，一生豪爽，出镇西川，尝怒一个丫鬟，遂鬻于大校盖巨源宅。这盖巨源生性极其悭吝，一日临街见卖绢之人，自己呼到面前，亲自一匹匹打将开来，手自揣量厚薄，酬酢多少价钱。柳家丫鬟于窗缝中看见，心中甚有鄙贱之意，遂假作中风光景，失声仆地。盖巨源因见此婢中风，遂命送还这丫鬟。既到外舍，傍人问道："你在柳府并无中风之病，今日如何忽有此疾？"这丫鬟徐徐答道："我并无中风之病，我曾伏事柳家郎君，宽洪大度，一生豪爽，怎生今日可去伏事这卖绢牙郎？我心惭愧，所以假作中风，非真中风也。"柳仲贤知此婢有英雄之识，遂纳为侧室，生子亦有英雄之概。看官，你道此婢不胜如谢芳姿数倍乎？

若强中更有强中手，与妃子尽节而死，更是千秋罕见、万载难逢之事，名为田六出。这田六出是王进贤的侍儿，那王进贤是晋愍太子之妃。胡王石勒攻破洛阳，掳了王进贤，渡孟津河，要奸淫王进贤。那王进贤大骂道："我皇太子妇、司徒公女，汝羌胡小子敢犯我乎？"言毕投河而死。田六出见妃主已死，便道："大既有之，小亦宜然。妃主为国而死，我为妃主而死，两不相负。"言毕亦投河而死。这田六出数言，说得铁铮铮的一般，可不是个晋室的忠臣么？

古来还有一人，更为巧妙，是周大夫之婢。那周大夫仕于周朝，久不回家，他妻子生性极淫，遂与邻人通奸。周大夫一日回来，妻子恐怕事发，与奸夫暗暗计较端正，酒中放了毒药，要药死丈夫，教这丫鬟进酒。这丫鬟暗暗的道："若进了这蛊药酒，便杀了主父，若是对主父说明，便杀了主母。主父、主母都是一样。"眉头一纵，计上心来，一边进酒，故意失足跌了一交，将这药酒泼翻在地。周大夫大怒，将这丫鬟笞了数十。妻子见这丫鬟泼翻了酒，其计不成，恐怕漏泄消息，遂因他事要活活笞死，以绝其口，这丫鬟宁可受死，再不肯说出。可怜几次打得死而复生，毕竟不肯说出，以全主母之情。后来周大夫的兄弟细细得知情由，将一缘二故对周大夫说了，周大夫遂出了这淫妇。见这丫鬟全忠全孝，要纳他为妾，那丫鬟立意不肯，便要自刎而亡。周大夫遂以厚币嫁与他人为妻。噫！

巾帼有男子，衣冠多妇人。

贤哉大夫婢，一说一回春。

列位看官，你道强中更有强中手，丫鬟之中，尚有全忠全孝、顶天立地之人，何况须眉男子，可不自立，为古来丫鬟所笑？话说元朝年间，那时胡人入主中国之后，蒙古种类尽数散处中国，到处都有元人，又因在中国已久，尽染中国之习。那时杭州有伟兀氏，也是蒙古人，住于城东，其妻忽术娘子。忽术娘子身边有个义女，名为朵那女。朵那女到了十三岁，忽术娘子见朵那女有些气性，不比寻常这些齷齪不长进的、丫鬟，忽术娘子遂另眼相看。丈夫伟兀郎君有个小厮叫做剥伶儿。这剥伶儿年十六岁，生得如美妇一般。伟兀郎君见剥伶儿生得标致，遂为龙阳之宠，与他在书房里同眠睡起。曾有《瑞鹧鸪》词儿为证：

分桃断袖绝嫌猜，翠被红裩兴不乖。洛浦乍阳新燕尔，巫山云雨左风怀。手携襄野便娟合，背抱齐宫婉娈怀。玉树庭前千载曲，隔江唱罢月笼阶。

不说这伟兀郎君宠这剥伶儿，且说这朵那女渐渐长至一十六岁，生得如花似玉，容貌非凡。这剥伶儿见朵那女生得标致，遂起奸淫之心，几番将言语勾引朵那女。朵那女使着刮霜一副脸皮，再也不睬。剥伶儿在灶边撞着了，要强奸朵那女。朵那女大怒，劈头劈脸打将过去道：“你这该死的贼囚，瞎了眼，俺可是与你一类之人？瓜皮搭柳树，你做了春梦，错走了道儿。”千贼囚，万贼囚，直骂到忽术娘子面前。

那忽术娘子正恼这剥伶儿夺了宠爱，又因他放肆无礼，叫到面前，将剥伶儿重重打了一百棍。那剥伶儿忿忿在心，要报一箭之仇，日日在伟兀郎君面前搬嘴弄舌，说是说非，指望伟兀郎君毒打这朵那女一顿，以报前日之仇。

伟兀郎君只因拐了剥伶儿，忽术娘子每每吃醋，今因剥伶儿有了此事，一发不好寻事头伤着朵那女。见朵那女果然生得标致，反有几分看上之心。又见朵那女生性贞烈，不肯与剥伶儿做不长进之事，晓得不是厨房中杂伴瓜和菜之人，倒有心喜欢着朵那女的意思，思量夜间偷偷摸摸，做那前边的词儿道“移半夜鹭鸶之步，几度惊惶”之事。一日与忽术娘子同睡，听得忽术娘子睡熟，鼾鼾有声，轻轻偷出被外，走将起来，要去摸那朵那女。

世上传有偷丫鬟十景，说得最妙道：

野狐听冰　老僧入定
金蝉脱壳　沧浪濯足
回龙顾祖　渔翁撒网
伯牙抚琴　哑子厮打
瞎猫偷鸡　放炮回营

看官，你道这十景各有次序。始初“野狐听冰”者，那北路冬天河水结冰，客商要在冰上行走，先要看野狐脚踪，方才依那狐脚而走，万无一失。盖野狐之性极疑，一边在冰上走，将耳细细听着冰下，若下面稍有响声，便不敢走。所以那偷丫鬟的，先审察妻子睡熟也不睡熟。若果睡熟了，轻轻披衣而起，坐将起来，就如老僧打坐一般，坐了一会，方才揭开那被，将身子钻将出来，是名“金蝉脱壳”。然后坐在床上，将两足垂下，是名“沧浪濯足”。“沧浪濯足”之后，还恐怕妻子忽然睡醒，还要回转头来探听消息，是名“回龙顾祖”。黑地摸天，用两手相探而前，如“渔翁撒网”相似。不知那丫鬟睡在头东头西，如“伯牙抚琴”一般。钻入丫鬟被内，扯扯拽拽，是名“哑子厮打”。厮打之后，则“瞎猫偷鸡”，死不放矣。事完而归，只得假坐于马桶之上，以出恭为名，是名“放炮回营”。话说这夜伟兀郎君要来偷这朵那女，轻轻的走到朵那女睡处，“伯牙抚琴”之后，正要钻身入朵那女被内，怎知这个朵那女是个尴尬之人，日日不脱衣裳而睡，却又铁心石肠，不近“风流”二字，并不要此等之事。若是一个略略知趣的，见家主来光顾，也便逆来顺受了。谁料这朵那女是命犯孤辰寡宿的一般，一些趣也不知。伟兀郎君正要做“哑子厮打”故事，怎当得这朵那女不近道理，却一声喊叫起来，惊得这伟兀郎君登时退步，急急钻身上床。忽术娘子从睡中惊醒，伟兀郎君一场扫兴。当时有老儒陈最良一流人做几句《四书》文法取笑道：

> 兀郎君曰：“娶妻如之何？宁媚于灶。”朵那女曰：“其犹穿逾之盗也与，难矣哉！”兀郎君曰：“钻穴隙相窥，古之人有行之者。”朵那女曰：“羞恶之心，如之何其可也！”

次日，忽术娘子悄悄审问朵那女道：“家主来寻你是好事，别人求之不得，你怎生反叫喊起来？”朵那女道：“俺心中不愿作此等无廉耻之事，况且俺们也是父精母血所生，难道是天上掉下来的、地下长出来的、树根头塌出来的，怎生便做不得清清白白的好女人？定要把人做话把，说是灶脚根头、烧火凳上、壁角落里不长进的龌龊货。俺定要争这一口气便罢！”因此忽术娘子一发喜欢，如同亲生之女一般看待。

后来伟兀郎君做了荆南太守，与家眷同到任所。这朵那女料理内外，整整有条，忽术娘子尽数托他。不意伟兀郎君害起一场病来，这朵那女日夜汤药伏事，顷刻不离。患了一年症候，朵那女辛苦伏事了一年。郎君将死，对忽术娘子道：“朵那女甚是难得，可嫁他一个好丈夫。”说毕而死。朵那女日夜痛哭，直哭得吐血。剥伶儿见家主已死，恐主母算计前日之事，又见朵那女一应家事都是他料理，恐怕在主母面前添言送语，罪责非轻，席卷了些金珠衣饰之类，一道烟走了。忽术娘子同朵那女扶柩而归，来于杭州守孝，不在话下。

伟兀郎君遗下一双男女，忽术娘子照管自不必说，朵那女又分外爱护。忽术娘子见朵那女赤胆忠心，并无一毫差错，遂把土库锁匙尽数交与朵那女照管，凡是金珠宝货之类，一一点明交付。那伟兀氏原是大富之家，更兼做了一任荆南太守，连荆南的土地老儿和地皮一齐卷将回来，大的小的，粗的精的，尽都入其囊橐之中，便可开一个杂货店相似。贪官污吏横行如此，元朝安得不亡？有诗为证：

荆南太守实贤哉，和细和粗卷得来。
更有荆南老土地，一齐包裹也堪哀！

话说朵那女自从交付锁匙之后，便睡在土库门首，再也不离土库这扇门。一日二更天气，朵那女听得墙边有窸窸窣窣之声，知是贼人掘墙而进，悄悄走起，招了两个同伴的丫鬟，除下一扇大门放在墙洞边，待那贼人钻进一半身子，急忙把大门闸将下来，压在这贼人身上，三个一齐着力，用力紧靠着那门，贼人动弹不得，一连挣了几挣，竟被压死。遂禀知主母，将灯火来一照，认得就是邻舍张打狗。忽术娘子大惊道：“是邻舍，怎生是好？”朵那女道：“俺有一计在此，叫做自收自放。”急忙取出一个大箱子，将这张打狗尸首放在箱子里，外用一把锁锁上了，叫两个小厮悄悄把这个箱子抬到张打狗门首，轻轻把他的门敲了几下，竟自回家，悄悄闭门而睡，再不做声。那张打狗的妻子名为狗婆，见门前敲门，知得是狗公回来，开门而瞧，不见狗公，只见一个大箱在门首，知是狗公所偷之物，觉得肥腻，急忙用力就像母夜叉孙二娘抱武松的一般，拖扯而进，悄悄放在床下。过了两日，不见狗公回家，心里有些疑心；打开箱子来一瞧，见是狗公尸首，吃了一惊，不敢声张，只得叫狗伙计悄悄扛到山中烧化了。果是有智妇人赛过男子。有诗为证：

朵那胆量实堪夸，计赛陈平力有加。
若秉兵权持大纛，红旗女将敢争差。

话说朵那女用计除了此贼，连地方都得宁静。此计真神鬼不知，做得伶伶俐俐，忽术娘子愈叹其奇。后来忽术娘子因苦痛丈夫，害了一场怯弱之病，接了许多医人，再也医不好。那些医人并无天理之心，见那个医人医好了几分，这个人走将来，便说那个医人许多用药不是之处，要自己一鼓而擒之，都将来塞在荷包里；见那个人用暖药，他偏用寒药；见那个人用平药，他偏用虎狼药；不管病人死活，只要自己趁银子。伟兀氏原是大富乡宦之家，凡是医人，无不垂涎，见他家来接，不胜欣幸之至。初始一个姓赵的来医道："我如今好造房子了。"又是一个姓钱的道："我如今好婚男了。"又是一个姓孙的道："我如今好嫁女了。"又是一个姓李的道："我如今有棺材本了。"温凉寒燥湿的药一并并用，望闻问切一毫不知，君臣佐使全然不晓，王叔和的《脉诀》也不知是怎么样的，就是陈最良将《诗经》来按方用药，"既见君子，云胡不瘳"，"之子于归，言秣其马"等方也全然不解。将这个忽术娘子弄得七颠八倒，一丝两气，渐渐危笃。这朵那女虽然聪明能事，却不曾读得女科《圣惠方》，勉强假充医人不得。见病势渐危，无可奈何，只得焚一炷香祷告天地，剪下一块股肉下来，煎汤与娘子吃。那娘子已是几日汤水不下咽，吃了这汤觉得有味，渐渐回生，果是诚心所感。

有诗为证：

只见孝子刲股，那曾义女割肉？
朵那直恁忠心，一片精诚祷祝。

话说这朵那女割股煎汤，救好了主母，并不在主母面前露一毫影响，连忽术娘子也还只道是医药之效，用千金厚礼谢了赵、钱、孙、李四个医人。那赵、钱、孙、李得了厚礼，自以为医道之妙，扬扬得意，自不必说。

不觉光阴似箭，捻指间三年孝满除灵，忽术娘子念郎君临死之言，不可违背。那时朵那女已是二十三岁了。遂叫一个媒婆来，要与朵那女说亲，嫁他一个好丈夫。虽然朵那女在家料理有余，只当擎天的碧玉柱一般，忽术娘子甚是不舍得嫁他出去。争奈这朵那女是个古怪之人，料得当日家主偷偷摸摸，尚且不肯承当，何况肯为以下之人，只当亲生女儿一般，嫁他一个有体面的人去。正要叫人去寻媒婆来与他议亲，朵那女得知了，坚执不要道："俺生为伟兀氏家中之人，死为伟兀氏家中之鬼，断不要嫁丈夫。况且家主已死，只得主母一人在家，正好陪伴终身，伏事主母，俺怎好抛撇而去？生则与主母同生，死则与主母同死。"发誓一生一世不愿出嫁丈夫。忽术娘子道："你既有主母之心，不愿出嫁，我寻一个女婿入赘在家可好？"朵那女咬住牙管，摇得头落，只是不要丈夫。忽术娘子大笑道："世上那里有终身不愿嫁丈夫的？俺眼里没有见。你休得说这话，误了你终身大事。从来道'男大须婚，女大须嫁'，这是中国的孔夫子制定之礼，况且那石二姐是个石女儿，他的母亲还说道：'是人家有个上和下睦，偏你石二姐没个夫唱妇随。少不得也请了个有口齿的媒人信使可复，许了个大鼻子的女婿器欲难量。'前日你不愿随你家主，想是你见他鼻子不大，心里有轻薄之意，俺如今不免寻一个大大鼻子就像回回国里来的，与你作个对儿便罢。"朵那女坚执不愿。忽术娘子道："你休得口硬心肠软，一时失口，明日难守青春。一时变卦，猛可里要寻丈夫起来，俺急地没处寻个大鼻头与你作对。"说罢，大笑不住。此事传闻开去，有人做只曲儿嘲笑道：

朵那女，生性偏，怎生不结丈夫缘。莫不是石二姐，行不得方和便？故意是女将男换。若果是有那件的东西也，这烈火干柴怎地瞒？

话说朵那女立定主意，断然不要丈夫。那年二十五岁，是至正壬辰年，杭州潮水不波。昔宋末海潮不波而宋亡，元末海潮不波而元亡，盖杭州是闹潮，不闹是其大变也。那时元朝君臣，安于淫佚昏乱，全凭贿赂衙门人役为主，官也分，吏也分，四方冤苦，民情不得上闻，以致红巾贼起，杀人如麻，都以白莲教倡乱，蕲、黄徐寿辉的贼党率领数千人，攻破了昱岭关，直杀到余杭县。七月初十日，杭州承平日久，一毫武备俱无，怎生抵敌？兼城中人都无数日之粮，先自鼎沸起来，被贼人乘机攻破了杭州城。贼将一支兵屯于明庆寺，一支兵屯于北关门妙行寺，假称弥勒佛出世，眩惑众人。三平章定定逃往嘉兴，郎中脱脱逃往江南，独有浙省参政樊执敬投于天水桥而死，宝哥与妻子同投于西湖而死。贼兵抢掠府库金帛一空。杭州城中鼎沸，其祸甚是惨酷。刘伯温先生有《悲杭城歌》为证：

观音渡口天狗落，北关门外尘沙恶。
健儿披发走如风，女哭男啼撼城郭。
忆昔江头十五州，钱塘富庶称第一。
高门画戟拥雄藩，艳舞清歌乐终日。
割膻进酒皆俊郎，呵叱闲人气骄逸。
一朝奔迸各西东，玉斝金杯散蓬荜。
清都太微天听高，虎略龙韬缄石室。
长风夜吹血腥入，吴山浙河惨萧瑟。
城上阵云凝不飞，独客无声泪交溢。

话说那乱贼杀入杭州城，沿家抢掳过去，抢到伟兀氏家中，忽术娘子正要逃走，恰被乱贼一把拿住，背剪地绑在庭柱上，将那雪花也似钢刀，放在忽术娘子项脖之上，只待下刀。合家丫鬟小厮都惊得魂不附体，四散逃走。内中闪出那个铁铮铮不怕死的朵那女，赶上前一把抱住主母身体，愿以身代主母之死。果是：

岁寒知松柏，国乱显忠臣。

朵那女口口声声对那乱贼道：“将军到此，不过是要钱财，何苦杀人？家中宝贝珠玉，尽是俺家掌管，主母一毫不知。将军若赦主母之死，俺领将军到库中，将金珠宝玉尽数献与将军。”那些乱贼都一齐道：“讲得有理，讲得有理。”把忽术娘子即忙解了绳索，押着朵那女。朵那女领了乱贼到于库中，将金珠宝玉任凭乱贼搬抢。那些乱贼一边搬抢，又有数人见朵那女生得标致，要奸淫朵那女。朵那女就夺过一把刀来，对乱贼大骂道：“俺主贵为荆南太守，我发誓不嫁丈夫，不适他姓，以尽俺一生忠孝之心。况你是何等样人，俺肯从你？宁可自死，决不受辱！”说罢，便将刀要自刎。乱贼惊异，又因得了重宝，遂放舍而去。乱贼出得门，朵那女涕泣跪告主母道：“一库宝货都教俺掌管，为救主母，只得弃了财宝，以救主母之命。俺既失了财宝，负了主母教俺掌管之意，俺有何面目活在世上？断然今日要死了。”忽术娘子大叫道：“物轻人重，怎生要死？”急急要夺住他的刀，说时迟，那时快，朵那女已一刀自刎而死矣，鲜血淋漓，喉管俱断。主母抚尸大哭不住，只得将好棺木盛殓。忽术娘子因吃了惊，又见朵那女殉节而亡，没了这个心腹之人，好生痛苦，哭了一月，那怯弱病复发，遂吐血而亡。家中就将朵那女合葬于一处。义女殉节，他何曾读《四书》上“虎兕出于柙，龟玉毁于椟中”这两句来，不知不觉率性而行，做将出来掀天揭地，真千古罕见之事，强似如今假读书之人，受了朝廷大俸大禄，不肯仗节死难，做了负义贼臣，留与千古唾骂，看了这篇传，岂不羞死。当时有诗一首，单赞此女妙处：

谁读玄黄字，能知理道深。
守财殉死节，封股吁天心。
颈洒苌弘血，心同伯氏箴。
千秋应未陨，岂与俗浮沉？

第二十卷

巧妓佐夫成名

野狐变幻及奸臣，亦有衔冤堕落身。
谪降神仙并古佛，就中人品不同伦。

话说妓女之中，人品尽自不同，不可一律而论。第一句“野狐变幻及奸臣”，那野狐变幻是李师师，就是宋徽宗与他相好的。李师师是汴京名妓，容貌非常艳丽，果然是宋宫中三千粉黛、八百娇娥，也比他不得标致。秦少游曾有赠李师师的词儿道：“看遍颍川花，不似师师好。”此词传播于宫禁之中，因此徽宗动念，不是从地道里走将出来，就是载李师师进宫，与他日逐盘桓淫戏。徽宗最喜道教，敬重一个道士林灵素，精通道法，能知天上地下、神仙鬼魅之事。一日雪天，在宫中与徽宗同在火炉边向火，林灵素忽然闻得一阵异香袭人，惊起向空作礼道：“天上九华玉真仙子过。”少顷之间，却是安妃走来。停了一会，林灵素闻得一阵狐臊臭，大惊道：“怎么宫中有野狐精？”急起搜索，少顷之间，却是李师师走来。林灵素大骂道：“怎生野狐精敢大胆在宫中作怪？”急忙取火炉中铁火箸，要把李师师刺死。徽宗慌张，急忙抱住，不容下手。后来人方知李师师是野狐精，所以能媚人如此，所谓“野狐变幻”者此也。惠州曾有一个娼女，被天雷震死，身上有朱书一行字道：“李林甫以毒虐弄权，帝命震死，七世为牛九世娼。”所谓“奸臣”者此也。

第二句“亦有衔冤堕落身”，那衔冤的是玉通长老，在临安竹林峰水月寺修行二十年，且是至诚。柳府尹只因玉通不来参谒，心中着恼，暗暗叫营妓红莲假装寡妇，清明祭扫，挨进水月寺，要他坦腹磨脐。那玉通生平不曾见此物之面，怎生硬熬得住？霎时间不觉磨出那好事来。柳府尹做首诗来嘲笑道：

水月禅师号玉通，十年不下竹林峰。
可怜数点菩提水，倾入红莲两瓣中。

玉通见了，甚羞甚恨，道：“我好端端在此修行，何苦设计赚我，却怎生饶得他过？”遂写八句偈道：

自入禅门无里碍，五十三年心自在。
只因一点念头差，犯了如来淫色戒。
你使红莲破我戒，我欠红莲一宿债。
我身德行被你亏，你家门风被我坏。

写罢，遂翻一个筋斗投入柳府尹浑家胞内，做个女儿，长大为娼，就名柳翠，居于抱剑营。但一灵不迷，性好佛法，极喜施舍，造桥万松岭下，名柳翠桥；凿井营中，名柳翠井，感得道兄皋亭山月明和尚为说佛法因果、本来面目，柳翠言下大悟，遂沐浴端坐而化，归骨皋亭山，所谓“衔冤”者此也。宋时有个妓女，聪明无比，名满长安，口中时时出青莲花之香。学士欧阳修道：“这女子前世定是诵《法华经》之人，只因一念之差，误落风尘。那诵《法华经》者，口中方吐青莲花香。”特召这个妓女来问道：“你曾诵《法华经》否？”妓女道：“不曾诵。”欧阳修即取一部《法华经》与他诵，诵过一遍之后，就背得出，果像平日惯诵之人。但投胎之时，一点色情不断，误堕风尘，所谓“堕落”者此也。

那“谪降神仙”是唐时女妓曹文姬，工于翰墨，为关中第一，号为“书仙”。凡求为伉俪者，先投诗一首，以待其自择。那投诗之人，堆山积海而来，文姬只是不理。岷江有任生者，投首诗道：

玉皇殿上掌书仙，一点尘心谪九天。
莫怪浓香熏腻骨，霞衣曾惹御炉烟。

文姬得诗，大喜道：“他知我来历。”遂结为夫妻。五年后因歌送春诗，乃对任生道：“妾本上界司书仙，以情爱谪居人世，今当升天，子宜偕行。”遂见朱衣吏持玉版而至道：“李长吉才子新撰《白玉楼记》，召汝书碑。”任生方悟文姬为天上仙女，遂同拜命，举步腾云而去，世因名此地为“升仙里”。那“古佛”是唐朝庆历年间延州一个女妓，专与无赖贫穷之人交合，不接钱钞，如此几年而死。后来一个西域僧绕墓礼拜。众人都笑道：“这是淫娼，怎生礼拜？”西域僧道：“此是舍身菩萨化身，因见贫穷无赖之人无力娶妻、无钱得嫖，所以化身为娼，以济贫人之欲。”说罢，掘出骨头来看，果是一具黄金锁子骨，节节勾连。众人大惊，遂建塔设斋，极其弘丽。

看官，你道妓女之中，种种不同如此。唐、宋、元都有官妓，我国初洪武爷时也有官妓，共建十六楼于南京：来宾、重译、清江、石城、鹤鸣、醉仙、乐民、集贤、讴歌、鼓腹、轻烟、淡粉、梅妍、翠柳、南市、北市。只因后来百官退朝之暇，都集于妓家，牙牌累累，悬于窗槅，终日喧哗，政事废弛，因此庶吉士解缙奏道：“官妓非人道所为，可禁绝之。”后都御史顾佐特上一疏，从此革去官妓。但娼妓之中，从来有能事之人，有男子做不来的，他偏做得。

话说嘉靖年间，京师有个女妓邵金宝，与口西戴纶相好。这戴纶后为京营参将，因与咸宁侯往来带累，犯在狱中，将问成死罪。戴纶自分必死，况且家乡有数千里之远，若不死在刀下，少不得要死在狱中，遂取出囊中三千余金，付与邵金宝道：“俺今下狱，生死不可知，你若有念俺之情，可将此三千金供给我，以尽俺生前之命罢。”邵金宝大哭，遂收了这三千金，暗暗计较道：“若只把这三千金将来供给，有何相干？须要救得他性命出，方才有益。”遂先把些银子讨了几个标致粉头，将来赚钱。看见财主之人，便叫粉头用计，大块起发他的钱财，将来送与当事有势力之人。凡是管得着戴纶并审问定罪之人，都将金银财宝买嘱其心，并左右前后狱中之人，要钱财的送与钱财，要酒食的赠以酒食，并无一毫吝惜之心，只要救得戴纶性命。若到审问之时，邵金宝不顾性命，随你怎么鞭挞交下，他也再不走开一步，情愿与戴纶同死同生。一边狱中供给戴纶，再无缺乏；一边用金银买上买下，交通关节。直到十年，方才救得戴纶性命，渐渐减轻罪犯，复补建昌游击。邵金宝还剩得有四千多金，比十年前还多一千，尽数交与戴纶。那戴纶的妻子听得邵金宝救出丈夫性命，仍做游击将军，好生感激，从家中来探望丈夫，请邵金宝坐在上面，叫左右丫鬟搀扶住了，不容邵金宝回礼，当下推金山、倒玉柱，拜了八拜，对丈夫痛哭道：“丈夫受难，妾身有病不能力救。今邵氏替我救得，妾身甚是惭愧，怎生报得邵氏之恩？你当同邵氏到任所而去，妾自回归。”遂大哭而去，邵氏再三挽留不得。戴纶遂与邵金宝同到任所。看官，你道这样一个妓女，难道不是古来一个义侠么？有诗为证：

解纷排难有侯赢，金宝相传义侠声。
若使男儿能似此，史迁端的著高名。

这邵金宝不是西湖上人。话说西湖当日也有一个妓女，与邵金宝一样有手段之人，出在宋高宗绍兴年间。高宗南渡而来，妆点得西湖如花似锦，因帝王在此建都，四方商贾无不辐辏，一时瓦子勾栏之盛，殆不可言。内中单表一人曹妙哥，是个女中丈夫，真拳头上立得人、賂膊上走得马，年登二十五岁，最喜看那《汧国李夫人传》，道这李亚仙真有手段，那郑元和失身落局，打了莲花落，已到那无可奈何之地，他却扶持丈夫起来，做了廷对第一人。若不是李亚仙激励，那郑元和准准做了卑田院乞儿，一床草荐，便是他终身结果之场了。果是有智妇人胜如男子。这样一个人，可不与我们争气！我若明日学得他，也不枉了做人一场。自此之后，常存此念。

有个吴尔知，是汴京人，来临安做太学生，与曹妙哥相处了几晚。曹妙哥见这人是个至诚的君子，不是虚花浮浪的小人，倒有心看上了他。争奈这吴尔知是个穷酸，手里甚是不济，偶然高兴走来，几晚后便来不得了。曹妙哥心中甚是记念，叫招财去接了两次。吴尔知手头无物，再不敢上曹妙哥之门：三月初一日，曹妙哥一乘轿子抬到上天竺进香，进香已毕，跨出山门，恰好吴尔知同两三个朋友在那里游戏。曹妙哥就招吴尔知过来，约定明日准来。说罢，曹妙哥自回。次日，吴尔知本不要去，因见曹妙哥亲自约定日子，只得走到他家。曹妙哥出来见了道："你怎生这般难请，莫不是有甚么怪我来？"曹妙哥是个聪明之人，早已猜够八分。吴尔知道："没有工夫走得出。"曹妙哥道："没有工夫，却怎生又有工夫到天竺闲戏？你不必瞒我，我早已猜定了，总是客边缺少盘费，恐到我这里要坏钱钞，所以不来。我要别人的钱钞，断不要你的钱钞。银子也要看几等要，难道一概施行？我知你是窘乏之人，不必藏头露尾。你自今以后竟在我这里作寓，不要到下处去，省得自己起锅动灶，多费盘缠。"吴尔知被曹妙哥说着海底眼，又有这一段美意，便眉开眼笑起来。从这日起，就住于曹妙哥处。曹妙哥道："你可曾娶妻？"吴尔知道："家寒那得钱来娶妻？"曹妙哥道："你这般贫穷，怎生度日？你可有甚么技艺来？"吴尔知道："我会得赌，喝红叫绿，颇是在行。"曹妙哥道："这便有计了。你既会得赌，我做个圈套在此，不免叫几个惯在行之人，与你做成一路，勾引那少年财主子弟。少年财主子弟全不知民间疾苦，撒漫使钱。还有那贪官污吏做害民贼，刻剥小民的金银，千百万两家私，都从那夹棍拶子、竹片枷锁，终日敲打上来的，岂能安享受用？定然生出不肖子孙，嫖赌败荡。还有那衙门中人，舞文弄法，狐假虎威，吓诈民财，逼人卖儿卖女，活嚼小民。还有那飞天光棍，装成圈套，坑陷人命，无恶不作，积攒金银。此等之人，决有报应，冤魂缠身，定生好嫖好赌的子孙，败荡家私，如汤浇雪一般费用，空里得来巧里去，就是我们不赢他的，少不得有人赢他的。杭州俗语道：'落得拾蛮子的用。'若有人来落场时，你休得说出真名姓，今日改姓张，明日改姓李，后日改姓钱，如此变幻，别人便识你不出。我将本钱与你，专看势头，若是骰子兴旺，便出大注，若是那人得了采头，先前赢去，须要让他着实赢过，待后众人一齐下手，管取一鼓而擒之。你若积攒得来，以为日后功名之资，何如？"吴尔知喜从天降，便拍手叫道："精哉此计！吾当依计而行。"曹妙哥便去招那十个惯赌之人，来与吴尔知结为相知之契。那十个人都有诨名：白赢全、金来凑、赵一果、伍万零、到我家、屈杀你、咱得牢、王无敌、宋五星、锁不放。话说这曹妙哥画出此计，把这十个人与吴尔知八拜为交，从此为始，招集那些少年财主子弟、贪官污吏子孙，做成圈套局赌。那吴尔知原是赌博在行之人，盆口精熟，又添了这十个好弟兄相帮，好不如意。看官，你道那些惯赌之人，见一个新落场不在行的财主，打个暗号，称他为"酒"，道有一盅酒在此，可来吃，大家都一哄而来，吃这盅酒，定要把这一盅酒，饮得告干千岁、一覆无滴，方才罢休。那怕千钱万贯，一人此场，断无回剩之理，定要做《四书》上一句道是"回也其庶乎"，"屡空"二字。这一干人真是拆人家的太岁凶神，奉劝世人岂可亲近！曾有赌博经为证：

赌博场中，以气为主。要看盈虚消息之理，必熟背孤击虚之情。三红底下有鬼，断要挪移；劈头就掷四开，终须变幻。世无长胜之理，鏖战久而必输；我有吞彼之气，屡取赢而退步。衔红夹绿，须要手快眼明；大面狭骰，定乘战酣人倦。色旺急乘机而进，少挫当谨守以熬。故知止便尔无输，苟贪多则战自败。若识盆中巧妙，定然一掷千金。

话说吴尔知得了这几个帮手，赚了许多钱钞，数年之间，何止三五千金，连帮手也赚了若干银子，只吃亏了那些少年子弟。曹妙哥见积攒了这许多银子，便笑对吴尔知道："我当日道，若积攒得钱来，以为日后功名之资。"吴尔知道："我这无名下将，胸中文学只得平常。《西游记》中猪八戒道得好，'斯文斯文，肚里空空'，我这空空之肚，只好假装斯文体面，戴顶巾子，穿件盛服，假摇假摆，将就哄人过日。原是一块精铜白铁的假银，没有什么程色，若到火上一烧，便就露出马脚，怎生取得'功名'二字？"曹妙哥道："你这秀才好傻，那《牡丹亭记》说得好，'韩子才虽是香火秀才，恰也有些谈吐'。你怎么灭自己的威风？你只道世上都是真的，不知世上大半多是假的。我自十三岁梳笼之后，今年二十五岁，共是十三个年头，经过了多少举人、进士、戴纱帽的官人，其中有得几个真正饱学秀才、大通文理之人？若是文人才子，一发稀少。大概都是七上八下之人、文理中平之士。还有若干一窍不通之人，尽都侥幸中了举人、进士而去，享荣华，受富贵。实有大通文理之人，学贯五经，才高七步，自恃有才，不肯屈志于人，好高使气，不肯去营求钻刺，反受饥寒寂寞之苦，到底不能成其一官。从来说，'一日卖得三担假，三日卖不得一担真'。况且如今试官，若像周丞相取那黄崇嘏做状元，这样的眼睛没了。那《牡丹亭记》上道：'苗舜钦做试官，那眼睛是碧绿琉璃做的眼睛，若是见了明珠异宝，便就眼中出火，若是见了文章，眼里从来没有，怎生能辨得真假？'所以一味糊涂，七颠八倒，昏头昏脑，好的看做不好，不好的反看做好。临安谣言道：'有钱进士，没眼试官。'这是真话。如今又是秦桧当权，正是昏天黑地之时，'天理人心'四字，一字也通没有。你只看岳爷爷这般尽忠报国，赤胆包天，忠心贯日，南征北讨，费了多少辛苦，被秦桧拿去风波亭，轻轻断送了性命，连一家都死于非命，谁怕你那里去叫了屈来？又不曾见半天里一个霹雳，把秦桧来打死了。如今世道有什么清头，有什么是非？俗语道：‘混浊不分鲢共鲤。’当今贿赂公行，通同作弊，真个是有钱通神。只是有了‘孔方兄’三字，天下通行，管甚有理没理，有才没才。你若有了钱财，没理的变做有理，没才的翻作有才，就是柳盗跖那般行径、李林甫那般心肠，若是行了百千贯钱钞，准准说他好如孔圣人、高过孟夫子，定要保举他为德行的班头、贤良方正的第一哩。世道至此，岂不可叹？你虽读孔圣之书，那‘孔圣’二字全然用他不着。随你有意思之人，读尽古今之书，识尽圣贤之事，不通时务，不会得奸盗诈伪，不过做个坐老斋头、衫襟没了后头之腐儒而已，济得甚事？你可曾晓得近来一个故事么？”吴尔知道：“咱通不知道。”曹妙哥道：“近日有一个相士与一个算命的并一个裁缝，三人会做一处，共说如今世道变幻，难以赚钱，只好回家去。这两个问这相士道：‘你相面并不费钱，尽可度日，怎么要回去？’相士道：‘我先前在临安，相法十不差一，如今世道不同，叫做时时变、局局迁，相十个倒走了九个。’这两个道：‘怎生走了九个？’相士道：‘昔人方头大面者决贵，今方头大面之人不肯钻刺，反受寂寞。只有尖头尖嘴之人，他肯钻刺，所以反贵。’那个算命的也道：‘昔人以五行八字定贵贱，如今世上之人，只是一味财旺生官，所以我的说话竟不灵验。’那个裁缝匠道：‘昔做衣因时制宜，如今都不像当日了。即如细葛本不当用里，他反要用里，绉纱决要用里，他偏不肯用里；有理的变做无理，无理的变做有理，叫我怎生度日？’据这三个人看将起来，世道都是如此。况且如今世上戴纱帽的人分外要钱，若像当日包龙图这样的官，料得没有。就是有几个正气的，也不能够得彻底澄清。若除出了几个好的之外，赃官污吏不一而足，衣冠之中盗贼颇多，终日在钱眼里过日，若见了一个‘钱’字，便身子软做一堆儿，连一挣也挣不起。就像我们门户人家老妈妈一般行径，千奇百怪，起发人的钱财，有了钱便眉花眼笑，没了钱便骨董了这张嘴。世上大头巾人多则如此，所以如今‘孔圣’二字，尽数置之高阁。若依那三十年前古法而行，一些也行不去，只要有钱，事事都好做。有《邯郸记》曲为证：有家兄打圆就方，非奴家数白论黄。少了他呵，紫阁金门路渺茫，上天梯有了他气长。从来道，家兄极有行止，若把金珠引动朝贵，那文章便字字珠玉矣。此时真是钱神有主、文运不灵之时。我如今先教你个打墙脚之法。”吴尔知道：“咱汴梁人氏，并不知道杭州的市语。怎生叫做‘打墙脚’之法？”曹妙哥道：“譬如打墙，先把墙脚打得牢实端正后，方加上泥土砖瓦，这墙便不倾倒。如今你素无文名，若骤然中了一个进士，毕竟有人议论包弹着你。你可密密请一个大有意思之人做成诗文，将来妆在自己姓名之下，求个有名目的文人才子做他几篇好序在于前面，不免称之赞之、表之扬之，刻成书版，印将出去，或是送人，或是发卖，结交天下有名之人，并一应戴纱帽的官人，将此诗文为进见之资。若是见了人，一味谦恭，只是闭着那张鸟嘴，不要多说多道，露出马脚。谁来考你一篇二篇文字，说你是个不通之人？等出了名之后，明日就是通了关节，中其进士，知道你是个文理大通之人，也没人来议论包弹你了。你只看如今黄榜进士，不过窗下读了这两篇臭烂括帖文字，将来胡遮乱遮，敷衍成文，遇着彩头，侥幸成名，脱白挂绿，人人自以为才子，个个说我是文人，大摇大摆，谁人敢批点他‘不济’二字来？”吴尔知听了这一篇话，如梦初醒，拍手大叫道：“精哉此计！”即便依计而行。

妙哥果妙哥，尔知真尔知。

话说吴尔知自得此法之后，凡是有名之士来到临安科举，或是观风玩景来游西湖之人，吴尔知即时往拜，请以酒肴，送以诗文，临行之时，又有赆礼奉赠。那些穷秀才眼孔甚小，见吴尔知如此殷懃礼貌，人人称赞，个个传扬。他又于乌纱象简、势官显宦之处，掇臀奉屁，无所不至。因此名满天下，都堕其术中而不悟。但见：

目中仅识得“赵钱孙李”，胸内唯知有“天地玄黄”。借他人之诗文张冠李戴，夸自己之名姓吾著尔闻。终日送往迎来，驿丞官乃其班辈；一味肆筵设席，光禄寺是其弟兄。翻缙绅之名，则曰某贵某贱；考时流之目，且云谁弱谁强。闻名士笑脸而迎，拜官人鞠躬而进。果是文理直恁居人后，钻刺应推第一先。

话说秦桧有个门客曹泳，是秦桧心腹，官为户部侍郎。看官，你道曹泳怎生遭际秦桧，做到户部侍郎？那曹泳始初是个监黄岩酒税的官儿，秩满到部注阙上省。秦桧押敕，见曹泳姓名大惊，即时召见，细细看了一遍道：“公乃桧之恩人也。”曹泳再三思想不起，不知所答。秦桧又道：“汝忘之耶？”曹泳道：“昏愚之甚，实不省在何处曾遭遇太师。”秦桧自走入室内，少顷之间，袖中取出一小小册子与曹泳观看。首尾不记他事，但中间有字一行道：某年月日，得某人钱五千、曹泳秀才绢二匹。曹泳看了，方才想得起，原先秦桧未遇之时，甚是贫穷，曾做乡学先生，郁郁不得志，做首诗道：

若得水田三百亩，这番不做猴狲王。

后来失了乡馆，连这猴狲王也做不成了，遂到处借贷，曾于一富家借钱，富家赠五千钱，秦桧要求再加，富家不肯。那时曹泳在这富家也做乡学先生，见秦桧贫穷，借钱未足，遂探囊中得二匹绢赠道：“此吾束脩之余也，今举以赠子。”秦桧别后，竟不相闻。后来秦桧当国，威震天下，只道另有一个秦丞相，不意就是前番这个秦秀才也。曹泳方才说道：“不意太师乃能记忆微贱如此！”秦桧道：“公真长者。厚德久不报，若非今日，几乎相忘。”因而接入中堂，款以酒食，极其隆重。次日，教他上书改易文资，日升月转，不上三年之间，做到户部侍郎，知临安府。

那时曹泳为入幕之宾，说的就灵，道的就听，凡丞相府一应事务，无不关白。曹泳门下又有一个陆士规，是曹泳的心腹，或是关节，或是要坑陷的人，陆士规三言两语，曹泳尽听。那时曹妙哥已讨了两个粉头接脚，自己洗干身子，与吴尔知做夫妻，养那夫人之体。一日，陆士规可可的来曹妙哥家嫖他的粉头，曹妙哥暗暗计较道："吴尔知这功名准要在这个人身上。"遂极意奉承，自己费数百金在陆士规身上。凡陆士规要的东西，百依百随，也不等他出口，凡事多先意而迎，陆士规感激无比。曹妙哥却又一无所求，再不开口，陆士规甚是过意不去。一日，曹妙哥将吴尔知前日所刻诗文送与陆士规看，陆士规久闻其名，因而极口称赞。曹妙哥道："这人做得举人、进士否？"陆士规道："怎生做不得？高中无疑。"曹妙哥道："实不相瞒，这是我的相知。不识贵人可能提挈得他否？"陆士规日常里受了曹妙哥的恭敬，无处可酬，见是他的相知，即忙应承道："卑人可以预力，但须一见曹侍郎。待我将此诗文送与曹侍郎看，功名自然唾手。"曹妙哥就叫吴尔知来当面拜了陆士规。陆士规就领吴尔知去参见曹侍郎，先送明珠异宝、金银彩币共数千金为贽见之礼。曹泳收了礼出见，陆士规遂称赞他许多好处，送诗文看了。曹泳便极口称赞吴尔知的诗文，遂暗暗应允，就吩咐知贡举的官儿与了他一个关节。辛酉、壬戌连捷登了进士，与秦桧儿子秦熺、侄秦昌时、秦昌龄做了同榜进士。那时曹泳要中秦桧的子侄，恐人议论，原要收拾些有名的人才于同榜之中，以示公道无私、科举得人之意，适值陆士规荐这个宿有文名的人来，正中了曹泳之意。那秦桧又说曹泳得人，彼此称赞不尽。看官，你道这妓女好巧，一个烂不济的秀才，千方百计，使费金银，买名刻集，骗了世上的人，便交通关节，白白拐了一个黄榜进士在于身上，可不是千古绝奇绝怪之事么？吴尔知遂把《登科录》上刊了曹氏之名。有诗为证：

十载寒窗未辛苦，九衢赌博作生涯。
八字生来凭财旺，建安七子未为嘉。
六月鹏搏雌风盛，身跨五马极豪华。
四德更宜添智巧，三星准拟照琵琶。
二人同心营金榜，一天好事到乌纱。

话说吴尔知登了进士，选了伏羌县尉，曹妙哥同到任所而去。转眼间将近三年之期，乙丑春天。怎知路上行人口似碑，有人因见前次中了秦桧的子侄，心下不服，因搬演戏文中扮出两个士子，推论今年知贡举的该是那个。一个人开口道："今年必是彭越。"一个人道："怎生见得是彭越？"这个人道："上科试官是韩信，信与彭越是一等人，所以知今岁是彭越。"那一个人道："上科壬戌试官何曾是韩信？"这个人道："上科试官若不是韩信，如何取得三秦？"众人大惊。后来秦桧闻知大怒，将这一干人并在座饮酒之人，尽数置之死地。遂起大狱，杀戮忠良不计其数，凡是有讥议他的，不是刀下死，就是狱中亡，轻则刺配远恶军州，断送性命。秦桧之势愈大，遂起不臣之心。秦桧主持于内，曹泳奉行在外，其势惊天动地。那时吴尔知已经转官，曹妙哥见事势渐渐有些不妥，恐日后有事累及，对丈夫道："你本是个烂不济的秀才，我勉强用计扶持，瞒心昧己，骗了天下人的眼目，侥幸戴了这顶乌纱。天下那里得有可以长久侥幸之理，日久必要败露，况且以金银买通关节，中举中进士，此是莫大之罪。明有人非，阴有鬼责，犯天地之大忌，冒鬼神之真恨，冥冥之中，定要折福折寿。如今秦相之势惊天动地，杀戮忠良，罪大恶极，明日必有大祸。况你出身在于曹泳门下，日后冰山之势一倒，受累非轻。古人见机而作，不如休了这官，埋名隐姓，匿于他州外府，可免此难。休得恋这一官，明日为他受害！"吴尔知如梦初醒，拍手大叫道："贤哉吾妻，精哉此计！”即便依计而行，假托有病，出了致仕文书，辞了上官，遂同夫人赍了些金银细软之物，改名换姓，就如范蠡载西子游五湖的光景，隐于他州外府终身，竟不知去向。果然，秦桧末年连高宗也在他掌握之中，奈何他不得。幸而岳爷有灵，把秦桧阴魂勾去，用铁火箸插于脊骨之间，烈火烧其背，遂患背疽，如火一般热，如盘子一般大，烂见肺腑，甚是危笃。曹泳却又画一计策，待高宗来视病之时出一札子，要把儿子秦熺代职。札子写得端正，高宗来相府视病，秦桧被岳爷爷拿去，已不能言语，但于怀中取出札子，要把儿子秦熺代职。高宗看了，嘿然无言，出了府门，呼干办府事之人问道：“这札子谁人所为？”干办府事之人答道：“是曹泳。”秦桧死后，高宗遂把曹泳勒停，安置新州，陆士规置之死地。若当日曹妙哥不知机，吴尔知之祸断难免矣。曾有古风一首，单道这妇人好处：

世道歪斜不可当，金银声价胜文章。
开元通宝真能事，变乱阴阳反故常。
赌博得财称才子，乱洒珠玑到处扬。
悬知朝野公行贿，不惜金银成斗量。
曹泳得贿通关节，谬说文章筹策良。
一旦白丁列金榜，三秦公子姓名张。
平康女士知机者，常恐冰山罹祸殃。
挂冠神武更名去，谁问世道变沧桑！

第二十一卷

假邻女诞生真子

古冢狐，妖且老，化为妇人颜色好。
头变云鬟面变妆，大尾曳作长红裳。
徐徐行傍荒村路，日欲暮时人静处。
或歌或舞或悲啼，翠眉不举花颜低。
忽然一笑千万态，见者十人八九迷。

这首诗是白乐天《古冢狐》歌，说古冢的妖狐，变作美貌妇人眩惑男子，其祸不可胜言。看官，你道狐怎么能变幻惑人？此物原是古时淫妇人所化，其名“紫紫”，化而为狐，亦自称“阿紫”，在山谷之中，吸日月精华之气，夜中击尾出火，便就能成精作怪；在地下拾起死人髑髅，顶在头上，望北斗礼拜，若髑髅不坠，便化形为美妇人。采草叶以为衣，或歌或泣于路旁；又其媚态异常夺人，所以从来道“狐媚”，路人不知，往往着他道儿；又身上狐臊之气，男人皆迷，但觉遍体芳香，若知他是野狐，便腥臊不堪闻矣。曾有一人走入深山古冢之间，忽见美女数十人，香闻数十步，都走将来，携了这人的手，同入深僻之处。这一群美人拖的拖、扯的扯，要他淫媾。这人知道定非人类，念起《金刚经》来，忽然口中闪出一道金光，群美人踉跄化为妖狐而走，但闻得腥臊之气扑鼻，遂寻路而归，免其患难。原来狐口中又有媚珠，迷人之时，将此媚珠吐出，其人昏迷，不知人事，便为彼迷惑。此物北方甚多，南方还少，所以道南方多鬼，北方多狐。狐千岁化为淫妇，百岁化为美女，为神巫，为丈夫，与女子交接，能知千里外事，即与天通，名为“通天狐”。昔日吴郡一人姓顾，名旃，与众打猎深山，忽闻有人说话道：“咄咄，今年时运衰！”顾旃同众人看视，并不见有人。众人都惊异道：“深山之中，这是谁说话？”四下寻觅，见一古冢之中，坐着一个老人，面前有簿书一卷、朱笔砚一副，老人对书观看，把手指一一掐过，若像算数之意，口里不住叹息道：“今年时运衰，奸得女人甚少。”正在叹息，一只猎犬闻得狐臊臭，嗯喇一声钻入冢内，将老人一口咬杀，却是一个野狐精。众人赶入冢内，看其簿书，都是奸淫女人姓名，已经奸过的，朱笔勾头，未经奸过的，还有数百名在上。众人翻看，顾旃的女子名字已在上面，众人女子亦有数名在上，还有已经奸过的。众人忿怒，将此野狐砍做肉泥，簿书即时烧毁，除此一害。你道这狐岂不可恶？

在下未入西湖上的故事，且说唐朝元和年间，青、齐地方一个许贞秀才，年登二十余，未有妻房，为人磊落聪明，春榜动、选场开，收拾起琴剑书箱，带了两个仆从，上路行程，向长安进发。许贞平生性好放生，凡一应网罟之人捉捕狐兔，许贞一见便赎取而放之。不则一日，放舍物命也不知多少了。此时向长安进发，渐渐到于陕中。那陕中一个从事官，与许贞是金兰契友，见许贞到来，不胜欢喜，安排酒筵畅饮。许贞再三要别，出得门来，看看日落西山，烟迷古道，一连行了十余里，许贞大醉，就在马上梦寐周公起来。那马走得快，扑簌簌一声响，许贞一个倒栽葱，从马上坠将下来，就在荒草地上放睡。一觉睡醒，挣起来一看，但见月影微茫，草木丛杂，竟不知是何处，连马也通不见了。两个仆从预先担了行李望前奔走，也不知去了多路。许贞自言自语道：“四下无路，又无村店，倘遇虎狼，怎生是好？”只见月影之下一条小路，还有马溺足迹，遂依路径而去。

走得数里，忽然见甲第一区甚是华丽，槐柳成行，许贞只得上前叩门。一个小僮出来，许贞说了缘故，并问道："这是谁家宅子？”小僮道："李员外宅子。”小僮就邀许贞进于客座之内。那客座极其清整，壁上名画，桌上都是经史图籍，坐榻茵褥也都华丽。小僮转身进去，禀了李员外。员外出见，年五十余，峨冠博带，仪容文雅，与许贞相见，分宾主而坐。许贞道："因与故人痛饮，不觉坠马失路，愿借一宿。”李员外鞠躬而敬道："久慕高谊，天赐良会，请之尚不能来，今幸见临，是老夫之幸也。”就叫小僮整理酒肴，霎时间摆列整齐，又叫守门人役四处追寻许相公仆马，一壁厢与许贞谈说，言语清妙，宾主甚是畅适。少刻，守门人役寻得仆马都到，直饮到夜深而罢。次早，许贞辞别要行，李员外苦死强留，许贞感其厚意，又留一宿。明日始行。

到得京都，将及月余，忽有人叩门，许贞开门出看，见一丈夫并仆从数人，称进士独孤沼来拜访。许贞见了礼，独孤沼道："某在陕中，前日李员外谈说足下妙处，非常之喜，他有爱女要与足下结姻。足下不论功名利与不利，明日还到陕中，就访李员外，谢其雅意。”许贞甚喜。独孤沼见许贞应了亲事，出门作别而去。许贞不期下第，胸中郁郁不乐，收拾东归，就到陕中访李员外。李员外满心欢喜，遂着独孤沼为媒，成就了洞房花烛之事。许贞娶得妻子，标致出群，甚是相得。

过了数月，许贞带了妻子还归青、齐，双双拜见父母。众人见李氏标致，都啧啧称赞。从此与李员外家中往来，担了酒肴美物，时时不绝。许贞素喜道教，每日清晨，便诵《黄庭内景经》一卷，李氏劝道："你今好道，宁知当日秦皇、汉武乎？彼二人贵为天子，富有四海，竭天下之财以求神仙，终不能得，一个崩于沙丘，一个葬于茂陵。今君以一布衣思量求仙，何其迂远耶！”许贞也不听李氏之言，日日诵读不辍。经三年之后，又上京求取功名，得中进士，授兖州参军。许贞带了李氏到任，数年罢官，仍归齐、鲁。又过了十余年，李氏共生七子二女，虽然生了许多男女，标致颜色，仍旧不减少年。许贞更觉欢喜，说他自有道术，所以颜色终久不变。许贞与他共做了二十余年夫妻，恩爱有加。一日，忽然患起一场病来，再不得好。许贞极力延医调治，莫想挽回得转，渐渐垂危，执了许生之手，呜咽流泪而告道："妾自知死期已至，今忍耻以告，幸君哀怜宽宥，使妾尽言。"遂执手大哭不住。许生再三问其缘故，李氏只得实说道："妾家族父母感君屡蒙救拔之德，无可恩报，遂以狐狸贱质奉配君子，今已二十余年，未尝有一毫罪过，报君之恩亦已尽矣。所生七子二女，是君骨血，并非异类，万勿作践。今日数尽，别君而去，愿看二十年夫妻之情，不可以妾异类，便有厌弃之心，愿全肢体，埋我土中，乃百生之赐也。"说罢大哭，泪如涌泉。许生惊惶无措，涕泪交下，夫妻相抱，哭了半日。李氏遂把被来蒙了头面，转背而卧，顷刻之间，忽然无声。许生揭开被来一看，却是一狐死于被中。许生感其情义，殡葬一如人礼。过了几时，自己到于陕中访李员外，但见荒蒿野草，墟墓累累而已。遍处访问，并无李员外家眷，惆怅而归。方知果是狐族，因屡次救其种类，所以特来报恩耳。过了年余，九个儿女死了四个，尸骸亦都是人，这五个俱长大成人，承了宗祀。你道狐狸感德，变成妇人，与男人生子，这不是一件极异的事么？然不是西湖上的事，如今说一个西湖上的事，与看官们一听。

从来狐媚不可亲，只为妖狐能损人。
试看搽脂画粉者，纷纷尽是野狐身。

话说这个故事，出在元世祖登基之后，临安海宁县一个儒生，姓罗名哲字慧生，年登十八岁，父母双亡，未有妻室，遂读书于临平山谷中，书室甚是幽雅。谷口有一方姓之家，系是世家，邸第宏丽，烟火稠密。罗慧生因是父母亡后服制未满，又不好便议姻亲，无人料理家事，遂隔十余日回家去看视一次，催督小厮耕其田园。春日打从方家门首经过，垂杨夹道，门径萧疏，见一女子侧身立于门首，生得如何？但见：

鬓染双鸦，颜欺腻雪。湛湛秋水拂明眸，馥馥红蕖衬两颊。玉天仙子，隐映乎蟾宫；人世王嫱，缥缈于凤阙。就使老实汉，也要惹下牵肠割肚之债；何况嫩书生，怎不兜起钻心彻骨之情。

话说罗慧生看见了这个美貌女子，好生做作。那女子见这书生俊雅丰姿，也不免以目送情，似有两下流连之意。忽然远远一起人将来，女子急移莲步，闪身入去。罗慧生只得退步前奔，到得了书房之内，好生放心不下，害了几日干相思的病症。过得十余之日，又要回去，这一次去，明明是要再见女子之面，饱看一回之意。不期三生有幸，果然走到门首，那美貌女子又立出在门首。今番比前次更自不同，因是见过一面之后，倍觉有情。见罗慧生来，把门闭其一扇，开其一扇，隐身门内，真如月殿嫦娥，隐隐跃跃于广寒桂树之间。惹得那罗慧生捉身不住，定睛看了许久，又不好立住脚跟，光溜溜只管看着，只得移步前行，回转头来又看了几眼，扬扬而去，就像失魂的一般，走一步不要一步。罗慧生自从两见娇姿之后，揽了这个相思担儿，日重一日，再三抛撇不下。有只《海棠春》词儿为证：

越罗衣薄轻寒透，正画阁风帘飘绣。无语小莺慵，有恨垂杨瘦。桃花人面应依旧，忆那日擎浆时候。添得暮愁牵，只为秋波溜。

话说罗慧生相思这女子时刻无休。这日到书馆中伏枕而卧，一念不舍，遂梦至方氏门首，四顾无人，渐渐走至中庭，只见桃李满径，屋宇华丽，罗慧生也无心观看景致，从东轩转至深闺，恰好女子在房中刺绣，一见罗慧生便离却绣床，笑迎如旧相识。两人低低说了几句知心知趣的话儿，遂携手入于兰床，成其云雨之事。事毕，那女子好好送罗慧生到于门首，再三叮嘱道："夜间早来，勿使妾有倚门之望。"说罢，女子转身进去，罗生缓步而回，到其书室，醒将转来，却是南柯一梦。罗慧生再三叹息道："可惜是梦，若知是梦，我不回来，挨在女子房内，这梦不醒，便就是真了。多了这一醒，便觉是梦，甚为扫兴。若以后做梦，我只是不回来，梦其如我何哉！"次日，罗慧生打点得念头端正，到晚间上床，果然又梦到女子之处。那女子比昨日更觉不同，房中满焚沉速，其香氤氲异常，床中鸯鸳枕褥都换得一新，笑对罗慧生道："昨日郎君匆匆而去，妾好生放心不下，知郎君是有情之人，决然早来赴约，所以凡事预备。"就在房中取出酒果，与罗慧生对饮。饮得数杯，女子面如桃花，红将起来。慧生淫心大动，就搀女子入于床上。女子道："郎君何须急遽如此？妾与君正有卜夜之欢，从来道'慢橹摇船捉醉鱼'，今日之谓矣。"罗慧生与女子解带脱衣，衾枕之间，极尽淫乐。两人就如颠狂的柳絮一般，绸缪了一夜，忽然金鸡喔喔而叫，那女子急急推罗慧生起来道："恐父母得知，受累不浅。"慧生只得踉跄而归，醒来甚是懊悔。做两句道：

恨杀这鸡儿叫，把好事断送了。谁与我赶开这只鸡儿也，直睡到日头晓。

话说这罗慧生精神牢固，虽然梦中两夜与女子交接，真元一毫也无漏泄。这日晚间，黄昏将尽，罗慧生又思量去伏枕而卧，做个好梦。那时书馆中僮仆俱已睡熟，忽闻得有叩门之声，静听即止，少顷又叩，果然是：

敲弹翠竹窗栊下，试展香魂去近他。

话说罗慧生听得连叩数次，自起执烛开门。打一看时，不见万事俱休，一见见了捉身不住。你道是谁？原来就是方家美女。怎生模样？

> 淡妆素服，羞杀调脂傅粉之人；雾鬓云鬟，娇尽踽齿折腰之辈。弓鞋窄窄，三步不前，四步不后，如风摆花枝；媚眼盈盈，一顾倾城，再顾倾国，似香萦蛱蝶。举体有袅娜态度，浑身尽绰约丰神。

话说罗慧生见是方家美女，喜出望外，那女子一见见了，反觉娇羞，有退步欲走之状。罗慧生梦中尚然寻他，何况女子亲身下降，怎肯放舍？便上前深深作揖道："难得小娘子深夜见临，是小生三生有幸之事。怎生反欲瞥然而去？请进书房，细谈衷曲何如？"女子只得含羞轻移莲步，慢摇玉珮，缓步而入，深深向罗慧生道个万福，每欲启齿，又微笑不言。罗慧生见他娇羞宛转，欲言又止者数次，遂对他道："既蒙小娘子枉顾，有话即说，何为再三隐忍？况此处夜静人幽，正好说其衷曲。"那女子方才微微开口道："前日郎君两过荒舍，感君顾盼之情，不能自定，遂两夜频频梦见。今伺父母睡熟，乘夜至此，欲与郎君夜话。又念桑中之奔，有玷于闺门，又恐郎君未鉴奴心，为郎君所外，所以既至而彷徨，欲言而隐忍也。"罗慧生道："承小娘子不弃，感佩实深，何敢见外？况小娘子瑶台阆苑之仙女，小生乃一介之寒儒，将天比地，求之不得。小娘子既云两夜梦见，小生亦两夜相逢。不唯登其堂而入其室，且同其衾而共其枕矣。两人情重，所以见之梦寐，岂非五百年前结下之缘乎？又何言桑中之约耶！"女子道："君有妻未曾？"罗慧生道："小生因父母双亡，尚在服制之中，所以还未曾议亲。"女子道："妾亦未曾许字谁家，深闺处女，岂肯向人轻结私期？郎君有心，若不弃陋质，异日勿使妾有一马负二鞍之辱，但聘则为妻，奔即为妾，所以妾虽至而尚踌躇也。"罗慧生遂于炉中满炷名香，搂过女子，双双拜倒，指天矢日，永不相舍，拜完，便欲同睡。女子道："幸近君子清光，可不闻清韵乎？"罗慧生道："小生幼牵举业，其于诗句未尽所长，试强为之，幸勿笑哂。"遂提起笔来做一首道：

蟾宫此昔谪仙人，夜静风生幽谷春。
胜会未逢先有梦，良情已洽更加真。
事如人合皆天合，莫遣真心幻爱心。
满祝姮娥归阙去，桂花好把一枝分。

罗慧生诗完，女子击节叹息道："真天才也，不负为君之妻矣。"罗慧生便邀他入帐共寝。女子道："妾亦有句奉和。"也随笔续一首道：

他时金屋贮佳人，不识淇园别有春。
坐后犹疑朱户梦，灯前认取墨花真。
柳条始拂东风困，葵萼终坚赤日心。
先腊孤芳和靖见，清香更许属谁分。

诗完，罗慧生再三叹道："佳而且捷，岂非佳人也哉！"两人淫兴如狂，双双携手，入于帏帐之中。这场风流，非通小可。但见：

怯怯娇姿，未谙云情雨意；纤纤弱质，那禁露折风吹。始初似稚柳笼烟，在若远若近之际；继之如残花着雨，在欲低欲坠之间。星眼微矇，几番开而复闭；柳腰乍转，顷刻定而还摇。絮絮叨叨，说的是知心知趣之话；翻翻覆覆，做的是快情快意之图。

话说罗慧生与女子颠鸾倒凤了一夜，那罗慧生就像吃了久战不泄之丹，系了金枪不倒之药的一般，再不泄漏，直到五鼓，方才兴阑。女子不觉失声叫道："噫，五百年工夫，坏于今夕矣。"罗慧生问道：

"怎么缘故？"女子道："君只道妾果是方氏女乎？"罗慧生道："然则汝为谁家之女？"女子道："妾非人也，乃深山之老狐也。妾炼形以求仙，始初吐故纳新，昼伏深林以吸其气，夜走高山之顶，吞月华，饮天露，继则广采诸人之精以加益焉。凡采男女之精，俱于梦寐之中得之，前见郎君与方氏女门首相会两次，彼此俱属有情，所以夜间特来幻惑君身，冀采君之精，以助我修炼之资。不意君精牢固，梦寐之间，竟不可得。故复变成方氏女子，亲身引诱。不意君精神强旺，坚闭已甚，适君之阳方施，而妾已不觉阴精漏溢。俗语道：'无梁不成，反输一帖。'此之谓矣。今妾已怀娠，他日生子，则妾身死，而五百年苦身修炼之仙业毁矣，岂非天之绝我也哉？"说罢，大哭不止。罗慧生亦觉嘘欷。女子道："妾与君诞生一子，亦是宿缘，勿以妾为异类而有厌秽之心。方家女子甚是贤惠有德，妾当托梦与彼父母，以成就君之姻事，异日方氏抚字我子，当如亲儿也。"说罢，遂欲起身作别而去。又道："去此十四月，明年十月也。是月十五日巳时，妾当诞育子于灵隐山上之塔后。君幸念我今日之情，勿嫌异类，收瘗妾尸，葬于土中。此子是君之骨血，可为收取，付与方氏抚养成人。此子异时必成进士。进士录中可书母名曰令狐氏。妾虽在九泉之下，亦感德也。至嘱至嘱。"说罢，大哭而去。罗慧生亦甚是不忍。

那狐精果然于梦中变成九天玄女，五色霞光灿烂，吩咐方氏父母道："汝女与罗慧生有宿世之缘，应为夫妇，当有贵子降生，不得违吾法旨。"道罢，驾云而去。方氏父母信以为真，只道是真正九天玄女下降，怎敢有违？罗慧生随叫媒人到方家议亲，父母颇信梦中之言，一说一成，遂嫁与罗慧生，倒赔妆奁，极其华丽，合卺之夕，喜不可言。灯下细看女子模样，宛似前日狐精一毫无二，慧生不胜惊异，将前缘后故，一一对女子说知。女子大怒道："以吾深闺守礼之女，几同桑间淫奔之妇，幸尔败露，不然吾为妖狐所污，受累多矣。"慧生道："妖狐虽有害于尔，亦有功于尔，为我结百年鸾凤姻缘，亦非细事。况且说尔甚是贤惠有德，欲以己子奉托，亦岂可谓无情者哉？”女子方才释然。正是：

雪隐鹭鸶飞始见，柳藏鹦鹉语方知。

话说罗慧生与女子成亲之后，甚是相得。女子果然贤惠有德，不虚妖狐之称。不觉光阴似箭，看看到了明年，是日罗慧生急急到于西湖灵隐塔后，未至数步，果然闻得小儿啼声，急走至前，但见鲜血淋漓，婴儿啼哭于血中，一狐死其侧。仍有一首诗题于纸上，墨渍犹新。那诗道：

君不见天地有成毁，万物亦难留。我盼仙炼资人益，不道之人反吾收。我思蜕凡骨，凌驾天衢游，沧桑与蓬岛，来往应同休。此事于今良已矣，依然枯骨葬荒丘。五百精英萃一子，明时却预登瀛洲。贤书标母令狐氏，赢得声名遍九州。

罗慧生见之大哭，遂抱狐体埋葬于山后，抱了儿子而归，与自己面貌一毫无二。果然方氏爱如己出，抚养成人长大，教他读书，聪明无比，弱冠遂登科第，官至翰林学士。后亦敕葬其母，尽人子之道，春秋祭祀不绝，题其墓曰“精灵冢”。此系杭城老郎流传。有诗为证：

假作精英幻慧生，有情有意笑相迎。
子生特欲标名姓，何事妖狐酷好名！

第二十二卷

宿宫嫔情殢新人

昔日东坡好说鬼，我今说鬼亦如之。
青灯夜雨黄昏后，正是书斋说鬼时。

话说昔日括苍有个儒士，颇好吟其诗句，一日远出探望亲眷，走到蒋家岭过，忽然天上洒下一阵雨来，儒士口里微微吟一句诗道：

山前山后雨濛濛。

吟得诗完，岭傍忽然见一宅子中一个女子，极有颜色，隔帘做绣作，接口吟一句道：

才入桃源路便通。

儒士大以为异，又吟一句道：

偶向堂前逢绣女。

那女子在帘中，也接一句道：

岂知帘外有诗翁。

儒士又吟一句道：

三春杨柳家家绿。

女子也接一句道：

二月桃花处处红。

儒士又吟道：

欲问今宵端的事。

那女子也吟道：

想来只在梦魂中。

儒士大喝道："你莫不是鬼么？"忽然宅子并女子一齐通不见了。儒士打一看时，但见一个孤冢，草木荒凉而已，惊得一身冷汗。自此之后，便不敢打从这条岭上经过。

再说唐朝广州押衙官崔庆成，辖香药纲解于内库。到于皇华驿舍，崔庆成不知这个馆驿是个凶地，夜晚忽然见个美妇人走到面前，深深道个万福，娇声细语的道："妾今夜来见郎君，郎君毕竟疑心妾是个淫奔女子，不肯与妾成其婚姻之事。今日妾若舍弃郎君而去，好风良月，怎生虚度了韶光？妾心甚是牵挂。等待郎君再来，那时成其配偶，郎君切勿作负心人可也。”说罢，袖中取出一张纸来，送与崔庆成看，上面写有十二个字：

川中狗，百姓眼，马扑儿，御厨饭。

崔庆成不解其意。那美妇人道：“君再来时，解说与妾听便是。”说罢，轻移莲步，袅袅婷婷而去。崔庆成情知是个鬼怪，不敢声言，次早急急整顿了香药纲，望前路进发。不则一月解到内库，交割了公事，缓辔而回，仍旧经于此地，好生心惊胆战，遂不敢宿于皇华驿舍，另觅民居借宿。到得黄昏后，想起前番妇人，暗暗的道：“妖精妖精，今番寻不着我矣。”胸中方才道罢，怎知那个妖精是有千里眼、顺风耳的，就在屏风背后徐徐踱将出来，道个万福道：“郎君别来数十日，教妾好生牵挂，魂梦不安，怎生不到妾跟前来，成其好事？却要妾远远寻候，郎君真是薄情人也。十二字可曾解得出否？”崔庆成默然无言。那妇人叫声：“青衣何在？”青衣应声走出。妇人吩咐道：“速办酒肴来，我与郎君成其亲事。”青衣应声而去。霎时间，青衣将着酒肴盘盏放在桌上，劝崔庆成饮酒。崔庆成就如泥塑木雕的一般，怎敢沾唇？那妇人放出千般袅娜、万种妖娆之势，撒娇撒痴，倒在怀里，搂住崔庆成身体，定要行其云雨之事，就像《西游记》中陷空山无底洞金鼻白毛老鼠精，强逼唐三藏成亲一样。崔庆成却有老主意，断然不肯。缠缠绵绵，直到四更时分，缠得那妇人怒起，写一首诗道：

妖魄才魂自古灵，多情心胆似平生。
知君不是风流物，却上幽原怨月明。

写诗已罢，怒叫一声：“众鬼使何在？”屋角边闪出百十个鬼使，或青或红，或有角或无角，都是獠牙露嘴、奇形怪状之相，一齐道：

"俺娘子天上神仙，看这打脊魍魉、馄饨浊物，怎生有福消受俺娘子，俺娘子不如去休！"正是：

留得五湖明月在，何愁无处下金钩。

看那美人目如火星爆将出来，众鬼使并青衣一齐簇拥而去，打灭了灯火，冷风彻骨逼人。崔庆成惊得魂不附体，幸而不伤性命。后来与宰相裴度说知此事，裴度详此十二字道："川中狗，蜀犬也，是个'独'字。百姓眼，乃民目也，是'眠'字。马扑儿，爪子也，是个'孤'字。御厨饭，官食也，是个'馆'字，乃'独眠孤馆'四字，淫鬼求配之意。"崔庆成方悟。后来人再不敢经过此驿。果是：

精气为物，游魂为变。
夜中说鬼，如见其面。

话说天顺中庆元县，有个书生，姓邹名师孟，字宗鲁，年登二十一岁，丰姿秀雅，长于诗词歌赋，博学高才，无所不能，无所不会，排行第六，人称他为"邹六郎"。素闻杭州山水之美、西湖之胜，遂带僮仆二人到于杭州地方，寓居候潮门外，凡是胜迹名山、琳宫梵宇，无日不游、无日不玩，真真把一个西湖胜景，满满装在胸中。游了一年有余，不胜神情飞动，意气鼓舞，异日做个山水闲人。又想会稽山水为天下第一奇观，当日王羲之、谢安石酷爱山阴山水，又说"山阴道上应接不暇"，不知怎生妙处，但游西湖而不游山阴，毕竟是件缺典。遂渡江而来，寻了寓处，终日往来于镜湖、兰亭、禹陵之间，真是"千岩竞秀，万壑争流"，看不尽的胜迹名山。邹师孟一日独自一个信步往来，走入宋朝陵寝之地，不胜再三叹息道："昔宋朝累代俱是宽仁爱民之主，并无失德，怎生遭杨琏真伽这个恶秃驴酷暴之祸，臭鞑子恁般可恨，真是犬羊禽兽，深可痛恨！不知宋朝与他前世怎生结下冤仇，受此惨毒之苦。幸亏得唐义士救取，不然，三百余年仁爱之君被此贼污秽，岂不可恨？”说罢，不胜恨恨。

偶然感慨前朝事，可胜嘘欷凭吊深。

话说邹师孟一边想，一边走，不知不觉渐渐走至一处。但见：高山峻岭，峭壁层峦。高山峻岭，有遮天蔽日的大树危松；峭壁层峦，有生云起雾的奇峰怪石。万木欹斜偃蹇，似百千鬼魅伸出拿龙捉虎之形；千峰突兀崔嵬，如亿万修罗张开吞人啖兽之口。藤萝屈曲，蛟蛇蟠挂枝头，好生怕恐；瀑布湍飞，雷霆震响岩下，怎不惊惶！鸦拍乌啼，种种疑为伏魅，狐行兔窜，萧萧尽属愁魂。

话说邹师孟不知不觉渐渐走入这个险恶山林，好生惊恐，进前不可，退后不能，又无童仆随身，又无樵人可问，只得信步而行。看看晚烟笼野，宿鸟归巢，草木之中窣窣，又似有人行走之声，一发惊恐起来，也不知是虎狼，也不知是鬼魅，顷刻之间，咫尺昏迷，不能进步，心中甚是懊悔。忽然见丛林之中隐隐有一点灯光，暗暗的道：“谢天地，此处有个人家，不免上前借宿一宵，再作区处。”望着这一点灯光，一径走将上去，脚高步低，跌磕蹭蹬，约莫走了半里路，忽然见个高门大第，这一点灯光从大门缝里射将出来。邹生近前仔细抬起头来一看，门前苍松翠柏，成行排列，石狮石虎，分列两傍，好生齐整。邹师孟轻轻把门叩上数声，听见呀的一声，门开处走出一个青衣童子，大声喝道：“你是何等样之人，半夜三更在此叩门？”邹师孟只得赔个小心，低声下气的道：“在下系游山玩水之人，贪看景致，不觉夜深迷路，前不巴村，后不巴店，只得大胆仰叩潭府，借宿一宵。”那童子便转口道：“既是游山玩水之人，怎生得有房子顶在头上走哩！但我是以下之人，作不得主，须进去禀过娘娘，方敢应承。”说毕，转身进去，半晌出来道：“适才禀过娘娘，娘娘已允，请相公进内相见。”童子执烛前行领路，转弯抹角，走过了几处，都是画栋雕梁，高堂大厦，竟似帝王家宫阙一般。到得中堂，但闻兰麝馥郁，玉佩丁当，堂上数个女童，簇拥着一个少年美貌妇人。邹师孟抬起头来一看，怎生模样？但见：形颜似玉，姿态如珠。乌鬓巧结云鬟，峨然高髻；绿帔绣成凤彩，艳尔宫装。淡淡蛾眉，新月初生可掬；盈盈星眼，秋水点注堪怜。金凤斜飞，玉钗横挂。太真何故再来尘苑？西子新时降下瑶台。

那美人降阶而迎，分宾主而坐。青衣女童捧过茶来，茶味甚是芳香。茶罢，美人开唇露汉署之香，启齿出昆山之玉，悠悠的问道：“先生何处人氏？何故深夜见临？”邹师孟答道：“小生邹师孟，系庆元县人氏。生平宿耽山水之趣，因来贵地访山阴道，贪观景致，不觉日暮途穷，措身无地，特叩仙府，借宿一宵，实出唐突，万勿见罪！”美人道：“耽山玩水，此是高人雅致。妾僻处深山，猿鹤为邻，松柏为友。不意高贤深夜见临，是妾之幸也，勿以深山荒僻鄙亵为罪。”邹师孟再三致谢。美人就命侍女设酒肴款待，顷刻之间，酒筵罗列，肴馔芳香。邹师孟饥饿了一日，酒到竟不辞让，接杯便饮。美人见邹生量高，就命侍女取过巨杯来相劝，那杯是黄金琢成，异宝镶嵌，宝色辉煌，可容一升之酒。邹生酒量颇高，一饮而尽。美人坐于下席，只用小杯相陪。叫二个美女唱曲，一穿锦绣彩衣，一穿杏红花服，走将过来，手执牙板，缓揭歌喉，唱一曲以侑酒道：

金屋银屏畴昔景，唱彻鸡人眠未醒。故宫花草夜如年，尘掩镜，笙歌静，往日繁华都是梦。　　天上晓星先破暝，明灭孤灯随只影。翠眉云鬓麝兰尘，空叹省，成悲哽，无数落红堆满径。

二美女歌完，美人蹙眉道：“勿歌此曲，徒增伤感。”不觉扑簌簌滴下几点珠泪，落于衫袖之上。邹师孟起坐问道：“卑人深夜唐突，过蒙雅爱，实出望外。不敢请问仙娥高姓，阀阅何郡，郎君何人，又不识何以伤感，乞道其详。”美人含泪而言道：“妾本姓花，贱名春丽，临安府人也，世居于此二百余年。先夫赵禥，表字咸淳，与妾为夫妇，不幸十年而亡。妾今寡居在此，誓若有人能咏四季宫词者，不论其门第高下，即与成婚。寻之数年，杳无其人。妾见先生丰姿秀丽，言词典雅，既系耽山恋水之人，定有文人才子之笔，试为妾一吟何如？”邹师孟道：“但恐鄙俚，有尘清听耳。”那两个侍女即时捧过一幅花笺，却是鸾凤金花笺纸，极其光彩华丽；捧过一枝笔来，又是墨玉管一枝；细看那墨，又是双龙捧日，墨上有“龙香御剂”四字，香气喷溢，精光夺目；砚又是铜雀台瓦砚。邹师孟见了种种稀奇之物，心花顿开，不觉技痒，即挥《春词》一首道：

花开禁院日初晴，深锁长门白昼清。
侧倚银屏春睡醒，绿杨枝上一声莺。

《夏词》一首道：

荷风拂鬓鬓鬖髿，粉汗凝香沁臂纱。
宫禁日长人不到，笑将金弹掷榴花。

《秋词》一首道：

桂吐清风满凤楼，细腰消瘦不禁愁。
朱门深闭金环冷，独步楼台看女牛。

《冬词》一首道：

金炉添炭烛摇红，碎剪琼瑶乱舞风。
紫禁孤眠长夜冷，自将锦被傍熏笼。

话说邹师孟立刻题宫词四首，文不加点，左右侍女都啧啧称赏。花春丽不胜赞叹道："咏出宫词，若身处其地者，真才子也。即使李太白、李益二人操笔，想亦不过如此矣。妾今芳年无主，形影相依，幸遇君子才华出众，风流文雅，妾不违昔日盟誓，愿托终身。郎君亦不可异心，从此偕老，永效于飞，不知郎君不见弃否。"那邹师孟是年少无妻之人，说到此处，便眉花眼笑，满脸堆下笑来道："小生湖海飘零之人，幸遇仙娥，不弃尘凡，愿谐伉俪，是小生之幸，岂敢有负于仙娥乎？但恨鄙贱，不足以仰配金屋佳人耳。"说罢，彼此挑情，淫思如火。左右侍女急撤酒筵，忙整鸾衾凤褥，两人双双携手入室。邹师孟看不尽那房中繁华，金玉古玩器皿，遂解衣就寝，云情雨意，两相交会，口送丁香，腰摆杨柳。云雨初完，美人就枕上咏诗一首道：

一别深宫几度秋，妆台尘锁不堪愁。
故园冷落凌波袜，尘世烘腾海屋筹。
阴伉俪谐阳伉俪，新风流是旧风流。
追思向日繁华地，尽付湘江水上沤。

那邹师孟正在酣美之际，亦不详他诗中之意，但与美人尽情取乐，竭尽生平之力奉承美人，美人亦乐此不为疲也。次日早起，美人就留邹师孟住于院中，不令邹生外出，行则同肩，寝则迭股，如鸳鸯一般，时刻不离。

说不尽那两人恩爱之情。且说邹师孟的两个童仆，经日不见相公回来，好生着忙，四处抓寻，并不见一毫踪影，遍问山人樵子，并无消息。只得各处贴下招子，也无影响。一连寻了三月，竟无动静，连报信的通没一个。两人疑心落了虎狼之口，或被盗贼杀死，或攧死在山崖之间，只得痛哭收拾而归，取路回庆元，报与家中父母知道。父母闻知，一哭几死，无可奈何，只得招魂葬于山中。

浑如刘阮天台去，直至如今竟未归。

不说他父母在家招魂之事，且说邹师孟因游山游出好处，无妻的忽然有了个妻子，且又生得绝世无双。比如世上的人，无妻的要寻个妻子，千难万难，就是破费了珠钗花朵、金银彩币，常常娶不出一个好妻子。如今邹师孟不费一文钱，忽然得了个好妻子，又做起入赘女婿来，头顶他的瓦，脚踏他的地，穿他的，吃他的，受用他的，睡的是牙床锦帐，动用的都是金银琉璃器皿，邹师孟便乐而忘返，不觉将及一年有余。忽然一日，花氏叫侍女安排酒肴，极其丰盛。邹师孟道："何故今日如此盛设？"花氏道："灯前对酌，尽此一日之欢。"说完了这一句，不觉涕泪交下。邹生大加诧异道："深蒙不弃，俯赐姻缘，美人今日何出此言？莫不是小生有什么得罪之处么？"花氏道："非也，妾本欲与郎君共期偕老，不料上天降罚，祸起萧墙，今日尽此一欢，明朝便当永别。郎君速宜远避，如其不然，祸且及君矣。"邹生大惊，再三问其缘故，花氏只是不说，一味悲恸而已。邹生再三与他拭泪，只是不解。虽然上床云雨，花氏只是叹息，连邹生亦无意兴。花氏吟诗一首道：

倚玉偎红甫一年，团圆却又不团圆。
怎消此夜将离恨，难续前生未了缘。
艳质将成兰蕙吐，风流尽化绮罗烟。
谁知大数明朝尽，人力如何可胜天！

花氏吟一句，悲哭一句，直至天色微明。花氏急急起来，又与邹生抱头而哭。哭毕，天已大明，遂慌慌张张催促邹生出外。邹生不忍，尚有留恋之意，不肯出门。花氏道："郎君速走，祸就来矣。"急急把邹生推出门外，邹生还立住着脚，不肯行走，花氏大声叫道："郎君速走，若少迟延，性命不免！"邹生只得踉跄而奔，不上半里之程，忽然阴云四合，白昼有如黑夜。邹生慌张，急急走入树林中躲避。少顷之间，雷雨交作，霹雳数声，火光遍天，已而云收雨散。邹生疑心，再往前村看视，并无华屋美人，但见树林之中，有一古墓，被雷震坏，枯骨交加，髑髅震碎，遍流鲜血。邹生惊得瞪目口呆，罔知所措。有诗为证：

狂风霹雳电交加，震碎骷髅可叹嗟。
华屋美人竟谁在，始知山鬼弄叉丫。

话说那邹师孟见了，慌张之极，遂急走忙奔，依稀还认得旧路，寻路而归于寓所。主人惊问道："相公那里去了这一年？尊管家一连寻了三月，不见下落，疑心被虎狼所伤，或死于盗贼之手，痛哭了一场，收拾回去久矣。相公怎生去了一年方回？"邹生喘息少定，方才一一说出缘故，如此如此。主人惊道："是了是了，此处相传有花春丽，是宋度宗的嫔妃，其墓在此山之侧。相公所遇，想是此鬼无疑。"邹师孟想了一会道："度宗姓赵，名禥，咸淳是当时年号，宋之陵寝都在此山。自宋朝咸淳年间至今，实是二百余年，断然是宫妃无疑。所以屋宇华丽，金碧辉煌，更兼服食器皿、文房四宝，都是帝王家物。但我在此一年有余，恐家童奔回家去，错报我已死，惊惶我父母，怎生是好？"遂急急走还故乡。父母一见，只道是鬼，细细说出缘故，方知是真。后父母要为他娶妻，邹师孟自受用了花春丽之后，世上一切美貌妇人，都看得不在眼里，又感花氏之情，坚执不肯，时时萦其怀抱。后来父母亡过，邹生亦无心恋家，看得世缘甚轻，遂修炼出家，云游各省，不知其所终。有诗为证：

死鬼恋生人，生人贪活鬼。
死鬼尚有情，无情不如鬼。

第二十三卷

救金鲤海龙王报德

长忆西湖湖水上，尽日凭阑楼上望，三三两两钓鱼舟，岛屿正清秋。
笛声依约芦花里，白鸟成行忽飞起。别来闲想整纶竿，恩入水云寒。

这是潘逍遥忆西湖《虞美人》词。话说西湖之妙，更不必言，还有希奇古怪之事，以资听闻。且说张生煮海一事做个头回。话说当先有个张羽字伯腾，潮州人氏，在海边石佛寺读书。夜静月明，无以消遣，将七弦琴抚弄一回。那时适值东海龙王第三个女儿名琼莲小姐，同梅香翠荷到海边游玩，听得寺中弹琴之声，甚是悠扬好听，感动了琼莲小姐一片怀春之念，缓步而来，到于书窗之下，细看那张羽一表非俗，强似那水晶宫张牙舞爪、披鳞带角之辈，便有心来亲近，要与张羽结为夫妻。遂轻轻叩门三下，张羽出来开门，见了这们一个绝世美人，轻盈袅娜，貌若飞仙，先已魂消七分，急急叩问姓氏。只见那女子破朱唇一点，慢慢答道："妾身龙氏三娘，小字琼莲，见秀才弹琴，因听琴至此，敢问秀才高姓尊名？"那张羽喜之不胜，乐之有余，一口气的读将出来，便道："小生无妻。"琼莲小姐与翠荷都微微的笑将起来。张羽见他两个笑，便道："此是小生真实之话，休得取笑。敢问小娘子有夫无？若是无夫，不弃寒微，嫁了小生如何？"琼莲道："奴家父母在堂，怎生自做得主？若是秀才不弃之时，须到亲庭，问婚于父母。奴家有冰蚕织就鲛绡帕一方，权为信物。秀才执此为信，到八月中秋之日，到龙宫来，招你为婿。"说罢，将鲛绡手帕投与张羽，便撇然而去。张羽走到书房外细觅，并无踪迹，但见手帕其白如雪，异香扑鼻，知非世间之物。却又想道："他在龙宫，怎生飞的去？适才心慌撩乱，不曾问得个细的。俺与他有尘凡之隔、水陆之分，毕竟怎么缘故方才渡得到龙宫，与他相会，就如当日柳毅传书到洞庭去，要寻大橘树叩三下，方才进得洞庭宫殿。俺不曾问得琼莲小姐进龙宫之方，怎生是好？难道俺承他这般美意，与了信物，好撇了这头亲事不成？"走到海边，想："小姐既许了俺为妻，一定有个方儿，教俺进去。"遂一直的跟寻到沙门岛，也不管是中秋不是中秋，预先思量通个信息。怎知走到海边，但见波涛滚滚，白浪滔滔，并无小姐踪迹，连翠荷也不见个影儿。你道那张羽好傻，终日在海边叫天叫地的道："琼莲小姐，你与俺鲛绡手帕，许俺为妻，叫俺中秋来成亲，怎生不见影儿？小姐，你休得失信！"叫完又拜，拜完又叫，不则一日，这分明是痴想、妄想、呆想。怎知心坚石穿，虔诚拜祷之极，果然感动了一位神仙。这神仙是蓬岛芝仙，正赴瑶池大会，打从半空中过，只听得海岸边有个傻秀才在那里叫拜连天，哀哀怨怨，数数说说，蓬岛芝仙哀其痴情，按下云头，与他三般法宝：银锅一只、金钱一文、铁杓一把。蓬岛芝仙吩咐张羽道："可将铁杓取海水舀在锅儿里，放金钱在水内，煎一分此海水去十丈，煎二分去二十丈，若煎干了锅儿，海水见底，龙王慌张，必然招你为婿也。"道罢，驾祥云而去。张羽望空磕头礼拜。有诗为证：

任他东海滚波涛，取水将来锅内熬。
此是神仙真妙法，姻缘有分见多娇。

话说张羽得了蓬岛芝仙这三般法宝，便用三角石头把锅儿支起，将铁杓舀取海水，放下金钱，下面烧起火来。只见火气十分旺相，那海水滚沸起来，海水渐渐减少，把个水晶宫就煎得像香水混堂一般热，满宫中口鼻生烟。慌得那虾兵蟹将、鲛怪鱼精只叫干燥难过，连那《西游记》内的奔波儿灞、灞波儿奔身上都烧得燎浆大泡。海龙王慌张，不知是什么缘故，差巡海夜叉四围探视，只见这个秀才在那里滋滋的作用。巡海夜叉急忙问道："你这秀才，俺龙宫与你没甚冤仇，你怎生煎俺龙宫？"张羽道："你宫中琼莲小姐来石佛寺听琴，把鲛绡手帕赠俺，许俺中秋夜成亲。你快些禀知龙王，招俺为婿便罢，若道半个不字，俺便煮干这海，叫你一窝儿都是死。"巡海夜叉道："你那里得这几件物事，在此兴妖作怪？"张羽道："俺蒙蓬岛芝仙付与三件法宝，教俺如此作用。"巡海夜叉慌张，急忙奔入水晶宫禀知此事。龙王龙婆逼问琼莲小姐，小姐不敢做声，梅香翠荷在旁，一一说了备细。龙王只得遣鳖相公、鱼夫人为媒，迎接张羽做女婿。张羽遂收拾起这三般法宝，海水如旧，同入水晶宫。红遮翠拥，高结彩楼，洞房花烛，成其夫妇之乐。遂有两句口号流传道：

石佛寺龙女听琴，沙门岛张生煮海。

话说元朝第一个才子，姓杨讳维祯，字廉夫，号铁崖，又号铁笛道人，是浙江绍兴诸暨县人。父亲杨宏，母李氏，曾梦见月中一个金钱闪闪有光，坠怀而生。杨廉夫长大，胸中曾读数千卷书，诗词歌赋，落笔惊人，以此名闻天下，四方之士，慕名求见者，不计其数。得他片纸只字，便以为宝，若到江东，不见得杨廉夫一面，即以为缺典。就是王公贵人，也没这般贵重。姑苏一个姓蒋的人家，敬重杨廉夫的才名，其儿子只得八岁，便以千金来聘杨廉夫去做先生，教儿子读书。旁人都道："你儿子只得八岁，如何要这个好先生来教书？若用了三五十两银子，请一个先生训诲，未必无益，怎生要费千金请个天大的先生在家？不过是务名而已。从来有才之人，有名无实，那里肯真真实实的训诲？”那姓蒋的人道：“兄长只知其一，不知其二。人家儿子初读书起，就如小孩子初生出来吃开口乳一般，吃了这娘母的乳，便一生像这娘母光景。所以开口乳第一要吃得好，若开口乳吃得好时，毕竟到底无差。若以千金教子，异日儿子好时，岂止千金值钱？若是儿子不好，千金之费不过纵儿子数月嫖赌之用。千金不为过也。”众人方以为是。姓蒋的人来请杨廉夫，杨廉夫道：“但能依我三件事便来，若不依这三事，决不来也。”即说三事道：“一不拘日课、二资行乐之费、三须十个别墅以贮家人。”杨廉夫说了这三事，蒋主人一一都依从，遂请杨廉夫到于吴淞书房居住。杨廉夫生性豪奢，不比穷秀才行径，跟了数十个家人而去。主人恭敬杨廉夫如恭敬父母相似，凡有所欲，无不如意。若有四方之士来求见的，蒋主人即以美酒嘉肴款待，并无厌倦之心。凡是名胜之处，俱以名妓陪侍，饮酒作乐，纵杨廉夫嬉游顽耍。杨廉夫教学生亦不拘常格，只教他读古书，并不教他习一毫括帖之学。如此三年，主人几费万金。

杨廉夫选刻诗集，那些慕名之士俱要挨身进来，求选一首在集内，以为光荣，都以金帛投赠，甚至跪而求选。杨廉夫亦断然不肯徇情，以此人人大恨。杨廉夫一日出游市上，见渔翁网一尾金色鲤鱼，有三尺多长，不住泼泼剌剌的跳，遂以三百文钱赎而放之湖中，那金色鲤鱼徘徊顾望久之，方才鳞竖鬣张而去。有诗为证：

物命须当惜，金鱼更可怜。
劝人宜买放，时有老龙焉。

话说那金色鲤鱼之中，时有神龙变化，就如那孙思邈因救了金色鲤鱼，后来遂证神仙之位。又有一个书生因井中打水，打上一尾金色鱼，遂杀鱼做羹醒酒，是夜忽天上降下一尊金甲神，立于庭中道：

"上帝以子擅杀龙王，功名富贵寿算克减已尽。"书生因此遂死。杨廉夫救了这金色鲤鱼，也不在话下，后自有应。

泰定年间，杨廉夫以《春秋》登进士第，做赤城知县，后转钱清、海盐知县，做到江西等处儒学提举。但生性一味刚直，不肯苟且求合于人，兼之素有才子之名，一发人多忌刻，以此不得直伸其志。适值元末红巾贼起，四方都有干戈，杨廉夫叹息道："天下乱矣，做官何为？"遂弃官而归。那时只得四十岁，遂遍游天下名山胜景，登天目、无雪溪、九龙山，涉洞庭缥缈七十二峰，东抵于海，登小金山，遍穷山水之趣。尝说道："天地间的山水，此是从来第一部活书，人不读这部活书，却去读那几句纸上的死书，怎生有益？"素爱西湖山水之美，挈妻子住于吴山之铁崖岭，遂号为"铁崖"，人都称为杨铁崖先生。种绿萼梅数百株于其上，建层楼积书数万卷，日日在西湖游玩，无春无冬、无日无夜不穷西湖之趣，竟似西湖水仙一般。因赋《西湖竹枝词》道：

苏小门前花满株，苏公堤上女当垆。
南宫北使须到此，江南西湖天下无。

鹿头湖船唱赧郎，船头不宿野鸳鸯。
为郎歌舞为郎死，不惜真珠成斗量。

家住西湖新妇矶，劝郎不唱《金缕衣》。
琵琶元是韩朋木，弹得鸳鸯一处飞。

湖口楼船湖日阴，湖中断桥湖水深。
楼船无舵是郎意，断桥无柱是侬心。

病春日日可如何？起向西窗理琵琶。
见说枯槽能卜命，柳州巷口问来婆。

小小渡船如缺瓜，船中少妇《竹枝歌》。
歌声唱入箜篌调，不遣狂夫横渡河。

劝郎莫上南高峰，劝侬莫上北高峰。
南高峰云北高雨，云雨相催愁杀侬。

石新妇下水连空，飞来峰前山万重。
不辞妾作望夫石，望郎或似飞来峰。

望郎一朝又一朝，信郎信似浙江潮。
浙江湖信有时失，臂上守宫无日消。

杨廉夫这《竹枝词》传播出去，一时文人才士倡和的共数百家之多。还有钱塘女士曹妙清、张妙净，吴郡薛兰英、惠英姐妹二人，都赋《竹枝词》奉和，诗词倾动天下，抄写传诵的纷纷，遂刻板成集，西湖因此纸价顿贵。

杨廉夫极有声色之癖，尝娶三妾，一名柳枝，一名桃花，一名杏花，这三个妾都有姿色。他那姓蒋的门生也中了甲科，成其名士，因先生有声色之癖，常要买个绝世美人以备洒扫。恰好广陵人携一个美人来，姿色无比，兼且长于诗词，妙于歌舞，索价千金。那门人道："此闺阁中之钟子期也，不买与先生却买于谁？"遂以千金买之，送与杨廉夫为妾。

杨廉夫一看，与这三妾果自不同。但见：

目如秋水，色似明霞。两鬓乌云染成，双靥桃花生就。口中含两行白璧，唇上衬一点琼瑛。　　春笋纤纤，无情参玉版；金莲窄窄，有意踏香尘。若耶人遇若耶人，西湖子怜西湖子。

杨廉夫看这美人出色，因赋《西湖竹枝词》，就取名为"竹枝娘”。这竹枝娘伏事杨廉夫极其勤敏，与这三个柳枝、桃花、杏花甚是相得，又绝无一点专宠之念，因此这三个爱他如姐妹相似。竹枝诗词之余，又好做那奇巧女工，在手指上结成方锦，五色炫烂，众人都以为奇。竹枝道：“这何足为奇？若是龙宫锦绣用冰蚕丝织成，水火不能坏也。”众人道：“世上有此，亦为奇矣，况龙宫乎？”

杨廉夫精于音律，曾游洞庭山中。缑氏掘地得一块古莫邪之铁，铸为笛，长一尺九寸，上铸九窍，其声非常清越。缑氏遂将此笛献与杨廉夫，杨廉夫甚喜，因改号为“铁笛道人”。每每夜静月明吹将起来，真有穿云裂石之声。杨廉夫尝对竹枝道：“尔亦能吹此笛否？”竹枝道：“妾虽能，然不敢吹。”杨廉夫道：“怎生不敢吹？”竹枝道：“妾闻笛有《君山古弄》，海可养，蛇龙可呼，不可轻易奏也。”廉夫道：“你既知《君山古弄》，必能奏此曲，试为我一奏，何如？”廉夫再三强之，竹枝只微笑而不言。从此载了这四个美姬到处遨游，廉夫吹笛，四姬应声而舞，风流之名彻于都下。他一个相好朋友叶居仲寄首诗道：

闻道西湖载酒还，飞琼弱翠拥归鞍。
可无私梦登金马，剩有春声到玉銮。
异国顿消乡井念，小堂新作画图看。
野人未纳彭宣履，独向清溪把钓竿。

只因杨廉夫负了冠世的才名，看人不在眼里，凡是做那张打油诗句的人，杨廉夫都把他做奴仆一般看待。遂人人怀忿恨之心，个个起嫉妒之意，因他纵情声酒，故意做首口号取笑他道：

竹枝柳枝桃杏花，吹弹歌舞拨琵琶。
可怜一代杨夫子，化作江南散乐家。

杨廉夫闻之，也全不在心上，道："此等人亦何足与语，只当驴鸣犬吠而已。"不觉光阴似箭，日月如梭，竹枝伏侍杨廉夫已经十四年，异常聪明，异常小心，一旦无疾而终。死之日，有白气一道从顶门而出，贯于碧空之间，久而方散。众人都以为异，方知不是寻常之人。廉夫不胜叹息，遂葬于西湖之上。正是：

世间好物不坚牢，彩云易散琉璃脆。

话说竹枝死后已经三年，杨廉夫八月中秋因荷艳桂香，月光如洗，水天一色，遂倚阑吹笛而歌道：

小江清，大江清，美人不来生怨愁。吹笛水西流。

又歌道：

东飞乌，西飞乌，美人手弄双明珠。几见乌生雏。

杨廉夫歌毕，心中甚是不乐，想起竹枝死经三年，竟无知音之人，不觉闷上心来。忽然见一个青衣童子走上船来禀道："恩主有请。"杨廉夫并不相识，问道："怎生称为'恩主'，汝主还是何人？"童子道："请恩主前行，便知端的。"童子在前引路，廉夫随步而行。行至一处，竟如王者宫殿，门首都是锦衣花帽之人，童子先入宫门去禀。霎时间，鼓乐喧天，开门迎接，走出二位龙王来迎。怎生打扮？

头戴通天之冠，身穿衮龙之袍，腰系碧玉之带，足践步云之履。

话说这二位龙王鞠躬迎杨廉夫而入，口口声声称："大恩人有请。"杨廉夫不知所谓。走至正殿，抬起头来一看，却是"水晶宫"

三字。二位龙王再拜谢道："暂屈恩人至此，欲伸陈谢。"谢毕，遂逊杨廉夫坐于上席，二位龙王自分宾主而坐，那宾是东海龙王，主是西湖龙王。先是东海龙王作谢道："吾乃东海龙王是也。二十年前，三小女变成金色鲤鱼出游，不意误遭渔人之网，几死非命，幸蒙恩人赎放。凡今日之余生，皆恩人之所赐也。一家感德，无以为报，特遣小婢假作人间女子，伏侍十四年，少报万一之德，以尽吾父子之情。本欲多侍数年，奈冥数已尽，只得取之而归。今三小女年长，遂缔婚于西湖龙王，为其子妇，今当于归之期，是两家儿女骨肉至情，皆出恩人垂救之余，特屈恩人至此，少伸报谢之意。老夫于数年前，曾将恩人垂救之德，并一生宦迹，刚直不阿之志，具表奏闻昊天金阙玄穹高上帝。"即口诵表文道：

伏以德莫大于好生，行莫先于直气。臣女鱼服，误入豫且之网，自分必死，无可回生，臣举家号恸，率属悲怜。幸有好生君子、不忍高人杨维祯，解钱而赎命，释死而就生，虽虮虱微忱，不敢上尘天听，而寸草衔结，思报洪恩，况维祯生当乱离之际，劲同百炼之钢，贞似千秋之柏，一生宦迹可嘉，到处行藏不愧。伏乞特旨隆祐，以章下界好德之风。臣不胜惶恐之至。

东海龙王诵完表文，西湖龙王便道："西湖自白乐天归海山院，苏东坡为上界奎星之后，这西湖便十分减色。今幸恩人称扬赞叹，备极表章，作《竹枝词》耸动天下，使西湖气色为之一新。老夫管辖西湖，颇受荣施，山水有功，自当报德。即会同敝亲具表奏闻。"也口诵表文一通道：

伏以开浚泉源，利泽最溥，表章山水，功德弥长。臣管辖西湖，历有年载。白乐天返海山之驾，而湖水无光；追坡仙登奎宿之躔，而山灵削色。兹有杨维祯者，锦心绣口，在其笔端。山色湖光，储其胸次。《竹枝词》甫倡，四海擒同调之歌；桂楫轻摇，千里把偕游之侣。虽复舞裙歌扇，无玷圣明，乃至玉骨冰肌，倍增眉目。抉开鲛室宝，处处生光；探取骊龙珠，颗颗欲舞。臣受恩非浅，感德弥深，特叩龙楼，仰祈凤诏。

二处表文奏上玉帝，玉帝览表，即命太白星官颁下诏书道：

览表具省，下界杨维祯秉刚直之心，怀好生之德，表章西湖山水，厥功懋焉。敕所在六丁侍卫，无染干戈，康强福履，以成高士。命终之日，敕署蓬莱都水监，以代陶弘景之职。钦哉！

二龙王诵定，即忙起贺，杨廉夫不胜感激称谢。二龙王即命龙子龙女出来拜谢，鼓乐喧天，笙歌鼎沸。杨廉夫不肯受拜，二龙王命左右搀扶住了，定要受拜。杨廉夫无可奈何，只得受拜。却见那龙子、龙女果是一对少年夫妻，光艳无比。龙女命侍女取出自己织的鲛绡二匹为赠，杨廉夫不肯受。东海龙王道："此系小女自织之锦，卿表孝顺之情。然是至宝，水火不能坏也。"廉夫方才肯受。龙子、龙女谢了，自入宫而去。一壁厢命排筵席，陆珍海错，非常华盛，女乐交作，有《龙宫宴》诗为证：

龙宫之宴不寻常，水晶宫殿玳瑁梁。
明珠异宝锦绮张，黄金屋瓦白玉堂。
珊瑚之株七尺长，虹流霞绕光气扬。
金炉馥郁焚异香，锦瑟鸾笙歌凤凰。
陈尊列俎气芬芳，云劈麟脯封红羊。
东海奇珍西海姜，琼卮玉液罗酒浆。
长鲸巨蛟忙两厢，左右嫔御盛明珰。
惊龙游鸿舞飞翔，中有一人美趋跄，
细看却是竹枝娘。

杨廉夫细看舞女中一人，宛似竹枝状貌，却不敢则声。东海龙王道："恩人识此人否？此即竹枝也。奈冥数当终，只得取之而归，非老夫有吝也。”即命竹枝捧碧玉杯为寿。杨廉夫道：“汝死经三年，吾日夕忆念，今却在此，汝亦忆念否？”竹枝道：“彼此俱然，但冥数有不可耳。”杨廉夫道：“汝既已死，如何又得在此？”竹枝道：“妾乃龙女也，龙能变化，前日脱身而来，非死也。明日开棺而看，便知端的。”说罢，觥筹交错，筵宴已毕。二龙王仍命童子捧此鲛绡二匹，鼓乐鼎沸，送出宫殿拜别。杨廉夫到得船上，失足坠于水中，欠伸而醒，恍惚是南柯一梦。见鲛绡二匹在于桌上，腹中甚是饱胀，酒气冲人，耳中隐隐闻得音乐之声，二龙王言语光景，历历如在目前。知是身游水府，与梦寐不同。细看鲛绡上面，隐起龙凤之形，试以水洒之，云气氤氲，以火试之，并不焦灼。方知真是神物，始信前日竹枝之言一字非虚，遂宝而藏之。后开竹枝棺木来看，果是一具空棺而已。

后来杨廉夫身体康强，肌肤光润，并无一日之疾。八十余岁，强健如少年之人，天下都称之为神仙。所到之处，豪门巨室无不邀请。后张士诚占了浙西地方，慕杨廉夫才名，以厚币来聘，使者催逼甚急。杨廉夫无可奈何，只得勉强上路。行到姑苏，张士诚一见，待以上宾之礼。适值元朝赐张士诚以龙衣御酒，杨廉夫因饮御酒，作首诗道：

江南岁岁烽烟起，海上年年御酒来。
如此烽烟并御酒，老夫怀抱几时开。

杨廉夫吟完此诗，张士诚嘿然，遂不强留。后我洪武爷削平了群雄，一统天下，征聘杨廉夫。廉夫戴了一顶四四方方之巾来见。洪武问是何巾。杨廉夫对道：“这是四方平定巾。”洪武爷大悦，遂命士庶悉依其制，因欲赐之以官爵。杨廉夫以自已系元朝臣子，不肯臣仕，遂作《老妇吟》以见志。人说杨廉夫倔强，劝洪武爷何不杀之。洪武爷道：“老蛮子正欲吾成其名耳。”遂不杀而遣之。一时颇高其事，人因称之为高士，学者称之为铁崖先生，整整活至八十九岁，恍惚之间见天使来召，并二龙王而来，遂无疾而终，合家俱闻天乐之声从近而渐远。死后那鲛绡二匹忽然失之。杨廉夫生平与刘伯温、宋景濂二人最好。他一生著述有《四书一贯录》《五经钤键》《春秋透天关》《礼经约》《历代史钺补》《三史纲目》《富春人物志》《丽则遗音》《古乐府》、上皇帝书、劝忠词、平鸣、琼台、洞庭、云间雅吟传于世。后来才子聂大年有诗赞道：

文章五色凤凰雏，酒债诗豪胆气粗。
白发草《玄》杨子宅，红妆檀板谢家湖。
金钩梦远星辰坠，铁笛风寒海月孤。
知尔有灵应不死，沧桑更变问麻姑。

第二十四卷

认回禄东岳帝种须

德可通天地，诚能格鬼神。
但知行好事，何必问终身。

从古来只有阴骘之报一毫不差，果是种瓜得瓜，种豆得豆，不过在迟早之间。若不于其身，必于其子孙，冥冥之中，少不得定然还报，决无一笔抹杀之理。若是人命，更为不同，从来道："救人一命，胜造七级浮屠。"何况救荒救乱救千万人之性命乎？世上人只算小处，不算大处，岂不好笑？在下不免说一个故事引入正回。话说楚霸王乌江自刎之后，土人怜其英雄，遂立庙于江边，甚是灵应，凡舟船往来，都要烧纸祭献，方保平安，若不祭献，便有覆溺之患。有一狂士过此，不信其说，不肯烧纸，未及半里，风波大作，樯橹倾摧，狂士大怒，返舟登庙，大书一诗于壁道：

君不君兮臣不臣，缘何立庙在江滨？
平分天下曾嫌少，一陌黄钱值几文？

题毕而行，竟无他故，祭献之例，从此而息，至今往来者利焉。

近有一个会戏谑之人，因做一段笑话以赎此事，说楚霸王见此诗亦怒，也答诗一首道：

楚不楚兮汉不汉，古今立庙在江畔。
平分天下曾嫌少，我偏是大处不算小处算。

这段笑话极说得妙。世人只顾目下，不顾终身，不肯行阴骘方便之事，枉自折了福德，折了官位，岂不是大处不算小处算乎？在下要说一回阴德格天的故事。且说两件事，做个头回。

话说唐朝丞相贾耽，是个希奇古怪之人，他原是神仙转世，精通天文地理、鬼魅神奇之事。凡事未卜先知，所做的事，真有鬼神不测之妙。曾为滑州节度使。一日间，忽然叫左右去召守东门的兵卒来吩咐道：“明日午时，若有希奇古怪之人要进城门，断然不可放他进城，定要着实打得他头破血出，就是打死无妨。若放他进城，就中为祸不小。”贾丞相吩咐已毕，众兵卒喏喏连声而去。一路上商量道：“说甚么希奇古怪之人，难道是三头六臂的不成！”一个兵卒道：“世上那里得有三头六臂之人？不过是相貌希奇古怪，或是言语、衣服与寻常人不同便是。”又一个兵卒道：“只是午时来的，有些希奇古怪便是，除出午时，便不相干涉了。”众人道：“只看午时。”次日，众兵卒谨守东门，渐近午牌时分，众兵卒目不转睛，瞧着来往行人。只见远远的百步之外，两个少年尼姑从东而来，指手画脚。众兵卒有些疑心，一眼瞧着两个尼姑渐渐走近，脸上搽朱敷粉，举目轻盈，笑容可掬，就如娼妇之状，身上外边穿着一领缁色道袍，内里却穿衬里红衣，连下面裙子也是红色。众兵卒一齐都道：“怎生世上有这样两个尴尬尼姑？这是个希奇古怪之人了。”众兵卒团团围拢，把这两个尼姑打得鲜血直冒。尼姑叫苦连天，众兵卒只是不放，直打得一个脑破，一个脚折，鲜血满地。众兵卒见他哀哀求告，只道是人，方才放手。那两个尼姑，求得众兵卒住了手，走出圈子，一个掩着打破的头，一个拖着一条腿，瘸脚跛手，高高低低，乱踏步而逃。走得数十步，到一株树边，两个尼姑钻入草丛之中，忽然不见。众兵卒大惊，急急赶到树边草里，细细搜索，并不见影，急忙报知贾丞相。贾丞相道："俺吩咐你打死无妨，你怎生放了他去？"众兵卒都道："小的们只道他是个人，因见他带重伤，一时放去，怎知他是两个妖怪。若早知是个妖怪时，小的们自然打死了。"贾丞相道："你们都不知道，这是火妖，若一顿打死便无后患，今虽带重伤而去，毕竟火灾不免。"霎时间，东市失火，延烧有千余家，众人方知贾丞相之奇。这是一个火的故事。

还有一个火的故事。建康江宁县廨之后，有个开酒店的王公，一生平直，再无一点欺心之事。若该一斗，准准与人一斗酒，若该一升，准准与人一升酒，并不手里作法短少人的。又再不用那大斗小秤，人都称他为王老实。癸卯二月十五黄昏之夜，店小二正要关门闭户，忽见朱衣幞头将军数人，带领一群人马，走到门首下马，大声喝道："可速开门，俺要在此歇马。"店小二急忙走进对王老实说知此事。王老实出来迎接，那数个将军已走进来矣。王老实甚是恭敬，就具酒食奉请，又将些酒食犒劳马下。顷刻间，一群从人手里拿了一大捆绳索，长千万丈，又有几十个人，手里拿着木钉签子百枚，走到朱衣将军面前禀道："请布围。"朱衣将军点头应允。这些从人喏喏而出，都将木签子钉在地下，又将绳索缚在上面，四围系转，凡街前街后、巷里巷外坊曲人家，并窝窝凹凹之处，尽数经了绳索。这些从人经完了，走来禀道："绳索俱已经完，此店亦在围中。"朱衣将军数人议论道："这王老实，一生无欺心之事，上帝所知，今又待俺们甚是恭敬，此一店可以单单饶恕。"众将军道："若俺们不饶恕这一店，便不见天理公道之事了。可将此店移出围外。"从人应允，急忙拔起木签，解去绳索，将此店移出在围外。朱衣将军对王老实道："以此相报。"说罢，都上马如飞而去。王老实并店小二即时看那四围钉的木签并绳索都已不见，甚是惊骇。恰值夜巡官儿走来，看见酒店门开疑心，遂细细审问其故，王老实一一说知。夜巡官将此事禀与上官，上官说他妖言惑众，遂将王老实监禁狱中。方才过得二日，建康大火，自朱雀桥西至凤台山，凡前日绳索经系之处，尽数焚烧，单单留得王老实一个酒店，遂将王老实释放。这又是一个火的故事了。

可见火起焚烧，真有鬼神。在下为何先说这两个故事？只因世上的人无非一片私心，个个怀着损人利己之念。若是有些利的，便挺身上前，勉强承当。若着那虱大的干系，他便退步，巴不得一肩推在别人身上。谁肯舍了自己前程万里，认个罪犯？岂不是把别人的棺木抬在自己家里哭？那一时那个不说他是痴呆汉子、懵懂郎君？谁知道上天自有眼睛，把那痴呆汉子偏弄做了智慧汉子，懵懂郎君偏变作个福寿郎君。奉劝世人便学痴呆懵懂些也不妨。这正是：

人算不如天算巧，天若加恩人不愚。

话说杭州多火，从来如此，只因民居稠密，砖墙最少，壁竹最多，所以杭州多火，共有五样：

民居稠密，灶突连绵；板壁居多、砖垣特少；奉佛太盛，家作佛堂，彻夜烧灯，幢幡飘引；夜饮无禁，童婢酣倦，烛烬乱抛；妇女娇惰，篝笼失简。

话说宋朝临安建都以来，城中大火共二十一次，其最利害者五次。绍兴二年五月大火，顷刻飞燔六七里，被灾者一万三千家。六年十二月又大火，被灾者一万余家。嘉泰元年辛酉三月二十八日宝莲山下大火，被灾者五万四千二百家，绵亘三十里，凡四昼夜乃灭；那时术者说“嘉”之文，如三十五万口，“泰”之文，如三月二十八也；又都民市语，多举“红藕”二字，藕有二十八丝，红者火也，谶语之验如此。嘉泰四年甲子三月四日大火，被灾者七十余家，二昼夜乃灭。绍定二年辛卯大火，比辛酉年之火加五分之三，虽太庙亦不免，城市为之一空。

不说杭州多火，且说宋高宗末年，有一位贤宰相，姓周双讳必大，字子允，庐陵人，后封益公，与唐朝宰相裴度一样。看官，你道他怎生与裴度一样，只因一件救人功德上积福，俨似香山还带之意，遂立地登天，直做到宰相地位，巍巍相业，不减裴度。后来出镇长沙，享清闲之福十有五年，自号“平园老叟”，又活像裴度绿野堂行乐之事。看官，你好生听着。话说周必大的相貌，长身瘦面，脸上只得几根光骨头，嘴上并无一根髭须，身上又伶伶仃仃，就如一只高脚鹭鸶一般。当时人人称他为“周鹭鸶”，有四句口号嘲笑道：

周鹭鸶，嘴无髭，瘦脸鬼，长脚腿。

那周必大常自己照着镜子，也知不是十分富贵之相。高宗绍兴丙子年间，周必大举进士，做临安府和剂局门官。才做得一年，他那时的年纪将近五十岁，初生一子，寻个姚乳娘乳这个儿子。不意姚乳娘患起一场感寒症来，儿子没得乳吃，昼夜啼哭，周必大甚是心焦，巴不得姚乳娘一时病好，特占一卦，那爻词说得古怪道：

药王躅痾，财伤官磨。
困于六月，盍祈安和！

周必大占得这一爻，心中甚是不乐，已知姚乳娘是个不起之症。过得数日，姚乳娘果然呜呼哀哉了。周必大见爻词灵应，恐六月深有可忧之事，心中不住忐忐忑忑，担着一把干系，日日谨慎。直守到六月三十日，周必大对同僚官道：“我前日占得爻词，有‘困于六月，盍祈安和’之句，心中甚是不宁，尝恐有意外之变。如今已守到六月三十日，眼见得今日已过，灾星退度，过了今晚，明日便是七月，准准不妨事矣。”同僚官道：“你忐忐忑忑了这一个月，真是寝不安席，食不甘味，一般好生提防。今日灾星退度，俺们具一杯酒与你庆贺。”说罢，同僚官各出分金一封，置酒到周必大宅子中，开怀畅饮。

不说这壁厢饮酒作乐，且说周必大住居在样沙坑，与间壁运属王氏恰好是同梁合柱之居。那王家的妻子马氏，马氏的弟弟是马舜韶，新升御史，其威势非常之重。王家有了这个御史的舅舅，连王家的光景也与旧日不同起来了。从来道：

贫时垂首丧气，贵来捧屁呵臀。

这王家倚托御史之势，凡事张而大之，况且新升御史，正是诸亲百眷掇臀捧屁之时，何况嫡嫡亲亲舅爷，王家怎敢怠慢了他？少不得接那舅爷来家，肆筵设席，鼓瑟吹笙，亲亲热热，恭恭敬敬，奉奉承承，以尽姐丈之情。惹得前前后后，左左右右之人，都来探头探脑、东张西望，不免迂邻舍之迂，阔邻舍之阔，这都是世情如此，不则一家。恰好六月三十之日，那王家舅爷马舜韶，扯起乌台旗号，穿着开口獬豸绣服，乌纱帽，皂朝靴，马前一对对摆着那吓人的头踏，威风凛凛，杀气腾腾，来到王家探望姐姐与姐夫。姐夫因而设席款待，直饮到黄昏而散。周必大与同僚官知间壁王家有贵客，怎敢声张？只得低声而饮，只待马舜韶去了，方才能够畅饮。饮到三更天气，同僚各官散去。怎知王家的丫鬟因日间伏事舅爷茶茶水水、酒酒饭饭，忙了一日，辛苦睡着，把灯插在壁上，那丫鬟放倒头一觉睡去，两个鼻子孔朝天，就象铁匠扯风箱之声，再也不醒。那灯火延在板壁之上，首先烧着周必大的宅子，一时间便延烧起来，刮刮杂杂，好生利害：夫火者，禀南方丙丁之精，木生于火，祸发必克，燧人以之利物，火德将此持权。神名回禄、祝融、宋无忌，部下有焱火使者、持火铃将军、捧火葫芦童子、骑火龙火马神官。天火非凡火不燎，始初逼逼剥剥，继则烕烕烘烘，骨都都烟迷宇宙，刮剌剌焰震乾坤，果然势如燎毛之轻，诚哉烈若红炉之铸，可想周郎赤壁，宛似项羽咸阳。

这一场火起，延烧数百家，周必大从睡梦里醒来，急急救得家眷人口；衣服家伙之类，烧得个罄尽。

那临安帅韩仲通明知这火从王家烧起，因王家舅爷有御史之尊，谁敢惹他？俗语道："欺软怕硬，不敢捏石块，只去捏豆腐。"便拿住周必大并邻比五十余人，单单除出王家。诸人尽数下在狱中，奏行三省官勘会。周必大在狱中问狱吏道："失火延烧，据律该问什么罪？"狱吏道："该问徒罪。"周必大道："我将一身承当，以免五十邻比之罪，我还该何等罪？"狱吏道："不过除籍为民耳。"周必大叹息道："人果可救，我何惜一官？况舍我一顶纱帽，以救五十余人之罪，我亦情愿。那爻词上道'财伤官磨'，数已前定矣，怎生逃避？"狱吏道："你这官人甚是好笑，世上只有推罪犯在别人身上的，那里有自己去冒认罪犯的？如今世上那里还有你这等一个古君子？便是点了火把，也没处寻你这般一个人，怎生肯舍自己前程万里，捉生替死，与他人顶缸受罪。"说罢，大笑不止。周必大认定主意，不肯变更，直至勘会之时，他自己一力承当，只说家中起火，并不干邻比诸人之事。三省官都有出脱周必大之意，要坐在邻比诸人身上，因见周必大自己一力承当，三省官无可奈何，只得将文案申奏朝廷。倒下旨意，削了周必大官爵，释放五十余人出狱。那五十余人磕头礼拜，谢天谢地，只叫："救命王菩萨，愿你福寿齐天，官居极品，位列三台，七子八婿。"周必大也付之不理。临安府诸人，也有道周必大是千古罕见之人，怎生肯舍了自己前程，救人性命？却不是佛菩萨转世，日后断然定有好处。也有道周必大是个呆鸟，怎生替人顶缸，做这样呆事？也有道周必大是个极奸诈之人，借此沽名邀誉。总之，人心不同有如其面，不可以一律而论。有诗为证：

舍却乌纱救别人，傍人相见未为真。

救人一念无虚假，必大何曾问细民？

话说周必大救了五十余人之命，只因火起贴邻，烧得寸草俱无，周必大只领得骨肉数口而出；又因削了官爵，安身无地，将就在临安挨了五六个月，没及奈何，只得思量寄居于丈人王彦光之处。他夫人王氏也是个贤惠之人。大抵妇人家并无远大之识，只论目下。他夫人见丈夫冒认罪名，削去了官爵，也全不怨恨着丈夫，并无一言说丈夫做了这场呆事，反宽慰丈夫，遂同丈夫到父亲家居住去。

不说周必大同夫人要到王家去住，且说那王彦光住在广德，始初闻得女婿因救了邻比五十余人，冒认罪名削去了官爵，好生怨怅道："半生辛苦，方才博得一个进士，怎生有这个呆子？世上的人，利则自受，害则推人，却比别人颠倒转来做了，岂不好笑杀人？好端端的一个官，正是前程万里，不知要做到什么地位方才休歇。就是他要休歇，我还兀自不肯休歇，不知自己何故自己作孽抛去了。明日清清冷冷，却带累我女儿受苦。世上只有要官做的人，再没有有官自去削的人，可不是从古来第一个痴子么？明日见这痴子时，好生奚落他一场。"那王彦光忿忿不已。不则一日，到于冬天，一日大雪，王彦光夜间得其一梦，梦见门前有许多黄巾力士在门前扫雪，王彦光问道："怎生在我门前扫雪？"那些黄巾力士道："明日丞相到此，扫雪奉迎。"说罢而醒。王彦光大惊异道："不知明日有什么人来，来的便是宰相也。"

次日午时，恰好是女儿女婿来到。王彦光暗暗的吃个惊道："难道这丞相就是这个痴子不成，世上可有痴子做丞相之理？况且除籍为民。俗语道：'家无读书子，官从何处来？'难道可有天上掉下来的现成丞相？大抵不是他，或是别人亦未可知。"这日到晚，并无一人。王彦光暗暗的道："今日并无一人，只得这个痴子。这个梦有些古怪，准准要应在周必大身上了。我本要奚落地一场，今既如此，不好奚落得，只得翻转脸来且奉承他一番，不要他明日做了丞相之时，笑我做苏秦的哥嫂。我如今不免做个三叔公，再作理会。”果然翻转脸来，欢容笑面，一味慰安，并无奚落之念，实有奉承之心。怎知王彦光的儿子王真通是个极势利的小人，见姐夫削了官爵，好生轻薄，又见父亲一味恭敬姐夫，便如眼中之钉一般，便道：“一个罢官之人，与庶民百姓一样，直恁地恭敬，却是为何？将我家的钱粮，去养着这个呆鸟做恁？”若是父亲与周必大酒食吃，他便在傍努嘴努舌，斜眼撇角，冷言冷语，指指搠搠的道：“可是奉承这位尊官哩。”正是：

只有锦上添花，那曾雪中送炭。

话说王真通轻薄自不必说，那周必大在丈人家，转眼间已过了数个年头，那时已五十余岁，高宗诏下开博学弘词科。王彦光因梦中之事，勉强要周必大赴博学弘词科。周必大道：“岂有已举进士，失了进士，又欲奔赴博学弘词科者乎？况此事久不料理，怎好冒冒失失而去？”王彦光再三催促起身，周必大只得勉强前至临安。一日，梦到东岳天齐圣帝之处，左右判官小鬼，牛头马面，列于两旁，鬼使拿的罪人披枷带锁者不计其数。东岳帝君冕旒端坐上面拷鬼，号叫之声，所不忍闻。

东岳天齐圣帝者，乃天地之孙，群灵之祖。巍巍功德，职掌四大部洲；浩浩崇阶，辖管三天率属。天道、地道、人道、鬼道，莫不由其变通；胎生、卵生、湿生、化生，一切凭其鼓铸。

试看两廊棚扒吊拷，无非是恶官恶吏、贪残酷虐之小人；细察殿前剉磨烧舂，那有个为孝为忠、仁慈朴实之君子？变驴的，变马的，变猪的，变犬的，世上众生，都受罪犯耿耿；化莺的，化燕的，化蜂的，化蝶的，花间四友，难逃业报昭昭。称发竿丝忽无差，照胆镜毫厘不爽。光明正大者，尽从金银桥化生；黑暗狡猾的，咸向恶水河堕落。重重地狱，都自人生；渺渺天堂，悉凭心造。

话说周必大到了东岳天齐圣帝之处，看见变牛变马之人无数，但是十分之中倒有六七分是和尚，因吃了十方钱粮，不守戒律故也。又见牛头鬼使勾到一人，却是周必大同榜进士赵正卿。其人广有钱财，遂好交结天下名士，原系一窍不通、文理乖谬之人，假装体面，烂刻诗文，欺世盗名，花嘴利舌，后来侥幸中了进士，一味贪酷害民，欺压善良，损人利己。周必大见是赵正卿，遂用心看视。只见东岳帝君大声震怒道："赵正卿，汝在世上，并无阴德及于一民一物，妄尊自大，刻剥奸险，一味瞒心昧己。欺世盗名，假刻诗文，哄骗天下之人，障天下之眼目，不过藉这几千万臭钱诓骗世人。那世上无眼目之人被汝骗过，汝还能骗得我否？"遂叫数个鬼使将赵正卿绑于柱上，将双眼一齐抠出；又将赵正卿劈破其腹，滚汤洗涤其肠。赵正卿号叫之声甚是凄惨。东岳帝君喝骂道："汝一肚皮奸诈害人，人受汝之荼毒，苦不可言，亦知今日自己疼痛否？奸淫室女，破败寡妇，罪大恶极而不可赦。欺世盗名，天下之人，皆为汝巧言利舌所骗，所不能骗者独鬼神耳。盗取朝廷名器，恣汝胡为，以济其不仁不义之念，朝廷官职岂为汝贪酷地耶？欺压善良，损人利己，无恶不作。汝又假以崇信佛法为名，实于佛法一字不通，不过借佛门以为逃罪之计，还要去欺那佛菩萨，使人不信三宝，皆汝之故，其罪与诽谤三宝尤甚。"命押入"无间地狱"受罪，兼追其三子，斩绝后嗣。道罢，数个鬼使囚执而去。果是"千年铁树花开易，一入酆都出世难。"

欺世盗名瞒鬼魅，假依佛法念菩提。
难逃东岳天齐圣，地狱无边始惨凄。

东岳帝君判断赵正卿已毕，开口道："周必大阴德通天，当为人间太平宰相，惜骨格穷酸，难登显位。"即吩咐小鬼判官道："可速与周必大种帝王须一部。"两个判官小鬼即取一绺须过来，根根种在周必大嘴上。种须已毕，周必大欠伸而醒，嘴边甚是疼痛，把手一摸，其两腮都肿。那时周必大也生了些髭须，与当年没髭须时不同，这一夜便添出许多髭须，黑而且劲，又长又有光彩。周必大暗暗惊异，并不说出。遂访问赵正卿，果于是日死矣，其果报如此。看官，你道事有凑巧，物有固然，功名富贵，果是鬼神护佑，不由一毫人力计较。

那时周必大来到临安，寓在一个孙班直家里。这孙班直一日从外归来，手里拿着一个小小册子。周必大偶然坐在门坎上，看见班直手里这个小小册子，便取来一看，却是皇帝出来的驾前仪从卤簿图，器具名色一一写在上面。周必大甚是得意，便将班直这个小小册子细细抄录，一一无遗。这也是偶然好要子之事，岂知这富贵功名就在上面，真时来福凑也。

话说那时秦桧已死，高宗将已往之事尽数翻转，命汤鹏知贡举。汤鹏奉命考议，因高宗更化之始，试法极严，出的题目，可可是卤簿图。周必大记得烂熟，一字无差。汤鹏看这一卷考核精细，若有神助，遂取为首卷。周必大从此在翰林院九年，文章之名布满天下。高宗皇帝几番要拜周必大为宰相，因他相貌长身瘦面，孤形野鹤，恐怕他福薄，做不得宰相，尝燕坐叹息道："好一个宰相，但可惜福薄耳。"傍边走过一个老太监，徐徐奏道："官家所虑，莫不是周必大乎？"高宗道："你怎生便知是周必大？"老太监奏道："臣见所画先朝司马光像，其相貌甚是清臞，亦如周必大之长身瘦面也。"高宗为之大笑，遂拜周必大为宰相，果然做了二十年太平宰相，就造相府在柈沙坑。那时督造相府的就是韩仲通，甚是惭愧，其恰好如此。后高宗传位于孝宗，周必大与闻揖逊之盛，进少保，封为益国公。后来出镇长沙，又享清闲之福。有个风鉴先生走到周必大府中，要见宰相。周必大自己出来。那周必大不好奢华，只穿布道袍出来相见，那个风鉴先生道："我要见你家宰相，谁要见你？"周必大道："看我便是。"风鉴先生道："休得取笑，岂有你这等一个人做得宰相？"周必大道："难道我做不得宰相？"风鉴走近前来，把须髯一捋道："此一部帝王须也。”周必大方才敬服。盖当日东岳帝君种须之事，周必大就在夫人面前也并不曾说出，今日风鉴识得是帝王须，恰好与东岳种须之事相合，岂不是个异人？从来道，人臣得龙之一体，当为公相。曾公亮得龙之脊，王安石得龙之睛，周必大得龙之须，所以都做到宰相。后来周必大整整活至九十余岁而死，谥文忠。儿子周纶也为筠州太守。阴德之报，一毫不差如此。有诗为证：

裴度香山能积德，益公认罪代穷民。
为人须放心田好，留取他年宰相身！

第二十五卷

吴山顶上神仙

佛法曾经孔子传，由余石佛识前缘。
法兰僧会通中国，洪昉禅师见帝天。

这一首诗第一句“佛法曾经孔子传”是怎么说？从来道，佛法自汉明帝始人中国。明帝夜梦金人飞空而至，乃大集群臣以占所梦。通事傅毅奏曰：“臣闻西域有神，其名曰佛，陛下所梦，将必是乎？”帝遣郎中蔡愔、博士弟子秦景等，使往天竺，寻访佛法，于是释摩腾始入中国，此汉地有沙门之始也。虽然如此，佛法不始于汉明帝。唯我孔圣人，前知千古，后知千古，已早知西方有佛矣。商太宰见孔子曰：“丘，圣者欤？”孔子曰：“圣则丘何敢？”商太宰曰：“三王，圣者欤？”孔子曰：“三王善任智勇者，圣则丘弗知。”曰：“五帝，圣者欤？”孔子曰：“五帝善任仁义者，圣则丘弗知。”曰：“三皇，圣者欤？”孔子曰：“三皇善任因时者，圣则丘弗知。”商太宰大骇曰：“然则，孰者为圣？”孔子曰：“西方有圣人焉，不治而不乱，不言而自信，不化而自行，荡荡乎民无能名焉。”据这说看将起来，西方圣人不是佛菩萨是谁？又道：“周穆王时，西极之国有化人来，入水火，贯金石，千变万化，不可穷极，穆王敬之如神。”那化人便是文殊菩萨、目连尊者，二位来化，穆王从之。

第二句“由余石佛识前缘”。秦穆公时，扶风获一石佛，穆公不识，弃马坊中，污秽此像。护法神嗔怒，令公染疾。公又梦游上帝，极被责罚，觉来问侍臣由余。由余答道：“臣闻周穆王有化人来此土，云是佛神，穆王信之，于终南山造中天台，高千余尺，基址现在。又于苍颉台造神庙，名三会道场。公今所患，得非佛乎？”公闻大怖，语由余曰：“吾近获一石人，衣冠非今所制，弃之马坊，得非此是佛神耶？”由余往视之，对曰：“此真佛神也。”公取像澡浴，安清净处，像遂放光。公又大怖，谓神嗔怒，宰三牲以祭之，护法神将三牲擎弃远处。公又大怖，以问由余，答曰：“臣闻佛清净，不进酒肉，爱重物命，如护一子，所有供养，烧香而已；所可祭祀，饼果之属。”公大悦，欲造佛像，并无工匠，又问由余，答曰：“昔穆王造寺之侧，应有工匠。”遂寻得一老人，姓王名安，年百八十，自云：“曾于三会道场见人造之，臣今年老，无力能作。所住村北，有兄弟四人，曾于道场内为诸匠执作，请追其造。”依言作之，成一铜像，相好圆备。公悦，大赏赉之。

第三句“法兰僧会通中国”。那法兰是中天竺人，汉明帝时与摩腾同来中国，共译《四十二章经》等共五部，深知佛法。昔汉武帝穿昆明池以习水战，池底掘出黑灰。武帝问东方朔，方朔答曰：“此非臣所能知，可问西域梵人。”那时并无西域梵人，直至明帝之时，法兰至于中国，众人将此事追问。法兰道：“世界终尽，所谓天翻地覆之时，劫火洞烧，尽成灰土，此黑灰是也。”众人方知东方朔之言信而有征，那时东方朔已知有佛矣。那僧会原先是康居国人，因曰康僧会，世居天竺，后入中国。那时孙权已制江右，而佛法未行。僧会欲使道振江左，兴立图寺，乃杖锡东游，以吴赤乌十年来于建业，营立茅茨，设像行道。吴国竞以为怪。有司奏曰：“有异人入境，自称沙门，容服非常，事宜省察。”孙权曰：“昔汉明帝梦神，号称为佛，彼之所事，岂其遗风耶？”即召康僧会诘问有何灵验，作此怪事。僧会曰：“如来仙迹，忽逾千载，遗骨舍利，神曜无方。昔阿育王起塔及八万四千。夫塔寺之兴，以表遗化也。”孙权以为夸诞，乃谓会曰：“若能得舍利，当为造塔。苟其虚妄，国有常刑。”会请期七日，乃谓其属曰：“法之兴废，在此一举。今不至诚，后将何及。”乃共洁斋静室，以铜瓶加于几上，烧香礼请，七日期毕，寂然无应；更求二七，亦复无应。孙权曰：“此欺诳也。”将欲加罪。会更请三七日，遂以死誓。三七日暮，犹无所见，莫不震惧。既入五更，忽闻瓶中铿然有声，会自往视，果获舍利。明旦，孙权自手执瓶，泻于铜盘，舍利所冲，盘即破碎。孙权大惊曰：“真希有之瑞也。”会进而言曰：“舍利威神岂直光相而已哉？乃劫烧之火不能焚，金刚之杵不能碎。”权命试之，会更暗祷以祈威灵。乃置舍利于铁砧碓上，使力士击之，于是砧碓俱陷，舍利无损。权大嗟伏，即为建塔。以始有佛寺，故号“建初寺”。因此江左大兴佛法。至孙皓即位，性极苛暴，废弃淫祠，并欲坏此寺，诏会诘问。皓曰：“佛教所明，善恶报应，何者是耶？”会对曰：“夫明王以孝慈训世，则赤乌翔而老人见；仁德育物，则醴泉涌而嘉苗出。善既有瑞，恶亦如之。故为恶于隐，鬼得而诛之；为恶于显，人得而诛之。《易》称‘积善余庆’，《诗》咏‘求福不回’，虽儒典之格言，即佛教之明训。”皓曰：“若然，则周、孔已明，何用佛教？”会曰：“周孔所言，略示近迹，至于释教，则备极幽微。故行恶则有地狱长苦，修善则有天宫极乐，举此以明劝沮，不亦大哉？”皓无以折其言。皓虽闻正法，而昏暴不减。后于地中得一金像，高数丈，皓使放不净处，以小便浇之，共诸群臣笑以为乐，遂举身大肿，阴处尤痛，呼叫彻天。太史占，言犯大神所为。因迎像置殿上，香汤洗数十遍，烧香忏悔，叩头于地，自陈罪状，方才痛止。遂遣使至寺，请会说法，皓即就会受五戒，旬日疾瘳。至晋，平西将军赵诱，不信三宝，入此寺，谓诸道人曰："久闻此塔屡放光明，吾不目睹，不足信也。"言讫，塔即出五色光明，照耀堂刹。赵诱肃然敬信，于寺东乃更立小塔焉。

第四句"洪昉禅师见帝天"。那洪昉戒律精严，一毫不苟，是一尊活罗汉，地狱天堂都请去讲经。他于陕中建造一个龙光寺，又建病坊，养病者数百人，自行乞以救诸人。远近道俗，归者如云。一日清晨，忽有一夜叉至其前，左肩头上负五色毡而言曰："释迦天王请师讲《大涅槃经》。"洪昉嘿然。夜叉遂挈绳床置于左臂膊曰："请禅师闭目。"因举其左手，而伸其右足，倏忽之间，便道："请禅师开目。"视之，已到天上善法堂矣。禅师即到天堂，那天光眩目，开之不得。天帝曰："禅师可念弥勒佛。"禅师遂念之，于是目开不眩，然而人身卑小，仰视天形，不见其际。天帝又曰："禅师又念弥勒佛，身形便大。"禅师如言念之，三念而身三长，遂与天帝一样。天帝与诸天合掌作礼道："弟子闻师善讲《大涅槃经》为日久矣。今诸天钦仰，敬设道场，特请大师讲经听受。"禅师曰："此事诚不为劳，但病坊之中，病者数百人都倚老僧为命，常行乞以给诸人之食。今若流连讲经，人间动涉年月，恐病人饿死，不能如命。"天帝曰："道场已成，斯愿已久，固请大师，勿为辞也。"禅师不允，忽空中有大天人身，又长数倍，天帝敬起迎之。大天人言曰："大梵天王有敕！"天帝怃然曰："本欲留师讲经，今梵天有敕不许。然师已至，岂不能暂开经卷，少讲经旨，令天人信受。"昉许之。于是命左右进食，食器皆七宝，饮食香美异常。防食毕，身上诸毛孔皆出异光，毛孔之中尽能观见诸物，方悟天身腾妙也。既登高座，敷以天衣。那时善法堂中诸天数百千万，兼四天王各领徒众同会听法，阶下左右则有龙王、夜叉诸鬼神非人等，皆合掌而听。禅师因开《涅槃经》，首讲一纸余，言词典畅，备宣宗旨。天帝大称赞功德，开经已毕，又令前夜叉送至寺。那时在天上不上顷刻之间，寺中失禅师已二十七日矣。那佛经上道："善法堂在欢喜园，天帝都会，天王之正殿也。其堂七宝所作，四壁皆白银，阶下泉池交注，流渠映带，其果木皆与树行相直，宝树花果，亦皆奇异。所有物类皆非世人所识。阶下宝树，行必相直，每相表里，必有一泉夤缘枝间，自叶流下，水如乳色，味如甘乳，下注树根，洒入渠中。诸天人饮树本中泉，其溜下者众鸟同饮。以黄金为地，地生软草，其软如绵。天人足履之没至足，足举后其地自平。其鸟数百千，色名无定相，入七宝林，即同其树色。其天中物皆自然化生，若念食时，七宝器盛食即至。若念衣时，宝衣亦至。无日月光，一天人身上自有光明，逾于日月。要至远处，飞空而行，如念即到。"洪昉禅师既睹其变，备言其见，乃请画图为屏风，凡二十四扇，观者惊骇。禅师初到寺，毛孔之中尽能见物，既而弟子进食，食讫，毛孔皆闭如初。乃知人食天食，精粗之分如此。洪昉既尽出天中之相，人以为妖。时武则天在位，为人告之。则天命取其屏，兼召洪昉。洪昉既至，则天问之而不罪也，留昉宫中。则天手自造食，大申供养。留数月，则天谓昉曰："禅师遂无一言教弟子乎？"昉不得已言曰："贫道唯愿陛下无多杀戮，大损果报。"则天敬信之。

列位看官，世上有一种迂腐不通之儒，专好谤佛，只因终身读了这几句臭烂文字，不曾读三教古今浩渺之书，不曾见孔子之言，所以敢于放肆如此。只是眼界不大，胸中不济，这也无怪其然。若说因果报应，尤为灵验。当时赫连勃勃，画佛于背，迫僧礼拜，天雷震死；子昌灭佛教，身死国灭。魏太武除僧毁寺，见弑人手。周武帝除佛法，次年晏驾，子夭国死。唐武宗去塔寺，亦以次年崩，无子。宋徽宗改佛为金仙，约僧留发，遂为金人所掳。报应昭然，岂可不信？如隋文帝、唐太宗、宋太祖无不归心于释教，难道这几位聪明神武的帝王，不如你这些臭烂腐儒不成？至如我洪武爷、永乐爷这二位圣人，尤与前代帝王不同，真是不世出之帝，却也尊信三宝，异常虔敬。

梁时宝志公禅师原是菩萨化身，他涅槃时作偈道：

若问江南事，江南事有冯。

乘鸡登宝位，跨犬出金陵。

子建司南位，安仁秉夜灯。

东邻家道阙，随虎遇明兴。

这八句偈是怎么说？“江南事有冯”，冯者，诸冯也。圣人生诸，即朱，寓其姓也。酉属鸡，“乘鸡”者，压鸡之上为戊申，太祖登极之年也；戌属犬，即以其年幸汴梁，又明年为庚戌，是“跨犬”也。“司南位”，自南而北，抵于子位也。“秉夜灯”，元主夜遁，开建德门以去，建下为安、德为仁也。“东邻”，指张士诚，阙者，灭也，灭士诚则取中原也。“随虎”，金陵龙盘虎踞，神龙盘结而虎为之先，若随其后也。“遇明兴”，显然是建国大号也。这八句偈，是我洪武爷之谶。宝志公族姓朱，塔于钟山下，洪武爷卜其地为孝陵，欲迁宝志冢，卜之不受，乃曰：“假地之半，迁瘗微偏，当一日享尔一供。”乃得卜，发其坎，金棺银椁。因函其骨，创造灵谷寺卫之，建浮图于函上，覆以无梁瓦殿，工费巨万，仍易赐庄田三百六十所，日食其一，岁而周焉，以为永业，御制文树碑纪绩。一夕，霹雳震其碑，再树再击，乃曰：“志不欲为吾功耳。”乃寝不树。有的说洪武爷就是那宝志公再世，了却江南一大事因缘，所以没示其兆，葬即其地，因此笃信佛法，弘护三宝，都是宿世之事。

那敬信三宝之事，宋景濂传中已曾说明。永乐爷原是真武临凡，笃信三宝，与洪武爷一样。五年二月，曾命西僧尚师哈立麻，于灵谷寺中启建法坛，荐祀洪武爷、马皇后。尚师率天下僧伽举扬普度大斋科十有四日，庆云天花，甘雨甘露、舍利祥光、青鸟白鹤，连日毕集。一夕，桧柏生金花，遍于城都，金仙罗汉化现云表，白象青狮，庄严妙相，天灯导引，幡盖旋绕，种种不绝。又闻梵呗空乐自天而降，群臣上表称贺。学士胡广等献《圣孝瑞应歌颂》。又有腐儒不通之人，说这是西僧的幻术；就有幻术，但可以幻他人，岂有永乐爷神武不杀之帝，可以术幻者乎？这等的说话，真是胡说乱道而已。后于十七年七月御制佛曲成，并刊佛经以传。九月十二日，钦颁佛经至大报恩寺，当日夜本寺塔见舍利光如宝珠。十三日，现五色毫光，卿云捧日，千佛、观音、菩萨、罗汉妙相毕集。续颁佛曲至淮安给散，又见五色圆光，彩云满天，云中见菩萨、罗汉、天花、宝塔、龙凤狮象，又有红鸟、白鹤盘旋飞绕。续又命尚书吕震、都御史王彰赍捧诸佛世尊、如来菩萨尊者称歌曲，往陕西、河南颁给，神明协应，屡现卿云圆光宝塔之祥，文武群臣上表称贺。难道这也是幻术不成？就是幻术，只好幻一处，难道合天下四方都为幻术不成？总之，迂腐之人一字不通，又何足与言乎？大抵异人自有异事，圣帝自有圣征，真从古所无之事也。且不要说这二位圣人，就是二位圣母，都是佛菩萨临凡。那《观音经》上道："应以妇女身得度者，即现妇女身而为说法。"马皇后诚心好善，专一好救人性命，不知保全了多少生灵，难道不是现世救苦的大佛菩萨么？永乐爷的徐皇后，亲见观世音菩萨，授《第一希有大功德经》，圣母亲自作序，刊布流传于世，我圣母岂有打诳语之理？

在下这回说吴山顶上神仙，为何先把佛法说起？只因佛法深微，佛力广大，所以先把佛教说起，以见人不可不尊信之意。我洪武、永乐二位圣人，原是三教宗师，不唯信佛，又且信仙。洪武爷御注《道德经》、永乐爷御制《列仙传序》，难道不是三教的宗师么？那时有周颠仙、张三丰、张金箔、冷启敬，都是一时的仙人。话说吴山顶上，原有两位神仙，一位神仙是丁野鹤，原系箍桶匠出身，住于裴驾桥北。只因一个相好的朋友一日暴疾死了，他便再三叹息道："人生寿命如此迅速，人人都道寿命有六七十岁活，怎知这般一个铁铮铮的汉子，从无疾病，却骤然得病，便就付阎王阴府去了？好生利害！安知这场病不害到我身上？安知我的性命准准有六七十岁活？谁与你写得这张包票？他也死得，我也死得，果然是石中之火、电中之光，有得几时长久？不如抛此薄业，弃了家室，寻一个长生不老之方，自在受用，强如做个短命汉。”说罢，便就弃了箍桶生意，走到吴山瑞石山，礼拜徐弘道为师。那徐弘道号“洞阳子”，曾遇张紫阳仙人传以修行之诀。张紫阳曾作《悟真篇》传流于世，专以度人为事，曾住于吴山，因此就取名为“紫阳庵”。徐弘道传了张紫阳修行之诀，得了道法，年八十三岁，沐浴更衣，书颂而化，有“不离本性即神仙”之语，丁野鹤传了徐弘道的诀法，积年修行，人也不知他的本事。每月一下山，沿门诵经，受少许米，名为“月经”。然他并不多要米来积攒，不过只得官巷口杜氏数十家施主而已。一年，适当元宵之期，这杜氏数十家施主走到他庵中，布施他斋粮，丁野鹤叫庵中人设斋款待这些施主。斋食已毕，众施主都闲口说闲话道：“我们这里灯不过如此，闻说苏州灯景最盛，不知怎生样盛的？”丁野鹤道：“你众施主要看苏州灯有何难？你们只要依我说，便好去看。”众人都道：“丁师父你又来取笑，从来只有叶天师带了唐明皇空中去看灯，难道又出你个丁天师不成？”丁野鹤道：“我有个缩地之法，昔日费长房神仙传流缩地之法，千里万里如在目前。我曾学得此法，你们只闭了目，但闻得呼呼风声，切不可开目，若一开目，便堕下矣。”众人都闭了目。丁野鹤口中念念有词，喝声道：“疾！”众人果然都耳中闻得呼呼之风，顷刻之间，住了风声，丁野鹤喝声道：“开目！”众人一齐开目，果在苏州阊门之内，霎时间面前便不见了丁野鹤。丁野鹤即时翻身飞回，走到各施主家说道：“各施主都到苏州去看灯去了，三更天气，我仍旧同他们回来，不必记念。”各施主家都一一说了，仍旧从空飞到苏州阊门，寻着了各施主，于灯景最盛之处看了一遍，又买了苏州许多吃食之类，仍旧叫众人闭了眼目而回。众人回到家里，各家都说道：“适丁师父来，说你们都到苏州看灯，可有此事？莫不是丁师父的鬼话？”众人都道：“千事万真。”家家都一一同如此说，众人方知丁师父真是腾云驾雾的神仙，人人吃惊，都道：“我们久相处一位活神仙，却不知道，真是肉眼凡胎。”次日都备了礼物，愿拜他为师，要学他那神仙法儿，道：“丁师父，你真是活神仙下降。怎生藏头露尾，一向不与我们说知？我今愿拜你为师，可传我这神仙法儿。你还有什么奇特之事，可做一做与我们看。”丁野鹤道：“我还会得化鹤。”众人都道：“怎生化鹤？请做一做与我们看。”丁野鹤就将剪刀剪成数十只纸鹤，口中念念有词，吹口仙气，叫声“变”，都变成真鹤，盘旋飞舞，鸣叫满空。众人都一齐捕鹤，及至捕下，尽纸鹤也。丁野鹤乘鹤鸣人喧之际，即时抱膝坐化而去，众人大惊。先数日前，曾寄一首偈与他妻子王氏，道：

懒散六十三，妙用无人识。
顺逆两俱忘，虚空锁长寂。

始初他妻子王氏也还不信有神仙之事，及至丈夫变鹤坐化而去，方知丈夫真是神仙。遂到吴山之上，把丈夫真身用布漆漆了，端坐如生，终日香火供奉。自己取名王守素，也做了女道士，二十年不下吴山，亦成仙而去。萨天锡赠诗道：

不见辽东丁令威，旧游城郭昔人非。
镜中人去青鸾老，华表山空白鹤归。
石竹泪干斑雨在，玉箫声断彩云飞。
洞门花落无人到，独坐苍苔补道衣。

据这般看将起来，吴山顶上也不止两位神仙，那徐弘道、张紫阳、丁野鹤与王氏一脉渊源，共是四位神仙了。还有一位是冷启敬。这冷启敬是杭州人，名谦，父母梦见一位仙官骑着一只仙鹤而来，入于室中，因而怀孕。生来果然仙风道骨，一尘不染。凡是成神仙的，必然两鬓边有秀骨插天，名为“山林骨起”，必是神仙之侣。冷启敬既具了这神仙之相，便心心念念只思量去学那长生不老之方，后便于吴山火德庙做了黄冠。他原是仙官谪降，精于音律，凡是人所不知者，他无不究其精微。善于鼓琴，就是从来会得弹琴的那嵇叔夜也不足为奇。又善于绘画，略略落笔，便有出尘之韵。他曾遇着一个胡日星，这胡日星是金华人，精于星算之术，知过去未来之事，见冷启敬有仙风道骨之相，便道："子神仙中人也。"便起一算，将来书于纸上道：甲午年七月十三日午时，玄妙观有吕洞宾下降，乃汝之师也。当传汝道法。冷启敬藏了此书，切切记于心上不题。

且说那胡日星尝推洪武爷之命当为天子。后洪武爷登极，遂召胡日星来，要与他官做，胡日星不要；予他金银，他又不要。问欲何如，胡日星对道："第欲求一符以游行天下耳。"洪武爷遂题诗一首于扇上：

江南一老叟，腹内罗星斗。
许朕作君王，果应神仙口。
赐官官不要，赐金金不受。
持此一握扇，横行天下走。

遂将御宝印于其上，从此游行天下。数载回来，对妻子道："我命要被杀死，必然要覆命，死于京中。"妻子再三劝阻道："既是要死，何不就死于家里，怎生定要死于京中？"胡日星道："数已前定，不可逃也。"遂到南京见洪武爷，洪武爷温慰遣回。适都督蓝玉克云南而回。胡日星道："公当封国公，但七日中，某与公同被难，数不可逃矣。"不数日，蓝玉果封国公，极其骄傲，同列因奏其心怀不轨，临刑自叹道："早依胡日星不受封，或免此祸。"洪武爷召胡日星，问曾与蓝玉推命否，答道："曾言其祸在七日。"洪武爷又问道："汝亦曾自推命否？"对道："臣命终在今日酉时。"果于酉时戮死。死后数日，有人于三茅山见之，嬉游自如，方知他是兵解而去，非真死也。

这是后话。

话说冷启敬记了胡日星之言，果然到于甲午七月十三日清早，便于玄妙观等候吕洞宾下降。日中午时，果然见一个全真走进玄妙观来。但见：

身上穿一领百衲道袍，腰系一条黄绵丝绦，脚下踹一双多耳麻鞋，头上包一顶九华仙巾。飘飘须髯，是唐朝未及第的进士。洒洒仪容，系朝游北海暮苍梧、三醉岳阳楼的神仙。

那吕纯阳走入门来，见有芭蕉一株，就取案上之笔题诗于蕉叶上道：

午夜君山玩月回，西邻小圃碧莲开。
天风香雾苍华冷，名籍因由问汝来。

又一诗道：

白雪红铅立圣胎，美金花要十分开。
好同子往瀛洲看，云在青霄鹤未来。

吕纯阳题诗完，冷启敬即时走过去，跪在地下，叩首道："弟子冷谦，愿求我师道法。"吕纯阳道："子名列丹台，已登仙籍。我今日之来，亦专为传道法于汝而来也。我师正阳子道：'汝两口当传两点。'我遵师命而来此。今见一缕青气，出于吴山顶上，果是汝有仙缘。"遂把修行秘密之诀、七返九还炼丹之法，并五假天遁剑法，一一传授，化云而去。冷启敬得吕纯阳传授了口诀，遂依方修炼。

冷启敬自炼成金丹之后，便就出幽入冥，飞行变化，分形出神，无不巧妙。那时冷启敬已得了仙道，便有那一班仙人与他往来，就是那张金箔、张三丰。怎么叫做张金箔？他原是山西平阳府人。山西并不晓得造金箔之法，张氏走到杭州，学了造金箔之法回去，因此就出名为“张金箔”。张金箔曾遇异人授以秘法，极骇听闻。一日，有一老道人来见张金箔道：“我也有些小法术，要把与你一看，明日当遣小童来迎。”明日果有二童子来，各骑着一条龙，又手里牵着一条龙，请张金箔骑。张金箔骑上之时，那条龙甚不伏骑。童子取出一条皮鞭，将龙鞭了数十下，方才驯伏。三人一同骑了乘空而行，到一高山茅庵之中，三人下了龙背，走入庵门，寂然无人。走入深处，方见昨日老道人坐于匡床之上，双足倚于壁间，离道人一丈之路。道人道：“老夫久将双足卸下，盖不涉尘世久矣。今特为汝下榻。”遂把手招那双足，双足彳彳亍亍自走到道人床前，凑在道人膝上，道人方才下床，与张叙宾主之礼。礼毕，老道人命童子烹茶。童子烹茶而来，走到面前，身上无头。张金箔吃了一惊。老道人道：“这童儿全然无礼，有佳客在此，怎生自家只图安便，连头也不戴在颈子上，像什么模样？可快去戴了这个头来。”童子遂把手去颈子上摸了几摸，方才身子上钻出头来，那头却又朝着背后而生。老道人道：“不必如此。可照依朝转。”童子方把手去将头搓将转来，张金箔甚是吃惊。供茶已毕，老道人命童子屠龙作馔。童子走到灶下，牵出一条龙来，张牙舞爪，缚在柱上。童子把刀一挥挥去，断龙之首。龙连蜷蜿蜒，久之方死。张金箔心下好生慌张。那童子就像杀鳝鱼的一般，遂剖其腹，光耀夺目，满庭鲜血。童子将龙肉煮熟，放在桌上，五色光彩烂然。道人举起箸子，请张金箔吃。张金箔疑心，不敢下箸。道人大嚼数盘，余外的童子收拾去吃了。从此各谈道法，赌斗长技。张金箔怎生斗得道人的法过？遂留张金箔在茅庵中一连住了数月，得了道人许多奇异法术。将辞别而归，忽起大风一阵，播土扬尘，不能开目，及至风息开目，道人与茅庵、童子，都一齐不见矣。四围打一看时，都是平沙荒草，更不知是何地方。远远访问，乃是大同郊外。张金箔大惊，不知是何等仙人，作此怪事，只得徒步二旬而归。归来其法愈奇，尝与人游河上，见鱼游泳水中，那人道："此鱼可得作馔么？"张问道："你要几尾？"那人限了尾数。张就丸土投于水中，须臾，鱼浮水面，如数而得。遂到杭州，与冷启敬相处，闲时二人斗法玩耍，张将唾沫吐于水中，变成金色鲤鱼一尾；冷将唾沫吐于水中，变成大水獭吃那鲤鱼。张于冬日极寒之时，口中吐出赤气一口，满室如火一般炎热；冷亦于冬日取胡桃一枚掷去，变作霹雳之声，人人惊异。如此斗法，不一而足。

后洪武爷闻张金箔之名，召至京中，问有何术，回言答道："臣无他术，但能于水中顷刻开莲花，及瓶中出五色云为戏笑耳。"洪武爷就命为之。张于袖中取出一个铁瓶，注水，书五道符投于其中，用火四炙，瓶中气蒸蒸而出，渐渐结成五色彩云，布满于殿庭之上。又将莲子一把在手，请洪武爷登金水桥观莲花，遂将莲子撒于金水河中，霎时荷花竞发，菡萏交映，香风扑鼻，满金水河中尽是荷花。张复剪纸为舟，放于水面，变成采莲舟。张拿舟而登其上，奏道："臣能为吴歌。"遂举棹河中，往来间，复见张妻子、童婢都在舟中，张口唱采莲歌道：

荷叶荷花本异香，香风馥馥映池塘。
烟深花满无人识，飞入荷花是故乡。

歌儿唱完了，那妻子、童婢俱更迭而歌，情景如在仙境一般。洪武爷大悦，久之，歌声渐远，狂风骤起，人、舟与荷花一时不见，洪武爷甚以为异焉。有诗为证：

道人传法并屠龙，金水河中显异踪。
此等仙人真怪事，就中难识亦难逢。

只因洪武爷原是位圣人，所以诸佛菩萨、圣僧、神仙，都来拥护他，一则辅佐太平，一则簸弄神通，以见二教不可磨灭之意。昔日孔子手植桧树曰：“后世有圣人，桧其生乎？”从来桧树不生一枝，直至我洪武爷降生，桧树方生一枝。可见我洪武爷是孔圣人之所授记者也，所以种种政事，超出古帝王之上，所以仙、佛二教，都来拥护。那仙人原有周颠仙，已曾说过。还有张三丰，一名玄玄，不知是何处人。洪武初，入武当山修炼，魁伟美髯，寒暑一衲，或处穷寂，或游市井，浩浩自如，傍若无人。时人称之为“张邋遢”。有问之者，终日不答一语。或与论三教经书，则吐词滚滚，都本于道德忠孝之经，凡过去未来，一一皆知。所啖升斗都尽，或数月不食，并无饿容，登山其行如飞，或冬日卧在雪中，鼾鼾如常时。既入武当，往来于天柱、五龙、南岩、紫霄诸名胜。曾赋扬州琼花诗道：

琼枝玉树属仙家，未识人间有此花。
清致不沾凡雨露，高标犹带古烟霞。
历年既久何曾老，举世无双莫浪夸。
便欲载回天上去，拟从博望借灵槎。

张三丰闻知冷启敬，特来吴山相访，二人见了甚是相得，各以道法相证。两人俱静坐一室之中，都从顶门出神，到福建采荔枝而回。冷启敬尝画一幅《蓬莱仙弈图》，张三丰题诗其上。后来别了冷启敬，竟不知何往。冷启敬尝静坐出神，见海中一船将覆，船中人呼号求救，冷遂飞一道符，差伍子胥往救，船得不覆。曾有一个道士，八月中秋月色甚好，他便背了冷启敬自去赏月，冷飞一道符，变成一片黑云遮之。一日，路行求茶于一老妪，老妪道：“我洗了衣裳，要趁日色晒衣，那里有工夫烧茶？”仍口里骂道：“贼道！好不达时务。”冷启敬道：“我教你再忙一忙。”才走过数武，骤然洒下一阵雨，老妪所晒之衣尽数湿透。但只是老妪家有雨，邻家并无一点雨也。其年杭州亢旱，禾稻将坏，各处祷雨不应，百姓忧惶。冷启敬自写一道表文，申奏上帝，愿减自己寿命三年，祈一场雨泽，以救百万生灵。将表文焚化，登坛作法，踏罡步斗，敲起令牌，念了木郎、雷神二咒数遍，大呼风伯方道彰、雷公江赫冲，速速行云降雨，救吾百姓。那风伯方道彰、雷公江赫冲呼呼一阵风响，应命而来，禀道："上帝恶杭州百姓好为奢侈，作践五谷，暴殄天物，杀生害命，奸狡贼猾，大斗小秤，瞒心昧己，作孽之人甚多，以此将四处水泉尽行封闭，要将百姓饿死。今览吾师章奏诚恳，敕下九天应元雷声普化天尊，差我等并五方行雨龙王，即刻兴云布雨。"说罢，那雷公、电母、龙王一齐发作，这场雨非同小可。但见：

浓云似墨，大雨如倾。雷声响时，吻喇喇震开万层地轴，电光生处，金闪闪飞出千丈火蛇。舞爪张牙，鳞甲中藏成江海；雷轰电掣，烟雾里簇出蛟龙。天河水倒挂半空，钱塘江移来下地。

这一场雨过处，到处田禾俱足，救了这百万生灵。

那时第一个开国元勋青田刘伯温先生，与冷启敬相好，时常以道术互相参订。冷启敬尝于月下弹琴，琴声清雅，真是出尘之音，与俗工大不相同。刘伯温遂赋诗为赠，以赞其妙。洪武爷四年，厌元朝乐章淫乱鄙俚，失了古圣贤之元音，意欲变更其制，问刘伯温道："谁人明于音律，可当此任？"刘伯温道："臣浙江杭州有黄冠冷谦，隐于吴山顶上，其人精于音律，可办此事。"洪武爷就召冷谦为太常协律郎之职，并命尚书詹同、陶凯共理乐章。冷谦承命，改定九奏乐章：《本太初》《仰天明》《民初生》《品物亨》《御六龙》《泰阶平》《君德成》《圣道成》《乐清宁》。冷谦更定了乐章，把五音六律之制尽数考订，分毫不差，率领一班协音律之人，奏于殿庭之间，果然有虞舜当年百兽率舞、凤凰来仪之意。天颜大悦曰："礼以导敬，乐以宣和，不敬不和，何以为治？元时古乐俱废，唯淫词丽曲，更迭唱和，又将胡虏之声，与正音相杂，甚者以古先帝王祀典神祇，饰为舞队，谐戏殿庭，殊非所以导中和、崇治体也。今卿等所制乐章，颇协音律，不失元音，有浑噩和平广大之意。自今一切流杂喧哓淫亵之乐，悉屏去之。”冷谦承命而退。因此冷谦在京，得日日与刘伯温谈笑。刘伯温赋《吴山泉石歌》以赠之：

君不见吴山削成三百尺，上有流泉发苍石。冷卿以之调七弦，龙出太阴风动天。初闻滑滑响林莽，悄若玄霄鬼神语。冷然穿崖达幽谷，竽籁飕飕振乔木。永怀帝子来潇湘，瑶环琼佩千鸣珰。女夷鼓歌交甫舞，月上九嶷啼凤凰。还思娲皇补穹碧，排抉银河通积石，咸池泻浪入重溟，玉井冰澌相戛击。三门既凿龙池高，三十六鳞腾夜涛，丰隆咆哮震威怒，鲸鱼捷尾惊蒲牢。倏然神怪归寂寞，殷殷余音在寥廓，鲛人渊客起相顾，江白山青烟漠漠。伯牙骨朽今几年，叔夜《广陵》无续弦。绝伦之艺不常有，得心应手非人传。忆昔识子时，西州正繁华，筝笛沸晨暮，兜离僸佅争矜夸。子独徜徉泉石里，长石松荫净书几。取琴为我弹一曲，似掬沧浪洗尘耳。否往泰来逢圣明，有虞制作超六英，和声协律子能事，罔俾夔挚专其名。

不说刘伯温赠他诗歌，赞他妙处。且说他一个相好的朋友姓孙名智，自幼与冷谦邻居，长大又与他同堂读书，争奈彻骨贫穷，无可为计。因见冷谦征聘做了协律郎之职，想穷官儿好如富百姓，俗语道：“肚饥思量冷碧粥。”走到南京来见冷谦，指望他周济。冷谦道：“你此来差矣。你不合相处了个姓冷的朋友，只好冷气逼人，怎生教我热得来？如今又做了这冷官，手里又终日弄的是冰冷的乐器，到底是个冷人，虽有热心肠，无所用之，有得多少俸禄好资助你？”孙智道：“如今‘肚饥思量冷碧粥’，没极奈何走来见你，随你怎么周济周济。”冷谦被他逼不过，道：“我有一个神仙妙法在此，为你只得将来一用。我今指你一个去处，切勿多取，只略略拿些金银之类以济困穷便罢，休得贪多，以误大事。”孙智连声的道：“决不多取。”冷谦遂作起神仙妙法，于壁上画一门，又画一只仙鹤守着门，口中念念有词，念毕，叫孙智竟自敲门。门忽呀然大开，孙智走将进去，见金银珠宝到处充满，原来是朝廷内库。孙智一生一世何曾见这许多金银珠宝，取了银，又要金，取了金，又要明珠异宝。恨不得把这一库金银珠宝尽数都搬了回去，反弄得没法起来，思量道：“珠宝不可取。”遂把金银满满藏了一身，仍从门中走出，那门便扑的一声关上，孙智仍旧立于画壁之下。冷谦见他取得金银太多，怨怅道：“我教你少取些，你怎生取得多了，恐为太上知道，谴责非轻。”孙智道：“我也只此一次了。”冷谦道：“这是犯法之事，谁许你再做第二次？”说罢，孙智欣欣而去。怎知孙智进库取宝之时，袖中有引子一张，写有姓名在上，孙智只管搬取金银，心慌撩乱，那曾照料到此？竟将这张引子遗失库内，连孙智也一毫不知。

后来库官进库查盘，见库中失了金银，却拾得这张引子，即时奏上。洪武爷差校尉将孙智拿去，孙智一一招出冷谦之故，并拿冷谦审问，冷谦将到御前，对校尉道：“我今日决然死矣，但口渴极，若得一口水以救我之渴，恩德非轻。”说罢，一个校尉寻得一个瓶子，汲了一瓶水与冷谦吃，冷谦一边吃水，一边将吕纯阳所传天遁之法嘿嘿念咒，把瓶子放在地下，先将左足插入瓶中，校尉道：“你做些什么？”冷谦道：“变个戏法与你们瞧一瞧。”又将右足插入瓶中，渐渐插进腰边，校尉叫声“作怪”，恐他连身子钻入，便一把抱住，怎知这冷谦是个蹊跷作怪之法，随你怎么抱住，那身子便似浇油的一般，甚是滑溜，渐渐缩小，连身钻进。校尉慌张之极，见冷谦钻入瓶中，瞧瓶里时，其身子不过数寸之长。校尉大叫道：“冷谦，你怎生变做个小人儿钻进瓶里，可怎生去见驾？”冷谦在瓶里应道：“我一年也不出来了。”校尉甚是慌张，那瓶子不过尺余高，伸一只手进去摸，莫想摸得着，就如孙行者做的戏法一般。及至伸出手来瞧时，只叫得苦，连影子也通不见了。校尉大哭道：“冷谦，你怎生害我？你如今逃走了去，叫我怎生去见驾？我二人必然为你死了。”说毕，只听得瓶子里嘤嘤说道："你二人不必心慌，我决不害你。你可竟将此瓶到御前，我在瓶里答应便是。"

说罢，二人方才放心，捧了此瓶到御前禀道："冷谦拿到。"洪武爷大怒道："叫你拿冷谦来，怎生拿这瓶子来？"二校尉禀道："冷谦在瓶子里。"洪武爷大异道："怎么在瓶子里？"二校尉把前事一一禀明，洪武爷不信，试问一声道："冷谦何在？"瓶子里果然答应道："臣冷谦有。"洪武爷道："卿出来见朕，朕今赦汝之罪。"冷谦在瓶里答应道："臣有罪，不敢出见。"洪武爷又道："朕已赦卿之罪，不必藏身瓶内，卿可出来一见。"冷谦又应道："臣有罪，不敢出见。"洪武爷命取瓶子上来，一看，瓶内并无踪影，一问一答，其应如响。洪武爷再三要冷谦出来，冷谦只是答应"臣有罪，不敢出见"。洪武爷大怒，将此瓶击碎，亦无踪影，就地拾起一片问道："冷谦！"这一片就答应道："臣冷谦有。"又问道："卿可出来见朕。"这一片又答道："臣有罪，不敢出见。"另拾一片来问，亦是如此，片片都应，终不知其所在，真神仙奇异之事。

风吹林叶，叶叶都风；月印千江，江江成月。瓶非藏身之地，身入瓶中，身乃变化之躯，瓶通身外。我蠢则物物俱蠢，身灵则处处通灵。左元放之变化无方，许真君之神奇更异。

话说冷谦用神仙法隐遁而去，在遁法中名为"瓶遁"，顷刻之间，已遁去数千百里矣。洪武爷心中暗暗道："这明明是汉朝之东方朔。昔日东方朔以岁星，十八年侍于武帝，而武帝不知。朕今亦如之矣。朕还要与他谈些变化之方，怎么就去了？"遂差人来到杭州，细细探访，竟无踪迹，后又遍天下行檄物色，竟不可得。

直到洪武爷末年，冷谦知杀运将临，北方真武荡魔天尊应运将登宝位，遂以道法传授程济。那程济是朝邑人。程济得冷谦传授道法之后，日日练习。他有一个好朋友高翔，好厉名节，终日要死忠死孝。

见程济作此术法，教他不要练习此事。程济道："子不识时务，天下正要多事，不多几时，北方便有兵起，不可不预先练习，以救日后之急。俗语道'闲时学得忙时用'。"高翔道："如今天下正是太平之时，怎说此话？"程济道："此非子之所能知也，汝亦当练习吾之法术以避难。"高翔道："我愿为忠臣也。"程济道："我愿为智士耳。"程济练成了法术，奇异不可胜言。后高翔为御史，程济为岳池教谕。那岳池去朝邑数千里，程济从空中飞来飞去，早晨到岳池去理事，晚间仍回朝邑。建文初年，荧惑守心。程济上书道："北方兵起，期在明年。"朝廷大怒，说他妖言惑众，要将他杀死。程济仰面大叫道："陛下且囚臣于狱中，至期无兵，杀臣未晚也。"遂囚程济于狱中。程济虽在狱中，却仍旧从空中飞来飞去。后永乐爷靖难兵起，人方知程济之奇，遂赦出为翰林编修，充军师，护诸将北行。徐州之捷，诸将立碑以叙战功，凡统军官尽数刻名于其上。程济一夜私自备了祭礼，悄悄走到碑下，披发仗剑，祭碑而回，人不知他什么缘故。后永乐爷统兵到于徐州，见碑大怒，叫左右取铁锤捶碎此碑，正捶得一二捶，便唤住道："不要捶了，把碑上人名抄写来我看。"后登了宝位，将碑上所刻人名按名诛戮，无一人得脱者，独有程济姓名，正当捶碎之处，得免于难。

那时建文又发兵出战，出兵之日，忽有一个道人高声歌于市上道：

莫逐燕，逐燕自高飞，高飞上帝畿。

众人看这道人，却是协律郎冷谦。众人喧哗道："冷神仙，冷神仙！"说毕，便忽然不见，果然师出大败。到壬午年六月十三日，永乐爷围了南京，事在危急。程济占验气色，见城中黑气如羊，或如马形。从气雾中下，渐渐入城，大惊道："此天狗下，食血之凶兆也，城即刻破矣。”急忙入宫对建文爷道：“城即刻将破，天数已定，无可为计，唯有出城逃难耳。”霎时间，已破了金川门，建文爷放火烧宫。当下有个铁铮铮不怕死的内臣，情愿以身代建文爷之死，穿戴了建文爷冠服，将身跃入火中而死。程济急召主录僧溥洽为建文爷剃发，程济自扮作道人，从隧道逃难而出。先一日，神乐观道士夜被洪武爷差校尉拿去，见洪武爷红袍坐于殿上，大声吩咐道：“明日午时，皇长孙有难，汝可急急舣船以待。若不听朕言，朕砍汝万段死矣。”道士恍惚如见，醒来惊得魂不附体，急急舣船等待。到于午时，果然建文爷同程济君臣二人从隧道内逃出，得船渡了，逃得性命。从此一同行走，每遇险难，程济便将法术隐遁而去，或追兵将至，便以符画地变成江河，兵不能过；或变成树林草木遮蔽，或以法术变幻建文之相，或老或小，使人认不出真形；或到深山远野，无饭得吃，程济就从空飞行，寻饭而来。永乐爷后知建文不曾焚死，遂差官密访，程济都预先得知，用法遁去。那时他好友高翔果然尽忠而死，诛了三族，成就了他忠臣之愿。程济果然做了智士，相从建文四十年。那时已是正统庚午年了。程济知建文难期已满，劝建文归朝。建文遂依其所说，走到云南布政使堂上，南向而立道：“吾即建文帝也。彼已传四朝，事既定矣。我今年老，特怀首丘之念，故欲归耳。妆等可为奏闻。”因袖中出一诗道：

流落江湖四十秋，归来不觉雪盈头。
乾坤有恨家何在？江汉无情水自流。
长乐宫中云影暗，昭阳殿里雨声愁。
新蒲细柳年年绿，野老吞声哭未休！

藩臣因奏送至京。那时旧人俱死，无从辨其真伪。独有旧人太监吴亮尚在，建文见了吴亮道：“汝吴亮也。”吴亮答道：“不是。”建文道：“你怎生不是？我昔御便殿食子鹅，弃一块肉在地，你手执酒壶，遂狗恬之。怎生不是？”吴亮遂伏地大哭，不能仰视，复命毕，自缢而死。遂取入西内佛堂供养之，程济见建文爷取进了西内，事君之忠已毕，遂隐身而去，竟不知其所终。有诗为证：

冷谦道法实奇哉，钻入瓶中不出来。
程济传之辅少主，艰难险阻共危灾。

第二十六卷

会稽道中义士

金轮夜半北方起，炎精未坠光先死。
青衣去作行酒人，泥马来为失乡鬼。
江头宫殿列巑岏，湖上笙歌列燕安。
鱼羹自从五嫂乞，残酒却笑儒生酸。
格天阁上烧银烛，申王计就蕲王逐。
累世内禅讳言兵，中兴之功罪难赎。
开边衅动终倒戈，师臣函首去求和。
木绵庵下新鬼哭，误国重逢贾八哥。
琉璃作花禁珠翠，上马裙轻泪妆媚。
朔风吹尘笳鼓鸣，天目山崩海潮避。
兴亡往事与谁论，亭亭白塔镇愁魂。
惟有栖霞岭头树，至今人说岳王坟。

这一首诗是钱塘瞿宗吉赋宋朝《故宫叹》，备述宋朝南渡以来之事，结末句道“惟有栖霞岭头树，至今人说岳王坟”，可见一朝宫殿不免日后有黍离之悲，独是忠臣义士千古不朽。从来国家有成有败，有兴有亡，此是一定之理，全要忠臣义士竭力扶持。古语道“岁寒知松柏，国乱显忠臣”，但“普天之下，莫非王土，率土之滨，莫非王臣”，不论有官无官、有禄无禄，那一个不该与朝廷出力，那一个不该与王家争气？从来亡国唯有宋朝最惨，但三百年忠厚爱民，毕竟得忠臣义士之报。

话说宋朝到德祐年间，大事已去，无可奈何，一时死节之臣，如文天祥、汪立信、张世杰、陆秀夫、谢枋得、李庭芝、姜才、陈文龙、高应松、家铉翁等，这都是有爵有位、戴纱帽的官人，所谓“乐人之乐者忧人之忧，食人之食者死人之事”，这是不必说的了。独有无官无禄，赤心报国，尤为难得，所以千秋不朽、万载传名。

话说宋朝末年，恭宗只得六岁，元兵打破了独松关，到了皋亭山，次于湖州墅，丙子年三月，元伯颜入临安，以少帝、皇太后谢、全两后、福王与芮等北去，庶僚、三学诸生、内侍等尽皆从行，独有一个慷慨死义之人，一门死节，为宋朝争一口气。你道这人是谁？姓徐，讳应镳，字巨翁，衢州江山县人，是个太学生，平生读圣贤孔孟之书，怀忠臣孝子之志。他有两男一女，长名徐琦，是个乡贡士；次名徐崧；女名元娘，都是赤胆忠心之人。徐应镳见少帝三宫北去，好生忿恨道：“堂堂天朝，怎生以犬羊为君，难道我国家并无一个忠义死节之臣？”对两男一女道：“我一家父子，断不可不死以尽我报国之心。”两男一女无不欢喜应允。那时太学是岳飞的第宅，中有岳飞之祠。徐应镳具酒肴奠于岳飞祠道：“天不佑宋，社稷为墟，应镳以死报国，誓不与诸生降虏。”遂作祭文，有“魂魄累王，作配神主，与王英灵，永永无斁”之语。又作诗道：二男并一女，随我上梯云。

儿子琦亦赋诗以自誓。祭毕，遂以酒肉分与诸仆痛饮，待诸仆饭醉不知人事，急率两男一女入经德斋，登梯云楼，把各房书册周围布满，纵火自焚，那火刮刮杂杂地烧将起来。一个小仆不醉，听得火起，急急走到楼下穴窗窥视，见父子四人端坐于烈火之中，如泥塑的一般，一毫不动。小仆慌张，急叫诸仆一齐坏壁而入，扑灭了火。徐应镳求死不得，只得与子女走出，仓卒莫知所之，遂四人一同投井中而死。诸仆急救，已都死矣，僵立瞪目，俨然如生。诸仆为具棺殓殡于西湖金牛僧舍。益王立于福州，知其忠节，遂赠朝奉郎秘阁修撰。后十年，同舍生五十余人，收其尸葬方家峪，谥"正节先生"。皇明正德间为建祠，赐号"忠节"，吏部虞德园先生作《忠节录序》。看官，你道这徐应镳不曾做宋朝之官，食宋朝之禄，只做得个太学生，只因自己为宋家臣子，不忍降元，情愿合门死节，岂不是天地正气之所钟、世上的奇男子么？

还有一个忠臣是东莞县民，姓熊名飞，因自己是宋朝百姓，志图恢复，遂破散家资，召募兵士勤王，投在制置大使赵溍帐下，奋力大战，复了韶、广二州。不意韶州守将刘自立以城降元，熊飞遂率手下兵士巷战，怎当得元兵势大，熊飞战败，赴水而死。这又是一个忠臣了。看官，你道这熊飞不过是个庶民百姓，知君臣之大义，情愿力战而死，岂不可敬？有诗为证：

胡虏南来不可当，忠臣力战挽斜阳。
应镳死节高千古，说与今人做主张。

后来崖山之败，陆秀夫抱了祥兴帝于怀，把一匹绢束为一体，仍以黄金系于腰间，恐尸首浮起被元兵所辱，遂赴海而死。那时御舟上有白鹇一只，见了奋翼悲鸣，同笼坠于海中而死。看官，你道禽鸟之微，尚且有君臣之义、故主之思，怎么人在世上可以不如禽鸟乎？

话说元朝真是犬羊禽兽之俗，最喜西番僧，每每以宫中美人赐与西僧，名为供养。那时有西僧嗣占妙高，曾统兵杀战，因而元世祖恩宠异常，言无不从。还有一个党类杨琏真伽，这个恶秃驴尤为利害。你道他怎生样恶处？

没爷娘生长恶太岁，性似虎狼；不血肉产成鬼夜叉，毒如蛇蝎。铜铃大的两眼，只好放火杀人；铁帚硬般双眉，一味咬心嚼肉。见了金珠美玉，赤津津口角涎流，竟是黄泥冈劫纲的晁天王、赤发鬼；撞着美妇佳人，热腾腾淫心注射，活像瓦罐寺行凶的丘小乙、崔道成。就是鲁智深终久难近，假饶青面兽毕竟还轮。

话说这杨琏真伽非常之恶，那元世祖偏生听信他的说话。元世祖不信道教，说只有《道德经》是老子亲笔，其余都是说谎之经，遂诏天下，除《道德经》外，其余说谎道经，尽行烧毁，道士受佛经者为僧，不为僧者娶妻为民。遂封杨琏真伽这个恶秃驴为江南释教都总统，住于永福寺。那杨秃受封之后，一发无恶不作，凡是道士，尽要他削去头发，改作和尚，如有不遵依的，就拿来棚扒吊拷，加以刑法。一应道观改作寺院，共恢复佛寺三十余所，弃道为僧的共七八百人，都把道冠儿挂在永福寺帝师殿梁间。但见：

有发变成无发，毛头忽换光头。推倒三清像，真个是苦也天尊；脱下七星衣，叫不得急如律令。星冠法服，永福寺梁上高悬；咒水书符，四圣观壁间抛却。乍戴僧帽，还疑头上要加冠；初念如来，不觉口里称太上。至心朝礼，木鱼中敲出雷经；皈依南无，跪拜时误踏罡斗。

可怜那些道士，两头奔走无路，只得纷纷削发为僧。时当犬羊混浊之朝，连那元始天尊也无可奈何，只得付之一声长叹而已。鉴湖天长观一个道士削发为僧，将观献于杨秃驴，写张词状道：贺知章倚托史弥远声势，将寺改观，乞复原日寺额。这道士是故意呆那杨秃驴之意，杨秃一毫不知其意，竟从其请。人人笑倒，个个嘴歪。杨秃又将飞来峰玲珑剔透奇异的石峰尽都凿成佛像，丑头怪脑，甚是可恶，山灵有知，无不叫屈。王元章有诗道：

白石皆成佛，苍头半是僧。

又将自己身形凿于其上，直到皇明嘉靖年间，二十二年二月，杭州知府福清陈仕贤访知其事，将这秃驴的形像凿断了这颗驴头，以示枭斩之意，人人称快。这是后话。

话说杨秃驴生性凶恶，人称之为“杨如虎”，奸淫妇女，无所不至。见小户人家女子花轿做亲，他竟着门下四五十秃驴或百余人，手执器械，抢掳而来，纵意奸淫；自己奸淫之后，便分散与小秃驴奸淫。造一个快活台，凡是奸淫妇女之时，都抢到这快活台上，剥得赤条条地，小秃驴三五成群，将不便之处用力拆开，腰间取出秃驴之头，斩关而入，不论幼小女子当得起当不起，横行直撞，鲜血淋漓，弄得死而复苏。纵意奸淫之后，又要将银子来取赎，若是颜色好的，定要三五十金或百金，方与他赎去，若不与他银子，他便放在快活台上终年受用，或贩卖与他人为娼妓。受害之家，人人欲食其肉。只因那时是犬羊禽兽之时，谁与他讲论得个“理”字，有屈也没处叫。元朝膻羯狗之可恨如此，所以不满百年就失了天下，这是报应。后人有口号道：

元朝好佛喜西番，宫女分将秃饱餐。
元朝之君皆僧种，更有几个真儿孙？

不说杨秃驴奸恶，且说自恭宗少帝北去之后，江头宫殿，元朝有司官封锁而去。到次年，民间失火，飞烬及其宫室，焚毁都尽。宋朝高、孝、光、宁、理、度六帝陵寝在绍兴萧山，杨秃驴专好掘那古时坟墓以取金宝。一个天长寺和尚闻秃驴是闽人，要奉承那杨秃，遂把这座天长寺献与杨秃。原来天长寺是魏献靖王功德院，杨秃掘起魏献靖王之墓，其中珍宝甚多，杨秃取得心满意足，遂起发掘宋朝陵寝之心。又有演福寺一个泽秃驴是剡县人，逢迎这个杨秃，一力赞成其事。先教泰宁寺几个秃驴宗恺、宗允等，诈说杨侍郎、汪安抚二家侵了陵地，因而杨秃嗾出嗣占妙高上疏，要发掘宋朝陵寝，遂与丞相桑哥表里为奸。桑哥矫制准奏，杨秃驴遂统领四五百名夜叉、罗刹一般的恶秃驴，到于萧山发掘陵寝，劫取宝玉，焚烧尸骸，所不忍言。遂将骨殖抛于草莽之间，是夜西山数十里都闻鬼哭神号之声，好生凄惨，人人无不下泪。列位看官，你道这恶秃驴可恨也不可恨！宋朝三百余年，皇帝个个忠厚爱民，并无一位残忍刻剥之君，与你有何宿世冤仇，直恁如此？就是一个平常人，尚且不可发其坟墓，有灵有感，何况一代帝王，岂无报应？那时天怨于上，人怨于下，明有人非，阴有鬼责，十八层地狱万万劫不得翻身，若是饶过了这贼秃，可不是皇天瞎了眼睛？这报应的事在后说明。

当时早感动了一位义士，果是岁寒知松柏，国乱显忠臣。这位义士诚然是：救驾的廉颇，报仇的豫让。这位义士是谁？姓唐，单讳个“珏”字，字玉潜，是会稽山阴人。生性至孝，家事极贫，父亲先亡，只得母亲在堂。他教授数个村学生，将这些束脩之资以供母亲朝夕之费。未有妻子，性喜读书。那时年三十二岁，是至元二十二年八月，杨秃驴作此恶逆之事，唐玉潜闻之，放声大哭道：“我生为宋朝之民，死为宋朝之鬼。况我国朝三百余年，忠厚爱民，并无失德，只因天运已去，社稷丘墟，盖历数使然。今日陵寝，被贼秃发掘，我堂堂天朝受辱于犬羊禽兽，忠臣义士便当剖血刺心，以报我国之仇。我虽不食宋朝之禄，不沾宋朝之宠，但‘普天之下，莫非王土，率土之滨，莫非王臣’，那一个不是朝廷的臣子？我若安坐而不救，坐视六帝骨殖抛掷于草莽之间，我心何忍？我定要将六陵帝后骨殖尽数收藏，以尽我忠义之念，虽死亦甘心也。”又自己忖量道：“这事重大，非一人之所能为，必须得几个同心合志之人方才可做，然而非钱不行。”遂把家间衣被铜锡器皿之类，变卖得十数两银子。他有一个好朋友林德阳，字景熙，是宋朝太学生，也是个赤胆忠心之人。唐玉潜密密与他说要收藏陵骨之事，林景熙道：“我正有此心，不意吾兄不约而同，可见忠义之念人人如此。”遂助数十两银子，又约了一个朋友郑朴翁，也助数十两银子，共有百金之数。遂斫文木为柜，黄绢为囊，要盛陵骨。一壁厢料理端正，一壁厢又去寻得数个少年有义气之人，遂杀鸡宰鹅，安排酒席，请这几个少年来饮酒。但见：

> 酒席丰隆，肴膳齐整。奇珍异果，不比穷措大口中嚼出角徵宫商。美酒嘉肴，岂是村教授案头列着青黄碧绿。破塘嫩笋，满盘堆着玉簪；萧山樱桃，两案凝成琥珀。

话说众少年见酒席恁般齐整，都道："唐先生，怎生今日酒这般盛？"唐玉潜道："有事相烦。"说罢，便大杯将来奉劝，吃到将次酒阑之时，众少年都道："唐先生有恁事相烦？说了再吃。"唐玉潜便放声大哭起来，众少年尽都吃惊，正不知什么缘故。林景熙并郑朴翁都一齐下泪，众少年一发慌张。唐玉潜哭毕，跪拜于地，众人也一齐跪下，久之方起，才将要收陵骨之事，细细说了一遍。众少年都一齐应允道："这事何难！但杨秃驴其势甚是凶恶，明日没了骨殖，他难道不要查数？"唐玉潜道："如今杨秃发掘枯骨甚多，将他人的骨殖移来此处，一副还他一副，便是谁辨得真假？"众人齐声道："是。"唐玉潜因众人应允，又斟酒奉劝，众人都感唐玉潜忠义之心，一力承当。次日夜间，唐玉潜同众人悄悄将他人骨殖移来陵上，一副还他一副，遂将六帝、诸后之骨尽藏于木柜之中，黄绢包裹，各柜上一一写得明白：某陵某陵。唐玉潜将骨殖收完，次日遂渡过钱塘江，走到宋旧宫长朝殿基之下，掘深数丈，将六陵骨殖依次排列而葬。葬毕，种冬青树一株于其上，以为表识。次日，为文设祭而拜，拜毕回家，仍大排酒席，请众少年痛饮，又出白金为赠。三人各拜谢，诸位少年再三罚誓，不许泄漏，遂痛饮而散。

你道世上有这等凑巧的事，方才葬得七日，可恨那杨秃驴取了那些假骨殖，只道是真，又和些别样枯骨将来胡乱杂在一处，葬于宋故宫内，造个宝塔镇压于上，名曰"镇南"，又名"白塔"，又建五寺于其地：报国寺、兴元寺、般若寺、仙林寺、尊胜寺。那报国寺就是宋朝垂拱殿，兴化寺就是芙蓉殿，般若寺就是和宁门，仙林寺就是延和殿，尊胜寺就是福宁殿。其塔如壶瓶之形，俗称“一壶塔”，垩饰如雪一般，故名“白塔”。杭州士民百姓见杨秃将塔压镇，家家无不痛哭流涕，悲愤之极，不能仰视，只道是真骨殖，不知六帝龙凤之骨早被唐义士迁葬，一毫无恙也。果然是宋朝“忠厚爱民”之报，若少迟七日便无救矣，亦是帝王之灵。那时造塔寺之时，唐玉潜只道有伤于所葬之处，胸中怀着鬼胎，悄悄走来看视，与造塔寺之处相去甚远，并无一毫妨碍，心中暗暗甚是欢喜，兼冬青树更加茂盛，愈觉心安而去。

且说那杨秃驴只道鬼神无知，恣意发掘，怎知那报应一毫无差。当时杨秃劫取珍宝之时，只取玲宝，其余金钱俱为尸气所蚀，如钢铁一般，众秃都弃而不取，往往为村民所得，或有遗簪弃珥，村民拾得，不是病就是死，以此尽数还归圹中，此以见帝王之有灵也。杨秃掘高宗尸首之时，那演福寺泽秃驴，把脚在高宗首上踏了一脚，便有奇痛一点起于脚心，非常疼痛，一步也走不动，遂搀扶而去。从此两脚溃烂，血肉淋漓，臭秽不堪，渐渐烂见骨，十指节节堕落，终日终夜号叫，一年而死。死的时节口口声声道：“我被宋朝皇帝拿去，滚汤泡脚孤拐，终日剖心刺血，受苦不过。”人人闻之，无不畅快。这是泽秃驴的报应了。那天长寺的闻秃驴倚杨秃之势，白夺乡民田产不计其数，仇家忿恨之极，聚集多人打得血肉狼藉，尸骸粉碎而死。这是闻秃驴的报应了。那泰宁寺宗恺、宗允与杨秃驴分赃不匀，宗恺、宗允腰藏利斧，乘着酒醉，一时大怒，将杨秃当头一斧，脑浆直冒，红的白的一齐流出，驴头碎裂而死，又将尸首劈做数十段，就像《水浒传》上李逵乔捉鬼的一般，砍得个畅快，二秃亦自刎而死。这是三秃驴的报应了。那杨秃未曾吃杀之前，所造镇南塔三次霹雳大震，最后乃焚其金裹之尖顶，尽数打坏，盖上天痛恶之也。杨秃死后，群小秃驴将杨秃碎劈死的尸首淋淋漓漓盛于棺木之内，埋葬于永福寺后地上，亦有三次霹雳大震，尽碎其骨如泥，人人称快。数个恶秃驴不上数年，尽数相继而亡，报应之妙如此。果是：

善恶到头终有报，只争来早与来迟。

话说杨秃驴等死了，除了一方大害，人人向空作礼，举酒庆贺。唐玉潜见杨秃驴受报而死，方才了完报国之心，又同前日众少年到陵上祭奠，告道："臣等犬马之意尽矣。"那时冬青树分外发生，青青可爱，众人无不喜悦。唐玉潜遂赋《冬青树行》道：

冬青花，不可折，南风吹凉积香雪。
遥遥翠盖万年枝，上有凤巢下龙穴。
君不见，犬之年、羊之月，霹雳一声天地裂。

林景熙赋诗一首道：

马垂问髅形，南面欲起语。
野麋尚纯束，何物敢盗取？
余花恰飘荡，白日哀后土。
六合忽怪事，蜕龙挂茅宇。
老天鉴区区，千载护风雨。

郑朴翁赋诗四首道：

珠忘忽震蛟龙睡，轩弊宁忘犬马情？
亲拾寒琼出幽草，四山风雨鬼神惊。

一杯自筑珠宫土，双匣亲传竺国经。

只有春风知此意，年年杜宇哭冬青。

昭陵玉匣走天涯，金粟堆寒起暮鸦。
水到兰亭转呜咽，不知真帖落谁家。

珠凫玉雁又成埃，斑竹临江首重回。
犹怀年时寒食节，天家一骑奉香来。

三人诗赋完。每歌一首，则痛饮数杯。自此之后，每到春秋二节便来祭奠，真宋室之忠臣也。

次年上元，唐玉潜出外观灯而回，忽然见门外两个黄衣吏人手指文书一纸道："皇帝有请。"唐玉潜随着吏人而走，走至一处，宫殿巍巍，黄衣吏领唐玉潜进于宫殿之中，立于丹墀之下，见冕旒之主坐在殿上，数十余黄袍贵人走下殿来迎接道："藉君掩骸，恩德深厚，今有以报。"遂揖唐玉潜而上，唐玉潜升阶而进到于殿上，冕旒之主开口道："朕乃宋太祖也，朕子孙三百余年，世代以忠厚爱民为主，虽间有失德，亦未尝为残忍刻剥之事。今气运已绝，此是天数。朕与元朝亦非世仇，渠听奸恶杨秃驴之言，发掘陵寝，朕之子孙亦有何罪而受此惨毒？朕断不与之干休。今已诉之上帝，上帝许朕报仇，将命娄金星下降，以取其天下。渠作此恶孽，亦自短其国祚，冥报昭昭，定不相舍。杨秃诸贼罪大恶极，虽受戮于阳世，未足报其万一。朕今追取诸秃之魂在此，已极剖心刺血、烧烹锉磨之苦。朕加罪已毕，然后到冥司受阿鼻之狱也。汝命中实窭且贫，兼之无妻无子，今忠义动天，为上帝所知，帝命赐汝伉俪子三人，田三顷。林、郑二人与汝同心合德，为此义举，帝亦赐以康宁温饱、子孙繁衍之报。余人亦各有加厚之处，因汝诸人都系忠义立心，不愿为元朝臣子，食元朝之禄，因此亦不以元朝污秽之禄位赐汝也。"说罢，唐玉潜拜谢，降阶而出，仍命黄衣吏领回。回到家里，盖已死去半日矣，醒来历历如见。当时杨秃未死之前，瞒得铁桶相似，杨秃死后，人方才得知有唐玉潜埋陵骨之事，人人无不感叹，称其忠义焉。后有一个袁治中为子求师，有人将唐玉潜荐去。袁治中将唐玉潜置诸宾馆，也不知他就是埋陵骨之人。一日问道："吾渡江闻有唐义士埋宋诸陵骨，先生莫不是其宗族否？"左右指唐玉潜道："即此是已。"袁治中大惊。原来袁治中素慕唐义士之名，如轰雷灌耳，恨不曾识面，闻埋陵骨就是此人，不觉惊骇，拱手道："先生真义士，古豫让不能过也。吾久仰义士之名，恨不一见，谁知就是先生乎！"便拽过一张交椅，扯唐玉潜过来，叫仆从三四人，勉强一把抱住了唐玉潜于交椅之上，北面而坐，而亲自纳头四拜焉。自此礼敬有加，情款益笃，如敬神明一般相待。闻知唐玉潜家徒四壁，恻然嗟叹，对人道："世上有如此义士，而贫穷如此者乎？此天下人之罪也。吾当料理使有妻有田。"不上数月之间，此二事尽数与唐玉潜料理得端正，与他娶了一个极贤慧的妻子，是旧家儿女；又与他买了三百亩肥田，都是袁治中的银子，并不费唐玉潜一文钱。后来果生三丈夫子。凡梦中宋太祖之所许，无一不合。其林、郑诸人报应，亦无一毫差错，真义士之报也。越中既称唐玉潜，又称袁治中，人因名之为"双义"焉。当时有人赞道：

从来忠义报无差，唐珏埋陵志更嘉。
一片丹心贯日月，争教福禄不交加。

又有人道：

杨秃诸贼无好死，玉潜瘗骨福交加。
更有诸君能好义，姓名千载播天涯。

又有恨杨秃诗道：

一朝帝王福非轻，自有神灵护圣明。
贼秃自行还自受，劈头烂足更烧烹。

第二十七卷

洒雪堂巧结良缘

倾国名姝，出尘才子，真个佳丽。鱼水因缘，鸾凤契合，事如人意。贝阙烟花，龙宫风月，谩诧传书柳毅，想传奇、又添一段，勾栏里做《还魂记》。　稀稀罕罕，奇奇怪怪，凑得完完备备。梦叶神言，婚谐腹偶，两姓非容易。牙床儿上，绣衾儿里，浑似牡丹双蒂。问这番、怎如前度，一般滋味？

这只词儿调寄《永遇乐》。话说元朝延祐初年，有个魏巫臣，是襄阳人，官为江浙行省参政，夫人萧氏，封郢国夫人。共生三子：大者魏鸑，次者魏鷟，三名魏鹏。这魏鹏生于浙江公廨之中，魏巫臣因与钱塘贾平章相好，平章之妻邢国莫夫人亦与萧夫人相好，同时两位夫人怀着身孕，彼此指腹为婚。分娩之时，魏家生下男儿，名为魏鹏；贾家生下女子，名为娉娉。不期魏巫臣患起一场病来，死于任所，萧夫人只得抱了魏鹏，并大子魏鸑、次子魏鷟，扶柩而归于襄阳，遂与莫夫人再三订了婚姻之约，两个相哭而别。贾平章同莫夫人直送至水口，方才分别。萧夫人一路扶柩而回，渐渐到于家庭之间，发回了一应衙门人役，将丈夫棺木埋葬于祖坟之侧，三年守孝，自不必说。

不觉魏鹏渐渐长大，年登十八，取字寓言，聪明智慧，熟于经史，三场得手，不料有才无命，至正间不第，心中甚是郁闷。萧夫人恐其成疾，遂对他说道：“钱塘乃父亲做官之处，此时名师夙儒，多是你父亲考取的门生，你可到彼访一明师相从，好友相处，庶几有成。况钱塘山水秀丽，妙不可言，可以开豁心胸，不必在此闷闷。”说罢，袖中取出一封书来道：“你到钱塘，当先访故贾平章邢国莫夫人，把我这封书送与。我内中自有要紧说话，不可拆开。”吩咐已毕，遂取出送莫夫人的礼物交付。魏鹏领了母亲书仪，暗暗的道：“母亲书中不知有何等要紧说话在内，叫我不要拆开，我且私自拆开来一看何如？”那书上道：

自别芳容，不觉又十五年矣。光阴迅速，有如此乎！忆昔日在钱塘之时，杯酒笑谈，何日不同？岂期好事多磨，先参政弃世，苦不可言。妾从别后，无日不忆念夫人，不知夫人亦念妾否乎？后知先平章亦复丧逝，彼此痛苦，想同之也。恨雁杳鱼沉，无从吊奠耳。别后定钟兰桂，鹏儿长大，颇事诗书，今秋下第，郁郁不乐。遂命游学贵乡，幸指点一明师相从，使彼学业有成，为幸为感。令爱想聪慧非常，深娴四德，谅不负指腹为婚之约。今两家儿女俱已长成，不知何日可谐婚期？敬此候问夫人起居，兼致菲仪数十种，聊表千里鹅毛之意，万勿鄙弃。邢国夫人妆次不宣。妾魏门萧氏敛衽拜。

魏鹏看了书，大喜道：“原来我与贾小姐有指腹为婚之约，但不知人才何如，聪明何如，可配得我否？”遂叫小仆青山，收拾了琴剑书箱，一路而来，到于杭州地面，就在北关门边老妪家做了寓所。次日出游，遍访故人无在者，唯见湖山佳丽，清景满前，车马喧门，笙歌盈耳。魏鹏看了，遂赋《满庭芳》一阕以纪胜，题于纸窗之上。其词曰：

天下雄藩，浙江名郡，自来唯说钱塘。水清山秀，人物异寻常。多少朱门甲第，闹丛里、争沸丝簧。少年客，谩携绿绮，到处鼓风《求凰》。

徘徊应自笑，功名未就，红叶谁将？且不须惆怅，柳嫩花芳。又道蓝桥路近，愿今生一饮琼浆。那时节、云英觑了，欢喜杀裴航。

话说魏鹏写完此词，边妪人走来见了道："这是相公作耶？"魏鹏不应。边妪人道："相公又见老妇不是知音之人。大凡乐府蕴藉为先，此词虽佳，还欠妩媚。周美成、秦少游、黄山谷诸人当不如此。"魏鹏闻了大惊，细细询问边妪人来历，方知他原是达睦丞相的宠姬，丞相薨后，出嫁民间，如今年已五十八岁，通晓诗书音律，善于谈笑刺绣，多往来于达官家，为女子之师，人都称他为"边孺人"。魏鹏问道："当日丞相与我先公参政并贾平章都是同辈人矣。"边妪人方知他是魏巫臣之子，便道："大好大好。"因此酒肴宴饮。酒席之间，魏鹏细细问参政旧日同僚各官，边妪人道："都无矣，只有贾氏一门在此。"魏鹏道："老母有书要达贾府，敢求孺人先容。"边孺人许诺。魏鹏遂问平章弃世之后，莫夫人健否，小姐何如。边孺人道："夫人甚是康健。一子名麟，字灵昭；小姐名娉娉，字云华，母亲梦孔雀衔牡丹蕊于怀中而生，貌若天仙，填词度曲，精妙入神，李易安、朱淑真之等辈也。莫夫人自幼命老妇教读，老妇自以为不如也。夫人家中富贵气象，不减平章在日光景。"魏鹏见说小姐如此之妙，不觉神魂俱动，就要边孺人到贾府去。

这壁厢边孺人正要起身，莫夫人因见边孺人长久不来，恰好叫丫鬟春鸿到边孺人家里来。边孺人就同春鸿到贾府去见了夫人，说及魏家郎君，领萧夫人致书之意。莫夫人吃惊道："正在此想念，恰好到此，可速速为我召来。"就着春鸿来请，魏鹏随步而往。到于贾府门首，春鸿先进通报，随后就着二个青衣出来引导，到于重堂。莫夫人服命服而出，立于堂中，魏鹏再拜。夫人道："魏郎几时到此？"魏鹏道："来此数日，未敢斗胆进见。"夫人道："通家至契，一来便当相见。"坐罢，夫人道："记得别时尚在怀抱，今如此长成矣。"遂问萧夫人并鸑、鷟二兄安否何如，魏鹏一一对答。夫人又说旧日之事，如在目前，但不提起指腹为婚之事。魏鹏甚是疑心，遂叫小仆青山解开书囊，取出母亲之书，并礼物数十种送上。夫人拆开书，从头看了，纳入袖中，收了礼物，并不发一言。顷间一童子出拜，生得甚秀。夫人道："小儿名麟儿也，今十二岁矣，与太夫人别后所生。"叫春鸿接小姐出来相见。须臾，边孺人领二丫鬟拥一女子从绣帘中出，魏鹏见了欲避，夫人道："小女子也，通家相见不妨。"小姐深深道了"万福"，魏鹏答礼。小姐就坐于夫人之侧，边孺人也来坐了。魏鹏略略偷眼觑那小姐，果然貌若天仙，有西子之容、昭君之色。魏鹏见了，就如失魂的一般，不敢多看，即忙起身辞别。夫人留道："先平章与先参政情同骨肉，尊堂与老身亦如姊妹，别后鱼沉雁杳，绝不闻信息，恐此生无相见之期。今日得见郎君，老怀喜慰，怎便辞别？"魏鹏只得坐下。夫人密密叫小姐进去整理酒筵，不一时间，酒筵齐备，水陆毕陈。夫人命儿子与小姐同坐，更迭劝酒。夫人对小姐道："魏郎长如你三月，自今以后，既是通家，当以兄妹称呼。"魏鹏闻得"兄妹"二字，惊得面色如土，就像《西厢记》说的光景，却又不敢作不悦之色，只得勉强假作欢笑。夫人又命小姐再三劝酒，魏鹏终以"兄妹"二字饮酒不下。小姐见魏郎不饮，便对夫人道："魏家哥哥想是不饮小杯，当以大杯奉敬何如？"魏郎道："小杯尚且不能饮，何况大杯？"小姐道："如不饮小杯，便以大杯敬也。"魏郎见小姐奉劝，只得一饮而尽。夫人笑对边孺人道："郎君既在你家，怎生不早来说？该罚一杯。"边孺人笑而饮之。饮罢，魏郎告退。夫人道："魏郎不必到边孺人处去，只在寒舍安下便是。"魏郎假称不敢。夫人道："岂有通家骨肉之情，不在寒舍安下之理？"一壁厢叫家仆脱欢、小苍头宜童引魏郎到于前堂外东厢房止宿，一壁厢叫人到边孺人家取行李。魏郎到于东厢房内，但见屏帏床褥、书几浴盆、笔砚琴棋，无一不备。魏郎虽以"兄妹"二字不乐，但遇此倾城之色，眉梢眼底，大有滋味，况且又住在此，尽可亲而近之，后来必有好处。因赋《风入松》

一词，醉书于粉壁之上：

碧城十二瞰湖边，山水更清妍。此邦自古繁华地，风光好，终日歌弦。苏小宅边桃李，坡公堤上人烟。　　绮窗罗幕锁婵娟，咫尺远如天。红娘不寄张生信，西厢事，只恐虚传。怎及青铜明镜，铸来便得团圆。

不说魏郎思想贾云华，且说贾云华进到内室，好生牵挂魏郎，便叫丫鬟朱樱道："你去看魏家哥哥可曾睡否？"朱樱出来看了，回复道："魏家哥哥题首诗在壁上，我隔窗看不出，明日起早，待他不曾出房，将诗抄来与小姐看看是何等样诗句。"看官，你道朱樱怎生晓得，原来近朱者赤、近墨者黑，朱樱日日伏侍小姐，绣床之暇，读书识字，此窍颇通。次日果然起早，将此词抄与小姐看。小姐看了暗笑，便取了双鸾霞笺一幅，磨得墨浓，蘸得笔饱，也和一首付与朱樱。朱樱将来送与魏郎道："小姐致意哥哥，有书奉达。"魏郎拆开来一看，也是一首《风入松》词，道：

玉人家在汉江边，才貌及春妍。天教吩咐风流态，好才调，会管能弦。文采胸中星斗，词华笔底云烟。　　蓝田新锯璧娟娟，日暖绚晴天。广寒宫阙应须到，《霓裳曲》一笑亲传。好向嫦娥借问，冰轮怎不教圆？

魏郎看了，笑得眼睛没缝，方知边孺人之称赞一字非虚，见他赋情深厚，不忍释手，遂珍藏于书笈之中，再三作谢，朱樱自去。朱樱方才转身，夫人着宜童来请到中堂道："郎君奉尊堂之命，远来游学，不可蹉跎时日。此处有个何先生，大有学问之人，门下学生相从者甚多。郎君如从他读书，大有进益。贽见之礼，吾已备办在此矣。"魏郎虽然口里应允，他心中全念着贾云华，将"功名"二字竟抛在东洋大海里去了，还有什么"诗云子曰、之乎者也"！见夫人强逼他去从先生，这也是不凑趣之事，竟像小孩子上学堂的一般，心里有不欲之意。没奈何，只得承命而去，然也不过应名故事而已，那真心倒全副都在贾云华身上。但念夫人意思虽甚殷懃，供给虽甚整齐，争奈再不提起姻事，“妹妹哥哥”毕竟不妥，不知日后还可有婚姻之期否。遂走到吴山上伍相国祠中，虔诚祈一梦兆，得神报云：

洒雪堂中人再世，月中方得见姮娥。

魏郎醒来，再三推详不得，只得将来放过一边。一日，偶与朋友出游西湖，贾云华因魏郎不在，同朱樱悄悄走到书房之内，细细看魏郎窗上所题之词，甚是啧啧称赞。一时高兴，也题绝句二首于卧屏之上：

净几明窗绝点尘，圣贤长日与相亲。
文房潇洒无余物，惟有牙签伴玉人。

又一绝句道：

花柳芳菲二月时，名园剩有牡丹枝。
风流杜牧还知否，莫恨寻春去较迟。

话说魏郎抵暮归来，见了此诗，深自懊悔不得相见，随笔和二首题于花笺之上，道：

冰肌玉骨出风尘，隔水盈盈不可亲。
留下数联珠与玉，凭将吩咐有情人。

又一绝句道：

小桃才到试花时，不放深红便满枝。

只为易开还易谢，东君有意故教迟。

魏郎写完此诗，无便寄去。恰好春鸿携一壶茶来道：“夫人闻西湖归来，恐为酒困，特烹新龙井茶在此解渴。”魏郎见春鸿甚是体态轻盈，乘着一时酒兴，便一把搂抱过来道：“小姐既认我为哥哥，你认我为夫何如？”春鸿变色不肯，道：“夫人严肃，又恐小姐知道嗔怪。”魏郎道：“小姐固无妨也。”春鸿再三挣扯不脱，也是及时之年，假意推辞，见魏郎上紧，也便逆来顺受了。正是：

偶然仓卒相亲，也当春风一度。

魏郎事完，再三抚息道：“吾有一诗奉小姐，可为我持去。”春鸿比前更觉亲热，连声应允，即时持去，付与小姐看了，纳入袖中，吩咐春鸿切勿漏泄。方才说罢，夫人着朱樱来请道：“莫家哥哥到。”贾云华走出相见，是外兄莫有壬来探望。夫人设宴相待，魏郎同宴。夫人因久别有壬，且悲且喜，姑侄劝酬，不觉至醉，筵毕各散。夫人早睡，独小姐率领丫鬟收拾器皿、锁闭门户。朱樱持烛伴小姐出来照料，见魏郎独立，惊道：“哥哥怎生还不去睡？”魏郎道：“口渴求茶。”小姐命朱樱去取茶，魏郎见朱樱去了，便道：“我有一言相告，母亲为我婚姻，艰难水陆，千里远来，今夫人并无一语说及婚姻之事，但称为‘兄妹’，怎生是好？”贾云华嘿然不言。适朱樱捧茶而至，贾云华亲递与魏郎。魏郎谢道：“何烦亲递？”贾云华道：“爱兄敬兄，礼宜如此。”魏郎渐渐挨身过来，贾云华退立数步道：“今夕夜深，哥哥且返室，来宵有话再说。”遂道了万福而退。次日，夫人中酒不能起，晚间小姐果然私走出来，到于东厢房，见魏郎道了万福，闲话片时，见壁上琴道：“哥哥精于此耶？”魏郎道：“十四五时即究心于此。闻小姐此艺最精，小生先鼓一曲，抛砖引玉何如？”就除下壁上这张天风环珮琴来，鼓《关雎》一曲以动其心。小姐道：“吟猱绰注，一一皆精，但取声太巧，下指略轻耳。”魏郎甚服其言，便请小姐试鼓一曲。云华鼓《雉朝飞》一曲以答。魏郎道：“指法极妙，但此曲未免有淫艳之声。”云华道：“无妻之人，其词哀苦，何淫艳之有？”魏郎道：“若非牧犊子之妻，安能造此妙乎？”云华无言，但微笑而已。此夕言谈稍洽，甚有情趣。忽夫人睡醒，呼小姐要人参汤。小姐急去，魏郎茫然自失，枕上赋《如梦令》词一曲道：

明月好风良夜，梦楚王台下。云散雨收难成，佳会又为虚话。误也，误也，青着眼儿干罢。

次日魏郎起早，进问夫人安否，出来早到清凝阁少坐，内室无人。那时云华正坐阁前低头着绣鞋，其双弯甚是纤小。魏郎闪身户外窥视，却被小丫鬟福福看见，急急报与小姐。小姐大怒，要对夫人说知。魏郎惶恐道：“适才到夫人处问安，迷路至此，兄妹之情，何忍便大怒耶？”小姐道：“男子无故不入中堂，怎生好直造内室？倘被他人窥见，成何体面！自今以后，切勿如此！”魏郎连连谢过不已。小姐笑道：“警戒哥哥下次耳，何劳深谢。”魏郎方知云华之狡猾也。

夫人一日遣春鸿捧茶与魏郎饮，魏郎又乘机得与春鸿再续前好，便求告春鸿道：“你怎生做个方便则个？”春鸿道：“你与小姐原有指腹为婚之约，况且郎才女貌，自然相得。我有白绫汗巾一条在此，哥哥，你写一首情词在上，看小姐怎生发付，便见分晓。”魏郎道：“言之有理。”即忙提起笔来做首诗道：

鲛绡元自出龙宫，长在佳人玉手中。
留待洞房花烛夜，海棠枝上试新红。

诗题毕，付与春鸿。春鸿前走，魏郎随后，走至柏泛堂，小姐正在那里倚槛玩庭前新柳，因诵辛稼轩词道：“莫去倚危栏，斜阳正在、烟柳断肠处。”魏郎遽前抚其背道：“我更断肠也。”小姐道：“狂生又来耶？”魏郎道：“不得不如此耳。”小姐命春鸿去取茶，春鸿故意将汗巾坠于地下。小姐拾起看了，怒道：“何无忌惮如此？”魏郎道：“我与你原自不同，指腹为婚，神明共鉴。不期夫人以‘兄妹’相称，竟有背盟之意，全赖你无弃我之心，方可谐百年之眷。今你又漠然如土木相似，绝无哀怜之意，我来此两月，终日相对，真眼饱肚中饥也。若再如此数月，我决然一命休矣。你何忍心如此！”小姐闻言叹息道：“哥哥之言差矣，我岂土木之人，指腹为婚，此是何等样盟誓！今母亲并不提起‘婚姻’二字，反以‘兄妹’相称，定因兄是异乡之人，不肯将奴家嫁与哥哥。奴家自见哥哥以来，忘食忘寝，好生牵肠割肚，比兄之情更倍。但以异日得谐秦晋，终身为箕帚之妾，偕老百年，乃妾之愿。若草草苟合，妾心决不愿也。”魏郎道：“说得好自在话儿，若必待六礼告成，则我将为冢中之人矣。”小姐闻之，心在狐疑之间，忽夫人见召，魏郎慌张而出。

次日，小姐着春鸿将一纸付与魏郎，魏郎拆开来看了，内一诗道：

> 春光九十恐无多，如此良宵莫浪过。
> 寄与风流攀桂客，直教今夕见姮娥。

魏郎见了，欢喜不胜，举手向天作谢。磨枪备剑，预作准备，巴不得登时日落西山，顷刻撞钟发擂。争奈何先生处一个不凑趣的朋友金在熔走来探望，强拉魏郎到湖上妓家秀梅处饮酒。魏郎假推有疾，那金在熔不顾死活，一把拖出，魏郎只得随了他去。到了秀梅之处，秀梅见魏郎风姿典雅，大杯奉着魏郎。魏郎一心牵挂着小姐，只是不饮，怎当得秀梅捉住乱灌，一连灌了数杯，魏郎大醉如泥，出得秀梅之门，一步一跌而回。走人东厢房门，便一交睡倒在石栏杆地上。那时月明，小姐乘夫人睡熟，悄悄走出闺门来赴约，不意魏郎酣寝，酒气逼人，呼之不醒，乃怅然入室，取笔书绝句一首于几上道：

暮雨朝云少定踪，空劳神女下巫峰。
襄王自是无情者，醉卧月明花影中。

题毕而进。天明酒醒，魏郎见几上这首诗，懊恨无及。自恨为妓秀梅所误，赓韵和一首道：

飘飘浪迹与萍踪，误入蓬莱第几峰。
凡骨未仙尘俗在，罡风吹落醉乡中。

魏郎懊恨之极，再无便可乘。适值平章忌辰，夫人往西邻姚恭恕长者家附荐佛事，以邀冥福，做三昼夜功德。夫人出门，吩咐小姐料理家事，锁闭门户。说罢，出门而去。

说话的，你道这夫人好生疏虞，怎生放着两个孤男寡女在家，可不是自开他一个婚媾的门户了！只因这小姐少年老成，一毫不苟言、不苟笑，闺门严肃，整整有条，中门之外，未尝移步，因此并不疑心到这件事上，然毕竟是疏虞之处。夫人方才出门，那魏郎就如热锅上的蚂蚁一般，一刻也蹲坐不牢，乘机闯入绣房，要做云雨之事。小姐恐为丫鬟等所知，不成体面，断然不肯道："百年之事在此一旦，岂得草草？妾晚间当明烛启门，焚香以俟。"魏郎应允。至暮，小姐吩咐众仆道："夫人不在，汝等各宜小心火烛早睡，男人不许擅入中堂，女人不许出外。"众人莫不拱听。又调开朱樱、春鸿另睡一处。朱樱、春鸿，也知小姐之意，各人走开，让他方便。魏郎更余天气蹑步而进，从柏泛堂后转过横楼，有两条路，不知何路可达。正在迟疑之间，忽然异香一阵扑鼻而来，魏郎寻香而往，但见绿窗半启，绛烛高烧，香气氤氲之中，立着那位仙子，上服紫罗衫，下着翠文裙，自拈沉香放于金雀尾炉中。闻得魏郎步履声，出户而迎，延入室内，室内怎么光景：

室中安黑漆罗钿屏风床，红罗圈金杂彩绣帐。床左有一剔红矮几，几上盛绣鞋二双，弯弯如莲瓣，仍以锦帕覆其上；右有铜丝梅花笼，悬收香鸟一只。东壁上挂二乔并肩图，西壁挂美人梳头歌。壁上犀皮韦相对，一放笔砚文房具，一放妆奁梳掠具。小花瓶插海棠一枝，花笺数幅，玉镇纸一枚。对房则藕丝吊窗，下作船轩，轩外缭以彩墙。墙内迭石为台，上种牡丹数本。佳花异草，丛错相间。距台二尺许，砖甃一方池，池中金鱼数十尾，护阶草笼罩其上。

说不尽那室中精致。魏郎那有闲心观玩，便推小姐入于彩帐之内，笑解罗衣，态有余妍，半推半就，花心才折，桃浪已翻，娇声宛转，甚觉不堪。事毕，以白绫帕拂拭道："真可谓'海棠枝上试新红'也。"小姐道："贱妾陋躯，今日为兄所破，甚觉惭愧。因原有指腹为婚之约，愿以今日之事，始终如一，偕老百年，毋使妾异日为章台之柳，则万幸矣。倘不如愿，当坠楼赴水以死，断不违背盟言也。"魏郎道："今日之事，死生以之，不必过虑。"遂于枕上口占《唐多令》一阕以赠道：

深院锁幽芳，三星照洞房。蓦然间、得效鸾凰。烛下诉情犹未了，开绣帐，解衣裳。　　新柳未舒黄，枝柔那耐霜？耳畔低声频付嘱，偕老事，好商量。

小姐亦依韵酬一阕道：

少小惜红芳，文君在绣房。幸相如赋就《求凰》。此夕偶谐云雨事，桃浪起，湿衣裳。　　从比退蜂黄，芙蓉愁见霜。海誓山盟休忘却，两下里，细思量。

从此往来频数，无夕不欢。只有朱樱未曾到手，魏郎恐怕他漏泄了这段春光，也把他摸上了。从此三人同心，只瞒得老夫人。况且老夫人老眼昏花，十分照料不着，更兼日在佛阁之内诵经念佛，落得这一双两好，且自快心乐意。

不期光阴易过，夏暑将残，萧夫人及二兄书来催回乡试，彼此好生伤叹。魏郎道："我要这'功名'二字何用？"小姐道："'功名'二字，亦不可少，倘你去得了驷马高车而来，我母亲势利，或者将奴家嫁你，亦未可知。"次日，夫人备酒筵饯行，小姐亦在座上。晚间待夫人睡熟，走出来与魏郎送别。好生凄楚，絮絮叨叨，泪珠满脸。魏郎再三慰安道："切勿悲啼，好自保重。"小姐道："兄途中谨慎，早早到家，有便再来，勿为长往。妾丑陋之身，乃兄之身也，幸念旧盟。"说罢而别。次日遂叫春鸿送出青纻丝履一双、绫袜一緉为赠，并书一封道：

> 薄命妾娉再拜寓言兄前：娉薄命，不得奉侍左右为久计。今马首欲东，无可相贶，手制粗鞋一双、绫袜一緉，聊表微意，庶履步所至，犹妾之在足下也。悠悠心事，书不尽言。伏楮缄词，涕泪交下。不具。

魏郎览毕，堕泪而已，遂锁于书笈之中。一边收拾起身，把日前窗上所题诗句尽数涂抹。一路回去，凡道中风晨月夕，水色山光，触目伤心。到家之日，已将入试之时，遂同二兄进场。他一心只思量着贾云华小姐，那里有心相去做什么文字，随手写去，平平常常，绝无一毫意味，恨不得写一篇"相思经"在内，有什么好文字做将出来？怎知自己极不得意文字，那试官偏生得意，昏了眼睛，歪了肚皮，横了笔管，只顾圈圈点点起来。二兄用心蔽打之文，反落榜后。果是：

> 着意栽花花不活，无心插柳柳成荫。

魏鹏领了高荐，势利场中，贺客填门，没一个不称赞他文字之妙，说如此锦绣之文，自然高中。魏鹏自己心上明白，暗暗付之一笑而已。同年相约上京会试，魏郎托病不赴，只思到杭州以践宿约，怎当得母亲、二兄不容，催逼起身，魏郎不得已悵悵而去。会场中也不过随手写去，做篇应名故事之文。偏生应名故事之文，瞎眼试官得意，又圈圈点点起来，说他文字稳稳当当，不犯忌讳，不伤筋动骨，是平正举业之文，竟中高第。廷试又在甲榜，擢应举翰林文字。魏郎虽然得了清要之官，争奈一心想着云华，情愿补外官，遂改江浙儒学副提举，甚是得意。归到襄阳，拜了母、兄，径付钱塘，需次待阙。首具袍笏拜夫人于堂，夫人叫儿子灵昭，并小姐出来拜见，魏郎见了小姐，两目相视，悲喜交集，却又不敢多看。夫人对小姐道："魏兄高第显官，人间盛事，汝既是妹，当以一杯致贺。"小姐遂酌酒相劝，极欢而罢。夫人道："幸未上官，仍旧寓此可也。"这一句说话，单单搔着了魏郎胸中之念，好生畅快。才到得一二日，又是朱樱、春鸿二人做线，引了魏郎直入洞房深处，再续前盟，终日鸾颠凤倒，连朱樱、春鸿二人一齐都弄得个畅哉。

一日，后园池中有并蒂荷花二朵，一红一白。夫人因有此瑞，遂置酒池上，命魏郎、灵昭、小姐三人赏荷花，且对灵昭道："并蒂荷花是人世之大瑞，莫不是你今秋文战得捷之兆？可赋一诗以见志。魏郎如不弃，亦请赋一首。"二人俱赋一首，夫人称赞魏郎，要小姐也赋一首。小姐遂口占《声声慢》一词，魏郎看了道："风流俊媚，真女相如也。"小姐连称不敢而散。魏郎愈加珍重，遂为《夏景闺情》十首，以寄云华道：

香闺晓起泪痕多，倦理青丝发一窝。
十八云鬟梳掠遍，更将鸾镜照秋波。

侍女新倾盥面汤，轻装雪腕立牙床。
都将隔宿残脂粉，洗在金盆彻底香。

红绵拭镜照窗纱，画就双蛾八字斜。
莲步轻移何处去？阶前笑折石榴花。

深院无人刺绣慵，闲阶自理凤仙丛。
银盆细捣青青叶，染就春葱指甲红。

熏风无路入珠帘，三尺冰绡怕汗黏。
低唤小鬟推绣户，双弯自濯玉纤纤。

爱唱红莲白藕词，玲珑七窍逗冰姿。
只缘味好令人羡，花未开时已有丝。

雪为容貌玉为神，不遣风尘浣此身。
顾影自怜还自叹，新妆好好为何人？

月满鸿沟信有期，暂抛残锦下鸣机。
后园红藕花深处，密地偷来自浣衣。

明月婵娟照画堂，深深再拜诉衷肠。
怕人不敢高声语，尽是殷懃一炷香。

阔幅罗裙六叶裁，好怀知为阿谁开？
温生不带风流性，辜负当年玉镜台。

魏郎与小姐终日暗地取乐，争奈好事多磨，乐极悲生，忽萧夫人讣音到。魏郎痛哭，自不必说，一边要回家去丁忧，思量一去三年，就里变更不一，急急要说定了小姐亲事，遂浼边孺人转说道：“昔日魏郎与小姐两家指腹为婚，一言已定，千古不易，前日萧夫人书来，专为两家儿女长大，特来求请婚期。从来圣人道：‘自古皆有死，民无信不立。’天地鬼神，断不可欺。今魏郎既已登第，与小姐宜为配偶，一个相公，一个夫人，恰是天生地长的一般。如今萧夫人虽死，盟言终在。魏郎要回家守制，一去三年，愿夫人不弃前盟，将小姐配与，回家守制。如其不然，一言约定，待彼三年服满而来成亲亦可。夫人以为何如？”夫人道：“我非违弃前盟，奈山遥水远，异乡不便。我只此一女，时刻不见，尚且思念，若嫁他乡，终年不得一见，宁死不忍。前日萧夫人书来，我难以回答，在魏郎面前，亦绝口不谈及此事，只以兄妹之礼相见，今魏郎高科，宦途升转，必要携去，我老人家怎生割舍？况我年老，光阴有限，在我膝下有得几时？不如嫁与本处之人，可以朝朝夕夕相见，不消费我老人家悬念。况且魏郎年少登科，自有佳人作配，魏郎不愁无妻，我却愁无女也，烦孺人为我委曲辞之可也。”边孺人对魏郎说了，惊得魏郎面色如土，只得跪告边孺人道：“指腹为婚，更与冰人月老议亲之事不同。夫人岂以母亲已死，便欲弃盟誓耶？望孺人为我再三一言，不忘结草衔环之报。”边孺人只得又对夫人再三劝解，夫人执意不回。魏郎大哭道：“死生从此别矣。”只得收拾起身。一边小姐得知这个消息，哭得死而复生，几番要寻自尽，被春鸿二人苦劝，走出相别。哭得两目红肿，声音呜咽，一句也说不出，连春鸿二人都哽塞不住。小姐停了一会，方才出声道：“平日与兄一日不见，尚且难堪，何况守制三年、远离千里？既不谐伉俪，从此便为路人。吾兄节哀顺变，保全金玉之躯，服阕上官，别议佳偶，宗祧为重，勿久鳏居。妾自命薄，不能与兄长为夫妇，但既以身与兄，岂能异日复事他人？妾以死自誓而已，勿以妾为深念。”次日，乃破匣中鸾镜，断所弹琴上冰弦，并前时手帕，付与魏郎。果是：

情到不堪回首处，一齐吩咐与东风。

魏郎接了，置于行李之中。夫人置酒饯别，命小姐出送。小姐哭得两目红肿，出来不得，托言有疾。魏郎亦不愿云华出来，愈增伤感，垂泪而去。

不说魏郎归到襄阳守制。且说灵昭是年果中浙江乡试，明年连捷春榜，授陕西咸宁知县，遂同母亲、姐姐上任。那云华自别魏郎之后，终日饮恨，染成一病，柳憔花悴，玉减香消，好生凄惨。况且一路上道途辛苦，到县数十日，奄奄将死。夫人慌张，不知致病之由，将春鸿细细审问，方知是为着魏郎之故，懊恨无及，早知如此，何不配与魏郎，屈断送了这块心头之肉。只得好言劝解道：“待你病好，断然嫁与魏郎罢了。”怎知病入膏肓，已无可救之法，果然是《牡丹亭记》道：

怕树头树尾，不到的五更风。和俺小坟边立断肠碑一统，怎能够月落重生灯再红！

不数日，竟一病而亡了。夫人痛哭，自不必说，灵昭把小姐棺木权厝于开元寺僧舍，期任满载归。

适值县有大盗，逃到襄阳，官遣康铧到彼捕盗。春鸿遂出小姐所作之诗，遗命叫人寄去与魏郎，遂乘便付与康铧。灵昭得知，拆开来一看，乃集唐诗成七言绝句十首，与魏郎为永诀之词也。夫人看了道：“人都为他死了，生前既违其志，死后岂可又背其言乎？”遂命寄去。魏郎接了康铧寄来之诗，拆开来一看，其诗道：

两行情泪雨前流，千里佳期一夕休。
倚柱寻思倍懊恨，寂寥灯下不胜愁。

相见时难别亦难，寒潮惟带夕阳还。
钿蝉金雁皆零落，离别烟波伤玉颜。

倚阑无语倍伤情，乡思撩人拨不平。
寂寞闲庭春又晚，杏花零落过清明。

自从消瘦减容光，云雨巫山枉断肠。
独宿孤房泪如雨，秋宵只为一人长。

纱窗日落渐黄昏，春梦无心只似云。
万里关山音信断，将身何处更逢君。

一身憔悴对花眠，零落残魂倍黯然。
人面不知何处去，悠悠生死别经年。

真成薄命久寻思，宛转蛾眉能几时？
汉水楚云千万里，留君不住益凄其。

魂归冥漠魄归泉，却恨青娥误少年。
三尺孤坟何处是？每逢寒食亦潸然。

物换星移几度秋，鸟啼花落水空流。
人间何事堪惆怅，贵贱同归土一丘。

一封书寄数行啼，莫动哀吟易凄惨。
古往今来只如此，几多红粉委黄泥。

魏郎看了，得知凶信，哭得死而复生，遂设位祭奠，仰天誓道：“子既为我捐生，我又何忍相负。惟有终身不娶，以慰芳魂耳。”作祭文道：

呜呼！天地既判，即分阴阳；夫妇假合，人道之常。从一而终，是谓贤良；二三其德，是曰淫荒。昔我参政，暨先平章，僚友之好，金兰其芳；施及寿母，与余先堂，义若姊妹，闺门颉颃。适同有妊，天启厥祥，指腹为誓，好音琅琅。乃生君我，二父继亡。君留浙水，我返荆襄，彼此阔别，各天一方。日月流迈，逾十五霜，千里跋涉，访君钱塘。佩服慈训，初言是将，冀遂曩约，得偕姬姜。姻缘浅薄，遂堕荒唐，一斥不复，竟尔参商。呜呼！君为我死，我为君伤！天高地厚，莫诉衷肠。玉容月貌，死在谁傍？断弦破镜，零落无光，人非物是，徒有涕滂。悄悄寒夜，隆隆朝阳，佳人何在？令德难忘。曷以招子？谁为巫阳？曷以慰子？鳏居空房！庶几斯语，闻于泉壤。岘山郁郁，汉水汤汤，山倾水竭，此恨未央！呜呼小姐！来举予觞。尚飨。

不觉光阴似箭，转眼间已经服满赴都，恰好升陕西儒学正提举，阶奉议大夫。那时贾灵昭尚未满任，魏郎方得相见，升堂拜母，而夫人益老矣。彼此相见，不胜悲感，春鸿、朱樱益增伤叹。魏郎问小姐殡宫所在，即往恸哭，以手拍棺叫道：“云华知魏寓言在此乎？想你精灵未散，何不再生以副我之望耶？”恸哭而回。是夕宿于公署，似梦非梦，彷佛见云华走来，魏郎忘记他已死，便一把搂住。云华道：“郎君勿得如此！妾死后，阴府以我无过，命入金华宫掌笺奏之任，今又以郎君不娶之义，以为有义，不可使先参政盛德无后，将命我还魂，而屋舍已坏。今欲借尸还魂，尚未有便，数在冬末，方可遂怀，那时才得团圆也。”说毕，忽然乘风飞去。魏郎惊觉，但见淡月浸帘，冷风拂面，四顾凄然而已。遂成《疏帘淡月》词一阕道：

溶溶皓月，从前岁别来，几回圆缺？何处凄凉，怕近暮秋时节！花颜一去终成诀，洒西风，泪流如血！美人何在？忍看残镜，忍看残玦！

忽今夕梦里，陡然相见，手携肩接。微启朱唇，耳畔低声儿说：冥君许我还魂也，教我同心罗带重结。醒来惊怪，还疑又信，枕寒灯灭。

魏郎到任，不觉已到冬天。有长安丞宋子璧，一个女子，姿容绝世，忽然暴死，但心头甚暖，不忍殡殓。三日之后，忽然重活起来，不认父母，道：“我乃贾平章之女，名娉娉，字云华，是咸宁县贾灵昭之姊，死已二年，阴司以我数当还魂，今借汝女之尸，其实非汝女也。”父母见他声音不类，言语不同，细细盘问，那女子定要到咸宁县见母亲、哥哥，父母留他不住。那咸宁县与长安公廨恰好相邻，只得把女子抬到县宇，女子径走进拜见夫人、哥哥，备细说还魂之事。夫人与哥哥听他言语声音、举止态度，无一不像，呼叫春鸿、朱樱，并索前日所遗留之物，都一毫不差，方信果是还魂无疑。宋子璧与妻陈氏不肯舍这个女子，定要载他回去。女子大怒道：“身虽是你女儿身体，魂是贾云华之魂，与你有何相干？妄认他人女为女耶？”宋夫妇无计，只得叹息而回。夫人道：“此天意也。”即报与魏郎。魏郎即告诉夫人梦中之事，于是再缔前盟，重行吉礼。魏郎亲迎，夫人往送，春鸿、朱樱都随小姐而来。

一女变为二女，旧人改作新人。

宋子璧夫妻一同往送，方知其女名为“月娥”。提举廨宇后堂旧有匾额名“洒雪堂”，盖取李太白诗“清风洒兰雪”之义，为前任提举取去，今无矣。方悟当日伍相祠中梦兆，上句指成婚之地，下句指其妻之名。魏郎遂遍告座上诸人，知神言之验。此事喧传关中，莫不叹异。魏郎与月娥产三子，都为显官。魏郎仕为太禧宗禋院使兵部尚书，年八十三卒。月娥封郡国夫人，寿七十九而没。平昔吟咏赓和之诗共千余篇，题曰《唱随集》。有诗为证：

《还魂记》载贾云华，尽拟《娇红》意未嘉。
删取烦言除剿袭，清歌一曲叶琵琶。

第二十八卷

天台匠误招乐趣

夫人在兮若冰雪，夫人去兮仙迹灭。
可怪如今学道人，罗裙带上同心结。

当日江西临川地方，有座仙观，名曰“魏坛”，是女仙魏夫人经游之地。这座观里，聚集着许多女道姑。世上有得几个真正修行的女人？终日焚香击磬，踏罡礼斗，没有滋味。又道是古来仙女定成双，遂渐渐生起尘凡之念，不免风前月下，遇着后生男儿，风流羽客，少年才子，“无欲以观其妙，有欲以观其窍”，像石道姑说韶阳小道姑道：“你昨日游到柳秀才房儿里去，是窍是妙？”他既有了这“窍妙”二字，还说什么星冠羽衣、东岳夫人、南斗真妃。那魏坛观中这些女道姑要寻人配对坎离、抽添水火，传几个仙种在于世上，谁肯寂寂寞寞守在这观中？比如那梅花观中石道姑，自说水清石见，无半点瑕疵，唯其石的，所以能如此，若是水的，断难免矣。所以宋朝陈虚中为临川太守，亲见这些女道姑不长进，往往要做那“窍妙”二字，因作此诗以讥诮之。又有宋朝一个得道的洪觉范禅师，见一个女道姑年纪后生，心性不大老实，不守那道家三清规矩，遂做首词儿取笑他道：

十指嫩抽春笋，纤纤玉软红柔。人前欲展强娇羞，微露云衣霓袖。
最好洞天春晚，《黄庭》卷罢清幽。无心无计奈闲愁，试捻花枝频嗅。

话说唐朝咸通年间，西京有个女道士鱼玄机，字幼微，原是补阙官李亿的姬妾，极其得意。后来李亿死了，遂出家于咸宜观中。虽然如此，那时只得三十余岁，原是风流生性，俗语道："宁可没了有，不可有了没。"免不得旧性发作，况且熟读《道德经》那句"玄牝之门，是谓天地根，绵绵若存，用之不勤"，要在那玄牝门里做工夫，不住的一出一入，用之不勤，方才合那"窍妙"二字。因是诗才高俊，不肯与那一种带道冠儿的骚道士往来，专一与文人才子私通，把一座咸宜观竟改做了高唐云雨之观。不念那《黄庭》《道德》之经，只念的是阴阳交媾、文武抽添、按摩导引、开关通窍之经。所以在观里做的诗句，都是风月之词，做得甚妙：

绮陌春望远，遥徽秋兴多。
殷懃不得语，红泪一双流。
云情自郁争同梦，仙貌长芳又胜花。
蕙兰销歇归春圃，杨柳东西绊客舟。

那诗句之妙，果是清俊。他身边有个女童，名为绿翘，颇有几分颜色。一日，鱼玄机在施主人家做法事祈祷，有个秀才来相访。那秀才是与鱼玄机极相好之人，绿翘因鱼玄机不在，回复了去。鱼玄机法事毕了回来，疑心那秀才与绿翘偷情，做了替身，甚是吃醋。柳眉倒竖，星眼圆睁，将星冠除下，羽衣脱去，拿了一条鞭子，把绿翘剥得赤条条的，浑身上下打了数百皮鞭而死，埋在后园树木之下。后来事发，监禁狱中，还做首《相思》诗道：

易求无价宝，难得有情郎。

那日常里与他做“窍妙”之人，都来替他说人情，要出脱他。争奈京兆尹温璋执法不容，将鱼玄机偿了绿翘性命。

看官，你道这鱼玄机既出了家，做了女道士，却又凡心不断，吃醋拈酸，争风杀人，这样出家的，可不与出家人打嘴头子么？这一回是说尼姑作孽之事，奉劝世上男子将自己妻子好好放在家间，做个清清白白、端端正正的闺门，有何不好？何苦纵容他到尼庵去，不干不净。说话的好笑，世上有好有歹，难道尼庵都是不好的么？其中尽有修行学道之人，不可一概而论。说便是这样说，毕竟不好的多如好的。况且那不守戒行的谁肯说自己不好？假至诚假老实，甜言蜜语，哄骗妇人。更兼他直入内房深处，毫无回避，不唯“窍”己之“窍”、“妙”己之“妙”，还要“窍”人之“窍”、“妙”人之“妙”。那些妇人女子心粗，误信了他至诚老实，终日到于尼庵烧香念佛，往往着了道儿。还有的男贪女色、女爱男情，幽期密约，不得到手，走去尼庵私赴了月下佳期，男子汉痴呆懵懂，一毫不知。所以道三姑六婆不可进门，何况亲自下降，终日往于尼庵，怎生得不做出事来？何如安坐家间，免了这个臭名为妙。大抵妇女好人尼庵，定有奸淫之事，世人不可不察，莫怪小子多口。总之要世上男子妇人做个清白的好人，不要踹在这个浑水里。倘得挽回世风，就骂我小子口孽造罪，我也情愿受了，不独小子，古人曾有诗痛戒道：

尼庵不可进，进之多失身。尽有奸淫子，借此媾婚姻。
其中置窟宅，黑暗深隐沦。或伏淫僧辈，或伏少年人。
待尔沉酣后，凶暴来相亲。恣意极淫毒，名节等飞尘。
传语世上妇，何苦丧其真。莫怪我多口，请君细咨询。

且说两个故事，都在尼庵里做出事来，说与看官们知道。当时有个阮三官，是个少年之人，精于音律，吹得好箫。因是元宵佳节，别人看灯散了，他独在月下吹箫一曲，早惊动了斜对门陈太尉的一位小姐。那小姐正在及时之年，一连听了数日，便起无耻之心，思量要与阮三官结巫山云雨之好，除下手上一个金镶宝石的戒指儿来，叫丫鬟送与阮三官，以为表记。唤阮三官进来，以目送情。正要开口说话，忽然陈太尉喝道而回，阮三官惊慌而出，从此短叹长吁，害了相思病症。他两个相好的朋友见他手上带着这个金戒指儿，细细审问来历。这两个朋友要救阮三官性命，遂把阮三官这个戒指儿除去，思量要在这戒指上做针线。两个走到陈太尉门首探听，见有一个王尼姑出入其门，因而走入尼庵，与他两锭银子，恳告王尼姑，要他成就此段姻缘。尼姑见了大银，即便应允。假以望太尉奶奶为名，乘便走入小姐卧房内解手，伸手去取粗纸之时，故意露出这个戒指儿来。小姐惊问，尼姑说阮三官害病之故，要小姐来庵中烧香，假以要睡为名，私相会合。两边约得端正，先将阮三官藏于庵中窝凹之处。陈奶奶与小姐同来，彼此成就了此事。不意阮三官久病之人，云雨方浓，脱阳而死。小姐惊慌无措，急忙把阮三官尸首推落于里壁而去。谁知一度云雨之后，小姐便怀了身孕，肚儿日渐高大起来。父母惊异，审出来历，懊悔到尼庵去做出丑事，然已无可奈何矣。列位看官，就这件事看将起来，你道这尼庵该去也不该去？

还有一个狄氏，是贵家宅眷，生得美貌无比，名动京师。一个滕生，见狄氏这般美貌，魂飞天外，思量要贪图狄氏。访得狄氏与个尼姑慧澄相好，滕生乘狄氏丈夫不在家之时，遂费了若干金银布施慧澄，因而与慧澄计较，要奸骗这狄氏。适值狄氏托慧澄要买好珠，滕生取了一串好珠付与慧澄，故意减少些价钱，以取狄氏之欢，遂设计在慧澄庵中，吃滕生骗上了手，两个成就了奸淫之事。后狄氏丈夫回家，访知风声，禁住了狄氏，不容他到慧澄庵中去。狄氏心心念念，记挂着滕生，遂郁郁而死。列位看官，再将这件故事看将起来，你道尼庵该去也不该去？有诗为证：

阮三丧命在尼庵，滕狄奸淫藉佛龛。
好笑世上痴男子，纵容妻子去喃喃。

话说杭州三天竺飞来峰之下，有一座集福讲寺，当时弘丽，两山无比，曾有三池九井、月桂亭、金波池，还有宋理宗御容一轴、燕游图一轴。怎见得妙处？曾有诗为证：

半生三宿此招提，眼底交游更有谁？
顾恺谩留金粟影，杜陵忍赋《玉华》诗。
旋烹紫笋犹含箨，自摘青茶未展旗。
听彻洞箫清不寐，月明正照古松枝。

看官，你道这座集福讲寺是何代建造？话说宋朝自高宗南渡以来，历传光宗、孝宗、宁宗，传到理宗皇帝，共是五代。这理宗坐了四十一年天下，改了八个年号：宝庆、绍定、端平、嘉熙、淳祐、宝祐、开庆、景定。这理宗起于侧微，始初因史弥远有拥立之功，百务都听史弥远处分，后来史弥远死了，方亲理朝事。端平初年，励精为治，听信儒者真德秀、魏了翁之言，时号“小元祐”。后来在位日久，嬖宠日盛，倡优傀儡皆入禁中，内里宠着一位阎贵妃，外有佞臣丁大全、马天骥，表里为奸，时有无名子题八字于朝门之上道：

阎马丁当，国势将亡。

理宗大怒，着京兆尹遍处缉访，不得其人。

看官，你道这阎贵妃是何处人？他是鄞县人，生得体态轻盈，明艳绝伦，真是西子复生、杨妃再出，三宫六院，为之夺宠。淳祐十一年，阎贵妃遂建造这座集福讲寺为功德院，那寺额都是理宗御书，巧丽冠于诸刹。敕建之日，内司分买材木，凡是郡县，无不受累。内司奉了理宗旨意，生事作恶，无所不为，望见树木的影儿，都去斫伐。不论树大树小，斫伐一空，谁敢道一个“不”字，鞭笞追逮，竟至鸡犬不宁。不要说是庶民百姓，就是勋臣元辅之墓，都不能保全；子孙无可奈何，只得对坟墓恸哭而已。有人作诗讥讽道：

合抱长林卧壑深，于今唯恨不空林。
谁知广厦千斤斧，斫尽人间孝子心。

后来阎贵妃之恩宠日甚一日，奉行之人其恶越凶，就是御前五山亦所不逮。凡是净慈、灵隐、天竺等处，若有一颗大树，只当是一颗祸祟一般，左右之家都受其累，定要拆屋坏墙，破家荡产，方才罢休。内司监督甚是利害，一日，忽于法堂鼓上得大字一联道：

净慈灵隐三天竺，不及阎妃好面皮。

内司禀了理宗，理宗大怒，行下天府缉捕其人，竟不可得。那时服役的工匠若少缓时刻，便枷锁责罚，受累不浅。整整的造了三年，方得完工。

内中有个张漆匠，是天台人，终日在于寺中，灰麻油漆，胶矾颜料，日日辛苦不了。偶于春夜出外洗浴回来，肩上搭了一条浴布，那时将近黄昏时候，星月昏暗，忽然撞着一个老妪。那老妪问这张漆匠道：“你是何等样之人？到何处去？”张漆匠道：“我就是集福寺做工之人，今晚洗了浴回来。”老妪道：“我有一件事要劳动你，有钱重重相谢。”那张漆匠喜的是个钱字，便道：“老人家有什么事要劳动我？我是个漆匠，只会得油漆门户家火什物等件，其余不会。”老妪道：“我家里有些家火要油漆，你来得正好。”张漆匠道：“我没有得闲工夫，内司牢子日日在此监督，好生利害，若迟了时刻，便要责罚，谁敢怠慢？如何得有闲工夫与你油漆家火？”老妪道：“不要你目下来做，只要你如今同我走到家里看一看家火，要买多少颜料胶矾，估价定了，待你有工夫的时节接你来做就是。工钱比他人加厚便是，不必推辞。”张漆匠连忙接应道：“这个说得有理，我只恐内司催督，不是我不要趁钱。”说罢，跟着老妪便走，走了几个转弯，老妪拖了张漆匠的手，走进一个小门之中，并无一点灯光，黑魆魆的。张漆匠跟了老妪而走，把手摸着两边，但觉都是布帏遮护，脚高步低，张漆匠有些疑心，问这老妪道：“这是什么所在？要我到此。”老妪道：“休得多言，自有好处。”张漆匠越发疑心道：“有何好处？”老妪道：“不要只管絮絮叨叨，包你定有好处，若没有好处，我也不领你进来了。”一边说，一边脚下摸摸索索，已不知走过了多少弯弯曲曲之处。正是：

青龙与白虎同行，吉凶事全然未保。

话说这张漆匠跟了老妪走入黑暗地狱之中，不知东西南北，转弯抹角走了好一会，方才走到一间室中。老妪道：“你在此坐着，略等一等不妨。”老妪进去，不见出来。张漆匠黑天摸地，心下慌张道：“不知是恁缘故，叫我到此？又不知此处是什么所在？”委决不下。少顷，见暗中隐隐一点灯光射来，从远而近，渐渐走至面前。张漆匠打一看时，但见：

头上戴一顶青布搭头，身上穿一件缁色道袍，脚下僧鞋僧袜，俗名师姑，经上道是“优婆夷”。只道他是佛门弟子，谁知是坏法的祖师。

话说点着灯火出来的不是别人，却是一个半老年纪的尼姑，手里拿着一个烛台。方才照见室中都用青布遮护，遮得不通风，还有或青或赤之衣四围遮蔽，竟不知是何地。张漆匠心下慌张，问这尼姑道：“师父，这是什么所在，叫我进来？”尼姑把一只手摇着道：“莫要做声，自有好处。”张漆匠便不敢开口，却似丈二长的和尚摸不着头脑。尼姑拿着烛台先走，叫张漆匠随后进来。转弯抹角又走了数处，方才走到一间密室之中。张漆匠四围打一看时，但见：

酒筵罗列，肴膳交陈。酒筵罗列，摆着器皿金银；肴膳交陈，烹成芬芳鱼肉。虽不能烹龙炮凤，请得过胜客嘉宾。

话说那张漆匠一见桌上摆列酒筵，非常齐整，兼之金银酒器，室中陈设之物，都不是中等以下人家所有。张漆匠甚是心惊，一喜一惧：喜的是生平做了一世漆匠，眼睛里并不曾见此富贵之景；惧的是我是何等样人，今日骤然到于此地，不知做出什么事来，恐不免有些干系，却又不敢问这尼姑是什么缘故。那尼姑却叫这张漆匠：“你且坐地。”尼姑吩咐了这张漆匠，自持烛而去。去了一会，领出一个妇人来。张漆匠打一看时，但见：

朱唇一点红，翠眉二道绿。三寸窄金莲，四体俱不俗。身材是五长，心性纵六欲。七情乃嗜淫，八字生何毒。寻夫到九街，十度还嫌促。

话说张漆匠见这妇人出来，生得容貌非常，美如天仙一般，只是不带冠儿，不十分妆饰，就如平常一样打扮，走来坐于酒席之上。张漆匠见了这个美人，甚是吃惊，不敢近前。尼姑再三叫这张漆匠坐于酒席之上，与美人对面而坐。那张漆匠依尼姑所说，也只得坐了。尼姑坐于美人之下，又叫那老妪也来坐于桌横，却是老妪斟酒。张漆匠虽然与美人对面而坐，自知贵贱不敌，不敢十分多看那个美人，美人却又再不言语。张漆匠酒量甚好，酒到便一饮而尽，一连大杯饮过二十余杯。老妪却不多斟，恐怕误了大事，要留着他全副精神用在那件事上。老妪进内里不住搬出肴馔来，共饮了半日。尼姑道：“这时候将近二鼓矣，娘娘请睡了罢。”美人不则声。张漆匠暗暗自忖道：

"我身边并无一文钱，这个光景，明明是要我在这里宿歇的意思了。明日清早起来，倘要我的钱钞，怎生是好？事不三思，必有后悔。"遂悄悄对这尼姑道："我是个贫穷之人，身边并无一文钱，怎生好在此地？"尼姑"咄"的一声喝道："你人也不识，谁是要你钱的人？明日反有得钱与你。"张漆匠方才放下了心，便胆大起来。老妪拿汤水出来与张漆匠净手脚，张漆匠道："适才已洗过浴了。"老妪道："与花枝般贵人同睡，必须再三洁净，休得粗糙！"张漆匠只得又净了一番手脚，又取面汤来洁净了口齿。尼姑方领张漆匠到于内室床边，揭起罗帐，那被褥华丽，都是绫锦，异香扑鼻。尼姑笑嘻嘻的对张漆匠道："你好造化，不知前世怎生念佛修行，今日得遇这位美人受用。"张漆匠不敢则声。尼姑推这位美人上床，又笑嘻嘻的地拿了灯出外，反锁上了门而去。那张漆匠似做梦的一般，暗暗的道声："怪异！怎生今日有这样造化之事？"钻入被内，那被异常之香，遂问这美人道："娘娘是何等样人？怎生好与小人同睡？"那美人只是不言不语。张漆匠见美人不应，也不敢再加细问，伸手去那美人身上一摸，其光滑如玉一般，只觉得自己皮肉粗糙。也管不得，遂腾身上去，极尽云雨之乐。怎见得妙处？

一个是闺阁佳人，一个是天台漆匠。闺阁佳人，肌香体细，如玉又如绵；天台漆匠，皮粗肉糙，又蠢又极夯。那佳人是能征惯战之将，好像扈三娘马上双飞刀；这漆匠是后生足力之人，宛然唐尉迟军前三夺搠。那佳人吞吐有法，这漆匠卤莽多能。虽然人品不相当，一番鏖战也堪敌。

话说那张漆匠不费一文钱钞，无故而遇着这个美人，好生侥幸，放出平生之力，就像油漆家火的一般，打了又磨，磨了又打，粗做了又细做，胶矾颜料，涂了又刷，刷了又画，如扳主顾的相似。不住的手忙脚乱，真个是舍命陪君子，上落一夜不曾放空，一夜不曾合眼。那美人也颇颇容受得起，并不推辞，手到奉承，上下两处俱开口而受之，整整的弄了一夜。果然是：

欢娱嫌夜短，寂寞恨更长。

不觉已是五更天气，集福寺钟声发动。张漆匠还要再兴云雨，只听得门外有人走来开锁，推进门来，不拿灯烛，仍旧是昨晚尼姑之声，走到床边，急急唤张漆匠走起。张漆匠只得穿了衣服起身，那尼姑黑暗之中递两贯钱与张漆匠道："拿去买酒吃，可速速出去。"仍旧叫昨晚老妪领出。张漆匠跟了老妪，也摸着布壁而行，弯弯曲曲行了几处，送出一门，又不是昨晚进来的门户。老妪道："从此到街上数里之路，可到工作之处。"说罢，老妪便转身闭门进去。张漆匠黑暗之中认不得仔细，一步步摸将出来，摸了半日，走了数里之路，渐渐天明。仔细想那出来之路，已如梦寐一般，一毫都记不出。渐渐走到街上，到集福讲寺还有二里之路，遂拿了这两贯钱随步回寺。监工的因张漆匠来迟，要加责罚，张漆匠只得细细禀以晚间之事。监工的叫人在数里内外遍处踪迹，竟不得入门出门之路。

此时传满了寺中，众人三五成群聚说。有的说道是妖怪鬼魅，有的说道是神仙下降。中间一个老成有见识的道："据我看将起来，也不是什么神仙，也不是什么妖怪鬼魅，定是人家无廉耻的妇人，或是人家姬妾，因丈夫出外，淫心动荡，难以消遣；或是无子，要借种生子，不论高低贵贱，扯拽将来凑数。不过是这两样，若不是无耻好淫的妇人，就是为固宠之计，思量借种生子。这个既是尼姑来做马泊六，这定是尼庵之中。恐人认得道路出，所以都将布帏四围遮蔽，把人认不出。况且这妇人一夜并不言不语，难道是哑子？若说出言语，恐人听得，所以一夜竟不言语。况且晚间是尼姑拿灯照引进去，关门上锁，五鼓又是尼姑开锁来唤，不是尼庵是什么去处？这妇人在自己家中耳目众多，难以偷闲养汉，假以烧香念佛看经为名，住于尼庵之中，做这般勾当，或是自己香火院亦未可知。只要有钱，通同了尼姑，瞒过了家中丈夫、众多耳目，却不是件最隐秀最方便的事么？”说罢，众人都拍掌大笑道：“此事千真万真。”

只见门槛上坐着一个卖盐之人，听了此语，笑起来道：“此事果然千真万真。”众人都道：“怎见得便是千真万真？”那卖盐的道：“我是五年前经过之事。”众人听了都道：“怎生是你经过之事？”那卖盐的立起身来，对众人指指点点，一五一十的说道：“我五年前挑盐贩卖，一日遇着一个尼姑，有五十余岁，问我买盐道：‘我庵里正要盐用，你可随我到庵中，我要买你这一担盐腌菜。’说罢，我便随了他去。到于庵中，称了斤数，他分外又多加我几分银子，又道我路远，留我酒饭，甚是齐整。庵中又走出几位少年的尼姑来，都是二十余岁之人，且是生得标致，青的是发，白的是肉，光头滑面，衣上都熏得松子、沉速之香。遂留我在庵中权宿一宵。我见他意思有些古怪，料得自己颇有精神，也颇颇对付得过，不愁怎的，遂大胆宿于庵中。吃了酒饭，先是老尼与我同睡，事完之后，少年尼姑轮流而来，共是五个，一夜轮流上下，并不曾歇。独有老尼姑更为利害，真是色中饿鬼，就如饿虎攒羊的一般，不住把身子凑将上来。次日早起，安排酒饭，请我吃了，又与我数两银子做本钱，叫我可时时担盐到庵中来，又叫我切莫到外边传说。吩咐已了，送我下山。谁知弄了一夜，精神枯竭，挑了空盐箩下山，头晕眼花，不住的身子要打踘踵。勉强的挨到家里，跌到牀上，再动不得。从此整整病了三个月，把这数两银子赎药调理完了，方才走得起。至今望见尼姑影儿，魂梦也怕，若再走这条路，便性命断送在他手里了。”这正是：

云游道士青山去，日出师姑白水来。

话说这卖盐的说罢，一个人问道：“这庵在什么所在？”卖盐的道："我对你说了，只恐你这两根骨头，不够埋在他那眼孔儿里！留你这条性命，再吃碗薄粥饭罢。休去寻死！"说罢，内中一个人道："这尼姑果不可去惹他，真个利害。曾有一个游方和尚，惯会采阴补阳，养得这龟儿都成活的一般，会得吹灯吸酒，自以为举世无敌。后来遇着一个尼姑，那尼姑却惯会采阳补阴。两个撞着了，却不道棋逢敌手，将遇良才，两个都要争雄比试。先是和尚试起，拿一大盆火酒，把阳物取出来，七八寸之长，如薛敖曹剥兔之形，龟眼如圆眼核大，放阳物于大盆之内，如饮酒的一般，渐渐吸尽。随后尼姑取一个洗浴盆，倾火酒于内，满满一盆，然后脱得赤条条的坐于盆内。那阴物竟如药碾之形，吐开一张血盆大口，骨都都的将这一大盆火酒一吞一吐，一气吸尽，面上并无一点之红。和尚见了，惊得魂不附体，不敢与尼姑比试，抱头鼠窜而逃，真强中又有强中手也。"众人都拍掌大笑道："利害利害，不知怎生学得这般方法？"其中一个老成人知因识果的，不住叹息道："甚么采阴补阳，采阳补阴！佛门弟子不守三皈五戒，破坏佛法，做了佛门的魔头。你不见佛经上道：'袈裟误袈裟，永劫堕阿鼻'，独有此罪，高过于须弥山，随你怎么样忏悔，这罪孽可也再忏不去。两个造了这阿鼻之业，永劫不得翻身。佛菩萨在那里痛哭流涕，金刚韦驮在那里摩拳擦杵，他还全然不醒，说甚么强中又有强中手！"众人闻此言，都合掌当胸，向佛作礼，道声"罪过"，遂一哄而散。此事传满了杭州，人人都当新闻传说。所以当时饶州有个少年尼姑，不守清规，与一个士人姓张的私偷，竟嫁了他。乡士戴宗吉作首诗嘲笑道：

短发蓬松绿未匀，袈裟脱却着红裙。
于今嫁与张郎去，赢得僧敲月下门。

第二十九卷

祖统制显灵救驾

汉江北泻，下长淮，洗尽胸中今古。楼橹横波征雁远，谁见鱼龙夜舞？鹦鹉洲云，凤凰池月，付与沙头鹭。功名何处？年年唯见春暮。 非不豪似周瑜，横如黄祖，亦随秋风度。野草闲花无限数，渺在西山南浦。黄鹤楼人，赤乌年事，江汉庭前露。浮萍无据，水天几度朝暮！

这一首词儿调寄《念奴娇》，是白玉蟾武昌怀古之作。世上富贵功名，都是草头之露、石中之火，霎时便过，只看南北两峰、西湖清水，不知磨灭过了多少英雄！何况头上戴得一顶纱帽，腰边攒得几分臭钱，便要装腔做势，挺起肚子，大摇小摆，倚强凌弱，好高使气，不知有得几时风光、几时长久！还是做个好人，怀正直忠义之气，光明磊落之心，生则为人，死则为神，千古不朽，万载传名，天下的人那一个不仰赖他！连后代帝王也还靠着他英灵。比着“纱帽钱财”四字，还是那个风光，那个长久？就是戴纱帽、趁钱财的人，还要在他手里罚去变猪变狗、变牛变马，填还人世之债。在下这一回说“祖统制显灵救驾”，未入正回，在下因世上人不知道金龙四大王的出迹之处，略表白一回，多少是好。

话说这位大王姓谢，单讳一个绪字，是晋朝太傅谢安次子琰之裔也。住于台州，一生忠孝大节，谢太后是他亲族。那时金虏猖狂，其势无可奈何，谢太后又被奸臣贾似道所制。谢绪以亲戚之故，不胜愤恨，遂建望云亭于金龙山顶，读书其中。后甲戌秋天，霖雨大作，天目山崩，洪水泛溢，临安百姓溺死者无数。谢绪破散家资，赈济贫穷，死者都与葬埋，因对众人涕泣道："天目山乃临安之主山，天目山崩，此宋亡之兆也。"后果元伯颜丞相破了临安，少帝出降，谢太后随北虏而去。谢绪哭声震天的道："生不能报朝廷，死当奋勇以灭胡虏。"临终作诗自悼道："立志平夷尚未酬。"赋此诗完，即投水而死。水势汹涌，高丈许，有若龙斗之状，尸立水中，一毫不动，颜色如生，人无不叹异焉。

到元朝末年，托梦于乡人道："胡虏乱华，吾在九泉之下，恨入骨髓，今幸有圣主矣。但看黄河北徙，此吾报仇之时也。汝辈当归新君，明年春天吕梁之战，吾当率领阴兵助阵，以雪吾百年之根。"到丙午春日，黄河果然北徙，众人无不以为奇。九月，我洪武爷取了杭州。丁未二月，傅友德与元兵大战吕梁，见金甲神人在空中跃马横槊，阴兵助阵，旗上明明有"谢公之神"四字，元兵惊慌，大败而逃。从此时时见其形状，直杀到元顺帝弃了大都，逃于漠北。后永乐爷议海运不便，复修漕运。他又竭力暗中护祐，凡是河流淤塞之处，便力为开通，舟船将覆溺之时，便力为拯救，神灵显赫，声叫声应。嘉靖中奉敕建庙在鱼台县。隆庆中，遣兵部侍郎万恭致祭，封"金龙四大王"。看官，你道这位大王死了百年，不忘故主之思，毕竟报仇雪耻，尽数把这些膻羯狗驱逐而去，辅祐我皇家，你道可敬也不可敬！比"纱帽钱财"四字果是何如？

在下再说一个奇异古怪的事。话说唐朝元和年间，常州义兴县一个人，姓吴名堪，少丧父母，并无兄弟，家道贫穷，无力娶妻，秉性忠直，一毫不肯苟且，做了本县一个吏员，一味小心，再不做那欺心瞒昧之事，不肯趁那枉法的钱财。衙门中一班伙计，见吴堪生性古撇，不入和讲，起他个绰号叫做“拗牛儿吴堪”。又见不肯趁钱，都取笑他道：“你在衙门中一清如水，朝廷知你是个廉吏，异日定来聘你为官。”因此又取名为“待聘吴堪”。吴堪被朋友如此嘲笑，他只是立心不改，一味至诚老实。家住于荆溪，那荆溪中水极是洁净，吴堪生性爱惜这水，常于门前以物遮护，再不污秽。晚间从县衙回来，临水看视，自得其得。

一日，从县衙回来，见水边一个白螺，大如二三斤之数，吴堪见这个白螺大得奇异，拾将回来，养于家中水缸之内，吴堪每日清早起来，梳洗已毕，便至诚诵一卷《金刚经》，方进县衙理事。至晚间回家，见桌上饮食酒肴之类，都安排得端端正正，热气腾腾，就像方才安排完的一般。吴堪见了心惊道：“难得隔壁邻母张三娘这片好心，可怜见吴堪只身独自，夜晚归家，无人炊爨，却便替我安排端正，难得他老人家如此费心。”这夜吃了酒饭，上床便睡，次日自到县堂去办事。晚间回家，饮食酒肴之类又早安排端正，一连十余日都是如此。吴堪心中甚是过意不去。次日诵《金刚经》之后，便走到邻母张三娘处，再三作谢道：“难得老母直如此费心，教吴堪怎生消受得起？”那张三娘呵呵大笑道：“吴官人瞒心昧己，自己家中私自娶了娘子，也不叫老身吃杯喜酒，却如此藏头露尾，反来作谢老身，明是奚落老身。就是不公不法，收留迷失子女为妻，料道瞒贴邻近舍眼不得，却怎生故意如此？”那吴堪听了这张母的话，好似丈二长的和尚摸不着一毫头脑，答应道：“张母，你怎生说这等的话？念吴堪一生至诚老实，不会吊谎，甚么‘家中自娶了娘子，不叫老身吃杯喜酒’这句话，吴堪一毫也理会不出。”张三娘又笑道：“明人不做暗事，你日常里委实不吊谎，今日却怎生吊谎？现在房中藏了一位小娘子，特瞒着老身，反来作诨！”吴堪道：“念吴堪不是这般藏头露尾之人，有什么房中藏了一位小娘子，这小娘子从何而来？就有小娘子，怎生瞒着张母？况我一身贫穷，那得钱来娶妻？”张三娘又道：“吴官人，你不须瞒我。你这十来日内每日出门之后，老身便听得房中有响动之声。老身只道是偷盗之人，走到壁缝里瞧时，见一位小娘子，十七八岁，生得容貌无双，撩衣卷袖，在厨下吹火煮饭，酒肴完备，便走进房中，再不见出来。这不是你新娶的娘子，却来瞒谁？”吴堪大叫怪异道：“莫不是张母眼花！”张三娘道：“老身一连见了七八日，难道都是眼花？”吴堪诧异道：“奇哉怪事！莫不是那里逃走出来的迷失女子，怎生悄悄藏在我家中，做将出来？这干系非浅，却不道是知法犯法！”急急转身走入家中，细细搜索，不见一毫踪影，暗暗道：“毕竟是张母眼花，这女从何而来？且试一试看，委是有无？”遂假说到县里去，仍旧把门上锁，悄悄走入张母宅中，暗暗道：“今日我不到县里去，且躲在这里瞧一瞧。”张三娘连声道“是”。吴堪坐在壁缝边，不住瞧着家里，瞧了多时，渐渐将晚，只听得房中有窸窣之声，果然见一位小娘子从房中走出，婷婷袅袅，貌似天仙，不长不矮，雅淡梳妆，走到厨下，撩衣卷袖，吹火煮饭。吴堪清清瞧见，暗暗指与张母道：“奇哉怪事！”急忙转身，走到自己门首，悄悄把门开了锁，蓦地推将进去，竟到厨下。那女子正在那里淘米，见了吴堪，躲闪不得，放下了双袖，深深道个“万福”。吴堪连忙答礼道：“小娘子从何而来？怎生在寒家做炊爨之事？”那小娘子徐徐答应道：“妾非人间人也。上帝因官人一生忠直，不做一毫苟且之事，不趁一毫枉法之财，力勤吏职，至心诵经，又能敬护泉源，特命妾嫁君以供炊爨之事，托身白螺以显其奇。官人切勿疑心，此是上帝之命也。”吴堪大叫道：“奇哉怪事！念吴堪是一介小人，有何德行上通于天，蒙天帝如此见怜，折杀小人。小人如此敢受？”那小娘子道：“此是帝命，休得固执。”吴堪信其老实，就请过张母来，当下备了些花烛，拜谢了天地，成其夫妇之礼。一夜恩爱，自不必说。次日吴堪自到县衙办事，小娘子自在家间做针指女工。

自此之后，一人传两，两人传三，都道拗牛儿吴堪得了个绝色的妻子，遂鼎沸了一个义兴县，没一个不来张头望颈，探头探脑来瞧。此事传闻到知县相公耳朵里去，那个知县相公却是个搽花脸之官，一味贪财好色。知得吴堪有个绝色的妻子，便不顾礼义，要图谋他的妻子起来，要把这吴堪以非理相加。争奈吴堪自入衙门，并无过犯赃私，奈何他不得。知县心生一计，一日出早堂，吩咐吴堪身上要取三件物。那三件？第一件升大鸡蛋、第二件有毛虾蟆、第三件鬼臂膊一只。知县吩咐道："晚堂交纳。如无此三物，靠挺三十板！"吴堪做声不得，暗暗叫苦道："这三件走遍天下，那里去讨？却不是孙行者道'半空中老鸦屁，王母娘娘搽脸粉，玉皇戴破的头巾'么？"出得衙门，眼泪汪汪，一步不要一步。走到家间，见了妻子放声大哭道："我今日死矣！"妻子道："莫不是知县相公责罚你来？"吴堪摇头，道其缘故。那妻子笑嘻嘻的道："这三件何难？若是别家没有，妾家果有这三件。如今就到家间去取了来，官人晚堂交纳，休得啼哭！"吴堪收了眼泪，妻子出门而去。不知那里去了半日，取了这三件异物而来，付与吴堪。吴堪将来盛了，晚堂交纳。知县见了，果是这三件，暗暗诧异道："俺明系故意难他，将来重重责罚他三十，待他悟了俺的主意，就将这个绝色妻子献与俺，俺便千休万休。如今他却拿了这三件来，难道俺便放过了你不成？俺定要将你妻子属了俺便罢！"想了一晚，次日早间出堂，又吩咐道："今日晚堂要一物，蜗斗一枚，晚堂交纳。如无此物，靠挺三十。"吩咐已了，吴堪又做声不得，回到家间，又放声大哭。妻子道："敢是知县相公出难题目，又要些什么来？"吴堪道："昨日感得贤妻交纳了这三件，今日晚堂又要交纳什么'蜗斗'一枚。我生平也不知道什么叫做'蜗斗'。"那妻子又笑嘻嘻的道："这蜗斗别家没有，妾家果有蜗斗一枚。如今就到家间去取了来，晚堂交纳，休得啼哭。"吴堪收了眼泪，妻子不知那里又去了半日，牵了一只兽来。吴堪一看，却似一只黄犬之状，与犬一般样大。妻子道："这是蜗斗。"吴堪道："这是黄犬，怎生叫做'蜗斗’？”妻子道：“果是蜗斗，妾怎敢欺着官人？”吴堪道：“此物有何用处？”妻子道：“此物能食火，食火之后，放出粪来也是火。若知县相公要责罚你时，你连叫‘蜗斗救我’三声，管情无事。”

吴堪依妻子之言，牵了这只犬献与知县。知县大怒道：“俺叫你取蜗斗，你却牵了一只黄犬来胡乱搪塞，深为可恶。此物要他何用！”吴堪道：“这蜗斗会得食火，食火之后，放出粪来也是火。”知县拍案大怒道：“若不会食火，靠挺三十板。”吩咐衙役将炭火烧红，投在黄犬面前，黄犬取而食之，如食粥饭相似，炭火食完，放出粪来都成通红火块。知县又拍案大怒道：“俺叫你取蜗斗，不曾叫你取黄犬，就是食火粪火，有何妙处？胡乱将来搪塞！”一边叫皂隶扫火，一边叫皂隶扳翻吴堪在地，要加刑罚。吴堪连叫“蜗斗救我”三声。那蜗斗大吼一声，惊天震地，堂上知县、两傍众多人役一时攧仆在地；吼声未了，口内吐出火光高数十丈，烟焰涨天，把县堂墙屋烧起，知县妻子老小一家走投没路，顷刻之间尽被烧死。火焰罩满了一城，火光之中都见吴堪并妻子坐于火光之上，冉冉升天而去。众人大惊，后来遂把县迁于西数步，今之城是也。有诗为证：

吴堪忠直不欺，感得天仙下降。
知县贪财好色，害得阖门遭丧。

看官，你道吴堪忠直不欺，连玉帝也把个仙女嫁他，升了天界。可见人在世上，只是一味做个好人，自有好处。如今说一个正直为神的与列看官一听。

话说宋太祖朝，这位神道姓祖，单讳一个“域”字，字真夫，曾为殿前统制官，先前原是闽人，后来徙于明州奉化之松溪。这真夫生将出来便聪明智慧，正直无私。长大成人，一心忠孝大节，好读古书。后来渐学武艺，有百步穿杨之妙，十八般件件精通，遂有文武经济之才。少年之时，曾在人家园中读书，内中有一个韩慧娘，其夫出外做生意，一去十年不回。这韩慧娘只得二十八岁，正在后生之时，房中清冷，甚是难守。又值春天艳阳之际，花明柳绿，事事关心。果然是早晨里只听疏辣辣寒风吹散了一帘柳絮，晌午间只见淅零零细雨打坏了满树梨花，一霎时啭几对黄鹂，猛可地叫几声杜宇，不免伤春，好生愁闷。有《望海潮》词为证：

侧寒斜雨，微灯薄雾，匆匆过了元宵。帘影护风，盆池见日，青青柳叶柔条。碧草皱裙腰。正昼长烟暖，蜂困莺娇。望处凄迷，半篙绿水斜桥。　　孙郎病酒无聊，记乌丝酬语，碧玉风标。新燕又双，兰心渐吐，佳期趁取花朝。心事转迢迢。但梦随人远，心与山遥，误了芳音，小窗斜日到芭蕉。

话说这韩慧娘因丈夫外出十年，见此春光明媚，百鸟都有和鸣之意，甚是动心。若是这韩慧娘是个丑陋的便罢，只因这韩娘好生美貌，如花枝般颜色，红红白白，真有出群之姿。日日对镜，见了自己形容，不住暗暗的喝采道：“可惜奴家这般颜色，这般年纪，错嫁了这个做生意行中的人，一去十年不归。今日这般好春光，都错断送了，岂不可惜！人生有得几个十年，人家都有个丈夫在家，偏奴家的丈夫就像忘了妻子的一般，教奴家终日眼巴巴盼望，怎生得到？”果是：

莫作商人妇，金钗当卜钱。
朝朝江口望，错认几人船。

若是这韩娘是个贫穷的，朝来愁柴，暮来愁米，日日啼哭过日，那有心情思着那事？偏是这韩娘家道殷实，身穿绫锦，口厌肥甘，满头珠翠，越打扮得一天丰韵。从来道：“家宽出少年。”韩娘虽然二十八岁，只当二十以内之人，愈觉后生。一则是饱暖思淫欲，一片春心，怎生按捺得住，渐渐害下一场伤春之病。

春，春。景艳，情新。朝雨后，好花晨。独坐无伴，与谁为亲？看取檐前色，羞观镜里身。　　春睡恹恹不醒，芳心鼞鼞增嚬。无情无意难度日，轻寒轻暖恨生嗔！

话说这韩慧娘害了伤春之病，好生难过，长吁短叹，闷闷不乐。想起园中读书之人，堂堂一表，年少无妻，正是医奴家伤春病的一帖好药，却不强如吃那黄芩、山栀那苦辣辣的药。遂时时步入后园，闲游耍子，看水折花，打莺捉蝶，不住在那花丛之中穿东过西，步苍苔，印弓鞋，笑嘻嘻，花簇簇，般般耍子，等候那祖小官出来，思量要与他两个亲而热之，爱而惜之，趋而近之，搂而抱之，权做夫妻。怎知那祖小官是天生的一尊活神道，铁石心肠，那里晓得“邪淫”二字，虽然年纪后生，却倒像陈最良说的“六十来岁并不曾晓得伤个春”。那韩娘屡入后园，几番与祖小官相遇，他便放出妖娆态度，笑容可掬，走近前来，以目送情，如笑如迎，大有勾引之意。祖小官见了，只是低着头，再也不瞧一瞧，若是狭路相逢，就把身子趄转。韩娘偏生走拢一步，挨肩擦背，祖小官只是不理。韩娘几番见祖小官如此，暗暗道：“他年纪幼小，不曾尝着其中滋味，所以不来兜揽奴家。难道见奴家这般颜色全不动念？我自今以后越打扮得标致，越妆饰得华丽，下些着实工夫去勾引他，看他怎生躲避？奴家尝见世上的人，外面假装老实，其中尽多奸诈，有的始初老实，见色不好，后来放倒旗枪，竟至无色不好，就像讲道学先生相似。祖小官外面虽则如此，安知不是讲道学的一派，休的信他老实！”从此之后，淫心愈觉荡漾。一日晚间，吃了一二斤酒，酒兴发作，便胆大起来。从古道：

茶为春博士，酒是色媒人。

话说韩慧娘这晚多吃了几杯酒，一时酒兴发作，淫情勃勃，按捺不住，假以取灯为名，竟闪入祖小官书房之中，要与祖小官云雨。祖小官变了面皮，勃然大怒道：“汝为妇人，不识廉耻，黉夜走入书房，思欲作此破败伦理、伤坏风俗之事，我祖琙生平誓不为苟且行止。况汝自有丈夫，今日羞人答答坏了身体，明日怎生见汝丈夫之面？好好出去，不然我便叫喊起来，汝终身之廉耻丧矣。”说罢，把韩慧娘连推而出。偏生韩娘金莲甚小，踏着门槛一绊，几乎跌了一交。羞得满面通红，好生惭愧，只得缓步归房，极是扫兴。真叫做乘兴而来，败兴而去，有诗为证：

深夜出兰房，淫奔心欲狂。
祖生痛呵叱，羞耻实难当。

话说这祖真夫却了这韩慧娘的淫奔，次日就收拾书箱，搬移他处读书。祖真夫搬移三日，韩慧娘的丈夫刚刚回来，韩娘口中不说，心下甚是惭愧，暗暗道：“若不是祖小官铁石心肠，我生平之名节丧于一旦，怎生见我丈夫？”暗暗感激不尽。从此再不发一毫邪淫之念，保了他一生节操。这是莫大的阴骘，天地神鬼都知。

后来祖真夫曾于金陵旅店之中，遇着一个曹龙江，是越州人氏。祖真夫因他是乡里，又因曹龙江是个心直口快之人，与他甚是相得。曹龙江虽做生意，幼年也曾业儒，因父母亡后家道零替，只得抛了书本，出外学做生意。祖真夫遇着了他，日夕谈笑不倦。不意曹龙江在寓中染了一场伤寒症，祖真夫亲自与他煎药调理，灌汤灌药，就如亲骨肉一般。傍边人都道：“这伤寒症是个时病，善能缠染。若是亲骨肉，这是该的了；你又不是他亲，又不是他眷，何苦如此？倘或缠染，为害不浅。况且你不过是与他一面之识，怎生担着这干系？”祖真夫道：“我与他虽是一面之识，一则是同乡里之情，一则是同读书之人。古人一言相得，便生死相托，况在旅店相处已经数十日，他今患病，我便弃而去之，于心何忍？未病而相交，一病而弃去，我断不忍为也。若是时病缠染，此亦天数矣。”说罢，众人都无不暗暗笑祖真夫之愚。真夫凭人笑话，只是一心调理，再无厌倦之心，便是屙屎溺尿，也不嫌其臭秽。曹龙江渐渐病到二十四日，甚是危急，流涕对祖真夫道："我与仁兄不过是一面之识，承仁兄如此调理，竟如嫡亲骨肉一般，此恩德天高地厚，万世难报。我今将死，有一言奉告：我床下有白银五百两，愿仁兄将我殡殓之余，兄得其半，将一半付与家间老妻，我有一男一女，愿仁兄好为看管。但死作他乡之鬼，妻子不能一面，虽死亦不瞑目也。"说罢，便哽咽而去了，果然双目炯炯，再也不瞑。祖真夫再三把手去摸他的眼眶道："四海之内，皆为兄弟。我断不负今日之言，吾兄听我此言，便可瞑目，切勿记念。"说毕，喉中隐隐有声，便双目紧紧闭去。祖真夫痛哭了一场，遂与他买了棺木盛殓了，拣一块朝南向日之地，权厝于上，就把曹龙江的银子原封不动将来悄悄埋于棺木之下，一毫不露踪影。葬埋已毕，急急赶到越州，报与他家知道。遂率领了他的儿子同到金陵，发起棺木，并前日所藏银子账目，原封不动，交与他的儿子。那儿子只得十五岁，一毫世事不知，祖真夫又同他扶柩而归。妻子感恩无尽，号泣拜谢。祖真夫不受其拜，竟拂袖而归。有诗为证：

> 旅邸相逢非至亲，一言相托便为真。
> 封金藏墓诚千古，胜似当年管鲍人！

后来祖真夫做了殿前统制官，就把曹龙江的儿子举荐他为官，把他女子也择一个好人家嫁了，真千古义气人也。

但祖真夫性气一味刚直，再不肯阿谀曲从于人，凡遇冤枉不平、贪官污吏，他便暴雷也叫将起来，要与之厮挺。常常拍着一口宝刀大叫道："宝刀哥，汝是我之知己，我若有些不是，你便杀了我罢。"后来性气太直，人世上毕竟难容，以此官星不显，归到田间，专一以济人利物为心。常常说道："我见做官的人，不过做了这篇括帖策论，骗了一个黄榜进士，一味只是做害民贼。掘地皮，将这些民脂民膏回来，造高堂大厦，买妖姬美妾，广置庄园，以为姬妾逸游之地，收畜龙阳、戏子、女乐，何曾有一毫为国为民之心！还要诈害地方邻里，夺人田产，倚势欺人，这样的人，狗也不值！”所以他每遇饥荒之岁，便自己发出米粮以救饥饿之人。又搭造篷厂，煮粥于十字路口，使饥者都来就食。又恐怕饥饿过火之人，一顿吃上十余碗，反害了性命，只许吃三五碗便住，吃三五碗之后，又要他暂时行走数步，以消腹中之食，行走之后，方许再吃。费了一片心，方得饥饿之人无患。如此设法救饥，不知救活了多多少少百姓。如有死者，又与他葬埋骸骨。乡里之中，如有倚势欺人或不便百姓之事，他便对府县官员说，定要革去了不便之事，锄强扶弱，断不许有钱有势之人得以害民。里中如有婚丧不能成礼之人，都周之以财帛。人家子弟贫穷不能读书者，立一个义学，请一个先生在内，终日教这些子弟。凡遇人，只劝人以“孝弟忠信”四字。祖真夫后来无疾而终。终之日，邻里见他门首车马、旌旗、甲兵之人甚多，只道他那里赴任去做官。次日方知其死，没一个不磕头礼拜，号淘痛哭，如丧考妣一般。

皇祐二年，乡人感其恩德，遂建造庙宇在忠义乡之福庆里。凡祈祷者无有不应。若是有病的祈祷，实时病愈；有火起的祈祷，实时返风灭火。种种灵效，不可胜言。元祐年间，一个邓琪，一个徐宝，泛舟海外，不意狂风骤起，黑云如墨一般，簸浪掀天，舟中之人几为鱼鳖。邓琪、徐宝只是望空祈祷，大叫：“祖统制救命。”只听得半空中应了一声，忽然见一块斗大的火从桅上坠将下来，狂风顿息，黑云如洗。起视所在，已在祖统制庙下矣，遂救了这一船人的性命。

话分两头，且说一件前定事。话说宋徽宗皇帝听信宣和六贼，害尽天下苍生，以致金兵打破了汴京，徽、钦二帝被金鞑子抢掳而去。幸得高宗不在围中，逃了性命。那高宗始初在潜邸之时，曾遇着一个道士徐神翁，有未卜先知之术。高宗甚是礼敬，徐神翁临别之时献首诗道：

牡砺滩头一艇横，夕阳西去待潮生。

与君不负登临约，同上金鳌背上行。

高宗看了这首诗，不知诗中之意。不意遇着金鞑子之难，高宗急走忙奔，避于海岛。一日船到了章安镇地方，把船泊在沙滩之上，以避晚潮，问船夫道：“这是什么滩？”船夫禀道：“这是牡砺滩。”高宗遥望前面有一阁甚是巍峨，问居民道：“前面是什么阁？”居民禀道：“此是金鳌阁。”高宗遂走到阁上一游。见壁上有诗一首，其字甚大，墨痕如新，就是徐神翁昔年所献之诗。高宗毛骨悚然，方知事皆前定，遂沿海而行。高宗御舟到于崎头，金兵探听得消息，提兵数千沿海追来。将近御舟，喊声动地，旗鼓喧天。高宗惊惶无措，正在危急之间，金兵忽然见红旗数万蔽于海上，旗上都有“祖师”二字，金兵知是埋伏之兵，恐遭毒手，登时拨转船头，吹风胡哨而去。高宗见金兵将到，甚是慌张，忽然见金兵拨转船头而去，不知是何缘故，有此侥幸，心中测摸不出。是夜睡于舟中，梦见一红袍金甲将军，腰悬弓矢，手执宝刀，跪于帐下自称道：“臣太祖时殿前统制祖域也。上帝以臣能守忠孝大节，封臣为神，以救灾捍害。今陛下有难，臣统阴兵数万特来救驾。”高宗梦中点头许他道：“朕明日便当加封官爵。”那尊神道叩谢而去。次日，高宗感其功德，问领海舟张公裕道其神异，遂敕封为“文惠侯”，赐庙额为“景祐庙”。把像都塑过了，蟒袍玉带，极其庄严，猪羊祭祀。后高宗经苗、刘二贼之难，二贼正要下手，祖统制现出真形，腰悬弓矢，手执宝刀，杀气腾腾，立于帐前。苗、刘二贼惊惧而遁。

从此到元大德十二年，明州瘟疫竞起，死者枕藉，百姓不堪其苦。祖统制附神在人身上，教百姓尽饮庙内小井中之水，饮者瘟疫即时而愈。次年瘟疫又来，居民都见祖统制率领阴兵与瘟疫之鬼大战，瘟疫之鬼战败而逃，竟保平安。一年蝗虫蔽天，官府捕捉蝗虫，日日限定斗斛，不及数的便加责罚。居民苦不可言，遂到庙中泣诉，霎时间，大风呼呼数阵，蝗虫飞积庙前，其高数丈，并不飞动。居民遂尽数搬去输与官府，得免其责罚，余外蝗虫自投海水而死。至正十一年，海盗群起，将来抢掳。祖统制显灵，大风扬沙，咫尺不能辨视，海盗尽迷失道路而退。过了几时，海盗又来，抢掳民财，竟无所得，海盗大怒，要放火烧毁其庙。走到庙边，闻得庙里有弦诵之声，海盗惊骇，相顾而不敢犯；才出庙门，又见金盔金甲、青脸獠牙阴兵数百，从庙中一直杀将出来。海盗慌张，自相蹂践而死，从此再不敢犯其地方。二十二年，又有妖蝴蝶大如巴斗，螫着身体，即时昏晕而死，死者无数。百姓遂事之如神明，把这个妖蝴蝶迎到庙中，香花灯烛；供养虔诚，若少不虔诚，便立刻螫死。祖统制附身在太保身上，把手扑而死之，从此百姓平安。地方耆老卓在明等将此事奏闻，元朝遂敕封“昭烈侯”。

至我洪武爷登基，以为凡神之封爵宜命于天，非人所敢与，海内诸神一概都用本色称呼。遂诏礼部易祖统制为“故义士祖公之神”。看官，你道这位神道可不与金龙四大王一样么！宋景濂学士有诗赞道：

銮舆狩南济大川，追者十万犬羊膻。
身率以君将楼船，赤帜塞岛虏愕然。
玺书褒忠礼弥虔，坐秉躬珪冠貂蝉。
疠鬼跳踉民告癫，以药投井饮辄痊。
飞蝗蔽野祸大田，神气一嘘舞翩翩。
如蛾赴火积成山，立使凶岁为有年。
海盗操矛口垂涎，扬沙扑面慑以还。
巨蝶为妖大如鸾，家趋巷祭陈豆笾。
以掌击之民害蠲，疾害不作福祐绵。
公名不朽同坤乾。

第三十卷

马神仙骑龙升天

太乙初分何处寻？空留历数变人心。
九天日月移朝暮，万里山川换古今。
风动水光吞远峤，雨添岚气没高林。
秦皇谩作驱山计，沧海茫茫转更深。

这首诗是神仙马自然题杭州秦望山之作。这山在杭州府东南，秦始皇曾登此望海。在下且未说马自然的出处，先说叶神仙的故事。那叶神仙名法善，字道玄，是浙江处州松阳县人。曾游于括苍白马山，石室内遇着三个神人，都带着锦冠，穿着锦衣，对叶法善道："我奉太上之命，以密旨告子。子本太极紫微左仙卿，以校录不勤，谪于人世，速宜立功济人，辅佐国家，功成行满，当复旧任。"遂以"正一三五之法"传授，说毕，三神人腾空而去。

叶法善自受此法之后，神通广大，变化不测，出有入无，坐见万里，擒妖捉怪，降龙伏虎，无所不能。蜀川张尉的妻子死而再生，与张尉复为夫妇。叶法善叹息道："这是尸媚之疾，若不早除，张尉死矣。吾当救取。"遂书符一道焚化，那张尉的妻子即时变作一团黑气而去，张尉方得无恙。宰相姚崇之女患病而死，姚崇甚是钟念，痛哭不舍，闻得叶法善有起死回生之术，遂恳求叶法善。法善先书朱符一道，未见还魂。后书黑符一道，女子即时苏醒道："已到鬼门关上，被鬼使刚催进关，见数个仙官执简而至，鬼使还不肯放。后得太乙真人下降，鬼使惊慌，释放而回。"姚崇方知叶法善之奇，感谢不尽。那时钱塘江有巨蜃为祟，兴风作浪害人。叶法善投一道符于江中，见数个神人拥着雷霆霹雳，把这巨蜃斩为两段，从此江波清静，并无患害。

叶法善厌世上尘凡，请符请法者终日纷纷不绝，遂入洪州西山养性存神。景龙四年辛亥三月九日，前番那括苍三个神人又降，传太上的命道："汝当辅我睿宗及开元圣帝，未可隐迹山岩，以旷委任。"言毕，腾空而去。那时二帝未立，庙号年号都已先知了。其年八月，果有圣旨征叶法善进京，凡吉凶动静，预先奏闻。

吐蕃外国遣使者进一个宝函，层层封好，奏道："此宝函请陛下自开，中有机密重事，勿令他人知觉。"朝廷嘿然，叶法善奏道："这是凶函，请陛下勿开，可令蕃使自开。"玄宗即令蕃使自开，果然中间藏着毒弩，蕃使一开，函中弩发，果中蕃使而死。玄宗大惊，遂授叶法善银青光禄大夫鸿胪卿、越国公，住于上阳宫观。

正月上元之后，玄宗道："何处灯景最盛？"叶法善道："西凉府灯最盛。"玄宗道："卿何从知之？"叶法善道："臣适在西凉府观灯而回。"玄宗道："西凉府去此甚遥，往返怎生如此之速？"法善道："臣行道法，千里如在目前。"玄宗道："朕可去否？"法善道："可去，但闭目与臣同行，即可去也。"玄宗闭目，但闻得耳边呼呼之风，顷刻到地。法善道："陛下可开目矣。"玄宗纵观灯景，果然最盛。三市六街观玩了半日，君臣二人同入酒店饮酒。玄宗遂以镂铁如意质酒。出了店门，仍旧闭目而回。次日命人到西凉府酒店取镂铁如意，后果然取回。玄宗方知是真。

八月中秋，月色甚佳，玄宗道："可到得天上看月否？"法善道：

“去得。”遂于阶前化出一条白玉桥，君臣二人同登，渐渐近于月宫，见桂树婆娑，月宫中有金书“广寒清虚之府”六字，有数个嫦娥素衣吹《紫云曲》，舞《霓裳羽衣》之舞。玄宗精于音律，遂尽记其曲。至半夜，叶法善道：“可归矣。”时月光如昼，玄宗意欲吹笛，那时玉笛在寝殿中，叶法善向空长啸一声，玉笛即应声而至。玄宗遂于桥上吹笛一曲，看那下界地方，正是潞州城。玄宗探袖中金钱数文投于城中，遂缓步而归。到得宫中，那白玉桥便随步而隐。旬日，潞州奏，八月中秋有天乐临城，兼获金钱数文上进。玄宗视之，果自己之金钱也。遂把《紫云曲》《霓裳羽衣舞》流传于世。

叶法善一日请燕国公张说饮酒，并无他客。法善道：“此处有个曲处士，久隐山林，性颇谨讷，极善饮酒，招他来同来饮何如？”张说道：“最好。”即时请到曲处士。张说看那曲处士时，其形不及三尺，腰大数围，坐于下席，拜揖之礼亦甚鲁朴。酒到面前，便一饮而尽，再不推逊，却不知倒了多少的酒。叶法善忽然拔出剑来，指着曲处士道：“汝曾无高谈广论，一味饮酒，这样沉湎的人，要他何用！”一剑砍将过去，乃一个大的酒榼而已。张说大笑而散。

那时玄宗宫中供敬着张果老。那张果老出入每每骑着一匹纸驴儿，要骑之时，喷一口水，便变成真驴子；不骑之时，仍旧是张纸，折叠将来藏在箱中。玄宗疑心他是神仙，道：“若果是神仙，吃了野葛汁也不死。”便将野葛汁倾在酒内与张果老吃。张果老一吃下口，便道：“此酒非佳品也。”把镜子将牙齿一照，那牙齿已是通黑了。袖中取出铁如意把牙齿个个击落，又取出一包白药，将来敷在牙根上。睡了一会，走起来把镜子一照，满口中另生了一口新牙齿了。玄宗甚是疑心他的年纪，教视鬼魅的视张果老，也视不出他多少年纪。那时有个邢和璞，也是个神仙，精于算法，凡是神仙鬼魅，把算子一算，便知他多少年代。玄宗命邢和璞算张果老，不知怎么却再算不出。叶法善道：“只有臣知他出处，但臣一说，臣即死矣。”玄宗定要叶法善说他出处。叶法善道："臣死之后，望陛下屈九五之尊，哀告求救，臣方敢说。"玄宗应允。叶法善方才开口道："张果老乃混沌初开时一个白蝙蝠精也。"说罢，便九窍流血而死。玄宗大惊，哀告张果老求救。张果老道："小儿多嘴，救他做甚！"玄宗再三恳告，张果老用水一喷，叶法善方活。

那时有个李北海太守，做得好文章，写得好字。叶法善为其祖叶国重求李北海做篇碑文，其文已完，并要他写字，李北海不肯。叶法善遂具纸笔，夜遣神将追摄其魂写字，与日间所写之字一毫无差。李北海惊骇，世间谓之"追魂碑"。

显庆年间奉命修黄箓斋醮于天台山，打从广陵经过，明日将渡瓜洲，江边船夫预先整集船只伺候。那时正是春晚，浦溆晴暖，月色甚明。水波之中，忽然钻出二个老叟，一黄一白，坐于沙上，向水中大叫"冥儿"数声。只见水波中又钻出一个垂髫的童子，衣无沾湿。这黄白二叟吩咐道："可取棋盘与席子来。"童子入水，取了棋盘与席子来，布在沙上。黄白二叟道："若是赢的，明日便吃那个北边来的道士。"两个说罢大笑，方才下子。下了一会，那个穿白的老叟拍手大笑道："你输了，明日那个道士该是我口中之食，你不要夺我的美味。"说罢，两人大笑，取了棋盘、席子，一齐跳入波心。江边之人无一个不见，晓得是个吃人的怪物，个个慌张道："闻说叶天师惯会降妖捉怪，明日便是张天师吃鬼迷也。"次日清早，便有内官驰马先到，督催船夫。船夫就把此事禀知内官，内官害怕，说与叶法善。法善笑道："竟自开船，不必忧虑。"船夫只得开船，担上一把干系。开得一箭之地，狂风大作，波浪如山，船中人都惧怕。叶法善书一道符，叫人走出船头，投在江中，顷刻便就风平浪静，安然无恙渡过了江。吩咐船夫道："可聚集渔户在那芦苇边沙滩上打网，决有异常大鱼可得。"渔户依言，一网打将下去，果然得一个大白鱼，数丈之长，头脑上有刀痕一大条，脑脂流出。众人方悟就是昨夜白衣老叟作怪，被神将击死者也。

叶法善在天台之东数年，五月一日，忽有老人号哭求救道："我东海龙王也，天帝命我主八海之宝，一千年一换，若无失脱，便超登仙品。我今已守了九百七十年，有一妖僧逞其幻法，住在海峰，日夜禁咒，积三十年矣。其法将成，海水如云卷在天半。五月五日，海将竭矣。统天镇海之宝，上帝制灵之物，决为妖僧所取，小神受责非轻。五日午时，乞赐丹符垂救。"至期，叶法善飞丹符往救，海水复旧，妖僧羞愧，赴海水而死。龙王遂辇明珠、宝贝来报，叶法善道："村野之中，要珠宝何用？但此崖石之上，去水甚远，能致一泉即惠也。"是夕只听得风雨之声，次日绕山麓四面成一道石渠，泉水流注，终冬不竭，人称之为"天师泉"。有诗为证：

神仙有妙用，谈笑见奇功。
能救天人祸，下及水晶宫。

在下这一回小说，两回做一回说。首先说了叶法善，如今说马自然。这位神仙单讳一个"湘"字，是钱塘人。他世代都为小吏，马自然独不肯为吏，好读书赋诗做文章。及至长大，又专好学神仙一派法术。早丧父母，只得哥嫂二人。他哥哥也在县里做吏，马自然劝哥哥道："衙门中钱不是好赚的，都是歪摆布没天理趁来的，怎生明日得消受？人趁钱财来，不过是为着子孙，若趁了没天理的财，反折罚了子孙。不如出衙门本分营生，若是命里该有钱财，少不得定有，何苦在衙门？倘是失时脱节犯了刑法，连性命也不由我做主，那时悔之迟矣。"哥哥道："吾弟之言，甚是有理。但公庭里面亦好修行，从来有四句道：'人言公门不可入，我道公门好修行。若将曲直无颠倒，脚底莲花步步生。'如有冤枉的，我便与他出脱；不好的人，我便不肯轻放了他。我决不去趁那没天理的钱财。"果是：

当权若不行方便，如入宝山空手回。

马自然道："哥哥如此，便是子孙之福。"又对嫂嫂劝哥哥在衙门中行方便之事，休得狐假虎威，倚势欺人，只顾钱财，不顾天理。后来马自然学道心坚，定要出外参访，遂别了哥嫂，遍游天下。闻得叶法善道法神妙，遂到长安参拜叶法善为师。叶法善一见，知他山林骨起，具神仙之相，遂传马自然以炼丹之法并六丁玉女之术。那六丁玉女？

丁卯玉女，名文伯，字仁高。
丁丑玉女，名文公，字仁贵。
丁亥玉女，名文通，字仁和。
丁酉玉女，名升通，字仁恭。
丁巳玉女，名庭卿，字仁敬。

叶法善道："汝在山中修炼此法，若是六丁玉女，鼻上有黄珠一颗；若鼻上无此珠，便是山精鬼怪来试汝，不可信也。修炼之时，定有妖魔挠乱左右，或是龙虎诸神咆哮踯躅，亦不可有畏惧之心，或有顶天立地天神手持枪刀来刺汝之心，汝一心修炼，不为所动，诸景即时消灭。"

马自然受了此法，入深山修炼金丹并役使六丁。初时修炼之日，安了八卦，配了坎离。夜静更深，忽有美女一人，衣服华丽，缓步而前，手持名花，异常馥郁，笑容可掬，走到马自然面前。这美人生得如何？有《西江月》为证：

秋水妆成眼目，朱砂点就红唇。一天丰韵俏佳人，好对金莲三寸。　　手执异花馥郁，衣飘翠带轻尘。数声歌管笑相闻，走到跟前厮混。

马自然暗暗道："昔日许真君门下学道之人，共有三千，许真君难分真假，遂把炭变成三千美人去迷这些学人。学人道心不坚，都被炭鬼所迷，次日走到许真君面前，衣上都染了黑炭之迹，不染炭迹者只得三人。诸学人羞愧而散，后来只此三人成道，可见此一关最难打破，若打得破此关，修仙便也容易。仙人道得好：'子有三般精气神，方能修之可长存。'今乃夜静更深，此美人从何而来，此真炭鬼之类也。况鼻上又无黄珠，断是小鬼坏我道法无疑。"遂大声喝道："吾入山修道，秉性坚贞，生死尚且置之度外，何况粉骨骷髅？汝是何等邪魔外道，敢来乱吾正法？"那美人还是笑嘻嘻的不肯退步，却又莺声燕语吟首诗道：

谪居蓬岛别瑶池，春媚烟花有所思。
为爱君心能洁白，愿操箕帚奉庭帏。

马自然大怒，拔起手中七星宝剑，望美人劈头砍将过去，遂化清风一阵而散。曾有吕纯阳先生诗道：

六幅红裙绕地绷，就中显设陷人坑。
多少王侯遭此丧，留得先生独自醒。

马自然方才喝退得这个妖怪，又见青龙腾跃，白虎咆哮，好不怕人。马自然识破了，寂然不动。那龙虎盘旋了半日，见马自然不睬，也便寂然而去。少顷之间，只见风雨猎猎之声，好是倒天关、塌地轴的一般震响，吹得根根毫毛都直竖起来。一阵冷风过处，就中闪出一尊妖魔。怎生模样？有《西江月》为证：

恶狠妖魔鬼怪，顶天立地狰狞。三头六臂骋威灵，一见登时丧命。　　红眼圆睁如电，朱须骨肉崚嶒。一声哮吼过雷霆，震得天昏地瞑。

那马自然见了这般一个恶魔，暗暗道：“我只怕适才那个美人软缠，有些缠他不过，你这般一个硬汉，我怕你怎的？”凭他把那六只手中兵器并举，刀来枪刺，火烧雷打，马自然全然不动一念。过了一会，那恶魔弄得没兴没头，也只得去了。少顷之间，又只见阎罗天子带领一群牛头马面鬼卒，手执钢叉、铁索、枷锁之类，口口声声道：“马贼道这厮罪大恶极，却在这里兴妖作怪，可拿他去落油锅。”那些牛头马面纷纷的走将拢来，要把铁索套在头上。马自然凭他罗唣，也只是不动。忽然间，见太上老君在面前“咄”的一喝，那阎罗天子并众鬼使，都走得没影。马自然从此炼就了金丹，六丁侍卫，变成了一个神仙之体，再无损伤。果是《丹经》上道：

从此变成乾健体，潜藏飞跃总由心。

话说马自然炼就了丹法，那降龙伏虎之事，与叶天师都差不多，在下也不必再说。但马自然极有一种戏法，最为好笑。曾醉堕于湖州雪溪之中，众人只道他已死。过了一日，只见他从水里走将起来，衣不沾湿，又坐于水面上说道：“适才项羽接我吃酒，遂吃得大醉，所以来迟。”溪边之人观者甚多，只见他酒气冲人，面色甚红。又时时把拳头塞入鼻孔之中，你道那鼻孔有得多少大，可不是孙行者的鼻孔，撞着赛太岁的沙，摸两块鹅卵石塞住鼻孔之意。马自然把拳头塞将进去，又取将出来，拳头又不见小，鼻子又不见大，仍旧是好端端的鼻孔。他若把手指着溪水，那溪水便逆流上去，滔滔不住，歇了手指，那溪水便如旧了。若指着柳树，那柳树便随溪水来去，就像活的一般，住了手指，柳树仍在依旧之处。若指那大桥，大桥就分开做二段，众人都走不得，住了手指，仍是一条石桥，又并无一毫断的痕迹。口中吃着饭，把那饭糁喷将出来，颗颗都变成蜜蜂儿乱飞，嗡嗡有声，飞入口中，又仍是饭糁。

马自然往婺州过，他的母姨娘已死。后来在灵座之中说起言语，就像活的一样，日日要儿子媳妇供给饮食，若少有怠慢，便骂大骂小，或是吩咐儿子鞭笞奴婢，儿子不敢不依。马自然将到之日，那姨娘已知，便吩咐门上人道：“明日马家外甥来，切不可放他进来见我。这小儿忒利害，他有些要歪厮缠。”马自然到了门首，门上人不肯放进，马自然问其缘故，大笑道：“这姨娘不是真的，是个妖精假变的，所以怕得见我。你们休得被他骗了，待我进去便见分晓。”那些门上人日日受了鞭打，心里正有些着恼，听得这话，便放他进去。马自然不由他分说，竟闯到灵座下作揖道：“外甥特来拜见姨娘，姨娘怎么死了又会得显灵，会得说话，会得料理家中事体？”说罢，灵座中并不见则声。马自然道：“姨娘日日说话，今日怎么见了外甥倒不说话？姨娘若不说话，外甥终日也不去。”灵座中方才叹息了一声道：“今日见外甥来，心中甚是悲苦，所以不言不语。”说罢，便哭将起来，果是姨娘的声音，一毫无二。那儿子、媳妇也便一齐哭将起来。马自然又问道：“姨娘怎生得还魂转来，又在阳世？”姨娘道：“阴府因我阳寿未尽，所以放我转来。我因儿子、媳妇年纪尚小，所以日日在此料理。”马自然道：“姨娘既会得说话，何不现出形貌，把我外甥一见，以慰我之情。”姨娘道：“阴阳各别，怎生好现得形貌见你？”马自然道：“不必现出全身，或露头脸，或露一手，等我外甥见见便是。”姨娘再三不肯。马自然道：“若姨娘不肯见我，我便住在这里一年，一定要见一面方才罢休。”姨娘被马自然催逼不过，只得从灵座中伸出一只手来，果是姨娘的手，一毫无二。儿子、媳妇又哭将起来。马自然便一把捏住，那姨娘大叫：“外甥无礼。”马自然捏住手着实扑了几扑，一扯扯将出来，却是一个白面老狐，遂扑死在地。可不是《西游记》内金角怪、银角怪的压龙洞中老奶奶么？有诗为证：

压龙洞中老奶奶，灵座当中老姨娘。

唯有妖狐能狡狯，好抬香轿坐中堂。

话说马自然除了这个老狐精，后游于常州。那时宰相马植谪官为常州刺史，素闻马自然之名，遂请相见，认为同宗。马自然道：“世为杭州小吏，如何得有贵族？”其不肯攀高认贵如此。一日，在马植席上，把磁器盛土种瓜，顷刻间引蔓生花结实，众宾取而食之，其香美异常。他把手在身上并袜上四围一摸，只见索琅琅的铜钱滚得满地，就把这些铜钱撒在井里，少顷叫声“出来”，那些铜钱一个个都从井底飞将出来，若有人抢他铜钱，私自放在袖里的，转眼间摸索，一个也通没有了。人羡慕他的道：“我若得马神仙这只手，摸将出来，千千万万，终日在钱堆里过日，便不愁贫穷了。”马自然大笑道：“钱财都自有分限，若不是你的钱财，便一文也不可强求。”马植说：“此城中甚多耗鼠，把文书都咬坏了，甚是可恶。”马自然遂书一符帖在南壁之下，把箸敲着盘子，长啸数声，鼠便成群聚拢，走到符下俯伏不动。马自然遂呼一个大鼠到阶前吩咐道：“汝这孽畜，只寻觅些食吃便罢，怎生咬坏了相公之书，可作急出城而去。”大鼠如叩首状，群鼠都一齐叩首，回转身成群作队出城而去，城中遂无鼠患。

马自然曾同一个道士王知微、弟子王延叟三人，南游越州，走到洞岩禅院。那时和尚三百人都在那斋堂内一齐吃斋，见这三个道人走进门来，三百和尚并没一个来睬着，只把三碗饭抛在三个道人面前，如待乞丐之意。马自然暗暗的道：“释、道二教虽然不同，我与你都是一样之人；僧来看佛面，道不得个‘道来看太上老君面’么？直如此轻薄我道教，可恨可恨。我不免取笑他一场，也知我道教之妙，不可受他的轻薄，被他作贱了去，说我道教无人。”马自然遂颗粒不沾，那王知微、王延叟却吃饭，马自然对二人道：“你们快快吃完了饭走路，休得在此停留。”王知微二人见说，遂放下饭碗，急急出门。那时三百个和尚都还未曾吃完。马自然出得院门，又催促二人快走，不可停留。二人都不知其故："敢问怎生忙忙急急行走？"马自然道："自有妙处，走到前路便知分晓。"马自然急急去店中买了几个烧饼吃了，与二人上路，脚不停地，飞走如云。走到诸暨县南店中投宿，那时已离禅院七十里路了。三人吃了夜饭，上床便睡。

不说他三人在店中投宿，且说那禅院从这三个道人出门之后，变出一个跷蹊作怪的事。怎见得？

三百个僧，有如泥塑；六百只腿，就似木雕。浑身绑缚交加，遍体枷杻做就，人人都似面壁汉，个个齐学坐禅僧。

可怜那三百个和尚就像钉在地上的一般，一动也动不动，不言不语，如醉如痴，竟似杭州西湖净慈寺殿内泥塑的五百尊阿罗汉无异。幸有两个和尚手里做着活，未曾吃饭，以此不曾着手。看了这一堂和尚，只叫得苦，知道是适才怠慢了那三个道士之故，是他们用的法术。急忙出门，要追着这三个磕头谢罪，求他救解。怎知这三个已去得远了。两个和尚只得不顾性命望前追赶，逢人便问道："曾见三个道士么？"路上人道："去得远了。"两个和尚叫苦不迭道："怎生救得这三百个？"不住脱脱的哭，直赶到夜深，才赶得着，敲着店门问道："里面可有三个道士么？"店中答应道声"有"，两个和尚叫声"救命"，店主人开得门。两个和尚一步一拜拜到床前，跪在地下大哭道："日间实是不识尊师，有失恭敬，如今院中三百个和尚至今就像泥塑木雕的一般，一步也动不得，万乞吾师哀怜救解则个。"马自然只是齁睡，再也不则声。王知微、王延叟二人大笑，方知是马自然用的定身法。两个和尚见二人大笑，一发慌张，发极的磕头礼拜。马自然方才开口道："我与你同是出家之人，虽然教门各别，也该见人恭敬，怎生如此轻薄？难道我道家便不如你释家不成！你既好轻薄，便受些轻薄的亏也不为过。如今也奈何得够了，你们二位回去，断然动得，不必疑心。"和尚遂拜谢而去，星夜赶回，进得院门，果然解了法术，都走得起。有诗为证：

为人切莫太心高，心若高时受恼蒿。
怠慢他人人怠慢，此间相去仅分毫。

再说马自然一路南行，那时正值春天，见一家园中菘菜甚好，马自然问园主人要化数株菜将来吃。那园主人不唯不肯，反臭骂了一顿“贼道”、“狗道”，喃喃的骂个不了。马自然微微而笑，走到前路，叫王知微匣中取出纸笔，王知微道：“园主人不与我们菘菜也是小事，就是被他骂一顿，我们道家只得忍耐，难道取出纸笔，要写状子告他不成？”马自然道：“不是告他，做个戏法取笑他一取笑。”遂于纸上画一只白鹭，用水一喷，变成真白鹭一只，飞入他菜畦之中，长一嘴，短一嘴，啄那菘菜。园主人赶来，那白鹭便飞起，略略走开，又飞下啄个不了。这园主人跑来跑去，连脚也跑酸。马自然又画一只小哈巴狗儿，用水一喷，也变成一只真哈巴狗儿，赶那白鹭，白鹭乱飞，狗儿乱跑，把几畦好菘菜尽数踏坏。园主人疑心是这道士原故，恐怕又作什么法术害他，只得走到前路哀哀求告。马自然道：“我不是要你的菜，只是做个戏法取笑一场耳。”遂呼那只白鹭、哈巴狗儿投入怀中。及至看那地上之菜，又是好端端的，一株无损。

后来游到霍桐山，入长溪县界，夜间投宿。那店主人道：“店中人多，并无宿处。道人若有本事在壁上睡，便好相留。”那时已昏黑，王知微料前途并无可宿，只得落于此店之中。马自然道：“只你们有了宿处便罢，莫要管我。”遂把身子一跳，以一只脚挂在梁上，倒头而睡。店主人夜里起来寻火，见了大惊道：“梁上尚且睡得，何况壁上？”马自然遂把身子走进壁里，再不出来，歇了半会，方才从壁里走出来。店主人大惊，方才拜谢，遂移他三人人于内室净处安宿。天明起来，店主人见其奇异，正要款待，面前已不见了马自然。王知微二人只得出了店门，前行数里，各处寻觅，只见马自然已在前途等候了。遂自霍桐山回到永康县东天宝观驻泊。观中有大枯松一株，马自然道："此松已三千年，今夕即当化为石也。"果然夜间风雨大作，就化为石，松文犹在。

马自然善于医病，凡有疾病之人求他医治，但以竹柱杖打其痛处，其病即愈。腹内之病，以杖指之，口吹杖头，腹中便如雷鸣，数年之病，即时便愈。或有腰驼脚折之人，拄杖而来，马自然以竹杖打之，叫那人放开了杖，应手伸展，真神效也。凡病好之人赍钱帛来送，马自然坚执不受。那人哀求不过，只得略受些须，就分散与贫穷孤苦之人，道："我神仙家要钱财何用！从来没有贪财的神仙。修行之人专以济人利物为第一功德，就是物命尚且要救，何况人乎！若遇网罟人捕鱼鳖、飞禽、走兽之属，但至心诵'南无多宝如来'，捕者终日无所获，则功德大矣。人能于缓急生死之间、争斗之际，三言两语与人解纷息讼，使人能保全其性命，功德最大。若是至亲骨肉，尤当为之调停，不可因而离间，伤其天性。"尝对马植道："你们做官的人，一发要存阴骘，笔尖上功德非轻，断不可任一己之喜怒、一时之喜怒，尤不可听信小人之言，要细细体察下情。若以是为非、以非为是，害人非浅，冥冥之中定有报应，远在儿孙近在身。尝见做官的子孙后代不昌，或生出不肖的子孙，好嫖好赌，破败家事，毁坏祖宗的声名，或是斩绝后嗣，都是枉法得钱之报。若是人命强盗，非同小可，断不可轻用夹棍拶子。从来道'捶楚之下，何求不得'，屈打成招，妄害平人，那冤魂在九泉之下，少不得要报仇索命，就是一世、二世、三世、五世，到底定不相饶。若不是真正人命强盗，断不可轻下在牢狱之中，使他受无穷的苦楚。尝言道'若知牢狱苦，便发菩提心'，那牢头狱卒，就是牛头马面一般凶狠，谁管你生死，只是有钱者生，无钱者死。做官的人那里得知备细，真个是'有天没日头'的所在。若是刑罚略轻得一分，则民受无穷之福。做官府的只是念及冤对，念及自己儿孙，便断不作恶也。总之，衙门人之言不可轻信，他那张利嘴横说竖说，变幻不测，其中事体，腾那走趱，藏头露尾，飞烧诈害，捉生替死，或是倒提年月，洗补文书，只要得了‘孔方兄’，他便无所不为。真有鬼神不测之机，就似我神仙家做戏法儿也没他那般巧妙。做官府的都是读书之人，那里识得其中情弊。他又通同作弊，朋党为奸，只要瞒得你这一人，有何难事？还有积年书吏，真是老奸巨猾，还要把官府置之掌握之中。兼他子子孙孙生长在衙门里，奸盗诈伪之事从胎里带来，所以在衙门中人忠直的少，欺诈者多。我家世代为小吏，所以备知这些弊端，我今发愿不肯为吏，弃家学道，到处济人利物为事，功成行满，自当上升天界。《丹经》上道：人欲地仙，当立三百善；欲天仙，当立千二百善。又人身上有三尸之神，上尸名彭倨，在人头中，使人好嗜欲；中尸名彭质，在人腹中，使人贪财好喜怒，浊乱真气；下尸名彭矫，使人爱衣服，耽酒好色。三尸为人之大害，常以庚申之日，以人之罪恶，上告天帝，欲绝人生籍，减人禄命，令人速死，此尸便得作鬼，自放纵游行，飨人祭祀。又月晦之夜，灶神姓张，名禅，字子郭，一名隗，亦上告天帝，说人罪恶，大者夺纪，纪者，三百日也；小者夺算，算者，三日也。昔许真君为旌阳令，一以济人利物为心。若有贫穷之人，出不起钱粮的，他便以炼就金银摄人彼所耕垦之地，使彼无钱粮之累。后又斩蛟救人，到处广积阴功，以净名忠孝之书传世，后来遂一家四十余口拔宅飞升，鸡飞天上，犬吠云中，遂证真君之位。你们做官的肯行阴骘方便之事，比我们道家尤为容易。”说罢，马植深服其言。自此之后，力为好官。

马自然凡游山水宫观，多好题诗句于其上。后来回到杭州，适值哥哥不在，马自然对嫂嫂道：“我今回来，要与哥哥分住，我要住在东园。”嫂嫂道：“小叔怎说这话？多年出外游方，今日回来，正好与哥哥同住，怎说这分居的话？”马自然道：“哥哥今日回家么？”嫂嫂道：“明日方回。”马自然道：“我特来要见哥哥一面，哥哥明日方回。今日日子好，我等不得哥哥回家，我就要出门去了。”嫂嫂道：“多年不见，等哥哥明日回家见一见去也好。”马自然道：“我等不得了。”说罢，便闭目而死了。嫂嫂大惊。次日，哥哥回来见了，大哭道：“吾弟回来要住在东园，是要我葬他在东园之意。但他劝我在衙门中做阴骘方便，我果依其说。他自己修行，本要长生，今反速死，只得三十五岁。难道世上有这样的短命神仙？日日说升天，今日倒人地矣。”遂痛哭了一场，葬埋于东园之内。

马自然死后数年，那时是唐大中十年，东川奏，剑州梓桐县有一道士骑着一条白龙升天。升天之时，对众人道：“我浙江马自然也。众人努力修行，广积阴功，人人都可升天。”宣宗皇帝因此颁下敕书，命浙西道验视埋葬之处尸首有无。浙西道亲到葬所，发起棺木来一看，并无尸骸，只有青竹杖一根而已，浙西道回奏。宣宗又命浙西道并视叶法善葬处何如，也发起来验视，又只得宝剑一口、履鞋一双而已。方知二位神仙都是尸解而去，非真死也。后来马自然兄嫂也都成了道，连那马植也都做了仙官。有诗为证：

试看当年马自然，修行功满上升天。
人人有个修行路，不可蹉跎度岁年。

第三十一卷

忠孝萃一门

为子死孝，为臣死忠，死又何妨。自光岳气分，士无全节；君臣义缺，谁负刚肠？骂贼睢阳，爱君许远，留得声名万古香！后来者，无二公之操，百炼之刚。　　嗟哉人生翕欻云亡，好烈烈轰轰做一场！使当时卖国，甘心降虏，受人唾骂，安得流芳？古庙幽沉，遗容俨雅，枯木寒鸦几夕阳。邮亭下，有奸雄过此，仔细思量！

这一只词儿名《沁园春》，是宋朝忠臣文天祥题双忠庙张巡、许远之作。文天祥尽忠宋室，力战勤王，争奈天不佑宋，崖山舟覆。天祥被擒，誓不降元，十二月情愿一刀受斩于燕京柴市，南向再拜而死。夫人欧阳氏亦自刎而亡。天祥三子：道生、佛生、环生，先死于颠沛道途之间，遂遗命以弟璧之子叔子为嗣子。他弟璧后竟归附于元朝。当时有人作诗叹息道：

江南见说好溪山，兄也难时弟也难。
可惜梅花有心事，南枝向暖北枝寒。

那叔子名升，到皇庆中也仕元，为集贤学士，奉使赣州，死于道路。当时也有人作诗叹息道：

地下修文同父子，人间读史各君臣。

看官，你道文天祥尽忠宋朝而死，他兄弟儿子偏生仕于元朝，只怕集贤学士这顶封君纱帽，文天祥未必要戴。话说文天祥受死之时，大风扬沙，天地尽晦，咫尺不辨，城门昼闭。自此连日阴晦，宫中皆秉烛而行，群臣入朝，亦爇炬前导。元世祖问张真人，方知是文曲星下降，甚是懊悔。遂赠文天祥特进金紫光禄大夫、太保、中书平章政事、庐陵郡公，谥“忠武”。命王积翁书神主，洒扫柴市，设坛祭祀。丞相孛罗行初奠礼，忽狂风旋地而起，吹沙滚石，不能启目，俄卷其神主于云霄中，轰轰隐隐，雷鸣如怨恶之声，天色愈暗。元世祖悟其意不欲受本朝之官，乃改前宋少保、右丞相、信国公，天果开霁。这般看将起来，儿子这顶封君纱帽，他不是踏碎，就是丢在粪坑里，断然不要戴的了。但一家父子骨肉心事不同如此，信乎一门死节之难也。

小子这一回要说个一门忠孝之人，做个后来榜样。且未入正回，话说文安县一个人，姓王名珣，家道甚贫，苦于里役，只生一子，名唤王原，尚在襁褓。王珣被里役受累不过，对妻张氏道：“吾独自一身，支撑门户不来，家中虽有薄田数十亩，反被里役受累，吃苦不过。我要出外逃难，你母子二人在家守着薄田，辛苦度日，我今出去，切勿记念。”张氏苦留不得，王珣飘然出门而去，并不说到何处去。可怜张氏茕茕一人，守着儿子过活，不觉已经二十个年头。王原问母亲道：“我父亲存亡何如？”母亲道：“你父亲只因家穷，不能过活，竟不顾我母子，弃家避差，今已二十年矣。”说罢，放声大哭，涕下如雨。王原大叫大哭，死而复生。及冠，娶妻段氏，方才一月，跪告母亲要去寻父。母亲道：“你去寻父，这是孝心，但父亲出外之时，并不说到何处去，今经二十年，并无音耗，何处去寻？”王原仰天大哭道：“我无父亲，何以为人？”断然要寻回来方才罢休，遂与母亲哭别而去。但茫茫世界，海角天涯，从那一处寻起？王原一点孝心，只要寻父，那里管天南地北、万国九州，只是一心向前而去。先到涿鹿，寻了几时，转而东行，寻到山东地方，共是数年。他日不成日，夜不成夜，饥不知食，寒不知衣，无刻不是思亲之念。一日到田横岛，那时日已斜西，海中飓风掀天揭地，遂投宿于土神祠中。王原叩首神前，哭诉缘由，求神明指示寻亲之路。夜间得其一梦，梦走入古庙，正是日午，见廊下一僧煮饭；王原就而乞食，那僧与他一盂饭道：“这是莎米饭，其味甚苦，我与你浇一杯肉汁。”浇完道：“如来如来，来好去好。”忽然祠门“呀”地一声推开，方才梦醒。只见一个白发老人手携一条柱杖，进来问道：“你是何人，来此做些什么？”王原跪拜，哭诉以寻亲之事，并告以梦中之话。那老人道：“日午是南方之位也；莎草根是附子也，附子者，父子也；把肉汁浇饭上者，是父子脍也；如来者，佛也。可急去，当于山寺中求之。”说毕，便忽然不见。王原知是神明指示，向空礼拜，遂依其言到清源，渡淇水，昼行夜祷，走了数月，入于辉县。县有辉山，访得山中有一梦觉寺。王原闻了这寺名，不觉有些心动起来，遂乘着一天大雪，不顾寒冷，夜造其寺，宿于门外。那寺中有个住持，名为法林，是个久修行得道之人。夜中打坐入定之时，观见门外有孝子寻亲，天明之时，即命一个行童开门访问道：“少年是何方人氏，何为雪夜来此？”王原道：“文安人，为寻父亲而来。”行童道：“曾识父亲面貌么？”王原道：“不曾识得面貌。”行童领他进去，到了禅堂，参了住持。住持赞道：“贤哉孝子，可与他早饭吃。”谁知他父亲王珣果然在此寺中做火工道人，正在那厨房里煮早饭。住持便唤过王珣来问道：“你认得这少年么？”王珣道：“素不相识。”住持道：“他是文安人，你也是文安人，既同乡里，何不一问？”王珣细细审问，果是父子，相抱大哭。

那王珣绝无回来之意，道："我抛家撇子，已经二十余年，有何面目回家再见汝母亲之面？终为辉山下鬼矣！"王原磕头流血，牵住父亲之衣死也不放。住持劝道："汝可回归，以尽孝子之心。况原系佛力，岂可不遵！"住持一边劝行，一边命取常住钱送行，又口占七言诗为赠：

丰干岂是好饶舌？我佛如来非偶尔。
昔日曾闻吕尚之，明时罕见王君子。
借留衣钵种前缘，但笑懒牛鞭不起。
归家日诵《法华经》，苦恼众生今有此。

王珣只得拜别了住持，同儿子回到文安，那时王珣年已六十四矣。王原感佛力护佑，终日诵《法华经》以报德。王原后生六男、十五孙、二十二个曾孙，俱业耕读，人无不称其孝感焉。有诗赞道：

王原孝子实堪哀，走向辉山寻父回。
自是孝心能感动，如来如来果如来！

如今说一个一门忠孝的与列位看官们一听。话说金华府义乌县，一名"乌伤"，只因一个孝子颜乌，父亲死了，颜乌负土筑坟，群乌都衔土来助，口吻皆伤，遂以名县。可见孝道之妙如此。那义乌县生出一个顶天立地的汉子，姓王，单讳一个"祎"字，字子充，自幼秀爽奇敏，及至长大，长身山立，气度瑰玮。一生以忠孝为心，圣贤为学，从翰林学士黄溍读书。那黄溍是元朝极有文才之人，也是义乌人，极称赞王祎有不群之才。戊子之年，王祎见元朝政乱，国事日非，渐渐有危亡之意，君臣淫佚，全不修省，贪官污吏，无处不是。王祎心中气忿不过，做成一封书，备细说时事日非，怎生当变更，怎生当防闲，恐有不测之变。说得历历可见，共有七八千言之多，上于右丞相别儿怯不花。那别儿怯不花胸中何曾通一窍，眼前何曾识一字，见王祎上书，大怒，说这书生甚是狂妄可恶，朝廷那里少你这个书生这几句疯话？遂把书掷之于地。幸而翰林学士危素是个通文理之人，知王祎甚有见识，遂立荐王祎为官。争奈别儿怯不花这个蠢材，只是不肯。王祎遂隐于青岩山，著书自乐。谁知不上数年，果然干戈四起，群雄纷纷割据，尽应了王祎书上之言。元顺帝虽下诏罪己，而事已不可为矣。正是：

不听好人言，必有凄惶泪。

话说那时四方纷纷反乱，红巾贼杀人如麻，民不聊生，我洪武爷避兵濠城，遂有安天下、救生民之志，收纳豪杰。那时猛将如云，谋臣如雨，遂起兵取了滁州、和阳、太平、金陵、镇江等处，应天顺人。天兵所到之处，席卷如飞，乘胜谋取浙东，遂克了婺州，就是如今的金华府，擒了元治书帖木烈思等，下令军中无得侵暴。洪武爷抚定了婺州，于城楼上立大旗二面，亲书对联道：

山河奄有中华地，日月重开一统天。

就这对联看将起来，我大明一统气象见于此矣。遂一以收罗贤才为意，大将胡大海遂荐青田刘基、浦江宋濂、龙泉章溢、丽水叶琛，洪武爷以白金文币征聘。那时李文忠守金华，访得王祎是个有意思的人，即以奏闻。洪武爷亦以白金文币征聘。王祎见了道：“方今元祚垂尽，四方鼎沸，豪杰之士，势不独安。夫有勇略者乃可驭雄才，有奇识者然后能知奇士。阁下欲扫除僭乱，平定天下，非收揽英雄难与成功。”洪武爷大喜，即署中书省掾，每商略机务，无不当意。洪武爷称为子充而不名，其得圣眷如此。有诗为证：

元朝丞相弃贤才，流落多年未是灾。

一遇圣明天子贵，草茅声价重如雷。

话说王袆遭际了圣天子，言听计从，因命采故实为四言诗授太子。后平了江西，遂进《平江西颂》。洪武爷大喜道：“吾固知浙东有二儒，卿与宋濂耳。学问之博，卿不如濂；才思之雄，濂不如卿。”遂授江西儒学提举司。丙午，升同知南昌府，收罗贤士，搜除奸蠹，南昌大治。赐黄银带以宠之。王袆因刑罚太严，恩威不测，遂上疏道：

臣闻自古帝王定天下成大业者，必祈天永命，以为万世无疆之计。所以祈之者，在乎修德而已。君德既修，则天眷自有不能已者。人君修德之要有二：忠厚以存心，宽大以为政。二者，君德之大端也。是故周家以忠厚开国，故能垂八百年之基；汉室以宽大为政，故能成四百年之基。简册所载，不可诬也。夫人君莫先于法天道，莫急于顺人心。上天以生物为心，故春夏以长养之，秋冬以收藏之，皆所以生物也。其间雷霆霜雪，有时而搏击，有时而肃杀，然皆暂而不常。向使雷霆霜雪无时而不有焉，则上天生物之心息矣，臣愿陛下知法天道也。夫民待君以为生，故人君视民之休戚，必若己之休戚。诚以君民同一体耳，取之有节，则民生遂而得其所。今浙西既平，租税既广，科敛之当减，犹有可议者，臣愿陛下之顺人心也。法天道，顺人心，则存于心者自然忠厚，施于政者自然广大，祈天永命之道，未有越此者也。

洪武爷嘉纳其言，只因要革元朝姑息之政，行“乱国用重典”之法，刑罚太重，致干天和。到庚申五月甲午日，雷震谨身殿，洪武爷亲见霹雳火光，自空中下，绕宫而追。洪武爷乃再拜道：“上帝赦臣，臣赦天下。”雷始升天而去。洪武爷方忆王袆之言有征，遂下大赦之诏于天下，这是后话。

始初修《元史》，命王袆、宋濂为总裁官，遂征山林隐逸之士共十六人：汪克宽、胡翰、宋僖、陶凯、陈基、赵埙、曾鲁、高启、张文海、黄篪、赵汸、傅恕、王锜、傅著、谢徵、徐尊生。命这十六人为纂修官，开局于天界寺中。王袆史事擅长，删烦削秽，日夜辛苦。一日口渴之甚，对宋景濂道："得昨上所赐梨浆，可以解吾之渴矣。"内官闻之，禀了洪武爷，即命赐之。其体悉臣子如此，真圣主也。有诗为证：

圣主如天万物春，梨浆解渴赐文臣。
酸寒得遇君王宠，敢爱区区七尺身！

话说王袆修成了《元史》，遂拜翰林待制、同知制诰、兼国史院编修官。自此天恩日重，召对殿廷，必赐以坐，从容宴笑，与家人父子一样。

那时天下一统，独有云南为故元遗孽梁王把匝剌瓦尔密所据，恃着险远，尚未臣服。洪武爷要起兵征剿，念其险远，遂遣王袆招谕道："今天下一统，俱以臣服，独云南未奉正朔。今欲起兵征剿，念云南百万生灵，恐伤于锋镝。今遣卿至云南，为朕作陆贽，说彼来降，免云南生民涂炭可也。"王袆对道："天命所在，谁敢抗违？臣奉陛下威德，示以利害，彼必俯首归顺。若倔强不从，兴师未晚。"洪武爷遂命参政吴云同往。王袆那时有子王绅，年方十三岁，颖敏过人，忠孝出于天性。宋景濂一见便奇之，道："王子充有子矣。"王绅见父亲奉使云南，好生依依不舍，送父亲出门，便放声恸哭，数日不止，傍人无不称其至性。

不说王绅思念父亲，且说王袆奉着圣旨，同吴云出使云南。那吴云是宜兴人，字友云，生性敏达，善于词赋，与王袆同是赤胆忠心、铁铮铮不怕死的好汉。同着左右随从人等，从湖广一路而去，免不得饥餐渴饮，夜住晓行。不则一日，来于云南地面，见了梁王，面谕道："我皇上聪明神圣，隆辟大业，作君万邦，皆天理人心之所归。

今天下一统，莫不臣服，惟尔有众，僻在西南，久阻声教，故遣使者来谕意。今能祗若明命，亟奉版图归顺，则尺地一民，安堵如故，高爵厚禄，身名俱全。奈何以一隅为中国抗哉？”王祎说罢，梁王不听，送王祎于馆驿安歇，礼意甚是疏简。王祎对吴云道："我等奉诏远来，要掉三寸之舌，使彼归顺。今彼倔强，不肯听从，我等亦何颜归国！朝廷大事，在此一举，明日须以力争，便当致性命于度外矣。”二人计议已定。数日之后，复面谕梁王道："予等将命远来，非为身谋。朝廷以云南百万生灵，不欲歼于锋刃耳。曾不闻元纲解纽，陈友谅据于荆湖，张士诚据于吴会，陈友定据于闽广，明玉珍据于全蜀，天兵下征，不四五年，悉膏斧钺。惟尔元君北走以死，扩廓帖木儿之属或降或窜，曾无用武之地。不烦一刃，而天下大定。当是时，先服者赏，后者戮及宗族。乃今自料勇悍强犷孰愈陈、张？土地甲兵孰愈中国？度德量义孰愈天朝？天之所废，谁能兴之！不然，皇上命将，将龙骧百万，会战于昆明池，尔如鱼游釜中，不亡何待？那时悔之晚矣。”王神、吴云这一席话，说得慷慨激烈，声色俱厉。梁王君臣彼此面面厮觑，都有降顺之意。遂迁王祎二人于别馆，厚其礼貌，君臣计议，正思量为投顺之事。适值元太子自立沙漠，遣使者脱脱到云南来征粮，又欲连兵相为犄角之势以拒我。脱脱知梁王有归顺我国之意，要杀王祎二人以绝其念。梁王尚在两可之间，遂把王祎、吴云二人悄悄藏于民居。脱脱知道，大骂梁王，梁王不得已，请出王祎、吴云与脱脱相见。脱脱左右俱带刀侍立，欲屈王祎二人。二人知不免，遂大骂道："天绝汝元命，我朝应天顺人，以代汝国。汝如爝火余烬，安敢与我日月争光耶！我将命远来，岂为汝屈，有死而已！”对梁王道："汝今杀我，大兵旦夕至，尔国为齑粉，那时悔之晚矣。”说罢，二人遂大骂而死，时洪武六年十二月也。史官有诗赞道：

王祎忠心不可当，吴云矢志赴云阳。

梁王倔强诚何益？看取天兵到即亡！

话说王祎、吴云骂贼而死，左右随去之人，尽为刀下之鬼。只因路远，中国不知信息。直至三年不还，洪武爷命人探访，方知王祎、吴云骂贼而死，不胜嗟叹。他儿子王绅时年十六岁，闻知父亲死于云南，哭得死而复生，从此以后，蔬食长斋，更不茹荤血。洪武爷因梁王杀了我使臣，从此大怒，遂有下云南之意。九年，因命颍川侯傅友德巡行川蜀、永宁、雅、播等处，修葺城池关梁，兵威大振。于是金筑、普定、中坪、乾溪等寨土夷都相率投降。至十四年九月，遂命颍川侯傅友德为征南将军，永昌侯蓝玉、西平侯沭英为征南副将军，列侯吴复、金朝兴、仇成、张龙、王弼，都督张铨等率领精兵三十万往讨云南。洪武爷面谕傅友德三将军道："梁王倔强不臣，杀我使臣，深可痛恨。今命卿等往讨其罪。但云南僻在遐方，行师之际，当知其山川险易，以窥进取。朕尝览舆地图，咨询众人，得其扼塞。取之之计，当自永宁先遣骁将别将一军以向乌撒，大军继自辰、沅以入普定，分据要害，乃进兵曲靖；那曲靖乃云南之咽喉，彼必并力于此，以抗我师，审察形势，出奇制胜，正在于此。攻破了曲靖，三将军以一人提兵向乌撒应永宁之兵，大军直捣云南，彼此牵制，破之必矣。云南既克，宜分兵径趋大理，先声已振，势将瓦解，其余部落，可遣人招谕也。"傅友德等顿首受命。洪武爷乃亲洒宸翰赋诗宠赠道：

大将南征胆气豪，腰悬秋水吕虔刀。

雷鸣甲胄乾坤静，风动旌旗日月高。

世上麒麟真有种，穴中蝼蚁竟何逃。

大标铜柱归来日，庭院春深听伯劳。

傅友德等谢恩而出。出师之日，洪武爷亲到龙江关饯行，旌旗蔽江而上，好生雄壮。曾有古风一首赞道：

大明天子降天兵，扫除胡虏万国平。燕冀臣妾讵敢争？秦豫荆蜀俯首迎，若崩厥角褫冠缨。云南僻远妄峥嵘，擅奋螳臂昧死生，杀我使臣只取烹。戈甲耀日烁旗旌，士饱马腾军声轰，貔貅虓虎雷霆惊。泰山压卵问罪征，滇南不日要欹倾。

话说傅友德统领三十万雄兵来征云南，二十日到了湖广，遂拨五万精兵付与都督胡海洋、郭英、陈桓等从四川永宁向乌撒，自领大军浩浩荡荡从辰、沅、贵州进发。十一月进攻普定，只一阵便擒了土酋安瓒罗鬼，那苗蛮仡佬等闻知天兵威武，都望风投降。乘机攻破了普安，席卷而来，势如风雨，直抵曲靖。那梁王把匝剌瓦密得知天兵一到，所向无敌，满朝文武百官惊得面如土色，君臣懊悔当日杀了二位使臣，致有此祸。司徒平章达里麻道：“如今悔之无及，从来道‘水来土压，兵至将迎’，且商议抵敌之计。”梁王只得差精兵十余万着达里麻前来迎战。达里麻统了精兵屯于曲靖，西平侯沐英道：“他道我万里远来，不敢骤然深入。我出其不意，一战可擒也。”傅友德遂叫三军倍道而进，将到白石江，忽大雾四塞。傅友德乘雾而进，直到江口，霎时间雾霁，则已两军相望矣。达里麻见了大惊，以为神兵从天而下，身子不颤自摇，魂胆都怯。达里麻列阵在南面，我兵列阵在北面。傅友德用沐英之谋，悄悄着一支兵从下流而渡，出其阵后，吹铜角、多张旗帜为疑兵于山谷间，这边故意摇旗呐喊，假作渡江之势。达里麻刀枪弓箭如林的一般列在江口，不提防阵后闪出一支兵来，旗帜遍满山谷，铜角乱鸣，达里麻心下慌张，急拨阵后一支兵迎敌。军心先乱，阵脚乱动，一时扎不住。傅友德命识水军士手持长牌遮箭，乘机而渡，矢石炮铳齐发，喊声震动天地。友德自领敢死之士捣其中坚，杀得他大败亏输。达里麻生擒活捉而来，死者不可胜计，尸横十余里，生擒二万余人。傅友德巧妙之极，把这二万余人尽数释放回去，土夷见诸人回来，欢声满路，自此之后，解甲抛戈，争先投顺。友德自领一支兵击乌撒，分遣沐英领兵攻打云南。梁王自达里麻出兵之后，不知胜负如何，好生心焦，遂夜夜梦见王祎、吴云二人立在面前索命，心下甚是慌张之极。达里麻败报一到，梁王惊得手足无措，遂弃城而逃走到滇池岛中，先把嫔妃缢死，自饮毒药，不死，只得又投水而死。满城百姓争先走到金马山，焚香迎拜王师。沐英入城，秋毫无犯，斩了梁王首级，收梁王金印并官府符信图籍，抚安居民，时十二月二十四日也。自出师至此，只得百日而云南平矣，真天兵也。有诗为证：

杀我忠臣计甚憨，天兵汹涌下云南。
沐英友德输奇计，百日功成定笑谈。

话说沐英、蓝玉攻破了云南，傅友德击破乌撒，会同胡海洋、郭英、陈桓等击平东川乌蒙芒部，斩首三万余级，余蛮畏威，尽数归顺，云南悉平。捷书一到，洪武爷大喜。那时王祎儿子王绅，蜀王闻其贤，礼聘去教授蜀郡。王绅日日痛哭，父亲骸骨未返丘陇，好生凄怆。今闻我兵平了云南，斩了梁王首级，报了父亲之仇，遂要到云南去寻取父亲骸骨而回，启请蜀王知道，自到云南而去。见了傅友德，恸哭不止。傅友德访问王祎尸骸当日埋于何处，左右道："埋在地藏寺北。"王绅遂一步一哭而去，哭到地藏寺，祭奠已毕，然后发掘，但见：

茫茫衰草，泛泛黄沙。茫茫衰草，掩覆着一片忠魂；泛泛黄沙，盖藏着多少白骨！老幼尽为荒野鬼，八九年酒饭何浇？贵贱同作一坑尘，一生世英灵谁语？骷骸满地，知他是何姓何名；腐骨交加，谁识得是彼是我。

那王袆死后已经九个年头，当日并随行人等都死于此地，还有彼国乱骸成群堆积，不知那一具尸骸是王袆的骨殖。王绅痛苦之极，无计可施，只得将指头刺血而滴，日夜睡于其地，将滴过的移在一处。十指刺尽，几于无血可滴，身体羸瘦，有如鬼形，十分之中，不上滴得三分。傍人都解劝道："若要都滴过，你身上有得多少血？恐身体不可保，亦将埋于此地矣。"王绅执意不回道："吾死于此地，亦所甘心。父子一处死，吾之愿也。"孝心虔诚之极。夜梦父亲星冠霞帔，羽衣云履，左右二童子执着幡节侍卫，道："上帝怜吾不辱君命，尽忠骂贼而死，今隶在孝弟明王部下，位列仙官，吾之骨殖在大石块之下。努力忠孝，则吾死之日，犹生之年，不必痛苦。"说毕而醒。次日寻至石块下，果有骨殖一具，一毫无损，一滴就入。王绅捧了此骨，仰天一号，死而复生。云南人无不称其孝感，都称为王孝子。有诗为证：

> 万里寻亲觅乱骸，刺将指血渐排挨。
> 忠臣孝子千秋事，试看遗编泪满怀。

话说王绅寻着了父亲骸骨，用棺木盛了，每食必祭，从万里而回，葬于坟墓之上。每发声一号，则山中百鸟为之助其凄恻，人人无不下泪。后为国子博士。建文元年，王绅上言父死节状道：

> 陛下首隆孝治，而明诏又有旌表节义之条，正微臣得展情事之时，先臣志节获旌之日也。

遂下翰林定议，特赠王袆翰林院学士、奉节大夫，谥"文节"。开国以来，文臣有谥，自王袆始也。后又改谥"忠文"；吴云赠刑部尚书，谥"忠节"，并立祠于云南，皆王绅之力也。王绅有子王稌，也是个孝子。王绅痛念父亲，食不兼味，王稌遵父之志，子孙相承，数十年不变。父母没，三年酒肉不入口。王稌从方孝孺读书，靖难之后，尝欲与方孝孺表侄郑珣至聚宝门外，负其骸骨归葬不可得，系于狱中。永乐爷念王祎之忠，特宥其罪。且欲用王稌，王稌辞疾，终其身读书青岩山下。三代忠孝，真前古之所难也。有诗为赞：

非忠无君，非孝无亲。
王祎子孙，能子能臣。
凛如日月，千古不湮。
山高水深，勖我后人。

第三十二卷

薰莸不同器

汉朝博物东方朔，淹贯经书张茂先。
第七车人知浴女，傒囊元绪恪知焉。

从来我孔夫子极其博物，无所不知，次则郑国子产，称为博物君子。汉朝有东方朔，他原是神仙，所以奇奇怪怪之事无不知道。汉武帝之时，外国有献独足鹤者，东方朔道："此非独足鹤也，《山海经》之所谓'毕鸾'也。"武帝一日宴于未央宫，忽闻有人说话道："老臣冒死自诉。"但闻其声，不见其形，寻觅良久，梁上见一老翁长八九寸，面目颊皱，须发皓白，拄杖偻步，甚是老耄。武帝道："叟何姓名，居于何处，有何病苦而来诉朕？"老翁缘柱而下，放杖稽首，嘿而不言，因仰头视殿，俯指帝足，忽然不见。帝召东方朔问之，方朔道："此名为'藻廉'，乃水木之精也。夏巢幽林，冬潜深河，陛下频年造宫殿，斩伐其居，故来诉耳。仰头看殿而俯指陛下足者，足于此也。愿陛下宫殿足于此也。"武帝因此停止工役，后幸瓠子河，见前老翁及数人绛衣素带，各执乐器，为帝奏乐作歌。又献帝一紫螺壳，其中有物，状如牛脂。帝问道："此是何物？"老翁道："东方生知之。"帝曰："可更以珍异见贻。"老翁命取洞穴之宝，一人投于渊底，得一大珠，径数寸，明耀绝世。老翁等遂隐，帝问方朔："紫螺壳中何物？"方朔道："是蛟龙之髓，以傅面，令人好颜色，又女人在孕，服之则产必易。"后果有难产者，试之立效；以涂面，果然悦泽。帝问："此珠何以名洞穴？"方朔道："河底有一穴，深数百丈，中有赤蚌，蚌生珠，因名洞穴。"武帝幸甘泉宫，经过长平坂，见有虫如盘覆于地，色如生肝，头目口鼻皆具。问于东方朔，方朔道："此虫之名为'怪哉'，昔时将无罪之人拘系，仰首叹恨道'怪哉怪哉'，是怨愤之气感动上天所生也。此地必秦狱处。"即按地图，果如其言。帝又问："何以消之？"对道："积忧者得酒而解，以酒数斗浸之当消。"于是取虫置于酒中，果然消化。

晋朝尚书张华，字茂先，性好读书，徙居之时，载书三十乘。博物洽闻，世无与比。武库中封闭甚密，其中忽然有只雉鸡，晋帝甚以为异。张华道："武库之中安得有雉？此必蛇所化也。蛇能化雉。"试观雉侧，果有蛇蜕，方知是蛇所化。吴郡临平山崩，出一石鼓，锤之无声。帝以问张华，张华道："可取蜀中桐木刻为鱼形，叩之则鸣矣。"于是如其言，果声闻数里。陆机尝饷张华以鱼鲊，那时宾客满座，张华发器便道："此龙肉也。"众人都未之信。张华道："汝辈不信，试以苦酒濯之，必有奇异。"果浇以苦酒，便有五色光起。陆机遂问鲊主："此鱼何自而来？"鲊主道："此鱼非从水中得来，园中茅积之下，忽然得一白鱼，形质异常，因以做鲊，见其味美，遂以相献。"众人方知其果龙所化也。张华望见斗牛之间尝有紫气，知是宝剑之精上达于天。察其气在豫章之丰城狱中，遂补雷焕为丰城令。雷焕到丰城掘狱屋基，入地四丈，得一石函，光芒射人，中有双剑，并刻题，一曰"龙泉"，一曰"太阿"，其夕斗牛间气遂不复见。雷焕留一剑自佩，以一剑送与张华。张华细看剑文，知有二剑，写书与雷焕道：

详观剑文，乃干将也，莫邪何复不至？虽然，天生神物，终当复合。

雷焕看书，方知张华之不可欺也。后张华死，两剑都化为龙而飞去。有一种燃石，出瑞州高安县，色黄白而疏理，水灌之则热，置鼎于其上，可以热物。雷焕入洛，持以示张华，华道："此燃石也。"晋惠帝时，有人得鸟毛，长三丈，以示张华。张华惨然不乐道："此海凫毛也，出则天下大乱。"洛下山上有一洞穴，其深无底，有一妇人要谋死丈夫，将丈夫推堕此穴之中。其人自分必死，行走数里，渐渐明亮，其路渐大，别是一个洞天。见有宫殿人物，共是九处，其人如神仙之状，身长数丈，衣羽衣，至最后所到之处，见仙人在树下奕棋。此人饥饿，告诉以仙人堕落之故，并说腹饥求食之意。仙人指庭中柏树下一大羊，其羊大如人间之羊，令跪于地，捋羊之须，每一捋得珠一颗，三捋共得三珠，教这人将这第三颗珠吃了，余二珠仙人收取。这人服珠之后，便觉不饥，仙人另指一穴，命其寻穴而出，却是交州地方。人问张华，华道："此地仙九馆仙人也，仙人为九馆大夫。大羊非羊也，名为'痴龙'。第一珠食之寿与天齐，第二珠食之延年，第三珠食之不饥而已。"其博物如此。

那知浴女的是张宽。汉武帝时，张宽为侍中，从汉武帝祀甘泉，行至渭桥。武帝见一女人浴于渭水之中，其乳长至七尺，武帝怪而问之。女人道："后第七车中张侍中知我。"言毕不见。那时张宽在第七车中，对道："此天星主祭祀者，斋戒不洁，则女人星见。"武帝甚以为奇，而心服焉。

那识傒囊的是吴国诸葛恪。诸葛恪同僚属出猎于驹骊山，在句容县东北，见有物如小儿，伸手引人。诸葛恪令人移去故地，即时而死。僚属问此是何物，恪道："此事在《白泽图》，曰：'两山之间，有精如小儿，名曰傒囊也。'"那时有人入山，见一大龟径尺，其人担之而归，欲献与吴王。夜宿于越里，泊船于桑树下，将龟缚于船头之上。夜半桑树忽作人言，呼那龟的名号道："元绪元绪，你何为在此？"龟也口吐人言道："我被无知之人拿来拘系，方要献与吴王，有烹煮之苦。虽然如此，就尽南山之薪，其如我何哉！"桑树道："你虽然如此，但诸葛恪博物，必致相苦，倘求与我一样之徒来奈何你，你却怎生逃避？"龟也称桑树的名号道："子明子明，勿要多说，恐祸及于你也。"桑树遂寂然而止。其人一一听得，大惊，将龟献于吴王。吴王果命煮之，焚柴万车，龟活如故。吴王问诸葛恪，恪道："煮以老桑树乃熟，须得千年之桑方可。"献龟之人遂说夜间桑树化作人言，与龟一对一答之故。吴王就叫献龟之人砍那株说话的桑树来，果然一煮便烂。至今烹龟必用桑树，野人遂呼龟为"元绪"焉。所以当时道：

老龟煮不烂，贻祸于枯桑。

看官，在下这一回怎生说这几个博物君子起头？只因唐朝两个臣子都是杭州人，都一般博物洽闻，与古人一样。只是一个极忠，一个极佞；一个流芳百世，一个遗臭万年；人品心术天地悬隔，所以这一回说个"薰莸不同器"。那薰是香草，莸是臭草；薰比君子，莸比小人。看官，你道那薰是何人？是褚遂良。莸是何人？是许敬宗。

先说褚遂良那位君子，他是杭州钱塘人，字登善。父亲褚亮，与杜如晦等十八人并为学士，号"十八学士登瀛洲"者此也。官至散骑常侍，唐太宗甚是亲倚，封阳翟县侯，告老于家。遂良自少怀忠孝之心，博涉文史，工于隶楷，初学虞世南，晚造王羲之的妙处，累迁起居郎侍书，唐太宗精于字学，常叹息道："虞世南为字中之圣，今世南已死，无可与论书者。"魏征奏道："唯有褚遂良可与论书。"及见褚遂良之书，大加惊异，以为不减虞世南也，优待异常。唐太宗酷好王羲之的帖，千方百计购求得来，有的说真，有的说假，真假莫辨。

褚遂良细细看了，一缘二故论其所出，一毫无差。

后迁谏议大夫。那时太宗遣大将李靖连那颉利可汗都擒了来，自阴山北至大漠，一望无人，九夷八蛮无不归顺。太宗大喜，遂请上皇置酒未央宫，上皇命颉利可汗起舞，又命南蛮酋长冯智戴咏诗，已而笑曰："胡越一家，自古未有也。"太宗奉觞上寿，因而赋诗道：

雪耻酬百王，除凶报千古。

自此之后，志得意满，便要封禅泰山。适有星孛之变，褚遂良进谏道："此必天意有未合者，乞更缓之。"太宗悟而止。

迁起居注，太宗道："卿记起居，人主可得观之乎？"遂良道："今之起居，即古之左右史也，善恶必记，庶几人君不敢为非，未闻自取而观之也。"太宗道："朕有不善，卿亦记之耶？"遂良道："臣职当载笔，不敢不记。"太宗一日又道："昔舜造漆器，谏者十余人，此何足谏？"遂良对道："奢侈者，危亡之本。漆器不已，将以金玉为之。忠臣爱君，必防其渐，若祸乱已成，无所复谏矣。"太宗深叹美之。

十八年，太宗要亲征高丽，道："盖苏文杀其君，残虐其民，今又违诏命，朕当亲讨其罪。"遂良奏道："陛下指挥则中原清宴，顾盼则四夷詟服，威望大矣。今乃渡海远征小夷，万一蹉跌，伤威失望，更兴忿兵，则安危难测矣。"乃上疏切谏，太宗不听。因要遂良同在军中议论，恐褚亮年老不舍其子，遂手诏褚亮道：

畴日师旅，卿未尝不在中。今朕薄伐，卿已老，俯仰岁月，我劳如何！以遂良行，想君不惜一子于朕耳。善居加食。

褚亮顿首而谢。太宗因同遂良而行，每每于军中计议征伐大事，并论古今学问。遂良胸中如倾江倒海而出，辩论不穷，太宗大喜。征辽而回，褚亮年老，因念子而死矣。遂良恸哭，太宗道：“此朕陷尔于不义也。”遂赠褚亮为太常卿，恩礼加等，敕陪葬于昭陵。遂良因父亲念己而死，三年庐墓，不饮荤血，极其悲苦。太宗念其纯孝，道：“此孝子也，必忠臣哉。求忠臣必于孝子之门，朕安能舍之而复求忠臣乎？”服满之日，授太子宾客，进黄门侍郎。

时有飞雉数数集于宫中。太宗问道：“此是何祥也？”遂良道：“昔秦文公时，有童子二人化为雌雄二雉，雌者鸣于陈仓，雄者鸣于南阳。一童子曰：‘得雄者王，得雌者伯。’文公得其雌，遂伯诸侯，始为宝鸡祠；汉光武得其雄，遂起南阳，广有四海。陛下本封于秦，故雌雄并见，以告明德。”太宗大悦道：“人之立身，不可以无学，遂良所谓多识君子哉！”后殿庭之中，忽见残獐一脚，细视之，乃是兽食之余。询问宿卫之人，莫知所以来。太宗惊异，遂良道：“昨暮乃狼星值日耳，不足怪也。”太宗叹服。有人得鼠如豹文，荧荧光泽，太宗不识，以问群臣，莫能知者。遂良道：“此鼮鼠也。”太宗道：“何以知之？”遂良道：“见《尔雅》。”试按秘书，果如其说。人无不称其博学焉。

那时太子承乾既废，魏王泰侍于太宗之侧，太宗许立为太子。次日，因谓大臣道：“昨日泰投我怀中云：‘臣今日始得为陛下子，此臣更生之日也。臣惟有一子，百年之后，臣当杀之而传国与晋王。’朕闻其语甚怜之。”遂良奏道：“陛下失言矣，安有为天下主而杀其爱子，以其国授晋王者乎？陛下昔以承乾为嗣，复宠爱泰，嫡庶不明，故纷纷至此。若必立泰，非别置晋王不可。”太宗大悟泣下，道：“我不能。”就诏国舅长孙无忌、房玄龄、李勣与遂良等定策，立晋王为皇太子。一言之下，国本不摇，皆遂良之力也。拜褚遂良为中书令。

太宗寝疾，召遂良、长孙无忌二人到御榻前吩咐道：“汉武帝寄霍光，刘备托诸葛亮，朕佳儿佳妇，今委卿二人矣。太子仁孝，其尽诚辅之！”谓太子道：“无忌、遂良在朝，汝不必忧也。”因命遂良草诏立晋王为帝，是为高宗。高宗即位，封遂良为河南县公，进郡公。无忌与遂良在朝，同心辅政，高宗亦恭已以听，政治颇好。怎当得一个恶人在朝搅乱世界。有分教：乾坤翻覆，变成浊乱之朝；阴阳错行，化为污秽之地。女主作朝问道，唐室悚惧恐惶。把一个唐朝天下轻轻的断送了。果是：

善人一心为善，恶人只是作恶。
同是父精母血，怎生这般差错?

这恶人是许敬宗，字延族，杭州新城人，隋朝礼部尚书许善心之子。敬宗广读诗书，善于作文，只是心性有些古而怪之。怎生古怪?

金木水火土，个个皆同；礼智信义仁，字字独少。读圣贤之书，精盗贼之事。开口处尧舜周孔，梦寐时共鲧苗驩。不孝不忠，从来性格造就；为奸为恶，一味天巧生成。笔尖头能舞能飞，都是杀人的公案；眉毛上一操一纵，无非刺心的箭刀。暗地腾那，几回要夺纯阳剑，心中恶煞，终日思斫释迦头。

话说那许敬宗的父亲许善心，虞世南的哥哥虞世基，因隋朝之乱，同被李密拿去，都要杀死。虞世南见哥哥要杀，情愿以身代哥哥之死，许敬宗见父亲要杀，他也不顾父亲，只是一味磕头，自己求活而已。李密将二人杀死，虞世南不顾死活，一肩负了哥哥尸首将来埋葬，许敬宗弃了父亲尸首，竟自逃回。其不孝可恨如此。当时内史舍人封德彝在贼中亲见二人之事，不胜叹息，所以做两句口号道：

世基被戮，世南匍匐以请代；善心之死，敬宗舞蹈以求生。

许敬宗闻之，遂恨封德彝切骨。太宗贞观年间，除敬宗为著作郎兼修国史。敬宗是个不肖之人，做了著作郎，不胜欣幸之至，扬扬自得，腆起肚子，头摇尾摆的对人道：“仕宦若不做著作郎，无以成立门户。我心里要做此官，这官便就随我心愿而来，可见有福之人事事如意，若是他人怎生能够？”人无不笑之。太宗驻跸破山贼，命敬宗马前草诏，爱其文词华丽，从此专掌诰令，一发扬扬得意，将人看不在眼里。高宗即位，迁礼部尚书。

敬宗的第二个儿子娶尉迟敬德的孙女，许敬宗奉承敬德公无所不至。太宗尝以《威凤赋》赐长孙无忌，敬宗修国史便移在尉迟敬德身上，道帝以《威凤赋》赐尉迟敬德，其说谎如此。高宗幸长安城，按跸徘徊，视故区处，问侍臣道：“秦汉以来，几君建都于此？”敬宗道：“秦都咸阳，汉惠帝始城之。其后苻坚、姚苌、宇文周居之。”高宗复问汉武帝开昆明池实自何年，敬宗道：“元狩三年，将伐昆明夷，故开此池以习战耳。”高宗见其博学，遂诏敬宗为弘文馆学士，讨论古宫室故区，具条奏闻。高宗至东都，到于濮阳，问窦德玄道：“濮阳谓之‘帝丘’，何也？”德玄不知来历，对答不出。敬宗自后跃马而前对道：“臣能知之。昔帝颛顼始居此地以王天下，因颛顼所居，故曰‘帝丘’。”高宗称善。敬宗退而扬扬得意道：“大臣不可无学问。窦德玄不能对，吾甚耻之。”其小器矜夸如此。性喜钱财，若见了那金银珠宝，便不顾礼义廉耻，一味强要。若是个财主，就不论他高低贵贱，娼优隶卒，都如兄若弟的一般相待；若是至亲忽然贫穷，他便睬也不睬一睬，连饭也没得一碗与他吃。只因贪财之极，连亲生女儿也都不顾，嫁与蛮酋冯盎之子。冯盎下了千万贯的聘礼，指望许敬宗的陪嫁。谁知敬宗只收聘礼，并无妆奁，女儿出嫁之时，只得随身衣服，痛哭出门而已。冯盎因此有言，遂为有司劾奏，说：“大臣不当与蛮夷结亲，况婚姻论财，夷虏之道。今许敬宗多私所聘，为蛮夷所轻，非怀远之道。”许敬宗随人谈论，只是老着面皮并无羞耻之意，只当把这个女儿卖与外国便罢。这是他第一个女儿了。第二个女儿又将来嫁与钱九陇的儿子。那钱九陇原是高宗牵马隶奴，他也不论贵贱、门第、骨气，只是收了百千万贯聘礼，又无陪嫁。其贪财不顾廉耻如此。有诗为证：

> 见了金银珠宝，不论贵贱高低。
> 果然人中夷虏，随他儿女号啕。

不说敬宗的无耻，且说那武则天皇后出身。武则天初生之夕，雌鸡皆鸣，生的龙瞳凤颈，右手中指有黑毫左旋如黑子，引之可长尺余，机敏奸恶无比。十四岁在太宗宫中选为才人，赐号“武媚娘”，侍太宗寝席共十三年。那无道的高宗与隋炀帝一样，为太子时入侍太宗之疾，见武媚娘而悦之，遂即东厢烝焉。太宗崩，武媚娘与诸嫔御都削发为比丘尼，高宗既即位，立王氏为皇后。王皇后久无子，萧淑妃有宠，王皇后甚是嫉妒。太宗忌日，高宗诣寺行香，武媚娘见高宗而大哭。高宗心中甚动，王皇后得知，暗暗教武媚娘长发纳之后宫，要夺萧淑妃之宠。武媚初入宫之时，屈体以事王皇后，王皇后极其称赞，后遂大幸，拜为“昭仪”。王后与萧妃之宠都衰，因而共谮武媚娘，高宗只是不信。武媚娘生女，适王皇后来宫，怜而弄之。你道武媚娘好恶！俟王皇后出宫，就把此女掐杀，仍旧放在被下。高宗进宫，武媚娘佯为欢笑之意，及至揭起被来，女已死矣。高宗大惊，问左右，左右道：“皇后适来此。”武媚娘即悲咽而不言。高宗那知此意，即大怒道：“后杀吾女，往常与萧妃谗谮，今又如此耶！”武媚因细数其罪。高宗遂立意要废皇后，又恐大臣不从，乃与武媚同幸长孙无忌之第，酣饮极欢，拜无忌宠姬子三人都为朝散大夫，又载金宝缯锦一车以赐无忌。高宗因从容说皇后无子，要立武昭仪之意。无忌正色而不对，高宗与武昭仪都不悦而罢。怎当得误国贼臣许敬宗，逢迎高宗要立武昭仪，高宗意遂决。

一日退朝，内臣传旨召长孙无忌、李勣、于志宁、褚遂良进内殿。遂良与众官商议道：“今日之召，多为宫中。”或谓无忌当先谏。

遂良道："不可，太尉国之元舅，有不如意，使上有弃亲之讥。"又谓李勋上之所重，当进谏。遂良道："亦不可，司空国之元勋，有不如意，使上有弃功臣之嫌。吾奉遗诏，受顾托之命，今日若不以死争，何以下见先帝？"同进于内殿，高宗顾无忌道："罪莫大于绝嗣，皇后无子，武昭仪有子，今欲立昭仪为后，何如？"遂良奏道："皇后本名家子，先帝为陛下娶之，临崩执陛下手谓臣曰：'朕佳儿佳妇，今以付卿。'且德音犹在陛下耳，何遽忘之？皇后无他过，不可废也。"高宗不悦而罢。明日又召进官，遂良道："陛下必欲改为皇后，请更择贵姓，何必武昭仪？且武昭仪昔日经事先帝，在宫中一十三年，众所共知，天下耳目，安可蔽也，今立昭仪为后，万代之后谓陛下为何如！愿留三思。"高宗甚是羞惭，满面通红。遂良将笏置于殿阶，叩头流血道："臣今忤陛下意，罪当死，还陛下笏，乞放归田里。"高宗大怒，命左右扶出。武昭仪在帘中大呼道："何不扑杀此僚？"无忌道："遂良受先朝顾命，有罪不可加刑。"于志宁不敢言。侍中韩瑗因间奏事，泣涕极谏，高宗都不纳。他日李勣入见，高宗私自问道："朕欲立武昭仪为后，遂良固执以为不可，遂良既顾命大臣，事当且已乎？"李勣道："此陛下家事，何必更问外人？"高宗大悦，因不顾廉耻，不顾人言，决欲立武昭仪为后。许敬宗见李勣有先入之言，暗暗的道："这一篇好文字，却被李勣做去，我便没得做了。不趁此时着实一帮，谁知我胸中这一段忠孝之心？我若今日不说，便道我与褚遂良是一般样无见识之人了。"便慷慨大呼于朝堂道："世上一个田舍翁，若多收了十斛麦，便欲易妇。况天子立一后，与诸人何干，而妄生议论如此？"武昭仪闻之大悦，命左右赐许敬宗金银锦绣一车。即日贬遂良为潭州都督。许敬宗从中吩咐，不许遂良稽迟，即日就道。侍中韩瑗见贬了遂良，心中不忿道："遂良是先朝顾命之臣，吾不可以不谏。"遂上疏为遂良讼冤道：

遂良体国忘家，风霜其操，铁石其心，社稷之旧臣，陛下之贤佐。无罪斥去，内外咸嗟。愿鉴无辜，稍宽非罪！

高宗不听其言，遂立武昭仪为后，废王皇后、萧淑妃为庶人。

武昭仪立后，便就放出狠手，把王皇后、萧妃二人囚于别院，又断去了手足，投酒瓮中而死。萧妃将死，恨极发愿道："我愿世世为猫，武氏世世为鼠，我扼其喉，永远不放足矣。"武后闻之，宫中再不畜猫。许敬宗遂请削后家官爵，武后大喜，遂以敬宗兼太子宾客，进中书令。许敬宗做着了这一篇文字，果然得了便宜，还要奉承武后，又诬奏褚遂良与韩瑗潜谋不轨。武后就贬韩瑗为振州刺史，褚遂良为爱州刺史。韩瑗先死于道。褚遂良在爱州岁余，武后差人杀死，时六十三岁，籍没其家。遂良有二子褚彦甫、褚冲甫在于爱州，亦被杀死焉。

忠臣奋不顾身，只是流芳千载！

话说敬宗用计害了褚遂良一家，又诬奏长孙无忌谋反。高宗道："朕之元舅，将若之何！朕不忍加刑于无忌。"敬宗奏道："汉文帝，汉之贤主也，其舅薄昭止坐杀人，帝使公卿哭而杀之，后世不以为非。今无忌谋危社稷，其罪与昭不可同年而语，陛下少更迁延，臣恐变生肘腋，悔无及矣。"高宗听信其言，竟不引问，诏削无忌官爵，黔州安置，后竟杀死，籍没其家。贼臣之一网打尽，可恨如此。

高宗始初见武后能屈体奉顺，故不顾廉耻，排群议而立之为后。那武后得志之后，便极其放肆，无恶不作，连高宗一毫也动不得，无可奈何，不胜忿忿。上官仪窥见高宗之意，悄悄奏道："后专恣之极，请废之何如？"高宗大悦，即命上官仪草诏。左右报知此事，奔告武后。武后急走到高宗面前自诉，高宗惧怕之极，不敢声言，只得道："我初无此心，皆上官仪教我也。"武后大怒，即时追出诏书，扯得粉碎，遂叫那只狗一般惯会咬人的许敬宗，诬奏上官仪与太子忠谋大逆，将上官仪杀死，太子忠赐死。高宗眼睁睁的看上官仪、太子忠杀了，并不敢则一则声。朝士流贬者甚多，从此满朝之上，都箝口结舌，不敢道一个“不”字。后来武后竟代唐朝天下，杀唐朝宗室子孙殆尽，改国号为“周”，自称“则天金轮皇帝”。此从古所无之事，皆贼臣之误国也。使满朝皆褚遂良，亦无可如何矣。有瞿宗吉《题则天故内》诗为证：

堪恨当年武媚娘，手持唐玺坐明堂。
不思仙李方三叶，却爱莲花似六郎。
废苑荆榛来雉兔，故宫禾黍没牛羊。
尚余数仞颓垣在，遥对龙门山色苍。

不说武则天后竟代了唐朝天下，且说那误国贼臣许敬宗，自杀死多人之后，人人畏之如虎，势焰通天。武则天日有赐、月有赏，恩宠无比。杭州人因他害了褚遂良一家，无不忿恨，无不笑骂。许敬宗道：“我只图自己的功名富贵，管人笑骂做甚！”从来道：

笑骂由他笑骂，好官自我为之。

许敬宗自己扬扬得意，富贵已极，遂多买姬妾，日日取乐，造连楼数百间，飞楼画阁，缈然出于云汉之间。又置骏马百匹，命诸姬各骑骏马在连楼上驰走，以此为乐。年纪渐老，心性不甚防闲，姬妾往往与人通好，他也全不在心上。所以当时杭州人嘲笑道：

最是五更留不住，向人头畔着衣裳。

敬宗又宠一个丫鬟，名为柔花，正妻死后，就把柔花立为继室。

他长子名许昂，不忿柔花做了继室，思量要烝淫柔花，使他声张不起；柔花年纪后生，又不忿伴这老子，况且原是极淫滥的一个丫鬟，那里便肯收心。见许昂年纪后生，心中也有几分看相许昂之意，不时将眉眼言语来勾引许昂，正中许昂之意。两人一拍就上，就与高宗、武媚娘事一样。一日，二人正在烝淫之时，却被敬宗撞见了，大怒之极，将儿子奏于高宗，斥之岭外，直至多年方才表还，人人无不知此丑事。杭州人因此称之为“贼臣老龟”，其报应之妙不爽如此，八十一岁而死，真贼臣老龟也，所当以桑树煮之者耳。太常博士袁思古议道：“许敬宗生平不忠不孝，闺门污秽，人伦不齿。弃子于远方，嫁女于蛮夷，无一可取。”遂谥曰“缪”，人无不快心焉。褚遂良至德宗之时，知其忠直，追赠太尉。曾孙褚璆亦有祖上之风，拜监察御史里行。先天中，突厥围北庭，诏璆持节监督诸将破之，迁侍御史，拜礼部员外郎。至今杭州人因其忠直，所居之地遂称为“褚堂”。地以人重如此，至今香火不绝。若说到许敬宗，便人人厌秽，个个吐口涎沫，凡姓许者，不敢认敬宗为祖上焉。有诗为证：

再拜遗祠念昔贤，忠臣为国岂徒然。
敬宗遗臭甘千古，说与来人何学焉。

第三十三卷

周城隍辨冤断案

肃肃清风獬豸衣，一生守法并无违。
丹墀拜罢寒威彻，万古千秋烈日辉。

从来只有冤狱难断，俗语道：“宋朝阎罗包老，曾断七十二件无头事。”我朝也有一人与阎罗包老一样。在下未入正回，先说一件事，几乎枉冤。奉劝世上做官的不可轻忽，人命关天，非同小可，切须仔细，果是死者不可复生，若屈杀了他，九泉之下，死不瞑目，毕竟有报。

话说万历丙戌年，京师有一刘妇人，先前与一个罗长官通奸，邻里都知此事。后来罗长官有事出外，竟不相往来。刘妇人的丈夫在外佣工，经年不回。这刘妇人是个极淫之人，见丈夫经年不回，欲心如火一般，罗长官又长久不来，好生难过，遂取胡萝卜一根如阳物长大者，放在被窝之中，每到夜间，先将萝卜润之以唾沫，插入阴门之内，一出一入以为乐。心心念念想着罗长官，到那乐极之处，口里咿咿呀呀只管哼着“达达罗长官”。每夜如此哼罗长官不绝声，邻人都听得，只道罗长官又来仍修旧好，那里得知，这个罗长官不是那个罗长官。有个江虎棍，一向看上这刘妇人，又见此妇与罗长官通奸，屡屡要来踹浑水。此妇再三不从，江虎棍甚恨，道：“你既与罗长官通奸，怎生不肯与俺通奸，难道俺不如罗长官？”常要杀这两个奸夫奸妇，以泄胸中之忿。一日，这刘妇人的丈夫佣工回来，带了些佣工钱而回，买了些烧刀子，吃了上床而卧。云雨之后，鼾鼾睡去。江虎棍在门边窃听，不闻得哼罗长官之声，也不知道他的真正丈夫归来，暗暗的道：“这骚根子夜夜哼罗长官，今夜不哼，想是罗长官不在，定是独睡，俺挨进求奸，如再不允，先杀了这骚根子，后再杀罗长官未迟。”想了一会，回到家，取了尖刀一把，潜身跳入这妇人宅内，听得有两人鼻息鼾睡之声，江虎棍认定是罗长官，大怒之甚，拔出刀来，连杀二人而去。次日巡城御史拘左右邻里审问夫妇被杀之故，邻人一齐都道：“先前此妇原与罗长官通奸，近日这妇人每夜呼罗长官，然但闻其呼罗长官，并没有见罗长官的踪迹。今日夫妇一齐杀死，或是罗长官妒奸之故，亦未可知。”御史就拿罗长官来究问，不容分辩，竟问成死罪。罗长官哀诉道：“日前委有奸情，近来有事，绝不相往来，已隔了七年余矣，怎生还有这杀死之事？”御史道：“邻人都说这妇人每夜呼罗长官，不是你是谁？”罗长官竟辩不得，问成妒杀之罪，秋后处决。临刑之时，罗长官大声喊叫，极口称冤，官府暂免行刑。这日江虎棍见要处决罗长官，心中有些不安，走到市上，看着这罗长官将杀，暗暗嗟叹不已。不知不觉，天理昭昭，走回对妻子道：“世间有多少冤枉事！俺杀了人，反将罗长官抵罪，真是捉生替死。”妻子问道：“是怎么缘故，你怎生杀了这男女？”江虎棍将始末根由一一说出。不意他这妻子也与一个人通奸，那日奸夫正走进门，与他妻子行奸，正在得意之际，不意江虎棍回来，奸夫慌张躲人暗处。江虎棍说话之时，被这奸夫一一听得明白。这奸夫正要摆布这个江虎棍，驱除了他，便与他妻子一窝一被，安心受用。今日可可的落在他手里，便与他妻子计较端正，要乘此机会断送了江虎棍，做永远夫妻，遂教他妻子到官出首此事。江虎棍活人活证，怎生抵赖？一一招承，遂一刀决了，方才出脱了罗长官之罪。果是：

近奸近杀古无讹，恶人自有恶人磨。

小子单说这一件事，可见折狱之难，不知古来冤枉了多少！看官，你道浙江城隍爷爷姓甚名谁？这尊神道原是广东南海人，姓周，单讳一个“新”字，初举乡荐，为御史弹劾敢言，贵戚畏惧，与宋朝包拯是一样之人。那包拯生平再不好笑，人以其笑比之黄河清，又道：“关节不到，有阎罗包老。”所以人称之为“阎罗包老”。我朝这尊活神道人都称他为“冷面寒铁周公”。永乐爷亦知其名，命他巡按福建及永顺、保河，凡所奏请，无有不从，后擢云南按察使，又改浙江按察使。

不说这尊活神道来做官，且说浙江金华府有个冤枉的人系于狱中，这人名王可久，家中颇有田产。王可久收了些货物，到福建漳州做生意，他一个伙计却去下海。时海禁甚严，那伙计贪图海外利息，指望一倍趁十倍。正到海边，不期被巡兵拿住，下在狱中。那些牢头狱卒叫他妄扳平人，以为诈害之端，遂连王可久也监禁在狱中受苦，一连七年不得回来。王可久的妻子耿氏，年纪后生，甚有颜色，见丈夫一连七年不回，心中焦躁，闻得市上有个杨乾夫，会得推命，就走到杨乾夫家，将丈夫八字推算。杨乾夫知道王可久七年不回，见这耿氏又生得标致，并无儿女牵缠、伯叔主张，况且广有田产，一边推算，便起奸谋之心，假意惊慌道：“这个八字，是十恶大败之命。据前岁流年看将起来，日犯岁君，又无吉星救护，死已三年矣，还算什么来？”这耿氏听得说丈夫死了，便掉下泪来。杨乾夫又劝住道：“且莫要哭，恐一时心粗，看差了亦未可知。将这八字放在这里，待我慢慢细细加意与你推算，隔数日来讨实信。”耿氏便手上除下一个金戒指来，送与杨乾夫道：“劳先生细细与奴家丈夫推算则个。”说罢自去。隔了数日，耿氏走来讨实信。杨乾夫不住叹息道："我始初只道推算不细，还有差错之处，一连几日，细细与你查流年、月建度数，并无一毫生气。寅申相冲，太岁当头，准准在前年七月间死矣。如今这两个流年，都是入木之运，久已作冢中枯骨了。但不知娘子命运如何，待在下再与你细推，便知分晓。"耿氏说了八字，杨乾夫算道："娘子这八字大好，不是前夫的对头。但前年七月间丧门、白虎星动，必生刑伤克夫之祸，又无儿女，若肯再嫁，倒有收成结果。今年红鸾、天喜吊照，必主有招夫之喜。"耿氏见说，大动其心而去。杨乾夫自此之后，每夜深之时，悄悄走到耿氏墙门之外假装鬼叫，或抛掷砖瓦以惊惧耿氏，耿氏果然心慌。一边就叫心腹媒人到耿氏处说亲。耿氏只道丈夫果死，将错就错，嫁了这杨乾夫。杨乾夫又精于房中之术异常，与耿氏恣为淫乐，耿氏甚喜。杨乾夫中了耿氏之意，便把他家产尽数占而有之。王可久十年受累，方才放回，身边并无一文，叫化而回。走到家里，妻子、田产已并属别人了，访问是杨乾夫娶去。只得走到他门首探访信息，恰好耿氏在于门首。王可久衣衫百结，况狱中监禁多年，其人如鬼一般模样，连耿氏也十分认不出了。王可久见了自己妻子，正哭诉其事。杨乾夫一见，将王可久毒打一顿，筋骨俱伤，反说他泛海漏网，竟将他告府。你道杨乾夫好狠，就将王可久前时家中积下的钱财费了数百金买上买下，尽数用透了。王可久一句也辩不得，问成泛海之罪，下在狱中，就要暗暗安排死他。幸而天可怜见，这尊活神道来，已知这件冤枉之事，急提这一干人犯来审。一一审出真情，将杨乾夫即时打死，其作法书吏并强媒一并问罪，耿氏知情不救，杖卖，其田产悉判归王可久。若周爷迟来数日，王可久已为狱中冤鬼矣。即日逐去了这个胡涂知府，从此纪法肃然。

他初来浙江之时，道上忽有苍蝇数千，薨薨的飞到他马前，再赶不去。他道定有冤枉，叫皂隶跟着这苍蝇，看集于何处，遂就地掘将起来，得一个死尸，却是死不多几日的尸首，身边只有一个小小木布记在上。周爷叫把这个小木布记解下，带到任上，悄悄叫人到市上去买布，看布上有这个记号的，即便拿来，细细审问道：“你这布是谁人发卖与你的？”那店主人转转说出，遂将那人拿来一审，果是打劫布商之人。追出原赃，召布商家领去。家中方才得知死于劫贼之手，将劫贼问成死罪。

一徽客，到于富阳道傍，见一粘鸟鹊之人，竿上缚着二鹊，二鹊见徽客不住悲鸣，有求救之意。徽客甚是哀怜，把二分银子付于粘竿之人，买此二鹊放生。徽客不老成，一边打开银包之时，其中银两甚多，散碎者不计其数，当被驴夫瞧见，遂起谋害之心。走至将晚幽僻之处，从驴上推将下来，用石块打死，埋于道傍，取其银包而去，竟无人知其事。怎知那二鹊感放生之恩，一直飞到按察使堂上。周爷正在坐堂之时，那二鹊直飞到案桌边悲鸣不已，似有诉冤之意。皂隶赶起，又飞将下来，其声甚是悲哀。周爷吩咐二鹊道：“汝莫不有冤枉之事伸诉？如果有冤枉，可飞到案桌之上鸣叫数声。”二鹊果然飞到案桌上鸣叫数声，头颠尾颠。周爷又吩咐二鹊道：“果有冤枉，吾命皂隶随汝去。”就叫一个皂隶随二鹊而去。二鹊果然通灵，一路飞鸣，似有招呼之意，直到富阳谋死处飞将下来，立于土堆之上，鸣噪不住。皂隶扒开土来一看，果有一个谋死尸首，头脑打碎，身边却有马鞭子一条。皂隶取了这条马鞭来报与周爷。周爷夜间睡去，见一人披头散发跪而哭道：“小人的冤家非桃非杏，非坐非行，望爷爷详察。”说罢而去。次日坐堂，想这一条马鞭定是驴夫谋死失落之物，即命富阳县尽将驴夫报名查数。富阳县将驴夫名数送来，中有李立名字。周爷见了悟道：“非桃非杏，非坐非行，非‘李立’而何？”登时把李立拿来。李立见了周爷，不打自招承，果系谋死。追出原银，已用去一半，问成死罪；徽客尸首着亲属埋葬。有诗为证：

二鹊感恩知报冤，急来堂上乱鸣喧。

若无此位灵神道，谁洗千年怨鬼魂？

话说当年艮山门外，有座翠峰寺，是五代时建造，去城甚远。其中和尚多是不守本分之僧，虽然削去头发，其实广有田园桑地，养猪养羊，养鸡养鸭，看蚕杀茧，畜鱼做酒，竟是一个俗家便是，只是夜间少一个标致妇人伴宿。从来道“饱暖思淫欲”。这些和尚日日吃了安闲茶饭，又将肥肉大酒将养得肥肥胖胖，园里有的是嫩笋，将来煮狗肉吃。像鲁智深说得好：“团鱼腹又大，肥了好吃。狗肉俺也吃，说甚么‘善哉’。”虽然如此，却没有鲁智深这种心直口快之性。这些和尚只因祖代传流，并不信因果报应之事，吃荤酒惯了，只道是佛门中的本等。不说自己不学好，倒怨怅父母将来把在寺中，清清冷冷，夜间没有妻子受用。有诗为证：

僧家只合受清贫，若果赢余损自身。
何不看经并念佛，贪他荤酒受沉沦！

就中有两个小和尚，尤为不好，一发是个色中饿鬼，一个叫做妙高，一个叫做慧朗。

不说这两个不好，且说村中一个妇人霍四娘，丈夫务农为生。霍四娘年纪二十八岁，颇有几分颜色。一日要回娘家去，因娘家住得颇远，不免起早梳洗，穿了衣服走路。因起得太早，况且是乡村野地，路上无人行走，霍四娘一路行走，不觉倦将上来，打从这寺前经过，且到山门前略略坐地。这霍四娘千不合、万不合，单身独自坐在山门前。你道这冷清清之处，可是你标致妇人的坐处么？恰好这两个冤家出来，劈头撞着，看见他标致，暗暗道：“我的老婆来矣。”便假作恭敬上前道：“大娘请到里面奉茶。”霍四娘道：“不消得。”两个和尚道：“大娘到那里去？”霍四娘道：“到娘家去。”两个道：“大娘恁般去得早！”霍四娘道：“路途遥远。”两个道：“既是路途遥远，怎生不进小寺奉一杯茶去，接一接力？”霍四娘道：“就要起身。”说罢，便要移步。两个不舍得，见路上并无行人，便一把抱住，拖扯而进，要强奸这霍四娘。霍四娘不从，大骂“该死秃驴”，骂不绝声。两个和尚大怒之极，把厨刀登时杀死，将尸首埋在一株大冬青树之下，更无人知觉，连本寺和尚也不知道。因寺中宽大，各房住开，这房做事，那房并不知道。况且起早，谁疑心有这件事来？冤魂不散，自有天理。一日周爷坐堂，忽然旋风一阵，将一片大树叶直吹到堂上案桌边，绕而不散，其风寒冷彻骨，隐隐闻得旋风中有悲哭之声，甚是凄惨。周爷道：“必有冤枉。”叫左右看视此叶，都道城中并无此大叶，只有艮山门外翠峰寺有此一株大冬青树，去城甚远。周爷悟道：“此必寺僧杀人埋其下，冤魂来报我也。”即时带了多人，来到翠峰寺大冬青树下发掘，不上掘得数尺，掘出妇人尸首，尚是新杀死的。周爷将和尚一一审过，审到这两个和尚，满面通红，身子不摇自颤，一一招出杀死情由。先打八十，问成死罪。细搜寺中，猪羊鸡鸭成群，房房都是酒池肉林。大怒之极，将每个和尚各责三十，押还原籍，将寺尽行拆毁，田产俱没入官，变卖以济贫民。有诗为证：

猪羊鸡鸭闹成群，释氏魔头此是君。
更有两名淫色鬼，活将妇女杀之云。

又有一个做经纪之人，名石仰塘，出外多年生意，趁得二百两银子。未曾到家，看见天色将暮，恐自己孤身被人谋害，在晏公庙走过，悄悄将来藏在香炉底下。夜深归去，敲开了门，妻子见了道：“出外多年，趁得多少银子？”石仰塘道：“趁得二百两，我要拿回来，看天色已晚，孤身拿了这二百两银子，恐有失所，我将来悄悄藏在晏公庙石香炉底下，并无人得知，明日清早去取来。”说罢，吃了夜饭，上床而睡。次日清早，到晏公庙石香炉底下一摸，只叫得苦，不知低高。原来被人知觉，早已替他拿去了。石仰塘只得到周爷处具告，诉说前由。周爷道：“你放银子之时，黑暗中可有人瞧见？”石仰塘道：“并无一人。”周爷道：“你可与谁说来？”石仰塘道：“只回家与妻子说，并无他人知道。”周爷笑道：“定是你妻子与人通奸，被奸夫听得，先取去了。”即拿妻子来当堂审问，果系与人通奸。其日石仰塘回时，奸夫慌张，躲入床下，石仰塘说时，奸夫一一听得明白。石仰塘走出外面，妻子乘机放奸夫从后门逃走，那奸夫就走到晏公庙，香炉底下取了这二百两银子，欣欣而去。果是：

隔墙须有耳，床下岂无人？

遂问以淫妇奸夫之罪，追出原银。尚未出脱。

又有一个杭府中狱囚，已经多年，忽然讦告乡民范典曾与同盗。周爷知是诈，遂叫范典到官，细细审问。范典称冤不已，道：“与盗曾不识面，如何得有同伙之事？”周爷深知其受诬，遂叫范典穿了皂隶衣服、头巾，立于庭下，叫皂隶却穿了范典的衣服，跪于庭中，叫他不要则声。骤然出其不意，取出这个狱囚来与这假范典同跪一处。周爷问道：“你告他同盗，他却不服。”狱囚看了这假范典道：“你与我同盗，今日如何抵赖？”假范典低着头，只不则声。周爷又故意问道：“莫非不是他！”狱囚又看了一遍道：“怎生不是他？他叫做范典，住在某处，某年与小的同做伙计，某年月日同盗某家，分赃多少，某月日又盗某家，分赃多少。小的与他同做数年伙计，怎生不是他？”说得一发凿凿可据。周爷笑道：“你与范典初不相识，将我皂隶指成同伙，其间必有主使之人。”用起刑法，果是一个粮长与范典有仇，买盗妄扳。周爷大怒，遂将二人打死。自此之后，再无狱囚妄扳平民之害。有诗为证：

狱囚往往害平民，必有冤家主使人。
此等奸顽须细察，莫将假盗认为真。

话说湖州一个百姓洪二，腰了重资，要到苏州置买货物，到湖州发卖，叫了一只船，洪二在船中等候小厮，久而不至，梢公王七见洪二行囊沉重，独自一个在船，小厮又不来，况且地僻无人看见，遂起谋害之心。把洪二一耸推落水中而死，把这行囊提了回去，反走到洪二家里敲门问道："怎么这时还不下船？"洪二妻子吃一惊道："去了半日了。"王七道："我道这时候怎生还不下船，定是又到别处去了。"霎时间，只见小厮走回道："我到船中去，并不见主人，不知到那里去了，又不见行李。"妻子道："他拿了行李，自然到船中去，难道有闲工夫到别处去？"王七道："我因等不见官人下船，只得走来寻官人下船。"彼此争论不已，竟无下落。告官追寻，彼此互推，杳无影响。告在周爷手里，周爷看王七之相甚是凶恶，密问洪二妻子道："船家初来问时，怎么的说话？"洪二妻子道："丈夫将行李去了多时，船家来敲门，门还未开，便叫道：'娘子，怎么官人还不下船来？'"周爷又拘洪二两邻来问道："你可曾听得王七敲门时怎么的说话？"两人都道："听得王七敲门道：'娘子，怎么官人还不下船来？'"周爷拍案大骂道："王七，是你杀死了，你已是招承了，怎敢胡赖？"王七还强辩。周爷道："你明知官人不在家，所以敲门开口称娘子，若不是你谋死，怎么门还未开，你不先问官人，开口便叫娘子？不是你谋死是谁谋死？"王七被说着海底眼，神魂都摄，满脸通红，浑身自颤起来，一发知得是他谋死。遂一一招承，追出洪二行李，一一无差，问成死罪。有诗为证：

> 从来折狱古为难，声色言词要细看。
> 若把心思频察取，可无冤狱漫相奸。

有两个争雨伞的，打将起来。张三道："是我的。"李四道："是我的。"两人争论不决。周爷便将伞劈破，各得一半，暗暗叫人尾其后。张三道：“我始初要把你二分银子，你干净得了二分银子有何不好？如今连这二分银子都没了。”李四道：“原是我的伞，怎生强抢我的！”遂把张三拿进，责罚二十，仍照数买伞与李四。

又有二人争牛，彼此不决。周爷大怒：“将此牛入官，令人牵去。”一人嘿嘿无言。一人喧忿，争之不已。周爷即判与喧然之人，道：“此必尔之牛也，所以发极忿争；此牛原与彼无与，所以嘿嘿无言。”即责治其人。其发奸擿伏之妙，种种如此，不能尽述。

那时衙门中有个积年老书手，名为莫老虎，专一把持官府，窥伺上官之意，舞文弄法，教唆词讼，无所不至。周爷访其过恶多端，害人无数，家私有百万之富，凡衙门中人无不与之通同作弊。周爷道：“此东南之蠹薮也。衙蠹不除，则良民不得其生。”遂先将莫老虎毙之狱中，变卖其家私，粜谷于各府县仓中，以备荒年之赈济。凡衙门中积年作恶皂快书手，该充军的充军，该徒罪的徒罪，一毫不恕。自此之后，良民各安生理，浙江一省刑政肃清，皆周爷之力也。周爷尝道：“若要天下太平，必去贪官。贪官害民，必有羽翼，所谓官得其三，吏得其七也。欲去贪官，先清衙门中人役，所以待此辈不恕。”

那时有钱塘知县叶宗行，是松江人，做官极其清正，再不肯奉承上司，周爷甚是敬重。后来叶宗行死了，周爷自为文手书以祭之，盖重其清廉，且将以风各官也。每巡属县，尝微服，触县官之怒，收系狱中，与囚人说话。遂知一县疾苦，明日所属官往迎，乃自狱中出，县官恐惧伏谢，竟以罪去。因此诸郡县吏，闻风股慄，莫敢贪污。始初入境之时，有暴虎为害，甚是伤人。周爷自为文祷于城隍之神，那虎自走到按察司堂下伏而不动，遂命左右格杀之。有诗为证：

周新德政，服及猛虎。
今之城隍，昔之崔府。

同僚一日馈以鹅炙，周爷悬于室中，后有馈者指示之。周爷原是贫家，夫妻俱种田为生，及同官内宴，各盛饰，惟周爷夫人荆钗布裙以往，竟与田妇一样，盛饰者甚是惭愧，更为澹素，其风节如此。所以当时周宪使之名震于天下，虽三尺童子莫不称其美焉。那时锦衣尉指挥纪纲有宠，使千户到浙江来缉事，作威受赂，害民无比。周新将来痛打了一顿，千户即时进京哭诉于纪纲，纪纲奏周新专擅捕治，永乐爷差官校拿周新至殿前，周新抗声陈说千户之罪，且道："按察使行事与在内都察院同，陛下所诏也。臣奉诏擒奸恶，奈何罪臣？臣死且不憾！"其声甚是不屈，永乐爷大怒，命杀之。周新临刑大呼道："生为直臣，死当为直鬼。"是夕太史奏文星坠，永乐爷悟其冤枉，甚是懊悔，即将千户置之死地，以偿其命。顾问左右侍臣道："新何处人？"侍臣对道："广东人。"永乐爷再三叹息："广东有此好人，枉杀之矣。"悼惜者久之。自后尝见形于朝。一日，忽见一人红袍立日中，永乐爷大声呵叱，遂对道："臣浙江按察使周新也。奉上帝命，以臣为忠直，为浙江城隍之神，为陛下治奸臣贪吏。"言讫，忽然不见。永乐爷遂再三叹息。后来周新附体在浙江城隍庙前的人道："吾原是按察使周新，上帝以吾忠直，封吾为城隍神。可另塑吾面貌，吾生日是五月十七也。"众人见其威灵显赫，遂一新其庙貌，移旧城隍像于羊市里。有诗为证：

威灵显赫是城隍，未死威灵即有光。
直臣直鬼无二直，总之一直便非常。

又有诗赞道：

于谦死作北都神，周新死作浙江神。
人生自古谁无死，死后仍为万古身！

第三十四卷

胡少保平倭战功

东海小明王，温台作战场。

虎头人最苦，结局在钱塘。

这四句是嘉靖初年杭州的谣言。从来谣言是天上荧惑星精下降，化为小儿，倡布谣言。始初人不解其意，后便句句应验。“东海小明王”者，徐海作乱于东海，称“小明王”也。“温台作战场”者，那时倭乱，温、台无不残破也。“虎头人最苦”者，应募之人多处州，“处”字是“虎”字头也，其杀死尤多。“结局在钱塘”者，贼首王直被胡少保擒来斩于钱塘市也。

话说嘉靖三十一年起，沿海倭夷焚劫作乱，七省生灵被其荼毒，到处尸骸满地，儿啼女哭，东奔西窜，好不凄惨。直到三十六年十一月被胡少保用尽千方百计、身经百十余战，剪灭了倭奴，救了七省百姓，你道这功大也不大！如今现现成成享太平之福，怎知他当日勘定祸患之难，不知费了多少的心血！后来鸟尽弓藏，蒙吏议而死，说他日费斗金。看官，那《孙武子》上道：“兴师十万，日费千金。”又说道：“重赏之下，必有勇夫。”征战之事，怎生锱铢较量，论得钱粮？又说他是奸臣严嵩之党。从来道，未有权臣在内，而大将能立功于外者，所以岳飞终死于秦桧之手，究竟成不得大功。英雄豪杰任一件大事在身上，要做得完完全全，没奈何做那嫂溺叔援之事，只得卑躬屈体于权臣之门，正要谅他那一种不得已的苦心，隐忍以就功名，怎么絮絮叨叨，只管求全责备！愿世上人大着眼睛，宽着肚肠，将就些儿罢了，等后来人也好任事。有诗为证：

鸟尽弓藏最可怜，到头终有恶因缘。
扫除七省封疆乱，听我高歌佐酒筵。

这一回事体繁多，看官牢记话头。话说那倡乱东南、骚扰七省的是谁？姓王名直，号五峰，徽州歙县人，少时有无赖泼撒之气，后年渐大，足智多谋，极肯施舍，因此人肯崇信他。相处一班恶少，叶宗满、徐惟学、谢和、方廷助等，都是花拳绣腿，好刚使气，三十六天罡、七十二地煞之人。王直一日说道："如今都是纱帽财主的世界，没有我们的世界！我们受了冤枉，那里去叫屈？况且胡涂贪赃的官府多，清廉爱百姓的官府少。他中了一个进士，受了朝廷多少恩惠，大俸大禄享用了，还只是一味贪赃，不肯做好人，一味害民，不肯行公道。所以梁山泊那一班好汉，专一杀的是贪官污吏。我们何如到海外去，逍遥欢哉之为乐也呵！"众人都拍掌笑道："此言甚是有理。"因此大动其心。王直因问母亲汪妪人道："我生之时，可有些异兆么？"汪妪人道："有异兆。生你之时，梦大星入怀，旁边有个峨冠的大叫道：'此弧矢星也。'已而大雪，草木皆冰。"王直欢哉乐也的笑道："天星入怀，断非凡胎。草木皆冰，冰者，兵象也，上天要把兵书战策与我哩！"因而遂起邪谋。

嘉靖十九年，遂与叶宗满这一班儿到广东海边打造大船，带硝黄、丝绵违禁等物，抵日本、暹罗、西洋诸国，往来互市者五六年，海路透熟，日与沿海奸民通同市卖，积金银无数。只因极有信行，凡是货物，好的说好，歹的说歹，并无欺骗之意。又约某日付货，某日交钱，并不迟延。以此倭奴信服，夷岛归心，都称为“五峰船主”。王直因渐渐势大，遂招聚亡命之徒徐海、陈东、叶明等做将官头领，倾资勾引倭奴门多郎、次郎、四助、四郎等做了部落。又有从子王汝贤、义子王滶做了心腹。从此兵权日盛，威行海外，呼来喝去，无不如意。那时广东有一伙海贼陈四盼，自为一党，王直与他有仇，遂用计杀了陈四盼这一党，因而声言：“我宣力本朝，请开互市。”官府不许他开互市，只叫将官馈米百石以为犒赏之资。王直大怒，大惊官府，将米投之海中，遂激怒众倭奴道：“俺请开互市，彼此公平交易，都有利息，并不扰害你中国。你不许俺开互市，是绝俺们生意。俺们不免杀入中国抢掳罢。”众倭奴一齐欢哉乐也。踊跃从命。

三十一年二月，王直遂吩咐倭奴杀入定海关，自己提大兵泊在烈港，去定海水程数十里。沿海亡命之徒，见倭奴作乱，尽来从附，从此倭船遍海为患。是年四月，攻破游仙寨，百户秦彪战死。又寇温州，破台州黄岩县，杀掠极惨，苦不可言，东南震动。三十二年四月，倭犯杭州，指挥吴懋宣率领僧兵战于赭山，尽被杀死。又陷昌国城，百户陈表战死。从此倭船至直隶、苏、松等处，登岸杀掠。参将俞大猷率领舟师数千，围王直于烈港，王直以火箭突围而走，从此怨中国益深，又看得官兵不在眼里。遂打造大海船联舫，方一百二十步，每船可容二千人。栅木为城，为楼橹四门，城上可以跑马往来，屯聚在萨摩洲的松浦津，称为“京城”，自称为“徽王”，分布各头目控制要害之地，共有几处：丰前、丰后、筑前、筑后、肥前、肥后、萨摩、日向、大隅、九州、前平、马肥、飞兰、鸟渊、沉马、美美、花脚踏、太津村、何马屈沙、他家是、卒之毛儿、空居止、通明、巨甲、庙里、日高，共有三十六岛，都是他部下，听其指挥。遂分兵四面杀掠，攻陷临山城。六月，寇嘉兴、海盐、澉浦、乍浦、直隶、上海、淞江、嘉定、青村、南汇、金山卫、苏州、昆山、太仓、崇明等处，或聚或散，出没不常，凡吴越之地，经过村落市井，昔称人物阜繁，积聚殷富之处，尽被焚劫。那时承平日久，武备都无，到处陷害，尸骸遍地，哭声震天。倭奴左右跳跃，杀人如麻，奸淫妇女，烟焰涨天，所过尽为赤地。柘林、八团等处都作贼巢。三十三年二月，又分兵入掠，贼从赭山、钱塘至曹娥，涉三江、沥海、余姚，直走定海之王家团。复有一支盘据普陀山，焚劫海盐、龙王塘、乍浦、长沙湾、嘉兴、嘉善等处。又有一支攻昆山、苏州、松江等城。既又奔萧山，分寇临山、沥海、上虞，转攻嘉兴。官兵与贼战于孟家堰，指挥李元律、千户薛虞、宋应兰战死。又贼四十余人突入百家山，百户赵轩、梁喻战死。又寇沈家河、智扣山、黄湾等处，都司周应祯战死。又寇蒲门、壮士所，乘舟遁出金山洋，突入松门关，薄于灵门、台州。又贼二百余人发自海门港，直攻台州、仙居、新昌、嵊县，屯于绍兴柯桥村。又贼二千余人，焚劫嘉善，广西领兵百户赖荣华战死。三十四年正月，领兵佥事任环与贼战于吴松江采掬港，杀贼二百余人，被他埋伏一支兵杀来，我兵败了一阵。四月，贼众四千攻围金山城，寇常熟。

且说海上一支最盛的贼兵是徐海，混名“明山和尚”，自称为“小明王”，原是徐惟学的侄子。先前徐惟学把徐海做当头，当在大隅州夷人之处，借钱使用。后来徐惟学到广东南岙，被守备指挥杀了，大隅州夷人问徐海取讨原银。徐海道：“待俺抢掳来还你便是。”遂同倭酋辛五郎聚舟结党，多至数万人，入南京、浙西诸路，屯据柘林、乍浦。率数千人，水陆并进，声言先攻嘉兴，次及杭州。那时无兵可恃，军民汹汹，好生慌张。

虽然兵势多汹涌，幸有持危戡乱人。

这戡定祸乱之人姓胡，双讳“宗宪”，号梅林，乃徽州之绩溪人也。嘉靖戊戌年进士。其人有倜傥之才，英雄之气，机变百出，胸藏韬略，智谙孙、吴。初任余姚知县，朝廷知其有才，即钦取为浙江监察御史。那时胡公正巡浙东台、温诸郡，见了这报，连日夜到于嘉兴地方。适倭奴从嘉善杀来，迤逦近城外，城中百姓震恐。胡公道：“兵法攻谋为上，角力为下，况且如今无兵，何以处之？”因暗暗取酒百余瓶，将泥头钻通，放毒药于酒中，仍旧塞好，载了两船，选有胆量机警、走得快的兵士假扮解官，解酒赐军。船头上挂了号牌，故意载到贼人所过之处，见贼人杀来，即忙解去冠带逃走。贼人遂不疑心，走报倭酋。倭酋正在口渴之际，见了此酒，都欢哉乐也的笑。打开泥头，一阵馨香扑鼻，遂开怀放量而饮之，却不是《水浒传》道“倒也，倒也”！胡公又命村市酒家，都放了毒药，偿以酒价；民家所有之米，浸以药水，潜地逃去。贼人争先饮酒，取米煮饭，食者都死。四五停中死了一停。虽然如此，争奈贼人甚多，我兵甚寡，兼且每每战败之余，人心畏惧。适值宣慰司彭荩臣领土兵数千到，甚是雄壮可用。胡公恐其恃勇轻进，有犯禁忌，叫人对彭荩臣说道：“贼人甚是狡猾，但可用智，不可力敌；最善于埋伏，且知分合之势，我兵常为其所诱。宜分奇正左右翼击，防其冲围，切须仔细。”彭荩臣不听胡公之言，到于石塘湾，两军相接，彭荩臣恃勇轻进，果被伏兵杀败，堕贼之计，始大懊悔，遂有溃志，远近震骇，众人失望。胡公道：“如此则我处无兵，其事立败矣。”遂亲到军营宣谕慰安道：“胜败兵家之常，何足介意？你因不知地利，误中贼计。我闻贼人头目多死，众无统领，况久不得食息，此必败之道，甚不足畏。”胡公见苗兵多无衣甲器械，遂命各当铺出旧衣颁给，又赐钱帛牛酒饮食，又叫各工打造器械，特悬重赏。苗兵感激思奋。胡公见苗兵可用，遂指画石塘地形曲折，吩咐道：“你把兵分为三队，一队为前锋，从塘路进；一队为奇兵，伏于道左；一队为水兵在船，环列道右，防其奔逸，都在前锋数里之后。前锋迎敌，诈败佯输而走，走到伏兵之处，放炮一声，伏兵尽起，三面合围剿贼，无有不胜之理。”仍令土人引导，彭荩臣一听胡公之计，贼果大败而逃，逃到平望。又别有苗兵一支屯在平望，适值总督张经从松江兼程而来，又永顺宣慰彭翼南复从泖湖西来；胡公得知两路有兵，遂檄参将卢镗与总兵俞大猷统浙直狼土兵，躬穿甲胄，亲自激励，驰马趋出，四面合围，军声大振。贼人大败，逃还王江泾，被我兵斩倭首三千余级，溺水死者不计其数，因改名为“灭倭泾”。盖前此以来战输者心胆俱丧，只道倭奴如鬼神一般不可犯。自此之后，方知贼甚可杀，人人有斗志矣。此初出茅庐第一功也。

余外败残倭贼，一支走崇德到省城，一支寇苏州、常熟，都是内地奸民为之向导。常熟知县王铁与致仕参政钱泮被杀；又攻围江阴，连月不解，府援兵不至，知县钱錞死之；又寇唐行镇，游击将军周璠战死。又有贼九十三人自钱塘白沙湾入奉化仇村，经金峨突七里店，宁波百户叶绅战死；从宁波走定海崇丘乡，又到鄞江桥，历小溪、樟村，宁波千户韩纲战死。又走通明坝，渡曹娥江，时御史钱鲸便道还慈溪，被贼杀死。慈溪无城，知县负印而走，杀乡宦副使王镕、知府钱焕，焚劫士民，极其惨毒。又过萧山，渡钱塘，入富阳、严州，寇徽州之绩溪，参将卢镗以劲兵出油口溪扼住。贼奔太平府，渡采石江，逼南京城下，京营把总朱襄、蒋陛被杀，城门昼闭。贼又东掠苏州，到处焚劫。朝廷遂把总督张经拿进京去，因胡宗宪有才略，可大任，遂进都御史，提督军务。

胡公到任八日，闻幕府麾下募卒只得三千人，又俱老弱之人，原旧所征四川、湖广、山东、河南诸兵又罢去，所恃缓急者，唯容美土兵千人及参将宗礼所领河朔兵八百人而已。南北诸倭共有万数之多，众寡不敌。胡公细细想道：“贼人进退纵横，都按兵法，决然是王直坐中军帐调拨人马无疑。如今骚扰的都是王直部落，毕竟要着人到王直处说他投降中国，封以官爵，然后离散他的党羽，渐渐可擒也。”计议已定，先前曾把王直的母亲、妻子监禁金华府狱中，如今便即时放出，与以好衣食，把他好宅子居住。遂上本请朝廷移谕日本国王，要他禁戢部落，其实察王直消息也。朝廷从其请。胡公遂选两个能言舌辩的秀才，一名蒋洲，一名陈可愿，充为市舶提举官以行。胡公授密计于两个秀才道："王直远在海外，难与他角胜于舟楫之间，要须诱而出之，使虎失其负嵎之势，乃可成擒耳。"又说道："王直南面称孤，身不履战阵，而时遣部落侵轶我边疆，是直常操其逸，而以劳疲中国也。要须宣布皇灵，携其党羽，则王直势孤，自不能容，然后劝之灭贼立功，以保亲属，此上策也。"蒋洲二人领计而行。这两个生员不比南安府学生员陈最良腐儒没用。有分教：

海外国王做了一字齐肩王，徽州王直做了法场上王直。荡平三十六岛烽烟，扫除三十六年血迹。

有《牡丹亭记》曲为证：

兵如铁桶，一使在其中。将折简，去和戎，你志诚打的贼儿通。虽然寇盗奸雄，他也相机而动。你这书生正好做传书用。仗恩台一字长城，借寒儒八面威风。

不说这两个生员正要起身。军中拿到一个倭酋董二，细细审问，果尽是王直调拨，不出胡公所料。朝廷知胡宗宪灼见祸本，降玺书褒劳，遂命胡宗宪总制七省，将灭贼之事尽以委之。另升阮鹗为浙江都御史，协力剿贼。御史金浉、陶承学上本请立赏格，有能主设奇谋生擒王直者，封伯爵，赏万金。诏从其说。三十四年十一月，两生员到于五岛，遇王直义子王滶，说道移谕日本国王之事。王滶道："怎生要去见国王？这里有一位徽王，是三十六岛之尊。只要他去传谕便是，见国王有何益哉！"明日，果然王直到客馆来，见这两位生员。这王直怎生打扮？

头上戴一顶束发飞鱼冠，身上穿一件窄袖绛龙袍，腰间系一条怪兽五丝碧玉钩，脚下蹬一双海马四缝乌皮靴。左日月，右五星，或画镮瓶花胜之形，或书左轮右轮之字。宝刀如霜雪，羽扇似宫旗。果然海外草头王，真是中国恶罗刹。

王直出来相见，左右带刀簇拥之人甚多，真有海外国王气象。分宾主而坐，坐定，叙说乡曲之情，次后便开口道："总督公与足下同乡里，今特遣我二人来，敬问足下风波无恙否？"王直谢道："我乃海外逋臣，何足挂齿？今蒙总督公念乡里之情，远来问讯，感谢感谢！"蒋洲道："总督公说，足下称雄海曲，何等雄伟，却怎生公为盗贼之行？"王直怒道："总督公之言差矣。我为国家驱盗，怎生反说我为盗？"蒋洲二人齐声道："足下招集亡命，纠合倭夷，杀人抢掳，就如坐地分赃一般。即使足下未必如此，然为天子外臣，自当为天子捍卫沿海封疆，以见足下忠义之心。今任部落杀人抢掳，骚扰中国，足下即非为盗，不可不谓之纵盗也。"王直方才语塞。陈可愿道："总督公念同里之情，不然统领数十万雄兵，益以镇溪麻寮大剌土兵数万，扬帆而来，足下欲以区区弹丸小岛与之抗衡，何异奋螳螂之臂以当车辙也。"蒋洲道："总督公推心置腹，任人不疑，将足下太夫人、尊阃夫人俱拔出于狱中，待以非常之隆礼，美衣好食，供给华美，则总督公以同乡里之心可知矣。何不乘此时立功以自赎，保全妻子，此转祸为福之上策也。"王直省悟，大动其心。始初王直闻母亲、妻子被杀，心甚忿忿，每欲入犯金华，以报母妻之仇。如今听得蒋洲二人说母亲、妻子活活现在，心中遂欢哉乐也，因有渡海之谋。就与部下心腹计议，谢和等道："今日之事，岂可便去？俺这里差一个至亲到那边效力，以坚其心。待那边不疑，然后全师继进，方成事体。不然，他便看得俺们不在心上了。"王直欢哉乐也的笑道："妙算妙算。"遂假以宣谕别岛为名，留蒋洲在岛，先叫叶宗满、王汝贤、王滶同陈可愿到于宁波。

先是陈可愿进见，胡公一一问了备细，方才叶宗满等进见，道：“王直情愿归顺中国，今宣谕别岛未回，所以先遣叶宗满等投降，情愿替国家出力。成功之后，他无所望，只愿年年进贡，岁岁来朝，开海市通商贾而已。”胡公道：“开市之事何难，吾当奏请。”遂上本乞通海市，朝廷许之。胡公大喜道：“虏在吾掌中矣。”先前曾有零星小贼百余人，屯于舟山为乱，胡公遂遣叶宗满协同官兵剿贼。叶宗满初来，要立头功，耀武扬威，把这百馀人杀尽。胡公上本称功犒劳，叶宗满、王激等大笑道：“这何足为功？若吾父至，当取金印如斗大也。”胡公大加称赏。

三十五年三月，徐海统精兵万余人逼乍浦城，登岸焚舟，令人死战。又招柘林贼陈东所部数千人并力攻乍浦城，声息甚急。胡公故意与王激计议道：“你能与我杀此贼否？”王激始初杀这百余人不过是假献殷勲之意，那徐海正是同伙心腹，怎生肯杀？便道：“这事我做不来，要我父亲来方好。”遂留夏正、童华、邵岳辅、王汝贤在军门，自以招父亲为名，与叶宗满开帆而去。王激去后，忽探事人来报，说徐海要分兵掠江淮，截住救兵，徐海自要屯据乍浦，下杭州，席卷苏、湖，以窥南京。胡公遂分遣兵屯于澉浦、海盐之间，为犄角之势，自引兵到塘栖。徐海闻得新总督就是前日巡按，大有智谋，曾在王江泾被他战败，心里有些忌惮，遂罢乍浦之围，不敢复窥杭州。遂略峡石，到皂林，出乌镇而来。胡公度苏、湖之间，唯莺湖为四战之地，遂檄河朔兵自嘉兴入驻胜墩，又以吴江水兵当其前，湖州水兵在其后，胡公自引麾下募卒及容美土兵纵横击杀。贼人大败而走。又战，又大败而走。贼人大怒，都鼓噪而来，浙江都御史阮鹗见势汹涌，遂乘小舟入保桐乡。参将宗礼、霍贯道是河朔第一骁将，能征惯战之人，大呼“杀贼”力战，矢炮如雨，无不一以当百，杀贼数百。宗礼、贯道二将军各手刃十余人，徐海中炮而去。贯道对宗礼叹息道：“再得火药数斗，便可以了此贼矣。”贼知火药俱无，复来战，贯道、宗礼遂力战而死，众兵大败，贼人乘胜围了桐乡。

那时胡公领兵将到崇德，闻得此报，出涕道："河朔之兵既败，此处甚危。贼既围桐乡，倘分兵来攻崇德，两处都围，怎生策应？"遂急回省城，调各路官兵去救桐乡。一边计议道："王直与徐海相为唇齿，王直既已投顺，徐海独不可说他投顺乎？"又遣陈可愿生员到徐海营中道："王直既已遣子来投顺，朝廷已赦其罪犯矣，公何不乘此时解甲自谢，投顺中国，异日名标青史。不然，恐日后不可保也。"徐海果听其言，叫一个酋长过来说："情愿投顺中国，愿解桐乡之围，只要多少货物，送与别个倭酋，劝他解围。"胡公就以银牌衣币之类，极其繁盛，赐与来酋。一边将金银交付，一边叫军士都刀出鞘、弓上弦，层层围拢，摆了密札札的干戈，盔甲鲜明，耀武扬威，以见其盛。酋长得了这若干货物而去，又见兵强将勇，好生利害，心里有些忌惮，一一与徐海说知，劝他投顺。徐海另叫一个酋长来谢，胡公亦如此礼待。那酋长心里亦有忌惮之意，徐海方才死心塌地情愿投顺。独陈东疑心徐海得了胡公货物，不肯解围。徐海再三劝他解围，陈东只是不肯，以此两个有些不和。徐海劝陈东不转，遂白到桐乡城下，招呼城上的人道："我已听总督胡爷之命，解围而去，独东门这一支，是陈东统领，他不听吾言，不肯解围，你们可自用心提防。"说罢，解了桐乡之围，吹风胡哨而去。陈东一边做造楼橹，用撞竿撞城，几乎撞坏。幸得一人献计，做就极粗壮绵索，等撞竿来时，把绵索垂下，牵挽而上斩之，那撞竿都用不着。又叫铁匠熔成铁汁，灌于城下，贼人尽皆焦烂而死，不敢近城。陈东连日夜攻城不破，又见徐海解围而去，算得单丝不成线、孤掌岂能鸣，只得也解围而去。都御史阮鹗方才脱得重围，时五月二十三日也。

方才解得重围，忽探事人来报，上海贼寇万余，要从吴淞江而来，将到嘉善地方。胡公计议道："倘徐海与上海贼寇又合为一，怎生区处？狼子野心，未可尽信。况且他前日焚舟死战，纵使要到海外去，已无舟可渡，何如多赏他些金帛，要他剿杀上海这一支贼寇，等他抢了那些船只，方才可以渡海而去。”遂着人多赍金帛赏劳徐海，要他如此而行。徐海见了金帛，果然欢哉乐也，大动其心。就统领部下各酋预先走到朱泾，大杀一阵，斩首数千，上海贼慌张，连夜逃走，徐海以此不曾夺得那些船只。上海贼正要逃走出海，被胡公预先差参将俞大猷暗伏一支精兵于海口，杀得个罄尽。原来倭酋交战之时，左手持着长刀杀战，却不甚利便，其右手短刀甚利，官兵与他交战，只用心对付他左手长刀，却不去提防他右手短刀，所以虽用心对他长刀之时，而右手暗暗掣出短刀，人头已落地矣。胡公细细访知此弊，却叫军士专一用心对付他右手短刀，因此得利。自此便有杀手之处，所以杀得罄尽。徐海得知这个消息，心中甚是感激胡公，又见他兵强将勇，难与争锋，一发的死心塌地情愿归顺，遂把自己所戴飞鱼冠并海兽皮甲、名剑数十种稀奇之物，献与胡公，遣弟徐洪来随侍。

胡公访得徐海部下一个书记叶麻，最是狡猾，若不先除去，恐败大事。兵家莫妙于用间，又访得徐海帐中一个压寨夫人王翠翘，原是山东妓女，姿色绝世，善于歌舞，被徐海抢来做了压寨夫人，极是宠爱，言听计从，就像当日李全的妻子杨妈妈一般，同坐于中军帐中。还有一个妓女名绿珠，也是抢来做压寨夫人，虽比不得王翠翘的宠爱，却也能添言送语。胡公却要在这两个女人身上做那离间的妙法，着一个原系王翠翘识熟之人，前日曾被徐海抢去，徐海吩咐砍头，王翠翘在于座上认得是旧时熟识之人，忙叫“刀下留人”，救其性命。因此胡公就着这个人去，赍了许多金银财宝、珠花彩币、奇巧簪花锦绣之类，送与王翠翘、绿珠二人，要他二人在徐海面前添言送语，说叶麻、陈东二人不可信用，恐误大事，当缚送胡爷军前，以见投顺真切之心。徐海果是枕边之言一说就听。从来道：

随你乖如鬼，也吃洗脚水。

话说徐海听信王翠翘二美人之言，便绑缚叶麻送与胡公。胡公大喜，厚加金银赏赐，又要他绑缚陈东来献。那陈东是萨摩王兄弟帐下的书记，徐海难以绑献，还在狐疑之间。胡公心生一计，狱中取出叶麻来待以酒食，假以恩义结他，教他诈写一封书付与陈东，要陈东暗地用计杀害徐海。这一封书却不明明付与陈东，故意将来泄漏于徐海。徐海拆来看了，怒气冲天，恨陈东入骨，将这封书把与王翠翘看。王翠翘一发添言送语，故意激怒徐海，徐海大怒，从此决要骗陈东来绑缚献与胡公。

那时嘉靖爷见海贼荼毒生灵，连年不已，自虔祷于斋坛之中，又着工部尚书赵文华提督军务，统领涿州、保定、河间及河南、山东、徐、沛等兵南来杀贼。浩浩荡荡，杀奔前来，斩获甚多，兵威大振。赵文华要同胡公一齐进剿，胡公已知徐海十分之中倒有九分要杀陈东之意，若一齐进剿，恐两人仍旧同心合力，反为不美，待他从容图了陈东，再杀徐海，未为迟也。赵文华遂停住进击之兵，一边就遣前日胡公所遣游说之人，吩咐道：“你与我去宣谕徐海，他连年入犯中国，侵我边疆，罪不容于死。今朝廷命我统二十万雄兵，要来剿灭，若不绑缚陈东，斩千余首级来献，教我怎生回奏朝廷？若果如此，我与督府胡爷上本赦其罪犯。不然，雄兵二十万，四面剿杀，将尽为齑粉，那时悔之晚矣。”这使人到徐海营中，将赵尚书话说了一遍，徐海甚是恐惧，遂取出抢掳来的金珠货物一二千金之数，送与萨摩王兄弟，只说要请陈东代署书记。陈东一来，徐海连夜绑缚了献与胡公。胡公大喜，赏赐非常。

自徐海献了叶麻，如今又献了陈东，从此各酋长汹汹，心下不服。徐海见各酋长心怀不服，从此不敢回到巢穴，恐各酋长乘机剿杀；若要抢掠船只出海，又恐官兵在海口截住厮杀，不容出海；欲要列营仍拒官兵，想既投顺中国，怎生又好变更？事在两难之际，日与王翠翘商议。那王翠翘是忠于我国之人，不比李全的杨妈妈，宋朝封了讨金娘娘，还要去做海贼。学他范蠡载西施故事，力劝丈夫一心投顺中国，休得二心三意，把前功尽弃。胡公也知徐海事在两难，又着人说他道："我要宽你之罪，争奈赵尚书说你连年抢劫，杀掠居民，罪大恶极。须要建功立业，替我出力，斩千余首级来谢，赵爷方才可以奏本，封你官爵。"徐海思量，背又背不得，逃又逃不得，王翠翘又日日催他投顺，没极奈何，只得设一计道："我于十七日引众倭酋出海，你们官兵伏在乍浦城中，不要走漏消息。我离乍浦城半里，列成阵势，假号召众人，抢到海船之上，我自执大旗一面，麾将起来。官兵在乍浦城中放起号炮，从城中抢将出来，两边夹击，包你一战成功。"约得端正，果然十七日，徐海引了各酋长离乍浦城半里之路，摆成阵势。各处倭奴都趋到海边，争先抢掳船只，果然徐海手执大旗一面，麾将起来。官兵在城上望见号旗麾动，即便放起号炮，开了城门，乘机杀出。那时倭奴都争先走到海岸，官兵从后面一齐掩杀过去，出其不意，杀了他数百人，没水死者不计其数，官兵得胜而回。徐海用计勾引官兵，暗暗袭杀了这一阵，自以为莫大之功，叫人来说，愿率领部下各酋长到辕门投降。胡公应允，约定八月初二日来辕门投降。

那时胡公统兵在平湖城中。你道徐海好狡，约定八月初二日，他却暗暗算计，恐怕这日有变，预先一日率领倭酋五六百人，都是戎装披挂，戴甲持刀，摆列在平湖城外，军势极其雄壮，自己率领百余倭酋，甲胄而入平湖城中以求款，胡公道："受降如受敌，此非轻易之事。"遂叫兵士林立于辕门内外，方才大开辕门，放徐海等百余人进来参见。徐海俯伏丹墀之下，叩首谢罪。胡公大声吩咐道："你不守王法，骚扰沿海居民，罪大恶极，今既内附，朝廷尽赦汝等之罪，当与朝廷出力，慎勿再为恶逆也。"徐海叩首称："天皇爷爷，死罪死罪。"遂赐银牌彩缎犒劳，徐海百余人叩首而出。胡公见徐海不依日期而来，又甲胄而进，晓得他明是狼子野心，若不剿除，终为后患。

只是手下尚有千余人，甚是狡猾，难以驱除。况且永保之兵尚未调到，只得隐忍，叫徐海自择一个便地屯扎。徐海看得沈家庄宽阔，甚可屯扎。那时是八月八日，胡公又恐肘腋之间一时生变，难以扑灭，遂星夜着人催促永保这一支兵来。又恐徐海疑心，时时将金银酒食犒劳。遂与赵文华计议道："吾闻善用兵者莫妙于用间，待其自相残杀，可以不劳而定。如今陈东之党，本与徐海不和，只因事迫，所以合而为一。若彼二人同心，非我之利也。今沈家庄有东西两处，中隔一条大河，如叫他分为两处屯开，彼此参差，久之自然有变生于其间。我因其变而图之，省多少气力！"计议端正，果是：

计就月中擒玉兔，谋成日里捉金乌。

话说胡公与赵文华计议妙策，就着人宣谕徐海，叫徐海自己屯于东沈家庄，陈东一支屯于西沈家庄。徐海不知是计，尽依胡公之说，彼此分屯开了。那时永保这支兵已取到。胡公见永保兵到，心中胆壮，便日日算计思量要图这徐海。恰好徐海送二百金于胡公要买酒米，胡公乘机暗将慢发毒药藏于酒米之中，送与徐海；又狱中取出陈东来，待以恩礼，叫陈东诈写一封书付与其党道："海已约官兵夹剿汝辈矣，汝辈须好生防备，休得有失。"陈东之党得了这一封书，各人吃了一惊，都做准备。那时是八月二十五日，陈东之党遂夜夜埋伏几个巡哨之人，在于东沈家庄侧，探听消息。那时徐海心中颇觉疑惧，也恐陈东之党暗暗来图，遂着两个酋长，一个背了王翠翘、一个背了绿珠，悄悄从小路而走，要托付于胡公，以见托妻献子，决无二心之理。谁知两个酋长背了王翠翘、绿珠二人出来正走，却被伏路巡哨之人窥见，登时报于陈东之党。陈东之党大惊，就勒兵前来，邀夺了王翠翘、绿珠二人；到于徐海之庄，大喊道："你瞒俺们做得好事，你要杀俺们，俺们难道只是白死，大家同死罢！"正是：

金风未动蝉先觉，暗送无常死不知。

说罢，便拈枪来刺徐海。徐海急急躲时，腿上中了一枪。众贼大乱起来，喊声大举，互相杀伤。官兵报了消息，胡公亲自穿了甲胄，率领官兵四面合围拢来，保靖兵当先，河朔兵继后。胡公厉声叱永保兵奋勇杀入，令各兵人持一束火放火焚烧，铳炮如雷，矢石如雨一般射将进去。徐海走投没路，只得投河而死，并陈东之党数千人尽为刀下之鬼。其中还有被毒酒药死的，遍身乌黑，就如黑鬼模样，共有三四百人。永保兵拿住王翠翘二人，问他徐海在于何处，王翠翘指河中道："已死于此矣。"永保兵就河中捞起徐海尸首，斩其头颅，献与胡公，胡公将来号令。果是：

喜孜孜马敲金镫响，笑吟吟人唱凯歌回。

话说胡公斩了徐海、陈东这两支贼，这日大赏三军，犒劳有加，辕门摆设酒筵，大吹大擂，共宴文武将吏。因王翠翘二人用计除了徐海，是大有功之人，这日就着王翠翘二人侑酒。胡公开怀畅饮，饮得大醉，遂戏将王翠翘搂抱怀中为乱。这日便满座喧哗，不成规矩。次日胡公酒醒，甚是懊悔，遂把王翠翘指与帐下一个军官配他。那军官叩头谢恩，领了王翠翘到于船上。王翠翘再三叹息道："自恨平生命薄，堕落烟花，又被徐海掳掠。徐海虽是贼人，他却以心腹待我，未曾有失。我为国家，只得用计骗了他，是我负徐海，不是徐海有负于我也。我既负了徐海，今日岂能复做军官之妻子乎？"说罢，便投入水中而死。军官来禀了胡公，胡公不胜叹息，遂把绿珠另配了一人。

再说那徐海部下倭酋辛五郎，见徐海已死，遂率领余党，乘舟逃到烈港。胡公差一支兵急去邀截，俘斩三百余人。辛五郎正要投海而死，被官兵一挠钩搭住，绑缚了来。胡公命与叶麻、陈东等同囚到京师，献俘告庙，碎剉其尸枭示。叛臣逆贼，到此一场春梦，又何苦而为之乎！果是：

善恶到头终有报，只争来早与来迟。

话说胡公用计诛了徐海这一伙逆贼，恐形迹彰露，变了王直之心，遂将王汝贤等极其抚视，如同嫡亲儿子一般，对叶宗满的弟兄都厚加礼遇，时常与彼同榻而寝，使彼无一毫疑忌之心。又时时对将吏道："王直与徐海不同，他从来不曾侵我边疆，原非反贼。但是他倔强，不一来见我，若来见我，我定有以全之也。"王直闻得此言，说胡公是个条直爽快之人，可以欺瞒，不若乘机渡海，以全亲属。况且徐海败没之事，王直尚然不知，便道："我若去见他时，他待得我好便罢，若待得我不好，或不肯全我亲属，我仍旧与徐海为犄角之势，自有救援，怕他怎的！"遂放大了胆，决意渡海而来。先遣前番来的生员蒋洲回来报了信息。胡公大喜。王直遂着王滶、叶宗满等统领大小海船，锐卒千余，蜂拥而来，执无印表文，诈称丰洲王入贡。先把海船泊于岑港，据形胜之地。四围分布已定，王直与谢和、方廷助这一班儿多年作恶之人慷慨登舟，洒酒誓众道："我昔年泊船烈港之时，被俞大猷领一支兵来围我，幸以火箭突围而走，如今泊船在此，莫信直中直，须防仁不仁，须要谨守提防，休的挫了锐气。"吩咐已毕，众倭酋喏喏连声。胡公晓得俞大猷曾与他有烈港之战，恐生不测，便预先把俞大猷这支兵调到金山去了，遂命总兵卢镗代其任。那卢总兵旧曾与王滶同在舟山饮酒，抚循倭酋，极其体恤，众倭酋能与之相好。所以王直坦然不疑，只是日聚众倭酋，磨刀备剑，砍伐竹木，为开市之计，且索母亲、妻子，要求官爵做指挥而已。胡公心中已有定算，便一概应允，仍上疏以安其心。朝廷已知王直为釜中游鱼，智力俱非胡宗宪之敌，遂降下诏书道：

王直既称投顺，却挟倭同来，以市买为词。胡宗宪可相机设谋擒剿，不许疏虞。致堕贼计。

胡公奉了这纸诏书，却暗暗藏过，不露一毫踪影，遂到宁波地方，亲自与之对敌。密密调遣兵将，遂着参将戚继光、张四维等统领一班能征惯战之将，保靖、河朔、永保等处之兵，四面远远埋伏。凡水陆要害之处，星罗棋布，刀枪戈戟，成林布列，围得水泄不通，鸦鸟难飞。方着夏正等数人到于王直营中，以死说他道："你要保全家属，开市求官，这是极大之事，难道不到辕门去亲自纳款投降，可有安坐而得的道理么？俗语道'脱了裤儿放屁'，怎生得有如此自在之事？若是带甲陈兵在此，说道，'我来纳款'，谁人肯信？今你有大兵千余在此，你到辕门去参见，总督胡爷敢留得你住么？况且死生有命，命里该死，战也要死，降也要死，总之一样都是死，若死于战，还不如死于降。降还有可生之机，不如降的为妙！"王直听了此言，甚是不悦。

不说这边夏正说他投降，且说胡公好计，因王激、叶宗满来见，便与他一同卧起，极其相好。遂假以众将官请战的书，共有十余篇之多，都放在案上，故意隐隐露将出来与王激看。王激暗暗看了，甚是吃惊。一日晚间，胡公假装大醉睡去，梦中说话道："我要活你，所以止住他们，不许他们擅自进兵。你若再不来见我，休得怨我也。"说罢，含含糊糊，大吐满床。王激与叶宗满都一齐听得，恐怕胡公发兵进剿，遂悄悄写了一封密书，暗暗付与王直。王直终是疑心，不肯前来。胡公又叫他的儿子王澄啮指血写书与他父亲道：

军门数年恩养我辈，惟愿汝一见，使军门有辞于朝廷，即许眷属相聚。汝来，军门决不留汝；即令不来，能保必胜乎？空害一家人耳。男澄顿首百拜啮血书。

胡公又叫邵岳辅、童华等往来游说。王直心中只是狐疑，不肯前来。胡公见王直执恋岑港，已逾五十日，察其神情，终是观望，未肯来见，只得开关扬帆，一面分调军兵，四围进兵。王直细细叫人探视，见四面官兵围得铁桶一般，插翅难飞，又知徐海、陈东俱已败没，孤立无倚，只得来见。因叹息道："昔汉高祖见项羽鸿门，怎当得王者不死？纵使胡公骗我，我自有天命，他怎奈何得我！"遂差酋长来传说道："兵不可一日无将，部兵无统，要得王激来营中管领。"胡公密密计议道："海上诸贼，只有王直狡猾多智，习于兵战，且得众倭酋之心，最为难制，其余都如鼠子一般，不足为虑，以一犬易一虎，有何不可？"遂遣王激起身。胡公又极其礼待，称赞他许多好处，杯酒饯行。又赠以许多金银彩币宝物之类，王激甚是感激。到于岑港，遂将胡公腹心相待之意说了一遍。王直放心，遂将部落交付与王激，自己轻身而来见，时嘉靖三十六年十一月也。胡公一见大怒，便将王直绑缚，拿付按察司狱中，遂同巡按周斯盛并三司各官定罪道：

王直始以射利之心，违明禁而下海，继忘中华之义，入番国以为奸。勾引倭夷，比年攻劫，海宇震动，东南绎骚。虽称悔祸以来归，仍欲挟倭以求市。上有干乎国禁，下贻毒于生灵，恶贯滔天，神人共怒，问拟斩罪，犹有余辜！

这一本奏上，不日到下圣旨，将王直斩首，枭示海滨，妻子给功臣之家为奴，王汝贤、叶宗满等俱从末减，边远充军。可怜倔强海贼，终作无头之鬼，亦何苦而为此乎？正是：

从前作过事，今日一齐来。

话说胡公枭了海贼王直之头，那些海上余贼，闻知这个消息，惊得魂不附体。果然蛇无头而不行，鸟无翅而不飞，都一齐乱窜起来，纷纷逃走性命，奔聚于山谷之间。胡公亲督官兵，四下里搜剿，不上一年，杀得个干净，荡平了沿海数十年之患。后来平江西的袁三，平福建的山寇，平广西的张琏，所到之处，如汤浇雪一般，立刻成功。只因功高权重，人人嫉妒，蒙吏议拿进京师，削了籍，死于狱中，人人叹息。后来万历爷二十一年间，兵科给事朱凤翔慨叹道："于忠肃之功，功在社稷，子孙虽爵之侯伯，亦未为过。胡宗宪之功，功在东南，子孙亦宜优恤。"遂将于忠肃同胡宗宪奏上一本，其中论胡宗宪道：

嘉靖时奸民外比，岛夷内讧，东南盖岌岌也。先臣少保胡宗宪，以监察御史出而定乱，使数省生灵获免涂炭，其功亦岂小耶！他如平袁三于江西，平山寇于福建，平张琏于广西，皆其余事勿论。时当王直桀骜，诸酋各拥数万，分道抄掠，督、抚、总兵皆以偾事论罪，朝廷悬万金伯爵之赏，向微宗宪悉力荡平，则堤防不固，势且滔天。今黄童野叟，谓国家财赋，仰给东南，而东南之安堵无恙，七省之转输不绝，九重之南顾无忧者，则宗宪之功，不可小也。宗宪虽视于谦少逊，然以驾驭风霆之才，吞吐沧溟之气，揽英雄，广间谍，训技击，习水战，凡诸备御，罔不周至，故能铲数十年盘结之倭，拯六七省焚劫之难。历阵大战以百十计，捕获俘斩以千万计，此其功岂易易者！若乃高踞谩骂，挥掷千金，以罗一世之俊杰；折节贵人，调和中外，以期灭虏而朝食。此正良工茹荼，心知其苦，口不能言者，而竟以此诖吏议。吁！亦可悲矣！盖于谦之功，功在宗社；宗宪之功，功在东南。于谦之品，白玉无瑕；宗宪之品，瑕瑜不掩。然视之猥琐龌龊，以金缯为上策，一切苟且冀幸者，相去径庭。临事而思御侮之臣，安得起若人于九原而底定之也！肃皇帝曰："朕若罪宗宪，后日谁与国家任事！"庄皇帝复其原官赐祭，迨我皇上，又全与祭葬，是宗宪之勤劳，皇祖知之，皇考知之，皇上亦知之矣。宗宪遭酷吏残破之后，庐舍丘墟，子孙孱弱，吴越士民谈及于此，每扼腕而不平。伏望将胡宗宪功次仍加优叙，补以谥荫，此亦激劝人心之一机也。

朝廷降下旨意，授胡宗宪后裔世袭锦衣卫指挥同知。今杭州吴山下忠庆巷内建有“报功祠”，亦不朽之香火也。当日山阴才子徐文长先生有诗为证：

量兼沧海涵诸岛，身作长城障一方。
讵止芳名流简策，还将伟绩著旂常。